في قلبي أنثى عِبْريَّة

رواية

اسم الكتاب: فى قلبى أنثى عبرية

تأليف: د.خولة حمدى

تصميم الغلاف: عبد الرحمن الصواف

مراجعة لغوية: حسام مصطفى

رقم الإيداع: 16061\2013

الترقيم الدولي: 978-977-6376-44-1

***

إشراف عام:

محمد جميل صبري

نيفين التهامي

دار كيان للنشر والتوزيع - 22 ش الشهيد الحي بجوار مترو ضواحى الجيزة - الهرم

محمول: 01005248794 - 01001872290 - أرضي: 0235688678

www.kayanpublishing.com - info@kayanpublishing.com

kayanpub@gmail.com

في قلبي أنثى عِبْرِيَّة

د.خولة حمدي

رواية

مقدّمة المؤلف

تعرفت إلى ندى، بطلة الرواية، على صفحات منتدى إلكتروني. كانت تروي قصتها التي أبكتني. غادرت المنتدى لكن القصة لم تغادرني. وبعد فترة، كانت فكرة الرواية قد نمت في ذهني. وجدتني أتصل بها وأسألها المزيد من التفاصيل. عبر الرسائل الإلكترونية والهاتف تحادثنا طويلا. تعرفت من خلالها إلى المجتمع اليهودي المُغلق وإلى من يسمّون بالـ «اليهود العرب». لكنني عرفت أيضا أشياء لم تخطر ببالي، عن المقاومة في جنوب لبنان، عن الحب والحرب، وخاصة عن الإيمان.

هذه الرواية مُستوحَاة من قصة حقيقية. خطوطها العريضة تنتمي إلى الواقع، وشخصياتها الرئيسية كانت/ما زالت أنفاسها تتردّد على الأرض. لكنها لا تخلو من مسحة خيال مقصودة. إما احترامًا لأسرار وخصوصيات شخصية لا يجوز كشفها، أو سدًا لثغرات في القصة الحقيقية، سكتت عنها صاحبتها، أو تحديدًا لتفاصيل وحيثيات الأحداث.

أملي أن تلمس القصة شغاف قلب كل قارئ وتترك في نفسه أثرًا مثل الذي تركته في نفسي.

خولة حمدي

أُهدي هذا الكتاب
إلى ريما وندى وأحمد
أبطال روايتي الذين غيّروا حياتي...

«القلب غِمْدُ الذكريات
مَن الذي...
أفضى لسيفٍ في الضلوع
وسلّهْ؟»

أحمد بخيت

نُبْذَة تاريخية:

معظم يهود تونس قَدِموا من إسبانيا في أواخر القرن الخامس عشر للميلاد. لكن كتب التاريخ تحكي أن يهود جربة، الجزيرة التونسية، قَدِموا من المشرق بعد حرق معبدهم من قبل نبوخذ نصر، ملك بابل وقائد جيوشها، قبل 2500 سنة... غزا القدس وأخرج اليهود منها، سبى نساءهم وأولادهم، ونهب ثرواتها وأموالها، وأنهى مملكة اليهود... فتوافد بعضهم على جربة، الجزيرة الساحرة، حيث استقر بهم المقام جيلا بعد جيل، حتى أنشؤوا أشهر دور عبادتهم «كنيس الغريبة»، الذي أصبح قِبْلَة اليهود من جميع أنحاء العالم، ووجهة حجّهم في القرون الأخيرة، والذي يُعدّ أقدم معبد يهودي في إفريقيا، ويقال إنه يحتوي واحدة من أقدم نُسَخ التوراة... وأقاموا الكثير من المعابد والمقامات التي تُجاور المساجد، كما يُجاور اليهود المسلمين... لكن عدد اليهود المقيمين في جربة في الوقت الحالي لا يتجاوز الألفين، وهم من أحفاد المهاجرين الأوائل الذين تشبّثوا بالأرض وأقرّوا انتماءهم إلى البلاد التونسية، واندمجوا بين السكان واكتسبوا عاداتهم وطباعهم، حتى لم يعد هناك من يُميّزهم عنهم، غير بقائهم على دين أجدادهم.

مدّت أشعة الشمس الساطعة خيوطها الذهبية في ذلك اليوم القائظ من أيام الصيف التونسي، لتداعب الواحات والقرى المتناثرة وتدفئ ثناياها إلى درجة الالتهاب. لم تكن جزيرة جربة التي تعانق أمواج البحر شواطئها الرملية بأحسن حالا من باقي المدن الجنوبية. لكن الحرارة الخانقة لم تمنع السائحين وأهل البلاد من ارتياد السوق العتيقة التي تتربّع في طرقات «حومة السوق»، قلب جربة القديمة، والانسياق عبر طرقاتها الضيّقة المرصوفة بالحجارة الملساء في نسق بطيء متأنٍ يحاكي نسق الحياة العامة في الجزيرة. يغتنمون معجزة المكان، حيث يتهادى الزمن في مشيته متخلّيًا عن طبعه المتعجّل، مُعلنا عن إجازة مفتوحة على إيقاع رقصة «الشالة» التقليدية الهادئة التي تنساب في غير ضوضاء من بعض المحلات المتاخمة للسوق.

وقف جاكوب قرب مدخل السوق، وعيناه معلقتان بالبوابة الجانبية للمسجد الذي يبعد عنه بضع عشرات من الأمتار. أخرج منديلا ورقيًا ليمسح حبيبات العرق التي تجمّعت عند جبينه، وهو يحوّل بصره ليتأمل باحة المسجد المفروشة بالرخام الأبيض وصومعته الباسقة التي ترتفع إلى عنان السماء. لم يكن يستطيع في كل مرة يقف فيها هذه الوقفة أن يُخفي إعجابه بهندسة المسجد وتناسق أبعاده. فرغم أنه لا يحتوي على الزخرفة المعروفة في مختلف المساجد التونسية المشهورة، فقد كان ذا طابع فريد، مثل كل مساجد جربة القديمة، بلونيه الأبيض والأخضر، وجمال ثناياه المتخلّية عن كل أشكال البهرجة... ولم تكن روح البساطة لتنقص شيئا من سحر جماله. باستثناء الصومعة، فإنها تظهر وكأنها الجزء الذي يجوز للمصمم أن يتصرّف فيه ليطبع المَعلم بطابع يُميّزه عن بقية المعالم الجربية الأخرى.

لكن جاكوب لم يفكر يومًا في دخول المسجد، ولا يريد أن يفكر في ذلك. بل لعله يخشى أن يلمحه أحد معارفه يقف تلك الوقفة الغريبة فلا يسلم من تجريح أو تلميح... ومع ذلك، فإنه لا يزال يواظب على القدوم كل يوم جمعة، ليصحب صغيرته إلى الصلاة والدرس الأسبوعي، ويقف في انتظارها دون ملل أو تعب.

كانت الأصوات المختلطة القادمة من السوق تطرق مسامعه في حدة، وتخرجه بين الفينة والأخرى من تأملاته الهادئة المطمئنة. كثيرا ما يترك العنان لنفسه، وتأخذه قدماه في جولة عبر السوق العتيقة، فيسرح بين الألوان والروائح والأشكال. يتأمّل رسوم الزرابي والمفروشات المصطبغة بشتى ألوان الطبيعة، ويتوقّف أمام نقوش أواني الفخار التي تزدان بها جوانب الطرقات، وقد ينحني من حين إلى آخر ليقلب وردة من ورود الرمال الصخرية التي تختزل سحر المنطقة كلها، وتنطق بإبداع الخالق الذي صوّر المكان وحسّنه... لكنه سرعان ما يعود أدراجه بعد جولة قصيرة، فقد كان يخشى أن تخرج الصغيرة ولا تجده فتفزع. لذلك آثر في هذا اليوم الحار أن يقف عند ظل المبنى القريب، يعدّ الدقائق، ويتابع عقرب الثواني البطيء تارة، ووجوه المارة تارة أخرى.

ما لبث أن رأى الباب يُفتَح، واندفعت جموع الفتيات إلى الخارج. أخذ يتفرّس في الوجوه في ترقّب، قبل أن يلمح فتاته تجتاز العتبة وهي تجرّ ثوبها وتسوِّي خصلاتها المتمرّدة التي أطلّت من تحت غطاء رأسها. اقترب منها مبتسمًا، وهو يتحسّس قطع الحلوى التي استقرت في جيب سرواله. تناول كفّها وانحنى يُقبِّل خدّها في حنان وهو يدسّ قطعة الحلوى في كفّها الأخرى. رسمت الصغيرة ربما ابتسامة خفيفة على شفتيها وهي تُسْلمه كفها، ليمضيا معًا في الطريق إلى المنزل. كانت ربما تقترب من الخامسة عشرة من عمرها. لكن شكلها الضئيل وقامتها القصيرة يوحيان بأنها بالكاد تجاوزت الثانية عشرة، مما كان يُعطي لجاكوب مبرّرًا لتدليلها والمبالغة في الاهتمام بها.

لم تكن قد بلغت التاسعة من عمرها حين توفيت والدتها. أما والدها فقد توفي قبلها بسنوات، مُخلِّفًا عائلته الصغيرة تعيش الفاقة والحرمان. وكان يجب على الأرملة الوحيدة أن تبحث عن عمل. لم يكن بإمكانها أن ترفض عرض جيرانها اليهود الأغنياء بالعمل عندهم كمدبّرة منزل، فهم سيوّفرون لها المسكن والمأكل، ويتكفّلون برعاية ابنتها الصغيرة، حتى تواصل تعليمها وتنشأ في ظروف مناسبة. ولم يكن اختلاف الديانة ليُغيّر في الأمر شيئًا. طوال سنوات من التجاور، نشأت علاقة

فريدة من نوعها بين العائلتين، ما جعلهما موضع سخريةٍ من البعض، وحسدٍ من البعض الآخر.

نشأت ريما بين أحضان عائلة جاكوب اليهودية وهم يعتبرونها فردًا منهم. فقد كانت بهجة البيت الذي يُقيم فيه الأبوان المتقدّمان في السن وابنهما جاكوب، وروحه النابضة بالحياة، بعد أن تزوّجت ابنتهما الكبرى وسافرت مع زوجها إلى لبنان. وكان جاكوب أكثرهم تعلّقًا بها وحبًا لها. كان شابًا في الثانية والعشرين من عمره حين دخلت ريما ذات السنوات الخمس حياته. فصار يقضي جلّ أوقاته معها. يلاعبها ويداعبها، يقرأ عليها القصص والحكايات، ويستمتع بانفعالاتها البريئة وضحكاتها العفوية، يشتري لها الألعاب والهدايا، ويستغل أوقات العطل للسفر معها... وكانت والدتها تطمئن عليها بين يديه، ويسعدها أن يمنحها حنان الأب الذي تفتقده.

- كيف كان الدرس اليوم؟

تردّدت ريما لبرهة، ثم همست بصوت منخفض:

- جيدًا.

رفع جاكوب حاجبيه في استغراب. فمن عادتها أن تحدّثه عن كلام الشيخ بالتفصيل، وتسرد على مسامعه كل ما تحفظه من دروسها. لكنها اليوم بدت ساهمة، وكأن أمرًا ما يشغل عقلها الصغير. بالكاد أجابت عن سؤاله بكلمة واحدة، وعادت إلى إطراقها. لم يُرِد أن يضايقها بالإلحاح، فانشغل بتأمل واجهات المحلات في طريق «الحارة الكبيرة»، أحد أكبر الأحياء التي يقطنها يهود جربة.

كانت والدتها قد أوصته بالحفاظ على دينها، وعدم محاولة التأثير عليها. وهو يفعل ما بوسعه حتى يحترم وصيتها، ويؤدي الأمانة على أكمل وجه. كانت والدتها تأخذها معها أيام الجمعة إلى المسجد لحضور الصلاة والدرس الذي يليها، لذلك لم يفكر مطلقًا في حرمانها منها. كان يأخذها بنفسه، ثم يكتفي بالاستماع إليها وهي تحدثه عما تتعلّمه من أمور دينها، دون أن يطرح سؤالا واحدًا، مع أن أسئلة كثيرة كانت تخامر ذهنه...فلم يكن يُريد أن يُدخل الشك إلى نفسها بخصوص دينها، كما أنّه يعلم أن صغيرةً في مثل سنها لا يمكن أن تحمل الإجابات على تساؤلاته المُعقّدة.

وصلا إلى المنزل، فأفلتت الصغيرة كفه وانطلقت تركض إلى غرفتها. تابعها في صمت متعجّب. إن تصرفاتها تبدو غريبة اليوم. هل هناك من ضايقها في المسجد أو أساء معاملتها؟ يجب أن يتأكد من ذلك. كان يهمّ باللحاق بها حين ظهرت تانيا عند باب المطبخ، وفي عينيها نظرة غريبة. يعرف جيدًا نظرة الاحتجاج تلك التي تطالعه بها زوجته في كل مرة يخُصّص قسطًا من وقته لريما وممارساتها الدينية. توجّه نحوها مبتسمًا، وهو يحاول تجاوز العاصفة المقبلة بسلام. رغم مرور ثماني سنوات على زواجهما، لم تتقبّل تانيا تمامًا وجود ريما بين أفراد العائلة. فهي تبقى بالنسبة إليها دخيلة، ولن تصبح يومًا من أصحاب البيت. طبع على خدها قبلة سريعة وهو يقول مداعبا:

- رائحة شهية... ماذا تعدّ لنا الطاهية الماهرة؟

كظمت تانيا غيظها بصعوبة، وقالت وهي تمسح يديها في منديل المطبخ:

- لم يعد لدينا لحم... وحين عدت لم أجدك في البيت حتى أطلب منك شراءه... لذلك فقد أعددت حساء الخضروات.

رمت المنديل جانبًا، وغادرت المطبخ في خطوات عصبيّة. تبعها جاكوب في ارتباك وهو يقول مُخففًا:

- لا عليك... لا بأس بحساء الخضر... الأطفال يحبّونه على كل حال!

لم تُلق تانيا بالا لتبريراته، ومضت في اتجاه غرفتها، ولم تنس أن تغلق الباب بقوة وراءها. تنهّد جاكوب وهو يهز كتفيه في تسليم. إنها المسرحية الأسبوعية نفسها، ولا سبيل إلى تلافيها. لكنها مُحقّة هذه المرة، فغدًا السبت، وما لم تطبخ قبل مساء اليوم فإن العيد الأسبوعي سيكون شنيعًا. قد تعمد إلى تجويعه! عادت نظراته لتستقرّ على باب غرفة ريما المغلق. هل يذهب إليها؟ ربما كان من الأفضل أن يدعها بمفردها لبعض الوقت.

خطا باتجاه غرفة الجلوس. كانا طفلاه سارا وباسكال يجلسان على أرائك متقاربة، وكل منهما منهمكٌ في عمل ما، حتى إنهما لم ينتبها لدخوله. كانت سارا ذات السنوات السبع تُمسك بكتاب ضخم وتقرأ فيه بتركيز شديد، في حين انكب

باسكال الذي يبلغ الخامسة من عمره على كومة من الأوراق، وهو يتنقل بين الآلة الحاسبة والقلم. اتخذ جاكوب مجلسه أمام التلفاز الذي كانا مفتوحا على شريط وثائقي، وتناول جهاز التحكم عن بعد دون أن ينطق بحرف واحد. فقد تعلّم ألا يُزعج الصغيرين حين يدرسان. ضغط على زر التحكم ليُغيّر المحطة، فجاءه صوت سارا وهي تهتف فجأة:

- أبي... لا تغيّر المحطة! ألا ترى أنني أتابع؟

التفت إليها في تعجب، وأشار إلى الكتاب الذي بين يديها محتجًّا:

- ولكنك تقرئين يا عزيزتي! لا يمكنك أن تركّزي في عملين في وقت واحد!

عقدت الفتاة ذراعيها أمام صدرها، وهي تقول في هدوء:

- بلى، يمكنني!

رفع حاجبيه في دهشة، فأضافت:

- لكل شخص قدراته الخاصة.

ازدرد ريقه بصعوبة وهو يتفرّس في وجهها. في كل مرة تدهشه هذه الصغيرة أكثر، حتى إنه بدأ يشك في أنها ابنته! لم يكن يوما فائق الذكاء، بل لعله كان تلميذًا ذا مستوى متوسط... لكن سارا كانت شعلة حقيقية. وقد أدرك نبوغها منذ وقت مبكر... كانت تانيا قد قرأت كثيرا عن تأثر الطفل بما يسمعه في فترة الحمل، وفي أولى سنوات عمره، فحرصت على الاستماع إلى الأشرطة العلمية ودروس تعليم اللغات الأجنبية... ثم ما إن بدأت سارا تتكلم، حتى أخذت تُعلّمها الحساب وتحفظها الأشعار... وقد أبدت الصغيرة قدرة فائقة على الحفظ والتعلم، واستجابت بشكل لا يصدق لجهود والدتها، حتى إنها أصبحت تتكلم العربية والعبرية والفرنسية والإنجليزية حين بلغت السادسة من عمرها!

- ماذا تقرئين؟

رفعت سارا الكتاب حتى يظهر العنوان المكتوب باللغة الفرنسية: علم الخلايا! هزّ جاكوب رأسه وهو يبتسم، فأضافت سارا موضّحة:

- الشريط الوثائقي يتحدّث عن نفس الموضوع، لذلك يُهمني أن أسمع ما يقولون.

ارتفع صوت باسكال قائلا، دون أن يرتفع رأسه عن الأوراق:

- خمسة عشر ضارب ثلاثة وستون.

لم يدم تفكير سارا سوى ثانيتين اثنتين قبل أن تقول بصوت واثق:

- خمس وأربعون وتسعمائة.

ساد الصمت للحظات، ولم يسمع سوى صوت أزرار الآلة الحاسبة، وباسكال يقوم بالتأكد، قبل أن يهتف مُنشرحًا:

- صحيح!

تنهّد جاكوب مُجدّدًا وهو يعدّل التلفاز على المحطة التي أرادتها سارا، ثم غادر الغرفة وهو يشعر باكتئاب... لم يكن يتصوّر أن يكون دوره كأب بهذا الشكل. فقبل مجيء سارا وباسكال، كان قد قضى أعوامًا رائعة وهو يرعى ريما ويهتم بها. وكان حينها يتلهّف للقيام بدور الأبوة مع أبناء من صلبه، ويتخيّل كم سيكون ذلك بديعًا... فإن كان حبه لريما الطفلة اليتيمة وصل إلى تلك الدرجة، فكيف ستكون حياته حين تزدان بأطفال من المرأة التي أحبّها ورضيها زوجة؟! لكن أحلامه مُنيَت بفشل ذريع... فسارا وباسكال لم يكونا أبدا طفلين عاديين، بل إنه يشك في أنهما امتلكا يوما براءة الأطفال وعفويتهم! لا يمكنه أن يلوم تانيا على استباقها المراحل مع أطفالها، حتى إنهما لم يعيشا طفولة طبيعية، فهو لا يُنكر فخره بهما أمام نظرات الناس الحاسدة. ليس هناك والدان في العالم لا يحلمان بطفلين من العباقرة كما هو حال طفليه! لكنه في نفس الوقت يدرك أن ذكاءهما واهتماماتهما المتطوّرة يجعلانهما يستغنيان عن حبه ورعايته. فهو يعلم أنّه لا يمكنه تقديم الكثير إليهما، عدا شراء الكتب وتوفير الأجواء المناسبة للتحصيل العلمي. بل لعله في كثير من الأحيان يتعلّم منهما ومن قدراتهما.

ولم يكن هناك سوى ريما. هي وحدها تُشعره بحاجتها إليه وإلى رعايته. يحسّ بالإعجاب في عينيها حين يحكي لها حكاية قبل النوم، أو يساعدها على حل المسائل الحسابية. وحدها لا تزال تستحوذ على القسم الأكبر من اهتمامه، لأنها تبقى في نظره الشخص الأقرب إلى قلبه ومحرّك مشاعره. قادته قدماه إلى غرفتها المغلقة.

طرق الباب بهدوء، فجاءه الإذن بالدخول. أطلّ برأسه في مرح وهو يقول:

- ماذا تفعل صغيرتي الشقيّة؟ الغداء سيكون جاهزا بعد قليل.

لكن مرحه سرعان ما انطفأ، حين رأى ريما تجلس على طرف السرير، وقد ضمّت ساقيها إلى صدرها، وأحاطتهما بذراعيها في وضعية كئيبة. تقدّم نحوها في جزع، وقد لاحظ نظراتها المنكسرة. جلس إلى جانبها، ووضع يده على كفها في حنان وهو يهمس:

- ريما... ما بك؟ هل هناك ما يزعجك؟

ظلّت الطفلة مُطرقة، وتمتمت بصوت ضعيف:

- بابا يعقوب.

كم يحب أن تناديه «بابا يعقوب»، فقد عوّدها على ذلك منذ صغرها. كان ذلك أول عهده بالأبوة، وظل يحتفظ بتلك المشاعر لها وحدها. وكان يُسعدها أن تناديه باسمه المعرّب، أو كما ورد في القرآن. ولم يكن هو يمانع أبدًا، طالما كان في ذلك إرضاء للصغيرة. رنا إليها في اهتمام:

- نعم صغيرتي.

رفعت إليه عينين مليئتين بالدموع، وهتفت في تأثر:

- أنا أحبك كثيرًا!

تسارعت نبضاته أمام اعترافها البريء الذي اخترق قلبه وزلزل كيانه. كان يعلم أنها تحبّه وتعتبره والدها، فقد كفلها وهي في سن صغيرة، وأصبح كل عائلتها بعد وفاة والدتها. لكن تصريحها جاء في وقت حرج... في وقت يفتقد فيه حب وعطف أسرته الحقيقية. لم يتمالك نفسه أن أحاطها بذراعيه، وضمها إلى صدره في حنان وهو يتمتم بصوت متقطع:

- وأنا أيضا... أحبك... جدا.

كانت ريما تبكي بحرقة على صدره، وهو لا يفهم سبب بكائها. أبعدها عنه قليلا، ونظر في عينيها متوسلا:

- ريما، حبيبتي... أخبريني ما بك؟ هل هناك ما يؤلمك؟

هزت رأسها نافية، فألح في السؤال:

- هل أزعجك أحد؟

هزّت رأسها مجددًا علامة النفي وسكتت. بعد لحظات قالت بصوت متهدّج:

- أنا خائفة عليك... لا أريد أن تذهب إلى النار.

اتسعت عيناه دهشة، وارتخت ذراعاه من حولها، وظلّ يُحدّق فيها بعدم استيعاب، فتابعت في إصرار:

- الشيخ يقول إن من لا يؤمن بدين الإسلام يذهب إلى النار... وأنا أحبّك كثيرا ولا أريدك أن تذهب إلى النار.

- ولكن يا صغيرتي... ألم نتفق أن لك دينك... ولي ديني، ونحن نؤمن بإله واحد؟

أومأت برأسها موافقة، ثم هتفت مُستدركة:

- ولكن الدين عند الله الإسلام!

عبس جاكوب في انزعاج وهو يقول:

- مَن الذي قال ذلك؟ هل هو الشيخ؟ لا شكَّ أنه رجلٌ متعصّبٌ... ربما من الأفضل أن تنقطعي عن دروسه، ونبحث عن شيخ آخر أكثر انفتاحا على الديانات الأخرى.

لكن ريما أطرقت في هدوء، وقالت في حزن:

- بل القرآن هو الذي يقول ذلك.

نهض جاكوب من فوره ولم يعلّق... لكنه أدرك أن ريما دخلت مرحلة جديدة في تعاملها مع دينها، مرحلة النقاش ومحاولات الإقناع، وهو لم يتجهّز لمواجهة هذه المرحلة بعد.

*****

ضغط حسان على مزوِّد السرعة بقوة، وهو ينطلق في الطريق الريفية غير الممهّدة. إن حافظ على سرعته تلك يمكنه الوصول إلى مدينة قانا قبل غروب الشمس. التفت إلى صاحبه الذي تكوَّر على نفسه من الألم على الكرسي المجاور، وهتف مشجّعًا:

- أحمد... سنصل قريبًا... يمكنك أن تقاوم أكثر.

كان أحمد يضغط بجبينه على حاجز السيارة الأمامي، وهو يحاول كتمان صرخة الألم التي يحترق بها حلقه. كان يُحسّ بانفجارات صامتة تحصل في خلايا ساقه التي أصابتها قذيفة إسرائيلية، وتزيد من أوجاعه لحظة بعد لحظة. أغمض عينيه في إعياء، فسالت دموع حارقة على وجنتيه تشي بمعاناته. ورويدًا رويدًا، بدأ يفقد الإحساس بالأشياء من حوله. قاوم باستماتة الضباب الذي أخذ يلفّ عقله، ويسحبه إلى قعر الغيبوبة.

انتبه حسان إلى تلاشي قواه وتهاوي أوصاله، فأخذ يهزّه في عنف يحرّكه الخوف:

- أحمد... أحمد... ابق مستيقظا... سنصل قريبًا.

حرّك أحمد ذراعه ليُشعره بحضور عقله واستمرار مقاومته، فتنهّد حسان وهو يعود إلى التركيز في القيادة. أخذ يتذكّر السويعات القليلة الماضية في تأثّر. كانا في مهمّة في أراضي الجنوب، الأراضي التي تحتلّها القوات الإسرائيلية منذ مارس 1978. لم تكن أول مهمة لهما معا، فقد انضمّا إلى المجموعة في أوقات متقاربة، وبسرعة تم التآخي بينهما في الله، وصارا يشتركان في التدريب والعمليات. لكن هذه كانت أول عملية حقيقية، في الأراضي المحتلة. تمّ كل شيء مثلما خُطّط له، ونجحا في زرع أجهزة التنصّت والعدسات الخفية وسط الأحراش، لمراقبة تحرّكات العدو. انسحبا بهدوء من المكان، دون أن يلاحظ تسللهما أحدٌ، وظنّا أن النجاح كان حليفهما... لكن في رحلة العودة، حصل ما لم يكن في الحسبان. فقد انفجرت قذيفة في مكان قريب منهما، وتناثرت الشظايا المعدنية لتصيب أحمد في ساقه إصابة بليغة. اختبآ بين الأحراش لبعض الوقت، قبل أن يتمكّنا من الهرب باتجاه السيارة التي أخفياها جيّدًا قبل بداية العملية.

كان قد تجاوز إحدى القرى المتاخمة لقانا، ودخل المدينة منذ دقائق. راح يُجيل بصره في الشوارع الهادئة في توتر، وهو يبحث عن أقرب مستشفى يمكنه أن يتوقف عنده. ليت أحمد كان أكثر وعيًا، فهو يعرف المدينة جيّدًا. نشأ فيها مع عائلته ولم يغادرها إلا من أجل الدراسة. فجأة سمع صوت انفجار مكتوم، تلاه أزيز عنيف مع

انهيار السيارة على جانبها الأيمن... صرخ حسّان في غيظ:

- الإطار انفجر... لا حول ولا قوة إلا بالله.

أخذ يضغط على الفرامل في هدوء عجيب مناقض للموقف العصيب. يعلم جيدًا أن أي توقف مفاجئ سيؤدي حتما إلى انقلاب السيارة رأسًا على عقب! وأخيرًا توقفت السيارة بعد أن قطعت مسافة لا بأس بها. نظر حسان إلى صديقه في قلق... ما العمل الآن؟

*****

كانت الشمس قد مالت إلى الغروب، وإن لم يكن الظلام قد خيم تماما. فاصطبغت سماء قانا بلون الشفق، وعكست احمرارها على واجهات المباني. تسلّلت خيوط الشمس الأخيرة عبر زجاج النافذة المغلقة، لترسم بقعا مضيئة على أرضية غرفة الجلوس، حيث جلست ندى على الأريكة تشاهد شاشة التلفاز في ملل. لم يكن في البيت غيرها وأختها دانا، فقد سافر والداهما لحضور زواج بعض الأقارب في بيروت ولن يعودا قبل يومين. كانت دانا تطالع جريدة الأمس في اهتمام. بل لعلّها قرأت الملف الخاص بالمقاومة اللبنانية، والأحداث الأخيرة التي هزت الساحة السياسية مرّات ومرات، محاولة دراسة هذه الظاهرة... رفعت رأسها فجأة وقالت كأنها تخاطب نفسها:

- إنه لشيء عجيب حقًا... كل هؤلاء الشباب الذين يتركون عائلاتهم ومستقبلهم وينضمون إلى جيش مبتدئ لا يعترف أحد بمشروعيته، ويضحون بأنفسهم دون نتائج تذكر!!

ألقت عليها ندى نظرة احتجاج، ثم قالت في ثقة:

- إنهم يدافعون عن وطنهم... ولا يهمهم أن يعترف بهم أحد، طالما كانت قضيتهم عادلة...

ثم أضافت في تهكّم تشوبه مرارة:

٢٠

- طبعًا ليس غريبًا ألا ندرك ما يحرّكهم... فنحن لم نعرف معنى الوطن...

حدّجتها دانا بنظرة غاضبة، وقالت وهي تطوي الجريدة وتُلقي بها جانبا:

- نحن لبنانيون... ولبنان وطننا...

هزّت ندى كتفيها في لامبالاة. لكنها في داخلها لم تكن تستهين بالأمر إلى تلك الدرجة. بل إنها لتستشعر يوما بعد يوم المزيد من الإعجاب بشباب المقاومة البواسل. تحس بإيمانهم بقضيتهم وتصميمهم على إعادة الحرية إلى أراضيهم المسلوبة... لكنها لم تستطع أبدا أن تعلن عن تعاطفها معهم واستهجانها للعدوان الإسرائيلي على جنوب لبنان. فذاك كفيل بإعلان الحرب عليها داخل العائلة، حيث لكل رؤيته المختلفة للصراع اللبناني الإسرائيلي.

لم يكن قد مرّ سوى عامان اثنان على المجزرة الإسرائيلية التي عرفتها المدينة... مجزرة قانا. «عناقيد الغضب» اسم رواية أمريكية شهيرة كتبها (جون شتاينبك) واسم عملية عسكرية إسرائيلية ضد لبنان عام 1996. كانت أهدافها تتلخّص في ضرب المقاومة اللبنانية ومحاولة القضاء عليها. أسلوبها الحرب عن بعد، حملة جوية شاملة وقصف من البر والبحر دون توغّل برّي. قصفت مدن لبنان وقراه خلالها بما لا يقل عن عشرين ألف قذيفة، وانتهكت سماؤه بأكثر من خمسمائة غارة جوية حصيلتها خمس مجازر، آخرها وأعنفها مجزرة قانا. القوات الإسرائيلية قصفت سيارة إسعاف ومركز وحدة الطوارئ الدولية لتسقط ما يزيد على المائة من نساء وأطفال قانا. لا تزال ندى تذكر تلك الحادثة التي تركت في نفسها الفَتيّة أعمق الأثر... هي الفتاة اليهودية ذات الستة عشر عاما. أيقنت منذ ذاك الحين أن المقاومة لا تُلام على شيء مما تفعله لتحرير الأراضي المغتَصَبة. وأيقنت أيضا أنها وإن كانت يهودية، فإنها لن تنتمي يوما إلى الفكر الصهيوني! فاحتلال أرض الغير وقتل المدنيين العزل هو دون شك عمل إرهابي، مهما ادّعت أمها أن السياسة تقتضي بعض التجاوزات، ومهما ادّعى والدها أن ما يحصل يتجاوز تفكيرها المحدود...

فجأة تعالى صوت جرس الباب بحدة، كأن أحدًا ما يستعجل الفتح. تبادلت ندى ودانا نظرات متسائلة، فهما لم تكونا تنتظران زوّارًا... وما لبثت ندى أن هبّت في

رشاقة لتفتح الباب وهي تسوي غطاء رأسها. فتحت الباب وتطلّعت إلى الشبحين الذين وقفا عند مدخل الحديقة، وقد كادت ستائر الظلام التي أسدلت لتوها تطمس ملامحهما. لكنها تبيّنت شكليهما من موقفها ذاك. كان أحدهما يبدو غائبًا عن الوعي تقريبًا، وقد أحاط صاحبه خصره بذراعه اليمنى، في حين شدّه من ذراعه اليسرى التي مرّرها خلف عنقه حتى يساعده على الوقوف. تسارعت دقات قلبها في إثارة، وقد أيقنت أنها مقبلة على مغامرة ما... فالوشاح الذي يتدلّى على صدر أحدهما كان شبيها بالألثمة التي يستعملها المقاومون في العمليات الجهادية. تسمّرت أمام الباب في تردّد وهتفت من مكانها:

- من هناك؟

أجابها الشاب في لهفة:

- أختاه... عذرًا على الإزعاج في هذه الساعة... لكن أخي مصاب في ساقه، والسيارة تعطّلت بنا في شارعكم، ولا يمكننا الوصول إلى المستشفى... نحن غرباء عن المدينة... فهل يمكن لوالدك أو أحد إخوانك أن يمدّ لنا يد المساعدة لإيجاد طبيب قريب؟

وقفت للحظات وتفكيرها يعمل بسرعة لإيجاد حل مناسب، وسرعان ما هتفت قبل أن تغيب في الداخل:

- انتظر قليلا...

دخلت بخطوات سريعة، وتوجّهت مباشرة إلى درج الخزانة في غرفة والديها، وأخذت تفتش في محتوياته في توتر. جاءها صوت دانا من قاعة الجلوس مستفهمة:

- من الطارق؟

ردّت ندى بصوت متلعثم من الاضطراب:

- آه... الجيران...

- الجيران؟ وماذا يريدون؟

أجابت ندى وهي تمسك بمفتاح المستودع في ظفر:

- بعض الأدوات من المستودع...

ثم خرجت مًسرعة مجدّدًا. تقدّمت في اتجاه باب الحديقة وفتحته، ثم أشارت

للشاب بأن يتبعها إلى الداخل. لم تكن إلى تلك اللحظة قد لمحت جرح الشاب المصاب، لكن ما إن فتحت الباب حتى انقبض صدرها، مع اصطدام نظراتها بمشهد ساقه التي شقّها جرح عميق ما زال ينزف. بدا على الشاب السليم التردّد، لكنها التفتت إليه بعد أن تقدّمت بضع خطوات وهتفت:

- من هنا أرجوك...

لم يجد بُدًّا من تعقّب خطواتها. سارت بمحاذاة جدار المنزل، ثم استدارت باتجاه الحديقة الجانبية، وفي أقصى الحديقة الخلفية، كان هناك مستودع تستعمله العائلة لركن قطع الأثاث القديمة والكتب والجرائد وغيرها من أدوات البستنة والنجارة... لم يكن المكان في غاية النظافة، لكنه كان مرتّبًا. التفتت إليهما ندى في حرج وقالت:

- أعلم أن المكان ليس مناسبًا... لكن لا يمكنني إدخالكما إلى المنزل...

هزّ الشاب رأسه متفهّمًا. لكن في تلك اللحظة، وقعت عيناه على نجمة داود التي تدلّت من سلسلة فضية أحاطت عنقها، فاتّسعت عيناه دهشة. انتبهت ندى إلى تغيّر ملامحه، لكنها تجاهلت الأمر، وأسرعت بجلب طاولة قديمة وكرسيين خشبيين وهي تهتف:

- يمكنك أن تجعله يستلقي على الطاولة... سأستدعي الطبيب فورا...

خرجت ندى من المستودع، فتابعها حسان بنظراته في استغراب متزايد... إنها يهودية! لا شك في ذلك. ولكنها استقبلتهما دون تردد، وهي بالتأكيد تدرك إلى أي جهة ينتميان. هل يكون في الأمر خدعة ما؟ انتبه في تلك اللحظة إلى جسد صديقه الذي يكاد ينهار على الأرض. رفعه بصعوبة ليستلقي على الطاولة كما طلبت منه ندى، وأخذ يمسح وجهه الذي كساه العرق. كانت علامات الألم واضحة على ملامحه. لم يفقد الوعي بعد. ناداه بصوت خفيض:

- أحمد... هل تسمعني؟

ندت حركة بسيطة من أحمد تدلّ على استجابته إلى النداء، وفتح عينيه قليلا.

- لا تقلق... سيصل الطبيب قريبًا...

لم يكن واثقًا من ذلك تمام الثقة، لكنه عضَّ على شفته السفلى وهو يبتهل إلى الله أن يكون ذلك صحيحًا.

كان قد مضى ربع ساعة تقريبًا على خروج ندى حين فُتِحَ الباب مُجدّدًا وظهرت الفتاة مبتسمة. نظر إليها حسان في تحفز، وتشنّجت أطرافه حين لمح الرجل الذي يتقدّم من ورائها. لكنها سارعت بالتوضيح قائلة وهي تفسح المجال للرجل:

- لقد طلبت المساعدة من أخي... يمكنه أن يعاين جرح المصاب...

حدّق حسان بعدم استيعاب في الرجل الذي ارتدى زيّ راهب كنيسة، وصليبٌ من الحجم الكبير يتدلّى من عنقه. كان في الأمر خللٌ ما... في البداية فتاة يهودية تُدخلهم بيتها، ثم تستعين براهب مسيحي لعلاج الجرح، وتقول بأنه أخوها!!

تقدّم الراهب الشاب في صمت إلى الطاولة، وهو يمسك حقيبة الإسعافات الأوّلية. فتحها بحركة بطيئة، وتناول قفّازات نظيفة، كأنه جرّاح حقيقي. أضافت ندى بصوت منخفض:

- ميشال درس التمريض قبل أن يلتحق بخدمة الكنيسة... وهو بارع في تقطيب الجراح...

بدت الدهشة على حسان وهو يراقب عمل الراهب الدقيق والهادئ. عاين ميشال الجرح في اهتمام، ثم بدا على وجهه الانزعاج:

- ليس الأمر بالسهولة التي توقّعتها... لا يمكنني خياطة الجرح قبل تنظيفه من الداخل...

اقتربت ندى وأطلّت برأسها من وراء كتفيه لتنظر بدورها. لكنها تراجعت بسرعة وهي تتمتم:

- ربما يجب أن نأخذه إلى المستشفى...

- ما يمكنهم تقديمه في المستشفى لن يكون أفضل مما يمكنني فعله... سأنظّف الجرح بنفسي...

قال ميشال تلك الكلمات وهو يتناول المقصّ الطبي، ثم رفع عينيه إلى حسان وأشار قائلًا:

- ثبّته على الطاولة من كتفيه حتى لا يتحرك... ستكون العملية مؤلمة... ودقيقة...

ثم التفت إلى ندى وهو يتابع:

- ندى أرجوك، أمسكي ساقه جيدًا حتى أنتهي من إخراج قطع المعدن من الجرح...

عضّت ندى على شفتها في ألم، وهي تمد يدها في اضطراب لتشارك في العملية. أما حسان فقد قرّب شفتيه من أذن صاحبه وهمس مطمئنًا:

- أحمد... اثبت أرجوك... ستتألم قليلا، لكن كل شيء سيكون على ما يرام.

- خذ هذا... ضعه في فمه...

رفع حسان رأسه، فوجد ميشال يمد إليه قطعة قماش خشنة. تناولها وقد فهم الغرض منها. انحنى على أذن أحمد مجددًا وهو يهمس:

- تجلّد أرجوك... اضغط بأسنانك على هذه، حتى لا تؤذي نفسك...

فتح أحمد عينيه لبرهة، وقد بلغ منه الوهن مبلغه... لكن بعد لحظات، تعالى صراخه المكتوم بقطعة القماش، وأخذ جسده في الاهتزاز بعنف من الألم بعد أن شرع ميشال في العبث بأدواته الحادة داخل ساقه. كانت ندى في غاية التأثر. تشدّ بقبضتها على الساق المصابة لتثبّتها على الطاولة، وتخفي بكفها الأخرى وجهها، حتى لا تقع عيناها على الجرح المفتوح. لكنها لم تستطع أن تمنع عَبَرَاتها من التسرب، والأنين العميق الذي يُطلقه أحمد يملأ أذنيها... كان حسان هو الآخر ممتقع الوجه. يمسك بكتفي صديقه بقوة حتى يشل حركته، لكنه لم ينجح في منع جسده من الاضطراب... حتى ارتخى أخيرًا وغاب عن الوعي.

رفع ميشال رأسه وهو يتنهّد، ثم نزع القفازات التي اصطبغت بالدماء، ووضعها في كيس بلاستيكي بكل حرص. ثم قال وهو يتناول الضمادات القطنية ويلف بها الساق التي انتهى من خياطة جرحها للتو:

- سيستيقظ بعد بضع ساعات... يلزمه بعض الراحة قبل أن يتمكّن من السير بصفة طبيعية...

أعاد جمع أدواته في الحقيبة الطبية، ثم سار إلى الخارج تتبعه ندى. تنهّد حسان في ارتياح، وهو يتأمل وجه صاحبه الهادئ. سيكون بخير... قلبه يحدّثه بأنه سيكون

بخير... لقد نجا من الخطر الحقيقي، وسيستيقظ عند الصباح وهو أحسن حالا...

انتبه حين وصله صوت حديث قادم من الخارج لم يتبيّنه جيدا. اقترب من باب المستودع الخشبي في حذر، فأصبحت الأصوات أكثر وضوحا. جاءه صوت ميشال وهو يهتف في حدة:

- هل تدركين جيدًا ما الذي تفعلينه؟ كيف تُدخلِين رجلين مشبوهين إلى المنزل في غياب والديك؟

كان صوت ندى أكثر هدوءًا وهي تقول:

- اخفِض صوتك... سيسمعانك! أنت ترى جيدا أنني أدخلتهما إلى المستودع وليس إلى المنزل... كما أنني لم أستطع طردهما وأحدهما مصاب... ظننت أن عملك في الكنيسة سيجعلك أكثر تسامحا...

- لكن وجودهما هنا فيه خطر... لقد حلَّ الظلام... هل فكرت في ردة فعل والديك إن علما؟

- بابا جورج سيكون متفهّما...

- لكن أمك لن تكون كذلك!!

ساد الصمت للحظات، وقد بدا على ندى التفكير. أطرق حسان في تفكير هو الآخر. لكن ما لبث أن جاءه صوت الفتاة مجددًا وهي تقول في حزم:

- إذن لا يجب أن تعلم! ودانا كذلك...

- دانا؟! أليست في المنزل؟

- بلى... لكنني كذبت عليها... قلت إن الجيران يحتاجون إلى أدوات من المستودع...

لم يعلّق ميشال، فأردفت ندى في رجاء:

- أنت لن تخبر أحدًا، أليس كذلك؟ على أية حال سيغادران قبل عودة والدينا...

تأخّر رد ميشال للحظات قبل أن يقول وصوته يبتعد:

- حسن... سأعود بعد قليل...

لحقته ندى وهي تهتف:

- هل اتفقنا؟

- .....

عاد حسان إلى مجلسه على المقعد الخشبي القديم بعد أن اختفت الأصوات تمامًا. تنهّد وهو يطالع وجه أحمد في حنان. كانا يدركان جيدًا الخطر الذي يواجهانه، لكن ذلك لم يمنعهما من المجازفة... طالما كانت قضيتهما عادلة وهدفهما مشروعا. كتب الله لهما النجاة بأعجوبة... فلا يزال في العمر بقية. تجهّم وجهه حين تذكر ما حصل في نهاية المطاف. لا شك أن الجنود قد فتّشوا المكان جيدا بعد أن تفطّنوا إلى تسللهما. ولا شك أنهم قد عثروا على آلات التنصّت التي أخفاياها... فشلت العملية!

التفت حين سمع صرير الباب وهو يفتح من جديد. كانت ندى قد عادت وهي تحمل عددًا من الأغطية والوسائد. هبَّ ليستلمها منها، واشتركا في لف جسد أحمد وتدثيره، والصمت يخيم عليهما.

- سيكون أفضل هكذا...

أومأ برأسه موافقًا، ثم قال متغلبا على تردده:

- آنستي...

رفعت رأسها في تساؤل، فاستطرد وهو يغضّ بصره في حياء:

- آسف لكل ما سببناه لك من متاعب... وشكرا جزيلا على كل ما قدمته لنا...

- هذا واجبي...

قالت ذلك في اقتضاب، وهي تستدير لمغادرة المكان في ارتباك. كان من الواضح أنه استمع إلى جزء من حديثها مع ميشال. بعد دقائق قليلة، طرقت باب المستودع بلطف، ثم دخلت وقد سبقتها رائحة الحساء الشهي. تابعها حسان بنظراته في تأثر وهي تضع الطبق وقنينة الماء على المقعد الخشبي الخالي في عناية. قالت قبل أن تسارع لتنصرف نهائيا هذه المرة:

- هناك ما يكفي من الأغطية لك أيضا... الليلة باردة...

*****

فتح جاكوب عينيه في فزع، واستوى جالسا في فراشه وهو يلهث بشدة. ظلّ يُحدّق أمامه في الفراغ وهو يضع كفّه على صدره، محاولا السيطرة على انفعاله... كان كابوسًا مُريعًا. ألقى نظرة على تانيا التي كانت تغط في نوم عميق. لم توقظها حركته، فلطالما كان نومها ثقيلا. أزاح اللحاف وغادر الفراش. سار على أطراف قدميه إلى باب الغرفة وفتحه في هدوء، والكلمات الأخيرة التي سمعها في كابوسه لا تزال ترنّ في رأسه.

كان البيت هادئا تماما. حانت منه التفاتة إلى الساعة الحائطية في الممر. كانت الساعة قد تجاوزت الرابعة بعد منتصف الليل ببضع دقائق. سيقوم بجولة ليتفقد الأطفال، ثم يخلد إلى النوم من جديد. ما زال أمامه بضع ساعات قبل موعد العمل. كانت الغرفة الأقرب إلى غرفته هي غرفة باسكال. فتح بابها وأطلّ برأسه. كان الصغير نائمًا وقد انحسر عنه الغطاء. أعاده إلى وضعه وسحب منه الآلة الحاسبة التي كان يحتضنها. ابتسم في دهاء وهو يتناول دُمية دب من الحجم الكبير من بين الدمى المُصففة على رفّ الخزانة في نظام. كان قد اشتراها له منذ سنتين، لكنه لم يره يلهو بها أبدا... وضعها إلى جانب الولد، وجعل ذراعه تحتضنها. ثم انصرف في رضا.

كان يهم بدخول غرفة سارا حين تناهت إليه همهمة منخفضة، قادمة من غرفة ريما الواقعة في الجانب الآخر من المنزل. اقترب في حذر، فلمح ضوءًا صادرًا من الفتحة تحت بابها. يبدو أنها مستيقظة في هذا الوقت! أدار مقبض الباب وفتحه بلطف... تسمّر في مكانه حين ألفى الفتاة تجلس على سجادتها، وتمسك بين يديها كتابًا. كانت تقرأ منه بصوت رخيم وبخشوع مؤثر. كتاب قرآن. لبث جاكوب يتأملها في صمت وقد انتابه إحساس غريب. لم يكن يُصغي إلى الكلمات التي تنطق بها، لكن ترتيلها كان ذا لحن شجيّ لامس جدار قلبه القاسي. انتبه حين توقّفت عن القراءة. أغلقت كتابها والتفتت إليه مبتسمة، فبادرها:

- ما الذي تفعلينه في مثل هذا الوقت؟

- استيقظتُ لصلاة الفجر...

- هاه؟ هل هي صلاة جديدة؟

وقفت وطوت سجادتها وهي تقول موضحة:

- بل هي صلاة قديمة... لكنني لم أكن أدرك قيمة أدائها في وقتها... فأصليها قبل شروق الشمس بقليل... لكن الشيخ يقول إن ركعتي الفجر خير من الدنيا وما فيها... همَّ بأن يتكلّم، لكنّه تذكّر الكابوس الذي رآه منذ دقائق وسمع صوت والدة ريما وهي تهتف في أذنيه «الأمانة يا جاكوب... الأمانة!!». كان ذاك النداء ما أخرجه من نومه فزعا. تمالك نفسه واقترب من الفتاة ليربت رأسها في حنان وهو يقول:

- حسن يا صغيرتي... والآن هيا إلى النوم... ما زال الصباح بعيدا...

استلقت ريما في سريرها، وغطّاها جاكوب في حرص. ثم قرّب كرسي مكتبها وجلس إلى جانبها. لبث يتأمل قسمات وجهها البريئة للحظات وهي تبتسم في وداعة. ولم يستطع أن يقاوم رغبة مفاجئة في أن يُسمِعها أغنية نومها التي كان يُغنّيها لها عندما كانت طفلة دون السادسة... الأغنية التي تحمل اسمها للسيدة فيروز.

يالله تنام ريما *** يالله يجيها النوم

يالله تحب الصلاة *** يالله تحب الصوم

يالله تجيها العوافي *** كل يوم بيوم

يالله تنام، يالله تنام *** أذبح لها طير الحمام

كانت ريما تحب تلك الأغنية كثيرًا، وتحب أن يُغنّيها لها جاكوب. فهي كانت تُذكّرها بوالدتها الراحلة. تشبّثت بذراع جاكوب وهمست وقد امتلأت عيناها بالدموع:

- بابا يعقوب... أنا أحبك كثيرا...

امتقع وجهه فجأة، وهزّ رأسه في صمت. صارت كلمات حبها تُخيفه في الفترة الأخيرة.

*****

انشغلت ندى بترتيب المنزل وغسل الأواني في سويعات الصباح الأولى. كانت دانا

قد انصرفت إلى جامعتها منذ أكثر من ساعة، ولم ينصرف ميشال إلا بعد أن أعطاها درسًا في الحذر والتعامل مع الغرباء، وبعد أن وعدته بجعل الشابين ينصرفان في أقرب وقت. أما هي فقد امتنعت عن الذهاب إلى جامعتها في ذلك الصباح، حتى تنتهي مما يشغلها.

أتمّت تجفيف الأطباق ورمت المنديل على المنضدة وهي تتنهد. ربما عليها أن تتفقّد ضيفيها، وتطمئن على حال الشاب الجريح، قبل أن تطلب منهما المغادرة. ولكن عليها أولا من واجب الضيافة أن تقدّم إليهما فطور الصباح. سارعت بملء كأسين بالحليب الدافئ، ورصفت بضع قطع من الكعك على طبق صغير، وخرجت باتجاه المستودع.

طرقت الباب لتعلن عن وصولها. انتظرت قليلا، ثم دفعت الدفة بلطف. وما إن خطت إلى الداخل حتى وقعت نظراتها على أحمد الذي استوى جالسا على الطاولة وساقه المصابة مُمدّدة أمامه. كان يحدّق في الباب بنظرات حذرة متحفزة، لكن حين رآها تحمل طبق الإفطار استرخت ملامحه، وخفض بصره عنها. تقدّمت في هدوء وهي تجيل عينيها في المكان، ثم قالت وهي تضع الطبق على الكرسي الخشبي:

- أين صديقك؟

أجاب أحمد دون أن يرفع رأسه إليها:

- خرج لتغيير إطارات السيارة وإصلاح عطبها... لا نريد أن نثقل عليكم أكثر مما فعلنا...

ثم أضاف في امتنان:

- حسان أخبرني بما فعلتم من أجلي... لست أدري كيف أوفيكم حقكم من الشكر...

ابتسمت ندى وهي تضع كوب الحليب على الطاولة بالقرب منه، وهمست في حياء:

- لم نفعل إلا الواجب...

ثم قالت وهي تُقرّب منه طبق الكعك:

- تفضّل بعض الكعك... سيساعدك على استرداد عافيتك...

وضعت الطبق أمامه، وأخذت تجمع الأغطية وتُرتّبها. أطرق أحمد في تردد وهو يراقب حركتها بطرف خفيّ. كان يصارع الفضول الذي استبدّ به، وصار يُلحّ عليه حتى يعرف حقيقة أمرها. كانت تهم بالانصراف حين استوقفها وقد أوشكت على تجاوز العتبة.

- لحظة من فضلك...

توقّفت ندى والتفتت إليه في اهتمام.

- آنستي... أنت يهودية، أليس كذلك؟

نظرت ندى على الفور إلى نجمة داود التي كشفت أمرها منذ البداية، ولم تعلّق.

- إذن... لماذا تساعديننا؟

رفعت عينيها في انزعاج وهتفت:

- وما شأن ديانتي بالعمل الإنساني؟ ألا يحثّك دينك على الرحمة والرأفة وتقديم يد المساعدة إلى من يحتاجها، مهما كان انتماؤه وعقيدته؟ أليست تلك رسالة جميع الأديان السماوية؟

ارتبك أحمد وقد أدهشه ردّها ،وخفض رأسه في خجل من نفسه. فتاة يهودية تُلقّنه درسًا في الأخلاق!! لم يملك إلا أن يتمتم في اعتذار:

- أنا آسف... لم أقصد الإهانة..

استطردت ندى في عدم اكتراث:

- لا عليك... فما يحصل حولنا يُنسينا أننا نعبد إلهًا واحدًا... وإن اختلفت التفاصيل والملابسات...

سرح أحمد للحظات، وهو يحاول استيعاب كلماتها التي صدمته بقوة. لم يكن قد تقرّب قبلا من اليهود العرب، ولا عرف شيئا عن طريقة تفكيرهم. والفكرة الطاغية لديه هي أنهم يُضمرون العداء للمسلمين. لكن هذه الفتاة التي تقف أمامه تقول كلاما لم يتعوّد عليه. كلامًا يضع الكثير من المُسلَّمَات لديه موضع تشكيك.

قاطع صوتها أفكاره وهي تقول موضّحة:

- لا تستغرب ما أقول... فأنا نشأت في عائلة تختلط فيها كل الديانات... اليهودية والمسيحية والإسلام... ليس هنالك حواجز بينها...

هزّ رأسه في اهتمام، يُشجّعها على الإفصاح عن قصتها... فقد استثاره كلام حسان عن أخيها المسيحي، وازداد فضولا مع كلماتها الأخيرة. ابتسمت ندى وهي تستند إلى الجدار، وترفع خصلات شعرها النافرة التي أطلّت من تحت غطاء رأسها. لم تكن قط فتاة متساهلة في علاقتها مع الجنس الآخر، بل إنها تنتمي إلى عائلة محافظة تعطي وزنا كبيرا للعادات والتقاليد، حتى إنها من بين الأقلية اليهودية التي تحافظ على غطاء الرأس للمرأة وزيّها المحتشم. لكنها، وفي لحظات بسيطة، أحسّت بارتياح غريب تجاه أحمد، ووجدت نفسها تحاوره دون تردد وتُحدّثه عن عائلتها. ربما كان لملامحه الجادة ولنظراته التي التصقت بالأرض احتراما لها دورٌ في ذلك. وقد سرَّها أن تجد من يُصغي إلى حديثها بمثل ذاك الاهتمام، فتابعت:

- وُلدت من أمٍّ يهودية وأبٍ مسلم... ربما لم يكن والدي ملتزما كثيرا بدينه، لكنه مُسلم على أية حال. أما أمي فهي من أسرة يهودية محافظة تهتم بتطبيق الدين وإقامة شعائره. تعرَّفا في تونس، حيث جذور عائلتي، وتزوَّجا رغم معارضة الأهل، بعد قصة حب قوية. لكن من العجيب أن زواجهما لم يدم طويلا... بل اشتدّت الخلافات بينهما، وانتهيا إلى الطلاق بعد أن جئت أنا وأختي دانا إلى الوجود...

عادت ذاكرتها بها إلى الوراء، وأخذت صور من الماضي تنساب أمام عينيها وهي تُحدّث هذا الرجل الغريب عن حياتها. تذكر ذاك اليوم، حين جلست أمها إليها وأختها دانا في ساحة منزل جدّتها العتيق. رغم سنواتها الأربع، فإن الكلمات كانت واضحة في ذهنها. والدتها حدّثتها عن الشَتَات الذي كُتِبَ على اليهود، وعن ضرورة الرحيل وترك الأهل والأحباب، لأنَّ ذلك هو قدرهم المحتّم. الله كتب عليهم التنقل من مكان إلى آخر، وعليهم الانصياع مهما كان ذلك قاسيا، حتى تُغفر خطاياهم. «الله أمرنا بتعمير الأرض، وأينما كانت هناك أرض، فسيكون عليها يهود. وأرض الله واسعة». الحتمية والقدر. هكذا برّرت سونيا رحلتها المفاجئة نحو الأفق البعيد، وإن كانت حقيقة دوافعها مختلفة. في تلك السنّ فكّرت ندى أنها لم تكن تريد

الرحيل، لكنها لم تكن تريد أن تُغضب الله.

كلّما فكرت في مفاهيم «الحتمية» و«القدر» الراسخة في معتقدات اليهود، ازدادت اقتناعا بأنها مثل أمّها، ستواجه قدرها رافضة الاستسلام للحتميّة. بالنسبة لأمها، يُعتبر الانتحار حلا سهلا، يبعد كل البعد عن مفهوم الشجاعة. بالإضافة إلى كونه مضادا للطبيعة الإنسانية، لأنه يتناقض مع مشاعر الرغبة وغريزة البقاء البشرية. ومن يتحدون قدرهم بوضع حد لحياتهم ليسوا شجعانا كما يعتقد الجميع. لذلك فقد اختارت طريق الصراع المستميت لتغيير القدر.

حتى وقت قريب، كانت تفاصيل حياتها تحاك في معظمها بأنامل أمها التي تهوى المعارك، ولا تنوي أبدا أن تخسر الحرب. كانت قد أعلنت الحرب على كل جنود الحتمية وهي تحمل إرادتها الصلبة كسلاح وحيد. هل يخلد التاريخ ذكرى الأشخاص أمثالها؟ لا، بالنسبة إلى أشخاص لا يغازلون الموت، يُقال غالبا، فلان عاش سعيدا أو تعيسا، لقلة ماله أو ذكائه... لكننا لا نعتبر بطلا إلا شخصا يموت شهيدا أو في شأن عظيم. أما الآخرون فإنهم يعيشون لتحقيق قدرهم لا غير.

كانت أمها بطلة ذكرياتها دون منازع. لم يحصل أن خضعت للآخرين أو تركت أحدًا يُقرر مسار حياتها، بل لعلّها استغلت الحتمية التاريخية عند اليهود لصالحها في أحيان كثيرة. حين علمت أن حضانتها وأختها دانا ستعهد إلى والدها لأسباب عنصرية بحتة في نظرها، لم تتردد لحظة واحدة في ركوب الطائرة والتبخر في الهواء، مُتذرّعة بالقدر والشتات المكتوب عليهم. أمها التي تبدو ضعيفة ورقيقة في مظهرها، تغدو طاغية بلا رحمة حين يتعلق الأمر بأطفالها. الهرب يعتبر ضعفا في المطلق، لكن الهرب بأطفالها هو نصر محقق بالنسبة إليها.

- كان عمري خمس سنوات فحسب حين تعرّفت والدتي على بابا جورج... أرميني مسيحي. تزوّجته وجئنا جميعا إلى لبنان، حيث كان بابا جورج يعمل. كان أرمل، وله ابن وحيد من زوجته الراحلة... ميشال. نشأنا جميعا أنا ودانا وميشال على أننا إخوة وتوثّقت علاقتنا كثيرا... حتى إنني لم أشعر يوما أنني أفتقد إلى وجود أبي الحقيقي في حياتي، فبابا جورج كان نعم الأب لنا أنا وأختي. بل إنه كثيرا ما

كان يعاقب ميشال بدلنا، حتى لا يُشعرنا بأي تفرقة بيننا. أمي كانت حريصة على تعليمنا الدين اليهودي، أما ميشال فقد ربّاه والده على المسيحية... لكننا تعلّمنا أن ذلك لا يُغيّر من أخوّتنا شيئا... لأن الله واحد للجميع...

رفع أحمد حاجبيه مُعبِّرًا عن عجبه... الله واحد للجميع! هل يؤمن اليهود بذلك حقا؟!

واصلت ندى مبتسمة:

- كما أن تلك ليست التجربة الوحيدة في عائلتنا... فخالتي تزوجت من رجل مسلم أيضا... وخالي ارتبط بمسلمة، ثم أسلم من أجلها... ولا أظنهما حالتين استثنائيتين... خاصة أن عدد اليهود في تونس ليس كبيرا، لذلك فإنهم يندمجون بسهولة في المجتمع ويتزوجون من المسلمين...

سألها أحمد في جدية:

- ولكن... كيف يقبل في دينكم أن ترتبط المرأة برجل ليس على دينها؟ ففي الإسلام، يحل للرجل أن يرتبط بكتابية، لكن المرأة المسلمة لا يجوز لها أن تتزوج غير المسلم...

أومأت ندى برأسها موافقة وهي تقول:

- نعم أعلم ذلك... لكن في اليهودية الأمر مختلف. فبالنسبة إلينا، يجب أن تكون الأم يهودية حتى يكون الأطفال من اليهود. لأن الأم هي من يُعلّم الأطفال الدين... ولو لم يكن الأمر كذلك لدينا، لما أمكن للرجال المسلمين الزواج من يهوديات...

بادرها أحمد على حين غرة:

- وأنت؟ ما نظرتك للمسلمين؟ هل تقبلين بالزواج من رجل مسلم؟

بدا عليها التوتر والتردد، وخفضت رأسها في حياء. لاحظ أحمد اضطرابها فاستدرك على الفور في ارتباك:

- أنا آسف، لم أقصد أن أحرجك... ولكن أردت أن أعرف كيف ينظر الجيل الجديد إلى مسألة الزواج المختلطة... هل هي مقبولة عندهم، أم أنها كانت خاصة بزمن معين وثقافة معينة... وهل هناك فوارق في التفكير بين يهود تونس ويهود

لبنان... هذا ما قصدته...

كانت ندى تهمّ بالرد حين فُتح باب المستودع، الذي ظل مواربا، ودخل حسان وقد ظهر الانشراح على أساريره. التفتا إليه في وقت واحد، وقد بدا على كليهما الاضطراب، في حين هتف حسان الذي كان منشغلا بما يحمله من أخبار:

- السيارة جاهزة... أظننا سنغادر في الحال. وشكرا لك مجددا آنستي...

همهمت ندى ببضع كلمات غير مفهومة، وسرحت نظراتها للحظات وهي تحس بانقباض لم تدر مصدره. أما حسان فتقدم على الفور ليساعد أحمد على الوقوف، دون أن يضيع لحظة واحدة، كأنه يستعجل المغادرة. تحرّك أحمد من مكانه ببطء وهو يستند إلى ذراع صاحبه، لكن ما إن وضع ساقه المصابة على الأرض، حتى بدا على ملامحه ألم شديد لم ينجح في كتمانه، فأطلق صرخة قصيرة جعلت ندى تضم كفيها إلى صدرها في تعاطف. سارع حسان ليحيط خصره بذراعه، ويسهل خطواته الأولى... أخذا يسيران في بطء باتجاه السيارة التي توقفت أمام باب الحديقة. أما ندى فتبعتهما إلى البوابة لتودعهما، كأنها تودّع بعض أهلها.

فتح حسان باب السيارة، وساعد أحمد على الجلوس. وبعد إن اطمأن إلى استقراره، ركض إلى الجانب الآخر واتخذ مجلسه أمام عجلة القيادة. أدار المحرك ولوّح لها مودّعًا. حرّكت ندى كفها في الهواء مودّعة بدورها، لكن إحساسا غريبا كان يشدّ نظراتها إلى أحمد الذي بدا منشغلا بألمه عنها. لكن قبل أن تتحرك السيارة مُبتعدة رفع عينيه إليها، وهتف كأنّه قد تغلّب على تردده أخيرا:

- آنسة...

ساعدته بقولها:

- ندى...

- نعم، آنسة ندى... شكرا لك على كل شيء...

ثم انطلقت السيارة بسرعة لتبتعد عنها، حتى اختفت عن ناظريها. لبثت أمام البوابة تنظر في الاتجاه الذي سلكه المسافران، وعلى شفتيها ابتسامة خفيفة، وفي صدرها شعور لذيذ... شعور لم تعرفه من قبل الفتاة ذات الثمانية عشر ربيعا.

لقد اهتم بمعرفة اسمها...

*****

- الغداء جاهز، إلى المائدة جميعا...

ترك باسكال ما بين يديه على الفور، وجرى ليقفز على الكرسي وهو يهتف في صبر نافد:

- أنا جائع!!

رمقته سارا بنظرة قاسية، وهي تجذب كرسيها في هدوء وتجلس في رصانة:

- متى ستتعلم التصرف بأدب؟

عقد باسكال ذراعيه أمام صدره في احتجاج، ورمى إلى سارا نظرة نارية أتبعها بمد لسانه محاولا إغاظتها. أشاحت سارا بوجهها في استهانة، وهي تضيف بصوت هامس:

- ستبقى طفلا دائما...

ابتسمت تانيا وهي تضع الوعاء الساخن الذي يحمل الطبق الرئيسي، وقالت معاتبة ابنتها:

- إنه لا يزال صغيرا... دعيه يعش طفولته!

- ولكن يا ماما... يجب أن يتعلّم الأدب من الآن...

في تلك اللحظة، دخلت ريما وهي تلبس ثوب الصلاة الفضفاض والحجاب. ألقت التحية، وجلست في هدوء على مقعدها المعتاد. لكن سارا شهقت في استهجان:

- وهذه أيضا... ألا تزال طفلة؟! إنها حتى لم تُغيّر ملابسها قبل الجلوس إلى المائدة!!

ألقت تانيا نظرة صارمة على سارا، ثم التفتت إلى ريما وقالت في لطف:

- ريما عزيزتي... لماذا لم تُغيّري ملابسك بعد؟ سيتسخ ثوبك ووشاحك...

لكن ريما لبثت مطرقة وأجابت في حزم واقتضاب:

- سأبقى بهما...

نظرت إليها تانيا في استغراب، ثم دخلت مجددًا إلى المطبخ حيث تركت جاكوب يُنهي تحضير السلطة. وما هي إلا دقيقتان حتى عادت وإياه إلى غرفة الطعام. جلس جاكوب إلى جانب ريما كعادته، ولم يُعلّق بكلمة. أخذ يوزّع قطع اللحم على الصحون في صمت، في حين راحت تانيا تلمزه وتشير إليه كي يتحدث إلى ريما بشأن ملابسها. حدّجها بنظرة متذمّرة، ثم التفت إلى ريما مبتسمًا وقال:

- ريما حبيبتي... لماذا لم ترتدي ثياب البيت؟

وضعت ريما شوكتها إلى جانب الطبق، ولبثت مطرقة دون أن تُحرّك ساكنا. سرى التوتر إلى الجلوس حول المائدة، وساد الصمت للحظات. وأخيرًا تكلّمت ريما في صوت حازم لم يُعهد عند الصغيرة:

- منذ اليوم سيكون هذا لباسي...

تبادل الطفلان نظراتٍ متسائلة، في حين رنت تانيا إلى جاكوب في انفعال، وقد أدركت جزءًا مما ترمي إليه ريما. أما جاكوب فقد تمهّل للحظات، ريثما استوعب ما ينطوي عليه قرار الفتاة ثم قال في هدوء:

- حسن... دعينا نأكل الآن، وسنتحدّث في ذلك لاحقا...

تناول شوكته وشرع في الأكل، وعقله لا يزال مشغولا بالتفكير. فما كان من الأطفال إلا أن حذوا حذوه، وأخذ الجميع يأكلون في صمت. لكن علامات الانزعاج ظلّت بادية على وجه تانيا التي لم تأكل إلا شيئا قليلا، ثم مسحت يديها في عصبية وتركت مقعدها. رفع باسكال وسارا رأسيهما في توجّس، وتبادلا نظرات واجمة، فبادرهما جاكوب:

- أنهيا طبقيكما قبل أن تفكّرا في مغادرة المائدة.

انصاع الطفلان على مضض. أما ريما، فكانت تأكل في هدوء، وعيناها مركزتان على صحنها. كأنها تتحاشى نظرات جاكوب وبقية أفراد العائلة. وما إن أنهت نصيبها حتى قامت لتغادر المائدة، وتنسحب إلى غرفتها.

اهتمّ جاكوب بطفليه ريثما انتهيا من الأكل، ثم جمع الصحون ونظّف المائدة.

تردّد للحظات قبل أن يدخل إلى غرفة نومه حيث اختفت تانيا الغاضبة منذ دقائق طويلة. كانت تجلس على السرير، وهي تهز إحدى ساقيها في توتر، مولية الباب ظهرها، وما إن فتح الباب حتى استدارت وقد تطاير الشرر من عينيها وهتفت:

- هل يمكنك أن تفسر لي ما الذي تفعله ريما؟

ارتبك جاكوب الذي لم يكن يدري كيف عليه أن يعالج الموقف وقال:

- يبدو لي أنها قد قررت ارتداء الحجاب الإسلامي... وذلك حقّها...

وقفت تانيا في عصبية متزايدة وأخذت تصرخ:

- حقّها؟ عن أي حق تتحدث؟ تعلم أن باسكال وسارا لا يزالان صغيرين، وقد بدأت تصرفاتها المختلفة تثير الكثير من التساؤلات لديهما... حول الصلاة التي تؤديها مرات عديدة في اليوم الواحد، وذهابها إلى المسجد يوم الجمعة... والكتاب الذي تقرأ فيه باستمرار... وأنا أحاول في كل مرة أن أجد تفسيرات معقولة ومقنعة للطفلين دون أن أدخل شكوكا عقائدية لديهما. والآن ماذا؟! الحجاب مرة واحدة؟! كيف يمكنني أن أتعامل مع هذا؟ إن الأمر وصل إلى حد لم يعد مقبولا... وعليك أن تتصرف!!

تنهّد جاكوب في تسليم، وقال متلطّفا:

- حسنا يا عزيزتي... اهدئي... سأحاول التحدث إليها...

- لا تتحدث إليها وحسب... بل أقنعها!

ترك جاكوب الغرفة وتوجّه إلى غرفة ريما حيث أغلقت على نفسها هي الأخرى. طرق الباب ودفعه بلطف، فرفعت ريما، التي كانت قد أكبّت على مراجعة دروسها، رأسها. اقترب منها جاكوب، وجلس على طرف سريرها، وهو يحاول رسم ابتسامة محايدة على شفتيه. لكنه فشل في إخفاء الخطوط العابسة التي تخلّلت جبينه. نظر إليها متوددا وقال:

- إذن قررت ارتداء الحجاب؟

هزت ريما رأسها علامة الإيجاب، فقال جاكوب:

- جيّد... أنت تتعلمين الدين بسرعة...

ربما لم يكن مقتنعا بما يقول. لكنه يعرف الكثير عن دين الإسلام، ويدرك أن ارتداء الحجاب ضرورة للمرأة المسلمة. ولا يمكنه أن يفعل شيئا حيال ذلك، ولا حتى أن يحاول إقناعها بالعكس... هو وعد والدتها بألا يفعل، وسيظل يفي بوعده مهما حصل. أضاف بعد صمت قصير:

- هل تريدين أن نخرج لشراء عباءات جديدة؟ فأنت تملكين واحدة فقط...

اتسعت ابتسامة ريما وهتفت في فرح حقيقي:

- نعم، أريد ذلك... أنت رائع بابا يعقوب!

تذكر جاكوب عندها غضب تانيا وملامحها المكفهرة، فقال:

- ولكن يا حبيبتي، لا داعي لارتدائها داخل المنزل... في المقابل يمكنك الخروج بها مثلما تريدين...

أطرقت الفتاة وهمست:

- لا أستطيع... يجب أن أبقى بها حتى في المنزل...

- لكن لماذا؟ ليس هناك غيرنا في البيت!

طال صمت ريما كأنها تفكر في الجملة التالية وتزن نتائجها، لكنها قالت أخيرًا في شيء من الحزن:

- ولكنك رجل أجنبيّ عني... لذلك لا يمكنني أن أنزع الحجاب أمامك!

صُعِق جاكوب من كلماتها التي لم يتوقّعها، فتسمّر مكانه من الصدمة. أنا رجل أجنبيّ عنها؟! أنا الذي ربّيتها مثل ابنتي، وأحببتها أكثر من أطفالي الذين من صُلبي؟! هل ستضع حدودًا بيني وبينها... أنا الذي تُناديني بابا؟ كان قد لاحظ في صمت التطور الذي حصل في تصرفات ريما منذ أسابيع قليلة. كان يُهوّن الأمر على نفسه وعلى تانيا... لأنه اعتقد أن ريما لا تزال صغيرة، وتحتاج إلى مساندته ورعايته مثل السابق. لكن أن يصل الأمر إلى إقصائه من حياتها بهذه الصفة... فذلك ما لم يتوقعه!

ربما كانت تانيا على حق في مخاوفها.

*****

ابتعدت السيارة تطوي الأرض طيا، وكأن سائقها فرح بانطلاقها من جديد. عبرت شوارع قانا التي أخذت تدبّ فيها الحركة مع ارتفاع الشمس إلى عنان السماء. التفت حسان إلى أحمد وهتف في تأثر:

- هل تعتقد أن هناك الكثير من اليهود ممن يفكرون مثل ندى؟

انتبه أحمد من أفكاره، ونظر إلى صاحبه في شرود، كأنه لم يستوعب كلماته. هتف حسان في قلق:

- أحمد... هل أنت بخير؟ ربما من الأفضل أن نمر بالمستشفى...

لوّح أحمد بيده مهوّنا، وقال وهو يسترخي في مقعده ويمد ساقه أمامه:

- لا، لا داعي للقلق... سرحت للحظات... لكنني بخير...

ثم أضاف مبتسما وهو ينظر إلى جرحه المضمد بمهارة:

- يبدو أن الراهب مُتعدّد المواهب...

شاركه حسان ضحكة مرحة. وما لبث أحمد أن غرق في أفكاره من جديد. مضت دقائق من الصمت، قبل أن يطلق تنهيدة عميقة. نظر إليه حسان وابتسم مداعبا:

- ما الذي يشغل بالك... أخبرني...

حين لم يأته الرد على الفور، أضاف وهو يغمز بعينه:

- لعلك تفكر في مضيفتنا الحسناء...

بدا على وجه أحمد الانزعاج من دعابة حسان السمجة، لكنه لم يُجب. بل غيّر الموضوع فجأة، وهو يقول في لهجة جادة:

- هل اتصلت بالقيادة؟

ارتبك حسان وقد عادت إليه جديته المعهودة:

- نعم... وسأذهب للقاء القائد غدا، حتى أحيطه علما بكل التفاصيل...

- سآتي معك.

رد حسان في حزم:

- لن تذهب إلى أي مكان، يجب أن تلازم الفراش حتى تسترد عافيتك وتصبح قادرا على المشي...

ثم هتف وقد تذكر شيئا غاب عنه:

- يا الله... نسيت أن منزل والديك قريب من هنا! ألا تريد أن تقضي بضعة أيام مع عائلتك؟ على الأقل ستجد من يعتني بك ويخدمك حتى تتعافى!

أطرق أحمد مفكرا وقال مهمهما:

- لا أريد أن تقلق أمي عليَّ إن علمت بما حصل...

لكنه استدرك بسرعة وقد التمعت في عينيه نظرة غريبة:

- انتظر... ربما كنت على حق! انعطف من هنا...

ألقى حسان عليه نظرة جانبية. ثم أذعن لأمره، وتنهد وهو يدور بالسيارة حول المنعطف، ليعود إلى أحياء قانا القديمة.

*****

دخلت ندى غرفة الجلوس وهي تحمل طبق الحلويات. وبعد أن قامت بجولة على أفراد عائلتها لتوزيع ما يحمله طبقها، اتخذت مقعدا وجلست تستمع إلى مختلف الأحاديث التي يتبادلونها في جو مرح. كان والداها قد عادا من بيروت منذ أيام، وانضم إلى الجلسة ميشال وزوجته ماري وطفلاه كريستينا وجابريال، وخطيب دانا المسيحي إيميل... كان اجتماعا عائليا مميّزا من تلك الاجتماعات التي تحرص عليها الوالدة سونيا كل يوم سبت. فالطقوس اليهودية تقتضي أن تتفرغ العائلة يوم السبت من كل أعمالها، فتتبادل الزيارات واللقاءات الاجتماعية. وكان جورج يتقبّل بصدر رحب كل ممارسات زوجته، مثلما تتقبل هي ممارساته الخاصة بالدين المسيحي.

كانت الأحداث السياسية تشغل قسما لا بأس به من أحاديث العائلة واهتماماتها. ففي تلك الفترة التي تلت الاعتداء الإسرائيلي على لبنان، تفاقم العدوان في الأراضي الفلسطينية، وتزايد القمع الإسرائيلي للمدنيين العزل. وفي الجنوب اللبناني، حيث للأحداث صدى كبير نظرًا للقُرب الجغرافي، تباينت المواقف وانقسم الناس من

أتباع الطوائف الدينية المختلفة بين مؤيد ومعارض... لكن الأكيد هو أن الصهيونية كوَّنت عداوات جديدة ومتجدّدة منذ احتلالها لفلسطين وبنائها للدولة العبرية. وامتدت هذه العداوة لتشمل اليهود أنفسهم، بظهور طوائف منشقة في الداخل والخارج تعتقد بأن الحكم الإسرائيلي قائم على دوافع سياسية وإيديولوجية مُغلَّفة بقناعات دينية مشكوك فيها.

ومن بين هؤلاء طائفة «الناتوراي كارتا»، التي يرى أفرادها أن اليهود استحقّوا الحكم الإلهي الوارد في التوراة بالشتات في مختلف أنحاء الأرض، دون الانتماء إلى وطن يجمعهم ويلمّ شملهم. ولذلك فإنهم يعتبرون كل محاولة لبناء دولة يهودية قبل عودة المسيح إلى الأرض خرقا للإرادة الإلهية. لكن هذا لا يعني أن هذه الطائفة تُساند الإسلام والجهاد أو تدعمه. فهي تستنكر استعمال العنف في الصراع الفلسطيني الإسرائيلي، مهما كان العدوان شديدا.

وفي داخل عائلة سونيا، كانت مختلف هذه المواقف مُمثَّلة. سونيا نفسها كانت من اليهود المتشددين الذين يطالبون بحقهم في القدس، أرض الأنبياء، وبطرد الفلسطينيين منها. ربما لم تكن تحمل نفس الحقد تجاه المسلمين في صباها، فهي كمعظم اليهود العرب، نشأت بين المسلمين وجاورتهم، وعائلتها تمسكت بانتمائها إلى تونس ولم تفكر في الهجرة إلى فلسطين لتعمير المستوطنات الإسرائيلية. بل فضَّلت عيشتها الآمنة وسط مجتمع مسلم يحترمها ويُقسط إليها... لكن تجربة زواجها الفاشلة كانت بمثابة الصدمة، وأثر ذلك على نظرتها للأحداث التي تشهدها الساحة السياسية في السنوات الأخيرة في منطقة الشرق الأوسط، فولَّدت لديها ضغينة تجاه المسلمين كافة. لكنها لم تنجح في ترسيخ قناعاتها الخاصة في الفتاتين، أو على الأقل لم تنجح في ذلك مع ندى.

ندى كانت طفلة ذكية، تسأل كثيرا وتفكر أكثر... فكوَّنت فكرتها الخاصة عن كل هذه المسائل. بل كانت لديها أفكارها الخاصة بشأن كلّ شيء. في سنّ السادسة، بدأت تكتب مذكراتها. مذكرات بسيطة وطفولية في معظمها، صارت أكثر عمقا وحكمة مع الزمن. في سنّ الثامنة، كانت ترتاد مدرسة داخلية دينية نصرانية. لم

تكن الراهبات يجدن سلوكها قويما في تلك السنّ، مع أنها كانت تحفظ نصوص التوراة كاملة عن ظهر قلب. كانت أسئلتها وملاحظاتها الغريبة تتسبّب في عقابها غالبا، ولم تكن المُدرّسات يغفلن عنها للحظة. لكن عقوبتها الأكبر كانت بسبب حكاية «الصرّار والنملة»! حين قدّمت المدرّسة تلك الحكاية الرمزية، أشاد الجميع بحكمة النملة وحرصها. عندئذ، رفعت ندى يدها لتطلب الكلمة وقالت إنها تكره النملة. فالنملة بورجوازية، ربما تكون صاحب بنك أو ما شابهه في عصرنا هذا، لا تفكر إلا في التوفير وكنز الأموال. بينما يموت الصرار الفنان من الجوع في مجتمع لا يؤمن إلا بالمادة! فَقَد وجه الراهبة العجوز ألوانه، وغدت كالأشباح بياضا، قبل أن تطلب من ندى مغادرة القاعة. وكان أن عُوقبت لأسبوع كامل بإجبارها على تناول الخبز الجاف وحده... بسبب كلماتها الشيطانية التي صُنِّفت ضمن «الكفر والهرطقة».

ولم يبد أن تلك العقوبة قد ساهمت في ردع البنت عن سلوكها. فقد كبرت وهي تؤمن بحرية الفكر على تديّنها. آمنت بحكمة التوراة ومبادئها وتعاطفت مع أهل الأراضي المحتلة. تمسّكت بتعاليم الدين اليهودي بحذافيره، حتى إنها كانت أكثر التزاما من والدتها بغطاء الرأس، فلا تترك شيئا من شعرها يظهر على عكس السائد في المجتمعات اليهودية المعاصرة، واعتقدت في نفس الوقت بشرعية المقاومة... وكانت راضية عن توجهها ذاك، رغم ما تلاقيه من اعتراض من طرف والدتها.

لم تكن ندى مُنطلقة كعادتها في تلك الأمسية، بل إنها جلست ساهمة، بالكاد تصغي إلى ما يقولونه بغير تركيز. كانت على تلك الحالة من الاكتئاب منذ بضعة أيام. فكرها مشغول باستمرار، ونظراتها سارحة في الفراغ. لم تكن في مزاج يسمح لها بالمشاركة في النقاش السياسي الذي سيؤدي حتما إلى صدام ترتفع فيه الأصوات... فقد أدركت -منذ وعت أنها تمتلك نظرة مختلفة إلى الأمور- أنه لا فائدة من الإعلان عن موقفها الذي يجعلها تتعرّض إلى السخرية والإهانة من طرف والدتها وشقيقتها دانا. ورغم اقتناعها الكبير بتعاليم الديانة اليهودية، فإن تلك النقاط السوداء في عقيدة أبناء طائفتها تجعلها تتساءل وتحتار، ثم ترجع فتنفض عنها «الأفكار الشيطانية» وتنتهي إلى الإقرار بمشروعية الاختلاف بخصوص الأمور الدنيوية...

وإن كانت هي متأثرة بآراء الطوائف المعادية لإسرائيل، فإنها لا ترفض حق أهلها في اتخاذ مواقف مختلفة.

انتبهت حين تحوَّل موضوع الحوار. كان إيميل يقول:

- ما رأيكم أن يكون الزفاف بعد عيد الميلاد المجيد مباشرة؟

ظهرت علامات الامتعاض على وجه سونيا، ونظرت مباشرة إلى ابنتها دانا تطلب مساندتها. لكن دانا خفضت عينيها في استكانة وابتسمت في حياء وهي تردّ:

- كما تريد...

لم تكن سونيا تريد أن يرتبط زواج ابنتها بعيد نصراني. يكفي أنها وافقت على زواجها من إيميل. فهي وإن كانت قد تزوّجت من جورج وهو على نصرانيته، فإنها ترى الأمر مختلفا بالنسبة إلى ابنتها. كانت تتمنَّى زواجا يهوديا لكل منهما، تحيي به تراث عائلتها، وتقوِّي به انتماءها العقدي... وها هي دانا، التي كانت تظنها الأقرب إلى تفكيرها والأكثر طاعة لها، تتعلّق بشاب مسيحي وعلى وشك الزواج منه. كان كل ذلك يثير غيظا مكتوما لديها. فلا هي تستطيع الرضا بالأمر الواقع والتسليم به، ولا هي تستطيع الجهر بأفكارها تلك، حتى لا تجرح زوجها وابنه...

انتبهت حين أضاف إيميل في سرور وهو يرنو إلى ميشال:

- والعُرس بطبيعة الحال سيكون حسب الشعائر النصرانية... ويُسعدني أن يشرف صهري العزيز عليها...

علا صوت سونيا التي لم تعد تستطيع الكتمان أكثر:

- نحتاج إلى مزيد من الوقت حتى نتفق على مراسم الزفاف!

اعترض إيميل في هدوء، لكن سونيا كانت مُصمّمة على رأيها، واحتد النقاش بينهما. تدخّل جورج لينهي الموضوع بالحسنى، في حين انسحبت دانا باكية إلى غرفتها. أما ماري فأخذت طفلها وغادرت الغرفة. ووسط ذاك النقاش الصاخب، مال ميشال على أذن ندى، وهمس بصوت لم يسمعه غيرها:

- هل تدرين من الذي زارني البارحة في الكنيسة؟

التفتت إليه في لامبالاة وقالت:

- من؟

- هل تذكرين الشابين اللذين جاءا إلى هنا الأسبوع الماضي، وقمت بخياطة جرح أحدهما؟

انتبهت ندى بكل جوارحها، والتفتت إليه في اهتمام، وهي تومئ برأسها، فأضاف:

- أحدهما جاءني اليوم ليشكرني على المساعدة... وهو يُبلغك شكره أيضا. لم أتعرف إليه في البداية. لكنه جاءني مباشرة وناداني باسمي، وأحضر معه هدية...

كانت ندى تتابع كلماته في انتباه، وهي تريد أن تعرف أي الشابين هو. لكنها لم تجرؤ على سؤاله. فتابع ميشال بصوت هامس:

- بدا لي أن جرحه قد تماثل للشفاء... لكنه لا يزال يستخدم عكازًا يتوكأ عليه...

تسارعت نبضات ندى، وسرى في نفسها ارتياح غريب. إنه أحمد! لقد كلّف نفسه عناء البحث عن ميشال ليشكره، رغم أنه لم يتعاف بعد بشكل نهائي. كان بودّها أن تستوضح أكثر عنه، لكن الصمت كان قد حلّ على الجلوس، وظهرت على الوجوه علامات التوتر والانزعاج. ابتسمت ندى في مرح وهي تهتف:

- من يريد كأسا من الشاي؟ سأتناول واحدا...

*****

أغلق جاكوب باب مكتبه جيدا. ألقى نظرة أخيرة على غرفة المعمل المظلمة، ثم أحكم غلق بابها هي الأخرى، وتوجّه إلى الباب الخارجي. كانت الساعة قد تجاوزت الثامنة مساء، والعاملات غادرن معمل الخياطة منذ أكثر من ساعتين. لكن جاكوب بقي في المكتب إلى ذلك الوقت المتأخر، يراجع الحسابات ويتأكد من طلبات الأسبوع المقبل. كان قد ورث المعمل الصغير عن والده الذي كان خياطا ماهرا. لكن جاكوب لم يكن يتقن الخياطة بقدر ما يتقن الإدارة والتصرّف. لذلك مكّنه والده منذ تخرجه من إدارة المعمل وأعطاه مسؤوليته كاملة.

لكن شيئا آخر كان يشغل جاكوب ذلك المساء غير الحسابات والطلبات. كانت

الأمور تسوء بينه وبين تانيا يوما بعد يوم، بسبب حجاب ريما وتصرفاتها المستفزة. لم يكن يريد أن يضغط على الصغيرة، لكنه لم يكن يجهل تبعات ذلك على عائلته. كان بحاجة إلى الاختلاء بنفسه، والتفكير فيما يمكنه فعله لحلّ المشكلة التي باتت قائمة بين جدران بيته.

- جاكوب!

كان جاكوب قد خرج من معمله، وأخذ يتمشّى على مهل، وقد أثقل كاهله التفكير. كان يمرّ أمام مقهى الحي الشعبي حين سمع من ينادي باسمه. التفت إلى الشخص الجالس إلى طاولة عند ناصية الطريق، يُدخّن «الشيشة» في نهم وينفث دخانها حوله في إهمال.

- سالم؟

أشار سالم إلى كرسي قريب من طاولته المنفردة، كأنه يدعوه إلى مشاركته الجلسة. صافحه جاكوب في غير حرارة، وألقى بنفسه على الكرسي. لم يكونا قد التقيا منذ بضعة أسابيع، لكن علاقتهما لم تكن وثيقة بطبعها. انحنى سالم باتجاهه وقال في اهتمام:

- كيف حال البنتين؟

ابتسم جاكوب وهو يقول في رثاء:

- صارتا امرأتين الآن! كلتاهما تدرس في الجامعة...

هزّ سالم رأسه وهو يزم شفتيه في تحسّر:

- نعم... لا شك أنهما كبرتا... ألم ترسل أختك راشيل صورا جديدة؟

- ليس بعد... لكن ربما ترسلها بعد زفاف دانا...

وقف سالم فجأة وهو يهتف في عصبية:

- دانا ستتزوج؟!

قال جاكوب في لهجة هادئة تشوبها سخرية خفيفة:

- إنها مخطوبة منذ سنة كاملة... لا شك أنها ستتزوّج قريبا... بعد أن تنهي دراستها الجامعية...

جلس سالم مُجدّدًا وهو يتنهّد في إعياء. قال بعد صمت قصير:

- أريد أن أراهما... أريد أن أرى ابنتي...

أجاب جاكوب في حزم:

- تعلم أن هذا ليس من صلاحياتي... راشيل تتقصّى أخبارهما قدر الإمكان دون علم سونيا... فإن علمت سونيا أنك تلاحقها وتفكر في استعادة البنتين، فقد تختفي ثانية... إلى حيث لا يمكن أن تجدها أنت، ولا حتى راشيل!

لكن سالم قال في توسل وقد مالت لهجته إلى البكاء:

- ضع نفسك مكاني... ابنتي الكبرى ستتزوّج قريبًا، وأنا لم أرها منذ أربعة عشر عاما! أنت أب يا جاكوب، وتدرك معنى ابتعاد أبنائك عنك لفترة طويلة...

نظر إليه جاكوب نظرات ساهمة. خطرت بباله ريما! هل يحتمل أن تبتعد عنه يوما؟

- سالم أرجوك... لقد عوَّضك الله بأبنائك من زواجك الثاني... وأخبار دانا وندى تصلك باستمرار... فلا تطلب أكثر من ذلك!

قال جاكوب تلك الكلمات وقام على الفور. وقف سالم على إثره وأمسكه من ذراعه في تودد:

- حسن... لا بأس... لا تغضب من إلحاحي. لكنني أمر بفترات من اليأس تجعلني أفقد أعصابي.

أومأ جاكوب برأسه متفهما، ثم افترقا دون كلمة إضافية.

*****

لم يستطع أن يمحو صورتها من ذاكرته منذ تلك الليلة. أغمض عينيه في إعياء واستلقى على ظهره واضعا كفيه خلف رأسه، مادا ساقه المصابة أمامه. وجد نفسه يفكر في الموضوع بجدّية. خسارة أن تكون تلك الفتاة يهودية! بل إنه يراها مسلمة أكثر من كثير من المسلمين. أفكارها، حشمتها، حياؤها... كلها تجعل منها تربة خصبة

لزرع بذرة الإسلام، ويشعر أن من واجبه أن يدعوها. يشعر أن القدر أخذه إلى ذلك المنزل لأن مهمة ما تنتظره.

لم يكن أحمد قد فكر في فتاة من قبل. وحين كانت شقيقته سماح تلحّ عليه حتى يصف لها زوجة أحلامه، كان يقول في شيء من المداعبة: «هي امرأة بقلب رجل، لديها من القوة والحزم ورباطة الجأش بقدر الرقة والحنان والنعومة. تحمل همّ الإسلام والأمة في قلبها أكثر من الموضة ونوع السيارة والمنزل ذي الحديقة والمسبح. لا يهمها الآخرون وماذا يقولون، وترضى بما أُعطيه لها مهما كان قليلا. تسير معي في أي طريق دون أن تسأل. لا تهمّ التفاصيل، المهم أن نكون معا.» أراد أن يضيف «وتحمل السلاح حين يقتضي الأمر، ولا تلفت إلى الوراء حين يتعلّق الأمر بالقضية». لكن علاقته بالمقاومة اللبنانية كانت سرّا مكتوما عن أقرب الناس إليه حتى تلك اللحظة. فتمصمص سماح شفتيها في امتعاض وهي تقول: «لن أقدّم لك أيا من صديقاتي. أعرف أني سأظلمهنّ بذلك».

كانت المقاومة كلّ ما يشغل تفكيره في تلك الآونة. شهدت حياته تحوّلا منذ سنتين، بعد مجزرة قانا. أدرك حينها أنه لن يقدر على تحمل يوم إضافي من الخنوع غير المبرر لعدو لا يعرف للجشع حدودا. تغيّرت أولويّاته بين يوم وليلة. صار الجهاد المحور الذي تدور في فلكه أفكاره وأفعاله. ابتعد عن أصدقائه القدامى ورسم قواعد لصداقاته الجديدة. بعد وهلة قصيرة، لم يعد لديه أصدقاء غير إخوته في المقاومة. استعاض عن الصداقة بالأخوة في الله.

لم يكن يدري أين موضع ندى من كل ذلك. لكنه وجد نفسه دون وعي منه يوسع لها مكانا، لا يدري بعد ما تصنيفه. لكن الأكيد هو أنه اختيار تلك المهمة طائعا، ولم يكن ليتخلّى عنها تحت أي ضغط.

كان غارقا في لجة أفكاره، حين دخلت سماح مبتسمة. وضعت طبقا يحوي كأسي شاي محلى على المنضدة، ثم جلست على طرف السرير.

- كيف حال بطلنا اليوم؟ أمي أخبرتني أنك خرجت لتتمشى قليلا هذا الصباح...

- أحسستُ بتحسّن، ورأيت أن بعض المشي سيكون مفيدا حتى لا تخمل

عضلاتي...

- جيّد... يمكنك أن تعود إلى الكلية قريبا إذن... وحاذر في المرة القادمة حين تلهو بالكرة الحديدية!

ابتسم أحمد في خجل. كان قد أخبر عائلته أنه قد أصيب في أثناء لعبه الكرة الحديدية في نادي الكلية، ولم يتطرّق إلى العملية التي كان بصددها، ولا إلى الليلة التي قضاها في مستودع العائلة اليهودية! كانت كذبة سخيفة. صدّقها والداه بسذاجة، لكنها لم تنطل على سماح!

أطرق للحظات مفكرا. ثم رفع رأسه وقال بلهجة جادة:

- سماح... هناك سر صغير سأخبرك عنه...

نظرت إليه سماح وهي تضيق عينيها في دهاء:

- قل... هل للأمر علاقة بإصابتك؟

أومأ برأسه علامة الإيجاب وقال:

- عديني أولا ألا يعلم أحد عنه شيئا... ولا حتى والدانا...

- أعدك!

- وأنك ستساعدينني للوصول إلى ما أريد...

- أعدك! ولكن قل ما الأمر، فقد شوّقتني!!

- حسن... الإصابة التي تعرّضت لها، لم تكن بسبب الكرة الحديدية...

- أعلم ذلك!

ابتسم أحمد وهو يجيب:

- نبيهة... مثل أخيك!

- وأكثر! والآن أخبرني... ما الذي تخفيه؟

أخذ أحمد نفسا عميقا، قبل أن يقصّ عليها ما حصل في ذلك اليوم باختصار شديد. وما إن أنهى سرده، حتى ضربت سماح كفيها ببعض في انبهار وهي تهتف:

- لستَ هيّنا يا أحمد!

ثم أضافت في مرح:

- يحق لي أن أفخر بك أمام صديقاتي!

- ألم نتفق بأن يظل الأمر سرًا بيننا؟!

- آه نعم... وهو كذلك! وما المطلوب مني الآن؟

انحنى أحمد إلى الأمام وقال في تصميم:

- أريد منك أن تزوري الفتاة اليهودية في بيتها...

نظرت إليه سماح في شك وعدم استيعاب:

- أزورها؟ ولماذا؟

- حسن... ستذهبين لشكرها عما فعلته من أجلي، وتحاولين مصادقتها...

- وماذا بعد؟

سكت أحمد هنيهة، ثم قال وقد سرحت نظراته في الفراغ:

- ثم سننظر ما الذي يمكننا فعله...

*****

كانت ندى منهمكة في قراءة فصول روايتها الفرنسية «جولتي وحيدا عبر هذا القرن»، التي يقص فيها روجيه جارودي، الفيلسوف والكاتب الفرنسي سيرته الذاتية، ابتداءً من الحرب العالمية الأولى، وتأرجحه بين الشيوعية والكاثوليكية، مرورا بصراعاته السياسية والفكرية في منتصف القرن، وصولا إلى إسلامه في أوائل الثمانينيات. كانت قد سمعت عن جارودي ودرست بعض نصوصه في كليتها. وما إن وقعت عيناها على الرواية في المكتبة العامة، حتى تملكتها رغبة غريبة في قراءتها. كان تريد أن تتعرف عن قرب إلى هذه الشخصية التي واجهت المنظمات الصهيونية، وتصادمت معها في مناسبات عدة، وخاصة وهي تعلم بمبادرته لإصدار بيان يدين العدوان الإسرائيلي بعد مجازر لبنان سنة 1982.

لم تكن قد أتمّت الكتاب بعد، لكنها اندمجت بشدّة مع أحداثه، وأخذت في كل مرة تحاول تقمّص شخصية الكاتب، وتدرس الخيارات التي كانت أمامه، والقرارات

التي اتخذها طوال مساره الديني والفكري. كانت تجد أن جارودي أخطأ المسار الصحيح، وتغافل عنه ليركّز على ما يناسب ملابسات حياته، أو ربما اكتفى بما أهدته إليه الحياة من فرص، ولم يتعمّق في البحث حتى يصل إلى روح الفكر اليهودي... كانت تعلم مسبقا أن جارودي سيُلقي مرساته أخيرا على شواطئ الإسلام، ولم تكن قراءتها لتلك الرواية إلا لسببين اثنين: الفضول لمعرفة الدوافع التي حملته إلى تلك النتيجة، والرغبة في إيجاد الخلل في تفكيره الذي قاده إليها! فلا بد من وجود خلل ما... كانت تشعر بالغيظ لأن جارودي يقول إنه وجد المعاني التي بحث عنها طوال حياته في الإسلام، وهو ما لم يجده في التوجّهات الأخرى التي اعتنقها أو درسها... كما أنه شكّك في الأرقام الشائعة حول إبادة يهود أوربا في غرف الغاز على أيدي النازيين، وبالمحرقة في حد ذاتها، مما حدا بالمحاكم الفرنسية إلى محاكمته!

فتح الباب فجأة، وأطلّت دانا وهي تقول بسرعة:

- ندى... لديك زائرة!

- زائرة؟ من تكون؟

لكن دانا كانت قد اختفت. تنهّدت ندى وهي تضع روايتها جانبًا. ستعود إلى جارودي ومغامرته الغريبة فيما بعد. وقفت بسرعة وألقت نظرة عابرة على هندامها في المرآة. لم تكن لديها صديقات كثيرات، ولم تكن تتلقّى الزيارات منهن نظرا لتحفظ عائلتها الشديد في الاختلاط بغير اليهود. توجّهت إلى غرفة الجلوس حيث توقعت أن الزائرة تنتظرها. لمحت فتاة تجلس، وقد أطرقت في احتشام. كانت تضع غطاء رأس وترتدي ثوبا طويلا فضفاضا. أيقنت على الفور بأن الفتاة مسلمة. فالفرق واضح بين الحجاب الإسلامي وغطاء الرأس اليهودي المعاصر.

النساء اليهوديات الملتزمات لم يعدن يرتدين أوشحة، بل يُفضّلن القبعات والشعر المستعار الذي يُمكّنهن من الظهور في هندام لائق وعصري، دون أن يتنازلن عن قناعاتهن الدينية، أو يجلبن إليهن الأنظار في المجتمعات المختلطة. وحتى مَنْ حافظن على الغطاء التقليدي منهن -مثلما تفعل ندى- فإنهن يتركن جزءا من مقدمة الشعر تطل من تحت الوشاح، ويكشفن جزءًا من العنق وفتحة الصدر.

وكذلك الأمر بالنسبة إلى الثياب، فإن الفرق واضح فيها. حيث لا تهتم اليهوديات بطول أثوابهن، فيكشفن سيقانهن، ويُضيّقن على خصورهن بالأحزمة.

اقتربت منها في فضول هادئ، فرفعت الفتاة رأسها على وقع خطواتها. وقفت على الفور لاستقبالها مبتسمة، وقد بان على محياها أنها تعرّفت إليها! أما ندى فلم تكن أقل حيرة مما كانت عليه منذ حين. بادرتها الضيفة قائلة:

- آسفة لأنني قدمت دون موعد مسبق، لكنني توقّعت أن تكوني بالبيت يوم الأحد...

تفحّصتها ندى وهي تنتظر توضيحا أكبر، فاستطردت سماح:

- أُعرِّفك بنفسي. أنا سماح... شقيقي أحمد نزل ضيفا عليكم منذ أكثر من أسبوع...

عند ذكر اسم أحمد زالت الحيرة عن ندى تماما. صعدت الدماء إلى وجهها متدفقة بقوة، وابتسمت في حياء وهي تذكر أحداث تلك الليلة.

- حدّثني كثيرا عن حسن ضيافتكم وكرمكم معه، لذلك طلب مني أن أشكرك نيابة عنه.

- لم نفعل إلا الواجب...

في تلك اللحظة، دخلت سونيا وهي تحمل فناجين القهوة. ابتسمت في شيء من البرود، وهي تضع الطبق فوق المنضدة. راقبتها ندى وهي تنسحب من الغرفة في توجّس، ثم قامت وأغلقت الباب بهدوء. جلست من جديد في ارتباك وهي تقول:

- هكذا يمكننا أن نتكلم على راحتنا...

أومأت سماح برأسها وقد أيقنت بأن عائلة ندى تجهل ما حصل، وربما سبّبت لها بعض الإحراج بزيارتها المفاجئة تلك. قالت وهي تخرج قصاصة من الورق من حقيبة يدها وتمدها لندى:

- لا أريد أن أضايقك كثيرا. هذا رقم هاتفي... اتصلي بي وقتما تشائين. يسرّني أن نتعرف أكثر، وأن نلتقي من حين إلى آخر...

وافقتها ندى بهزّة من رأسها، وهي تتناول قصاصة الورق. ثم نهضت سماح مغادرة

وهي توصي ندى بالاتصال بها في أقرب وقت. أوصلتها إلى باب الحديقة وودّعتها مبتسمة. عادت إلى الداخل وعلامات الانشراح بادية على محياها. كانت زيارة غير متوقعة، لكنها حملت معها آمالا كبيرة. هل يفكر فيها مثلما تفكر فيه؟ ذهب بنفسه للقاء أخيها، ثم أرسل أخته لتشكرها وتتعرف إليها. ما الذي يعنيه ذلك، غير كونه يعترف بجميلها؟ إنه مسلم... وهي يهودية! هل يفكر في هذه الفوارق؟ أم تراه مثل أبيها، الذي لم تره منذ طلاق والديها، وزوج أمها، لا يضع وزنا للاختلافات العقائدية؟ اصطدمت بأمها التي وقفت تنتظرها عند باب المطبخ ونظرة عابسة على وجهها:

- من تكون هذه الفتاة المسلمة؟

ردّت ندى على الفور دون أن تتلعثم، فقد كانت جهزت كذبتها منذ رأت علامات الاستهجان على وجه أمها وهي تحمل إليها القهوة:

- إنها زميلتي في الكلية...

- وما الذي تريده؟

- تغيّبت عن الدروس يوم أمس... وجاءت تسألني عن موعد الاختبارات!

- ولم تجد غيرك لتسأله!

قالت سونيا ذلك وهي تبتعد عنها، دون أن تحاول إخفاء امتعاضها. لحقتها ندى وهي تهتف:

- لست أفهم، لماذا تكرهين المسلمين، في حين أنك قبلت الزواج من أبي وهو مسلم؟!

قالت سونيا في مرارة دون أن تلتفت إليها:

- ربما كان والدك هو السبب... كرهت فيه كل المسلمين!

- لكن لماذا؟

تنهدت سونيا وهي ترنو إلى ابنتها في رثاء:

- لا تزالين صغيرة وغرّة يا عزيزتي... كنت مثلك حين رضيت بالزواج من والدك وتحدّيت عائلتي من أجله! لكنني أدركت بعد وقت وجيز بأنني أخطأت التقدير... وأخطأت الاختيار!

أضافت بعد صمت قصير:

- حتى إنه لم يسأل عنك أو عن أختك منذ سنوات طويلة!
- ألا يزال يعيش في تونس؟

هزّت سونيا كتفيها علامة الجهل واللامبالاة، فأردفت ندى في حماس:

- ربما لا يعلم بأننا سافرنا إلى لبنان... وربما كان يبحث عنا كل هذا الوقت!

سرت رجفة مباغتة في جسد سونيا، وهي تشيح بوجهها في استياء، ثم انسحبت من المطبخ بخطى سريعة دون أن تعلّق بكلمة واحدة. لم تكن تحب الحديث عن زواجها الأول، وكانت تلوذ بالفرار كلما ساقها الحديث إليه... خاصة مع ابنتيها.

*****

- هيا يا أولاد... هل أنتم جاهزون؟

خرج باسكال على الفور، وهو يحمل حقيبة ظهره، وهتف في مرح:

- أنا جاهز!

ربت جاكوب رأسه في حنان وهو يقول:

- جيد... تبدو متحمّسا لهذه النزهة!

أومأ الطفل برأسه علامة الإيجاب، وأخذ يتفقّد الأدوات التي أحضرها للنزهة العائلية على الشاطئ القريب. كان جاكوب يحسّ بتحسّن ملحوظ في علاقته مع طفليه، وخاصة مع باسكال، الذي أصبح يحبّ صحبة أبيه وتقليده في تصرفات «الكبار». ربما كان للتطورات الجديدة في علاقته مع ريما دور كبير في ذلك. في الفترة الأولى لازمه إحساس فظيع بالخيبة، مع تغيّر تصرفات ريما وعاداتها تماشيا مع نسق حياتها ومظهرها الجديدين. لم تعد تسمح له باحتضانها والمسح على شعرها مثلما كان يفعل دائما... بل لم تعد تترك له كفها، يمسكها حين يوصلها إلى المسجد. تغيّرها ترك في نفسه مرارة شديدة، خاصة وهو يسمعها في كل مرة تدعو له بالهداية إلى دينها وتكرر على مسامعه أنها تحبه وتخاف عليه من نار جهنم. صار حبها ودعاؤها

٥٤

يثيران غيظه وأحيانا غضبه... فحاول أن يركز اهتمامه في شيء آخر، حتى ينسى مرارته الثقيلة. ولم يكن هناك من هو أحب إليه من التقرّب من باسكال ومشاركته بعض نشاطاته. كان يريد ذلك منذ زمن، لكن إحساسه بعدم الرضا عن دوره كأب من جهة، ولجوءه إلى ريما باستمرار كلما أراد تفريغ عواطفه الأبوية والحصول على قدر من الاعتراف بالجميل، حالا دون ذلك... لكن بما أن ريما لم تعد الشخص المناسب، صار المجال مفتوحا ليضع عواطفه في محلّها الصحيح... هكذا كان يفكر. فأولاده مهما كانوا هم أقرب الناس إليه والأحق بمشاعره وعواطفه. وسرعان ما تكوّنت صداقة بينه وبين باسكال. في حين تعمّقت الهوة التي تفصله عن ريما أكثر فأكثر.

- ألن تأتي ريما؟

قالت ذلك سارا التي خرجت من غرفتها وهي تحمل حقيبتها بدورها. لم تكن ريما قد حضرت بعد، مع أن جاكوب كان قد أعلمها ظهر ذلك اليوم بشأن النزهة الشاطئية.

- حسن سننظر ما الذي يؤخرها...

حدّجته تانيا بنظرة منزعجة. فقد كانت تتحرّج على الدوام من الخروج مع ريما. يكفي أنها مسلمة. وهي لا تريد أن يعتقد البعض أنها تنتمي إلى عائلتها. لكنها احترمت رغبات جاكوب وعواطفه تجاه الطفلة اليتيمة، ورضيت بأن ترافق ريما العائلة حين يتعذّر عليها أن تتملّص من صحبتها. أما وقد اختارت ريما ارتداء الحجاب الإسلامي، فالأمر أصبح شديد الاختلاف. لم يعد الأمر مجرد إيواء فتاة يتيمة مسلمة، بل الظهور في وضعية غير لائقة أمام أبناء طائفتها. فرضاؤها بحجاب ريما يعد تنازلا وتآمرا. لكن جاكوب كان يقف في وجهها في كل مرة، ويتحمّل بكل رحابة صبر مسؤولية كل تصرفات ريما. لكن كيف يمكنها أن تذهب معهم إلى الشاطئ في ملابسها تلك؟!

طرق جاكوب الباب في هدوء ثم أدار المقبض. انتبهت ريما على الصوت الذي أحدثه عند دخوله. كانت مُكبّة على مكتبها، تراجع دروسها أو تتظاهر بذلك.

- ريما... نحن ننتظرك. ألن ترافقينا إلى الشاطئ؟

ابتسمت ريما في رقّة وهي تقول معتذرة:

- لديّ الكثير من المراجعة التي عليّ الانتهاء منها...اذهبوا بدوني... لا بأس...

لم تكن المرة الأولى التي تتملّص فيها ريما من الخروج رفقة العائلة في الأسابيع الأخيرة. كانت في كل مرة تجد العذر المناسب لتبقى في المنزل، وكان جاكوب في كل مرة يُراعي مشاعرها، يتودّد إليها ويحاول إخراجها من العزلة التي فرضتها على نفسها. لكنه هذه المرة ابتسم في شيء من البرود المقنّع بالتفهم وهو يقول:

- حسن... كما تشائين... أتمنّى لك أمسية طيبة!

انسحب جاكوب في هدوء مثلما دخل. أما ريما فإنها تركت القلم الذي كان في يدها، وضعت رأسها على المكتب في إعياء، وما هي إلا لحظات حتى أجهشت بالبكاء. إنها تتألم كثيرا... تتألم لوحدتها وخوفها من الغد. تتألم لفقدانها الحنان والأمان في حياتها. جاكوب لم يعد بابا يعقوب الذي عهدته. العائلة التي ظنّت أنها تنتمي إليها كل السنوات الماضية لم تعد كذلك. صارت نظراتها إليها فيها الكثير من الاستهجان والسخرية والغضب. الآن تدرك أكثر من أي وقت مضى بأنها دخيلة عليهم. خياراتها الجديدة هي ما يجعلها دخيلة عليهم.

يا إلهي... أنت تعلم أنني لم أُرد إلا رضاك... يا الله ثبّتني على الحق وأنر بصيرتي...

*****

دخلت ندى إلى البهو مبتسمة. كانت أمسية طيبة أمضتها صحبة سماح. خرجتا في جولة وسط المدينة، ثم جلستا في مطعم شعبي وتحدّثتا في شتى الأمور دون أن تتطرقا إلى الدين والعقيدة. كان الطعام طيّبًا، والحديث ممتعا، وقد أحبّت روح سماح اللطيفة وطابعها المرح. افترقتا وقد اتفقتا على لقاء قريب. ما إن خطت في اتجاه غرفتها حتى تناهت إليها أصوات نسائية قادمة من غرفة الجلوس. غيّرت وجهتها على الفور واقتربت من المجلس، فاتضح لها صوت والدتها وهي تقول في

غيظ:

- هل تصدقين أنه يريد أن يكون زواج ابنتي في كنيسة! حتى في زواجي من جورج لم يضغط عليَّ أحد كي أُغيّر طقوس آبائي وأجدادي! كيف يمكن أن تتزوّج ابنتي دون حضور رجل دين يهودي ومباركته؟ ما الذي سيقوله عني أبناء طائفتي؟!

قالت مخاطبتها بصوت هادئ رصين:

- هوِّني عليك يا عزيزتي سونيا... لماذا لا يكون هناك حفلتان، لإرضاء كل الأطراف؟ يقام الزفاف في البيت أولا بحضور رجل الدين اليهودي، ثم يذهب الجميع إلى الكنيسة لإتمام المراسم على الطريقة النصرانية...

لم تكن سونيا مقتنعة، لكنها سكتت للحظات تفكر في مخرج آخر لا يضطرها إلى الذهاب إلى الكنيسة. فرغم زواجها من رجل نصراني، إلا أن رواسب من النفور تبقّت في نفسها من النصارى. ورغم ما تدّعيه من الانفتاح والتفهّم، فهي تنفر من كل من يختلف معها في العقيدة. كانت تعتقد بأن جورج مختلف عن غيره من النصارى، وأن هناك الكثير من المعتقدات المشتركة بينهما. وهو بطيبته وسعة صدره يُبدّد كل ما بينهما من اختلافات... لكن أنّى لها أن تضمن أن زوج ابنتها سيكون بمثل هذه الصفات؟

- خالتي راشيل... أهلا بك!

دخلت ندى وقبّلت الزائرة، ثم جلست إلى جانبها.

- كبرت يا ندى، وقريبا نفرح بك مثل دانا...

احمّر وجه ندى حياء ولم تُعلّق، أما سونيا فقالت في ثقة:

- زواج ندى سيكون مثلما أريد... يكفي أن دانا خرجت عن طاعتي، ولم تحترم إرادتي!

لوت ندى فمها في انزعاج دون أن تتكلم، في حين واصلت سونيا في إصرار:

- سأزوّجها بنفسي إلى من يناسبها ويحافظ على دينها...

تكلّمت ندى في احتجاج:

- ما زال الوقت مبكرا على هذا الكلام... لا أريد الزواج الآن!

تدخّلت راشيل لتخفيف الموقف:

- لا بأس يا عزيزتي... لا نريد أن نستبق الأحداث... دعينا نهتم بزفاف دانا الذي اقترب!

في تلك اللحظة، التفتت سونيا إلى ندى وقالت في حدة، كأنها تصبّ جام غضبها عليها:

- أين كنت إلى هذه الساعة؟ ظننت أن دروسك تنتهي مبكرا اليوم!

امتقع وجه ندى وقالت في هدوء:

- خرجت للتسوق مع إحدى صديقاتي...

- صديقاتك؟ أية صديقة هذه؟

كانت سونيا قد ربّت ابنتيها على الاعتزاز بروح العائلة وتضامنها، وقليلا ما تسمح لهما بتكوين صداقات خارج العائلة. ولذلك فإنها كانت تعرف جلّ صديقاتهما. لاحظت تردد ندى في إجابة، فاستعرّت الشكوك في نفسها وهتفت في غضب:

- إنها تلك المسلمة التي زارتك الأسبوع الماضي... أليس كذلك؟

شحبت ملامح ندى ولم تعلّق، فصاحت سونيا بها مجددا:

- ألم أحذّرك سابقا من مخالطتها؟ لا أريد أن تقتربي منها بعد الآن، أو تتحدثي إليها... هل سمعتني؟

تمتمت ندى في احتجاج:

- ولكن...

لكن صوت سونيا الهادر قطع أية محاولة منها للاعتراض:

- لا تناقشيني!

وقفت ندى في عصبية، وانسحبت من القاعة وهي تضرب الأرض بقدميها. تنهدت سونيا وهي تحدث راشيل وقد لان صوتها:

- إنها لا تقدّر خوفي عليها من المسلمين... ما زالت صغيرة ولا تعرف حقيقة الحياة!

ابتسمت راشيل وهي تقول مهدئة:

- كوني مرنة معها... أقنعيها بهدوء، وحاولي ألا تتصادمي معها... فالمراهقون في هذه

السن يصبحون ذوي مراسٍ صعب ومزاج متقلب!

- ليتها تكون مجرد نزوة مراهقة!

سكتت راشيل لبضع ثوان قبل أن تقول في عتاب:

- ألازلت مصرة على إبعاد البنتين عن والدهما؟ لقد كبرتا الآن... وصار من حقهما التعرف إلى جذورهما... ربما عليك أخذهما إلى تونس في العطلة المقبلة، للتعرف إلى العائلة...

صرّت سونيا على أسنانها في حقد وقالت:

- كم أتمنى أن أنسيهما أن لهما أبا مسلما في مكان ما من هذا العالم! كان يجب أن أُخفي عنهما ذلك! جورج كان أكثر من أب بالنسبة إليهما، ولا ينقصهما شيء، فلماذا التعقيد؟ لا حاجة لهما للتعرف إلى أحد!

ابتسمت راشيل وهي تقول في لين:

- ما هكذا تُحلّ الأمور يا سونيا... الفتاتان تدرسان في الجامعة، وليستا في حاجة إلى حنان ورعاية أكبر... لكن ما تحتاجان إليه هو المعرفة. وأول ما يجب أن تعرفاه هو جذورهما وأصلهما... ثم لهما الخيار في اختيار المسار الذي يناسبهما!

- ليس لهما الخيار في شيء! هما يهوديتان وكفى!

- نعم، نعم... بالطبع. أنا واثقة من تربيتك لهما... لكنني أقصد خيار البقاء هنا أو العودة إلى تونس... فهي غربة على أية حال، ومعظم أفراد العائلة هناك. أنت تسافرين كل سنة لزيارة العائلة والحج... فلماذا تحرمينهما من ذلك؟

أطرقت سونيا في تفكير... لكنها بدت بعيدة عن الاقتناع والاستسلام.

*****

كان المنزل غارقا في الظلام والسكينة حين دخل جاكوب. أضاء البهو وألقى مفاتيحه على المنضدة القريبة وخطا في اتجاه غرفة الجلوس. كانت خالية والتلفاز مغلقا على غير العادة. أين ذهب الجميع؟ عاد في اتجاه المطبخ الذي كان بابه موصدا. أدار

المقبض وضغط على زر الإنارة. كان المكان منظما ونظيفا ولا أثر للحياة فيه. ازدادت حيرة جاكوب وانتابه جزع مفاجئ. هل فعلتها تانيا؟ ركض في اتجاه غرفة النوم ثم إلى غرف باسكال وسارا... كانت الغرف خالية مثلما توقّع، وقد اختفت بعض الملابس والحاجيات! جرَّ قدميه في اتجاه غرفة ريما الموصدة. فتح الباب في هدوء يختلف عن السرعة والعصبية التي زار بها الغرف السابقة. كان هناك ضوء خافت ينبعث من المصباح المحاذي للسرير. لمح على هالته الباهتة جسد الفتاة التي تكورت على نفسها. تضمّ ذراعيها إلى جسدها النحيل، من البرد... أو الخوف. تقدّم جاكوب باتجاهها وقد أدرك أن أمرا قد حصل ذاك المساء...

- ريما، حبيبتي...

لم ترفع الفتاة رأسها، بل علا نحيبها الذي انقطع حين دخوله، وضغطت بوجهها على الوسادة لتكتم عنه ألمها. اقترب جاكوب في لوعة. لم يكن يحتمل أن يراها تبكي، حتى بعد أن تغيّرت العلاقة بينهما. جلس على طرف السرير ومدّ كفيه لينتشلها، يضمّها، ويمسح على شعرها في حنان يُخفف عنها... لكن يده توقّفت عند منتصف الطريق. تذكّر أن ريما لم تعد ريما الصغيرة التي ربّاها ورعاها طوال السنين الماضية. بل أصبحت ريما جديدة، تضع حدودا بينها وبينه، وتنكمش على نفسها كلما اقترب منها. سحب يديه في خيبة وهمس مجددا:

- ريما... ما الذي حصل؟ أين ذهبت تانيا والأطفال؟

مضى وقت من الصمت المطبق، قبل أن تستدير الفتاة لتكشف عن عينين محمرتين ووجه منتفخ من كثرة البكاء. حدق فيها جاكوب في هلع وهتف في نفاد صبر:

- أخبريني... ما الذي جرى؟!!

لكن ريما لم تكن قادرة على شيء سوى الاستمرار في البكاء.

- هل ضربتك تانيا؟ هل آذتك؟

هزّت ريما رأسها علامة النفي، فصرخ جاكوب:

- إذن ماذا؟ تكلمي!

أطرقت الفتاة في حزن، وقالت بصوت متقطّع من العبرات:

- تانيا... أخذت سارا وباسكال... وسافرت...

- إلى أين؟

- لا أدري... لكنها قالت إنني السبب... في كل مشاكل العائلة... وإنني فتاة سيئة...

ثم ازدادت بكاء وهي تواصل:

- قالت إنها لن تعود أبدا إلى البيت... ما دمت أنا فيه... وأنها ستحرمك من رؤية سارا وباسكال...

حملق فيها جاكوب في عدم تصديق. تانيا فعلت ذلك؟ في تلك اللحظة، خطر بباله سالم وما فعلته به سونيا. تخيّل نفسه يجلس مكانه مهموما على ناصية الشارع بعد أن أمضى سنوات من البحث المضني بلا جدوى. هؤلاء النساء بارعات في لعبة الهرب والاختفاء! لكن تانيا، زوجته الحبيبة، كيف يمكنها أن تفعل به ذلك؟ سونيا ابنة عمه، كانت تحب سالم أيضا في بداية زواجهما. لكن المشاكل الكثيرة وأدت المشاعر في المهد، وجعلت زواجهما ينهار.

قطع أفكاره رنين الهاتف القادم من غرفة الجلوس. نهض على الفور وركض إليه. قد تكون هي! رفع السماعة في لهفة، فجاءه صوت رجالي:

- جاكوب، كيف حالك؟

- دافيد! أرأيت ما الذي فعلته بي أختك؟

- اهدأ أرجوك... أنا أتصل من طرفها...

هتف جاكوب في انفعال:

- تانيا جُنّت! كيف تترك المنزل هكذا؟ أخبرها بأن ترجع حالا... وسنجد حلا!

- لا يا جاكوب... لم يعد هناك من مجال للنقاش!

- لكن... كيف؟ هل تنهي علاقتنا بهذه البساطة؟

- هناك حل واحد...

قال جاكوب في حزم وقد أدرك ما يرمي إليه:

- وهو غير وارد بالنسبة إليّ!

- الفتاة المسلمة يجب أن تغادر المنزل حتى تعود تانيا...

- إنها يتيمة ووحيدة! لا يمكنني أن أتخلّى عنها...

- لقد فكرت جيدا، ولدي اقتراح...

- اقتراح؟

- نعم... لماذا لا ترسلها لتقيم لفترة عند أختك راشيل؟ هي وزوجها لم ينجبا بعد... كما أنها كانت تحب الفتاة وتعطف عليها. وبذلك نمنح الجميع هدنة... تانيا ترتاح لفترة وتهدأ ثائرتها... ريما تغيّر الجو وتتخلّص من أجواء البيت المكهربة... وأنت تستعيد عائلتك وتضع الفتاة اليتيمة بين أيد أمينة ترعاها وتحسن إليها... ما رأيك؟

سكت جاكوب متفكرا. بدا الاقتراح مقبولا. راشيل هي الوحيدة التي يمكنه أن يطمئن على ريما معها. لكن كيف يمكنه أن يرسلها إلى لبنان؟ مسافات طويلة ستفصل بينها وبينه. فتاته الصغيرة المدللة...

- ماذا قلت؟

أيقظه صوت دافيد الملحّ. فقال بعد تردد قصير:

- حسن... سأتحدث إلى راشيل أولا...

تنهّد دافيد في ارتياح وهو يجيب:

- تانيا ستسرّ كثيرا لهذا... بالمناسبة، سآخذها هي والأطفال في رحلة قصيرة... حين نعود، أرجو أن يكون كل شيء قد تم كما اتفقنا...

أنهى جاكوب المكالمة ووضع السماعة. أحس بحركة خلفه فاستدار بسرعة. كانت ريما تقف في خجل عند باب الغرفة، وهي ترتدي عباءتها الطويلة التي تلامس الأرض. أحس بألم غريب في صدره وهو يقرأ علامات الحزن على ملامحها... هل تراها أدركت ما الذي ينوي فعله بها؟

*****

- أوف! الهاتف مشغول...

قال أحمد في قلق:

- عاودي الاتصال... ربما انتهت المكالمة...

تنهّدت سماح وهي تقول:

- منذ الصباح وأنا أحاول الاتصال. أشك في أن الخطّ مفصول!

- مفصول؟!

- منذ يومين ذهبت إلى زيارتها، فخرجت لي أختها، وقالت إنها ليست في المنزل... والبارحة حاولت الاتصال فردت والدتها وقالت إنها غير موجودة أيضا... واليوم الهاتف مشغول باستمرار. أشك بأن في الأمر سرا ما...

- ماذا تقصدين؟

- أقصد أنهم يفرضون عليها حصارا مشددا!

عقد أحمد حاجبيه في شك وقال:

- ولماذا الحصار؟ هل حصل شيء ما؟

- منذ زيارتي الأولى لها لاحظت أن والدتها لم تكن سعيدة بوجودي... وندى كانت متخوّفة من ردة فعلها. لذلك اقترحت عليها أن نلتقي في الخارج. التقينا مرتين... ثم في الثالثة اعتذرت، لأن والدتها تحتاجها في المنزل. ومنذ ذلك الحين لم أتمكن من الاتصال بها، وهي لم تتصل أيضا. لذلك أعتقد أن والدتها وراء هذا الاختفاء المفاجئ.

أطرق أحمد في تفكير، في حين أضافت سماح:

- لا تنس أنهم يهود... لذلك لن ترضى أمها بمخالطتها لفتاة مسلمة! ربما كانت ندى أكثر تفتحا من بقية أفراد عائلتها... لكننا لن تستطيع إخراجها من بينهم والتأثير عليها! أوافقك على أنها ذات فطرة طيبة... لكنها يهودية ومحاطة بأبناء ديانتها. كيف سيدخل إليها الإسلام، إن لم تخرج هي إليه؟ وخروجها الآن أصبح شبه مستحيل...

كان أحمد لا يزال مطرقا في تفكير وتركيز شديدين. رنت إليه سماح وهي تقول:

- أحمد... فيم تفكر؟

رفع رأسه ببطء ولم يتكلم... لكن بانت في عينيه نظرة مصممة. كأن أمرا ما

يعتمل في رأسه... هتفت سماح في إصرار وقلق:

- نظراتك لا تطمئن أبدا!

ابتسم في غموض وهو يهمس:

- ربما أصبح علينا أن نتصرف بطريقة أخرى!

*****

- هناك عريس لندى!

هتفت سونيا في دهشة:

- عريس؟!

كان جورج قد عاد للتو من العمل، وجلس يتناول الشاي مع زوجته وابنتها دانا التي لم يمض وقت طويل على رجوعها هي الأخرى. فقد اقترب موعد زفافها وهي تتأخر كل يوم لقضاء بعض الحاجات وتحضير مستلزمات الحفل من خياطة وحلويات وغيرها. أما ندى، فقد كانت خاضعة لحصر تجوّل بعد ساعات الدراسة التي تعرفها سونيا جيدا. فأصبحت تُفضّل الانزواء في غرفتها حتى لا تقع صدامات جديدة مع أمها.

ابتسم جورج وقال موضحا:

- نعم... هناك من فاتحني في أمرها اليوم، وسيأتي لزيارتنا مساء غد.

وضعت دانا ساقا على ساق، وتابعت تسوية أظافرها بنفس العناية وهي تقول:

- ما وظيفته؟

- سيتخرّج مهندسا هذه السنة!

رفعت حاجبيها في استغراب مشوب بضيق خفي. مهندس؟ ندى تتزوج مهندسا في حين أن إيميل خطيبها هي لم يكن سوى مُعلّم مدرسة ابتدائية! لم ترق لها الفكرة. لكنها قالت في برود تحرّكه الغيرة:

- لكنها لا تزال صغيرة على الزواج...

قال جورج في هدوء:

- كنت أكبر منها بسنة واحدة حين تمّت خطبتك... لكن لا بأس. لسنا مستعجلين. فليتعرفا إلى بعضهما البعض أولا. فإن وجدا بينهما توافقا، ننظر في أمور الخطبة والزواج...

هتفت سونيا مجددا:

- ألم يقل لك كيف عرفها؟ وما مدى معرفته بها؟

- لم أسأله عن شيء من ذلك! تحدّثنا لدقائق معدودة في مقهى الحي. عرّفني بنفسه وطلب موعدا، ثم انصرف لحال سبيله... حين يأتي في الغد سنعرف منه كل شيء...

تذكّرت دانا أمرا مهما فسألت على الفور:

- وما عقيدته؟

- لم نتحدّث في ذلك... لكنني أظنّه مسلما!

هتفت سونيا على الفور في هلع:

- مسلّم؟! لن أزوج ابنتي من مسلم! أنا أرفض هذه المصاهرة!!

- نسأل ندى أولا...

قالت سونيا في ثقة:

- ندى سترفض!

- حسن إذن... فليأت غدا، ويمكنها أن ترفضه بعدها. لا يمكنني أن أتصل به الآن لأعتذر عن الموعد...

أشاحت سونيا بوجهها في استياء، ونهضت دانا وفي عينيها سرور غريب... وتوجّهت إلى غرفتها. لكنها توقّفت فجأة وغيّرت وجهتها. فتحت باب غرفة ندى دون أن تستأذن ودخلت. رفعت ندى -التي كانت مستلقية على سريرها ومستغرقة في قراءة كتاب- رأسها ونظرت إلى دانا في استغراب. قالت دانا في برود:

- مبارك... جاءك عريس!

انتفضت ندى ورمت الكتاب من يدها في فزع. حدقت في أختها في دهشة وتمتمت

كالمصعوقة:

- عريس؟!

تعجبت دانا من ردة فعل أختها القوية، لكنها أضافت في هدوء:

- سيأتي مع عائلته للتعرف إليك غدا...

- ولكنني لا أريد أن أتزوج!

هزت دانا رأسها موافقة، وقالت متظاهرة بالشفقة:

- لو كنت مكانك لما وافقت أيضا... لا يمكنني أن أرتبط بشخص لا أعرفه... ولا أحبه!

سرحت ندى مع أفكارها للحظات، ولم تنتبه إلى دانا التي لبثت تتابع ردة فعلها وتدرس ملامحها. كانت لديها ككل البنات في مثل سنها أحلامها وآمالها فيما يخص الحب والزواج. لكن عقلها أصبح مشوشا في الفترة الأخيرة ولم تعد واثقة مما تريده... لم تعد واثقة من اتفاق عقلها وقلبها.

استدارت دانا لتنصرف، وعلى شفتيها ابتسامة غريبة. لكن قبل أن تتجاوز عتبة الباب التفتت لتلقي بورقتها الأخيرة:

- نسيت أن أخبرك... العريس مسلم!

مسلم؟! حدقت ندى فيها في عدم استيعاب، ورنت في أذنها كلماته من جديد... «وأنت؟ ما نظرتك للمسلمين؟ هل تقبلين بالزواج من رجل مسلم؟»... لم تتصوّر أنها ستواجه الموقف بهذه السرعة. لكن الآن لم يكن يهمها إن كان العريس مسلما أم لا. فهي سترفض. سترفض دون شك!

*****

كانت الفكرة مرعبة بالنسبة لندى. لا تريد أن تتزوج الآن! أو بالأحرى لا تريد أن تتزوج من أي كان! صارت لديها أحلامها الخاصة منذ فترة وجيزة فيما يخص الارتباط والزواج. لا تدري كيف تعلّقت به بمثل تلك السهولة والسرعة. لم تتحدث إليه إلا لدقائق معدودة، ومع ذلك فإن صورته لم تفارق خيالها منذ ذلك اليوم.

فرحت بلقاء شقيقته وبالحديث إليها. تمنّت لو أن حديثهما يدور عنه باستمرار... فهي تريد أن تعرف عنه كل شيء! لكنها لم تستطع أن تفصح عن رغبتها، وسماح كانت متحفظة في حديثها. أما الآن فقد انقطعت عنها تماما. لم تعد تتصل بها أو تسأل عنها. إنها تعلم أن والدتها تضيّق عليها الخناق وتمنعها من الخروج، فلماذا لم تعد تأتي لزيارتها أو تحادثها على الهاتف؟ هل انتهت مهمتها؟ كانت تريد شكرها نيابة عن أخيها. ولا يمكنها أن تفعل أكثر من ذلك.

أخرجت الوشاح الذي أهدته إليها سماح حين خرجتا إلى السوق. ضمته إلى صدرها وارتمت على سريرها من جديد. حبست الدموع التي كانت تريد التسلل من عينيها. وهمست باسمه في صوت لم يسمعه غيرها، وردّدته نبضات قلبها... أحمد! هل كانت تأمل حقا في أن يتقدّم إليها يوما؟ ما الذي يمكنها أن تنتظره منه؟ هل استسلمت لأحلامها أكثر مما يجب؟ هل دقّ قلبها للشخص الخطأ؟ وما الذي يمكنها فعله لو تقدّم؟ هل ستواجه من أجله عائلتها، وهي بالكاد تعرفه؟ زفرت في مرارة وهي تقاوم الألم الذي يسري داخلها...

فتحت سونيا الباب ودخلت عابسة. نظرت إلى ندى التي كانت لا تزال مستلقية على الفراش تصارع الأحلام والأوهام وقالت في جفاف:

- ندى... انهضي في الحال واستعدّي... الضيوف يصلون بعد وقت قصير!

تململت ندى في ضيق وقالت بصوت خافت:

- لا أريد أن أرى أحدا! قلت لكم لا أريد أن أتزوج!

لان صوت سونيا التي كانت أكثر استياء من ابنتها من هذه الخطبة وهي تقول:

- نعم أعلم يا عزيزتي. لكنها رغبة أبيك. ستقابلينهم لدقائق معدودة، ثم ينتهي كل شيء... لا أحد يُجبرك على زواج لا ترضينه. لا تقلقي من هذه الناحية!

رفعت ندى رأسها وقد ساورها بعض الاطمئنان. كانت علاقتها بوالدتها قد ساءت في الفترة الماضية، وأصبحت تتوقع منها معارضتها في كل شيء، وغاب عنها أنها ستكون أكثر سعادة منها برفضها. استوت في جلستها وهزت رأسها موافقة:

- حسن سأقابلهم...

قامت من مكانها وسارعت إلى الحمام لتخفي آثار دموعها. كانت دموع حيرة وضياع أكثر منها دموع حزن أو خوف من زوج مجهول الهوية... فقد أرهقها تفكيرها والتساؤلات الغريبة التي صارت تشغل ذهنها منذ عرفت أحمد، ووجدت نفسها تفكر فيه. ارتدت ثوبا بسيطا متزهّدا، لا يتماشى مع ميول عروس تحاول لفت نظر خاطبها وإثارة إعجابه. كانت تهم بوضع غطاء رأسها حين دخلت دانا وهي تهتف:

- وصل خاطبك! أنت جاهزة؟

نظرت إلى شقيقتها في ضيق وزفرت وهي تقول:

- دقيقة واحدة...

نظرت ندى إلى وجهها في المرآة، وحاولت أن تبتسم. كانت ملامحها حزينة... ولم يكن بإمكانها أن تُخفي فتورها. تقدّمت بخطى بطيئة باتجاه غرفة الجلوس. لم يكن في نفسها شوق أو فضول للتعرف إلى هذا الرجل الذي جاء لخطبتها، فكل ما يعنيها هو أن تستقبل ضيوفها كما جرت العادة، ثم تنسحب بسرعة بعد أن تكون قد أدت واجبا ثقيلا. سمعت أصواتا رجالية مختلطة قادمة من غرفة الجلوس. تنحنحت وتأكدت من هندامها ثم سارت في سكينة إلى الباب. وقفت مطرقة في حياء كأنها تستأذن الدخول، فتوجهت العيون كلها إليها.

- تفضلي يا ابنتي...

حين جاءها صوت جورج، سارت باتجاه الأريكة الخالية في طرف الغرفة في هدوء ولا مبالاة دون أن تهتم بالتطلّع إلى الضيوف. لكن ما إن رفعت عينيها لتُلقي التحية، حتى التقطت خلايا عقلها إشارة غريبة، جعلتها تتوقف في ارتباك وتشوّش، كأن الارسال قد انقطع فجأة، ولم يعد دماغها يلتقط سوى موجات واحدة... هي نبضات قلبها الذي أخذت تتسارع في جنون.

انحبست أنفاسها وهي تتفرس في ملامح الشخص الماثل أمامها وعلى شفتيه ابتسامة هادئة. ابتسامة لمحتها لمرة واحدة وظلت محفورة في ذاكرتها وتزورها في أحلام اليقظة والمنام. اقتلعت نفسها بصعوبة من مكانها وسارت بخطى مترنحة حتى ارتمت على مقعدها، وهي بالكاد تدرك ما يدور حولها. أمر لا يصدق! هل

هو... هو؟ مضت بضع ثوان وهي في غيبة عن العالم، لا تكاد تستوعب الأمر. وبعد لحظات تملّكتها رغبة في التأكد من حقيقة ما رأته، حتى تستوثق أنه لم يكن من وحي خيالها. رفعت رأسها ببطء في اتجاهه، فالتقت بعينين ثاقبتين تحدقان فيها في ثقة وتمعن. خفضت عينيها بسرعة وقد سرت في جسدها رجفة غريبة. قليل الأدب! تمتمت في سرها في استياء. كم هو هادئ وواثق من نفسه. وفوق كل هذا يتأملها بوقاحة دون أن يراعي وجود والده ووالدها معهما في الغرفة! كانت تجهل كل شيء عن الرؤية الشرعية لدى المسلمين.

مضت الدقائق سريعا وهي تسترق النظر إليه بين الفينة والأخرى، وتصارع مشاعرها التي أخذت تتملكها أكثر فأكثر. كان والداهما يتبادلان أحاديث شتى، لكنها لم تتابع شيئا من الكلام الذي قيل، فقد شلّت المفاجأة تفكيرها. لم يعد يعنيها شيء غير وجود أحمد معها في نفس الغرفة! أحمد!! إنه هو ولا أحد غيره! كان قد استعاد صحته وعافيته فبدا أكثر وسامة. مع أن شحوب الإصابة كان يضفي على سحنته هالة من الجاذبية، كان لها مفعولها في لقائهما الأول.

انتبهت فجأة حين دخلت والدتها واتخذت مجلسها حذوها. وبحركة من مرفقها، نبهت سونيا ابنتها بأنها قد أطالت الجلسة، وصار عليها أن تخرج بعد أن رآها الضيوف. وقفت ندى في تردّد، وقد استيقظت من أحلامها. لم تكن قد نطقت بكلمة واحدة طوال جلوسها، واكتفت بنظرات متوترة خجلة. ألقت التحية بصوت رقيق هامس، ونظرت إلى أحمد نظرة أخيرة، شحنتها بكل مشاعر الشكر والعرفان لأنه استجاب لندائها الصامت، وحقّق حلمها... ثم جرت إلى غرفتها.

أغلقت الباب وارتمت على السرير وهي بالكاد تسيطر على انفعالاتها... لقد فعلها! رغم كل الاختلافات التي تُفرّق بينهما فعلها! رغم جهله كل شيء عنها وقصر لقائهما الوحيد إلا أنه فكر فيها... وجاء يطلبها من والدها! تردّد في ذهنها سؤاله من جديد «هل تقبلين بالزواج من رجل مسلم؟» الآن فقط عرفت الجواب... نعم، أقبل... إن كنت أنت هذا الرجل!

*****

وقفت ريما أمام غرفتها وهي تقاوم الدموع التي تجمّعت في مقلتيها منذرة بالهطول. وقفت تتأمل أثاث الغرفة الذي أَلِفَتْه منذ سنوات طويلة، حتى حسبت أنها «غرفتها» فعلا، وأن هذا هو عالمها الخاص. العالم الذي تستسلم فيه لأحلامها وآمالها وتمارس فيه حريتها... حرية الدين والمعتقد. ظنّت أن هذا هو بيتها الذي يُشعرها بالاطمئنان والأمان. تلجأ إليه لتحمي أذنيها من الكلمات الموجعة، وعينيها من النظرات الحارقة... تسكب بين جدرانه دموعها الصامتة، وتُرتّل فيه آيات طيبات من ذكر الله الحكيم حين يلف السكون البيت وأهله، ويخيّم الظلام على كل شيء، عدا قلبها الصغير المؤمن. لكنها اليوم أيقنت أن كل ذلك كان وهما. وأنها غريبة عن المكان كما هي غريبة عن أهله. لم يعد هناك مجال للشك، فقد أزفت ساعة الفراق.

ألقت نظرة على حقيبتها الصغيرة التي جمعت فيها بعض حاجاتها الضرورية، والكثير من الذكريات. إنها ساعة الرحيل. ستفارق الغرفة التي عاشت فيها منذ نعومة أظفارها، والبيت الذي آواها حين كانت في حاجة إلى عناية ورعاية، والشخص الذي أحبّها حين فقدت الأب والأم والعائلة. هل تراه لا يزال يحبّها؟ لو كان يحبّها لما رضي بإبعادها! انهمرت الدموع من عينيها أنهارًا، وانقبض قلبها الصغير في صدرها... بابا يعقوب لم يعد يحبّني! كانت تقاوم هذه الفكرة منذ أخبرها جاكوب بسفرها المرتقب. لكن جفاءه وقسوته تجاهها بدّدا كل شكوكها... بابا يعقوب لم يعد يحبّني!!

تانيا لم تعد إلى المنزل بعد، وقد تزايد إصرارها على عدم العودة طالما في البيت نفس مسلم! وجاكوب كان يعاني في صمت من التفكك الأسري المفاجئ. صدمته بتصرف تانيا كانت كبيرة. لكن الفراغ الذي خلّفه غيابها في حياته كان أكبر، خاصة أنه لم يتعوّد أن يهتم بشؤونه بمفرده. وريما كانت عديمة النفع في هذا المجال، وأكثرت من الحماقات والتصرفات الخرقاء حين حاولت أن تطبخ له وتكوي ثيابه. وبدا أن صبره كاد ينفد في انتظار تجهيز أوراق السفر الخاصة بها! لم يعد يطيق النظر إليها... ليس بسبب قمصانه المحترقة أو الأكلات السيئة التي حضرتها، بل لأنه

بات يخشى نظراتها المعاتبة، ويتجنّب تأثير انكسارها الحزين. لا يريد أن يضعف ويتراجع. فقد اتخذ القرار السليم، وليس هنالك خيار آخر أمامه.

- أنت جاهزة؟

التفتت ريما لتجد جاكوب ينظر إليها في ارتباك. كان يحاول معاملتها ببرود في الفترة الأخيرة. لكن مع اقتراب رحيلها ملأت مشاعر الحزن قلبه، حتى لم يعد بإمكانه إخفاؤها ودفنها في أعماقه. مسحت الفتاة عينيها بكم عباءتها وسارعت بأخذ حقيبتها بيدين مرتعشتين. لكن جاكوب تقدّم نحوها وأخذها عنها، في محاولة أخيرة لإعطائها بعض العطف... ثم سبقها بخطوات سريعة إلى السيارة التي توقفت أمام المنزل. تبعته بخطى متعثرة وهي تجيل نظرات أخيرة في المكان، تودّع كل قطعة فيه وإحساس غريب يراودها... ربما لن تعود مرة أخرى! ربما يكون اليوم آخر عهدها بالبيت وأهله! تزايد ألمها لهذا الخاطر. وقعت عيناها على صورة عائلية معلقة على حائط غرفة الجلوس. كان جاكوب يجلس القرفصاء بين سارا وباسكال الذين كانا في سنواتهما الأولى، في حين كانت هي تتعلق بعنقه من الخلف، وضحكة مشرقة تملأ وجهها. كان بودّها أن تودّع الصغيرين... فربما لن تراهما بعد الآن. عانقتهما بنظراتها ثم جرت باتجاه السيارة.

*****

رحلت ريما...

كان الحزن يُغلّف قلبه وهو يخطو داخل المنزل الهادئ هدوء المقابر. لم تعد هناك حياة! فحياة البيت وروحه النابضة رحلت... رحلت وهو الذي أخذها بنفسه لينفيها إلى أرض بعيدة. هل سيكون لحياته معنى، في غيابها؟ هل سينظر في وجهه في المرآة دون أن تنعكس أمام عينيه صورة السفاح الذي طرد ابنته الغالية؟ هل سيستحق الانتماء إلى الإنسانية بعد الآن؟

لم ينطق أحدهما بكلمة واحدة طيلة الرحلة إلى المطار، وبدا أن كلا منهما كان

يقاوم سيل الذكريات الذي أخذ يتدفّق بقوة، يكاد يغطي ملامح الطريق التي أمامهما. كانت ربما أول من فقد سيطرته على مشاعره، فانهارت باكية حين وقفت أمام بوابة الرحيل. لم تكن تريد الذهاب. كان يكفيه أن يناديها ويبتسم في وجهها لتدرك أنها تعيش كابوسا مزعجا... وقد آن أوان الاستيقاظ منه. لكنه بدلا عن ذلك، قال بصوته المغلّف بالبرود الحازم:

- راشيل ستكون في انتظارك هناك...

أشاح بوجهه عنها، وتركها تنصرف بخطواتها المرتبكة وهي تتعثر في عباءتها الطويلة، وتمسح عينيها بأصابع مرتعشة. كانت تلك الحقيقة... لم تكن كابوسا. صارت على يقين من ذلك. فأي حياة تراها تنتظرها في تلك الأرض البعيدة؟

قادته قدماه إلى غرفتها. أضاء المصباح فارتسمت على ملامحه الدهشة. بدت له الغرفة كما هي. لم تأخذ سوى أشياء قليلة. حزّ في نفسه أنه لم يساعدها في إعداد حاجياتها، ولم يهتم باختيار ما يلزمها. كانت زاهدة في كل شيء... لم تكن يوما مثل أقرانها في شغفهم باللباس والزينة، لكنها بالتأكيد كانت الأجمل والأحلى بين كل بنات الأرض! أليست ابنته الأولى؟ إذن يجب أن تكون كذلك!

تقدّم ليجلس على طرف سريرها، يبحث عن آثار وجودها وبقايا ضحكاتها في فضاء الغرفة. يبحث عن فتات بهجتها التي تحطمت إلى أشلاء، على صخور القسوة التي عُوملت بها في أيامها الأخيرة هنا. حتى ذلك الفتات، كانت قد كنسته بطرف عباءتها وبعثرته في أثناء سيرها إلى حتفها، فلم يعد هناك شيء يقتات منه قلبه السقيم. نكس رأسه وحاول أن يبكي. يتباكى. يتمنّى أن يعرّي عن ضعفه الذي داراه عن الشهود. دون فائدة.

حانت منه التفاتة إلى منضدتها، فانتبه إلى غياب الصورة التي كانت تضعها هناك، وتُشبع عينيها منها كل ليلة قبل النوم. صورة تجمعها بأمها حين كانت في سن السادسة... سرت رعدة في ثنايا جسده لذكرى والدتها الراحلة. هل حفظت الأمانة يا جاكوب؟!!

قبل أن يطرد تلك الأفكار المزعجة من رأسه، وجد عينيه تنجذبان إلى ورقة

مطوية بعناية حلّت محلّ الصورة على المنضدة. مدّ أصابع مرتجفة وقد أدرك ما هي، رسالة، فضّها بسرعة، والتهمت عيناه الأسطر القليلة التي خطت عليها في ذهول. أعاد قراءتها بتمهّل كأن روحه تتشرّب الكلمات:

«بابا يعقوب، شكرًا لأنك اعتبرتني ابنة لك طوال السنوات الماضية.

وشكرا لأنك استقبلتني في عائلتك واعتنيت بي مثل أطفالك الحقيقيين.

آسفة لأنني كنت سببًا في مشاكل كثيرة، رغم أنني لم أقصد ذلك أبدا.

أحبّك كثيرًا، وأدعو الله لك بالهداية كل يوم.

إن لم يكتب لنا اللقاء مرة أخرى في الحياة الدنيا، فأسأل الله أن يجمعنا تحت ظل عرشه يوم لا ظلّ إلا ظله، بعد أن يكون قد منّ عليك بالإسلام. وهو على كل شيء قدير...

ابنتك ريما»

مثل كل اليهود، لم يكن جاكوب يؤمن بالحياة بعد الموت. لكن كلمات ريما البسيطة جعلته يرتجف، وفكرة اللقاء بها في عالم آخر تدغدغ قلبه. لم يتمالك نفسه أن ضمّ الرسالة إلى صدره، وأخذ ينتحب بصوت مكتوم. استجابت عَبَراته هذه المرّة.

*****

- خذ!

ألقى الرجل السلاح بحركة رشيقة فتلقاه أحمد شاكرا، وسارع لينضم إلى صفوف إخوانه في حصّة التدريب. كانت إصابته قد تماثلت للشفاء، ولم ير مسوغا لتأخير العودة إلى مجموعته. خاصة بعد أن نبأه كل من حسان وأيهم بالتطورات المهمة التي طرأت على نظام التدريب ووسائله. فلم يزده ذلك إلا حماسا وتشوقا.

استقبله رفاقه بالعناق والدعابات الساخرة. فقد كان خبر خطبته لندى قد انتشر بسرعة، مُخلّفا لديهم انطباعات متباينة. لكنه كان يبتسم في لا مبالاة أمام

تعليقاتهم، لأنه كان يتوقّعها من جهة، ولأنه كان مقتنعا بأن الموضوع يخصه وحده ولا علاقة لأحد به من جهة أخرى... لذلك فهو ليس مطالبا بتقديم تبريرات أمام أحد. فجأة، ناداه قائد المجموعة الذي كان يتابع المشهد عن بعد. توجّه أحمد نحوه في هدوء وثقة. ابتسم وهو يُحييه في احترام، ثم وقف ينتظر الأوامر. نظر إليه القائد مليا ثم قال بلهجة أبوية حانية:

- مبارك عليك الخطبة يا بني!

ارتبك أحمد للحظات، فهو لم يتوقّع أن يحدثه القائد في ذلك. تمتم بعد تردد قصير:

- بارك الله فيك... لكن التهنئة سابقة لأوانها، لأنني لم أحصل على الموافقة بعد...

سكت القائد لثوان، ثم تابع في هدوء:

- سمعت أن الفتاة... يهودية!

تصاعد الدم إلى رأس أحمد، واحمرّ وجهه بشدة. لا يريد أن يبرر تصرفاته أمام أحد. لكنه القائد!

- إنها كتابية يا سيدي!

كانت لهجته صارمة وقاطعة، وفي ثناياها بوادر انفعال. سأله القائد بهدوء مستفز:

- وهل تعلم من نقاتل في أراضي الجنوب؟

- الصهاينة الإسرائيليين، سيدي!

تنهد القائد في شفقة وهو يقول:

- أحمد يا بني... أنت لا تزال شابا يافعا... فكّر جيدا في قراراتك، فإنها تبني مستقبلك... أمِنْ قلّة الفتيات المسلمات الملتزمات نشكو، حتى تفكر في يهودية؟ حتى إن لم تكن صهيونية إسرائيلية، فبينكما مسافات بعيدة في القناعات والمعتقد. لا تستسلم لعواطفك ولنزوة عابرة، فتغفل عن واجباتك تجاه الأمة! ألا تريد أن تبني بيتًا مسلمًا أساسه تقوى الله؟

ردّ أحمد في عصبية وانزعاج:

- بلى يا سيدي...

كان يقف في توت،ر وقد أطرق إلى الأرض مخفيا عينيه المحمرتين من الغضب. أدرك القائد أنه لا فائدة تُرجى من العتاب، فأحمد لم يكن مستعدا لتلقي النصائح من أحد. فقال بنبرة حزينة:

- بإمكانك الانصراف يا بني!

أدّى أحمد التحية، وانطلق إلى التدريب وفي نفسه ثورة عارمة.

إنهم لا يفهمون. لا أحد يفهمني! لماذا يضغطون عليَّ ويناقشون خياراتي؟ هذه حياتي الخاصة، ولا حق لأحد بالتدخل فيها. حتى أنت أيها القائد! ألا يكفيني الصراع القائم في العائلة؟ أبي وافق دون أن يقتنع... وأمي لم تتوقف عن البكاء منذ سمعت بالخبر! اخترتها يهودية، لكنها لن تبقى كثيرا كذلك. سأجعلها تُسلم ويكون لي الأجر... خير من حمر النعم! أليس ذلك ما وعدنا به رسولنا الكريم عليه الصلاة والسلام؟ سأُنقذها من الضلالة إن شاء الله، وأُعيدها إلى دين الحق. سترون حينها. سترون جميعا!

*****

خطت ريما في ارتباك إلى داخل المنزل وهي تحمل حقيبتها بين يديها. سبقتها راشيل بضع خطوات، ثم استدارت إليها وابتسامة واسعة تزيّن وجهها:

- تعالي، من هنا يا حبيبتي... هذه ستكون غرفتك...

كانت قد فتحت باب غرفة جانبية تطل على الرواق، وأفسحت المجال أمامها لتلقي نظرة على داخلها. تقدّمت ريما في خجل وتردد. لم تكن راشيل غريبة عنها، فهي قد عرفتها قبل زواجها وسفرها إلى لبنان. وكانت هي الأخرى تحبها وتعطف عليها مثل كل أفراد أسرتها التي عاملتها خير معاملة في طفولتها. لكن لقاءاتهما قلّت في السنوات الأخيرة، حيث كانت راشيل تكتفي بزيارة سنوية واحدة لبلدها، خاصة بعد وفاة والديها.

أجالت ريما بصرها في المكان في انبهار. كانت الغرفة في غاية الجمال والترتيب. كما أنها كانت تحتوي عددًا كبيرًا من الألعاب والتحف، وقد تمّ إنجاز ديكورها حتى تكون ملائمة لطفل صغير، فدهنت الجدران بلون عشبي باهت، وملأت صور الحيوانات والطيور الستائر والإطارات المعلّقة، وظهرت علامات الطفولة الحيّة على المفارش وكل المتاع...

التفتت ريما إلى مضيفتها في دهشة، فابتسمت راشيل وهي تقول موضحة:

- منذ زواجي وأنا أتمنى أن يرزقني الله بطفل يملأ حياتي... ومن فرط لهفتي وشوقي فإنني أخذت في إعداد هذه الغرفة، وملأتها بكل ما يحلو للأطفال اللهو به. ولبثت أنتظر قدوم الطفل الموعود... لكن...

اختنقت الكلمات وتوقفت على شفتي راشيل، لكنها قالت بسرعة وهي تخفي انفعالها العابر:

- انظري... نافذة الغرفة تطل على الحديقة... منظر خلاب في الربيع... أرجو أن تعجبك...

هتفت ريما في حماس مفتعل:

- تعجبني؟ إنها رائعة... رائعة جدا! حتى غرفتي في منزل بابا يعقوب لم تكن بهذا الجمال!

ضمّتها راشيل في حنان وهي تهمس:

- أرجو أن تطيب لك الإقامة معنا...

انقبض قلب ريما في صدرها عند تلك الكلمات. كانت تأمل أن إقامتها عند راشيل لن تطول كثيرا... بابا يعقوب قال إن سفرها مؤقت، ريثما تهدأ تانيا وتتجاوز المشكلة. راشيل طيبة وتحبّها أيضا. لكن كيف تبتعد عن بابا يعقوب إلى الأبد؟! كانت تلك الأفكار تعتمل في رأسها الصغيرة، لكنها لم تفصح عن أي منها. بل تابعت تمثيلها وابتسمت وهي تسلم كفها لراشيل التي قادتها في جولة في أرجاء المنزل.

كان المنزل صغيرا يكتنفه هدوء مريح، وقد أضفى عليه ذوق راشيل الراقي جمالا شرقيا مميزا. لكن رغم محاولات صاحبة المنزل لاستيعاب ريما وتعويدها على المكان،

فإن نفس الفتاة ظلّت منغلقة واختارت أن تنعزل في الغرفة التي جهزت من أجلها لتستريح، فتركتها راشيل تجلس مع نفسها لبعض الوقت، وانصرفت تعدّ العشاء على شرف ضيفتها.

جلست ريما على طرف السرير في حزن. كان التعب قد أخذ منها مبلغا عظيما. تعب جسدها الغضّ من السفر الطويل الذي لم تتعوّد عليه. وتعب قلبها المهموم من فراق الأهل والبلاد... الأهل؟ أين هم الأهل؟ بعد رحيل والديها كان جاكوب وعائلته هم بقية أهلها، فلم تَشْك من اليُتم يومًا واحدًا. لكنها أدركت الحقيقة المُرّة منذ بدأت معاملتهم تتغيّر معها. ومع ذلك، فإنها تشبّثت بهم. تشبّثت ببصيص الأمل الوحيد في حياتها. فقد كانوا يعنون لها الكثير... وكانت مشاعر الحب الصادقة هي أملها.

لم تكن قد اهتمّت بتفريغ حقيبتها الصغيرة بعد. كان أمل واهٍ يراودها بأنها ستغادر عمّا قريب، وتأخذ حاجياتها معها. لكن الدقائق كانت تمرّ بطيئة ثقيلة، مُعمِّقة إحساسها بالغربة والوحدة. لم تتوقف عن البكاء طوال رحلتها بالطائرة. لم تبك لفراق أحبابها وبلادها وحسب... بل أن أكثر ما آلمها هو إحساسها بالهوان. نعم، فقد هانت على جاكوب حتى رماها خارج بيته بتلك القسوة وبذلك البرود. هانت عليه حتى أبعدها عنه كل هذه المسافة، حتى لا تفكر في العودة، لأنها لن تملك النقود اللازمة للسفر ولن تملك الجرأة على القيام برحلة الرجوع، بعد أن طُردت بذلك الشكل. عادت الدموع لتتجمّع في مقلتيها وتنحدر على وجنتيها في صمت، بعد أن كانت قد حبستها أمام راشيل وجاهدت نفسها لترسم ابتسامة وديعة على وجهها. لم تتمالك نفسها أكثر، فارتمت على السرير وجسدها الصغير يهتزّ من النحيب، وتركت دموع الألم والحسرة تغسل وجهها. لعلها تغسل قلبها من همومه أيضا. لماذا فعلتَ هذا يا بابا يعقوب؟ لماذا؟

قبل أن يأتيها الجواب على تساؤلها، وقبل أن تستوفي الوقت الكافي لإفراغ شحنة عواطفها المجروحة، فُتح باب الغرفة في حركة عنيفة جعلت نحيبها ينقطع لتُرفع عينيها الدامعتين في فزع. اصطدمت نظراتها بعينين قاسيتين تطالعانها في برود

مخيف. كان رجلا فارع الطول، ضخم الجثة يقف عند الباب في صمت. مسحت ريما عينيها بسرعة محاولة إخفاء آثار دموعها، وقد راودها إحساس غريب بأن عَبَرَاتها أزعجت الواقف أمامها، وقد يُؤدّي ذلك إلى ما لا تحمد عقباه. في هذه الأثناء كان الرجل قد تخلّص من جموده، وتقدّم في اتجاهها. كانت ملامحه قد لانت بعض الشيء وتحرّكت شفتاه في شبه ابتسامة تقترب من التكشيرة. بحركة غريزية تراجعت ريما وهي تضم ذراعيها إلى صدرها. انحنى الرجل ليقترب من الصغيرة أكثر، ثم قال بصوت هامس أراده مسالما:

- أنت ريما... أليس كذلك؟

لكن كلماته لم تزد ريما إلا نفورا وانكماشا على نفسها. اتسعت ابتسامته المخيفة وهو يمدّ يده ليمسك بذقنها ويُجبرها على النظر إليه وهو يهمس من جديد:

- لا تخافي يا صغيرتي...

انحبست أنفاس الفتاة وهي تنظر إليه بعينين فزعتين مغرورقتين بالدموع. وعلى عكس ما نطق به، بدا على ملامحه الاستمتاع بألمها وخوفها. لم تستطع أن تنطق أو أن تتحرّك من مكانها، فقد كان جسده الضخم يسد المساحة أمامها، ويسحب الهواء من فضاء الغرفة حتى كادت تختنق.

- عزيزي... أنت هنا؟ هذه ريما التي حدّثتك عنها...

كان صوت راشيل التي وقفت عند الباب. أفلت الرجل ريما على الفور، واعتدل في وقفته دون أن يبعد نظراته عنها. وببرود شديد، تراجع بضع خطوات مبتعدا ومستمتعا بنظرات الفزع التي تملأ عينيها، ثم خرج من الغرفة دون أن ينطق بكلمة واحدة. التفتت راشيل إلى ريما في ارتباك، وقالت في تلعثم وهي تهمّ بمغادرة الغرفة:

- العشاء... سيكون جاهزا بعد قليل...

استردّت ريما أنفاسها بعد أن ظنّت أن الهواء انقطع عنها، وتسمّرت عيناها على الباب نصف المفتوح الذي غاب وراءه الرجل المخيف. لم تكن البداية تُنبئ بخير كثير.

*****

- موافقة!

لم تصدّق سونيا أذنيها، وهي تسمع الكلمة التي قالتها ندى، وردّدها جورج نيابة عنها أمام أفراد العائلة المجتمعين في المساء. انسحبت الدماء من وجه سونيا التي كانت تعيش أسوأ كوابيسها. لكن كيف؟ كيف وافقت بهذه السهولة وهي التي كانت ترفض مجرد رؤية الخاطب؟

ابتسم ميشال، الذي كانت ندى قد أنبأته بهوية الخاطب، وهو يقول مهنئا الجميع:

- مبارك علينا! أين العروس إذن؟

قبل أن يجيبه أحد، كانت سونيا قد هبّت من مجلسها في عصبية. كانت ندى معتصمة في غرفتها منذ ساعات، فهي لم تملك الشجاعة الكافية لمواجهة أمها بقرارها، فتركت جورج يبلغ الجميع نيابة عنها. فتحت سونيا الباب بقوة، فاعتدلت ندى في جلستها بعد أن كانت مستلقية على سريرها، وطالعت والدتها بنظرات ثابتة واثقة، في حين كانت مهتزّة في داخلها، ولا تدري إن كانت قادرة على الصمود للنهاية. زمجرت سونيا بصوت غاضب:

- ما هذا الذي سمعته من أبيك؟!

ازدردت ندى ريقها بصعوبة، وهي تحاول السيطرة على دقات قلبها المجنونة التي يصمّ صوتها أذنيها مثل قرع الطبول، وجاهدت نفسها لتبدو لهجتها حازمة وقاطعة:

- هو قراري!

- أي قرار هذا؟ بالأمس كنتِ ترفضين بشدة... فما الذي غيّر رأيك؟!

تنحنحت ندى لتقول الكلمات التي أعدّتها مسبقا وتدرّبت عليها، لكن صوتها خرج هامسا بالكاد يسمع:

- الشاب أعجبني وارتحت إليه في لقائنا الأول... أفلا يحق لي أن أختار الشخص الذي يناسبني؟ هذا قراري وهذا مستقبلي! دانا لم يناقشها أحد في اختيارها لإيميل. وأنت أيضا أمي، لا أحد تحكّم في اختيارك حين تزوجت من أبي أولا... ثم من بابا جورج! أفلا يحق لي أن أختار الشخص الذي سأقضي معه بقية حياتي بكامل حريتي

أيضا؟!

كان صوتها قد ارتفع رويدا رويدا مع تزايد انفعالها، حتى علا وتهدج واكتسى وجهها حمرة قانية، وعيناها لا تفارقان عيني والدتها في تحدٍ سافر. أخذت نفسا عميقا، ثم واصلت في هدوء، محاولة السيطرة على توترها:

- صحيح أنني لا أعرف عنه سوى القليل... لكنني لن أتزوجه اليوم أو غدا. ستكون لدي فرصة التعرف إليه والتحدث معه، حتى أتأكد من مناسبته لي. فأنا أوافق على الخطبة وحسب. والخطبة يا أمي ما هي إلا وعد بالزواج، وفرصة لدراسة الطرف الآخر. كما أنني لن أتنازل عن ديني وعقيدتي كما فعلت خالتي وخالي. فإن احترم شعائري، فسأبادله احتراما باحترام... وإلا فإنني لن أرضى لنفسي الإهانة ونقض العهد! أعلم أن مصلحتي تهمك، وأنك تخشين علي من تجربة فاشلة... لكن لا تخافي عليّ. لن أتسرّع ولن أغامر... سآخذ كل وقتي قبل أن أتخذ القرار النهائي!

حملقت فيها سونيا في صدمة وعدم تصديق. ثم انسحبت من الغرفة دون أن تعلّق بكلمة. تنهدت ندى وهي تُلقي بنفسها على السرير مُجدّدًا. وسرعان ما تسللت ابتسامة رضا لتزين شفتيها. هل كان أداؤها مقنعا؟ لا بأس به على أية حال. فقد كان كافيا ليلجم والدتها التي لم تعدم الحجة يوما.

*****

جلست السيدة سعاد في حزن، وهي تمسك منديلا بيدها اليسرى تلوح به في أسى، في حين لم تتوقف كفها اليمنى عن اللطم تارة على فخذها، وتارة أخرى على صدرها، وهي تمتم في حرقة:

- آخ يا أحمد... آخ! يهودية؟! يا بني... ماذا فعلت لك حتى تختارها يهودية؟! آخ يا قلبي... آخ! ماذا فعلت في حياتي حتى أعاقب بهذا الشكل؟ آخ!!

أمسكت سماح بكفها لتوقف حركة اللطم، وهي تقول في مواساة:

- يا أمي أرجوك... توقّفي عن هذا وأريحي نفسك...

تركت السيدة سعاد كفها بين كفي ابنتها، ومسحت وجهها بالمنديل، وهي تولول من جديد:

- أرتاح؟ وكيف لي أن أرتاح وابني الوحيد يخالف أمري ولا يهتم برضائي عنه؟ كيف لي أن أرتاح وهو يرى دموعي وحسرتي ويصرّ على رأيه؟

تنهّدت سماح في ضيق، وهي تعيد على مسامع أمّها للمرة الألف نفس الكلمات:

- يا أمي... تعلمين أن أحمد أكثر الأبناء برا بوالديه. لكن هذه المرة مختلفة عن المرات السابقة! أحمد يحب ندى، والحب أعمى يا أمي! لا يمكنك أن تقنعيه بالبكاء والعويل، فذلك لن يزيده إلا إصرارا وتمسّكا بها... دعيه يخطبها، هذا إن وافق أهلها أولا، فهم مثلنا في تشبّثهم بعقيدتهم- ثم لن يحصل إلا الخير إن شاء الله!

هتفت والدتها في لوعة:

- خير؟ كيف يأتي الخير من يهودية؟!

ابتسمت سماح وهي تقول موضّحة في هدوء وتؤدة:

- أحمد الآن تحت سيطرة مشاعره المراهقة. فأخي الحبيب رغم عقله الراجح لم يسيطر على قلبه بعد! ولكنها نزوة عابرة ستمضي في حينها. هو الآن معجب بشخصية ندى وأخلاقها وجمالها، لكنه فيما بعد سيدرك الاختلافات العميقة بينها وبينه... بين أهله وأهلها... بين بيئته وبيئتها، وخاصة بين عقيدته وعقيدتها. فإما أن تُسلم ندى، وفي ذلك خير كثير وسعادة وارتياح للجميع! وإما أن تصرّ على دينها... وحينها تشتدّ الخلافات بينهما حول ذلك، ويحصل الانفصال بصفة طبيعية!

كانت سعاد قد توقفت عن حركتها اليائسة، وأخذت تنصت إلى ابنتها في اهتمام. قالت في وجوم:

- هل تعتقدين ذلك؟

هزّت سماح رأسها مؤكدة وهي تقول:

- أحمد لم يتعلّق بندى إلا لأنه يأمل إسلامها... فإن تبيّن له أنه لا فائدة تُرجى منها فسوف يصيبه الفتور. ثم لا يلبث أن ييأس من أمرها ويعود إلى رشده.

ثم أضافت مداعبة:

- وحينها يا غالية، يمكنك أن تختاري له الزوجة التي تناسبك وترضيك، ولن يجرؤ على الرفض أو الاعتراض! والآن، امسحي دموعك وارسمي على وجهك ابتسامة صافية. أحمد سيعود بعد قليل، وسيكون من الأفضل أن تستقبليه بوجه مشرق، فقد أصابه الاكتئاب من عبوسك المتواصل!

تركت والدتها المنديل والحزن لا يفارق وجهها. اقتربت منها سماح ومسحت عينيها بكفيها في حنان وهي تهمس:

- هيا ابتسمي!

في تلك اللحظة تناهى إليهما صوت فتح الباب الخارجي، ووقع أقدام يتردّد في الممرّ المبلط. وما لبث القادم أن دخل عليهما. ألقى أحمد السلام بصوت هادئ ووجهه مطرق إلى الأرض. كان غضب والدته عليه يحزّ في نفسه كثيرا، ويؤلمه أنها لا تقدّر مشاعره ولا تتفهّم وجهة نظره. تقدّم حتى جلس على الأريكة المجاورة، وقد بدا على ملامحه التردد. بادرته سماح في مرح محاولة تبديد التوتر المسيطر على الجو:

- كيف كان يومك؟ أراك عدت باكرا اليوم!

رفع أحمد عينيه في توجس، وقال وهو ينظر إلى والدته بطرف خفي:

- خيرًا إن شاء الله... عدتُ إليكم بخبر، لا أدري إن كان سيسعدكم مثلما أسعدني...

التفتت سماح إلى أمها وهي تقول في احتجاج:

- كيف تقول هذا! كل ما يسعدك يسعدُنا بالتأكيد. أليس كذلك يا أمي؟

لم تنطق السيدة سعاد، ولم تتحوّل نظراتها الصامتة التي كانت مركزة على المنديل الذي تعبث به بين أصابعها، لكنها هزّت رأسها ببطء علامة موافقة باردة. أعطت حركتها أحمد بعض الشجاعة، فقال بصوت فرحته مخنوقة:

- عائلة ندى وافقت!

هتفت سماح في سرور وهي تحتضن أخاها:

- مبارك يا أحمد! مبارك!

ابتسم أحمد وهو يربت كتفها في فتور، وعيناه لا تزالان معلقتين بوجه والدته،

ينتظر ردة فعلها في لهفة وشوق. مضت لحظات من الصمت الرهيب، قبل أن تتمتم سعاد بصوت لا يكاد يسمع:

- مبارك يا بني!

لم يتمالك أحمد نفسه وهرع نحوها يُقبّل رأسها وكفها، وقد اغرورقت عيناه بالدموع. عانقته والدته وبكى كل منهما في حضن الآخر.

- الآن فقط اكتملت فرحتي!

*****

دفعت راشيل دقّة الباب بهدوء، وأطلّت برأسها إلى داخل الغرفة. لم تنتبه ريما إلى وجودها، فقد كانت مُنكبّة على أوراق دفترها التي لم تفارقها منذ وصولها. ابتسمت راشيل في حنو، وهي تتأمل الطفلة التي كانت منغمسة في الكتابة بكل جوارحها. تنحنحت وهي تفتح الباب وتتقدّم في اتجاهها. ارتبكت ريما وأغلقت الدفتر على الفور، وأخذت تُرتّب الأوراق. نظرت إليها راشيل في استغراب وقالت وابتسامة رقيقة تطل على شفتيها:

- ريما عزيزتي... ماذا تفعلين؟

تمتمت ريما بصوت خفيض:

- أكتب...

انحنت راشيل لتقترب من مستواها وهي جالسة إلى المكتب، وقالت كأنها تخاطب طفلة دون العاشرة:

- وماذا تكتبين؟

- رسالة...

جذبت راشيل كرسيّا وجلست حذوها. كانت قد تعوّدت على صمت ريما العميق وانطوائها الذي لازمها منذ وصولها إلى لبنان، لكنها كانت تحاول بصبر وأناة أن تحملها على الكلام. فقالت بنفس اللهجة الحانية المتمهّلة:

- ولمن هذه الرسالة؟

هذه المرة سكتت ريما ولم تُجب، بل راحت تشدّ طرف ثوبها في توتر. بعد صمت قصير أدركت راشيل أن الفتاة تودّ الاحتفاظ بخصوصياتها، ومن غير المجدي أن تضغط عليها، فغيّرت الموضوع وقالت في مرح:

- ألم تغيّري رأيك بخصوص سهرة الليلة؟ ستجدين هناك فتيات قريبات منك في السن... ستقضين وقتا ممتعا، أؤكد لك!

هزّت ريما رأسها علامة الرفض وقالت بصوت حزين:

- شكرًا لك... أنا أريد البقاء في البيت!

كان في عينيها توسّل ورجاء... كأنها تناشدها أن تتركها في عالمها وألا تحاول إخراجها منه. تنهّدت راشيل في يأس، ثم قامت في تثاقل لتغادر الغرفة. أغلقت الباب في حرص وتنهّدت مجددا.

إلى متى ستستمر حال ريما على ما هي عليه؟ لم تدّخر جهدا للترفيه عنها وإخراجها من قوقعتها... لكن الفتاة تبدو رافضة لأي تدخل أو اقتحام لوحدتها وعزلتها. مضى أسبوعان على مجيئها، لم تكن تغادر فيهما الغرفة التي خُصّصت لها إلا في أوقات الطعام، أو لتجلس لبعض الوقت في الحديقة، حين لا يكون زوجها في البيت. أنشطتها المفضلة هي الكتابة والقراءة. تنكبّ على دفترها لساعات طويلة وتخفيه كأنه كنزها الصغير.

- عزيزتي... ماذا تفعلين هنا؟

رفعت رأسها لتجد زوجها يقف إزاءها، وعلى وجهه علامات الضيق. كانت لا تزال تقف أمام غرفة ريما، وقد شغلها التفكير في أمرها. ابتسمت راشيل وهي تأخذ بيده وتمضي معه إلى غرفتهما.

- كنت أتفقّد ريما...

أضافت بصوت قلق:

- إنها لا تزال ترفض الخروج... الليلة حفل خطبة ندى. لكن لا يمكنني أن أترك الصغيرة بمفردها. وسونيا ستغضب مني إن تخلّفت! لا مفرّ من الاعتذار...

ابتسم وهو يربت كفها في حنان وقال:

- ولماذا تعتذرين؟ اذهبي إلى حفلتك مطمئنة... سأظل هنا وأعتني بريما...

نظرت إليه راشيل وفي عينيها مزيج من الفرح والدهشة:

- أتفعل حقا؟ ليست لديك مواعيد الليلة؟

هزّ رأسه نافيا، ثم قال في هيام:

- حتى إن كانت لديّ مواعيد، أؤجلها! ألا أضحّي مرة واحدة حتى تنعم زوجتي الحبيبة بسهرتها؟

لم تنتظر راشيل لحظة واحدة، بل رمت إليه قبلة سريعة، وقامت من فورها في سرور لتستعد للسهرة. أما هو، فابتسم في ظفر، وقد سافرت أفكاره إلى الكائن الصغير الذي يختفي خلف الباب المغلق.

*****

كانت ليلة هادئة من ليالي الصيف المعتدلة. أطل القمر على استحياء، مُحاطًا بهالته الباهتة، ليبدّد قسما ضئيلا من ظلمة السماء دون أن يطغى على ردائها الأسود... كما أطلّت مشاعر الفرح المترددة متسللة وسط الآهات والآلام الكثيرة. كانت ليلة مفعمة بالأحداث... ككل ليلة. شهدت أولى بوادر السعادة في قلبين متحابين كُتِبَ لهما الاجتماع برضا العائلة ومباركتها... وتستّرت على آلام روح بريئة لم تعرف مذاق الفرح منذ زمن، وجسد غض لم يكتشف بعد طعم الأذى...

وقفت راشيل فجأة لتغادر المكان. لم يكن قد مر على وصولها إلى الحفل أكثر من ساعة واحدة. لكنّها تذكّرت أنها نسيت هدية ندى التي انتقتها من أجلها. ولمّا كان منزلها غير بعيد، فقد أرادت أن تغيب لبضع دقائق لتحضرها ثم تعود. اقتربت من سونيا ووشوشت في أذنها ببضع كلمات، فهزت سونيا رأسها متفهمة. سارعت راشيل بالخروج حتى تعود قبل تقديم الحليّ... جلست إلى عجلة القيادة وأدارت المحرك وعلى شفتيها ابتسامة حالمة. لم تر ندى بمثل ذلك التألق من قبل، وقد

تأنّقت وأخذت زينتها. كم تتمنّى أن تكون لها ابنة تعيش معها مثل تلك اللحظات! خطيبها يبدو شخصا محترما، وعائلته في غاية اللطف... لكنهم مسلمون! وهو ما يفسّر ضيق سونيا رغم تظاهرها بالسعادة. تذكرت حديثهما منذ فترة قصيرة. ها قد فرضت عليها ابنتها الثانية زوجًا غير يهودي. بل مسلم! لكن ندى حرّة في اختيار شريك حياتها، مثلما اختارت أمها منذ أكثر من عشرين سنة.

نزلت من السيارة متعجّلة، وحثّت الخطى إلى مدخل البيت الرئيسي. كانت تقصد غرفتها، حيث تركت الهدية فوق المنضدة. ما إن أدارت مقبض الباب حتى تناهى إلى مسامعها صوت صراخ وطرق عنيف على أحد الأبواب. وضعت كفها على صدرها في ارتياع، وتسارعت دقات قلبها. كان الصراخ يشتد كلّما تقدّمت في الممر. إنه صوت زوجها! هرولت في اتجاه الصوت في فزع، فرأته وهو يطرق باب غرفة ريما الموصد في عنف وغضب شديدين:

- قلت لك افتحي، وإلا حطّمت الباب على رأسك!!

حدّقت فيه بهلع، وقد تطاير الشرر من عينيه. لم تكن قد رأته على تلك الحال من الانفعال من قبل. هتفت وهي تقترب منه وتشدّ ذراعه:

- ماذا هناك يا عزيزي؟ ما الذي يحصل؟

التفت إليها في ذهول، وقد انتبه لتوه لوجودها، ابتسم في تودّد وهو يقول في هدوء:

- ما الذي جاء بك الآن يا عزيزتي؟

تجاهلت سؤاله وهي تهتف مُجدّدًا في إصرار:

- ما الذي يحصل هنا؟ لماذا الصراخ والطرق العنيف؟

ارتبكت الكلمات على لسانه، وهو يشير إلى الباب المغلق، وقد عادت إليه عصبيته واحمّر وجهه وانتفخت أوداجه:

- إنها... إنها ترفض فتح الباب! دعوتها إلى تناول العشاء فامتنعت! فتاة مدللة ومتمرّدة!!

تأملته راشيل في عدم استيعاب للحظات قصيرة، ثم تركته واقتربت من الباب.

طرقته في هدوء ونادت بصوتها الحنون الرقيق:

- ريما عزيزتي... افتحي الباب أرجوك! أنا راشيل... لقد عدت!

مضت بضع ثوان ثقيلة، قبل أن تقرر ريما فتح الباب. طالعتها راشيل في قلق. كان هناك شيء متغيّر فيها. هندامها غير مرتّب، وحجابها موضوع بإهمال فوق رأسها، كأنها خرجت للتوّ من معركة ما. لكن نظراتها البريئة كانت تشتعل حزمًا وقوة، وإن بدا الذبول على وجهها الشاحب. احتضنتها راشيل في حنو دون أن تدرك حقيقة ما ألمَّ بها. سألتها في لهفة:

- هل أنت بخير يا عزيزتي؟

لم تتكلّم ريما، لكن نظراتها الصارمة كانت تتّجه إلى الرجل الواقف أمامها. التفتت راشيل إلى زوجها وهي تقول في عتاب:

- لقد أخفتها يا عزيزي! لا تصرخ هكذا مرة أخرى!

أخذت ريما من يدها، وذهبت بها إلى سريرها وهي تقول:

- أنا هنا الآن معك... لا داعي للخوف.

ثم قالت مخاطبة زوجها من جديد:

- عزيزي، هلا ذهبت إلى منزل سونيا وأخذت هدية ندى؟ إنها على المنضدة. نسيت أن أحملها معي... سأظل إلى جانب ريما حتى تهدأ...

صرَّ على أسنانه في حنق، لكنه استسلم أخيرًا وخرج ليحمل الهدية... لم يصل إلى مبتغاه هذه المرة. راشيل أفسدت عليه مخططه بعودتها المبكرة. لكن الفرصة لم تفت بعد، وستكون له الغلبة أخيرًا. عض على شفته السفلى في غضب، وهو يتذكر نظرات الفتاة المتحدّية.

*****

لم يكن لقاؤها بوالدة أحمد من أيسر التجارب التي عرفتها. طالعتها سعاد بنظرات ثاقبة متفحّصة، تزن بها مزاياها، وتسبر أغوار شخصيّتها، ثم ظهرت علامات

الامتعاض على وجهها، حين وقعت عيناها على نجمة داود التي لم تشأ ندى أن تتخلى عنها، ولو لتترك انطباعا جيّدا لدى عائلة أحمد. لم ترد أن يخطئ أحد بشأنها ويعتقد أنها قد تقدّم تنازلات مجانيّة. تجاهلت النظرات وما ظهر فيها وابتسمت. لا يمكن لأحد أن يحاسبها على اتّباعها دين أجدادها وعائلتها. لكنها كانت مخطئة.

- أنت إذن يهودية؟

كانت الأسئلة التي تأخذ شكل استجواب أكثر ما يضايق ندى ويثير غيظها. تلك الأسئلة لا يمكن أن تكون جزءًا من محادثة، لأنها تقطعها بضربة واحدة وتحوّل وجهتها نهائيا، مبعثرة أي تناغم قد ينشأ في تبادل لفظي بين شخصين. وفي بداية تلك المحادثة، كانت سعاد تحدّد موقع ندى من عالمها بسؤالها الصريح والمباشر. هذا مؤكد، لم يكن ذلك نوعا من الترحيب بانتماء قريب إلى العائلة.

تمنّت ندى أن تمتلك الشجاعة الكافية لتجيب بحركة مسرحية: «دين الحرب من أجل السلام!». عبارة بليغة كانت لتحسب لها، لو لم يسبقها إليها يوليوس قيصر! هل كانت الحرب من أجل السلام أو ضد السلام؟ لا تذكر. لكنها تمنّت أن يحل السلام بينها وبين عائلتها الجديدة، فلا تضطر إلى التعرّض لاستجوابات أخرى.

عاودتها تلك الأفكار وهي تفترش العشب الندي على التلّة، وتراقب الخيالات الداكنة التي بدأت تزحف على منزل الضيعة. من حسن حظها أنها لم تُذعن لرغبتها الساخرة تلك في استفزاز والدة أحمد. كانت خسرتها إلى الأبد. اعتبرت احترامها ومراعاتها من أبلغ علامات حبّها لولدها. وقد بدا أن حسن تصرفها قد أثمر، فقد حلّ سلام مبدئي على علاقتها بالعائلة، وما هذه الدعوة إلا دليل على ذلك. كان حفل شواء في الهواء الطلق في المنزل الريفي الذي تمتلكه العائلة في قرية متاخمة لقانا، وكانت ندى وعائلتها مدعوّين. أجاب جورج وميشال عن طيب خاطر، فيما وجدت دانا في الفسحة فرصة لتغيير الجو لا غير، في حين امتنعت سونيا دون مواربة.

هبّت أولى نسمات المساء الباردة حين بدأت الشمس رحلة الغروب، وانحسرت خيوطها الخفية لتتوارى خلف الروابي التي تتابع على امتداد البصر. بهت لون السماء مع اقتراب حلول الليل، وغرقت المروج في حمرة دافئة لتترك الظلام ينشر

رداءه خلسة. لكن لم يبد أن مجموعة الفتيات الحالمات قد انتبهن إلى انتهاء وقت النزهة.

فجأة وقفت سماح وهي تنفض ثوبها على عجل وهتفت:

- سأعود بعد قليل...

ومضت مهرولة إلى المنزل. تبادلت الفتيات نظرات متسائلة قبل أن تنهض ندى بدورها وهي تقول:

- سأنظر إن كان الشواء قد حضر!

تابعتها عيون دانا وماري زوجة ميشال في صمت، قبل أن تزفر دانا في ملل وهي تلقي بنفسها على العشب:

- أوف! لو كنت أعلم أن الأمسية ستكون بهذا الشكل لما جئت!

ابتسمت ماري وهي تقول مستغربة:

- إنها أمسية مسلّية! أنت نفسك كنت تمزحين وتضحكين منذ حين! فما الذي أزعجك فجأة؟

- ظننت أنني سأجد الفرصة للجلوس مع إيميل... لكنني فوجئت بالتقسيم الذي حصل... الشباب في جانب والفتيات في جانب آخر!

هزّت ماري كتفيها في لا مبالاة وهي تقول:

- ربما كانت تلك عادة عند المسلمين...

لوت دانا شفتيها في ضيق، وعادت تقول بلهجة عدائية:

- تصرّفاتهم غريبة! أرأيت كيف تركتنا سماح فجأة وفرّت كأن حيّة لدغتها؟ على أية حال، هكذا أفضل... على الأقل نجلس أنا وأنت في هدوء...

أطلقت ماري ضحكة قصيرة وقالت في ارتياح:

- شخصيًا لا أشكو من شيء... تخلّصت من كريستينا وجابريال لبعض الوقت، وتركت والدهما يهتم بهما لمرة. المكان يشرح الصدر ويروّح عن النفس... وعائلة أحمد لطيفة جدًا... أحس بالدفء في علاقاتهم، وبقربهم من بعضهم البعض... أرأيت كيف يُقبّل جبين والدته ويُعانق أخته؟ من الجميل أن تكون الروابط متينة

في العائلة بهذا الشكل!

لوّحت دانا بكفها في امتعاض:

- لو أنهم يُخفّفون من جرعة الحنان قليلا! ليسوا مضطرين إلى إثبات مدى حبهم لبعضهم البعض أمام الجميع!

ضحكت ماري مجدّدًا وهي تقول مداعبة:

- هذه هي دانا التي أعرفها... لا شيء يرضيك! لست أدري ما الذي سيحصل لإيميل المسكين!

غير بعيد عنهما، كانت ندى قد مضت إلى الفناء الخلفي حيث تجمّع الشباب يعدّون الشواء ويتسامرون. حين وصلت كان ميشال قد انشغل بتقطيع الشرائح، في حين وقف إيميل يقلّب قطع اللحم على الفحم. أجالت نظرات متفحصة في المكان بحثا عن أحمد، لكنه لم يكن هناك. انتبه ميشال إلى وجودها فقال مازحًا:

- لماذا تقفين هناك؟ تعالي وساعديني!

اقتربت ندى مبتسمة، فأضاف وهو يغمز بعينه:

- أم تراك جئت لمساعدة شخص آخر؟

اتسعت ابتسامة ندى ولم تعلّق، لكن نظراتها عادت لتتجوّل في المكان. كانت الشمس قد اختفت تقريبا، لكن الظلام لم يُخيّم تمامًا.

- هلا أضأت المصباح الخارجي؟ الرؤية أصبحت غير واضحة!

سارت ندى لتضغط على زر الإنارة، لكن المصباح لم يعمل.

- يبدو أنه لم يستعمل منذ فترة، فالبيت مُغلق معظم الوقت... انتظر سأطلب من خالتي سعاد مصباحا يدويا، لا شك أنهم يحتفظون ببعضها هنا...

خطت إلى الداخل على استحياء وهي تنادي أم أحمد برفق. لفت انتباهها ضوء قادم من الغرفة القريبة من المدخل. كان الباب نصف مفتوح، فاقتربت وهي تنادي من جديد. لكن بدل أن يأتيها رد السيدة سعاد، طرقت مسامعها كلمات مبهمة بصوت شبه مسموع. توقّفت في ارتباك... كان الصوت رجاليا. بل هو صوت مميّز عرفت صاحبه مباشرة. لكنه لم يكن يُحدّثها أو يردّ على ندائها. فجأة جاءتها

٩٠

نفس الهمهمة مُجدّدًا، فارتجفت أوصالها. سمعت حفيف ثياب وحركة في الداخل فتقدمت خطوة أخرى. ومن موقفها ذاك ظهر لها مشهد غريب. رأت أحمد أمامها، وقد انتظم خلفه والده وصديقاه حسان وأيهم اللذان انضمّا إلى الحفل العائلي، في صف واحد... ومن خلفهم الخالة سعاد وسماح. لكنهم جميعا كانوا في وضعية غريبة... كان كل منهم قد نزل على ركبتيه وأحنى ظهره باتجاه الأرض، حتى التصق جبينه وكفاه بالبساط الصغير الذي فرشه في وضعية مائلة. ازدردت ريقها بصعوبة وهي تحدّق فيهم في دهشة، ولكنها ما لبثت أن سمعت أحمد يهمهم من جديد وهو يرفع رأسه، فيتبعه الجميع في حركة واحدة متناسقة! ماذا يكون هذا العرض؟ أصبح أحمد الآن جالسا على الأرض في وضعية مريحة، ورأسه مُطرق كأنّه لا يشعر بوجودها قريبًا منه. هل يتجاهلها؟ ترددت للحظات ثم همست في هدوء:

- أحمد... أين يمكنني أن أجد مصباحا؟

انتظرت بضع ثوان وهي تنظر إليه، لكنها لم تجد منه جوابًا. ألم يسمعها؟ يبدو غائبًا عنها تمامًا وشفتاه لا تتوقفان عن التمتمة. تنحنحت ورفعت صوتها قليلا:

- أحمد...

لكن بدل أن يجيبها، وقف أحمد وهو يقول بصوت مسموع هذه المرة «الله أكبر»... كانت تلك همهمته التي لم تُميّزها في البداية، وقد أصبحت أكثر وضوحا. تسمّرت ندى في مكانها، وقد توقّف عقلها عند تلك الكلمات... الله أكبر! هذه هي إذن! كانت قد سمعت من قبل عن صلاة المسلمين، لكنها لم تر أحدا من قبل يُصلّي أمامها. راحت تتأمله في خشوعه العجيب، وأشياء غريبة تتحرك في داخلها. أحسّت باضطراب مفاجئ لم تجد له تفسيرا، فركضت إلى الخارج وهي تغالب انفعالاتها.

وجدت نفسها وحيدة في الفناء. كانت الشمس قد اختفت تماما وبعد قليل تلحق بها آخر آثارها المتبقية. وضعت يدها على صدرها وسرحت نظراتها عبر السهول المترامية على امتداد البصر. لماذا توتّرت حين رأته يصلي؟ كانت تعلم منذ البداية أنها ستصطدم بممارساته الدينية المختلفة، وعقيدته المغايرة، وكانت قد درّبت نفسها على قبولها، كما قبلت الاختلاف بينها وبين ميشال... لكن النظريات بعيدة

عن التطبيقات. وها هي تجد نفسها متضايقة مع أول بروز للاختلاف. من واجبها أن تتحدث إليه. نعم، عليها أن تحاول تعريفه على دينها... فربما... ربما...

- رائع، أليس كذلك؟

قطع أفكارها صوته الهادئ، وهو يقترب من موقفها. نظرت إليه في عدم استيعاب فأضاف موضّحًا:

- المكان... ألا تجدينه رائعًا؟

ابتسمت هذه المرة، وهي تهزّ رأسها موافقة. فاستطرد وهو يمد ذراعه ليشير إلى الضيعة التي أصبحت معالمها مجرد خيالات ضبابية تطفو في الظلام:

- هذه الأرض كانت ملكا لجدّي -رحمه الله- لكن والدي لا يستغلّها كما يجب. تبقى مهملة معظم الوقت، ولا يهتم بها سوى في العطل... فعمله في التجارة يشغل جلَّ وقته. لا يريد التفريط فيها بالبيع، فهي تحمل الكثير من تاريخ العائلة... لكن من المؤسف ألا تنال حظها من الرعاية.

هزّت ندى رأسها وهي تشاركه أسفه. لكنه ابتسم وهو يقول في حماس مفاجئ:

- ما رأيك أن نعيش هنا بعد زواجنا؟ بعد سنة واحدة أتحصّل على شهادتي في الهندسة الزراعية... وسأحوّل هذا المكان إلى جنّة على وجه الأرض... بإذن الله! ما قولك؟

اتسعت ابتسامتها وهي تهزّ رأسها بنفس الحماس. وأنساها الحلم المشترك أفكارها السابقة. لبعض الوقت.

*****

كان السكون يخيم على البيت في تلك الساعة المتأخرة من الليل... كانت راشيل قد خرجت من البيت للسهر رفقة بعض صديقاتها، فقد كانت تستغلّ سعة صدر زوجها المفاجئة وتطوّعه للبقاء مع ريما في غيابها. لكنها لم تشك لحظة واحدة في وجود نيات خفيّة خلف تعاونه الغريب، رغم أنه أصبح يصر عليها ألا تفوّت سهرات

صويحباتها ونزهاتهن. وكان ذلك يحسب تصرفًا شاذًا بالنسبة لرجل يهودي لا يعترف بحقوق المرأة وحريتها. فكّرت أنه كان يحاول تعويضها عن الحرمان الذي تعيشه في غياب الأبناء، ويساعدها على ملء الفراغ الذي تركه السفر والبعد عن الأهل في تلك البلاد الغريبة. لكنها قطعا لم تشغل نفسها بتحليل دوافعه، ولم تراودها أدنى ريبة فيما يحصل في غيابها.

انكمشت ريما على نفسها فوق الكرسي، وجسدها الصغير لا يتوقف عن الارتجاف في رعب حقيقي، وأنفاسها تتردّد في صدرها بنسق مضطرب. آلام شديدة تعصف برأسها... تحس بالتهاب في جميع أنحاء جسدها وطعم المرارة في حلقها يحرقها. نضبت دموع عيونها التي سالت أنهارًا لساعات متواصلة. لم تستطع أن تغمض جفنيها اللذين ظلا يحدّقان في الباب المغلق الذي تلفّه الظلمة، تعدّ الحركات والسكنات مع أن التعب كان قد أخذ من طاقتها الكثير... كانت ساعات طويلة قد مرّت على جلستها تلك في المطبخ. لكنها لم تملك الشجاعة حتى تخرج من مخبئها وتأوي إلى فراشها، مع أن صوته قد هدأ تماما، وبدا أنه قد غطّ في نوم عميق بعد أن يئس منها.

ما إن تغيب راشيل عن المنزل حتى يعود لمحاولاته الدنيئة. وكان ملاذها الوحيد هو غرفتها التي يمكنها أن تُحكِم غلقها على نفسها، حيث لا يمكنه أن يصل إليها. لكنه هذه المرة داهمها على غفلة منها. كانت تعدّ الشاي في المطبخ، ولم تتفطن إلى خروج راشيل. فوجئت به يتسلل من ورائها محاولا الإيقاع بها على حين غرة، فأفلت الإبريق الساخن من يدها من الذعر، وطاش الماء المغلي ليصيب ذراعه وجزءًا من صدره! صرخ من الألم والغضب، ثم أخذ يطاردها في كل مكان في المنزل، وهو يكيل إليها الضربات والشتائم. لكن إصابته جعلته يخطئها حينًا ويتعثّر حينا آخر، حتى تمكنت من العودة إلى المطبخ حيث حبست نفسها. لم يحاول كسر الباب هذه المرة، بل سمعته يدخل الحمام بحثا عن صندوق الإسعافات الأولية وهو لا يكف عن الشتم والصراخ. انهمك في تضميد ذراعه فنسي أمرها لبعض الوقت. ثم عاد ليقف أمام الباب ويصبّ عليها وابلا جديدا من الكلمات النابية والألفاظ السوقية.

حاولت أن تصمّ أذنيها عن صوته القبيح، لكنه كان يتسلل إلى عقلها ويملأ رأسها حتى كادت تنفجر.

لم تكن أول مرة يضربها فيها. فقد كان يتحيّن الفرص ليؤذيها. وطالما لم يتمكن من بلوغ مبتغاه منها، فإن متنفّسه كان الضرب والشتم. حتى حين تكون راشيل في المنزل، فإنه لا يعدم لحظات تغفل فيها زوجته عنه، فتمتد أطرافه إليها بالصفعات والركلات لأتفه الأسباب أو دون أسباب تُذكر! لكنها لم تكن تشكو أو تتأوّه أمامه. دائما تبدو في نفس الصلابة والاعتداد بالنفس، وذلك أكثر ما يغيظه.

لم يكن الضرب يؤذيها بقدر ما تؤذيها إهاناته وكلماته القاسية. فألمها الجسدي لا يُقاس بألمها النفسي والروحي. إحساسها بالاضطهاد وانعدام الأمان يضاعفان من غربتها ويُضعفان مقاومتها. راشيل لم تقصّر معها في شيء، لكن أنّى لها أن تحس بمعاناتها وهي لا تدرك ما يحصل بعيدا عن مرأى عينيها. لكنها أبدا لم تفكر في الشكوى إليها. تعلم أنها لا حول لها ولا قوة أمام زوجها. وتلك هي صفات المرأة اليهودية التقليدية. خاضعة للرجل باستمرار. فهل يمكنها أن تهبّ لنجدتها؟ ثم ما الذي يمكنها فعله حينها؟ أين ستذهب إن خرجت من هذا المنزل الذي يؤويها؟ هل يمكنها أن تعود إلى تونس... إلى بابا يعقوب؟! لا ملجأ لها إلا الدعاء. تعلم أن الله يسمع نداءها، وتؤمن بأنه لن يُضيّعها، ولن يتركها إلى الأبد تعيش تلك الحياة المهينة... يوما ما... في يوم قريب، ستُكتب لها النجاة.

عادت راشيل من سهرتها هانئة البال. وكعادتها، توجّهت إلى غرفة ريما لتتفقّدها قبل الإيواء إلى فراشها. تسللت على أطرف أصابعها حتى لا تفسد نوم الصغيرة. اقتربت من السرير الذي يلفّه الظلام ومدّت يدها لتغطي الأميرة النائمة التي كثيرا ما تزيح لحافها في حركاتها الليلية. تحسّست الفراش البارد في استغراب. كان خاويا! دارت على نفسها في قلق. لم يكن لريما أثر في الغرفة! خرجت مهرولة لتتفقد غرف المنزل المظلمة. ربما غلبها النوم أمام التلفاز... أضاءت الغرف جميعها وفزعها يتنامى. أين تكون الفتاة قد اختفت؟ دخلت إلى مخدعها فألفت زوجها نائما. فكّرت في إيقاظه لتسأله عنها، لكنها آثرت أن تتأكد من بقية الغرف أولا. مرّت بالمطبخ

فطرأ على بالها طارئ. حاولت فتح الباب فوجدته مُوصدًا! قرّبت رأسها من الشق وهتفت في محاولة يائسة:

- ريما... أنت هنا؟

على الفور سمعت حركة في الداخل وحفيف ثياب، قبل أن يُفتح الباب. حدّقت في ريما في حيرة وذهول. لم يكن بإمكانها توقّع السبب الذي حدا بالطفلة إلى سجن نفسها في المطبخ في تلك الساعة المتأخرة. لكن ريما لم تُمهلها حتى تفكر وتستنتج، بل رمت نفسها بين أحضانها في حركة مفاجئة. ودون سابق إنذار، عادت الدموع لتتّخذ مجراها على وجنتيها، وهي تردد بصوت ضعيف يقطع نياط القلوب:

- أريد بابا يعقوب... خذيني إلى بابا يعقوب... أرجوك!

*****

جلست راشيل في غرفة الانتظار الملحقة بالعيادة وهي في حيرة وقلق. حين فتحت ريما باب المطبخ وارتمت في حضنها وجدتها ملتهبة، وعرق بارد يتصبّب من وجهها. حاولت إسعافها ببعض مُخفِّضات الحرارة والمقوّيات، فقد كان شحوبها شديدًا... ولما رأت أن حالتها لم تتحسّن في الصباح، سارعت بإعلام زوجها وأخذاها إلى العيادة.

خرجت الطبيبة من قسم الفحوصات وفي عينيها نظرة استياء. هبّت إليها راشيل وسألتها في لهفة:

- هل هي بخير؟ مما تشكو؟

تفرّست الطبيبة للحظات في وجهها القلق، ثم ألقت نظرة عابرة على الرجل الذي كان يتابع الحوار دون أن يبرح مقعده، وقالت في تساؤل:

- هل أنت والدتها؟

هزّت راشيل رأسها نافية وقالت بسرعة:

- والدتها متوفاة... أنا أرعاها...

في تلك اللحظة خرجت ريما من قاعة الفحوصات وهي تتعثر في خطواتها من تأثير الحمى. تنهدت الطبيبة وهي تقول مخاطبة راشيل:

- هل من الممكن أن أتحدّث إليك على انفراد؟

رددت راشيل بصرها بين ريما والطبيبة، ثم قالت مخاطبة الصغيرة:

- انتظريني هنا يا عزيزتي... سأعود حالا...

لم تُجب ريما، لكن عينيها اتجهتا تلقائيا إلى الرجل الجالس في قاعة الانتظار، وقد بدا عليه التوتر. كان بدوره يطالعها في ارتباك ظاهر. اتخذت مقعدا بعيدا عنه وأطرقت برأسها لتتقي نظراته، وهي تحمد الله لأنهما لم يكونا بمفردهما في القاعة. فقد كان هناك عدد قليل من المرضى الذين ينتظرون دورهم للفحص. كانت لا تزال تحس بالدوار، وإن كانت قد انتبهت قليلا بعد أن تناولت الدواء الذي ساعدها حتى تتمالك نفسها.

- ماذا قالت الطبيبة؟

قال ذلك في اضطراب ما إن رأى زوجته تخرج من مكتب الفحوصات بوجه مكفهر. نظرت إليه راشيل في حزن بادٍ، وقد تجمّعت العَبَرات في عينيها ثم قالت بصوت مرتجف من التأثر:

- حالتها النفسية مُتعبة جدا... الطبيبة تقول إنها تعرّضت للضرب الشديد...

انسحبت الدماء من وجهه، وقد أدرك أن أمره قد كشف، لكنه قال مراوغا:

- الفتاة تكذب بالتأكيد! من ذا الذي قد يتعرّض لها بسوء؟ إنها لا تغادر المنزل بتاتا!

ابتلعت راشيل لعابها بصعوبة وهي تتابع وعيناها تغوصان في عينيه، تحاول سبر أغواره:

- الطبيبة وجدت آثاراً حديثة لضرب مُوجع... جروح وإصابات!

ردّ في انفعال ونفاد صبر:

- ما هذا الهراء!

نكست راشيل رأسها وسارت في اتجاه ريما. أخذت كفها بين يديها وقادتها إلى

السيارة. لم تبرح مخيلتها صورته وهو يضرب باب غرفتها يكاد يحطمه. رأت فيه وحشًا حقيقيًا... كانت واثقة من أنه هو من اعتدى عليها بالضرب. وهو يدرك جيدا أنها تعلم الآن. لكن ما الفائدة؟ لا يمكنها أن تواجهه أو تعاتبه. هو الرجل... وهو دائما على حق! حتى إن كان يعتدي بالعنف الشديد على صبية يتيمة لا حول لها ولا قوة.

*****

جلس جاكوب إلى مكتبه في معمل الخياطة الصغير، وهو يعيد الحسابات للمرة الثانية. عقد حاجبيه في استغراب. أرباح هذا الشهر فاقت توقعاته وتجاوزت المستوى المعتاد بكثير! ربما لأنه أصبح يقضي معظم وقته في المعمل ويباشر العمل بنفسه، فسرى حماسه في نفوس العاملات حتى ضاعفن جهودهن. تنهّد وهو يغلق الدفتر ويُعيده إلى الدرج. منذ أسابيع لم يعد يُطيق البقاء في المنزل. تانيا والأطفال عادوا إليه. لكنه هو كان قد فقد بهجة حياته وروحها. فقد ابنته الأولى التي كانت تملأ فراغه وتشاركه أحلى أوقاته. أصبح أكثر كآبة منذ رحيلها. المنزل لم يعد سوى فندق، يعود إليه في المساء لتناول وجبة سريعة صامتة، ثم يخلد إلى النوم من شدّة التعب.

نظرات تانيا الجامدة تتفحّصه في كل مرة، ثم تشيح عنه متجاهلة احتجاجه الصامت. كأنها تُعلن أنه لا مجال إلى إعادة ريما. هو نفسه لم يكن يطمع أو يفكر في إعادتها. ريما التي باتت تسكن خياله هي ريما الطفلة. ريما الصغيرة التي تستقبله بذراعين مفتوحين وتتعلّق بعنقه. تعانقه وتركب على ظهره، ثم تصاحبه في جولة عبر السوق. تلك هي ريما التي يتمنّى عودتها. أما الأخرى التي تتغطّى عنه وتشدّ عباءتها حولها حين يقترب منها... فلا يمكنه أن يحتمل وجودها إلى جانبه.

انتبه من أفكاره على صوت طرقات على باب المكتب. رفع رأسه فرأى إحدى العاملات تقف أمامه.

- سيدي... هناك كمية من ملابس الأطفال لم يتم تسليمها. صاحب المحل اعتذر

وأعاد البضاعة...

تطلّع إليها في قلق وهو يهبّ واقفًا:

- هل من عيب في بضاعتنا؟

- لا يا سيدي...

لم يطل تفكير جاكوب كثيرا، بل قال على الفور وقد سرحت نظراته إلى الفراغ، ووجه ريما البريء ماثل بين عينيه:

- خذيها ووزعيها على الأطفال المحتاجين والعائلات الفقيرة... العودة المدرسية قريبة...

نظرت إليه العاملة في دهشة. فهي تعمل مع جاكوب ووالده منذ سنوات طويلة، ولكنها لم تر من أحدهما بادرة مماثلة من قبل. فاليهود بصفة عامة يتّصفون بالبخل والشحّ الشديدين، إلا مع أبناء عقيدتهم. يكنزون المال ويضنون به على غيرهم ولا مكان عندهم للصدقات والتكافل الاجتماعي! هزت رأسها علامة الإيجاب وغادرت المكتب مهرولة قبل أن يُغيّر صاحب المعمل رأيه. ولم تتمالك نفسها، فسارعت إلى زميلاتها تخبرهن بالأمر الغريب الذي شهدته منذ قليل.

أما جاكوب، فلبث في المكتب لبعض الوقت بعد، ثم قام من مكانه متثاقلا بعد أن أوصى المسؤولة عن خط الإنتاج بإقفال المعمل جيدا بعد مغادرة الفتيات. لم يكن في نفسه رغبة في العودة إلى البيت. فقد صار يُرجئ ذلك إلى ساعة متأخرة. سار على غير هدى عبر طرقات المدينة العتيقة. توقف عند المقهى الشعبي وأخذ يتفرّس في وجوه الجالسين علّه يجد من ضمنهم ضالته، لكنه سرعان ما أشاح بوجهه واسترسل في مشيه بعد أن خاب أمله... لا يدري لماذا كان يبحث عن سالم في إلحاح. صارت تلك عادته منذ أيام، يمرّ بالمقهى ويراقب مرتاديه. لكن الرجل كان قد اختفى. وتلك هي سيرته القديمة... يظهر لوقت قصير، ثم يعود إلى الاختفاء.

منذ رحيل ريما، أصبح يحسّ بقاسم مشترك بينه وبين الرجل. أو ربما أحسّ بمعاناته حين ابتعدت عنه ابنته هو الآخر. كان في حاجة إلى مشاركة همومه مع شخص يقدّرها حق قدرها، لأنه جرّبها وخبرها لسنوات طوال... انتبه من أفكاره

حين وصل إلى باب المنزل. كانت قدماه قد قادته إلى هناك بلا وعي منه. تنهّد، ثم وضع المفتاح في القفل، ليدخل إلى عالمه الكئيب... دون ريما.

حين دخل جاكوب كانت تانيا تجلس مع الطفلين، تُراجع لهما دروسهما. ألقى التحية في برود، ثم توجّه إلى التلفاز. رفعت تانيا إليه عينيها للحظات ثم عادت إلى طفليها وهي تكاد تنفجر من الغيظ. سيطرت على نفسها بصعوبة حتى تجيب عن سؤال باسكال بهدوء... ثم سرحت أفكارها لبعض الوقت. كانت قادرة على أي شيء، وكل شيء من أجل مصلحة أبنائها، فهم كل ما يهمها ويشغل تفكيرها. وحماية دينهم من أية شائبة تبقى الأولوية المطلقة، ولذلك فإنها لم تتردّد لحظة واحدة وهي تتحدّى زوجها وتضعه في تلك الوضعية الحرجة، وتجبره على إخراج ريما من المنزل... ولا يمكنها أن تندم على ما قامت به، لأنها موقنة من كونها فعلت الصواب لحماية عائلتها.

لكن جاكوب متغيّر من ناحيتها منذ تلك اللحظة. لم يكن يشبه أغلب الرجال في عائلتها الذين يقسون على زوجاتهن ولا يحترمون آراءهن، بل هو من النوع الهادئ المسالم. كما أنهما تزوّجا بعد أن جمعتهما مشاعر عميقة وصادقة. لذلك فقد كان يتبع أسلوب الاحتجاج الصامت. يحزّ في نفسها كثيرًا أن تصل العلاقة بينهما إلى هذه الدرجة من التجاهل واللامبالاة. كانت قد مرّت أسابيع على رحيل ريما وعادت الحياة اليومية إلى نفس النسق الروتيني. لكن جدار البرود لا يزال قائما بينهما. لم يتنازل أي منهما أو يبادر إلى مصالحة الآخر، فلكل منهما كبرياؤه العنيدة التي لا تقبل الرضوخ!

أخذ باسكال يتململ على كرسيه في ضيق، وهو يفكر في حل التمرين الذي بين يديه. لم يكن بارعًا مثل شقيقته سارا في اللغات، كما أنه أصبح سريع الملل بعد أن أصبح يشارك والده بعض الألعاب المسلّية. فجأة، أغلق الكتاب وقفز ليجلس إلى جانب أبيه وهو يقول:

- ألن نذهب إلى الشاطئ هذا الأسبوع؟

قبل أن يجيب جاكوب، كانت تانيا قد هبّت إليه في غضب:

- باسكال! كم من مرة قلت لك: لن يكون هناك لعب قبل أن تنهي فروضك كلها!

كانت بوادر التمرّد قد ظهرت على الصغير الذي بالكاد بلغ سنته الخامسة، فقال محتجا:

- إنها ليست فروضي! المعلمة لم تطلب منا كل ذلك... بل تمارينها سهلة وأنتهي منها بسرعة!

حبست تانيا أنفاسها محاولة السيطرة على أعصابها التي أصبحت مشدودة للغاية في الفترة الأخيرة. كانت تعتمد أسلوب الحسم منذ البداية مع طفليها، لأنها تتوق إلى مستقبل باهر ينتظرهما كطفلين نابغين. لكن من الضروري أن يحب الطفل العلم ويُقبل عليه حتى تثمر طريقتها، وإلا فإن النتيجة ستكون عكسية حين يحصل الإكراه. كانت لا تزال تفكر في التصرّف المناسب، حين رفعت سارا رأسها عن كتابها وهي تقول في سخرية لا تناسب سنها:

- ألم أقل لك إنه طفل... وسيظل طفلا!

حدّجها باسكال بنظرة غاضبة، لكن بدا أنه لم يعد يهتم كثيرا بتعليقات شقيقته اللاذعة، لأنه التفت إلى والده الذي لم يكن قد رد عليه بعد، وأعاد على مسمعه السؤال:

- هل نذهب إلى الشاطئ غدا؟ مللت من الدروس والفروض! ليس هناك غيرها طوال النهار!!

احتضن جاكوب ولده في حنان وهو يقول مطمئنا:

- نعم يا عزيزي... نذهب إلى الشاطئ إن شئت...

أطلق باسكال صيحة مرحة، وعانق أباه في سرور، لكن تانيا التي كانت تتابع الموقف في صمت، هتفت في لهجة حازمة:

- حتى تستحق نزهة الغد، عليك إتمام فروضك أولا!

التفت باسكال إلى والده مستنجدا، فأومأ جاكوب برأسه مؤيّدا للقرار. انصاع الولد ووقف مُكرَها ليعود إلى كتابه، في حين ابتسمت سارا في تهكّم وهي تقلب الصفحة ببطء. قامت تانيا على الفور وقالت لجاكوب وهي تمرّ بجانبه متجهة إلى

غرفتها:

- أريد أن أتحدث إليك قليلا... لو سمحت!

تبعها بنظراته في تساؤل، ثم أغلق التلفاز وسار خلفها. كانت تجلس على السرير وهي تهز ساقها في عصبية، وقد عقدت ذراعيها أمام صدرها، وما إن رأته يدخل حتى التفتت إليه في غضب:

- ما الذي تفعله بالضبط؟ هل تريد إفساد تربيتي للأطفال؟ أنت تدلل باسكال كثيرا وتبعده عن الطريق الذي رسمتها له... أرأيت كيف صار قليل التركيز كثير الملل؟ منذ عوّدته على اللهو والخروج ومستواه في تأخّر مستمر! لم يعد يستوعب الدروس التي أعطيها له، بل أصبح ينسى ما تعلّمه الأسبوع الماضي! هل يعجبك هذا؟

كان جاكوب قد وصل إلى درجة عالية من عدم التحمّل. منذ سنوات وهو يجاريها في مخططاتها بخصوص الأطفال، لأنه يدرك حرصها على تعليمهم وتنمية مداركهم العقلية. لكنه دفع ثمن ذلك بتخلّيه عن دوره كأب. والأطفال أيضا كبروا بسرعة ولم يعرفوا المرح الذي يعيشه الأطفال في سنهم. فهل يعدّ تقرّبه من ابنه باسكال ذنبا؟ وهل لعبه معه وخروجه برفقته بضع مرات في الأسبوع إفساد لتربيته؟ نظر إليها غير مُصدّق ثم قال محاولا السيطرة على أعصابه:

- تانيا... أنا لم أعارضك أبدا في كل ما فعلته مع الأطفال. لكن من حقي أن أشارك في تربيتهم... فهم أبنائي مثلما هم أبناؤك! فلنحاول أن نصنع بعض التوازن، فنمكّنهم من الترفيه مثلما ندفعهم إلى التعلم. ألا ترين كيف أصبح باسكال يضيق بالدروس التي تفرضينها عليه؟ أم أنك من فرط حماسك تنسين أنه طفل...

سكتت تانيا للحظات في توتر ثم قالت في عصبية زائدة:

- هل تتهمني الآن بأنني لم أُحسن تربية الأطفال وأخلّ بتوازنهم النفسي؟

تنهد وهو يقول مهوّنا:

- أعلم أنك تُبلين بلاء حسنا، والنتيجة مبهرة حقا ولا يختلف عليها اثنان... لكن مثلما نطوّر لدى طفلينا الجانب العقلي والفكري، علينا أن نُعطي الجانب العاطفي والروحي أهميته!

قاطعته في احتجاج:

- إنهما يحفظان الكتاب المقدس، ولديهما دروس منظّمة في العقيدة!

- نعم، طبعا... لكنني أتحدث عن العاطفة تجاه العائلة، تجاه الأبوين... سارا لا أحس أبدا بأنها ابنتي! أنا أحبّها كثيرا، لكنني أجد أن المشاعر لديها متجمّدة... كأنها ليست طفلة تحتاج إلى الحنان والرعاية!

أطرقت تانيا برأسها وهي تفكر. ربما لم يكن ذلك غائبا عنها، لكنها أصبحت تسابق الزمن، والطموح يدفعها. تضع كل آمالها على سارا... تريد أن تصنع منها معجزة القرن، وتدفعها للتألق في سماء العلم. حينها لن يلومها أحد، بل سيفخر بها الجميع. جاكوب نفسه سيكون أكثرهم فخرا، وحينها سيشكرها على كل الحزم والصرامة اللذين اعتمدتهما في تربيتها لابنتها. باسكال طفل نابغ هو الآخر، لكن بمستوى أقل... لن يضرّها أن تترك له مساحة من الحرية، فسارا هي رهانها الحقيقي! وسارا تسير بدقة كما يجب، ولم يعد لأحد القدرة على السيطرة عليها أو توجيهها، لأنها أحبت مسار حياتها بشدة، وغدت أكثر لهفة من والدتها لتحصيل العلم والنبوغ فيه! ابتسمت عند هذه الفكرة وهي تقول:

- حسن يا عزيزي... يمكنك أن تأخذ باسكال للتنزّه حين تشاء... لكن لا تكثر من تدليله!

فوجئ جاكوب بتغيّرها غير المتوقع، وتابعها بنظراته وهي تتجه إلى باب الغرفة لتعود إلى الطفلين. توقّفت تانيا فجأة والتفتت إليه وقد تذكّرت شيئا ما:

- نسيت أن أخبرك... أختك راشيل اتصلت مرات عديدة اليوم. تريد أن تتحدث إليك في أمر مهم!

قال في لهفة وقلق:

- هل ذكرت السبب؟ هل للأمر علاقة بريما؟

استاءت تانيا من لهفته، لكنها قالت في برود:

- لم أسألها!

توجّه جاكوب مباشرة إلى الهاتف، وأفكار كثيرة تدور في رأسه. هل ريما بخير؟ كوّن

رقم راشيل في عجلة، وانتظر في نفاد صبر وهو يستمع إلى رنين الهاتف من الجانب الآخر للخط. وما هي إلا لحظات حتى جاءه صوت رقيق، طفولي ناعم رنّ في أذنه رغم المسافات:

- ريـما؟!

هتف ما إن وصله صوتها في انفعال. وعلى الجانب الآخر، تلعثمت الفتاة وفرّت الدموع إلى عينيها دون استئذان. تذكرت آخر لحظات بينهما... لحظات الوداع القاسية:

- بابا يعقوب؟

- كيف حالك يا صغيرتي؟ أنت بخير؟

هزّت رأسها وهي تمسح وجهها بكم عباءتها. كانت مشاعر كثيرة تختلط في نفسها. مشاعر الشوق والفرح لأنه سأل عنها أخيرا واهتمّ لأمرها، ومشاعر العتاب واللوم لأنه تخلّى عنها ورماها في هذه الأرض الغريبة. أخرجها صوت راشيل التي جاءت حين سمعت صوت رنين الهاتف:

- من المتصل يا ريما؟

هتفت من بين دموعها:

- إنه بابا يعقوب!

هرعت إليها راشيل وأخذت منها السماعة وهي تقول:

- أعطني إياه! جاكوب، أريدك في أمر مهم!

تنهّد جاكوب بقوة، وقد بلغ منه التأثر مبلغا عظيما بعد أن سمع صوت ريما الحزين، وأدرك مدى قسوته عليها. أما ريما، فإنها وقفت إلى جانب راشيل وهي تطالعها بعيون متوسّلة، كأنها ترجوها أن تعيد إليها سماعة الهاتف. لكن راشيل ابتسمت وهي تقول في حنو:

- ريما عزيزتي... هلا ذهبت إلى غرفتك! أريد أن أتحدث إلى جاكوب قليلا.

فلم يكن منها إلا أن نكست رأسها، وجرّت قدميها في إحباط إلى غرفتها.

*****

منذ خطبتها إلى أحمد وهي تعيش حالة اضطراب مزمنة... اضطراب بين عواطفها وتعلّقها بذلك الشخص الهادئ، الحاني، دائم الابتسام، الرقيق في معاملته، الشهم في تصرّفاته... وتمسكها بدينها وعقيدتها! وهو لم يكن أقل منها تمسكا بإيمانه وإسلامه! كانت قد وطّنت العزم على محاولة إقناعه وشدّه إلى الطريق الذي تراه الأصوب والأفضل، لكنه ليس أقل صلابة منها ولا أهون حجة... نقاشاتهما بدأت تتخذ منحى خطيرًا، وهي لا تنوي أن تخسر المعركة بهذه السهولة!

الله يعلم كم تحبّ أن تعذّبه بأسئلتها المعقدة. كانت تجد متعة لا توصف وهي تراه يبحث ويتلوى في كل اتجاه ليجد الجواب الذي يفحمها. كانت تريد أن تكون حاضرة في حياته طول الوقت، ولو كان ذلك عن طريق الدين، وكان ذلك يسعده أيضا. بالنسبة إلى أحمد، طالما اجتمعا على طاعة الله، فسيجتمعان إلى الأبد، في الدنيا والآخرة. وتلك اللقاءات كانت تبدو له مثل بوابة إلى جنان الخلد.

في حواراتهما المحتدمة، كانت مشاركة طرف ثالث من أفراد العائلة واجبة. أوضح لها أحمد منذ البداية أن الشريعة الإسلامية تنصّ على تحريم الخلوة بين رجل وامرأة، حتى لو كان الأمر لتدارس العلم. لذلك لم يكن يسمح للشخص الثالث بالانصراف أبدا. في البداية، لم يكن أحد يرغب في الاستماع إليه يتحدث عن دينه، بل يحاولون التدخل. لكنّ أحمد كان صارما في هذه النقطة. لا أحد يحق له أن يطرح الأسئلة غير ندى. كانت النقاشات بينه وبين زوجته المستقبلية، لذلك فإن اهتمامه يجب أن يكون موجها إليها وحدها. وحين كان أحد أفراد عائلتها يصرّ على طرح سؤال ما، فإنه يلتفت إلى ندى طالبا رأيها. إن كانت في حاجة إلى الجواب، فإنه يرد. أما إن لم تجد للسؤال أهمية أو إن كان لديها جواب عنه، فإنه يعتذر من السائل ويقترح عليه أن يحدثه في الأمر مرة أخرى حين يتوفر لديه الوقت. كان يدرك أن إجازته الصيفية ستنتهي قريبا، وستصبح زياراته إلى قانا متباعدة وأكثر ندرة، فيحاول أن يستغل كل لحظة يمكنه فيها التواصل مع ندى لتكون لها وحدها.

بتلك الطريقة، فرض على الحضور حصة أشبه بدروس المحاضرات. يستمعون ويخزّنون أسئلتهم لما بعد. وكان قد أحسن عملا بفرض تلك القاعدة قبل أن

يخوض في مقارنات بين الكتب المقدسة. كان أحمد يحاول أن يثبت لندى ولجميع الحاضرين -الذين تزايد عددهم مع تقدّم اللقاءات- أن كتابهم المقدس قد وقع تحريفه، وبالتالي فإنه لا يمكن أن يقام دين استنادا عليه! حاولت أن تحتج وتفنّد ادعاءاته، لكن حججه كانت قويّة ومحيّرة. جعلتها تفكر في الأمر لأيام، لتبحث عن ردود مقنعة تصد بها هجومه. فهي على تدينها، لا تملك إجابات جاهزة على كل اتهاماته، ومعارفها الدينية لا تتجاوز ما تعلمته من الكتب، ومن كبار العائلة، وهي لم تصل حد التمكن... هكذا أقنعت نفسها.

- «التوراة -والعهد القديم بصفة عامة- كان ينتقل شفويا من جيل إلى آخر، منذ خمسة آلاف سنة، ولم تقع كتابته وحفظه إلا في وقت متأخر. ولمّا لم يكن هناك عدد كبير من الأشخاص يحفظون الكتاب، فقد كان من السهل على رجال الدين أن يحرّفوه ويغيّروا محتواه، دون أن يتركوا على ذلك أثرًا، سواء كان ذلك نسيانا أو خطأ... أو بنية مبيّتة وبدوافع مغرضة.»

ودعم كلماته بالآية القرآنية: {مِنَ الَّذِينَ هَادُوا يُحَرِّفُونَ الْكَلِمَ عَنْ مَوَاضِعِهِ وَيَقُولُونَ سَمِعْنَا وَعَصَيْنَا وَاسْمَعْ غَيْرَ مُسْمَعٍ وَرَاعِنَا لَيًّا بِأَلْسِنَتِهِمْ وَطَعْنًا فِي الدِّينِ وَلَوْ أَنَّهُمْ قَالُوا سَمِعْنَا وَأَطَعْنَا وَاسْمَعْ وَانْظُرْنَا لَكَانَ خَيْرًا لَهُمْ وَأَقْوَمَ وَلَٰكِنْ لَعَنَهُمُ اللَّهُ بِكُفْرِهِمْ فَلَا يُؤْمِنُونَ إِلَّا قَلِيلًا}.

هنا، حاولت دانا أن تحتج، لكنّ إشارة أحمد أوقفتها لتذكرها بقواعد اللعبة. ثم واصل:

- «رجال الدين اليهود كانوا يقولون كلاما مشابها للتوراة مع إضافات وتحويرات وتغيير لترتيب الكلمات، بحيث ينقلب المعنى تماما. فليس الحال اختلافا في النُسخ، كما هو الحال مع «العهد الجديد» أو الأناجيل لدى النصرانيين. بل هو تحريف أصيل، تناقله الناس وأقروه حتى تمّ تدوينه وحفظه. وحتى النسخ القديمة التي قد تكون حافظت على المعاني الأصلية، فإنه ما إن يُعثَر على إحداها حتى تُحفَظ وتُخفَى عن الأنظار بدعوى أنها جزء من التاريخ الذي يُخشَى عليه من التلف! وذلك على خلاف القرآن تمامًا، إذ توجد منه نسخة واحدة في كل أصقاع الأرض، إضافة

إلى كونه دُوّن في وقت مبكّر وتم جمعه بعد سنوات قليلة من وفاة رسول الإسلام...»

تلك الكلمات بحق الإنجيل كانت مُرضية لجورج الذي استمع بصمت وهو يهزّ رأسه.

- «أما النقطة الثانية، فهي أن التوراة كُتِبَت باللغة الآرامية التي بات استعمالها قليلا في عصرنا الحاضر. ثم وقعت ترجمتها إلى شتى لغات العالم المتداولة. ومن البديهي أن النص المُترجَم لا يحافظ على معاني النص الأصلي بأمانة مهما تحرّى المترجم الدقة... فالنص الأصلي يبقى قابلا للتأويل والتحليل، وقد تكون عباراته تحتمل معاني متعددة، الحرفية منها والمجازية أو الرمزية... لكن النص المترجم يصبح جامدًا لأن المُترجِم يُسبغ عليه رؤيته وتأويله، فيختار من المعاني المتعدّدة المعنى الأقرب إلى فهمه، أو إلى مآربه الخاصة، أو ما يناسب الظروف السياسية والاجتماعية للفترة الزمانية! وإن كانت الكلمة تُئوَّل بمعنى معين منذ قرون، فإنها تحتمل معاني جديدة في وقتنا الحاضر. كما أن ناقلي النصوص ومترجميها كانوا يضيفون تفسيراتهم وتحليلاتهم على الحاشية، فكان من السهل أن يختلط النص الأصلي بها... أما القرآن، فهو موجود بنسخته الأصلية باللغة العربية التي لا تزال مُتداولة ومفهومة جيدا إلى يومنا هذا، مما يتيح لأي مَن كان فرصة الاطلاع عليه والنظر فيه بنفسه.»

ثم تلا الآية القرآنية: {إِنَّا نَحْنُ نَزَّلْنَا الذِّكْرَ وَإِنَّا لَهُ لَحَافِظُونَ}.

- «إضافة إلى ذلك، فإن العهد القديم لا يحتوي على التوراة وحدها -وهي الكتاب المقدّس الذي نزل على موسى عليه السلام- بل يضمون إليه أجزاء أخرى. فالعهد القديم أو التاناخ يحتوي -إضافة إلى التوراة التي تمثل الأسفار (أو الكتب) الخمسة الأولى المسماة بأسفار موسى- على واحد وعشرين سفرًا إضافيا لا تعدو أن تكون سوى مؤلّفات تاريخية، كُتِبَت بأيدي البشر، وتُعتَبر مُكمّلة للتوراة. فكيف يمكن أن نضمن صحتها وسلامتها من الدس والتزوير؟»

لم يكن يغيب عن أحمد أن جميع الحاضرين من اليهود هم إناث، بمعنى أن أيّا منهن لم تمسك الكتاب المقدس بين يديها يوما، بسبب نظرية النجاسة الأبدية

للمرأة عند اليهود! إنما اكتفين في تعليمهن بنصوص مُحدّدة تتناول في الدروس الدينية. لذلك فإن حججه كانت تبقيهنّ مصدومات في أغلب الأحيان، أو ممتعضات في أهونها. أدركت ندى حينها أنها لم تتسلّح بالشكل الكافي لتواجهه.

*****

استلقت ريما على فراشها وهي تحدق في سقف الغرفة المظلمة في توتر. لم تستطع النوم بعد مكالمة جاكوب المسائية. هل تراه يسترجعها؟ هل اتصل يطلب عودتها؟ لم تكن متأكدة من ذلك. فراشيل لم تأت لتبشّرها بعد أن أنهت المكالمة، بل دخلت إلى غرفتها على الفور. ولدقائق طويلة، سمعت صوتها وصوت زوجها يتعاليان في كلمات غير مفهومة، لم تصلها منها سوى الهمهمة... لكن الحوار لم يكن هادئا البتة! تسمرت في مكانها حين سمعت صوت باب الغرفة وهو يُفتَح بعنف ثم يُغلَق بعصبية... استوت جالسة وهي تضع كفها على صدرها في توجّس. تناهى إليها وقع الخطوات الثقيلة على الممر. كانت تبتعد في اتجاه الصالة. تنهّدت في ارتياح وهي تعود لتستلقي.

لم تعد تعرف طعم النوم الهادئ الذي كانت تنعم به في بيت جاكوب. بل صارت تستيقظ مرات عديدة في الليلة الواحدة، وهي تلهث من شدة الانفعال. فالذئب -كانت قد أطلقت على زوج مضيفتها هذا الاسم- لم يكتف بتنغيص أوقات نهارها حين يتواجد في المنزل، بل صار يتسلل إلى أحلامها، ويُفسد لياليها بالكوابيس المزعجة التي يلعب دور البطولة فيها...

لكن ما أسهدها في تلك الليلة لم يكن الذئب وضرباته الموجعة. بل تفكيرها في مصيرها بعد تلك المكالمة الغامضة. أعادت إليها كلمات جاكوب القليلة الأمل. لم تكن كلماته ما أثّر بها بقدر ما هي نبرة صوته ولهجته الحانية. بل لهفته واشتياقه حين سمع صوتها. عاد بابا يعقوب القديم الذي يحبّها ويخاف عليها. ظلّت تستعيد لحظات طفولتها السعيدة والصور تطفو حولها وتتهادى مبددة ظلام الغرفة

ومرسلة دفئا هادئا إلى أوصالها.

انتبهت من أحلامها على صوت الأذان الخافت الذي يصل إليها من مسجد الحي المجاور. كانت الساعات قد مرّت متوالية دون أن تشعر بانسيابها، وقد أخذتها الذكريات الجميلة. قامت بتثاقل وهي لم تنم لحظة واحدة. تذكّرت ليلتها الأولى في هذا المكان فتنهّدت. هل ترى رحلتها فيه قد انتهت؟ سارت في ممرات المنزل المظلمة. توضأت ثم وقفت إلى سجادتها في سكينة. أنهت صلاتها، ثم جلست تناجي الله في سرّها وأهدابها المتعبة تكاد تطبق على عينيها...

- ريما... عزيزتي...

انتبهت فجأة. فتحت عينيها في ذعر. كانت مستلقية على السجادة. أخذها النعاس وهي في تلك الوضعية فنامت في مكانها، بعد أن أنهكها التعب والأرق. تلفتت حولها حتى استقرت عيناها على راشيل التي كانت تجلس القرفصاء بجانبها، وتُطالعها بنفس النظرة الحانية:

- لماذا تنامين على الأرض؟

كان الصباح قد حلَّ، وتسللت أشعة الشمس إلى الغرفة. لملمت ريما نفسها بسرعة ووقفت وهي تطوي سجادتها. تمتمت في ارتباك:

- كنت أصلي... و...

ابتسمت راشيل في تفهم وهي تقول:

- حسنا يا صغيرتي. لا بأس...

ثم تغيّر صوتها وهي تقول في لهجة غريبة:

- اجمعي أغراضك وجهّزي حقيبتك، فبعد الفطور سنغادر...

تعلّقت عينا الفتاة بوجه مخاطبتها، تبحث فيه عن توضيحات أكبر تؤكد آمالها وأحلامها. لكن راشيل لم تُزد كلمة واحدة، واكتفت بابتسامتها الحزينة الباهتة. قالت وهي تغادر الغرفة:

- لا تتأخري... الفطور سيكون جاهزًا خلال دقائق!

عادت لتلتفت مرة أخرى:

- لا تنسي دواءك!

ظلّت ريما واقفة في وسط الغرفة في حيرة، وهي لا تزال تُمسك السجادة بين يديها. لم تدر ما الذي يجب عليها فعله. هل تقفز من الفرح لأنها ستغادر هذا المنزل أخيرًا؟ وأي شيء يعنيه إعداد الحقيبة ما عدا السفر؟ لكن... هل ستكون الوجهة التي تتمناها وتنتظرها؟

*****

شخصت نظرات ريما إلى الأمام وهي تتطلع إلى ما تُخفيه الطريق، التي انطلقت عبرها السيارة، في نهايتها. كانت راشيل تجلس أمام عجلة القيادة في صمت. لكن التوتر والقلق كانا باديين على مُحيّاها. لم تجرؤ ريما على سؤالها، رغم أن لهفتها قد بلغت حدًّا كبيرًا. كانت خائفة من الإجابة. فراشيل لم تُطمئنها بكلمة واحدة. منذ مكالمة جاكوب وهي تختصر الكلام وتكتفي بالضروري دون أن تتطرق إلى الموضوع الذي يشغلها. لم تكن واثقة مما ينتظرها، مع أن الأمل داعبها لبعض الوقت. لكنها كانت راضية مستسلمة. أخذت تتفحّص الطريق محاولة التعرف على معالمها... هل عبرت هذه الشوارع من قبل حين جاءت من المطار؟ لم تكن واثقة. بل بدا لها أنها تكتشف المباني المحيطة بها للمرة الأولى! عقدت حاجبيها في قلق وحيرة. إن لم تكن راشيل ستأخذها إلى المطار، فإلى أين تذهبان في هذا الصباح؟ لماذا طلبت منها جمع حاجياتها وحزم حقيبتها؟ لم تكن في ذهنها إجابة شافية لكن بعض الشكوك بدأت تتسرّب إليها...

- وصلنا!

انتبهت ريما على صوت راشيل وهي تُوقف السيارة في أحد الشوارع السكنية. تلفتت حولها في حيرة. لم تبتعدا كثيرا عن المنزل، فالرحلة لم تتجاوز مدتها ربع الساعة. ظلّت تُحدّق حولها في تردّد وقلق. نزلت راشيل وفتحت صندوق السيارة لتُخرج حقيبة ريما. تابعتها بعينيها دون أن تقوى على النزول... هل هذه هي وجهتهما؟

أين تكونان؟ اقتربت منها راشيل وهي تبتسم محاولة تهدئتها:

- هيا يا عزيزتي... لقد وصلنا! سأتركك بعض الوقت عند أصدقاء لي. لديهم بنتان في سن قريبة من سنك... سترتاحين بينهم!

تسمَّرت ريما مكانها وهي تطالع راشيل بنظرات ذاهلة. لم يكن بوسعها أن تستوعب ما تطلبه منها. هل ستتخلّى عنها هي الأخرى؟ حين غادرت منزل جاكوب لتُقيم مع راشيل كان عزاؤها الوحيد ثقتها براشيل واطمئنانها إليها. وجاكوب أيضا كان واثقا من أنها ستكون في أمان مع أخته، مع أن الواقع فاق كل توقعاتها! لكن أن تتخلَّى عنها راشيل لتُلقي بها في مكان مجهول، لم تكن لها معرفة سابقة بساكنيه، فهو ما لم تتصوّره يوما! تقوّست شفتاها من الألم، وامتلأت عيناها بالدمع ونظرات الرجاء. لا يمكن أن تتركها هنا! لا يمكن!

اجتهدت راشيل وهي تحتضن ريما بنظراتها، تحاول عبثًا أن تبثّ في نفسها الاطمئنان. لكن أنَّى لها ذلك وهي نفسها لا تعلم ما الذي تخبئها لها الأيام القادمة. قالت في صوت مرتجف مغلّف بثقة زائفة:

- لن تطول إقامتك هنا كثيرا... بضعة أيام فقط ريثما أنتهي من بعض الإجراءات لإعادتك إلى تونس...

وكأن راشيل انتبهت إلى الكلمة السحرية التي تكفي لسلب لب ريما وإقناعها بالمستحيل... تونس! فقد التفتت إليها بكلِّيتها وقد غمرت اللهفة والشوق ملامحها. هتفت كأنها تتشبث ببارقة الأمل التي ظهرت لها في كلمات راشيل:

- هل حقا ستعيدينني إلى تونس؟ إلى بابا يعقوب؟

عضّت راشيل على شفتها في إشفاق، لكنها هزّت رأسها علامة التأكيد دون تردد، وقالت وهي تعي كل ما في كلماتها من خداع وتلاعب بمشاعر الفتاة البريئة:

- نعم بالطبع... أيام قليلة وأعود لأخذك...

لم يكن لديها أدنى فكرة عن طول الفترة التي ستحتاج إلى إبعاد ريما فيها وإبقائها في منزل سونيا، لكنها لم تجد حلا آخر لبعث الطمأنينة، وإن كانت مؤقتة، في نفس ريما. تذكّرت مكالمتها في الليلة السابقة مع جاكوب. يبدو أن الأوضاع لديه لم تستقر

بعد! فرغم قلقه على ريما واهتمامه لأمرها فإنه لم يرحّب بفكرة عودتها للعيش معه. لم تستطع أن تصارحه بالمشاكل التي حصلت مؤخرا مع زوجها، فهو وضع ثقته فيها وائتمنها على الطفلة... فكيف تخبره بأن زوجها يعتدي عليها بالضرب والتعذيب الجسدي؟! حاولت أن توضح له مقدار الغربة التي تعيشها ريما، والعزلة التي فرضتها على نفسها... لكنه تهرَّب وراوغ متعلّلا بأنها ستتعوّد بمرور الوقت! لم تستطع أن تضغط عليه أكثر، فمن منطلق معرفتها بشقيقها وبحبّه الشديد لريما الصغيرة، أدركت أن دوافعه لإبعادها لا شك قوية وقاهرة.

لم تشأ أن تتدخّل في علاقته مع زوجته، لكنها تعتقد في أعماق نفسها أن جاكوب أفسد تانيا بانصياعه الشديد لرغباتها، وانحنائه أمام إرادتها باستمرار. لم يكن سلوكه متماشيا مع العرف والعادة السائدة في المجتمعات اليهودية. ولو أنه كان أكثر حزمًا معها، لما فرضت عليه أسلوبها، ولا وضعته في هذا الموقف الحرج... لكن فيم ينفع الكلام الآن! فها هو يدفع الثمن غاليا للحفاظ على استقرار أسرته الصغيرة. ولا ينفع العقار فيما أفسده الدهر!

تنهّدت وهي تغلق باب السيارة بعد أن نزلت ريما، وقد تغيّرت نفسيتها إلى الأفضل. ابتسمت في مرارة وهي ترى أمام عينيها تأثير «كذبتها الصغيرة» على الفتاة. إنها تعيش اليوم على أمل الغد...

كانت ندى مَن فتح الباب. عانقت راشيل في ودّ وهي تدعوها إلى الدخول. لم تكن قد انتبهت إلى ريما التي وقفت في خجل، مختبئة خلف قامة راشيل الفارعة. لكن راشيل لم تفوّت الفرصة. كانت تعلم أن ندى هي أكثر من سيرحّب بريما ويهتمّ بها. فإن انزعج كل أفراد العائلة من كونها مسلمة، فإن ندى بالتأكيد لن تفعل ذلك! وارتباطها بأحمد هو خير دليل. استدارت إلى ريما وهي تخاطب ندى:

- ندى حبيبتي... أعرّفك بريما!

ابتسمت ندى وهي تتقدّم نحوها وتعانقها بعفوية. كانت تحب ملاعبة الأطفال، وريما كانت تبدو طفلةً خجولا. نظرت إليها في حنان وهي تقول مداعبة:

- كيف حالك يا صغيرتي؟

ضحكت راشيل حين أطرقت ريما وقد تورّدت وجنتاها وقالت:

- إنها ليست صغيرة إلى هذه الدرجة... بل تصغرك بثلاث سنوات فحسب!

لم تستمر دهشة ندى طويلا، بل تداركتها وهي تقول بنفس العفوية المرحة:

- إذن آمل أن نصبح صديقتين!

كانت قد علمت من والدتها البارحة بشأن الضيفة التي ستحلّ للإقامة عندهم لبعض الوقت. ولذلك حاولت أن تشعر ريما بالراحة منذ اللحظات الأولى. سونيا لم ترتح كثيرا إلى كون الفتاة مسلمة وترتدي الحجاب الإسلامي، ولم تُخف ذلك عن بنتها وزوجها، لكنها لم تستطع رفض طلب راشيل التي بدت مرتبكة وواقعة في مأزق. فبالإضافة إلى كون راشيل صديقتها وابنة عمها المقرَّبة، فإسداء معروف لها في وقت حاجتها يجعلها مدينة لها في المستقبل. وهي لن تعدم فرصة قريبة لطلب رد المعروف منها! خاصة أن زواج دانا قد اقترب. وإقامة الفتاة عندها مؤقتا لن تكلفها الكثير. فراشيل ستستمر في دفع مصاريفها، إلى أن يأتي وقت استردادها. لم تطرح أسئلة كثيرة بشأن علاقتها بها، وسبب وجودها عندها، واكتفت بما أخبرتها به راشيل عن يُتْمِ ريما، واضطرارها هي إلى سفر عاجل إلى تونس. فرحّبت باستقبالها في فترة غيابها.

سبقتهما ندى إلى الداخل وهي تنادي والدتها، ثم قادتهما إلى غرفة الجلوس. جلست ريما في ارتباك واضح على طرف الأريكة، وأصابعها تشدّ في توتر على جانب حجابها. كان الاطمئنان الطارئ الذي انتابها منذ لحظات إثر كلمات راشيل المبشرة قد تلاشى تقريبا. فقد عادت إلى واقعها حين وجدت نفسها بين هؤلاء الغرباء! أيقنت هذه المرة أنها ستكون وحدها بينهم بعد قليل حين ترحل راشيل. تجمّدت ملامحها حين دخلت سونيا إلى الغرفة. تعرّق جبينها وانحبست أنفاسها حين رمتها بنظرة متعالية في نفس الوقت الذي انفرجت فيه شفتاها عن ابتسامة صغيرة باردة. ابتلعت ريما ريقها بصعوبة وهي تطالع راشيل مجددا بنفس النظرات المستجدية. لكن راشيل كانت مُنشغِلَة عنها بمضيفتها. مدّت أصابعها ببطء لتشدّ سترتها وتلفت انتباهها إليها. لكن يدها توقفت فجأة عن حركتها حين التقت عيناها

بعيني ندى الحانيتين. كانت ندى ترقبها في عطف، وابتسامتها الشفافة لا تفارق وجهها. للحظات، ظلت ربما تبادل ندى نظراتها الطويلة في حيرة. شيء ما كان يجذبها في تلك الفتاة... كان لقاءهما الأول، لكنها كانت تشعر بالألفة تجاهها. وكيف لا تشعر بالراحة إليها وعيناها الصافيتان تبثّان الدفء حولها. وشيئا فشيئا لانت ملامح الفتاة، واسترخت عضلاتها، وارتسم شبح ابتسامة على شفتيها. وحين بادرتها ندى في مرح:

- تعالي معي أريك غرفتنا!

وقفت معها دون تردد، وقد تناست خوفها من الغرباء...

*****

دفع جاكوب باب المكتب في عنف. ألقى بحاملة مفاتيحه على الطاولة أمامه وارتمى على مقعده الوثير في إعياء. أخذت أصابعه تنقر على سطح المكتب في حركة عصبية تشي بتوتره. حين سمع الخبر ذاك الصباح، تملّكه الغضب واستعرت النار في داخله. كان يمكن أن يقبل كل شيء... كل شيء، عدا أن يُسخر منه! كيف تحدّته وفعلت ذلك؟ ألا تدرك أنها بتصرفها تتحداه علنًا، وتضع نفسها في مأزق حقيقي؟ قوت يومها بين يديه وهي تعول عائلة كثيرة العدد... ومع ذلك تجرؤ على السخرية منه! كان قد فرض احترامه في البلدة، حتى عُرِف عنه الحزم والجد. لكنه عُرِف أيضا بالرأفة وسعة الصدر مع العاملات لديه. فهو لم يكن يتغاضى عن التقصير، لكنه كان يراعي الكثير من الأمور. فمعظم العاملات مُسلمات وبعضهن يضعن الحجاب. ولم يكن ذلك يهمه في شيء، طالما كان المردود كما ينبغي. قبلهن واحترمهن، في حين كان غيره لا يفعل... فماذا كانت النتيجة؟ لم تتوان إحداهن عن الغدر باليد التي تُطعمها!

أَخَذَ نفسا عميقا ليتمالك نفسه ويُسيطر على انفعالاته، ثم وقف ونادى المُشرِفَة على المعمل. رمى إليها ببضع كلمات سريعة، التهمتها الضوضاء المنبعثة من

آلات المعمل في المستودع الملاصق للمكتب، لكن يبدو أن المرأة المُسنّة التقطتها، فأومأت برأسها وابتعدت. أغلق الباب ليعود الهدوء إلى الغرفة. اقترب من الواجهة الزجاجية ذات الطبقتين، التي تُمكّنه من الإشراف على ساحة العمل دون أن يفطن إليه أحد من الجانب الآخر، وتابع بنظراته المُشرفَة التي سارت حتى وصلت إلى مستوى إحدى العاملات على الآلة. تبادلت المرأتان بضع كلمات، قبل أن تنصرف المُشرِفَة إلى عملها، وتتحرّك العاملة بخطى متثاقلة باتجاه المكتب. أخذ نفسا عميقا ثم ارتمى على مقعده مجدّدًا، واستوى في وضعية «المدير المسيطر على الأوضاع» وانتظر دخول المرأة عليه.

كان يبدو عليها الارتباك، وكأنها تدرك جيدا سبب طلبها. لكنها كانت تتظاهر بالثبات واللامبالاة. حدّجها جاكوب بنظرة طويلة فيها شيء من الازدراء والترفّع، ثم قال في هدوء عجيب:

- أرسلت في طلبك لأستفسر منك عما فعلته بالإنتاج الإضافي للمعمل؟

ضمّت كفيها أمامها في اضطراب، وقالت في حذر:

- ألم تطلب مني التبرع بها للأطفال المحتاجين؟

انحنى إلى الأمام في انتباه وهو يهز رأسه موافقا، وفي صوته تهكّم لاذع:

- نعم... وأي الجمعيات الخيرية قصدت لتوزيعها؟

تلعثمت الكلمات على لسانها، وأخذت تهمهم في توتر، وقد أدركت ما يرمي إليه:

- فكرت أن... هناك... من يعرف المحتاجين... أكثر مني... فـ ... فقصدت... إمام المسجد...

قاطعها جاكوب وهو يضرب بقبضته على سطح المكتب في انفعال:

- تقصدين المسجد للتبرّع بمنتجات معملي أنا؟! هل هذا ما أفادك به تفكيرك وذكاؤك المنعدم؟ أم هو ما سوّلت لك نفسك إيّاه للسخرية مني والتنكيل بي؟!

انفرجت شفتا المرأة في محاولة للتبرير والتفسير، لكن صوت جاكوب علا في ثورة غير متوقعة، وأخذ يصرخ مفجّرًا الغضب الذي كتمه في داخله حتى اللحظة:

- يهودي يتبرع بماله لمسجد!! هل سمع أحد بهذا من قبل؟ إذن فها قد حصلت

السابقة منقطعة النظير!! أصبحت حديث القوم وأضحوكتهم!! عاملة تافهة رزقها بين يدي، تتحدّاني وتأخذ من مالي لتملأ خزائن المسجد... أو جيوب الإمام ربما! يا للسخرية! هذا هو الإسلام وهذه هي أخلاق أهله!!

فوجئ حين قاطعته المرأة في صلابة وحزم يختلفان عما كانت عليه من استكانة منذ لحظات:

- رزقي بين يدي الله وحده! ولا أظنني قد فعلت ما يستوجب شتمي بهذا الأسلوب. وحتى إن كنتُ قد أخطأت في حقك، فإن هذا لا يعطيك حق التطاول على الإسلام!

عضّ على شفتيه من الغيظ، وهتف منفعلا:

- إذن رزقك ليس بين يدي؟ حسن إذن! لا أريد أن أراك مجدّدًا في المعمل، وسنرى كيف ستسترزقين!

كانت أنفاسه تتردّد بقوة في صدره، وقد عبست ملامحه وتشنّجت. لبث يحدق فيها في ترقب لثوان قليلة وقد ساد الصمت على الغرفة. وأخيرًا تحرّكت المرأة، وفي هدوء شديد، نزعت المئزر ووضعته على المنضدة، وخرجت دون حتى أن تطالب بأجرتها على الشهر الماضي!

كان المشهد النهائي أبعد ما يكون عما توقّعه. تسمّر في مكانه للحظات، لكنه أخيرا استرخى على مقعده، وهو يحاول السيطرة على أنفاسه المضطربة... سيُلقّنها درسا لن تنساه! سيوصي كل معارفه بعدم تشغيلها. سيُغلق جميع الأبواب في وجهها. سيُجبرها على العودة إليه صاغرة، ترجوه أن يعيدها إلى العمل... وحينها سيُشفي غليله منها، وسينتقم لكرامته التي أهينت!

تنفّس الصعداء حين وصل به التفكير إلى تلك النقطة المريحة. لكن شيئا ما في داخله كان قد اهتز. الانقلاب المفاجئ في سلوكها أدهشه. من أين جاءتها كل تلك القوة لترد عليه بصفاقة ولامبالاة؟ ألم تكن تدرك عواقب تصرفها المتسرع؟ هل همها الدفاع عن دينها أكثر مما اهتمت بقوتها وقوت عائلتها؟ أمر محير... أمر محير بالفعل...

*****

- ستقيمين معي في غرفتي! سيكون ذلك ممتعا!

هتفت بذلك ندى، وهي تساعد ريما على تفريغ حاجياتها في الجزء المُخصّص لها من الخزانة. راقبتها ريما في امتنان. عجيب أمر هذه الفتاة، لديها قدرة مبهرة على تحويل الأمور البسيطة إلى أشياء مميزة. كما أنها لم تتوقع أن تجد منها كل ذلك التعاون وتلك الحفاوة. تجربتها البسيطة مع من أسمتهم «الغرباء» من اليهود جعلتها تتوجّس خيفة من ردود الفعل المرتقبة. لكن تصرفات ندى فاقت كل توقعاتها... وما أكثر المفاجآت في الفترة الأخيرة! قطع عليها تأملاتها صوت باب الغرفة وهو يُفتَح. التفتت لترى القادمة الجديدة.

كانت دانا قد عادت للتو من السوق، فالتحضيرات جارية على قدم ساق لزفاف البنت الكبرى... كانت دانا قد علمت هي الأخرى بقدوم ريما، فجاءت لتُحيّيها. لكنها تسمّرت في مكانها فجأة حين وقعت عيناها على ريما الجالسة على الأرض إلى جوار ندى، وقد انهمكتا في ترتيب الملابس. لم يكن من ضمن المعلومات القليلة التي وصلتها عن الضيفة أنها مسلمة، فضلا على أن تكون مُحجّبة! صحيح أنها لم تهتم بالسؤال أو معرفة التفاصيل، لكن كونها من طرف الخالة راشيل جعلها تتخيل نوعا آخر من الضيوف!

لم تكن دانا قد تجاوزت دهشتها بعد، حين تدخّلت ندى لتنقذ الموقف، فقالت وهي تمسك بيد ريما وتساعدها على الوقوف:

- ريما... هذه شقيقتي دانا... تكبرني بسنتين...

ثم غمزت بعينها في مرح وهي تضيف:

- وستتزوج قريبا!

قاطعتها دانا، التي تمالكت نفسها، في جفاف:

- مرحبا...

ثم استدارت لتغادر الغرفة. لم يخف على ريما جفاف لهجة دانا وبرودها، ولا وقع المفاجأة عليها. ابتسمت في سرّها وهي تفكر... كان هذا الاستقبال الذي توقعته وانتظرته، أكثر مما توقعت استقبال ندى! سارعت ندى تقول في اعتذار عن

تصرفات أختها غير اللائقة:

- دانا مُتعَبة من السوق بالتأكيد... لكنها طيبة...

قاطعتها ريما وهي تبتسم للمرة الأولى منذ دخولها المنزل:

- لا عليك... لا بأس أبدا...

ثم عادت لتجلس على الأرض، وتنهي تفريغ حقيبتها الصغيرة تحت نظرات ندى الحائرة.

*****

تقلّب أحمد في سريره في ضيق. مرّت الدقائق طويلة والنوم يجافي جفونه. ضغط على رأسه بالوسادة، يحاول أن يُوقف الأفكار السوداء التي تئزّ في دماغه أزًّا... إحساس غريب مزعج يلازمه منذ عودته الليلة الماضية. كانت ليلة مرهقة للأعصاب والعضلات معا. انتظار طويل على حدود الأراضي المحتلة... فعيون العدو لا تغفو. لبث ساعات في الظلام، يعدّ الحركات والأنفاس... في انتظار اللحظة المناسبة. حين عمَّ السكون المكان، وخفتت أصوات حرس المنطقة معلنة عن فتور المراقبة، التفت إلى الجانب الأيمن. وفي ظلمة الليل الحالكة، ميَّز إشارة زميله الذي يتقدّم بالتوازي معه على بعد بضعة أمتار. ردَّ إليه إشارة الاستعداد، ثم أخذ يتقدّم في اتجاه الهدف. سار بخطوات مدروسة رشيقة ودون وقع. توقّف لحظة وتلفّت حوله. كل شيء يسير حسب الخطة والجميع في المواقع المُحدّدة. تلقّى إشارة جديدة ومعها بدأ العد التنازلي. تسارعت أنفاسه في صدره وتكاثفت حبيبات العرق على جبينه. كان قد تدرَّب على العملية مرات ومرات حتى حفظ الخطوات عن ظهر قلب. يمكنه أن ينتهي منها في لمح البصر... شدَّ الحزام حول خصره، وتحسّس حقيبة المعدات على ظهره، وبسرعة أخذت أصابعه تعمل بدقة ومهارة. تخلّص من حمله في ثوانٍ معدودة، ولم يتطلب منه تركيب المصيدة سوى بضع ثوان أخرى. نجحت المهمة! التفت إلى الناحية الأخرى مجدّدًا... توقيت ممتاز! تلقّى إشارة الانسحاب، فتحرّك

الجميع في نفس الوقت، مثل رجل واحد. انتهى دورهم عند هذا الحد. وبعد ساعة تقريبا تصل المجموعة الثانية التي ستُنهي تنفيذ المناورة. حسان سيكون من بين أفراد هذه المجموعة. كان قد سبقه بأشواط في التدريب، وأصبحت تُسند إليه مهام أكثر تعقيدا... وخطورة. الأسابيع التي تلت إصابته وأقعدته عن التدريب صنعت الفرق بينهما. سيلتقيان في المساء ويتحدثان مطولا عن مهمة اليوم. فيأخذ حسان مظهرا جادا ويصف أدق التفاصيل بحركات مسرحية حيّة، فيها شيء من الصخب والتشويق. تلك عادته...

ابتسم أحمد حين راودته تلك الأفكار وهو يبتعد بخطوات واسعة. رفع بصره إلى سماء دون نجوم. سُحب الخريف غطّتها بطبقة رمادية خفيفة تُعطي الليل لونا باردا... تلاشت ابتسامته فجأة وانقبض صدره. إحساس غريب راوده وهو يتفرس في وجه السماء المكفهر. كان قد اطمأن إلى عودة رفاقه جميعا سالمين. تبادلوا التحية ثم افترقوا، ومضى كل منهم في طريقه. هكذا تدرّبوا وتعوّدوا، ألا تنتهي المهمة قبل التأكد من عودة الفرقة كاملة... أحياء كانوا أم أمواتا! فالثروة البشرية هي رأس مال المقاومة الأول!

كانت خيوط الفجر الأولى قد لاحت حين بدت له أشباح القرى النائمة في الأفق. كان قد ابتعد تمامًا عن الخطوط الحمراء، وصار بإمكانه أن يفرد قامته بعد هرولته محني الظهر لدقائق طويلة. ألقى نظرة سريعة شاملة إلى الخلف، ثم مضى في طريقه.

تسلّل خفية إلى غرفته دون أن يشعر به أحد. كان يشعر بتعب شديد. اندس في فراشه يطلب النوم والراحة بعد ليلته المرهقة. لكن أفكاره أبَت أن تهدأ... ضيقه المفاجئ تحوّل إلى هاجس مجهول المصدر. عقد حاجبيه وهو يستعيد تفاصيل العملية. هل وضع الفخ في المكان المقصود؟ هل كان دقيقا في عمله بما فيه الكفاية؟ ماذا لو أخطأ في ضبط التوقيت؟ ماذا لو نسي إحدى الخطوات؟ ماذا لو... ماذا لو...؟ استبدّت به التهيّؤات والمخاوف. هزَّ رأسه بقوة لينفض عنه الصور القاتمة، واستعاذ بالله من الشيطان الرجيم. مسح العرق البارد الذي ملأ وجهه،

وأغلق عينيه بحثا عن النعاس.

كانت حرارة الطقس مرتفعة في ذاك الوقت من السنة. وفرار النوم من عينيه يزيد من إحساسه بلظاها... أزاح عنه اللحاف في ملل. لبث يحدّق في السقف للحظات، ثم انقلب على جانبه الأيمن ليقابل وجهه الجدار. أحس بالاختناق... خطرت بباله فجأة، ندى. لقاءاتهما الأخيرة كانت مشحونة بالقلق والتوتر... الكثير من الأسئلة والكثير من الشكوك. هل ستقتنع يوما؟ كان صمودها وإصرارها على رأيها يتعبانه، تماما كما تتعبه ليالي السهاد الطويلة. عليه بالصبر والتؤدة، فالطريق ستكون طويلة ووعرة بالتأكيد. شغلته مخططاته بخصوص علاقته بندى لبعض الوقت، وأنسته مشاعر الإحباط التي قضّت مضجعه... وأخيرًا تسلل النوم إلى جفونه، بعد أن ارتفعت الشمس في كبد السماء.

فجأة، سطعت أشعة الشمس في الغرفة بقوة. فتح عينيه مبهورًا، وغطى وجهه بذراعه. كان قد غفا لدقائق معدودة. جاءه صوت سماح التي كانت قد فتحت باب الغرفة وأزاحت الستار:

- كفاك نوما... هيا استيقظ. يجب أن أقوم بتهوية الغرفة!

شدَّ اللحاف على جسده في انزعاج، وهتف في رجاء وهو يخفي رأسه تحت الوسادة:

- سماح أرجوك... لم أنم جيّدًا البارحة!

كان يريد أن يقول «لم أنم أبدًا البارحة»، لكنه لم يرد أن تفتح معه تحقيقا لا ينتهي، كما لا يريد أن يفتضح أمره، وتفرض عليه مراقبة من نوع آخر. ردّد بصوت خامل متعب:

- هيا أغلقي النافذة... أريد أن أنام قليلا...

كانت قد جلست على طرف السرير، وأخذت تسحب منه اللحاف. استمرّ الجذب بينهما للحظات، قبل أن تقول سماح محاولة استخدام سلاح مختلف:

- هل تعلم مَن رأيت اليوم في السوق؟

همهم في غير اهتمام:

- لا يهمّني...

هتفت في حماس:

- بلى، بلى... يهمك! رأيت شخصا ما...

تمتم في تهكّم دون أن يلتفت إليها:

- من الطبيعي أن تري الكثير من الأشخاص في السوق!

شدّت عنه اللحاف بقوة هذه المرة وهي تهتف:

- بل رأيت شخصا معينا... رأيت ندى! ولن أخبرك بما قالت!

كانت قد اختطفت منه اللحاف، وابتعدت عن السرير وهي تحرك حاجبيها في شماتة. استوى أحمد جالسا في غضب، وأشار إليها مُهدّدًا بأن تعيد إليه اللحاف، ولمّا لم يجد منها تجاوبًا، قال كأنّه تذكر شيئا:

- ماذا قالت؟

عبست سماح وهي تخرج لسانها في تحدٍ:

- لن أخبرك!

عقد ذراعيه أمام صدره وهو يتأفف، ثم عاد ليستلقي على السرير. هتفت سماح مُجدّدًا حين رأت أنه سيعود إلى النوم:

- قالت إنها ستأتي لزيارتنا هذا المساء!

همهم في إرهاق:

- طيب...

- وهناك أمر آخر!

- همم...

- أمر مهم جدا!

انتظرت لبضع ثوانٍ، لم يكن يُسمَع خلالها سوى تنّفس أحمد المنتظم. حين لم يصلها منه رد، أضافت:

- كان معها شخص آخر في السوق!

أجاب في صوت واهن دون أن يفتح عينيه:

- مَن؟

- تصور، كانت معها فتاة مسلمة محجّبة! قالت إنها ضيفة تقيم عندهم لفترة... طلبتُ منها أن تحضرها معها لزيارتنا اليوم... ما رأيك؟

- في ماذا؟

زمجرت سماح في غضب:

- أنت لا تسمعني! ركّز معي أرجوك... لدي فكرة رائعة!

- هممم... ما هي؟

شدّته سماح بعنف من قميصه وهي تزمجر في احتجاج، لكنه أزاح يدها وهو يقول في رجاء:

- أرجوك... أنا متعب جدا... دعيني أنم لبعض الوقت ثم نتحدّث!

ابتعدت وهي تقول في استياء:

- أنا المخطئة، لأنني أفكر في حلٍّ لمساعدتك على إقناع ندى بالإسلام! لا تطلب مني شيئا بعد الآن!

أخفى وجهه بين كفيه في يأس، ثم استند على مرفقه وجلس على السرير وهو يحتضن الوسادة:

- أنا آسف... هات ما عندك!

قبل أن تشرح سماح فكرتها، ارتفع رنين جرس الباب في إلحاح، وفي نفس اللحظة رنّ جرس الإنذار في رأسه. وقفت سماح وهي تقول:

- سأفتح...

لكنه هبَّ واقفا بسرعة، وقد عادت إليه مخاوفه السابقة. شعور غريب متشائم. قال في حزم وهو يتناول سترته ويخطو نحو الباب في سرعة:

- أنا سأذهب...

راقبته سماح في استغراب. وتسرّب إلى نفسها القلق هي الأخرى. ألم يكن يقاوم النعاس منذ قليل؟ فتح الباب، فرأى صاحبه يقف أمام الباب وهو يلهث بشدة. تعلّقت عيناه بشفتيه وهو يتوقع الأسوأ.

همس أيهم بصوت مضطرب:

- اجتماع عاجل...

تسارعت دقات قلب أحمد، وهو يقول في لهفة:

- الجميع بخير؟

أطرق أيهم في انكسار وتمتم:

- حسان...

هزّه أحمد من كتفه بقوة وهو يهتف في انفعال:

- ما به؟

تردّد أيهم قبل أن يردّ في حزن:

- وقع في الأسر...

*****

دارت سماح بطبق العصير على الجالسات في الحديقة الخلفية، ثم اتخذت مجلسها إلى جانب ريما. كانت ريما محط أنظار والدة أحمد وشقيقته في تلك الأمسية، والحق أنهما ساهمتا كثيرا في تبديد وحشتها، وتعويضها عن الحرمان الذي عاشته في الأسابيع الماضية. الحرمان من الجو العائلي المستقر... ومن النفس المسلم الذي يعيد إليها ثقتها واطمئنانها. كانت قد تعوّدت على العيش بين اليهود منذ نعومة أظفارها، لكن الإسلام كان موجودًا على الدوام في حياتها، من خلال وصايا والدتها ودروس المسجد... عين تسقيها المبادئ وتثبّتها عليها. وهي منذ سفرها قد فقدت المصدر الذي يروي عطشها، فتضاءلت مقاومتها، وانتكست عزيمتها. لذلك فإنها كانت في غاية السعادة حين التقت سماح في ذلك الصباح، وتعاظمت سعادتها حين دخلت منزل هذه الأسرة التي رحّبت بها كمن يرحّب بقريب حبيب.

رنت سماح إلى ريما وهي تقول:

- وهل ستبقين كثيرا في لبنان؟

ابتسمت ريما في ارتباك وهي تجيب:

- لست أدري... أظن أنني سأعود قريبا إلى تونس!

بدت الخيبة على وجه سماح التي تمنت أن تطول إقامتها في منزل ندى، فقد كانت خطّتها ترتبط بتواجدها هناك. لكنها ابتسمت وهي تردف:

- إذن، سنحرص على أن تكون زيارة ممتعة! أليس كذلك يا ندى؟

انتبهت ندى حين سمعت اسمها، وبدا أنها لم تكن تتابع الحديث. بل كانت عيناها تحدّقان في ساعة الحائط في ملل وانتظار. لكنها أجابت باقتضاب متظاهرة بالاهتمام:

- نعم بالتأكيد...

ثم همست إلى سماح في قلق:

- تأخّر أحمد! ألم تُعلِميه بزيارتي اليوم؟

كان القلق قد بدأ يداخل سماح هي الأخرى، فهو قد غادر المنزل مبكرا دون أن يقول كلمة واحدة. بدا مضطربا بعد زيارة صديقه القصيرة. وبعد أن كان يريد النوم ويدَّعي التعب، غيَّر ملابسه على عجل، وانصرف مهموما كأن أمرًا جللا يشغل باله. لكنها قالت مطمئنة ندى:

- بلى، لقد أخبرته... لا بد أنه انشغل ببعض الأمور مع والدي، فكثيرا ما يمرّ عليه في المحل ويرجعان معا... لا داعي للقلق...

لم تكن سماح مقتنعة بما قالته، ولم تقتنع ندى بتبريرها. وللحظات خيّم الوجوم عليهما.

مضت الدقائق ثقيلة على قلب ندى، حتى إنها لم تشارك في الحديث إلا قليلا. كانت تصارع إحساسين يتناوبان عليها، وكل منهما أقوى من الآخر... قلقها على تأخره، وغضبها من إهماله لزيارتها. همّت مرات عديدة بالوقوف والانصراف. لكن إشفاقها على ريما التي بدت مستمتعة بالجلسة من جهة، ورغبتها في الاطمئنان عليه من جهة أخرى، جعلاها تمسك عن ذلك، فتضغط على أصابعها من التوتر. ما إن سمعت صوت الباب الخارجي يفتح حتى استيقظت حواسها، وتطلّعت نظراتها

إلى باب الفناء المفتوح علها ترى خيالا يمر. ولما كانت سماح تعاني نفس قلقها، فقد هبّت على الفور لاستطلاع القادم. غابت بضع دقائق ثم عادت وعلامات الخيبة بادية على وجهها. انتظرت منها ندى توضيحًا، لكن سماح التزمت الصمت. بعد قليل تناهى إليها مجددا صوت الباب وهو يفتح ثم يُغلَق بقوة. لكن بدا أن شخصا ما انصرف هذه المرة! عندها، وقفت ندى في عصبية، وقالت بصوت لم تنجح في إخفاء انفعاله:

- لقد تأخر الوقت... يجب أن أذهب الآن!

وقفت سماح بدورها، وقد أدركت سبب غضبها. لم تحاول استبقاءها أو ثنيها عن عزمها المغادرة، بل قالت في ارتباك وهي تحاول الابتسام:

- أزوركم قريبا إن شاء الله...

*****

فتحت ندى عينيها في الظلام. كانت الساعة قد تجاوزت منتصف الليل ببضع ساعات، لكن الصبح لم ينبلج بعد. تقلّبت في سريرها في ضيق. كانت قد عادت متضايقة من زيارتها لعائلة أحمد. دخلت غرفتها على الفور واسترسلت في البكاء. إنه يتجاهلها! للمرة الأولى منذ عرفته، لا يهتم بها ولا بلقائها. كيف يجرح مشاعرها ولم يمض على خطبتهما سوى أسابيع قليلة؟ كيف يفعل ذلك وهي ضيفة في بيته؟ أعلَمته مسبقا بزيارتها، وانتظرته طوال الوقت. لكنه دخل مسرعا ثم انصرف دون أن يكلف نفسه عناء الاعتذار، أو حتى إلقاء التحية. تلاشى قلقها في ثوانٍ حين رأت أنه لا يشكو من شيء، وحلَّ الغضب محله. تنامت المرارة في نفسها وساهم اضطراب نقاشاتهما الأخيرة في إذكاء لوعتها وتغذية حزنها. لم تكن قد عرفت هذا النوع من المشاعر من قبل، فتجربتها المنعدمة ومحيطها المغلق لم يعلماها كيف تتصرف في مثل هذه الظروف. فلاذت بالسلاح الأنثوي دون منازع: الدموع!

ما إن فتحت عينيها في تلك الساعة، وعادت إليها أحاسيس الساعات الأخيرة

قبل أن تأوي إلى فراشها، حتى تجمّعت العبرات في مقلتيها من جديد، مُنذرة بنوبة بكاء وشيكة... فجأة أحسّت بحركة في الغرفة، غير بعيد عنها. رفعت رأسها في حذر وقد انشغلت بشيء جديد عن دموعها، وحدّقت في الظلام المخيم. كانت الستائر مسدلة، ولا تسمح إلا بانعكاس جزء يسير من إنارة عمود الكهرباء المنتصب في ناصية الشارع. لمحت على ضوئه شبحًا يجلس على الأرض دون حراك. همست في استغراب:

- من هناك؟

تذكّرت حينها ريما. كانتا تشتركان في السرير. تحسّست المكان بجانبها فوجدته خاليًا. همست من جديد مستطلعة:

- ريما؟

حين لم يصلها رد مدّت ذراعها لتضيء مصباح الغرفة. كانت ريما بالفعل تجلس على الأرض، وقد ولّتها ظهرها. كانت قد افترشت قطعة من ثيابها وبدا عليها التركيز والانسجام، كأنها غائبة عن العالم. تسمَّرت ندى في مكانها، وقد عادت إليها ذكريات غير بعيدة... حين رأت أحمد وأفراد عائلته يؤدّون صلاتهم في المنزل الريفي! تابعت ريما بنظراتها بمزيد من الفضول والاهتمام. ما الذي جعل هذه الفتاة الصغيرة تستيقظ في عتمة الليل لتصلّي؟ كانت تريد أن تعرف أكثر عن الإسلام وعن أهله حتى تكون نقاشاتها مع أحمد مبنية على معرفة ودراية. وربما أمكنها حينها أن تجد الحجج المناسبة لتواجهه وتقنعه. وها هي ريما معها. هذه الفتاة الصغيرة التي بالكاد تبلغ الخامسة عشرة، تبدو متعلّقة غاية التعلّق بدينها. لا شك أنها تعلم عنه الكثير. وهي بالتأكيد ستكون مفيدة لها في بحوثها ودراستها للإسلام! للحظات، نسيت أو تناست غضبها من أحمد، واستقرّ اهتمامها على الفرصة الجديدة التي أمامها للوصول إلى عالمه، ومعرفة المزيد عن دينه.

لمحت ريما تجمع ثوبها وتعيد طيّه. استقبلتها بابتسامة حين رأتها تقترب من السرير لتندس إلى جانبها تحت اللحاف. بادلتها ريما الابتسامة وهي تقول:

- أراك مستيقظة!

تمطّت ندى في كسل وهي تقول:

- نمت باكرا البارحة... فطار النعاس من جفوني!

تردّدت ريما للحظات، ثم تمتمت في قلق:

- كنت تبكين؟

ضحكت ندى هذه المرة وقد زال عنها الغضب:

- كنت مستاءة بعض الشيء... لكنني أفضل حالا الآن، فقد استقررت على جعله يدفع الثمن غاليا!

شاركتها ريما ضحكة خافتة وهي تهمس:

- معك حق!

أطفأت ندى المصباح، واستلقتا على السرير. خيّم عليهما الظلام والصمت. هدأت أنفاس ريما وانتظمت، وبدا أنها ستغطّ في النوم سريعا. أما ندى فقد أخذت تتململ وتتقلّب دون أن تجد إلى النوم سبيلا. فجأة انقلبت على جانبها، وارتكزت على مرفقها وهي تطل على ريما من علٍ. همست:

- ريما...

أجابتها ريما بهمهمة تشبه أحاديث النوم. لكن ندى قالت بلهجة جادة:

- ريما... هل تعلمينني صلاتكم؟

فتحت ريما عينيها، ونظرت إليها في عدم استيعاب:

- هه؟

*****

وقفت ريما أمام ندى التي استلقت على فراشها، وأخذت تتصفّح مجلة مصورة متظاهرة بالبرود واللامبالاة. هتفت للمرة العاشرة تستعجلها وهي تضع كفها عند خاصرتها:

- ألن تخرجي للقائه؟

قلبت ندى الصفحة في بطء وهي تقول في تشفٍ:

- دعيه ينتظر، حتى يعرف نفس الإحساس المهين!

ابتسمت ريما وهي تجلس على طرف السرير وقالت مداعبة:

- لكن يبدو أنه جاء معتذرًا... وأحضر معه هدية أيضا...

وضعت ندى المجلة جانبا وهي ترفع أحد حاجبيها في اهتمام:

- حقا؟

هزّت ريما رأسها مؤكدة:

- رأيت إلى جانبه لفافة مغلّفة بورق الهدايا...

وقفت ندى مثل طفلة فرحة بهدية العيد، وقالت في سرور:

- حسن... يبدو أنني تركته ينتظر بما فيه الكفاية!

عدلت هندامها أمام المرآة، ثم التفتت إلى ريما وأشارت إليها:

- هيا بنا...

تبعتها ريما إلى غرفة الجلوس. ما إن وصلت ندى إلى المدخل، حتى رسمت على وجهها علامات العبوس والغضب. تقدّمت في هدوء بعد أن ألقت التحيّة، واختارت مقعدا في طرف القاعة، بعيدًا عن مقعد أحمد. كان يجلس بمفرده ينتظر. أدخلته سونيا إلى الغرفة، وأعلمت ندى بوصوله، ثم انشغلت بأمورها الخاصة، فلم يكن استقبال أحمد وعائلته من أولوياتها. بل إنها باتت تتذمّر من تأخر اتخاذ ندى قرارها بشأن مدى استمرارية هذه العلاقة. تقدّمت ريما على إثر ندى، وجلست إلى جانبها وهي مطرقة في حياء. ساد الصمت للحظات بينهم، حتى قطعه أحمد وهو يقول في هدوء:

- لازلت غاضبة مني؟

عقدت ذراعيها أمام صدرها، وأشاحت بوجهها عنه علامة الإقرار. بدا في صوته الانكسار وهو يستطرد بلهجة فاجأتها:

- هل تذكرين حسان؟

التفتت إليه هذه المرة، وقد أحسّت بنغمة حزينة في ثنايا صوته. هزّت رأسها

إيجابا وهي تطالع وجهه المتعب وملامحه المجهدة. لم تره على هذه الحال منذ فترة... منذ لقائهما الأول! تسارعت دقات قلبها وهي تذكر تلك اللحظات العصيبة، في حين واصل أحمد وشبه ابتسامة ترتسم على شفتيه:

- إنه يمرّ بظروف صعبة... ويجب أن أقف إلى جانبه في الفترة المقبلة...

كانت علامات الألم بادية في عينيه الذابلتين وسحنته الشاحبة. أحسّت بأن في الأمر خطبًا ما. هل يكون حسان قد أصيب؟ لم يكونا قد تحدثا عن عمله في المقاومة منذ ذلك اليوم، رغم أنها تريد أن تعلم عنه كل شيء. أن تكون حاضرة في كل دقائق يومه، وتشاركه همومه كلها. لكنها أدركت منذ اللحظات الأولى أنه يتجنّب الموضوع ويتهرّب منه. وبدا أن عائلته تجهل كل شيء عن نشاطه السري ذاك. ولذّ لها أن تعتبر تلك المغامرات سرّهما الخاص، حتى وإن كانت اكتشفته بمحض المصادفة حين طرق بابهم وهو يكاد يُغمى عليه! وحتى إن تجنّب معاودة الحديث عنها معها منذ ذلك الحين!

انتبهت حين رأته يمدّ يده إليها بعلبة مغلّفة بورق الهدايا. الهدية التي تحدّثت عنها ريما! قال في اعتذار:

- وحتى تتجاوزي عما بدر مني من إهمال، أرجو أن تقبلي هذه الهدية.

همّت بأن تقف لتناول العلبة، لكنه أشار إليها بأن تجلس، ووضعها على الطاولة المنخفضة أمامه. ثم رفع رأسه إليها قائلا:

- لا تفتحيها الآن... هناك بعض الترتيبات الخاصة التي يجب عليك فعلها قبل أن تلمسيها.

نظرت إليه في استغراب. ترتيبات؟ استطرد في شيء من المرح:

- بما أنك مهتمة بالإسلام ولا تعرفين الكثير عنه، فقد فكّرت في هدية مفيدة فيها إجابات شافية عن كثير من تساؤلاتك.

لم يكن واثقا من ردة فعلها. فهي وإن كانت تسأل كثيرا، فإن لهجتها كانت هجومية في أغلب الأحيان. واصل في حذر وهو يشير إلى العلبة:

- اقتنيت لك كتابين سيساعدانك كثيرا... كتاب قرآن... وكتاب سيرة نبوية!

ظلّ يلحظها في ترقب. بدت ملامحها جامدة، وقد توقفت نظراتها عند العلبة، لكنها أخيرًا رفعت عينيها إليه وهي تقول في اهتمام:

- وما هي الترتيبات اللازمة؟

انشرح صدره حين رأى اهتمامها وقال موضّحا:

- يجب أن تتطهّري قبل أن تلمسي كتاب القرآن... فهو كتابنا المقدس كما تعلمين، والكتب المقدسة لا يجب لمسها قبل تطهير الجسد... استعدادا لتطهير النفس...

ظهرت الدهشة على وجهها وهي تقول ساهمة:

- تطهير الجسد...؟

هزّ رأسه وهو يواصل مستغلا نقطة الضعف في التشريع اليهودي:

- في ديننا، لا فرق بين المرأة والرجل. من حق كل منهما أن يقرأ في الكتاب المقدّس... لكن بعد أن يتطهّر. وليس لدينا ما يُعرف عندكم بالنجاسة الأبدية للمرأة! بل إن ديننا لا يعتبر تعلم الدين حقا... بل هو واجب على الجنسين! وبذلك فإن منع لمس الكتاب على النساء غير وارد إطلاقا!

أطرقت ندى للحظات وهي تتأمل في كلماته، ثم قالت بصوت هامس:

- وكيف أتطهر؟

- يجب أن تتعلمي الوضوء...

هنا تكلّمت ريما التي لزمت الصمت منذ دخولها، واكتفت بمتابعة الحوار، وهتفت في سرور:

- لقد علّمتها الوضوء!

التفت إليها أحمد كأنه قد لاحظ للتو وجودها، وأدرك أنه تجاهلها دون قصد. ابتسم معتذرا وهو يخاطبها قائلا:

- أنت ريما أليس كذلك؟

هزّت رأسها علامة الإيجاب، فواصل أحمد مشجّعا:

- شكرا لأنك علّمتها الوضوء...

ابتسم في استحسان، وقد سرّته مبادرتها. فهتفت ريما مُجدّدًا في حماس أكبر وقد

أحسّت بأن تدخلها قد لقي قبولا حسنا:

- وعلّمتها الصلاة أيضا!

هذه المرة لم يستطع أحمد كتمان دهشته، فالتفت إلى ندى التي احمرّت وجنتاها من الخجل، وفي عينيه الكثير من التساؤلات. كانت مُطرِقة في ارتباك كأنه قد قبض عليها متلبسة، وقد أخذت تتوعّد ريما في سرّها. لكنها هتفت بلهجة احتجاج:

- ليس الأمر كما تظن!

ابتسم وهو يحوّل نظراته عنها، ويهزّ كتفيه متظاهرا باللامبالاة:

- لم أقل شيئا!

أغاظتها ابتسامته الواثقة، فقالت بسرعة مُغيّرة الموضوع:

- شكرا لك على الهدية... لكن لدي طلب صغير، أرجو ألا أثقل عليك به.

كانت الابتسامة قد اتسعت على شفتي أحمد، واشية بمدى ارتياحه لهذا الحديث الذي مسح قسما من حزنه، وهز رأسه مُرحِّبا بالطلب، فتابعت ندى على استحياء:

- إنه يتعلق بريما...

التفتت إليها ريما مستغربة، فأدركت بأنها تردّ الكرة إليها، لتخرج من مأزقها! واصلت ندى:

- منذ قدومها إلى لبنان وهي تفتقد دروس الدين التي كانت مواظبة عليها في تونس... فلو أمكن أن تجد لها مُعلّما هنا من الثقات...

لم يتردّد أحمد كثيرًا وهو يقول في حماس:

- طبعا، لا شك في ذلك!

ثم التفت إلى ريما متابعا، وهو لا يكاد يصدق أن الخطوات التي رسمها تتقدم بتلك السرعة:

- ما رأيك في دروس خصوصية منزلية؟ وما رأيك بي مُدرّسًا؟

أومأت ريما برأسها بسرعة دون تردد، ونظراتها وابتسامتها وأصابعها المتشابكة بقوة تنطق كلها بحماسها وشوقها. ابتسم أحمد وهو يلقي نظرة جانبية على ندى. كانت قد فوجئت باقتراحه، لكنها تمالكت نفسها للتظاهر بعدم الاكتراث.

- إذن اتفقنا... نبدأ يوم الجمعة المقبل!

ثم أضاف وهو يقف هاما بالمغادرة:

- والآن، يجب أن أنصرف... لديّ بعض المشاغل المهمّة.

وقفت ندى على إثره، وشيّعته إلى الباب، وفي عينيها شيءٌ من العتاب. كان من المفترض به أن يصالحها هي. فإذا بها وبكل غباء وسذاجة تحوّل اهتمامه إلى ريما. راقبته وهو يبتعد في اتجاه الباب الخارجي، وهي تغالب رغبة في مشاكسته حتى تسمع منه كلمة حانية. للحظة تخيّلت نفسها تركض نحوه، وتتعلّق بذراعه كما تفعل الفتيات مع الشباب في الشوارع، فقد حزّ في نفسها أن تكون مصالحتهما بذلك البرود. كثيرا ما رأت أختها دانا تفعل ذلك مع خطيبها، لكنها لم تجرؤ أبدا أن تقلّدها. فهي تعلم جيدا أن أحمد مختلف جدا عن إيميل! رأته يضع كفه على مقبض البوابة المعدنية، وأيقنت بأن فرصتها قد فاتت، لكنه التفت في اللحظة الأخيرة ليفاجئ حمرة في وجنتيها تسللت مع أفكارها السابقة. قال:

- سأبدأ مع ريما دراسة الأحكام الفقهية... لكنني سأعهد إليك بمهمة مختلفة. ضعي كتاب القرآن جانبا في الوقت الحالي، وابدئي بكتاب السيرة النبوية.

نظرت إليه مستفسرة، وقد أُغْلِقَ عليها فهمُ طلبه. فقال وهو يفتح البوابة:

- سأشرح لك لاحقا. لكن لا تنسي، هذه مهمتك الخاصة، ولا علاقة لها بدروس ريما.

تنهّدت وهي تغلق الباب وتعود أدراجها إلى الغرفة، وأحلامها تختنق في صدرها. تذكّرت الموقف الحرج الذي وضعتها به ريما، فتوجّهت نحوها متحفزة وهي تتوعّدها في سرها. ما الذي يعتقده أحمد الآن بشأنها؟ كيف يفهم اهتمامها بتعلم الوضوء والصلاة وقراءة كتاب القرآن؟ إن الأمر بالنسبة إليها لا يعدو أن يكون مجرد استكشاف لأمر جديد عليها، علّها تفهم طريقة تفكير ممارسيه. لكنه قد يعدّ ذلك انقيادًا منها، ويحسبه انتصارًا على كبريائها، وهو ما لا يمكنها أن تقبله!

كانت ريما مستلقية على السرير في استرخاء، ونظراتها مستقرة على السقف. ما إن أحسّت بدخول ندى حتى بادرتها دون أن تحول نظراتها الحالمة إليها:

- أنت محظوظة يا ندى!

التفتت إليها ندى في استغراب، فواصلت ريما وقد تجمّعت العَبَرات في عينيها:

- أنت محظوظة بأحمد! كم هو طيب وحنون... وكم يحبك ويهتم لأمرك!

التهبت وجنتاها حياء، وقد نسيت وعيدها للحظات. اقتربت لتجلس إلى جانبها وهي تهمس:

- أتعتقدين ذلك حقا؟

استوت ريما جالسة وهي تقول في تأكيد:

- طبعا! لقد أحسستُ بذلك، لأنه لا أحد يهتم بي أو يرعاني مثلما يفعل معك!

قالت ذلك وانهمرت الدموع على وجنتيها كالسيل. سارعت ندى تحتضنها في حنان وحب، وأخذت تمسح على رأسها مهدئة وقالت هامسة:

- لا تقولي هذا... أنا أهتم لأمرك يا عزيزتي...

*****

- هل تأتين معي؟

أشاحت ندى بوجهها وهي تتشاغل بتمشيط شعرها السبط الناعم أمام المرآة، وقالت في لهجة بدا فيها التردد والارتباك:

- لا داعي لحضوري... فهو جاء لتعليمك أنت.

لبثت ريما واقفة أمام الباب للحظات، ثم قالت:

- حسن... إن قررت الانضمام إلينا، فلا تتردّدي!

حين لم يصلها رد من ندى، هزّت كتفيها ثم انصرفت إلى درسها. تابعتها ندى بنظراتها من خلال المرآة حتى انصرفت وأغلقت باب الغرفة خلفها، ثم وضعت المشط عنها، وظلّت تعبث بخصلاتها الكستنائية في تفكير. ليست مضطرة للقائه اليوم، فهو لم يأت لرؤيتها. للمرة الأولى يأتي أحمد إلى المنزل من أجل شخص آخر غيرها! مجرد التفكير في ذلك يزعجها. وحين تذكر أنها هي من اقترح الأمر وخطط له!

تطلّعت إلى صورة ملامحها العابسة في المرآة، ثم ارتمت على سريرها مبعثرة خصلاتها وراءها في إهمال. استلقت للحظات وهي لا تجد ما تشغل به نفسها عما يحصل في الغرفة الأخرى. كيف يكون الدرس يا ترى؟ لم تكن قد رأت أحمد وهو يُقدّم دروسا من قبل، لكنها فكّرت بأن مهنة التدريس قد تناسبه. فهو واسع الصدر ويتّسم بالصبر والأناة، ولديه أسلوب جميل في الشرح وإيصال المعلومة. تذكرت نقاشاتهما الطويلة، وكيف يتجاوز في كل مرة عن لهجتها العدائية وحجاجها الهجومي، وكيف يتمالك نفسه ويبحث حتى يرد عليها بهدوء وعن دراية وتمكّن... ابتسمت وهي تتخيّل ملامحه أمام عينيها. تلك العيون الحانية، وتلك الابتسامة الوديعة التي لا تفارق شفتيه وهو يتكلم بهدوء ورفق. رنّت في رأسها كلمات ريما: أنت محظوظة بأحمد!

فجأة، اعتدلت في جلستها وفي عينيها نظرة جادة. نعم، إنها محظوظة به حقا. ولا يمكنها أن تضيعه من بين يديها ،أو تترك المجال لغيرها ليحتل مكانها في قلبه! تخيّلته وهو يجلس مع ريما يعلّمها، لوحدهما، فاشتعلت الغيرة في نفسها. كيف يمكنها أن تسمح بذلك؟ صحيح أن ريما تصغرها ببضع سنوات، وهي تبدو طفلة أكثر منها امرأة، لكنها أنثى على أية حال! ومهما كانت ثقتها فيه وفيها، فإن لقاءاتهما المنفردة إن تكررت ستصنع بينهما نوعا من الألفة والصداقة. خاصة أنها مسلمة مثله! أزعجها الخاطر، فسارعت بتغيير ملابسها وتهذيب هندامها ثم خرجت. كانت غبية حين رفضت حضور الدرس مع ريما! لكن الوقت لم يفت بعد.

أحس أحمد بالخيبة حين رأى ريما تدخل وهي تجذب من كفها كريستينا طفلة ميشال إلى غرفة الجلوس، حتى لا تكون هناك خلوة. لبث للحظات ينظر إلى الباب المفتوح، كأنه ينتظر انضمام شخص ثالث. لكن أحدًا لم يحضر! حينها التفت إلى ريما في تساؤل:

- أليست ندى في المنزل؟

ردّت ريما ببراءة وعفوية:

- نعم، إنها في غرفتها...

هزّ أحمد رأسه، ثم قال وهو يتطلع إلى ساعته:

- إذن دعينا نبدأ الدرس الأول...

أخرج الكتب من محفظته، وأخذ يشرح لها المنهج الذي ستسير عليه الدروس والكتب الذي سيعتمد عليها فيها. لكنه ظلَّ يراقب الباب بين الفينة والأخرى كأنه يتوقّع، أو يأمل، دخول ندى في أية لحظة. كان قد شرع في تقديم باب الطهارة وأخذ يُلقّن ريما القواعد، حين لمح طيفا يقف قرب الباب، مختفيا وراء الستائر. ابتسم في ارتياح وهو يرفع صوته مشجعا ريما:

- والآن، فلنكرر الحديث مجددا... حتى نحفظه...

وكتلميذة نجيبة، أخذت ريما تردد وراءه الجمل والعبارات في تركيز، لتحفظها عن ظهر قلب. ولم تغفل نظرات أحمد عن التلميذة الأخرى التي كانت تتابع خفية. وبعد هنيهة قررت الخروج من مخبئها. رآها تتقدم وتقترب من مجلسهما على استحياء. كانت ريما تعرض حفظها، حين أشار أحمد إلى ندى بأن تجلس إلى جانبها دون أن يقاطعها. انصاعت ندى للأمر، وأنصتت معه إلى حفظ ريما وهي تبحث في رأسها عن سبب تبرّر به انضمامها إليهما دون تعريض نفسها إلى إحراج جديد. لكن أحمد لم يمهلها، فما إن أنهت ريما حتى التفت إليها وهو يقول مبتسما:

- والآن دورك... هل حفظت؟

امتقع وجهها للحظة، لكنها لم تدر كيف واتتها الجرأة وتحركت شفتاها لتقوم بتسميع الحديث الذي تردد أمامها لمرات على لسان أحمد، ثم على لسان ريما. وما إن أنهت، حتى أخذ أحمد يصفّق لها في إعجاب:

- ممتاز! أنت سريعة الحفظ حقا!

أطرقت دون أن تنطق وقد ذابت خجلا أمام عبارات الثناء. وتواصلت الحصة متراوحة بين المرح والجد. فندى لم تُضع الفرصة لتطرح كل ما يخطر على بالها من التساؤلات والاستفسارات. وبعد مضي ساعتين ممتعتين، أغلق أحمد الكتاب وهو يقول في رضا:

- يكفي لهذا اليوم...

ثم أخذ في جمع أشيائه استعدادًا للانصراف. راقبته ندى في شيء من الضيق.

فقد حزَّ في نفسها أن تكون زيارته من أجل الدرس لا غير، وأنه لم يهتم بالجلوس معها بعده، للحديث عن أمورهما الخاصة. لكنها وقفت في استسلام لتشيعه إلى الباب كالعادة. نزل أحمد درجات السلم القليلة باتجاه الحديقة، ثم التفت إلى ندى وقال مبتسما:

- هل بدأت القراءة في كتاب السيرة؟

هزّت رأسها علامة الإيجاب وهي تقول في خفر:

- لكنني لا أفهم كل شيء... فاللغة العربية جديدة بالنسبة إليَّ. لكن الكتاب مليء بالحكايات، وهذا مسل.

- جيد... بإمكانك الاستعانة بريما... وإن احتجت إلى شرح إضافي فلا تترددي!

بادلته الابتسامة وهي تهز رأسها موافقة. لكنها فوجئت بملامح أحمد تتغيّر وتكتسي مسحة حزن غريبة. كان قد استدار ليواجهها وأخذ يقول في لهجة جادة:

- ندى... سأطلب منك شيئا.

نظرت إليه في انتباه ووجل، وقد أحسّت بأنه يُخفي أمرا ما. واصل أحمد قائلا:

- عديني... إن حصل لي مكروه ما... أن تقرئي كل يوم ربع ساعة من القرآن... من أجلي...

انقبض صدرها وضمّت كفيها في توتر وهتفت:

- أحمد... ماذا هناك؟ ما الذي يحصل؟

رسم على شفتيه ابتسامة فاترة وهو يقول:

- حسان لم يعد... ولا أعلم متى يكون دوري... لكن لا تشغلي بالك، فقط... عديني...

همست في مزيج من الحيرة والقلق:

- أعدك...

*****

حتى تتعرف إلى الإسلام، لم يطلب منها أحمد أن تقرأ القرآن وتفسره وتؤوله. بل وجّهها إلى حياة الرسول محمد (صلى الله عليه وسلم)، وشجّعها على البدء من هناك. بدت رغبته غريبة بالنسبة لندى. كانت تؤمن بأن المصدر الرئيسي لكل ديانة هو مرجعه الأوّل بلا منازع، لأنه يكتسب طابعا إلهيا وقدسيا. لذلك لم تتوقّع أن يحملها على دراسة حياة بشر فانٍ.

شرح لها أحمد أن دافعين رئيسيين كانا وراء الطلب. أولهما هو سهولة التعرف على الإسلام من خلال شخص الرسول (صلى الله عليه وسلم)، فقد كان «خلقه القرآن». فقد توقّع أن يكون القرآن صعبا عليها، من حيث اللغة والمفاهيم التي ستبدو نظرية. أما المثال التطبيقي الحيّ في سلوك رسول الإسلام ومآثره فسيكون في متناول فهمها. أما الدافع الثاني فقد احتفظ به لنفسه، وهو يكتم ابتسامة أغاظتها.

لم تعلم إلا بعد وقت طويل أنّ أحمد لاحظ غيرتها الشديدة حين اقترح تعليم ريما بنفسه، وخاف أن تكون الغيرة حاجزا دونها ودون الاهتمام الصحيح بالدين. وتأكد الشك لديه فيما بعد حين رآها تتعمّد مقاطعة ريما ومعارضتها لمجرد شد انتباهه إلى وجودها. فقرّر أن يترك القرآن جانبا إلى حين ويوكل إليها مهمة «خاصة بها» ولا تشملها دراسة ريما، فلا تحدّثها نفسها بالتطاول على القرآن بأسئلتها العجيبة التي لم تخطر حتى ببال قريش، لمجرد انتزاع الكلمة من ريما!

الكتاب الذي أهداها إياه أحمد كان بلغة عربية بسيطة ومليئا بالقصص، مما جعله سهل الفهم رغم حداثة عهدها باللغة ومسليا أيضا. فقد كانت مولعة بالحكايات. كان عليها أن تكذب بشأن الكتاب وتدّعي أمام عائلتها بأن الكتاب لريما. لكن تلك الكذبة سبّبت لها متاعب من نوع آخر. فقد صارت ريما تلاصقها كلما همّت بالقراءة فيه، فتنشأ مشادّة بين الفتاتين. ألم تكن تلك «مهمتها الخاصة»؟ فلماذا تصرّ ريما على منافستها فيها؟ ولم تكن ريما لتتردد في الهتاف بصوت عال حتى تسمع سونيا «أوليس هذا كتابي؟ إذن هاته».

كلما تقدّمت ندى في القراءة، ازدادت تعلّقا، ليس بالكتاب، بل بشخص الرسول (صلى الله عليه وسلم). كم من مقطع كررت تلاوته وعيونها تفيض بالدمع. كم من

مقاطع أخرى أشعرتها بانشراح عجيب، وملأت يومها نورا قدسيا مبهجا. لقد كان رجلا عظيما، بقلب رحيم ولفتات حانية ونظرة محافظة وثاقبة في آن. سلوكه راق وسمته التواضع، يحيط به لا صحابة فقط بل أمة كاملة. لم تتوقف كثيرا أمام «المعجزات» بل ركزت انتباهها على الأفعال التي بدت لها ملهمة أكثر من كل الخوارق.

تذكرت كلمات قالها أحمد في أحد النقاشات:

- «إني أريد أن أعيش على خُطى الحبيب، محمد ابن عبد الله (صلى الله عليه وسلم)، فمن قدوتك أنت؟

لم تستطع الرد عندها، فلم تكن قد فكرت في موضوع القدوة من قبل. كانت مستقلة برأيها ومكتفية بنفسها. لكنّ أحمد أضاف:

- «أرجو أن تتبعي زوجك لاحقا، إذا كان ذا خلق ودين... وبما أننا سنتزوج، فإنني أوصيك بنفسي خيرا. وأنا أهل له»

فكرت في أثناء قراءتها في إعجاب، لو كان أحمد يريد أن يشبه هذا الرجل، فإنه لأمر مطمئن. كان يقول إنه يتمنى أن يأخذ الرسول محمدا (صلى الله عليه وسلم) بين ذراعيه، أن يقبّله ويضمه. لكنه كان يخشى ألا يستطيع النظر في وجهه حين يلقاه، لأنه قصّر في واجباته تجاهه وتجاه دينه. مجرد التفكير في ذلك كان يجعل جسده يرتجف كالمحموم. فكرت ندى أنها لم تر بشرا يتعلّق ببشر آخر إلى تلك الدرجة. حتى المسيحيون، فإنهم يقدّسون المسيح كابن للربّ، وليس كبشر مثلهم.

*****

دخلت ندى غرفتها. ألقت حقيبتها وكراساتها في زاوية، ثم ارتمت على السرير في إعياء. التفتت إليها ريما التي كانت تجلس إلى المكتب تراجع دروس الفقه والعبادات، ورسمت على شفتيها ابتسامة طفولية عذبة.

- أهلا بعودتك!

كانت ندى قد عادت إلى الدراسة منذ أيام قليلة، بعد أن تم الاحتفال بزواج

دانا وإيميل كما اقترحت راشيل، وبطريقة ترضي جميع الأطراف... تقريبا! فندى تضايقت حين أحجم أحمد وعائلته عن حضور الحفل، واكتفوا بتقديم هدية للعروسين. ولم تدّخر سونيا جهدا في إبداء استيائها من هذا التصرف، وعادت لتذكر ندى بأن فترة الخطبة طالت بما فيه الكفاية، وصار بإمكانها أن تتخذ قرارها بالانفصال! كانت ندى تتفهّم اختلاف العقيدة والممارسات الدينية بينها وبين أحمد، لكنها احتارت من موقفه المتصلب تجاه زواج أختها. فقد كان بإمكانه التنازل قليلا وحضور الحفل المنزلي، دون أن يضطر إلى دخول الكنيسة. لكنه لم يستجب لإلحاحها، وأصرّ على عدم دخول المنزل طالما كان الحَبْر اليهودي حاضرًا! وانعكست تلك الحادثة سلبا على علاقتهما، خاصة مع تباعد لقاءاتهما بسبب انتهاء الإجازة.

- أحمد لم يأت هذا الأسبوع!

قالت ريما ذلك في قلق. أشاحت ندى بوجهها في ضيق وهي تقول في عدم اكتراث:

- أحمد سافر إلى صيدا... أمامه سنة دراسية أخيرة قبل أن يتخرّج...

هتفت ريما في اهتمام:

- هل سيتخرج هذه السنة؟ وماذا سيعمل؟

- سيصبح مهندسا زراعيا... وربما يهتم باستصلاح أرض جدِّه...

اقتربت منها ريما وهي تقول بنفس الحماس:

- رائع! إنها مهنة جميلة ونبيلة!

ثم أضافت في تفكير:

- هل أرض جدِّه بعيدة؟

- خمسون كيلومترًا تقريبا عن بلدتنا.

- وصيدا... هل هي بعيدة؟

- نعم بعيدة...

- إذن هل سيأتي كل أسبوع للدرس؟

انقلبت ندى على جانبها وهي تقول في ضيق:

- لا أدري!

كانت منزعجة من أشياء كثيرة. فلم تكن تصرفات أحمد وحدها ما يقلقها. لم تكن الأوضاع هادئة في الجنوب، وكانت تسمع كل فترة عن عمليات جديدة وصدامات متكررة بين مجموعات المقاومة وجيش الصهاينة. فيزيدها ذلك خوفا على أحمد، خاصة أنه قد ابتعد عنها وعن عائلته برجوعه إلى صيدا، فلم يعد بإمكانها الاطمئنان عليه ومتابعة أخباره عن قرب. لكن ما إن يتصل بها وتطمئن إلى سلامته، حتى تطفو في نفسها مشاعر الغضب والغيظ التي ترسّبت من تصرفاته الأخيرة التي عدّتها نوعا من اللامبالاة بمشاعرها! وفي حين كانت هي تتظاهر بعدم الاكتراث له ولاتصالاته، كانت ريما تظهر اهتماما كبيرا، وتسأل عنه بشكل متواصل. فتقلق إن تغيّب أسبوعا أو تأخّر عن موعده، وتلحّ على ندى حتى تتّصل بعائلته! وكان كل ذلك يشعل الغيرة في قلب ندى... ولم تكن في تلك الآونة في أحسن حالاتها وهي ترى إمعان ريما في السؤال عنه وعن دراسته ومستقبله!

سكتت ريما للحظات، وقد أحسّت بأن ندى ليست في مزاج جيد. ثم قامت لتجلس إلى المكتب من جديد. لكنها كانت قلقة هي الأخرى، ولم يكن بإمكانها التركيز كثيرا. فمنذ تزوّجت دانا وعادت ندى إلى كليتها، أصبحت تجلس ساعات طويلة بمفردها في الغرفة. كانت تتحاشى نظرات سونيا الغريبة، كما كانت تتحاشى نظرات تانيا من قبل. ربما لم يكن الأمر ليُزعجها حين كانت تقيم عند جاكوب، فهي كانت نوعا ما في بيتها، ومع العائلة التي نشأت فيها وتعوّدت عليها حتى صارت قطعة منها... لكن الأمر مختلف جدا مع سونيا. فهي تبقى ضيفة عندها وغريبة عنها تماما.

صارت تفكّر كثيرًا وتتأمّل في واقعها ومستقبل حياتها. كان قد مضى أكثر من شهر على إقامتها في منزل ندى. كان جورج لطيفا جدا معها، مثل ندى تماما. يسأل عنها ويهتم لأمرها... يُذكّرها ببابا يعقوب! وتساءلت في شيء من الاستغراب عن المفارقات العجيبة التي جمعت شخصا طيبا مثله بامرأة متحجّرة مثل سونيا. ولم تكن تلك هي الحالة الوحيدة التي تدعو إلى العجب، فجاكوب وراشيل أيضا كل منهما حظي بشريك ذي طباع مختلفة!

وهي، كيف سيكون شريك حياتها يا ترى؟ كانت ككل البنات في مثل سنها قد بدأت

تعيش أحلاما ورديّة، وتكوّن صورة شبه كاملة، بمقاييسها الخاصة، عن فارسها. وحين كانت تشتد عليها الظروف، كانت تتوجّه إلى الله، وتسأله أن يرسل إليها من ينقذها ويخرجها من حياة الذل والهوان، ويحافظ على دينها ويحميها. لكنها سرعان ما كانت تتراجع وترضى بما هي فيه، فتدعو الله أن يهدي أهلها ويردهم إليه ردا جميلا... فهي تحبهم ولا تريد فراقهم رغم كل شيء. وأما الفارس، فقد طردته من خيالها مبكرا، حتى لم يعد له مكان في حياتها. وسرعان ما استعاضت عنه بهدف جديد...

انتبهت من أفكارها حين جاءها صوت ندى وهي تقول:

- ريما... ربما من الأفضل أن تُسجّلي في المدرسة الثانوية لاستكمال دراستك...

لامت نفسها على برودها وجفافها معها منذ لحظات، وفكّرت في مجاذبتها أطراف الحديث. فهي تعلم مقدار وحدتها، وتحس بالفراغ الذي تعيشه في الفترة الأخيرة، وفكّرت في أن ممارستها لبعض النشاطات الخارجية سيساعد في تحسين نفسيتها كثيرا. تابعت في لهجة جادة:

- هناك مدرسة قريبة، فيها الكثير من المسلمين، يمكنك أن تلتحقي بها... فالسنة الدراسية قد بدأت منذ أسابيع قليلة ويمكنك التدارك...

نظرت إليها ريما في تردد، ثم قالت:

- ولكنني لن أظل هنا طويلا... بل سأعود إلى مدرستي في تونس قريبا! راشيل وعدتني بأنها ستعيدني!

تنهدت ندى في رثاء وقالت مشفقة:

- ولكن خالتي راشيل لم تظهر منذ مدة طويلة... حتى إنها لم تحضر زفاف دانا! ربما صادفتها بعض المعوّقات، وصار من العسير عليها إعادتك الآن!

لم ترد ريما أن تصدق كلام ندى، مع أن نفس الأفكار كانت تراودها منذ أحست بتمادي إقامتها في لبنان أكثر مما توقعت. لكنها كانت قد صدّقت وعد راشيل من كل قلبها. وكيف لا تصدّقه وهو الأمل الذي تتمناه؟ أما الآن، فإن ما آلت إليه حياتها ينذر بذبول الأمل وتلاشيه القريب! سرحت بنظراتها متفكرة دون أن تعلّق، ولم تكن

حيرتها قد تاهت عن ندى، فقالت مطمئنة:

- لا داعي للقلق... ستظلين هنا معي، وسنقضي أوقاتا ممتعة معا... أليس كذلك؟

كانت قد أمسكت بكفها بين يديها في حنان، وتطلّعت إليها باسمة. بادلتها ريما ابتسامة واهنة، ثم قالت وهي ترنو إلى السماء التي تظهر صافية من خلال النافذة:

- هل تعلمين... ربما كنت محقة. ربما من الأفضل أن أظل هنا بعض الوقت.

سكتت للحظات، ثم التفتت إلى ندى وقد اتسعت على شفتيها ابتسامة واثقة:

- هناك أشياء يمكنني أن أفعلها في لبنان... ولا يمكنني أن أفعلها في تونس! أليس كذلك؟

لم تفهم ندى ما رمت إليه ريما، لكن كلماتها بدت مطمئنة. فهزت رأسها موافقة وهتفت في حماس:

- إذن تودين التسجيل في المدرسة؟

قبل أن تجيب ريما، فُتِحَ باب الغرفة في عنف، وظهرت سونيا عند المدخل. التفتت الفتاتان إليها فزعتين، وانكمشت ريما على نفسها في توجس تحت نظرات سونيا القاسية. هتفت ندى مستفسرة:

- أمي... ماذا هناك؟

كانت سونيا تحدّق في ريما في حدة وهي تقول في برود شديد:

- أمور كثيرة يا صغيرتي. أمور كثيرة تغيّرت... ويجب علينا أن نتصرف إزاءها!

أطرقت ريما بنظراتها إلى حجرها، وكأنها قد أيقنت بأن الأمر يخصّها. وأمام نظرات ندى المتسائلة، أخذت سونيا تشرح في هدوء:

- خالتك راشيل سافرت منذ فترة، وحين قمت بتحرّياتي الخاصة، وجدت أن كل الأدلة تشير إلى أنها لا تنوي العودة إلى هنا... فقد تم بيع المنزل بسرعة، وزوجها قد تقدّم بإجازة مفتوحة من عمله، وجميع محاولات الاتصال بها باءت بالفشل!

قالت ندى في استغراب:

- ولكننا نعلم أنها سافرت إلى تونس لقضاء الإجازة... ولا شك أنها ستظهر عما قريب!

أشارت سونيا بإصبعها نافية وهي تجيب بلهجة قاطعة:

- لا يا عزيزتي... ربما كانت راشيل بالفعل قد سافرت لقضاء الإجازة، لكن تصرفات زوجها توحي بأنه دبر للعودة النهائية إلى تونس! ربما لم يستشرها في الأمر ووضعها أمام الأمر الواقع، لكن النتيجة بالنسبة إلي سيان! راشيل تركت ريما عندنا ووعدت بدفع مصاريفها طوال مدة إقامتها... لكنها اختفت ولم تدفع شيئا! فلا أرى أمامي سوى خيارين اثنين، لا ثالث لهما...

هبّت ندى واقفة أمام والدتها وهي تفتح ذراعيها لتحمي ريما وهتفت في احتجاج:

- لا أرجوك... لا تفعلي هذا! ريما ستظل عندنا! لا يمكن أن تفعلي معها هذا!

لم تكن ريما قد تحرّكت من مكانها، ولا نبست ببنت شفة. كانت تجلس في نفس الوضعية، مطرقة، تحدّق في أصابعها النحيلة في انكسار. أين يمكنها أن تذهب بعد أن تخلّى عنها الجميع؟ إنها في بلاد غريبة لا تعرف فيها أحدًا غير عائلة ندى. وللحظات، فكّرت في عائلة أحمد... سماح والسيدة سعاد كانتا طيبتين جدا معها، وأحمد كان يعلّمها الدين عن طيب خاطر. لكن هل يكفي هذا حتى تفرض عليهم نفسها في بيتهم وتعيش معهم؟ لكن إلى من يمكنها أن تلجأ غيرهم؟ تجمّعت العَبَرات في عينيها وتساقطت في صمت على كفيها. كانت منذ حين تناقش ندى عن المدرسة. وها هي بعد دقائق معدودة على وشك أن تُطرَد من البيت الذي يؤويها! سبحان الله!

تأمّلت ندى وهي تصرخ وتواجه والدتها مكانها. كم هي طيبة ندى أيضا. إنها تهتم لأمرها وتدافع عنها. لكنها من الآن فصاعدا يجب أن تعتمد على نفسها. إلى متى ستظل ضعيفة تحتاج إلى المساندة والمساعدة؟ يمكنها أن تهتم بنفسها وتقرّر بشأن مستقبلها.

جاءها صوت سونيا أخيرا وهي تقول في حزم:

- أعلم أنها وحيدة في البلاد ولا أقارب لها... لذلك لن أطردها.

تسمّرت ندى وريما مكانيهما في توجس، وهما تدركان بأن الحديث لم ينته بعد، فتابعت سونيا عرضها:

- لكنها يجب أن تدفع مصاريفها وأجرة إقامتها معنا!

هتفت ندى مجددا:

- أمي!!

لوّحت سونيا بكفها في لامبالاة:

- هو عرض واحد وليس لديَّ غيره! إن كانت تريد البقاء فعليها أن تعمل في تنظيف البيت والمطبخ... وجميع الأعمال المنزلية. وفي المقابل، نؤويها ونطعمها من طعامنا... ماذا قلت؟

همّت ندى بأن تعترض، لكن ريما وقفت في صلابة وهي تمسح دموع ضعفها، وقالت بصوت عميق خال من الانفعالات:

- نعم أقبل! شكرا لك يا سيدتي!

تنهّدت سونيا عندئذ، ورسمت ابتسامة مهادنة على شفتيها وهي تقول:

- ممتاز! نبدأ من الآن إذن...

ثم أضافت وهي تسير إلى الباب:

- اغسلي أكوام الصحون في المطبخ، وأعدِّي العشاء... وحين تنتهين من ذلك قومي بكي الملابس النظيفة، وأعيدي طيّ الحاجيات في خزانتي وخزانة ندى، فقد عمّتها الفوضى...

قاطعتها ندى في حدة:

- يمكنني أن أكوي ملابسي وأطويها... لست بحاجة إلى مساعدة أحد!

رمقتها سونيا في استهجان، ثم أضافت كأنها لم تسمعها:

- ثم امسحي أرضية المنزل، ونظّفي بلور النوافذ... ولا تنسي تنظيف الأثاث من الغبار!

احتجّت ندى مرة أخرى:

- ولكن الليل سيحلّ قريبا! كيف ستقوم بكل هذا؟

هزّت سونيا كتفيها كأن الأمر لا يعنيها، وقالت مخاطبة ريما:

- حين أستيقظ صباحا أريد أن يكون كل شيء كما أريد... ولتنته من الخزانة قبل أن آوي إلى سريري... أفهمت؟ سأضع لك قائمة مشتريات الغد. أريد منك أن تذهبي

إلى السوق عند الصباح...

أومأت ريما برأسها في تسليم، وقد أيقنت بأن مرحلة جديدة في حياتها قد آذنت بالبدء. وما إن خرجت سونيا، حتى عانقت ندى ريما واحتضنتها، كأنها تحاول حمايتها مما ينتظرها. وأخذت الفتاتان تبكيان في حرقة. كانت ريما تبكي من القهر والمذلة... أما ندى، فإنها بكت قلة حيلتها، وعجزها عن الدفاع عن صديقتها أمام ظلم والدتها. ولم تكن لتهدأ حتى تعوّضها عما ألمّ بها من سوء.

*****

استلقت ريما على ظهرها إلى جانب ندى وهي تتنهد في إعياء. كانت الساعة قد تجاوزت الواحدة بعد منتصف الليل حين أوت الفتاتان إلى الفراش. عقدت حاجبيها في قلق وهي تحدّق في سقف الحجرة المظلمة:

- ستتأخرين عن جامعتك غدا...

ابتسمت ندى وهي تقول مُخفّفة:

- لا تشغلي بالك... يمكنني أن أواصل النوم في قاعة المحاضرات! دروس الصباح مملّة وعديمة الفائدة في الغالب! لكنني مضطرة إلى الذهاب حتى لا أستمع إلى نفس الاسطوانة القديمة من أمي!

همست ريما في توتر:

- لو أنها تتفطن إلى أنك قد ساعدتني فإنها ستعاقبك بالتأكيد!

همست ندى وهي تغطيها باللحاف:

- لا تقلقي بشأني... لو لم أكن معك لما انتهيت مما طلبته حتى الصباح! هيا يجب أن تنامي الآن، فيجب أن تخرجي إلى السوق قبل أن تستيقظ!

تنهّدت ريما مُجدّدًا ولم تجب. سكنت الحركة لدقائق ولم يعد يسمع غير تنفس ندى المنتظم وقد خارت قواها. لكن ريما لم تستطع النوم رغم التعب والإجهاد. بل ظلت مفتوحة العينين وبعض الأحلام تراودها. همست بصوت خافت:

- ندى... هل تعلمين لماذا أود البقاء في لبنان؟

سألتها ندى بصوت داهمه النعاس:

- لماذا؟

أجابت ريما بلهجة حالمة:

- لأنني أتمنى أن أموت شهيدة! وهنا في الجنوب، الأعداء قريبون... وكل يوم نسمع عن عمليات المقاومة. وعن الشهداء. أود أن أكون منهم!

انتبهت ندى على الفور، ورفعت رأسها وهتفت وقد تيقّظت حواسها:

- ماذا؟ تريدين الموت في الحرب؟ هل جننت؟

همست ريما موضحة:

- إنها الشهادة يا عزيزتي... الشهادة!

- وما هي الشهادة؟

قالت ريما ببساطة وابتسامة بريئة على شفتيها:

- أن أموت في سبيل الله... فيحبني الله ويكرمني. فأدخل الجنة دون حساب أو عقاب!

سكتت ندى للحظات. فلم تكن فكرة الحياة بعد الموت متجذّرة في معتقدات اليهود، ولم يكن الحساب والعقاب من اهتماماتهم. لذلك فإنها لم تستوعب رغبة ريما الغريبة. قالت في احتجاج:

- لكنك ما زلت صغيرة! لماذا تريدين الموت الآن؟

- أريد أن أذهب إلى الله... أريد الجنة!

أطرقت ندى ثم همست في حذر:

- وهل كل المسلمين الذين يذهبون إلى الحرب يريدون الشهادة؟

هزّت ريما رأسها مؤكدة وهي تقول:

- نعم، بالطبع! يطلبون النصر أو الشهادة!

اتسعت عينا ندى من الذهول وتسارعت دقات قلبها في رعب، ورنَّ في رأسها اسم واحد... أحمد!

*****

خرج جاكوب من المصنع بعد أن أرخى الليل سدوله على المدينة الحالمة. انقضى يوم آخر من العمل المتعب. لفَّ وشاحا حول عنقه حين هب النسيم الندي ليداعب وجهه، ثم سار في خطى وئيدة في الطرقات شبه الخالية، المؤدية إلى الحارة الكبيرة. كانت حرارة الصيف الملتهبة قد تركت المجال لرطوبة الخريف المنعشة. لكن الهواء البحري في تلك الآونة كان يحمل معه بوادر برودة لاذعة، تنذر بشتاء قاس. تقل الحركة في المدينة في تلك الفترة من السنة، بعد انقضاء فصل الصيف المليء بالحيوية والحياة. لم تعد سوى المقاهي الشعبية تستقبل العاطلين وأصحاب الفراغ إلى وقت متأخر من الليل، بعد أن انسحب السياح والزوار الصيفيون.

تمهّل وهو يعبر الأنهج الضيقة التي يردد صدى بلاطها وقع الخطوات الرصينة. وأخيرا وصل إلى المنزل. قبل أن يدلف إلى الردهة، توقف عن المدخل. فتح صندوق البريد ودس يده في الفراغ المظلم ليسحب مجموعة الرسائل التي استقرت في قاعه. سار في اتجاه الباب وهو يقلبها ويقرأ أسماء المرسلين. تنهد وهو يلقي بالفواتير الواحدة تلو الأخرى على المنضدة القريبة. فجأة تسمر مكانه وأخذت أصابعه في الارتجاف. مزق غلاف الرسالة التي شدت انتباهه بسرعة وفتحها دون تأخير. إنها الرسالة الثانية عشرة التي تصله منها منذ سفرها إلى لبنان. تكتب إليه كل أسبوع تقريبا، لتطمئنه عليها وتوافيه بأخبارها، رغم أنه لم يحاول الاتصال بها أبدا. لا يزال صوتها المرتبك يرن في أذنيه بعد أن ردت على مكالمته في منزل راشيل مصادفة. لم يستطع أن يعاود الاتصال رغم اشتياقه إليها وإلى كلماتها الحنون غير المرتبة. أما الآن وقد أصبحت تقيم في منزل سونيا، فقد تضاعفت المسافات بينهما.

فض الرسالة والتهم سطورها القليلة في لهفة. أصبحت تلك عادتها. قليلة الكلام، متحفظة في عواطفها، مقتضبة في فضفضتها. يذكر ظهور بوادر العزلة لديها. لم تكن كذلك من قبل، على الأقل معه هو. لكن منذ أخذت أفكارها المتطرفة تعشش في رأسها، لم يعد له سلطة عليها ولا مكانة لديها. لكن لا... هذه رسائلها وكلماتها تقر بالعكس. ها هي «أحبك بابا يعقوب» التي تختم بها كل خطاباتها تداعب قلبه وتنفض عنه الصدأ الذي علاه منذ سفرها. تلألأت العبرات في عينيه وهو يعيد

١٤٦

قراءة الرسالة من جديد. يريد أن يحفظها عن ظهر قلب كما حفظ سابقاتها.

- عزيزي... أنت هنا؟

أخفى الرسالة بسرعة في جيب سرواله، وتمالك نفسه حتى لا تتجاوز الدموع رموش عينيه. التفت إليها مبتسما، كالعادة، وهو يضع قناعا جديدا على وجهه ليمثل السعادة والانشراح.

- العشاء ينتظرك... الأطفال أووا إلى النوم منذ قليل. صرت تتأخر كثيرا في العمل...

تبعها دون أن يعلق. راشيل تقول إنها بخير. سونيا ستهتم بها بالتأكيد. فهي ابنة عمه مهما كان، وأطفالها من أب مسلم. لا شك أن ستعامل ريما معاملة حسنة، على الأقل وفاء لراشيل والصداقة التي بينهما. يعلم أنه يمكنه الاعتماد عليها. هل يمكنه ذلك حقا؟ لم يكن متأكدا، لكنه يحاول إقناع نفسه بأن ما فعله هو الصواب. ريما بخير... هكذا تقول رسائلها. لو كانت تشكو من شيء لكانت أخبرته. إنها مدللته. لا يمكنها أن تخفي عنه قلقها وكدرها.

- أخبرت سارا وباسكال عن رحلة الأسبوع المقبل. كانا متحمسين جدا... إنها فكرة جيدة حقا!

ابتسم مجددا وهو يتناول لقيماته الأولى. إنه سعيد هكذا. عائلته سعيدة وحياته مستقرة. ولا يمكن أن يسمح لشيء بأن يعكر الصفاء الذي جاهد كثيرا حتى يستعيده. هز رأسه موافقا وهو يطالع ابتسامة تانيا المشرقة وهي تجلس قبالته. ليس هناك شيء أهم من العائلة. هذا مؤكد.

ولوهلة، أحس بقطعة الورق المنكمشة في جيبه تلسعه بقسوة اقشعر لها جسمه. لعلها كلمات ريما التي توتره في كل مرة: «لا زلت أدعو لك بالهداية في كل صلاة، وأنتظر اليوم الذي أجدك فيه مؤمنا حقا... أحبك كثيرا بابا يعقوب»... لكنها لم تكن سوى وهلة قصيرة خاطفة، عاد بعدها إلى واقعه وإلى سعادته الراهنة.

*****

رفعت ربما الوعاء الذي ملأته ماءً بصعوبة وعبرت به الفناء بخطوات مترنحة. ما إن وصلت إلى المدخل حتى أفلتته من يديها وهي تتنهد، فتناثرت قطرات الماء على البلاط. أعادت تعديل وشاحها، ثم تناولت أدوات التنظيف وراحت تعمل بجد في تلميع الأرضية مثل «سندريلا صغيرة». مضت شهور ثلاثة منذ تسلمت مهمتها الرسمية من قبل سونيا، ومنذ ذلك الحين تغيّر نمط حياتها تماما. لم يعد بإمكانها أن تأوي إلى الفراش بعد صلاة الفجر، فطلبات سونيا تزدادا تعقيدا وتضخما، ولم تعد ساعات الصباح كافية لتنفيذها. كانت تمسك الفرشاة بأصابعها النحيلة وتضغطها على الأرض بكل طاقتها، لكن عقلها كان مشغولا بدعوة سماح للتسوق التي تعدّ لها منذ أسبوع كامل. لم تكن قد أخذت إذن سونيا بعد، لكنه يوم الجمعة، ومن حقها أن تأخذ راحتها الأسبوعية لبضع ساعات في فترة ما بعد الظهر. كما أن أحمد قادم هذا الأسبوع! يجب أن تجد الوقت لإعداد شيء من أجله. كعكة أو ما شابهها. سماح ستشاركها في تحضيرها بالتأكيد. لكن لا أحد يمكنه توقع ما تخفيه سونيا في جرابها من مفاجآت! الأسبوع الماضي، طالبتها بأن تعد المرطبات للضيوف القادمين يوم السبت، فحرمتها من فسحتها المشروعة. لكن لا يمكنها أن تكرر ذلك في كل أسبوع!

أنهت تلميع البلاط، ومسحت الأرضية جيدا، ثم عادت إلى الفناء. عليها أن تغسل الملابس، ثم تحضر طعام الفطور، قبل أن تستيقظ سيدة المنزل. ثم يجب أن تذهب إلى السوق لشراء المتطلبات اللازمة لطعام اليوم والغد. تعلم جيدا أن الطبخ ممنوع عند اليهود يوم السبت... عدّت على أصابعها عدد الساعات التي تستغرقها هذه الأعمال، ثم ابتسمت في إشفاق. إن أسرعت في حركتها وخطواتها، فيمكنها أن تنتهي في الوقت المناسب حتى لا تتأخر على سماح.

- صباح الخير...

التفتت منشرحة حين وصلها الصوت الأحب إليها في هذا البيت. كانت ندى قد استيقظت للتو للذهاب إلى جامعتها. جلست إلى مائدة الطعام وهي تفرك عينيها من النعاس:

- لم أنم جيدا البارحة... ربما من الأفضل أن أظل في المنزل اليوم!

وضعت ريما وعاء الحليب على النار وهي تقول معاتبة:

- لا تقولي هذا... سأعد لك قهوة ساخنة تدفئك وتعطيك دفعة من الطاقة!

ابتسمت ندى وهي ترقب ريما الصغيرة في إعجاب مشوب بحزن خفي:

- أصبحت ربة بيت ممتازة في وقت قصير! أذكر حين أتيت إلى هنا، لم تكوني تتقنين شيئا من أعمال المنزل، ناهيك عن الطبخ! أما الآن...

قربت ريما منها كأس القهوة وعلبة السكر وهي تقول:

- كنت كسولاً وعديمة النفع! بابا يعقوب كان يدللني كثيرا ويمنعني من الأعمال المنزلية...

أضافت وهي تسكب الحليب الساخن لتذيب القهوة والسكر:

- فلنقل إنني مدينة لأمك بهذا!

كانت ترسم على وجهها ابتسامة مرحة، تخفي بها آلامها. لم تحاول ندى أن تواسيها أو تخفف عنها، فقد تركت ذلك الدور منذ فترة بعد ما رأته من جلد ريما. لم تكن تتصور أن تلك الفتاة الصغيرة قادرة على تحمل كل تلك المشاق بابتسامة عذبة وقلب صابر. كانت تحاول مساعدتها قدر الإمكان... في الخفاء. لكن دراستها ومشاغلها الأخرى من زيارات اجتماعية ولقاءات عائلية تفرضها عليها والدتها، كانت تمنعها من البقاء إلى جانبها كثيرا. وتبقى ساعاتهما المفضلة هي تلك التي يقضيانها في الفراش، عيونهما تحدق في سقف الغرفة المظلمة، وألسنتهما لا تكف عن الثرثرة...

- يجب أن أذهب الآن...

هزت ريما رأسها متفهمة وهي تجمع الأواني وتضعها في الحوض لتغسلها. وقفت ندى وعانقتها من الخلف. طبعت على وجنتها قبلة وقالت في شبه اعتذار:

- لدي حصة صباحية فقط اليوم... لن أتأخر...

ثم أضافت في سعادة لم تقو على إخفائها:

- أحمد سيزورنا اليوم مساءً...

لم تكن ريما قد رأته منذ فترة، فقد انغمس هو الآخر في دراسته. أو في مشاغله

السرية الأخرى. لا يمكنها أن تخفي اشتياقها لرؤيته وإلى دروسه. فقد كانت تلك الساعات القليلة التي يخصها بها تورثها متعة لا تُضاهَى. فتستعد لزياراته كأنها أيام عيد، مما يثير انزعاج ندى وضيقها، كأنها تنافسها في احتفائها به. لكنها لم تفكر يوما في منافستها. كانت تلحظ أن اهتمامه بها مختلف عن اهتمامه بندى. يعاملها كأنها طفلته، أو أخته الصغيرة. يحضر لها الحلويات مع الكتب. ولم يكن ذلك ليضايقها، فيكفيها أن تحظى برعايته وعطفه... فذلك كل ما يلزمها لتقاوم قسوة الحياة. ولم تكن أحلامها الصغيرة لتجنح أكثر من ذلك. فهي تعلم في قرارة نفسها أن أحمد لندى، وندى لأحمد. أما هي فلا يمكن أن تكون أكثر من طفلتهما المدللة التي لا تربطهما بها أدنى قرابة! كلاهما شخص مهم بالنسبة إليها، وهي في غربتها تلك لن تتحمل فقدان أحدهما بسبب بعض السخافات التي لا معنى لها ولا قيمة.

ابتسمت في سرور وقالت وهي تتجه نحو الثلاجة:

- ستكون أمسية رائعة إذن.

ثم أضافت وهي تُخرج علبة مغلفة بورق حفظ الأطعمة:

- لقد أعددت لك وجبة سريعة... لتتناوليها بعد ساعتين.

عانقتها ندى مجددا وهي تقول في مرح:

- شكرا لك ماما الصغيرة... أصبحت تفهمين عاداتي أكثر من أي كان!

رافقتها إلى باب الحديقة. وما إن غابت ندى عن ناظريها حتى رفعت عينيها إلى السماء. كان لونها آخذا في التغيّر ليغلب عليه الرمادي. هل ستمطر اليوم؟ ندى لم تأخذ مطريتها! تنهدت وهي تعود إلى الداخل. الغسيل الذي نشرته منذ قليل لن يجف إن أمطرت! سيكون عليها أن تستعمل مجفف الشعر فيما بعد، وإلا فإن سونيا ستعنفها إن لم تجد القطع التي تحتاجها جاهزة!

كانت قد أنهت تحضير الفطور لبقية أفراد العائلة حين دخل جورج المطبخ. قال في مرح وهو يستنشق رائحة الخبز المحمص الساخن:

- رائحة شهية... عجّلي به فإن عصافير بطني تزقزق!

ابتسمت ريما وهي تضع قطع الخبز مع الجبن على المائدة. كان جورج أكثر أفراد

العائلة طيبة معها بعد ندى. لم يكن يعاملها معاملة خاصة، لكنه على الأقل يبتسم في وجهها، ولا يجرح مشاعرها. ولم تكن لتطلب أكثر من ذلك. في أحيان كثيرة كان «بابا جورج» كما تناديه ندى، يذكرها بـ«بابا يعقوب»... فهو ربى ندى ودانا على أنهما ابنتاه، ووهبهما كل حبه وعطفه، تماما كما رباها جاكوب، رغم اختلاف الديانات والعقائد. لكنه على الأقل، لم يلق بهما بعيدا كما فعل جاكوب! كانت تحس بمرارة في حلقها كلما فكرت في ذلك، وتقاوم إحساس الغبطة تجاه ندى. ورغم اختفاء جاكوب من حياتها منذ شهور، إلا أنها ظلت تكتب إليه وتطمئنه على حالها، دون أن تأمل ردا. هل كان ليهب لنجدتها إن أخبرته بما تعيشه من ذل وهوان؟ هل كان على الأقل ليخرج عن صمته ويواسيها؟ لكن لا، لا تريد أن تسبب له المزيد من المتاعب. بالكاد استعاد استقراره مع عائلته، فلا يمكنها أن تعكر عليه ذلك.

نظرت من النافذة حين تناهى إلى مسامعها دوي يشق السماء. اقتربت في قلق لتتأمل السحب القاتمة التي تلبدت وأخفت أشعة الشمس. إنه الرعد... يبدو أنها ستمطر حقا. لمع البرق فجأة ليمزق رداء السماء ويفتتها إلى قطع هامشية الشكل، للحظات معدودة، قبل أن تستعيد امتدادها وتلملم فتاتها كأن شيئا لم يكن. سرحت بنظراتها عبر النافذة للحظات وابتسمت... ربما كانت حياتها مثل السماء في ليلة عاصفة. مهما شقتها ضربات البرق ودوت في ثناياها زمجرة الرعد، فإنها تستعيد توازنها وتجمع شتاتها من جديد. وإنها لتفخر بقوتها تلك رغم سنها الصغيرة.

- ماذا تفعلين عندك؟ أدخلي الملابس قبل أن تبتل!

التفتت في ذعر وهتفت على الفور:

- حاضر!

لم تكون سونيا في مزاج حسن ذلك اليوم. بل لعل مزاجها يروق أياما قليلة في السنة! حين خرجت إلى الفناء، كانت قطرات المطر قد بدأت في الهطول على شكل خيوط رقيقة تصل السماء بالأرض. جمعت الملابس بسرعة ودخلت إلى الغرفة وهي تلهث. هل تؤجل الذهاب إلى السوق؟ لكن قبل أن تذهب أفكارها بعيدا، جاءها صوت سونيا الساخط:

- أتمي ترتيب المنزل ثم اذهبي لشراء الخضروات... بسرعة قبل أن ينصرف الباعة!

لم تملك أن تعترض أو تحتج. حين خرجت وهي تحمل المطرية والسلة، كانت الأمطار قد اشتدت. ركضت عبر برك المياه المتفرقة التي تكونت بسرعة في الشوارع. وهي تحاول اتقاء الرياح الباردة التي تكاد تحطم مطريتها. سمعت الدوي مجددا، فرفعت عينيها إلى السماء... هل هو الرعد؟ لم تر البرق هذه المرة، بل رأت قطعا سوداء متتابعة تشق الفضاء: طائرات حربية! اختلج قلبها الصغير في صدرها. لم تكن قد رأت شيئا من هذا من قبل. حثت الخطى في جزع باتجاه السوق الشعبية. يجب أن تقضي حاجتها وتعود بسرعة... كانت خائفة.

*****

- آه... لقد تبللت!

استقبلها ميشال بمنشفة كبيرة عند الباب. وضعها على كتفيها وساقها إلى الداخل في قلق.

- ما الذي جاء بك في مثل هذا الطقس؟

رمت ندى حقيبتها، وأخذت تنشف وجهها وشعرها وهي تقول:

- كنت عائدة من الجامعة، لكن الطقس ساء كثيرا... بما أن منزلك هو الأقرب، أردت أن أحتمي عندكم قليلا... ملابسي ابتلت تماما...

وقفت ماري مبتسمة وقالت في حنان:

- تعالي معي، سأعطيك بعض ثيابي... وإلا فستمرضين!

تبعتها إلى الداخل دون أن تعلق. حين عادت وهي ترتدي ملابس جافة، كان ميشال يجلس أمام التلفاز في تركيز وانتباه. جلست إلى جواره وأصغت بدورها إلى ملحق الأخبار العاجلة، وما لبث القلق أن سرى في نفسها. كانت الأنباء تنقل صور طائرات إسرائيلية اجتاحت سماء لبنان، وتقوم بمناورات عسكرية في الجنوب. لم تكن جيوش الاحتلال قد أقدمت على عمل مماثل منذ فترة. فمنذ أكثر من سنة، لم تكن

هناك غارات إسرائيلية جديدة. لم يحصل إطلاق للنيران، لكن الطائرات تحلق على ارتفاع منخفض لترويع مواطني المدن الجنوبية، وإدخال الرعب في قلوبهم. التفت ميشال إلى ندى وهو يقول مطمئنا:

- ليس هناك ما يدعو للقلق... مجرد مناورات استعراضية!

هزت ندى رأسها موافقة. كانت المدينة تحظى بنوع من السلام منذ فترة، منذ مجزرة قانا الشهيرة. كانت تتمنى من كل قلبها أن يستمر الهدوء إلى ما لا نهاية. كانت تكره احتلال إسرائيل للأراضي اللبنانية، لكنها كانت تكره خروج المقاومين لمحاربتهم. كانت لديها رؤيتها الخاصة عن حل النزاعات بصفة سلمية. وقد تعمقت فكرتها بعد أن عرفت أحمد. تخاف أن يخرج يوما بلا عودة! انقبض قلبها فجأة. أين تراه يكون اليوم؟ لقد وعد بالمجيء لزيارتها. هل تراه يتورط في مغامرة جديدة ويلغي الزيارة؟ لا شك أن المقاومة ستفعل شيئا بعد هذا الاستفزاز الإسرائيلي واقتحامه الجريء لسماء البلاد.

وقفت مستأذنة وهي تقول:

- يجب أن أعود إلى البيت... أمي وأبي سيقلقان إن تأخرت أكثر.

- يمكننا أن نتصل بالمنزل لإخبارهما أنك هنا... ما زالت تمطر في الخارج.

جمعت ندى ملابسها وهي تقول في إلحاح:

- لا بأس... سأستعير المطرية، لكن يجب أن أغادر... أحمد سيزورنا اليوم.

ابتسم ميشال وهو يقول:

- فهمت الآن... سأوصلك إلى البيت إذن...

حين دخلت إلى غرفة الجلوس في منزلها، كانت سونيا وجورج يتابعان نشرة الأخبار بنفس القلق والحيرة. كانت الصور تنقل مشهدا مفجعا. هتفت ندى في جزع وهي تشير إلى الشاشة:

- ما الذي يحصل هناك؟

التفت إليها جورج بوجه مكفهر وهو يقول:

- قذيفة إسرائيلية سقطت على وجه الخطأ من إحدى الطائرات!

- على وجه الخطأ؟! هل هناك ضحايا؟

- يبدو أنها وقعت في حي شعبي، وكان هناك بعض الأشخاص في الشارع...

تلفتت حولها فجأة وهي تهتف:

- أين ريما؟

وقفت سونيا في برود لتغلق التلفاز وهي تقول:

- خرجت منذ ساعتين إلى السوق ولم تعد بعد! يا لها من فتاة كسول... دائما متأخرة!

اتسعت عينا ندى في ذهول، ثم أخذت مطريتها من جديد وخرجت من الغرفة دون أن تنطق بكلمة واحدة.

- إلى أين؟

لم تجب نداء والدتها، بل فتحت الباب وجرت إلى الخارج. يجب أن تبحث عن صغيرتها... أين أنت يا ريما؟

*****

ركضت عبر الشوارع الملتوية وهي تشد بقوة على سلتها بعد أن تحطمت المطرية وأفلتت منها بقاياها. لقد بدأ الشتاء بقوة هذه السنة. لم تكن قد عرفت شتاء لبنان من قبل، ولا عرفت الثلوج البيضاء التي تغطي أسقف البنايات وجوانب الطرقات بأكوام متفرقة ناعمة الملمس. ومع أن الأمطار في ذلك اليوم كانت شديدة القسوة، فإن ريما لم تفكر في العودة أو التوقف. كل ما كان يشغل بالها هو أن تنتهي من مهمتها وتعود إلى سونيا بالمشتروات المطلوبة، حتى تتقي غضبها وعنفها. لكنها لم تدرك أن رحلتها عديمة النفع إلا حين وصلت إلى ساحة السوق. كانت وطأة المطر قد خفت وصارت الرؤية أوضح، لكن عربات الخضر والغلال كانت قد اختفت. تلفتت حولها في جزع. كانت السوق خالية تقريبا. كان يجب أن تعلم أن الباعة لن يضلوا مكانهم في ذلك الطقس الرديء. لمحت رجلا يدفع عربة على مسافة غير بعيدة، كأنه

آخر المغادرين. جرت إليه وهتفت في لهفة:

- يا عم... هل أجد لديك بعض الطماطم والبقدونس؟

التفت إليها في استغراب. لم تكن لهجتها مألوفة بالنسبة إليه. انتبهت إلى ذلك، فأعادت طلبها محاولة تقليد اللهجة اللبنانية. هز الرجل رأسه هذه المرة ثم رفع الغطاء القماشي السميك عن عربته، وناولها بعض قطع الطماطم. أدخلت يدها في جيبها تبحث عن القطع النقدية. شحب لونها وهي تقلب مرات ومرات دون أن تجد القطعة التي أخذتها من سونيا. وقبل أن تتكلم أو تتحرك كان الرجل قد أخذ في الابتعاد.

- يا عم... خذ الطماطم! ليس لدي نقود لأدفع!

لوح الرجل بكفه دون أن يلتفت وقال:

- لا بأس... خذيها... واحتمي من المطر، وإلا ستمرضين!

نظرت إلى ثوبها الذي ابتل بالكامل حتى التصق بجسدها النحيل، وتلمست وشاحها الذي انحدر على جبينها. ثم رفعت رأسها وهتفت مخاطبة البائع الذي ابتعد عنها بعربته:

- شكرا جزيلا لك!

جرت إلى المبنى القريب لتحتمي بالجدار من المطر. جلست القرفصاء واهتمت بوضع حبات الطماطم في السلة بعناية. كان المطر قد أخذ في التناقص. نظرت حولها في محاولة أخيرة. لم يكن هناك أحد في الساحة، وهي قد أضاعت القطعة النقدية. لم يعد بإمكانها شراء بقية الحاجيات. تجمعت العبرات في عينيها وهي تتخيل ما ينتظرها. لكنها تمالكت نفسها، ووقفت مجددا، وسارت على طريق العودة. لم تكن متعجّلة. مشت بخطوات بطيئة متمهلة. كان البرد قد سرى في عظامها وأخذت أسنانها تصطك. حذاؤها امتلأ بالماء أيضا. كانت تلقي نظرة بين الفينة والأخرى على حبات الطماطم في قاع السلة، تطمئن إلى أنها لا تزال هناك... فجأة، دوى هدير قوي فوق رأسها، وأظلمت السماء دفعة واحدة. رفعت رأسها في ذعر لتكتشف السحابة الثقيلة التي أخذت تقترب من الأرض. سحابة سوداء مثقلة... لكنها لم تكن سحابة

عادية. لم تكن مثقلة بالمطر.

شهقت حين وقع نظرها على الطائرة التي تحلق على ارتفاع منخفض. تلفتت حولها في هلع. كان هناك عدد قليل من المارة في الشارع. رأتهم يتفرقون في اتجاهات مختلفة، وتتعالى أصواتهم بهمهمة لم تميزها. سمعت صرخة قوية غير بعيد عنها.

- الله أكبر!

ثم رأت شابا يقذف الطائرة بحجر كبير. في اللحظة التالية، دوى انفجار ضخم على قيد خطوات منها. رأت أشلاء تتطاير وشظايا تتناثر. أغمضت عينيها وهي تكتم صرختها بيدها. وقعت منها السلة وتساقطت حبات الطماطم على الأرض.

حين دوّى الانفجار الثاني، اختلطت قطع الطماطم المطحونة بدماء الشهداء...

*****

ركضت بكل قواها عبر الشوارع الزلقة. كانت تجتاز الأزقة المتشعبة وهي بالكاد ترى أمامها من أثر الرطوبة. تجر ثيابها المبتلة وتلهث بشدة، والأمطار تزداد قوة وغزارة. ارتفع مستوى الماء في الطرقات فأصبحت كالبرك المتفرقة، منذرة بفيضان للمجاري. تعثرت وانكفأت على وجهها. تأوهت من الألم حين ارتطمت ركبتاها بالأرض. استندت على يديها محاولة الوقوف، فغاصت كفاها في الوحل. اتسخ ثوبها المهلهل وتعفر وجهها. لكنها لم تبال واستأنفت ركضها. تكفلت مياه السماء بغسل ما تعلق بها من أدران...

لم تكن تدري إلى أين تقصد وأي مسار تسلك. فكل الشوارع وجهتها وكل الوجوه ضالتها. لكن البلدة كانت شبه خالية من البشر. أو ربما هيئ لها ذلك من الوحشة التي تشعر بها. كانت قد ضلت طريقها وانتهت إلى طرقات مجهولة. إنها ترتعد وأنفاسها تتردد بصعوبة محدثة صوتا كالحشرجة. نبضاتها تتسارع وصرختها محبوسة في حلقها. تحاول أن ترفع صوتها وتنادي، لكن قواها الخائرة تعلن عجزها.

- ربـما!

ترددت الكلمة في عقلها وقلبها وتحركت شفتاها تتمتم بها. لكن صوتها لم يتجاوز تينك الشفتين. أو لعل صخب العاصفة من حولها كتم أنين حنجرتها وبعثر مقاطع كلمتها مع الرياح. أخذت الظلال القاتمة تتراقص أمام عينيها وأحاط بها الضباب من كل ناحية. أصبحت الرؤية شبه منعدمة. ليست الرؤية فقط، فقد أخذت تفقد السيطرة على كل حواسها. لم تعد تشعر إلا بالدوامة في رأسها، تمتص قواها وتلتهم ما تبقى من طاقتها. وما لبثت أن تهاوت، إلى حيث لا تدري...

*****

استيقظت في فزع وتسارعت دقات قلبها في انفعال. عقلها استيقظ، لكنها كانت لا تزال في الظلام. بعد برهة، فتحت عينيها ببطء، وحامت نظراتها حولها في ريبة. رأت البياض من كل جانب. سقف أبيض، ستائر بيضاء ولحاف أبيض. استعادت جزءا من إحساسها بجسدها. عرفت أنها ممدة على سرير غير سريرها، في غرفة غير غرفتها. هل هي بقية الكابوس؟ لم تستيقظ بعد بالكلية، كأنها معلقة بين عالمين... عالم الأحلام وعالم اليقظة. لا تزال تشعر بثقل في رأسها، تعجز عن رفعه أو تحريك أوصالها، ناهيك عن القيام من مرقدها. أصغت حين وصل إلى مسامعها صوت خافت لم تستوعبه في بداية الأمر.

{حم... وَالْكِتَابِ الْمُبِينِ}

حولت بصرها في اتجاه الصوت، عن يمينها، فرأت شبحا أبيض، ذا ملامح ضبابية. لم تكن الرؤية واضحة لديها. كل شيء غارق في البياض. الأحجام تطفو في الفراغ، أشكال ذات حدود هلامية.

{إِنَّا أَنزَلْنَاهُ فِي لَيْلَةٍ مُّبَارَكَةٍ إِنَّا كُنَّا مُنذِرِينَ... فِيهَا يُفْرَقُ كُلُّ أَمْرٍ حَكِيمٍ}

لكنها في وسط كل ذاك الغموض ميزت الصوت. ميزت نبرته الدافئة العميقة.

{أَمْرًا مِّنْ عِندِنَا إِنَّا كُنَّا مُرْسِلِينَ... رَحْمَةً مِّن رَّبِّكَ إِنَّهُ هُوَ السَّمِيعُ الْعَلِيمُ}

عادت لتسدل جفنيها في هدوء، وتجمع شتات تركيزها على الحاسة المتبقية في

تلك اللحظة... حاسة السمع. وكأن محدثها أدرك مقصدها، فقد ارتفع الصوت وازداد وضوحا وقربا. أصغت بكل جوارحها وتابعت النغمة السلسة التي داعبت ثنايا روحها.

{رَبِّ السَّمَاوَاتِ وَالْأَرْضِ وَمَا بَيْنَهُمَا إِن كُنتُم مُّوقِنِينَ... لَا إِلَهَ إِلَّا هُوَ يُحْيِي وَيُمِيتُ رَبُّكُمْ وَرَبُّ آبَائِكُمُ الْأَوَّلِينَ}

لكن لحظات الصفاء تلك لم تدم سوى دقائق معدودة، إذ سرعان ما غاصت من جديد في طيات كابوسها... واختفى الصوت الحاني الذي يربطها بالحياة.

*****

هبَّ أحمد من مقعده فجأة، واقترب من سرير ندى دون أن يتوقف عن الترتيل. رآه جورج ينحني إلى جانبها ويرفع صوته بالقراءة. حملق فيه للحظات، ثم ترك الكتاب الذي بين يديه، وانطلق إلى خارج الغرفة. لم يكن قد أدرك ما يحصل بالضبط، لكنه سارع بمناداة الممرضة. حين عاد برفقتها، بعد دقيقتين، كان أحمد قد عاد إلى الجلوس في إطراق هادئ. هتف جورج في لهفة:

- تحركت... أليس كذلك؟

لكن قبل أن يجيبه أحمد، قالت الممرضة في خيبة:

- لا تغيير يذكر... جميع المؤشرات تفيد بأنها لا تزال في غيبوبتها!

التفتت إلى أحمد متسائلة:

- هل أنت واثق من أنها تحركت؟

غرق أحمد في صمت ذاهل. ظل يسترجع ما حصل منذ لحظات قليلة. لا يمكنه أن يجزم بأنها فتحت عينيها ونظرت إليه، فهو بات يرى الكثير من التهيؤات منذ مكوثه إلى جانبها في المستشفى. يراها في كل مرة تبتسم إليه أو تناديه. أمله في أن تفتح عينيها قريبا يجعله يرى الخيال حقيقة. لكن شيئا ما جعله يعتقد بأن ما حصل هذه المرة لم يكن خيالا! كانت هناك، تسمعه وتنصت إليه. شيء ما جعله يقترب منها ويقرأ

لها. لكن ذلك الشيء لم يدم سوى ثوان معدودة، فقد بعدها إحساسه بوجودها بقربه... وعاد الفراغ يعم الغرفة.

- ربما... كنت أتخيل!

قال ذلك في حزن وهو يشيح بوجهه ليخفي دمعة كادت تتجاوز رموشه. كانت تلك حالتها منذ ثلاثة أيام، بعد أن عُثر عليها فاقدة الوعي. منذ ذلك الحين وهو يتناوب مع جورج وميشال وسونيا على رعايتها والسهر إلى جانبها، علها تستيقظ في ساعة من ساعات الليل والنهار. كانت الفيضانات قد غمرت الشوارع بشكل غير مسبوق. سقط العديد من الضحايا بسبب ارتفاع مستوى الماء وجرفه لكل ما يعترض طريقه. البلدة في حالة حداد مستمرة، وعمليات الإنقاذ تواصلت لمدة يومين بعد العاصفة... كأن الأمطار تآمرت مع القوات الإسرائيلية في إثارة الرعب في قلوب السكان.

*****

مياه من كل جانب. يحملها التيار بلا مقاومة منها، كأنها خرقة بالية تتلاعب بها الأمواج. تمالكت نفسها واستعادت ارتكاز قدميها المتعبتين على الأرض الصلبة. لا يمكن أن تغرق في بركة قليلة العمق! هكذا فكرت مهونة الأمر، لكن المشهد من حولها يوحي بالعكس! سيارات عائمة وتجهيزات منزلية تطفو... المياه تجرف كل شيء معها. سبحت باتجاه أقرب بناء إليها، وتعلّقت بوتد تدلّى من إحدى النوافذ لتلتقط أنفاسها.

هدأت الأمطار وأصبحت رذاذا خفيفا آخذا في التناقص. لكن البلدة كانت قد أخذت نصيبها من الماء بما يكفي لسنوات مقبلة! هكذا حدثت نفسها وهي تتقدم بصعوبة ملتصقة بالجدار. تسير بخطى حذرة حتى لا تفقد توازنها. كان هناك عدد قليل من الأشخاص في الشارع العائم. رفعت نظراتها إلى السماء المظلمة فرأت أعدادا من الأشباح المنتصبة فوق أسطح المنازل، ترقب بعيون جزعة ما آلت إليه

حال المدينة. حوّلت بصرها إلى الجانب الآخر، فوقعت عيناها على بناء قد تهدمت واجهته وسال التراب أنهارا موحلة حين هاجمه الماء. هالها المشهد واقشعر جسدها. وسرعان ما قفزت صورة أخرى إلى مخيلتها: مشهد الدمار الذي رأته على شاشة التلفاز قبل خروجها. وبسرعة استعادت حبل أفكارها، وخرجت الصرخة من شفتيها هذه المرة في مرارة:

- ريـما!

*****

فتحت عينيها مجددا وهي تشعر بصداع جديد. كان نفس الديكور الأبيض يحيط بها. استطاعت أن تحرك أطرافها هذه المرة. استندت على مرفقها بصعوبة لترفع رأسها. كانت رؤيتها أفضل أيضا، يمكنها أن تميّز الأشياء والألوان. رأت شخصين يجلسان قبالة سريرها على كرسيين متجاورين. الشخصان الأقرب إلى قلبها. كان جورج يرتدي ثوبه الكنسي ويمسك بكتابه المقدس بيده اليسرى ويقرأ فيه. أما يده اليمنى فقد استقرت فوق كف أحمد، الذي عكف يرتل القرآن والدموع تسيل على وجهه في خشوع هادئ. كأن كلا منهما يستمد الشجاعة من الآخر. تسمرت في مكانها مذهولة. وبسرعة هاجت المشاعر في نفسها، وتجمّعت العبرات في عينيها هي الأخرى. ومع أولى شهقاتها المكتومة، انتبه إليها الرجلان. هبّ إليها جورج واحتضنها في حنان وهو لا يكاد يصدق عينيه. في حين وقف أحمد على قيد خطوات منهما، يتأمل وجهها الشاحب، ولسانه يلهج بعبارات الحمد والشكر.

- كيف تشعرين يا صغيرتي؟

تحسست وجهها بكفها وهي تقول بصوت واهن:

- متعبة!

انتبهت إلى أنبوب السائل المغذي الموصول بذراعها، فهتفت وإحساسها بالضياع لا يفارقها:

- أين أنا؟ ما الذي حصل؟

تنهد جورج وهو يجلس إلى جوارها على جانب السرير، وقال في حزن:

- أنت في المستشفى يا صغيرتي... حمدا للرب على سلامتك!

- منذ متى؟

- منذ أربعة أيام...

تمتمت في عدم استيعاب:

- أربعة أيام؟

وكأنما تذكرت سبب ضياعها وتعبها، فهتفت في قلق:

- وريما؟ كيف حالها؟ هل رجعت؟

تبادل جورج وأحمد نظرات حائرة، ثم استرد كل منهما نظراته المحمّلة بالأسى. ألحّت ندى في خوف:

- كان هناك الكثير من الماء... بحثت عنها في كل مكان... لكنني لم أجدها! السيارات مقلوبة، والمباني مهدمة... لكن ذلك المبنى لم تهدمه العاصفة! كانت تلك القذائف الصهيونية، أليس كذلك؟

كانت تبحث في وجه محدثيها عن إجابات شافية، لكنها لم تجد سوى الإعراض والإطراق. شدّت على ذراع جورج بكل ما تحمل من قوة، وهي تطارده بنظراتها المتوسلة:

- ريما بخير... أليس كذلك؟

ولما لم تجد جوابا، تحوّل نداؤها إلى بكاء هستيري، يقطع نياط القلوب. حاول جورج تهدئتها بشتى الحيل، لكنها استمرت في النحيب حتى دخلت الممرضة. عاينتها بوجه متجهم، ثم أعطتها حقنة مهدئة، جعلتها تسترخي.

- إنها منهارة... لكن الأعضاء الحيوية في حال مستقرة. يجب أن ترتاح بعض الوقت قبل أن تسترد عافيتها.

غادرت الممرضة المكان، بعد أن جعلت ندى تستلقي على السرير في استكانة وضعف. كانت نظراتها شاخصة إلى الفراغ، وملامح وجهها تشي بالحزن العميق.

ظلت تهمس بصوت شبه مسموع، في مناجاة يائسة:

- ريما، لا تذهبي أرجوك... لا تتركيني... سأحميك من كل شر... سأكون معك دائما... فقط عودي!

اقترب أحمد في هدوء، وجلس على الكرسي القريب. انحنى إلى الأمام وهمس بصوت عميق صاف:

- أصغي إلي يا ندى... ريما استشهدت. ريما لم تمت، لكنها حية ترزق عند الله... لكننا لا ندرك ذلك! لقد فازت بأقصى ما يتمناه كل مسلم. إنها سعيدة الآن... فكوني سعيدة لسعادتها!

سكنت شفتاها عن الحركة، ثم استدارت إليه ببطء. هناك في أعماق ذاكرتها كانت ترقد كلمات ريما عن الشهادة، وأملها من البقاء في لبنان. هل نالت ما تمنته حقا؟

سالت العبرات على وجنتيها في صمت، وتدحرجت على جانبي وجهها لتستقر على سطح الوسادة البيضاء. همست وعيناها تائهتان في بياض السقف المشوب بصفرة بمفعول الرطوبة:

- أحمد... ماذا كنت تقرأ في المرة الماضية؟

تراجع في ذهول وهو لا يكاد يصدق. كانت مستيقظة حينها! كانت تصغي إلى قراءته! همس بصوت حانٍ بلّلته الدموع التي لم يستطع مقاومتها:

- سورة الدخان...

- اقرأها لي الآن... أرجوك...

*****

فتحت نافذة غرفتها، واستنشقت نسيم الأصيل العليل. كان الطقس في الخارج يحمل على التفاؤل والانشراح. ابتسمت وهي تعود إلى مكتبها. أخذت تقلب في كتبها، تبحث عما يمكنها أن تأخذ ليرافقها في رحلتها. أشرق وجهها حين وجدت ضالتها، وابتسمت في ظفر. وضعت الكتاب الذي وقع عليه اختيارها في حقيبة يدها، وراحت تتفقد محتويات حقيبة سفرها. كل شيء على ما يرام تقريبا.

فتحت الدرج لتخرج أوراق هويتها وجواز سفرها. لكنها توقفت فجأة حين وقعت عيناها على ظرف في قاع الدرج. تركت أوراقها جانبها وامتدت يدها في شيء من الحنين لتخرج الظرف. تأملته في حزن، وبعد تردد قصير، فتحته لتخرج محتوياته وتنشرها على المكتب أمامها. التمعت العبرات في عينيها وهي تمد أصابعها لتلمس الوجوه التي كانت تبتسم على الصور. آه أيها الغوالي! ابتسمت وهي تطالع صورة لريما، وهي تبتسم ببراءة طفولية. ولم تتمالك نفسها أن رفعت الصورة إلى فمها لتلثمها في شوق. تلك الفتاة الصغيرة تركت في حياتها أثرا عظيما، ولعلها تدين لها بأعظم تطوّر حصل فيها. رغم قصر المدة التي عرفتها خلالها، إلا أنها كانت كافية للتعلم منها الكثير والكثير. مرّت خمس سنوات كاملة على تلك الحادثة. لكنها لا تزال تذكر تفاصيل دقيقة عنها، كأنها كانت بالأمس... رحمك الله يا ريما.

أخذتها الصور إلى عالم الذكريات البعيدة. ارتجفت أناملها حين وقعت عيناها على صور ميشال وسط عائلته الصغيرة. ضمّت الصورة إلى صدرها في حب، وصدرها يطلق التنهيدة وراء الأخرى. لماذا تركتني يا ميشال؟ من يساندني الآن غيرك؟ من يمسح دمعتي ويطيب خاطري ويدافع عني؟ لقد كنت لي خير أخ... لكنني قصرت في حقك كثيرا. ولا عذر لي في ذلك! أخيرا كانت هناك صورة جورج وهو يرفع كريستينا الصغيرة بين ذراعيه ويبتسم إلى العدسة. بابا جورج، أنت أبي الحقيقي الذي شعرت باليتم من بعده. أشك أن أبا في العالم قد يحب أولاده كما أحببتني. رحمك الله وطيب مثواك.

جمعتها مع صور ريما وأعادتها إلى الظرف. وقبل أن تعيدها إلى مكانها في الدرج، عادت لتسحب من الظرف الكبير ظرفا آخر، يحوي مجموعة أخرى من الصور. لم

تكن قد نسيتها أو سهت عنها، لكنها كانت تخشى اللقاء مجددا. مسحت أصابعها على المغلف وهي تقرأ الكلمات القليلة التي كتبت فوقه بخط مزخرف. كانت صور حفل خطوبتها الأولى. لم تستطع التخلص منها أبدا. لا تزال تحتفظ بها بين صورها الخاصة، في درجها المقفل. أخرجتها واحدة واحدة، وراحت تتأملها في بطء، كأنها تملأ عينيها منها. تنهدت وهي تطالع الصور للمرة الثانية. ربما آن الأوان لكي تتخلص منها. أليس من حق زوجها المستقبلي أن تكون مشاعرها خالصة له وحده؟ عليها أن تحسم أمرها بشأن ذكرياتها، لتعيش حاضرها مطمئنة البال. ورغم العبرات التي أغشت بصرها، أخذت أصابعها تمزق الصور إلى قطع صغيرة دون رحمة. كانت قد قضت على عدد منها حين سمعت طرقات على باب غرفتها.

- تفضل...

قالت ذلك وهي تلقي بالصور والقطع الممزقة جميعا في الدرج، وتمسح عينيها بكم ثوبها. أطلت سونيا وهي تقول بابتسامة دافئة:

- سماح تنتظرك في غرفة الجلوس...

هزّت رأسها شاكرة، وقامت لاستقبال ضيفتها. تلقتها سماح بذراعين مفتوحين وعانقتها بحرارة. قبّلتها ندى بنفس الحرارة، ثم تخلصت من ذراعيها لتحتضن الطفلة ذات السنوات الثلاث التي وقفت تضم دميتها في خجل.

- كيف حالك يا ريما؟

غمغمت الصغيرة بصوتها الرقيق وهي تأرجح دميتها بين ذراعيها:

- الحمد لله...

ضمتها ندى من جديد، ثم أجلستها فوق ركبتيها، تلاعبها في حب. راقبتها سماح للحظات ثم قالت في عتاب:

- إذن تسافرين مجددا...

التفتت إليها ندى وهي تقول مطمئنة:

- لا تقلقي، لن أغيب طويلا... بضعة شهور في تونس... لزيارة الأهل لا أكثر، ثم أعود لأستقر هنا. تعلمين أن حسان لن يسمح بتأخير الزفاف أكثر!

ابتسمت سماح، ثم أطرقت وفي عينيها نظرة حزينة عكست الخاطر الذي مر ببالها. لم تنبس ندى وقد أدركت مغزى سكوتها. فقد كانت هي الأخرى لا تزال تصارع الذكريات التي غمرتها بها الصور منذ لحظات. رفعت سماح رأسها وهي تقول في حنو:

- تعلمين كم كنت أود أن أراك زوجة لأخي... لكن القدر يأبى ذلك. تأكدي من أنني سأكون سعيدة لسعادتك. وحسان في مكانة أحمد، ويبقى أخي أيضا...

تعانق كفاهما بقوة وألفة، ثم استطردت سماح معتذرة:

- يجب أن أستأذن الآن... أتركك لتُنهي تجهيزاتك قبل موعد الطائرة. كما أن أبهم ينتظرني في الخارج!

هزت ندى رأسها في تفهم وهمست في تأثر:

- شكرا لمجيئك... تعلمين ما تعنيه لي زيارتك! بلغي سلامي إلى خالتي سعاد...

- كان بودها أن تزورك بنفسها وتهنئك... لكن المرض أقعدها.

أشاحت ندى بوجهها لتخفي العبرات التي باتت على أعتاب رموشها. تعلم كل ذلك... تعلم كم كانت السنوات الأخيرة قاسية على الجميع. آه لو...

انحنت لتقبل ريما الصغيرة مرة أخرى، ثم رافقت ضيفتها إلى المخرج وكلتاهما تقاوم الدموع التي استثارتها الذكرى. عادت إلى غرفتها وحواسها في ارتباك شديد. طافت بين حوائجها، تشغل نفسها بأي شيء، لتمنع تفكيرها من التسلل إلى الصور من جديد. لكنها لم تستطع المقاومة كثيرا. كانت الكلمات القليلة التي تبادلتها مع سماح قد أيقظت كل ما جاهدت لتدفنه في أعماق نفسها. فتحت الدرج، ومدت يدها من جديد لاستخراج الظرف. لكنها توقّفت فجأة حين وقعت عيناها على الصورة التي علت كومة الصور المبعثرة. كانت صورته، منذ خمس سنوات أو أكثر، وابتسامة ملائكية عريضة تملأ وجهه. أحست بانقباض شديد في صدرها، فارتمت على الكرسي في إعياء. أغمضت عينيها لبضع ثوان، وأخذت نفسا عميقا. ما زال ضيق التنفس هذا يعاودها بين الفترة والأخرى. منذ مرضها ورقودها في المستشفى قبل خمس سنوات خلت. جاءها صوت والدتها عبر الباب نصف المفتوح:

- ندى... أنت جاهزة؟ سنغادر حالا...

لم تتحرك لبضع ثوان أخرى. إنها أحسن حالا الآن. وقفت لتسوي حجابها أمام المرآة، وتتفقد أوراق سفرها للمرة الألف. لكن حين تحركت باتجاه الباب لتغادر الغرفة، امتدت يدها دون تردد لتلتقط الصورة التي قطعت أنفاسها منذ حين، وأخفتها في حقيبة يدها... دون أن تعيد النظر إليها...

*****

جلس على طرف السرير في الغرفة الخالية، وسرحت نظراته في الفراغ. كانت ملامحه قد تغيرت في الأيام القليلة الماضية، وظهرت على وجهه بوادر الشيخوخة المبكرة. غارت عيناه، وشحبت سحنته، مع زحف خطوط التجاعيد على جبينه وزاويتي فمه من شدة العبوس. كان يدخل إلى غرفتها كل يوم ليمكث فيها لبعض الوقت... فقد ظلت غرفتها، حتى بعد رحيلها. كان لديه أمل خفي بأن تعود إليها يوما وإن طال الأمد! لكن ها هي حقيبتها قد عادت دونها. أخذ يجوب بعينيه أرجاء الغرفة مسترجعا الذكريات السعيدة التي جمعته بها. ذكريات طفولتها الضائعة في غمار الآلام، ويجتر الحزن الذي سكن في صدره منذ وصله نعيها... بل منذ فارقت عيناه وجهها أمام بوابة الرحيل في المطار!

جنَّ جنونه حين وصله الخبر. لم يستطع أن يصدق أنها لن تدخل عليه ثانية. لن تهتف باسمه مجددا بلكنتها العربية المحببة. لن يتفقد صندوق البريد بنفس اللهفة بعد اليوم... فما عاد ينتظر رسائلها المحملة بعبارات الحب والشوق... والعتاب. فقد ابنته الكبرى إلى الأبد، وهي غاضبة منه. تأخر في مصالحتها حتى فات الأوان. كم كان قاسيا معها... ومع نفسه. كم كان غبيا وأنانيا حين أرسلها إلى هناك، إلى حتفها! لو كان يعلم أن الموت يترصّدها هناك، لما كان أبعد عينيه عنها للحظة. كان ليحرسها ويرعاها ويحميها من كل ما يخيفها ويحزنها ويقلقها. كان ليحميها حتى من زوجته تانيا، ومن كل العالم!

كان قد عاد منذ يومين من لبنان. سافر ليجمع حاجياتها القليلة، وآخر ما تبقى من آثارها في هذه الدنيا، ويُقبّل الصندوق الذي حوى أشلاء جسدها. أصر على أن تدفن في تونس إلى جوار والدتها. كان واثقا من أن ذلك سيسعدها ويخفف عنها غربة الموت... تنهد وهو يتذكر اللحظات الأخيرة وهو يودع جثمانها قبل أن يواريه التراب. لم يتحمل النظر إلى بقاياها. فمجرد التفكير في فظاعة ما حصل معها يدمي قلبه ويحفر اللوعة في نفسه. لكنه بكى طويلا فوق الصندوق المغلق حتى جفت مآقيه.

كان كل عائلتها. لكنه نبذها من عائلته. كان كافلها والوصي عليها، لكنه لم يكن بمستوى الأمانة، ولم يحافظ عليها. لم يقم بواجبه تجاهها، فضلا عن إكرامها!

أخفى وجهه بين كفيه. يتباكى. لكن العبرات أبت أن تطفئ نار عذابه، وتغسل وجهه الكالح. سيدفع ثمن إجرامه في حقها طويلا... وها قد بدأ.

*****

دقت ساعة الحائط بنسق بطيء مألوف، معلنة عن مرور ساعة أخرى. أخذت ندى تعد الدقات بذهن غائب. إنها الساعة العاشرة. لم تكن قد غادرت سريرها بعد، لكنها مستيقظة منذ ساعات طويلة. بل ربما لم تنم من الليل إلا قليلا. كانت الحركة فاترة في الخارج. لم يعد في البيت الكثير من مظاهر الحياة، فليس فيه من سكان غيرها ووالدتها. جورج يغادر في الصباح الباكر، ولا يعود إلا ساعة العشاء. لتظل سونيا تروح وتجيء في خطوات رتيبة بين المطبخ وغرفة الجلوس. سمعت صرير باب غرفتها وهو يفتح ووقع خطوات تتقدم.

- ندى عزيزتي... لقد جهزت طعام الفطور.

أغمضت عينيها وسحبت اللحاف لتغطي وجهها في ضجر، وقالت بصوت ذابل:

- لا أريد... لا شهية لدي!

اقتربت سونيا من سريرها، ومسحت على رأسها في حنان وإشفاق:

- عليك أن تحاولي يا عزيزتي. انظري إلى شكلك! لقد نحفت بدرجة كبيرة وغاب لونك! يجب أن تتناولي طعامك، وتلتزمي بتعليمات الطبيب...

أبعدت اللحاف عن وجهها وهي تتنهد، ثم قامت في تكاسل. كانت قد استعادت صحتها تقريبا بعد الحادث الأليم. لكن نفسيتها لا تزال متعبة.

ابتسمت سونيا وهي تراها تجلس في سريرها وتجمع شعرها، وقالت في حنو:

- سأسبقك إلى المطبخ... لا تتأخري!

هزت ندى رأسها دون أن تتكلم. شيعت والدتها بنظراتها حتى اختفت وراء الباب، ثم وقفت لتبدأ يومها. تغيبت عن كليتها لشهر كامل، وكان يجب عليها أن تنتظم في دروسها من جديد حتى لا تفوت الفصل الأول من السنة. لكنها كانت قد فقدت

١٦٨

الكثير. فقدت الرغبة في المواصلة. وفقدت قدرا من وزنها. صارت تفكر كثيرا وتسرح كثيرا. توقفت عن القراءة والبحث واستسلمت للهواجس.

ريما كانت تعلمها وتنافسها. توضح لها ما يغيب عنها أو ما يغلق عليها في اللغة العربية، وتشرح لها وجهة نظرها الفطرية البريئة. وجودها إلى جانبها كان يعطيها الكثير من العزم والحماس، ليس فيما يخص الدين والتعرف إلى الإسلام فحسب... بل في كل مجالات الحياة! كينونتها القصيرة المضطربة أعطتها دروسا لا تحصى ولا تعد. صبرها على قدرها القاسي الذي يتَّمها مرة واثنتين وثلاثة، وقادها إلى ترك دراستها والعمل في الخدمة المنزلية في سن صغيرة. ابتسامتها الصافية التي تسدل الستار على آلامها العميقة، وخاصة إيمانها الذي لا يتزعزع ورسوخ عقيدتها... كل ذلك كان يصفعها بشدة، ويجعل قلبها ينقبض وينتفض في صدرها حسرة وألما على الصغيرة المفقودة.

لن أنساك يا ريما... لن أنساك. ستظل ذكراك محفورة في قلبي ما حييت. سأكون أنا عائلتك التي تذكرك... وإن مُحيتِ من ذاكرة العالم بأسره.

فتحت خزانة ملابسها لترتدي ثوبها الأسود الذي لم تلبس غيره منذ أسابيع، حدادا على الفقيدة. لم تكن قد احتفظت منها سوى بوشاح رأس وبضع صور التقطتها خلال فترة إقامتها معها. كان وشاحها المفضل، ذا لون أبيض تتخلله زهور منقوشة بخيط فضي. حين جاء وصيّها ليتسلم حاجيتها، أخفته تحت وسادتها. من حقها أن تحتفظ بشيء يحمل رائحتها الزكية.

تناولت إفطارها دون حماس، وتناولت حقيبة كراساتها وخرجت. فراغ. فراغ فظيع يسيطر على حياتها. لا شيء عوَّض غياب ريما. لكن ليس ذلك كل ما يقلقها ويحيرها. حتى أحمد لم يعد يظهر كثيرا. لازمها طوال فترة إقامتها في المستشفى. ثم قلَّت زياراته بعد عودتها إلى البيت. اطمأن إلى أنها تجاوزت الأزمة وعاد إلى حياته ومشاغله الخاصة التي لا تعلم عنها الشيء الكثير. دراسته في صيدا كانت تغطي على نشاطاته التي يجهل أفراد عائلته كل شيء عنها. ولا أحد يعلم ما الذي يملأ أوقاته هناك بالليل والنهار. نفسها منقبضة هذا اليوم. بل هي تزداد انقباضا كل يوم عن

سابقه. كأنها تخشى خبرا قاتلا بين الفينة والأخرى، حتى إنها باتت تعيشه.

سارت على مهل عبر الأزقة والشوارع. لم يتبق الكثير من آثار الكارثة الطبيعية والعسكرية التي ألمت بالمدينة الشهر الماضي. ابتلعت الأرض الماء والدماء وعادت الحياة إلى وتيرتها السابقة. عادت ضحكات الأطفال لترن في ثنايا الطرقات. عادت أصوات الباعة تعلو في سوق الحي بشتى أسماء المعروضات. محت الأيام المتعاقبة الساعات المظلمة من ذاكرة المدينة، ومسحت نعمة النسيان الألم عن ثناياها. عادت المدينة إلى سالف عهدها.

لكن ربما لم تعد.

*****

- تفضلي، تفضلي يا حبيبتي... سماح بالداخل...

قبّلت ندى الخالة سعاد، وسارت خلفها في اتجاه غرفة سماح. قادتها سعاد إلى الداخل ثم غادرت الغرفة، وهي تضرب كفا بكف، وفي عينيها نظرة مشفقة. ذبلت الفتاة وذهبت نضارتها. عادت بعد قليل وهي تحمل طبق المشروب. أشارت إلى سماح التي جلست على طرف السرير تلهو بضفيرتها:

- غيّري ملابسك... سيصل الضيوف بعد قليل!

ما إن غادرت سعاد حتى التفتت ندى إلى سماح وهي تقول في ارتباك:

- عندكم ضيوف؟ يبدو أنني أتيت في وقت غير مناسب...

تضرّجت وجنتا سماح وهي تقول مدارية خجلها:

- لا أبدا!! لا عليك... سأخرج قليلا لأسلم على الضيوف ثم أرجع إليك...

ثم أضافت وهي تطرق برأسها وأصابعها لا تتوقف عن لي خصلاتها المتموجة:

- في الحقيقة، أنا سعيدة لأنك أتيت!

نظرت إليها ندى متفرسة للحظات. لم يكن هناك مجال للشك. التوتر البادي في حركتها، والاحمرار الذي صبغ وجهها لا يحتمل الكثير من المعاني. ضيقت عينيها وهي

١٧٠

تقترب منها وعلى شفتيها ابتسامة ظافرة:

- تعالي هنا! أخبريني الآن بكل شيء!

رفعت سماح رأسها في حياء، وهمست في صوت رقيق يهزّه نغم الفرح:

- أيهم خطبني من أحمد... وستأتي عائلته اليوم لطلبي رسميا...

اتسعت ابتسامة ندى، وتخلصت من شحوبها وهي تعانق سماح مهنئة. ثم أضافت متسائلة:

- هل تعرفين أيهم جيدا؟

- أعرفه من خلال حديث أحمد عنه. كما أنني رأيته بضع مرات في زياراته لأحمد في البيت.

غمزتها ندى وهي تقول مداعبة:

- يبدو أنه رآك أيضا في زياراته وتركت في نفسه أثرا!

ازداد احمرار وجهها من الإحراج، ثم قالت مغيّرة الموضوع:

- وأنت... كيف حالك الآن؟

هزت ندى رأسها مطمئنة وهي تقول:

- بخير... لا تقلقي علي...

نظرت إليها سماح مطولا دون أن تعلق. لم يكن ضعفها ليخفى عن العيون، لكن ضعفها النفسي هو ما تخشاه. ربتت كفها وهي تقول مبتسمة:

- وكيف حال أحمد معك؟

بدا على ندى الارتباك، وهي تقول مشيحة بوجهها:

- لست أدري...

- كيف لا تدرين؟ ألا يتصل بك؟

سكتت ندى للحظات، متردّدة، هل تخبرها بأنها تحس بتغيّره ناحيتها؟ حتى إن اتصل بها فهو يبدو ساهما، مخطوف الخاطر مشغول البال. لم تعد بينهما لا لقاءات ولا مناقشات ولا حوارات... حديثهما لا يتعدى السؤال عن الأحوال، ثم اعتذارات لا تنتهي. اختبارات، مشاريع، أشغال. لديه الكثير من الاهتمامات وجدوله لا يسعها إلى

جانبها! هل صارت حِمْلا ثقيلا عليه الآن؟ مرضها الطويل وانهيارها وتدهور صحتها. لا شك أنه بات يملّها، ويمل مشاكلها التي لا تنتهي. بعض الرجال يفضلون المرأة الضعيفة التي تعتمد عليهم في كل شيء. لكن أحمد ليس من ذلك النوع! أعجب بشخصيتها القوية وحضورها الحيوي. من الطبيعي أن يهملها وقد فقدت روحها شعلتها.

اغرورقت عيناها بالدموع. ربما كان لإهماله وغيابه نصيب فيما آل إليه وضعها. تحتاج إلى وجوده إلى جانبها. إلى كلماته القوية التي تدفع الأمل دفعا إلى نفسها. تشتاق حتى إلى مشاحناتهما وجدالهما بخصوص الدين والعقيدة. كانت تلك السجالات تقرب بينهما وتشد كلا منهما إلى الآخر. أما الآن فقد حل محلها الفراغ. مرت قرابة ستة أشهر على الخطبة. كلما حاولت معرفة مخططاته بشأن مستقبلهما، وجدت منه تهربا. لم يعد موضوع الزواج يثير حماسه مثل السابق. ما زالت تذكر حديث الضيعة ومشاريعه التي أسرَّ بها إليها في ذلك المساء. لكن هو... يبدو أنه نسيها أو يتناساها.

احتضنت سماح كفها في عطف وهمست مواسية:

- أخبريني... هل أساء إليك أحمد بكلمة؟ اشكيه إلي، وسترين ما سأفعل به حين يأتي بعد قليل!

رفعت ندى عينيها إليها مبغوتة:

- أحمد آت اليوم؟

- نعم... سيرافق أبيهم وعائلته...

وقفت ندى في اضطراب، وقالت وهي تتناول حقيبة يدها:

- إذن يجب أن أذهب الآن!

- انتظري!

لكن ندى لم تمهلها، وانطلقت خارج الغرفة على عجل والدموع تملأ عينيها. توقفت سماح للحظات في شك. ما الذي يحصل مع أحمد حتى يهمل ندى بهذا الشكل؟ هل يكون قد ملّها حقها وبات يفكر في فسخ الخطبة؟ هل تتحقق نبوءتها

التي بشّرت بها والدتها حين عبّر أحمد عن رغبته في هذه الخطبة؟ لم تكن حينها قد تعرفت إلى ندى جيدا... لم تكن قد أحبتها بعد وتعلقت بها، كما تعلقت بها العائلة التي اندمجت بين أفرادها. وندى أيضا أحبت الجميع... وخاصة أحمد. ذاك واضح في نظراتها وحركاتها، وفي شكواها الصامتة هذا المساء. غضبت من أخيها وأضمرت في نفسها حديثا طويلا، نوت أن تصبه على مسامعه تلك الليلة. لم يكن قد عاد إلى البيت منذ أسابيع، متحججا بالاختبارات، وصار لا بد من المواجهة!

كانت تهم باللحاق بندى حين سمعت الباب يُفتح، وخطوات ثقيلة تتقدم في الممر. أصاخت السمع في توتر، وقد عادت إلى التفكير في مسألتها. هل يكون «ضيوفها» قد وصلوا؟ اختفى وقع الخطوات للحظات... ثم عاد بقوة وعجلة، كأنها تقترب. سارعت بإغلاق باب غرفتها، وأسندت ظهرها إليه وهي تفكر بسرعة في الفستان الذي سترتديه. فجأة، جاءتها دقات على الباب من خلفها. قفزت في فزع، وهمست في حذر:

- من هناك؟

- أنا أحمد... افتحي!

كان صوته مشحونا بالقلق، مما جعل سماح تسارع بفتح الباب، وقد سرى القلق إليها. هل يكون حصل لأبيهم وعائلته شيء؟ هل أجّلوا الخطبة؟ تسارعت دقات قلبها وهي تسأله في جزع:

- أحمد، ماذا هناك؟

سألها بدوره في اهتمام:

- ما بال ندى؟

آه، يبدو أنه لقيها في الممر قبل مغادرتها. حدقت فيه سماح للحظات، ثم أشاحت بوجهها وعقدت ذراعيها أمام صدرها، وهي تبتعد عنه بخطوات بطيئة:

- كنت سأطرح عليك نفس السؤال!

ثم استدارت لتواجهه بنظرة صارمة:

- ما الذي فعلته بندى يا أحمد؟!

في تلك اللحظة تعالت الزغاريد قادمة من غرفة الجلوس. تجمّدت أوصال سماح وهي تطالع أخاها في حيرة. لكن أحمد لم يمهلها، بل تنهد وهو يربت كتفها:

- إنهم يطلبونك... سنتحدّث في أمر ندى لاحقا...

صرخت سماح في غيظ، وهي تعود إلى خزانة ملابسها في توتر:

- لم تخبرني بأنهم قد وصلوا! يجب أن أجد ثوبا الآن... يا إلهي!

ابتسم أحمد ساخرا، وهو يفتح الباب ثم همس في خبث:

- حظا موفقا... يا أختاه!

*****

وضع كفيه وراء رأسه، ودفع بالكرسي إلى الخلف ليرفع عينيه إلى السماء. لبث يتأرجح على القائمتين الخلفيتين للكرسي، ونظراته سارحة بين النجوم التي تزين الرداء الكوني. كانت أولى ليالي الربيع الصافية. الطقس لا يزال باردا، خاصة في المساء. لكن الغيوم كانت قد انحسرت لتكشف عن لآلئ الفضاء البعيدة. تنهد بقوة وهو يعيد الكرسي إلى وضعيته المستقيمة، ويغطي وجهه بيديه في إعياء. يعلم أن ندى غاضبة منه، ومن حقها أن تغضب. فقد أهملها وتجاهلها طوال الأسابيع الماضية... وعن قصد أيضا!

أصبح يفكر جديا في قطع علاقته بها.

استغرب من نفسه حين راوده هذا الخاطر للمرة الأولى. كيف يتخلى عنها وهما بالكاد يبدآن طريقهما المشترك؟ اختارها بنفسه ولم يجبره عليها أحد. بل واجه عائلته وكل حواجز المجتمع والعُرف من أجل ارتباطه بها. تشبّث بحلمه، وعاهد نفسه على إخراجها من غياهب الجهل إلى نور الإيمان. بدأ طريقه بحماس وقوة وهو يرى الأمل على قيد خطوات... كل خطوة تُقرّبه منه أكثر. لم يفتر يقينه لحظة واحدة طوال نقاشاتهما الحادة أحيانا والعنيدة غالبا. مواعيدهما كانت ساعات متعة حقيقية... فيها أخذ وعطاء. جعلته يبحث أكثر ويزداد تعمقا في معرفة دينه

١٧٤

قبل دينها. كان متفائلا. كان مندفعا. كان يعيش التجربة بكل كيانه. فما الذي تغيّر؟

لم يتغيّر شيء... في أحلامه، أو مشاعره، أو يقينه. لكنه أدرك متأخرا بأنه لم يحسب حساب بعض التفاصيل. أدرك ذلك إبان الحادثة الأخيرة التي هزّت ندى بعنف وغيّرت حياتها. كان من الواضح أنها تعيش تجربة فقد الأحباب للمرة الأولى. تكتشف معنى الشهادة التي كانت تجهل عنها كل شيء. ترى الموت يخطف حياة يافعة لم تقطع سوى شوط يسير في رحلة الحياة.

ندى لم تتحمل فقدان ريما التي لم تعرفها سوى لفترة يسيرة. انهارت ولبثت طريحة الفراش، بالكاد تعي ما يحصل حولها. رأى بنفسه خوفها وهلعها. رأى ضعفها وألمها. وقف إلى جانبها، واساها وبث في نفسها القوة حتى تجاوزت أزمتها وعادت إلى الحياة. لكن الأحداث تركت في نفسها أثرا لا يُمحَى... لم يخفَ عنه شيء من ذلك.

قادته أفكاره إلى ظروف أخرى مشابهة... أو أشد قسوة. لقد اختار طريقه منذ فترة. اختار جهاد النفس والجسد. وهي طريق وعرة ومحفوفة بالمكاره. ليس يرهبها أو يتراجع أمامها، فهو يحمل عقيدة مختلفة. يحلم بإحدى الحسنيين... النصر أو الشهادة. لكن هي... هل يمكنها أن تتحمّل؟ البلد على أبواب حرب، بل هي في حرب مستمرة. هل ستشجعه وتشد من أزره ليقوم بواجبه تجاه دينه وبلده، أم أنها ستشده إلى الخلف حيطة وحذرا؟ يكاد يجزم بأنها ستعرقل مسعاه أكثر مما ستعاضده! ليست مستعدة للتضحية. بل لعلها لا تدرك معناها. ثم قد لا يكون على الدوام إلى جانبها ليواسيها ويصبرها. ما الذي سيحدث لها لو أصابه مكروه؟ هل تستمر الحياة فيها إن خرج يوما ولم يعد؟

زفر بشدة وهو يضرب بقبضته على جبينه. المسألة تحتاج إلى إيمان... إيمان شديد وتصديق بالقضية! وهي وإن أبدت تعاطفا ومساندة معنوية، فهي لا تحمل أيا منهما! ذلك هو الفارق بينها وبين شقيقته سماح. حين أخبرها بخطبة صديقه أيهم لها حرص على توضيح كل ظروفه. شرح لها ما ينتظرها، والدور الذي ستلعبه مع زوجها المستقبلي، ففاضت عيناها بالدمع من التأثر، ولم تتردد في القبول. كان

ذلك حلمها... أن تقف إلى جانب زوج مجاهد. وذاك هو الفارق... كل الفارق!

*****

أمسكت سماح بين يديها الهاتف المحمول الجديد، وأخذت تقلبه في إعجاب:

- مبارك! إنه جميل جدا!

ضحك أحمد وهو يأخذه منها وقال ساخرا:

- لا يهمني جماله، بقدر ما تهمني وظيفته. هذه وسيلة اتصال وليست حلية!

اختطفته سماح من يده مجددا وهتفت في احتجاج:

- أنا أيضا أريد واحدا!

زجرتها والدتها في حزم:

- وما حاجتك إلى هاتف محمول؟ يمكنك الاتصال وتلقي المكالمات على هاتف
البيت! أخوك بعيد عنا، ولا نتمكن من الاطمئنان عليه وقتما نشاء...

واصلت وهي ترمي أحمد بنظرة جانبية:

- كما أنه شحيح بالاتصالات، ويُقلقنا بغيابه دائما!

ابتسم أحمد وهو ينحني على رأس والدته ليقبلها، وقال مطمئنا:

- من الآن فصاعدا يمكنك الاتصال بي في كل وقت. أصبحت لديك وسيلة مراقبة
مستمرة!

قال ذلك في مرح، لكن سرعان ما تلاشت ابتسامته، وسرحت نظراته في الفراغ.
كان هناك سبب آخر وراء شرائه للهاتف، لم يفصح عنه لعائلته. سبب آخر يجعله
في حاجة إلى تلقي المكالمات العاجلة في كل وقت... المكالمات التي تحمل الأوامر
والتعليمات. فقد باتت اللحظة الحاسمة وشيكة.

انتبه على صوت شقيقته وهي تسأله:

- هل علمت ندى بشأن الهاتف الجديد؟

شحب وجهه فجأة على ذكر ندى، وهز رأسه نافيا:

١٧٦

- ليس بعد...

- إذن نذهب لزيارتها هذا المساء ونخبرها!

سكت أحمد للحظات متفكرا. إلى متى سيظل يتجنّبها ويهرب منها. ربما آن الأوان ليواجهها ويضع حدا لمعاناتهما. شدت سماح ياقة قميصه في إلحاح:

- ماذا قلت؟

رسم على شفتيه ابتسامة باردة وهو يقول:

- نعم... بالتأكيد...

*****

علا صوت منبّه السيارة في الخارج. ألقت ندى نظرة أخيرة على هندامها قبل أن تتناول حقيبة يدها وتتوجه إلى الباب على عجل. هتفت قبل أن تتجاوز عتبة المدخل:

- أنا ذاهبة يا أمي...

جاءها صوت سونيا من غرفة الجلوس، وهي تقول في حزم:

- لا تتأخري!

جذبت الباب لتغلقه، وسارت بخطوات مرتبكة نحو السيارة. وبسرعة، عادت إليها ذكريات لقائها الأول بأحمد، حين انفجر إطار السيارة نفسها في هذا الشارع. افتر ثغرها عن شبح ابتسامة باهتة، وهي تتخذ مقعدها في الخلف. مضت شهور طويلة على تلك الحادثة، وها هي اليوم تصعد إلى السيارة، يقودها جريح الأمس.

- كيف حالك ندى؟

أخرجها صوته من ذكريات البدايات. نفس الصوت الدافئ الذي باتت ليال طويلة تسترجعه، قبل أن يتحوّل حلمها إلى حقيقة. لكن لا... ليست هذه نفس النغمة الحانية التي كانت ترافق كلماته. فتور غريب في صوته. ربما اعتادت منه الفتور في الفترة الأخيرة، لكنها لم تتعود عليه أبدا. تأمل أن يعود يوما أحمد الذي عرفته

١٧٧

وانتظرته.

- بخير...

أجابت باقتضاب، ونظراتها تفرّ عبر زجاج النافذة، حتى لا يلمح بوادر العبرات التي لا تكاد تغادر أعتاب رموشها منذ فترة، تروم الانحدار على وجنتيها وكبرياء عنيد يمنعها. تكلم مصطنعا المرح:

- والآن... إلى أين يا آنسات؟

تطوّعت سماح لتضع برنامج اليوم بعفويتها وحماسها المعهودين:

- أولا نذهب إلى السوق، لاقتناء بعض الأقمشة. ثم نتوجه إلى المتاجر في وسط المدينة... أنا وندى نريد أن نتفرج على الفساتين الجديدة. ومن ثم نمضي إلى محل المرطبات لاختيار الكعك والحلويات...

قاطعها أحمد متأففا:

- طيب، طيب... لكن لا تتأخرا كثيرا في كل مكان، فالجميع ينتظروننا على العشاء في المزرعة!

ابتسمت ندى ولم تعلق، وسرحت تتفرج على واجهات المباني عبر النافذة. كانت تحس بنظراته تسلل إليها بين الفينة والأخرى عبر المرآة العاكسة، كأنه يستجوبها في صمت. لكنها تجاهلت نداءات عينيه، وفضلت تأجيل الحديث لما بعد. كانت سعيدة لأنه خطا خطوة باتجاهها بعد طول انقطاع. لكن ذلك بالتأكيد ليس كافيا. هناك حديث طويل في خاطر كل منهما، ولا تعلم بعد كيف ستكون النتيجة. تريد أن توضح كل شيء هذه المرة، وتتأكد من بقائه على العهد. وإلا... فلا داعي إلى إطالة الألم أكثر.

انتبهت حين توقفت السيارة على مقربة من السوق. ترجل الجميع وتقدموا في اتجاه المعروضات. ترك أحمد سماح وندى تتقدمانه، وسار خلفهما في تؤدة. كانت عيناه تجولان عبر السلع دون تركيز، في حين كان اهتمامه منصبا على حماية مرافقتيه من محاولات مرتادي السوق للمعاكسة أو السلب.

كان يتابع حركات ندى المرتبكة وهي تمشي أمامه. تتوقف حين تتوقف سماح، وتلقي نظرة ساهمة على ما تريها إياه من حاجيات، وتهز رأسها في شرود وتكتفي

ببضع كلمات مقتضبة. لم تكن مستمتعة بالتسوق، ولا هو كان مهتما. بدت سماح المستفيدة الوحيدة من الفسحة، وإن كانت قد تعللت بها لتعطيهما فرصة اللقاء والحديث بعيدا عن كبار العائلة! لكن أجواء السوق الصاخبة لم تكن مناسبة للموضوع الشائك الذي يتأهب لفتحه.

مرت جولة السوق دون أن يوجّه أحدهما الخطاب للآخر، ولم تكن الرحلة بين متاجر الملابس بأوفر حظا. وقف أحمد بمفرده إلى جانب السيارة بعد أن غابت الفتاتان داخل أحد المتاجر. لم يكن قد حسم أمره بعد بشأن محادثة ندى. فالأمر ليس بالسهولة التي توقعها. كيف سيقدم الموضوع، وكيف سيوضح لها وجهة نظره؟ هل يجوز أن يفاجئها بهذا الشكل في الطريق العام بهواجسه؟ كيف ستكون ردة فعلها؟ ربما من الأفضل أن يحدثها على الهاتف بعد العودة... أو في مكان هادئ، كالمزرعة مثلا. فهم على أية حال سيتوجهون إليها بعد جولة السوق. اطمأن خاطره إلى هذه الفكرة، واستقر رأيه عليها. لن يجد فرصة أفضل من هذه حتى يصارحها بمخاوفه.

فجأة أخذ هاتفه في الرنين. عقد حاجبيه وهو يطالع الرقم الذي ظهر على الشاشة في قلق. لم تمض سوى بضعة أيام على شرائه للخط، وعدد قليل جدا من الأشخاص يعرفون الرقم. ضغط على زر الإجابة بسرعة، واستمع إلى صوت محدثه. ما إن وصلته الكلمات الأولى حتى استرعت كل انتباهه. أصغى في اهتمام لبضع ثوان، ثم قال في قلق:

- هل يمكن تأجيل المشوار لبضع ساعات؟ معي امرأتان في السيارة...

توترت أصابعه التي أخذت تنقر مقدمة السيارة في عصبية. لم يكن هناك بد من الإذعان. بعد ثوان قليلة كان ينهي المكالمة في انزعاج واضح. أغمض عينيه وهو يزفر بشدة ليستعيد برودة أعصابه. إنه في حاجة إلى الهدوء والتركيز لينفذ الخطوات الدقيقة التي طلبت منه...

- أحمد، أنت بخير؟

انتبه حين جاءه صوت سماح. فتح عينيه ليجد الفتاتين تقفان أمامه ونظرات

القلق تطل من عيونهما. هل ظهر توتره على وجهه إلى هذا الحد؟ اجتهد ليبتسم ويقول في لا مبالاة:

- آه، نعم... لا تقلقي. بعض التعب لا غير... هل أنهيتهما الشراء؟

أجابت سماح في مرحها الاعتيادي:

- تقريبا... لكن يجب أن نذهب إلى الشارع الآخر. هناك متاجر لم يتسن لي الوقت لزيارتها من قبل!

قاطعها أحمد فورا بلهجة حازمة:

- يكفي لهذا اليوم... سأقودكما إلى المزرعة الآن. لدي مشوار عاجل هذا المساء. أما المشتروات فيمكنها الانتظار...

حاولت سماح أن تحتج معبرة عن خيبة أملها، لكن أحمد تجاهل حركاتها الطفولية، وسارع بتشغيل محرك السيارة معلنا عن استعداده للانطلاق. وما إن استقر بهم المقام في السيارة من جديد حتى عادت سماح إلى أحاديثها المسلية، كأن شيئا لم يكن. ابتسم في رضا، وهو يطالع صورتها في المرآة العاكسة والسيارة تنطلق بهم عبر الشوارع المزدحمة. لكن ابتسامته اختفت فجأة حين التقت عيناه بنظرات ندى المستفسرة. كأنها أحسّت بعدم زوال توتره الذي يحاول إخفاءه خلف قناع اللامبالاة. لكنه سرعان ما انشغل عنها وراح يفكر في المهمة التي تنتظره. اضطر إلى قطع الجولة مبكرا نظرا لاستعجال الأمر. الأحداث تتسارع في الفترة الأخيرة، ولا يمكنه إهمال الأولويات... سيعوض شقيقته مرة أخرى.

كان يهم باتخاذ الطريق السريعة التي تؤدي إلى خارج المدينة، خطرت بباله فكرة ما. أدار عجلة القيادة بصفة مفاجئة ليرجع على عقبيه. وليطمئن الفتاتين المستغربتين اللتين طالعتاه في تساؤل، قال مفسرا:

- تذكرت أن علي أخذ بعض الحاجيات لصديقي الذي سألتقيه هذا المساء...

لم تزد كلماته ندى إلا شكا بشأن مشواره المسائي. لكن عقله كان مشغولا بما فيه الكفاية هذه المرة حتى ينتبه إلى شحوب لونها وتغيّر ملامحها. كان عليه أن يأخذ (أمانة) إلى بعض الإخوة المعسكرين في الجنوب. فكر في أنه من الأفضل أن

يضعها في صندوق السيارة من الآن، حتى لا يتأخر فيما بعد. فالمسافة من المزرعة ستكون أقل، ولن يضطر إلى العودة أدراجه إلى المدينة. لن يكون هناك أي خطر على الفتاتين، فالطريق إلى المزرعة آمنة. إضافة إلى أنهما تجهلان طبيعة الحاجيات التي قال إنها تخص صديقا له. وطالما حافظ هو على هدوئه وتركيزه، فلن يشك أحد في شيء... يمكنه أن يتوقف بعض الوقت في المزرعة حتى لا يثير مخاوف والديه، ثم يعتذر ليغيب لساعتين فقط قبل موعد العشاء. اطمأن إلى خطته البسيطة ومضى إلى التنفيذ.

بعد عدد من الدورات في أزقّة الحي الشعبي الملتوية، أوقف أحمد السيارة في شارع جانبي، شبه مقفر. التفت إلى الوراء قبل أن يغادر مقعده وهو يقول مطمئنا:

- سأعود خلال دقائق قليلة...

نزل من السيارة في خفة، وابتعد مسرعا. وخلافا لما توقعته مرافقتاه، لم يتوجه أحمد إلى أحد بيوت الشارع. بل توجه في خطوات واسعة إلى المنعطف القريب حيث اختفى. لم تعلق إحداهما بكلمة. انشغلت سماح بتقليب محتويات أكياسها، كأنها تعيد حساباتها وتطمئن إلى ميزانيتها. أما ندى، فقد سرحت نظراتها في اتجاه الشارع الذي غاب عبره أحمد. كانت نفسها تحدثها بأن أمرا غير عادي يحدث حولها. ربما كان أمرا غريبا بالنسبة إليها. لكنه قد يكون جزءا من الحياة الخفية التي يعيشها أحمد في صيدا... وتجهل هي كل شيء عنها. كانت عشر دقائق قد انقضت، حين أخذت سماح تتأفف قائلة:

- ألم يكن بإمكانه أن يقترب بالسيارة أكثر؟ لماذا تركنا ننتظر هنا كل هذا الوقت؟

انقبض صدر ندى مع ملاحظة سماح العفوية. بالفعل، أحمد تعمد أن يتوقف على بعد عدة شوارع من المكان الذي يقصده. كأنه يخفي أمرا ما عنهما... أو ربما من باب الحرص والحذر. كان صبرها قد بدأ ينفد، حين ظهر أحمد من نفس الشارع الذي غاب فيه منذ قليل. سرى في نفسها بعض الارتياح، وهي تراه يعود سليما معافى، لكن نظراتها ما لبثت أن تعلقت بالحقيبة الرياضية العريضة التي كان يحملها. عاينتها بنظرات متفحصة، محاولة اختراق القماش الخشن الذي صنعت

منه والاطلاع على ما في داخلها. تابعت أحمد وهو يفتح صندوق السيارة ويلقي بها داخله، كمن يتخلص من حمل ثقيل. وفي نفس اللحظة التي رن فيها صوت قطع معدنية احتكت ببعضها داخل الحقيبة، رن ناقوس الخطر في رأسها. لم يعد هناك شك!

بدا على أحمد الارتباك، وهو يتخذ مقعده أمام عجلة القيادة. عاجلته سماح في غضب، في حين كان يعدل وضعية المرآة العاكسة، ويلقي نظرة على المقاعد الخلفية:

- أين كنت كل هذا الوقت؟ لماذا لم تتركنا نتجول في السوق على الأقل؟!

لم يهتم لاحتجاجها، بل قال في لهجة خالية من التعبير وهو يدير المحرك:

- كفى تذمرا يا سماح... ها نحن سننطلق...

تواصل الصمت لدقائق طويلة بعد أن دخلت السيارة الطريق السريعة. كان كل من الركاب الثلاثة قد غرق في أفكاره الخاصة بعيدا عن صاحبيه. ألقت سماح رأسها إلى الخلف وأغمضت عينيها في تعب. تفكر في حفل الخطبة العائلي الذي سيقام الأسبوع المقبل. تفكر في ارتباطها بأيهم وبالمستقبل الذي ينتظرها معه. في رأسها أحلام كثيرة، ولا تدري إن كانت ستملك المتسع من الوقت لتحققها كلها. يا رب... متى ينتهي هذا الاحتلال الذي يخطف الأرواح كل يوم! ترى المغامرة أمامها. لا تهابها. فقد كانت تتمناها منذ البداية. لكنها تطمع أيضا في حياة مستقرة، مثل كل الزوجات. ترجو التوفيق بين أحلامها جميعا... ولا تعلم ما تخفيه لها الأقدار من مفاجآت. تريد طفلين، بنتا وولدا... ويا حبذا لو كانا توءمًا، حتى تختصر التعب مرة واحدة! ستسمي الفتاة ريما! حانت منها التفاتة عابرة إلى ندى الجالسة حذوها... هذا إن لم تسبقها هي باختيار الاسم! تعلم كم كانت ندى متعلقة بريما، رحمها الله...

سرحت ندى عبر زجاج النافذة، ترقب المناظر الطبيعية التي تحف الطريق من الجانبين في سهوم. لم تكن تميّز الشيء الكثير، لانشغال ذهنها بالتفكير. لكن مشاهد التلال التي كستها الخضرة وتزيّنت بشتى الألوان الساحرة، كانت تشد انتباهها بين الحين والآخر وتُخرجها من تأملاتها. كانت المزرعة على بعد ساعة تقريبا من المدينة.

لكنها أحسّت بأن الطريق طالت أكثر من العادة، مع الصمت الثقيل الذي خيّم على ثلاثتهم. تمنّت أن تخترق تفكير أحمد، وتنفذ إلى دخائل نفسه. ليتها تفهم كيف يفكر ذلك الرجل... وفيم يفكر. هل تحوز هي على نصيب من اهتمامه... أم أن الهوة بينهما قد اتسعت إلى درجة لا ينفع معها الردم؟ وصلت به الحال إلى أن يكون معها وينشغل عنها تماما. فكيف الحال حين تغيب عن عينيه؟ هل ينساها بالكلية؟ أحست بألم في صدرها مع هذا الخاطر البغيض. تململت في جلستها، وحوّلت عينيها إلى سماح المستلقية إلى جانبها تحاول أن تطرد ضيقها وتنسى مخاوفها. لكنها ألفتها قد غفت وغلبها النعاس. ابتسمت وهي ترنو إلى ملامحها المسترخية في حنو. لكنها ما لبثت أن انتبهت إلى الفرصة التي أتيحت لها لتحادث أحمد. اعتدلت في جلستها وأطرقت مفكرة فيما ستقوله. وكأن أحمد انتبه إلى أفكارها، فقد استدار للحظة ليلقى نظرة على مرافقتيه الصامتتين. ثم قال مبتسما:

- يبدو أن سماح تعبت من الرحلة!

همست بصوت شبه مسموع وقد باغتتها مبادرته:

- نعم...

استمر الصمت بينهما لثوان، قبل أن تستجمع ندى شجاعتها وتخاطبه متسائلة:

- هل سنصل قريبا...

لكنها بترت عبارتها حين داس أحمد على الفرامل بقوة ليخفف من سرعة السيارة بشكل ملحوظ. تشبثت بظهر المقعد الأمامي لتحافظ على توازنها وهتفت في فزع:

- ماذا هناك؟

قبل أن يأتيها الجواب، لمحت على بعد مائتي متر مجموعة من الجنود يحملون أسلحة خفيفة. بسرعة، ميّزت بزّاتهم العسكرية الغريبة. وكان من الواضح أن أحمد قد انتبه إلى الأمر نفسه. إنها فرقة إسرائيلية! كانت السيارة تسير ببطء متقدمة في اتجاه الجنود الذين وقفوا في عرض الطريق يسدّون المسار. لم يكن هناك عدد كبير من السيارات تمرّ من تلك المنطقة الزراعية، وبدا أنهم في حاجة إلى عربة تقلهم إلى مكان ما... أو ربما اشتهوا مجرد الاستيلاء على ما فيها والتنكيل بركابها

لغرض المتعة لا أكثر! تذكّرت بسرعة الحقيبة التي تستقر في صندوق السيارة. سيكونون في ورطة حقيقية إن تفطّنوا إليها! أحسّت بتوتر أحمد الذي تحجّرت يداه على عجلة القيادة، وعقله يعمل بسرعة بحثا عن المخرج. سيصلون لا محالة إلى موقف الجنود، وسيكون عليهم تحمّل صفاقتهم البذيئة. لم يعد بإمكانه التراجع. أما سماح التي أخرجتها صرخة ندى من أحلامها، فقد كانت تتطلع حولها في عدم استيعاب.

فجأة، هتفت ندى في حزم:

- سماح، انخفضي! أحمد، أوقف السيارة!

انصاع أحمد لطلبها دون تفكير. توقف ولم يعد يفصله سوى عشرون مترا عن الحاجز البشري، ثم التفت إلى ندى متسائلا:

- فيم تفكرين؟

- سترى...

وقبل أن يتمكن من الاعتراض، كانت ندى قد ابتعدت عن السيارة في اتجاه قائد المجموعة، الذي تقدّم بدوره حين رأى السيارة تتوقف. على بعد عشرة أمتار تقريبا، وقفت ندى تتحدث إلى الجندي ضخم الجثة. كانت تتكلم وتشير بيدها إلى التلال البعيدة، في حين راحت نظرات الرجل تتردد بينها وبين السيارة في تفحص. تسارعت دقات قلب أحمد، وانحبست أنفاسه. ما الذي تفعله هذه المتهورة؟ هل ستتمكن من إقناعهم بتركهم يمرون؟ تذكر حقيبة الأسلحة والذخيرة التي ينقلها إلى رفاقه المعسكرين في الجبل... سيكون في ورطة حقيقة إن قاموا بتفتيش السيارة! لم يستطع أن يرفع كفه ليمسح حبات العرق التي تلألأت على جبينه وانحدرت على جانبي وجهه.

تسمّرت عيناه على ندى التي طال حديثها مع الرجل الغريب، دون أن يصله من حديثهما شيء. يا إلهي... هل سيمرّ اليوم على خير؟ كان مخطئا حين فكر في أخذ الفتاتين والحقيبة في وقت واحد! لا يهم إن تعرّضوا إليه وهو بمفرده. لكن كيف يخاطر بحياة شقيقته وخطيبته؟! لم يفكر مطلقا بأن الإسرائيليين قد يتوغلون

خارج حدود المناطق المحتلة. فقد كان أسلوبهم يتسم بالجبن والحذر... لكن المعطيات تغيّرت في الفترة الأخيرة، إثر الغارة الجوية. أصبحوا أكثر جرأة ووقاحة. شدّ على قبضته بقوة. لن يستمر ذلك طويلا... حتما ستوقفهم المقاومة عن قريب. لا يمكنهم التطاول وترويع المواطنين هكذا!!

رأى الرجل يبتسم، ويلقي بكلمات غير مفهومة على رفاقه، فسرت عدوى الضحك إليهم. كاد الدم يتجمّد في عروقه وهو يتخيل الأسوأ، في حين لم تفتر شفتا سماح المنبطحة في الخلف عن ترديد الأدعية المأثورة. لكنه ما لبث أن رأى ندى تعود إلى السيارة ملّوحة للجنود، وعلى شفتيها ابتسامة! اتخذت مجلسها على المقعد الأمامي هذه المرة وهمست لأحمد الذي لم يستوعب ما يحصل حوله:

- انطلق!

ضغط على دواسة البنزين بصفة آلية، وانطلق مبتعدا، بعد أن انزاح الجدار البشري على جانب الطريق، ترافقه الكفوف الإسرائيلية الملوحة!! ساد الصمت لبضع دقائق على السيارة، قبل أن تهمس سماح في قلق:

- هل يمكنني الخروج؟

ضحكت ندى وقد راح عنها التوتر وقالت:

- طبعا يا عزيزتي... ذهب الخطر!

ابتسم أحمد بدوره، وهو بالكاد يصدق ما حصل أمامه للتو، والتفت إلى ندى متسائلا:

- ماذا قلت لهم؟ وكيف أقنعتهم؟

اتسعت ابتسامتها، وهي تقول في مرح:

- هل نسيت أنني أتكلم لغتهم كما أتكلم لغتكم؟

ثم أضافت وهي تلمح علامات الدهشة على وجه أحمد الذي لم تخطر الفكرة بباله:

- أقنعتهم بأننا زوجان يهوديان، يسافران لقضاء نهاية الأسبوع في الريف... وأن سيارتنا معطلة والبنزين يكاد ينفد منا! ولم أنس أن أعبِّر عن سعادتي بلقاء أبناء

ديانتي الذين أرجو أن يرشدوني إلى أقرب محطة وقود!! هذا كل ما في الأمر!

سرى جو من الارتياح من جديد بين ركاب السيارة، واستمرت التعليقات المرحة حول المغامرة القصيرة بين الفتاتين طوال الطريق المتبقية. أما أحمد، فقده استغرقه التفكير مجددا وعلى شفتيه ابتسامة رضا... ربما عليه أن يعيد النظر في الخطاب الذي أعده من أجل ندى. أو ربما كان عليه أن يلغيه تماما، وينظر إلى الأمور من زاوية أخرى.

*****

«أهلا بكم في الرحلة رقم 3345 للخطوط الجوية التونسية...»

عدلت ندى مقعدها، وأغمضت عينيها استعدادا لإقلاع الطائرة. استرخت وسرحت أفكارها لبرهة. حين فتحت عينيها مجددا، كانت الطائرة قد حلقت عاليا فوق بيروت، ومالت بمسارها نحو الجنوب. قرّبت ندى رأسها من النافذة لتطل على المشهد من عل، فأشرفت على القرى اللبنانية المتناثرة حول التجمع الحضاري البيروتي.

أحست بكف تربت كفها في حنان. التفتت لتجد والدتها التي اتخذت المقعد المحاذي لها، تبتسم في تواطؤ. بادلتها ابتسامة وديعة راضية. الحمد لله. كم هي سعيدة اليوم بما آلت إليه علاقتها بسونيا. مرتا بفترة اضطراب شديد، وضرب الإعصار البيت الصغير ليتناثر أفراده كحبات العقد المنفرط... لكن اليوم، كل شيء عاد إلى سابق عهده، بل أفضل.

أدخلت يدها في حقيبة يدها، تبحث عن الكتاب الذي أعدته لرحلتها. ستشغل نفسها ببعض القراءة حتى تختصر ساعات السفر. لكنها بدل أن تخرج الكتاب، أخرجت مفكرتها القديمة التي ترقد منذ زمن في قاع الحقيبة. توقفت للحظات وقد حركت المفاجأة في نفسها أشياء وأشياء. لكن سرعان ما ارتسمت على شفتيها ابتسامة شاحبة وهي تذكر تلك الأيام الخوالي. كانت قد بدأت تكتب فيها بعد أن تعافت من مرضها الذي تلا وفاة ريما. كتبت عن علاقتها بريما، وما تركه مرورها بحياتها من أثر، كهبّة نسيم رقيق يحمل حبات الطلع، لقاح الزهور... ثم استمرت تسرد كل الحوادث التي تلت. سجلت انفعالاتها وأفكارها، ووضعت فيها خلاصة تجربتها. لم تتوقف عن الكتابة فيها، حتى...

أخرجها صوت مضيفة الطائرة من أفكارها، وهي تقول بصوت مخملي وابتسامة مريحة على شفتيها:

- ماذا تشربين آنستي؟

- عصير برتقال...

سرحت للحظات، وهي تراقب حركات المضيفة المتناسقة وهي تعد الطلب. تناولت طبق الطعام ووضعته على الطاولة المتحركة أمامها دون أن تأخذ منه شيئا. لم تكن جائعة... أو لعل اجتياح الذكريات أخذ منها ما تبقى من شهيتها بعد لقاء سماح.

تناولت كوب العصير، ورشفت منه بضع رشفات، ثم عادت لتتأمل غلاف المفكرة الصغيرة. أخذت نفسا عميقا، قبل أن تفتح الصفحات الأولى التي خطها قلمها منذ بضع سنوات. تسارعت أنفاسها وهي تتنقل بين الصور التي عادت إلى ذاكرتها كأنها عاشتها بالأمس. كانت مغامرات حقيقية، أعطت لكينونتها بعدا آخر، وسقت قلبها نوعا من الحياة لم تتذوقها من قبل... ولن تتذوقها من جديد أبدا. أن تكون إلى جانب من تحب، وتشاركه أسراره وحياته الخفية. أن تكون معه، مهما كان الخطر، وتنظر في عينيه حين يشتعل فيهما الحماس، والغضب والحمية. أن تعيش من أجل قضية، تبنتها حتى صارت قضيتها ومحرك أيامها ولياليها. أن تراقب عداد الدقائق والثواني وتنقطع أنفاسها في انتظار الغد الذي تأخّر عن العادة، وترقص نبضات قلبها على نسق الحياة السياسية والعسكرية للبلاد. لحظات فريدة ستظل محفورة في ذاكرة قلبها... لن تذكرها إلا بالشوق والحنين. أبدا لن يخالط أحاسيسها الندم، رغم فداحة خسارتها. يوما ما، ستكتب رواية عن تلك الفترة من حياتها، لتقاسم تجربتها آلاف البشر... وتعلمهم معنى المقاومة، ومعنى الأرض... وأيضا معنى الحب، والإيمان.

ذات يوم قال لها أحمد بعد أن أنهيا مهمة معا:

- أشعر بالخوف.

نظرت إليه في دهشة. لم يكن قد تحدث يوما عن الخوف أو أبدى شيئا منه. لكنه أضاف:

- أخاف أن أواجه حياتي حين تنتهي الحرب، وأخاف عليك أيضا...

غمرها ذلك الشعور اللذيذ وأمتعها، أن تشعر به يخاف عليها ويحميها. لكنها لم تفهم كل شيء.

- كم ستكون حياة البشر الفانين عسيرة حينها...

- حقا؟ هل تبيّن لك أخيرا أننا ننتمي إلى مخلوقات الظلال؟

ابتسم لدعابتها، ثم قال في ثقة:

- نعم، هل تعلمين أن الناس لا يعرفون عنا سوى نهاياتنا. عندما نموت، نصبح رمزا للجهاد والمقاومة. والرمز لا حياة شخصية لديه ولا احتياجات، لديه هدف فقط، من أجله يعيش ومن أجله يموت. بهذا المعنى نكون «مخلوقات ظل» تهفو إلى «النور». نكون قد عبرنا إلى منطقة النور حين نستشهد. كينونتنا منذ زمن هي كينونة هذا «الرمز»، كل نفس يتردد في صدورنا هو في سبيل الله. فكيف نعود إلى حياة البشر الفانين؟ نحيا لنأكل ونقرأ ونتفسح وننام... لنعيد الكرة في اليوم التالي؟ «التكرار»، تلك الكلمة المقيتة. أليس التكرار هو طابع جهنّم؟ جسد يحترق ثم يكسى لحما ليحترق مرة أخرى كأن شيئا لم يكن؟ حين ينتهي كل هذا ويحلّ السلام في الجنوب... ألن تصبح حياتنا جحيما من الحركات الروتينية المكررة؟ أخاف إن نحن ذقنا حياة الاستقرار والفراغ، أن نفقد هدفنا ونصبح أشخاصا عاديين، أن نستسلم لنمط الحياة السهلة. لم يكن لي هدف في الحياة غير المقاومة، فهل يمكنني... هل يمكننا أن نشد الرحال باتجاه أهداف أخرى؟ هذه الفكرة تخيفني. لست أدري إن كنت سأقدر على مواجهة حياة عادية. لا أتعرف إلى نفسي إلا من خلال المقاومة. لقد خلقت لأنجز هذه المهمة... وأقضي نحبي وأنا أفعل ذلك.»

- نرجو شد الأحزمة. بعد قليل نبدأ رحلة الهبوط...

انتبهت من رحلتها إلى الأمس البعيد، وقد أوشكت رحلة الحاضر على الانتهاء. لم تشعر بمرور الوقت مع انغماسها في قراءة مذكراتها. ابتسمت وهي تغلق المفكرة وتدسها في حقيبتها من جديد. عادت إلى واقعها، تتأمل ما آلت إليه حياتها. حياة التكرار الروتينية التي تحدّث عنها أحمد. هل تراها فقدت هدفها كما تنبّأ؟ ماذا عنك يا أحمد؟ أتراك أنجزت وعدك ورحلت مع انتهاء مهمتك؟

أصبحت العبرات قريبة، قريبة جدا. ابتلعتها بصعوبة وهي تشيح بوجهها باتجاه النافذة من جديد. ها هي تطل على بحيرة تونس، وتميّز أول البيوت البيضاء من معالم المدينة. منذ قليل غادرت جنوب لبنان، وها هي تقترب خطوة أخرى من

وجهتها، جنوب تونس.

- ما زالت أمامنا رحلة طويلة عبر البر حتى نصل إلى جربة...

هزت رأسها متفهمة، دون أن تلتفت إلى والدتها. نعم، ستكون أمامها رحلة طويلة أخرى إلى الماضي. حتى تصل إلى محطتها. فلتعش معه آخر اللحظات، قبل أن تشفى منه إلى الأبد... وتبدأ رحلتها الجديدة.

هناك، في حقيبة يدها، تحت المفكرة، كانت ترقد صورة وحيدة في الظلام. صورة من الماضي... وكم الشفاء منها صعب، صعب جدا...

*****

توقفت ندى أمام واجهة المكتبة للحظات، لتتأمل أغلفة الكتب المعروضة، ثم دلفت إلى المبنى. استقبلتها الموظفة التي كانت تهتم بزبون آخر، بابتسامة عريضة:

- كيف حالك آنسة ندى؟ سأكون تحت أمرك بعد لحظات...

هزت ندى رأسها، وهي تحييها بدورها وتبادلها الابتسامة، ثم توجهت مباشرة إلى القسم الذي يهمها. أصبحت تعرف المكان جيدا، وتجد ضالتها بسرعة. فهي لم تكن تبحث عن كتاب محدد، بل تلتهم بشراهة كل ما تقع عليه يداها من الكتب الدينية. منذ بضعة أسابيع، أصبحت تتردد بانتظام على هذه المكتبة في الحي القديم. لم تعد مكتبة الكلية تكفيها، ووجدت نظام هذه المكتبة مناسبا جدا لميزانيتها المحدودة. اشترت كتابا واحدا، ثم أصبح بإمكانها استبداله بكتاب آخر لقاء مبلغ زهيد... وهكذا دواليك.

مررت سبابتها على جانب الرف ببطء، وهي تقرأ العناوين في اهتمام. رفعت نفسها على أطراف أصابعها، لتجذب كتابا من الرف العلوي. كانت قد شرعت في تصفحه حين اقتربت منها الموظفة:

- «التوراة، القرآن والعلم»... كتاب الدكتور موريس بوكاي! إنه كتاب جيد... أحسنت الاختيار.

- حقا؟ عنوانه بدا لي مميزا.

- موريس بوكاي جرّاح فرنسي... اعتنق الإسلام واهتم بدراسة الكتب المقدسة. وقد وضع في كتابه هذا خلاصة أبحاثه، بخصوص علاقة كل من العهد القديم والعهد الجديد والقرآن بالعلم... وقد توصل إلى نتائج مدهشة!

قلبت ندى الصفحات في تفكير، ثم هزت رأسها وهي تبتسم مجددا:

- سآخذه إذن!

دفعت الثمن، ووضعت الكتاب في حقيبة يدها، ثم اتخذت طريق العودة. صارت تعرف الكثير عن الإسلام. كتاب السيرة النبوية ودروس الفقه مع ريما كانت البداية، وها هي تتابع مشوارها بأسلوبها الخاص. صارت تعرف الكثير أيضا عن

التوراة! كانت تحسب نفسها ملتزمة وعارفة بدينها، لكنها اكتشفت أن ما تعرفه هو القليل الذي تعلمته على يدي أستاذها. حين بدأت بحثها، بدأت المفاجآت بالظهور! اكتشفت أن ما تعلمته من التوراة لا يعدو أن يكون بضع مقاطع منتقاة بعناية حتى لا تحدث بلبلة في نفس أتباع الديانة اليهودية. لكنها كلما قرأت أكثر، تفاقمت البلبلة في نفسها. لم تتزعزع ثقتها في عقيدتها، لكن التفاسير والتحاليل التي بين يديها لم تقنعها. المفارقات بين النسخ المختلفة واضحة، ورجال الدين يحاولون إيجاد التبريرات التي بدت في نظرها أقرب إلى المراوغات... لكنها حتى ذلك الحين، لم تستطع أن تضع إيمانها موضع شك. ظلت تبحث عن التفسير الصحيح والمقنع. ربما يحمل إليها هذا الكتاب بعض الإجابات...

ما إن تخطت عتبة الباب، حتى تناهت إليها أصوات صاخبة في الداخل. لا شك أن أطفال ميشال هنا. ابتسمت وهي تسرع إلى الداخل. عانقت الصغيرين اللذين كانا يلعبان في هرج في الردهة، ثم دخلت إلى غرفة الجلوس، حيث تجمعت السيدات. كانت دانا حاضرة أيضا. ما إن سمعن وقع خطواتها تقترب، حتى توقف حديثهن والتفتن إليها مرة واحدة. ألقت التحية، ثم انسحبت إلى غرفتها لتغيّر ملابسها. بدا لها الجو غريبا. سكوتهن المفاجئ ونظراتهن الجادة... كل ذلك بدا لها داعيا للقلق. ربما كانت هي موضوع حديثهن! هزّت كتفيها في استهانة وهي تضع حقيبتها على المكتب وتفك غطاء رأسها. لا شك أن بعض الظنون بدأت تساور والدتها بخصوص نسق حياتها المتغيّر. أشياء كثيرة تحوّل مجراها في الفترة الأخيرة. بعد فترة مرضها وملازمتها للفراش، عاد إليها النشاط ودبت في حياتها الحركة. ضحكت في خفوت وهي تطالع وجهها في المرآة. لا يمكن لهن أن يتخيلن ولو للحظة واحدة ما الذي يشغلها الآن، ويعطي معنى جديدا لحياتها. ماذا لو عرفن سرّها يوما ما؟

طرقات خفيفة على بابها، ثم دخلت دانا تتبختر في أناقتها المعهودة:

- لماذا تأخرت؟

زوت ندى ما بين حاجبيها في انزعاج وهي تقول:

- لم أتأخر! نصف ساعة فقط في المكتبة!

عقدت دانا ذراعيها أمام صدرها وقالت بلهجة حادة:

- وما يدريني بأنك تحضرين حصصك كلها؟

تزايد استغراب ندى وقلقها أمام إصرار دانا الغريب، فهتفت في ضجر:

- سيدة دانا... لست مطالبة بتقديم تقرير لك عن كيفية قضائي لوقتي! فكفى تعليقات سخيفة، لو سمحت!

ضحكت دانا في استهزاء وهي تقول بلهجة ذات معنى:

- هل هذا ما علمك إياه الـ... أستاذ؟ قلة الأدب؟!

طالعتها ندى في دهشة. الأستاذ؟ ما الذي ترمين إليه يا دانا؟ وكأنها قرأت السؤال في عينيها، أضافت دانا في جدية وحزم:

- اسمعي... هذه اللعبة السخيفة دامت أكثر من اللازم. قلنا فتاة صغيرة، لا تزال في طور الاستكشاف... لا خبرة لديها في الحياة، فلنتركها تجرّب وتتعلّم. ثم توفيت تلك... الفتاة اليتيمة، فصبرنا حتى تجاوزت الصدمة. وها أنت شفيت وتعافيت. وماذا الآن؟ ما الذي تنتظرينه؟

ظهرت علامات التحدي في وجه ندى وهي تهتف في غضب:

- أنتظر ماذا؟

- ماذا تنتظرين لقطع علاقتك بذلك الولد؟

ولد؟ ولد يا دانا؟! أحمد لا يقارن بإيميل الذي رضيت به وتمسكت به حتى أقنعت العائلة. كانت تلك الأفكار التي لم تجرؤ على الإفصاح عنها. اتخذت لهجة جادة وحازمة:

- دانا من فضلك لا تتدخلي! هذه أموري الخاصة! لست طفلة!!

- بل هذا يخص كل العائلة! الجميع منزعج، وأنت لا تهتمين! لا تزالين مراهقة!

- لا يهمني أن تنزعجي أنت أو غيرك! هذه حياتي ولا تهم أحدا غيري!

فتح الباب بقوة، وظهرت سونيا وماري زوجة ميشال. هتفت سونيا:

- ما الذي يجري هنا؟ أصواتكم تصل إلى آخر الشارع!

واصلت ندى الصراخ في عصبية:

- ابنتك العزيزة، نسيت نفسها! لا يكفي أنها اتخذت قرارها بالارتباط بمن تريد،
بل تتدخل الآن في قرار غيرها!

نقلت سونيا نظراتها بين ابنتيها، ثم قالت في امتعاض:

- دانا تعالي...

ثم أضافت مخاطبة ندى:

- سنتحدث في الأمر لاحقا...

ألقت دانا نظرة متحدية تجاه ندى، وتبعت والدتها، في حين هتفت ندى في إصرار:

- لن نتحدث في شيء! هذه حياتي!

كان صوتها قد أخذ في التهدج منذرا بالبكاء. أغلقت ماري الباب، وأمسكت بذراع
ندى لتحملها على الجلوس على طرف السرير. لبثت صامتة للحظات، تنتظر منها أن
تهدأ وتتمالك نفسها. ثم همست في حنو:

- لا داعي للقلق يا عزيزتي... كل شيء سيكون على ما يرام...

عانقتها ندى في امتنان، وهي تكتم عبرتها... لم تعد تجد من يفهمها في هذه العائلة،
وحده ميشال وزوجته ماري لا يزالان يساندانها. لكن هل سيواصلان ذلك إن عرفا
كل الحقيقة؟

*****

المقاومة. كان انضمامها إلى تلك الحركة الشبابية الفتية، تحقيقا لأحلام راودتها
قبل أن تعرف أحمد، ونمت في داخلها مثل نبتة لبلاب متسلقة تتوق إلى نور
الشمس، بعد أن عرفته. كانت تلك الخطوة عتقا من قيود نفسية قديمة لتربية
يهودية تنصّ على الالتزام بمصالح الطائفة وحدها، وتنفيسا عن قناعات لطالما
اصطدمت بجدار صدّ قاس من المحيطين بها. أحسّت وهي تنطلق في رحاب حياتها
السرية الجديدة بتوحّدها مع المثاليات الإنسانية التي آمنت بها.

بشكل ما، كانت في طريقها لتصبح شرنقة لـ«بطل تراجيدي» يتحدّى الحتمية

التاريخية التي كتبت على أسلافه، وفق نظرية أمها القدرية، وبرغما جنينيا لـ«رمز» من رموز المقاومة الوطنية في فلسفة أحمد الوجودية. بين هذا وذاك لم تتساءل أين يكون موقعها، لكنها اكتفت بما شملها من صفاء روحيّ، غمرتها به تجربتها المبتدئة رغم ما يحفها من مخاطر.

عادت ذلك المساء من مهمة توصيل روتينية. فقد أصبح هذا النوع من المهام اختصاصها دون منازع. فليس هناك آمن من إرسال فتاة يهودية لتزويد المقاومين بالسلاح! لغتها العبرية المتقنة وهويتها اليهودية التي لا تدعو للشك، تجعلانها سلاحا حقيقيا في يد المقاومة. وهي لم تدخر جهدا لإثبات جدارتها. لم يكن من السهل أن تثق فيها القيادة. لكن أحمد ضمنها أمام المسؤولين، وتولّى تدريبها وتلقينها تدابير السلامة والدفاع عن النفس... لكنها لم تضطر أبدا إلى استعمال العنف. فهي لم تكن تسافر أبدا وحدها، بل برفقة رجلين على الأقل، أحدهما أحمد. ثم إنها تتمكن بسهولة من كسب ثقة الجنود الإسرائيليين. في البداية، كانت الحراسة قليلة والدوريات متفرقة، فلم يتم اعتراض طريقها سوى مرات قليلة... لكن في الفترة الأخيرة، مع تكرار العمليات والإغارات في أراضي الجنوب، وتوغل المقاومين في أراضي العدو، أصبحت الحراسة مكثفة وصارمة. لكنها عُرفت من قبل الجنود كتاجرة أقمشة، تقصد القرى المتفرقة في الجنوب لبيع بضاعتها، مع اثنين من مستخدميها يساعدان في تحميل الصناديق الثقيلة. لذلك فإن تكرار رحلاتها بصفة دورية لم يثر الشك لديهم.

تلك التجربة زادت من تقاربها مع أحمد بدرجة كبيرة، بل لعلها صنعت الفارق في علاقتهما التي اهتزت أوصالها لبعض الوقت. كانت تتوق منذ زمن إلى اقتحام كلّ اهتماماته بحضورها. كانا يتواصلان بخصوص الدنيا والدين، لكن ظلالا قاتمة كانت تغطي المنطقة المحظورة المتعلقة بالمقاومة. وانتظرت بفارغ الصبر أن يسمح لها بعبور الحواجز، لتصبح حياته شفافة أمام عينيها. صارحها أحمد فيما بعد أن أمنيتها تلك كادت تصير هباء منثورا في مرحلة ما، حين فقد ثقته في قوة عزيمتها ورباطة جأشها إبان رحيل ريما. ذكرها مداعبا بمواصفات امرأة أحلامه «امرأة

بقلب رجل»، وهي بدت طفلة ضعيفة في تلك الفترة العصيبة.

ارتجفت حين أدركت أنها كادت تخسر الكثير دون أن تشعر. كانت تنتظر منه صبرا ومساندة في سقطتها تلك، في حين كان هو يرقب ردة فعلها عن كثب ليصدر حكما بأهليتها من عدمها لتكون رفيقة دربه. تدرك الآن أنه على حق. المقاومة ليست لعبة سهلة. وكان عليها أن تثبت كل يوم استحقاقها للثقة التي وضعت فيها. كان اشتراك يهودية في المقاومة الإسلامية أمرا غير مسبوق، ومحاطا بالتكتم والسرية التامين، حتى إن عددا من رفاق السلاح كانوا يعتقدون أنها تلعب دورا وتتقمص هوية غير هويتها. تلك التدابير كانت ضرورية من أجل الأمان الداخلي والخارجي. ما الذي كان سيحصل لو سرت شائعة مدمّرة باختراق المقاومة من قبل اليهود؟

مثلما ادّعت من قبل أن الكتب التي تأتيها من أحمد هي كتب ريما، اضطرت إلى الكذب مرة أخرى للتغطية على غياباتها المتكررة في أوقات غير أوقات الدراسة. اختلقت ما عنّ لخيالها من الأعذار حتى نضبت قريحتها. لم يكن من السهل إقناع والدتها المهووسة أصلا بمحاصرتها. لكنّ هشاشتها في الفترة التي تلت وفاة صديقتها كانت لغما تهدد بتفجيره من جديد في كل مرّة يُضيق عليها الخناق. فتتراجع سونيا التي ما زالت ذاكرتها زاخرة بصور ندى طريحة الفراش تصارع الكوابيس، وتكتم احتجاجاتها في صدرها، حتى لا ترى صحّة ابنتها تتداعى من جديد.

وفي ظل تلك التحوّلات الشاملة، طلب منها أحمد تحديد موعد عقد قرانهما! إنها لتحسّ لكلماته نشوة تهزها، وتجعل قلبها يرفرف في صدرها. جاء ذلك الطلب تتويجا للتجاذبات التي عرفتها علاقتهما منذ الخطبة وحتى تلك اللحظة. تكلما في اليهودية والإسلام طويلا، وبات كل منهما أعمق معرفة وأقوى إيمانا. نعم، إنها أقوى إيمانا بالثوابت التي تجتمع عليها الديانتان، رغم أنها كانت تقف على الحدود الفاصلة بين عالمين، تزعم طائفتها أنهما متناقضان ويجزم أحمد بأنهما متكاملان، لأنّ الإسلام لا ينفي اليهودية بل جاء ليختم الرسل السماوية كافة، ويوحّد البشرية حول دين واحد لا مكان فيه للتفرقة أو التمييز العرقي، كما يقول. صارت واثقة الآن من التشويه العميق الذي أحدثته أيدي رجال الدين العابثة على امتداد القرون

الماضية في النصوص المقدسة، منذ نزول الرسالة اليهودية. تعلم الآن أنها لا تملك الحقيقة كاملة، ويبقى عليها أن تبحث عن الملامح الأصلية لهذا الدين. لكنها لم تعد تهتم في تلك الفترة بقلقها السابق من الاختلافات العقدية، فهي وأحمد كانا قادرين على الانسجام حول أهداف مشتركة لا تثير اشتباكات أو تولد ضغينة. كما أنها تعلم أن تبادلهما لم يكن كما بدا لها في أول الأمر سجالا وتحقيق نقاط لصالح طرف أو آخر، بل بحثا في أغوار الحقيقة.

يوم الثلاثين من مايو سنة 2000... سيكون التاريخ الحاسم في حياتها. تاريخ ارتباط اسمها باسم من تحب. تاريخ استقلالها عن سيطرة والدتها وتعسّف شقيقتها. لكن كيف ستستقبلان الخبر؟ عضّت على شفتها السفلى في توتر. لن يكون الأمر سهلا. كانت سونيا قد سخّرت حياتها حتى ذلك الوقت لتربية بنتها تربية دينية سوية. وها هي دانا قد تزوجت من مسيحي وغادرت المنزل، ولم يبق غيرها لتولها عنايتها ورعايتها. إنها تنتظر أن تعلن قريبا إنهاء علاقتها بأحمد، وها هي تستعد لإخبارها بتحديد موعد عقد القران!

*****

جلس أحمد على الأرض وتناول قنينة الماء. أفرغ قسما منها في جوفه، ثم مدّها إلى أيهم الذي كان قد استلقى على ظهره في ضجر. تناولها منه ثم وضعها إلى جانبه دون أن يشرب منها. كانت المجموعة تلازم المسكن الآمن منذ ساعات طويلة، وقد بدأ الملل والإرهاق يتسللان إلى النفوس والأجساد. كان معظم الليل قد انقضى، وأوشك الصبح أن ينبلج. تمتم أيهم بلهجة تترجم مشاعر رفاقه جميعا:

- تأخروا...

هزّ أحمد رأسه موافقا، ولم ينبس ببنت شفة. الصبر، بعض الصبر، ثم سيكون الميدان لهم. جاءه صوت أيهم مجددا:

- عقد قرانك بعد أقل من أسبوعين...

هزّ أحمد رأسه موافقا. يشعر بالتوتر. كل ما يحصل حوله يشعره بالتوتر. الأحداث في تصاعد مستمر، وكل ما يرجوه هو أن يحتفل بعقد قرانه في هدوء وطمأنينة. أيهم وسماح سيعقدان قرانهما أيضا قريبا. وأخيرا سيدخل بعض الفرح إلى البيت. الحاجة سعاد ليست راضية تماما عن ارتباطه بندى، لعلها تأمل بتراجعه في آخر لحظة. لكنها على الأقل لم تعد تعترض مثل البداية. لعلها لمست بنفسها طيبة ندى وسلامة طويتها. لعلها أحبتها هي الأخرى.

- تمنيت أن يكون حسان معنا...

كان أيهم المتكلم مرة أخرى. كان لا يزال مستلقيا، يحدق في السقف. استدار إليه أحمد كأن تيارا كهربائيا عبر جسده لثانية. حسان. أين تراه اليوم يا ترى؟ هل سيعود يوما ما إلى عائلته؟ لا يزال يأمل أن يكون قد أسر... ويوم تنتهي الحرب... يوم تنتصر المقاومة، وتفتح السجون ويحرر الأسرى... ربما يعود.

فجأة سُمِعَت حركة في الخارج. انتبه الجميع، وبدا في عيونهم الاهتمام حين سمعوا طرقات معروفة على الباب الخشبي. وما إن أُغلق الباب بعد دخول القادم، حتى هتف في حماس:

- أبشروا يا إخوتي! إنه النصر! كتيبتان تابعتان لمليشيا العملاء في القطاع الأوسط أعلنتا استسلامهما! إنه لغيض من فيض إن شاء الله!

لم يتمالك الشباب أنفسهم من الفرح، فعلت هتافات التكبير والتهليل. هب أيهم من رقاده واحتضن أحمد الذي بالكاد استيقظ من أفكاره. كانت الحركة قد عمّت في المكان، وفي غضون بضع دقائق كانت الفرقة على استعداد لتنفيذ الأوامر العاجلة التي وصلتها.

*****

في صبيحة الواحد والعشرين من مايو سنة 2000، بدأت مسيرة شعبية فريدة من نوعها في مدن وقرى الجنوب. تداعى الأهالي، خصوصًا أبناء القرى المحتلة، من

شتى المناطق استعدادًا للاجتياح البشري المدعوم من قبل مجموعات المقاومة الإسلامية. بعد التهجير القسري لعشرات الآلاف من المواطنين عن قراهم وبلداتهم، الذي دام سنوات طويلة، شقّت الجموع طريقها تنشد التحرير.

لم تفلح قوات الاحتلال التي شنّت سلسلة من الاعتداءات البرية والجوية والبحرية، ولا قوات الطوارئ الدولية، في منع مسيرة العودة للمواطنين. بدا أن السيل البشري أقوى من كل العراقيل... وعند الظهر، كانت مليشيا العملاء قد أخلت عددا لا بأس به من القرى، لتلوذ أعداد كبيرة من عناصرها بالفرار، وسلم قسم منها نفسه إلى الأهالي.

مسيرة التحرير تواصلت لأيام، تتفرق أحيانا حين تهاجمها نيران العدو وقذائفه، وتوحد صفوفها أحيانا أخرى رافعة رايات التحرير، متحدية المروحيات الصهيونية التي تتابعها عن قرب. سقط عدد من الشهداء من المدنيين، وظل البقية يتقدمون دون هوادة. يبيتون في العراء أحيانا على تخوم البلدات المحتلة، تأهبا لتحريرها. كان المواطنون ينضمون إلى المقاومة المسلحة عن طيب خاطر. كل الطاقات البشرية المقموعة حشدت لهدف واحد: التحرير.

ولم يكن النصر ليتأخر أكثر من ذلك. ففي مساء اليوم الثاني من المسيرة، بدأ جيش الاحتلال بجمع آلياته وأسلحته الثقيلة من عدد من المواقع. تفرقت صفوفهم ورفض معظمهم التوجه إلى المواقع الأمامية التي شهدت نقصا فادحا في عناصر الحماية. وفي اليوم الثالث، كانت علامات الاحتفال قد ظهرت في ساحات مختلف البلدات، إعلانا عن النصر الشعبي المحقق، ليتم إخلاء كل مواقع العدو مع انتصاف اليوم الرابع للتحرير.

تعلقت عينا ندى بشاشة التلفاز، والدموع لا تكف عن الجريان على خديها. كانت سماح والسيدة سعاد تجلسان إلى جوارها في منزل العائلة، وكل منهما تضم كفيها إلى صدرها في تأثر بالغ. لم تكن الأحداث الأخيرة التي هزت أراضي الجنوب لتتركهن جامدات. مزيج من الفرح والحماس والارتياح العميق. شعور فريد قد لا يعيشه المرء سوى مرة واحدة في حياته. كن قد شاركن في المسيرة الشعبية لليوم الأول،

ولم يبتعدن كثيرا عن قانا. لكن الفرحة الكبرى التي عاشها الأهالي كانت الفرحة بتحرير الأسرى المحتجزين في معتقل الخيام، قبل أن تنقلهم قيادة الاحتلال إلى داخل فلسطين المحتلة.

تابعت النسوة البث المباشر الذي نقلته القنوات الفضائية والمحلية بشغف شديد، بل شاهدنه مرات ومرات. فقد كان يحمل في كل مرات موجة من المشاعر التي لا تنضب. ما إن وصل الأهالي إلى بلدة الخيام، حتى توجهوا إلى المعتقل بعد فرار حراسه في ساعات الصباح الأولى. اجتاح حوالي خمسمائة شخص المكان في وقت لم يكن فيه الأسرى واعين بما يجري حولهم. حطم الأهالي بوابات الزنازين بما وصلت إليه أيديهم من عصي وقضبان حديدية. وكان اللقاء الكبير... اختلطت الأيدي عبر فتحات الزنازين المغلقة معلنة وصول الفرج، قبل أن تنهار البوابات تماما وتترك شعاع النور يملأ الغرف الضيقة، وهواء الحرية يملأ صدور الأسرى وينظف رئاتهم من هواء الأسر العفن. وأمام أنظار العالم بأسره، تعالت الأصوات بالتكبير والتهليل، وسالت العبرات أنهارا، لتزيد الموقف حرارة. التحمت الأجساد المجهولة في عناق حميم، بعد أن تآلفت أرواحها دون تعارف سابق.

احتفلت المدن اللبنانية دون استثناء بالنصر، وتواصلت علامات الفرح لأيام عديدة، خاصة مع بدء عودة الأسرى المحررين إلى قراهم وعائلاتهم. لكن عناصر المقاومة لم تبرح المواقع بعد، فقد كان أمامهم عمل آخر بالتعاون مع الأهالي والسلطات لإعادة الأوضاع إلى نصابها في الأماكن المحررة. كانت كل من ندى وسماح تنتظر عودة خطيبها بنافد الصبر. قريبا تحتفلان بعقد القران. والنصر المفاجئ كان خير هدية! لم تكن إحداهما تحلم بظروف أفضل لبدء مرحلة جديدة في حياتها. نهاية الحرب تعني بالتأكيد الاستقرار... ونهاية المخاوف.

تعالت طرقات على باب المنزل. هبت سماح من مجلسها في اضطراب:

- سأنظر من الطارق...

تسارعت دقات قلب ندى، ووقفت متطلعة إلى المدخل. كانت تأمل أن يكون أحمد هو القادم، مع أنها أدركت أنه لن يطرق باب بيته. لم تفقد الأمل... ربما كان

خبرا منه. عادت سماح بعد لحظات، وقد تضرجت وجنتاها من الحياء، والسعادة:

- أمي، أيهم بالباب...

و ما لبث أيهم أن دخل مطرق الرأس في احترام. بادرته السيدة سعاد في لهفة:

- حمدا لله على سلامتك يا بني. أين أحمد؟ ألم يرجع معك؟

قال مطمئنا:

- افترقنا منذ يومين في المسيرة الشعبية. لم أتمكن من العودة إلا ظهر اليوم، وقد مررت إلى هنا مباشرة لأهنئكم بالنصر... أشك في أن أحمد سيتأخر كثيرا. أظنه يصل مساء اليوم، أو يوم غد على أقصى تقدير...

ثم أضاء وجهه وهو يقول في حماس:

- أردت أيضا أن أبشركم بعودة حسان! وصلنا في نفس الشاحنة اليوم. كان ضمن الأسرى المحررين في معتقل الخيام.

لم تتمالك السيدة سعاد نفسها وأطلقت زغرودة عالية، تشي بنشوتها بالخبر السار.

لكن رغم الارتياح، كانت القلوب الأربعة تهفو إلى رؤية الغائب الذي انقطعت أخباره منذ أيام... حتى تكتمل الفرحة.

*****

لم يعد... انتظرته طويلا. لكنه لم يعد...

الأيام... والأشهر... والسنوات... مرّت كلها، رتيبة مملة، حزينة قاسية، عليها وعلى كل من أحب أحمد. لم تستطع سماح تأخير زواجها إلى أجل غير مسمى. أبهم كان مستعجلا، والحياة لا يجب أن تتوقف لغياب أحمد.

هل قتل؟ هل أسر؟ لا أحد يملك الجواب. بعد مرور أربع سنوات على اختفائه، لم يتم العثور على جثته، ولم يصلهم أي خبر عن مصيره. الجنوب حرر، وجنود العدو انسحبوا. أطلق سراح الأسرى، وعمرت القرى المحتلة من جديد. هل تكون الكتائب المنسحبة قد أسرته، وأخذته معها إلى فلسطين المحتلة؟ هل يكون قتل خلال تبادل إطلاق النار وفُقدت جثته في الأحراش؟ هل يكون على قيد الحياة في مكان ما من أرض لبنان؟ لا أحد يعلم... ولعلها لن تعلم أبدا...

أربع سنوات مرت. لم يعد الأمل قويا مثل الفترة الأولى. لم تعد تتطلع إلى الباب وتضطرب حين اقتراب سيارة قديمة من شارعهم...

لم تعد تنتظره...

كانت حركة المسافرين في محطة القطارات بتونس العاصمة مرتبكة كعادتها. همهمة غامضة تسري في المكان، هي مزيج من أحاديث الجالسين في قاعات الانتظار، ونداءات الباعة المنتشرين في الباحة الخارجية، ووقع الخطوات المنتقلة بين جنبات المحطة... جرّت ندى حقيبتها باتجاه البهو المركزي بفكر سارح وعقل مشغول. سبقتها سونيا ببضع خطوات ثم التفتت موضحة:

- انتظريني هنا...

تابعتها ندى بنظراتها وهي تبتعد نحو شباك التذاكر، وتقف منتظرة دورها مع بقية المسافرين. رفعت عينيها إلى لوحة الإعلان عن الرحلات الضخمة التي تتصدر البهو... ما زال هنالك المزيد من الانتظار! القطار المتجه إلى قابس لن ينطلق قبل ساعتين. بعد ست ساعات على متن القطار ستستقلان الحافلة حتى الميناء، حيث عليهما استعمال وسيلة نقل أخرى، ناقلة الركاب العائمة التي تسمى «البطاح».

تنهدت وهي تتخيل بقية المشوار الطويل، ثم سارت بخطى متعبة، لترتمي على مقعد خال في قاعة الانتظار.

هامت نظراتها بين وجوه المسافرين المتناثرين على المقاعد، كأنها تحاول قراءة حكاية كل منهم بين صفحات ملامحه... هل يمكن لأحدهم يا ترى أن يقرأ تفاصيل حكايتها على وجهها؟ تراءت ابتسامة شاحبة على شفتيها. لا تعتقد ذلك... فحكايتها أشبه بكتاب حكايات!! تسللت إلى ذاكرتها الأحداث البعيدة... وتسلل النعاس إلى جفونها المرهقة.. فغاصت في كرسيها وسافرت بعيدا...

*****

مستلقية على سريرها. عيناها تحدقان في السقف. ملامحها خالية من التعابير. حين فقدت ربما بكت كثيرا وحزنت أكثر. وَهَن جسدها ولازمت الفراش. لكنها الآن لم تعد قادرة حتى على الحزن. في الأيام الأولى كانت تتردد كثيرا على سماح. تجلسان تتسامران وتتقاسمان الأمل بعودته القريبة. لكن غيابه طال والأيام أصبحت أسابيع... والأسابيع تتالت فصارت أشهرًا. القلق سيطر على حياتها، والضغط تزايد من طرف عائلتها. لم تعد الكلمات تسعفهما، ولم تعودا تجدان ما تواسيان به نفسيهما... نفد زادهما من الأمل والصبر، وصارت لقاءاتهما تستنزف طاقاتهما وتزيد من الألم الكامن في صدريهما... ففضلت الابتعاد والانفراد بشجنها.

سونيا تحاول أن تدبّر لها زواجا جديدا، ولا تدخر الخطط من أجلها. ربما أراحها اختفاء أحمد من عبء ثقيل! فهي على أية حال كانت تتمنى قطع العلاقة بأي شكل من الأشكال. ابتلعت مرارتها بصعوبة، وكتمت أنينها. سمعت خطواتها في الممر... إنها قادمة. أغمضت عينيها لتهرب من المشهد المتوقع. فتح الباب وأطلت سونيا. ساد الصمت للحظات بين الأم وابنتها، قبل أن تقول سونيا في رجاء يشوبه ملل:

- ألم تغادري فراشك بعد؟ أنسيت أن لدينا ضيوفا اليوم؟

نعم ضيوف آخرون من معارف والدتها. جاؤوا لمعاينة البضاعة. يعني التعرف إلى العروس!

حبست العبرات في مقلتيها وهي تقول في اختناق:

- أرجوك... اتركيني بمفردي. لا أريد شيئا الآن!

هتفت سونيا في ضجر:

- أنت دائما لا تريدين شيئا! أتعبتني! إلى متى ستظلين هكذا؟!

لم تُجب ندى، بل سالت العبرات على وجنتيها في صمت. كأن كلمات والدتها حركت رماد حزنها الخابي في أعماق صدرها، وأذكت جذوته لتلتهب من جديد. أصبحت كل الأيام متشابهة لديها. لكنها بالتأكيد أيام مختلفة عن ذي قبل. أيام خالية من الفرح والسعادة. خالية من الأحداث. خالية من الحياة. هل هذا هو

الفراغ الخاوي الذي تحدّث عنه أحمد؟ انتهت الحرب وعمّ السلام، وفقدت حياتها كل معانيها. لكنها تدرك أنه يكفيها أن يعود أحمد لترحب بحياة الاستقرار الرتيبة تلك مهما بدت مملة!

تأففت سونيا بصوت مسموع، ثم صفقت الباب بحدة، وابتعدت وهي تضرب الأرض بخطوات عسكرية غاضبة. نفس المشهد أصبح يتكرر كثيرا في الفترة الأخيرة... لم يعد يثير في نفسها سوى جرعة صغيرة من المرارة الإضافية.

تعالى رنين هاتفها الملقى على المنضدة. لم تتحرّك من مكانها، ولبثت جامدة تصغي إلى رناته الصاخبة في لا مبالاة. لا تريد الحديث إلى أحد. انقطع الرنين. تنهدت في صمت وعاد الفراغ ليخيم على كيانها. كانت قد اقتنت الهاتف إبان انضمامها إلى حركة المقاومة. احتاجته للتواصل مع أعضاء المجموعة. يجب عليها أن تتخلّص منه الآن... لم تعد لها به حاجة. يُذكّرها بأشياء كثيرة لا حاجة لها بها الآن. تعالى الرنين من جديد. بدا كأن في نغمته نوعا من الإلحاح. مدّت ذراعها في كسل وأمسكته لتطالع الشاشة. لوهلة، رفعت حاجبيها دهشة وهي تكتشف المتصل. كان أحد أساتذتها في الجامعة...

- كيف حالك يا ندى؟ لم نرك منذ فترة في الكلية.. عسى أن تكون صحتك بخير...

أجابت في ارتباك:

- بخير... أنا بخير.

لم تكن قد تجاوزت دهشتها بعد، وهي تحاول تذكر سبب وجود رقمه في ذاكرة هاتفها!

- اتصلت بك لأخبرك بصدور النتائج الخاصة بالمنحة.

- المنحة؟

آه.. نعم، الآن فقط تذكرت! كان قد أخذ رقمها منذ بضعة أشهر بعد أن أقنعها بتقديم ملفها للحصول على منحة جامعية، لمواصلة دراستها في فرنسا. لم تكن شديدة الاهتمام بالأمر، لكن الأستاذ بدا متحمسا، وطلب أن يظل على اتصال بها حتى يوافيها بالنتائج...

- تهاني الحارة يا ندى! لقد تحصَّلتِ على المنحة!

تمتمت بعبارات الشكر، وهي بالكاد تستوعب كلماته عن الإجراءات اللازمة قبل السُفرة المرتقبة. لكن المعلومات ما لبثت أن تصاعدت إلى خلايا عقلها واتسعت عيناها حماسا وإثارة. نعم! هذا ما يلزمها! الهجرة !! كل أنبياء الله هاجروا حين ضاقت بهم السبل. هي لن تهاجر بدينها، لكنها سترحل بحثا عن سلامها الداخلي. المنحة جاءت في الوقت المناسب بالضبط! يجب أن تبتعد عن هنا. عن والدتها التي تخنق حريتها وتحاول تزويجها بأي طريقة... وعن كل ما يُذكّرها بأحمد، وبالمأساة التي تعيشها في غيابه. عن سماح والسيدة سعاد اللتين لا تملكان ما تواسيان به نفسيهما فضلا عن مواساتها هي. سرت الحياة فيها، واستيقظت حواسها. رمت اللحاف عنها وغادرت الفراش وقد اتخذت قرارها... نعم، هذه المنحة هي فرصتها. قارب النجاة الذي جاءها من حيث لا تحتسب. ودون أي تردد، جرت إلى والدتها لتنبئها بقرارها الجديد.

*****

سار كل شيء بسرعة خيالية. أو هكذا بدت لها الأيام التي سبقت السفر... بما أنها شغلت بشيء آخر عن الانتظار اليائس الذي غرقت فيه لفترة طويلة. لم تكن شديدة الحماس للدراسة التي تنتظرها في فرنسا... لكنها تشبثت بحل الهرب. فلتذهب لتجتر أحزانها بعيدا. لم تجد أدنى اعتراض من والدتها على السفر، فهي الأخرى أيّدت فكرة ابتعادها عن كل ما يذكرها بأحمد، عسى أن تستعيد توازنها وتحذفه من ذاكرتها نهائيا. لم تقتن الكثير من المشتريات... لم تجد المتعة لتقوم بالتسوّق. اكتفت بحاجياتها القديمة... وإن كانت تحمل في طياتها الكثير من الذكريات.

أما اللحظات الأصعب، فقد كانت لحظات توديع سماح والخالة سعاد. من تشاركها ألمها وحملها الثقيل. أحست بأنها تتخلّى عنهما... أو تتخلّى عن عهدها تجاه أحمد. لكنها لم تعد قادرة على التحمّل. كان يجب أن تبتعد لبعض الوقت.

وها هي هنا... ها هي تستلقي على سرير آخر، في مكان آخر. تحدّق في السقف من جديد وتكتم عبراتها. لكنها الآن وحيدة... وحيدة حقا. لن تدخل عليها سونيا هنا. لن تشاجرها دانا هنا. ولن يشاكسها ميشال هنا. ولن ترتمي في حضن بابا جورج حين تحتاج المساندة...

وصلت في ذلك الصباح إلى العاصمة الفرنسية باريس. حين خطت خارج المطار، لفحت وجهها البرودة القارصة. برودة تشبه تلك التي سكنت قلبها وجمّدت مشاعرها، فحملتها على ترك كل شيء وراءها والمجيء إلى هنا. كانت الجامعة قد اهتمت بتأجير شقة صغيرة لها في مبنى أكثر سكانه من الطلاب. فلم يكن عليها إلا أن تعطي القصاصة التي تحمل عنوان السكن لسائق سيارة الأجرة. سرحت طوال الطريق وهي تتأمل المباني التي تحفّ جانبي الطريق في شرود لا مبالٍ. إنها في مدينة الأنوار! كم حلمت بالسفر إليها مذ اختارت دراسة الفرنسية في الجامعة. لكنها تمنّت أن يكون لرحلتها طعم آخر. أن تجيئها في شهر العسل. يرافقها فارسها. فترتبط بها أحلى ذكرياتها. لكن شتان بين الحلم وهذا الهروب الاضطراري الذي لجأت إليه.

حاولت أن تفر من أفكارها بمحادثة السائق... طرحت عليه بعض الأسئلة عن بعض المباني التي شدّت انتباهها. لكنه كان يجيب على قدر السؤال دون استفاضة. تنهدت في ملل. لو كان سائقا لبنانيا لما أضاع الفرصة ليستعرض معلوماته ويغرقها بشتى ألوان الأحاديث عن التاريخ القديم والحديث. لكن يبدو أن السائق الفرنسي انضم إلى قائمة المتآمرين عليها. غاصت في وحدتها مجددا ولاذت بالصمت. عبرت السيارة الطريق السريعة، ثم اقتربت من قلب المدينة حيث يشتد الزحام وتتعطل حركة المرور، فانتهزت الفرصة لتتأمل المشاهد من حولها. اشرأبت بعنقها لتنظر إلى الماء حين شقت السيارة أحد الجسور التي تعلو نهر «السين»... في تلك اللحظة، كان أحد المراكب السياحية التي تنظّم جولات عبر النهر، يمر تحت الجسر. وجدت نفسها تبتسم دون أن تشعر، وتلوح لطفلة صغيرة جلست على السطح تطالعها بنظرات بريئة... تابعتها ببصرها إلى أن اختفت تحت الجسر، ثم تحولت عيناها إلى الدكاكين الصغيرة التي تناثرت على جانبي النهر، تبيع اللوحات والتحف التذكارية

للسياح.

سبقت السيارة أفكارها وهي تمر بالقرب من الحي اللاتيني. الحي السياحي عن جدارة، حيث كل ألوان المطاعم. ألقت نظرة سريعة على الطرق الضيقة الملتوية التي تزخر بالألوان الصاخبة التي تغطي واجهات المحلات ولافتاتها، وبمزيج من الروائح التي تداعب الحواس. لبثت تتلفت إلى الخلف بعد أن تجاوزت مدخل الحي، وقد حرّك المكان رغبتها في الاستكشاف. لكن السيارة لم تبتعد كثيرا... بل توقفت بعد أن عبرت بضعة شوارع، أمام مبنى قديم. مثل كل المباني الباريسية الصامدة. نزلت وهي لا تزال تحت وقع المفاجأة. ستكون قريبة من أجمل المعالم الباريسية.

بعد دقائق قليلة، كانت تدخل شقتها في الطابق الخامس للمبنى العتيق. غرفة ذات مساحة صغيرة، لكنها جيّدة الترتيب والتنسيق. قامت بجولة استكشافية سريعة. لم يكن هناك الكثير لتراه. سارت ناحية النافذة. منظر جميل... عرفت فيما بعد أنها كانت تطل على حديقة اللكسمبورج المعروفة! موقع سكن مميز. لكن ما إن انتهت من التعرف إلى المكان، حتى سرى في نفسها الانقباض من جديد، وفتر حماسها تجاه المدينة والسكن والشقة والدراسة. عادت تسترجع شريط الذكريات القريبة. عادت تناجي أطياف الماضي التي خلّفتها وراءها، ظانة أنها ستقدر على الفرار منها... وجدت نفسها تتخذ تلك الوضعية... تستلقي على الفراش وتحدق في السقف...

لم تدر كم مضى عليها من الوقت وهي تتأمل الفراغ في وضعية الاستلقاء. لكن طرقات مترددة على باب شقتها أيقظتها من غفوتها. رفعت رأسها في استغراب. إنها لا تعرف أحدا هنا... غريبة في باريس، من ذا الذي يزورها؟ وقفت في ارتباك واقتربت من الباب. هتفت بالفرنسية دون أن تفتح الباب:

- من هناك؟

جاءها صوت أنثوي ذو لكنة أجنبية:

- مرحبا... أنا جارتك...

اطمأنت ندى، وسارعت بفتح الباب لتطالعها فتاة شابة بنظرات باسمة. بدت

ملامحها أوروبيّة، لكن لكنتها لم تكن فرنسية. ابتسمت بدورها وهي تقف مترددة أمام الباب. هل تدعوها إلى الدخول؟ لكن الفتاة بادرتها على الفور بفرنسية متعثرة:

- علمت أنك وصلت اليوم... لذلك فكرت في دعوتك لشرب الشاي معي. أنا أيضا وصلت منذ أيام قليلة وأسكن في الشقة المواجهة... أرجو أن نصبح صديقتين!

لم تملك ندى إلا أن تجيب دعوة الفتاة الرقيقة والعفوية. فهي على أية حال كانت تضيق ذرعا بوحدتها، وتبحث عمن ينتشلها من دوامة الحزن. فاغتنمت الفرصة لتمضي أمسية مسلّية مع جارتها أنابيلا القادمة من إيطاليا. تحدثتا عن باريس وأجوائها، وعن الدراسة التي تنوي كل منهما القيام بها... كانت أنابيلا تكبرها بسنتين، وقد جاءت لدراسة الفنون التشكيلية. لكنها لم تتعلم الفرنسية إلا في مرحلة متأخرة، لذلك فإنها لم تكن تتقنها بشكل جيد. وكانت تعتبر وجود ندى إلى جانبها فرصة طيبة حتى تمارس اللغة ما أمكنها ذلك... تطرقتا إلى جذورهما وبلاد كل منهما وما يميز ثقافتها وتقاليدها. واستمرت الأحاديث بينهما حول شتى الموضوعات العامة... وبسرعة، ارتاحت كل منهما للأخرى، وتواعدتا على القيام بجولة سياحية مشتركة. أحبت ندى الشاي والحلويات الإيطالية الخفيفة، ووعدت صديقتها الجديدة بتعريفها إلى الأصناف اللبنانية التي تجيدها.

حين انسحبت إلى غرفتها أخيرا، كانت قد استعادت بعض الحماس. لديها الكثير لتفعله هنا... وهي لن تكون وحيدة! تنهدت وهي تفتح حقيبتها التي ألقتها جانبا حين دخولها. ربما عليها أن تفرغ محتوياتها وترتبها حتى تحس ببعض الاستقرار في شقتها الخاصة. فتحت الصوان وأخذت ترصف حاجياتها بعقل شبه غائب. أمامها يومان قبل انطلاق الدروس في جامعة السوربون. عليها إنهاء الكثير من المعاملات، واقتناء ما ينقصها من مستلزمات الطبخ والتنظيف، وكل ما يخصّ الحياة اليومية. نعم... لقد أصبحت لديها حياتها الخاصة الآن، أصبحت مسؤولة بالكامل عن طعامها ونظافة شقتها. تلزمها بعض الحاجيات الدراسية أيضا.

كانت قد أخذت تعدّ قائمة في ذهنها، حين لامست كفها جسما صلبا حشر بين الملابس. سرت في جسدها قشعريرة باردة وهي تخرجه بيد مرتجفة. كان كتاب

القرآن! الكتاب الذي أهداها إياه أحمد حين كان يعلّمها مع ريما. لا تذكر أنها وضعته في حقيبتها. بل لا تذكر آخر مرة رأته فيها! منذ اختفاء أحمد لم يخطر ببالها... لكنها كانت سعيدة باكتشافها الغريب ذاك. مهما كانت الطريقة التي وصل بها إليها، فهي سعيدة لوجوده بين يديها الآن... بوجود قطعة من ذكرياتها أصرت على ملازمتها عنوة رغم محاولة الفرار المتعمدة. احتضنته في تأثر وأجهشت بالبكاء. لم تستطع تمالك نفسها أكثر بعد مقاومتها العنيفة منذ وطئت قدماها هذه الأرض الغريبة. تركت العبرات تسيل على وجنتيها وتطفئ حرارة حسرتها.

توقفت فجأة عن البكاء، ومسحت وجهها بظهر كفها. كيف سهت عن ذلك؟ تذكرت موقفا جمعها بأحمد منذ سنة ونصف... حين علّمها الوضوء وقراءة القرآن. تذكرت وقوفها عند عتبة الباب تودّعه، وكلماته التي ما زالت ترنّ في أذنيها بكل وضوح: «عديني... إن حصل لي مكروه ما... أن تقرئي كل يوم ربع ساعة من القرآن... من أجلي...»

يا الله! مرت شهور على غيابك يا أحمد وأنا لم أفكر في الوفاء بوعدي لك. استسلمت للحزن واليأس، ونسيت ما عاهدتك عليه! وضعت الكتاب جانبا ونهضت في اتجاه دورة المياه. حفظت درسها... عليها أن تتوضأ أولا! أتمت طقوس الطهارة على الطريقة الإسلامية، ثم وضعت غطاء رأسها وجلست على الأرض تحتضن كتاب القرآن. أخذت تقرأ في اهتمام... قرأت وقرأت كثيرا. تجاوزت ربع الساعة التي طلبها منها، كأنها تحاول التعويض عن الأيام الطويلة الماضية التي قصرت فيها. لم تكن تفهم الكثير... بل لم تكن تركز كثيرا مع المعاني. أصوات تخرج من بين شفتيها لا غير. لكنها أحست بالراحة حين انتهت من حصة القراءة الغريبة تلك. أحست بأن أحمد قريب منها، يراقبها من مكانه المجهول، وروحه ترعاها أينما كانت. وعلى تلك الأفكار الوردية الحالمة، غفت على الأرض وهي تحتضن الكتاب... وعلى شفتيها شبح ابتسامة راضية.

*****

٢١٠

«عزيزي أحمد،

لا يمكنك أن تتصوّر كم الجامعة واسعة، وكم فيها من الأقسام! لكن الشيء الأكثر إثارة هو الجنسيات المختلفة هنا، كأن شعوب الأرض كلها أرسلت سفراءها لتمثيلها في الجامعة! صينيون وهنود وأفارقة وآخرون من مختلف الجنسيات الأوروبية... مزيج لا يصدق من الألوان والأصول المختلفة. صحيح أن لبنان فيها من التنوع العرقي والديني الكثير، لكننا على الأقل نتكلم لغة واحدة، ولا نجد صعوبة في التواصل. من حسن حظي أنني أجيد الفرنسية وأتكلمها بطلاقة، لكن ذلك ليس حال جميع الطلاب... حتى أنابيلا جارتي في السكن تجد بعض الصعوبات، وقد وجدتني في مناسبات كثيرة ألعب دور المترجم، لأساعدها على قضاء بعض الحاجات. الجامعة فيها تخصصات كثيرة وعدد الطلبة كبير أيضا. هذا ليس غريبا على جامعة بمثل هذه الشهرة!

قاعات الدرس رائعة من حيث التهيئة والتجهيز، والمدرجات تتسع لمئات الطلبة. تعرفت إلى بعض الطالبات في درس الفلسفة... واحدة من رومانيا، والأخرى من أرمينيا. وقد تناولنا طعام الغداء معا، لكنني لم أتناول سوى الخضروات، فليس من السهل هنا إيجاد المطاعم التي تصنع طعاما يحترم الشعائر اليهودية!

أتممت تجهيز شقتي الصغيرة. اشتريت مفارش وستائر، وغيّرت ورق الجدران، حتى أترك في المكان بصمتي الخاصة، وأحس بأنني في منزلي حقا. أنابيلا ساعدتني في الأشغال، وقد أمضينا وقتا ممتعا. هي فتاة طيبة جدا... بريئة وعفوية مثل طفلة صغيرة. عائلتها تسكن إيطاليا، وهي تسافر إليهم مرة كل شهر. الرحلة طويلة بالقطار من باريس إلى ميلانو. لكنها تعوّدت أكثر مني على السفر، فقد درست من قبل في روما بعيدا عن عائلتها.

الحياة المستقلة ليست سهلة أبدا. عليِّ الآن أن أهتم بكل شيء بنفسي دون إرشاد من أحد. التفكير في المشتريات وحاجيات البيت، والمعاملات الإدارية والفواتير... عليّ أن أتعود على كل هذا. حقا أفتقد أمي! رغم أنني جئت إلى هنا فرارا من حصارها

وتحكمها في حياتي، إلا أنني أعترف بأنها كانت حريصة على راحتي. اكتشفت كم أنا وحيدة وضائعة دونها!

أفتقدك جدا أيضا... أكثر من أي وقت مضى. لذلك سأكتب إليك كل يوم، عسى أن تصلك رسائلي يوما ما. أريد أن أشاركك كل لحظات حياتي الجديدة. لا تقلق... لن يفوتك منها شيء»

سمعت طرقات خفيفة على بابها. إنها أنابيلا دون شك. اتفقتا على الذهاب للتسوق معا.

- لحظة، أنا قادمة...

أعادت قراءة رسالتها بسرعة، ثم وضعتها في الظرف. ترددت للحظات وهي تمسك القلم. عليها أن تضع عنوانا على الظرف! لا يمكنها أن ترسله إلى منزل أحمد. لا تريد أن تنكأ جراح والديه التي لم تندمل بعد. ولا يمكنها أن تدع رسالتها تقع بين يدي أحد غيره... إلى أين ترسلها إذن؟ ليتها تعرف أين يكون!

- ندى... ألم تجهزي بعد؟

كانت أنابيلا تستعجلها. نعم... وجدتها! وبكل ثقة، خطت العنوان... عنوان منزل الضيعة. منزل الأحلام الوردية... حيث كان يفكر أحمد بالاستقرار بعد الزواج وإنشاء مشروعه الخاص. لن يذهب أحد إلى هناك في مثل هذا الوقت من السنة. كما أنه لا أحد يهتم بتفقّد صندوق البريد، فالعائلة لا تتلقى مراسلات هناك. ستكون الرسالة محفوظة، إلى أن يأتي صاحب المنزل.

وضعت الرسالة في حقيبتها، وجرت لتفتح لأنابيلا وقد انشرحت أساريرها...

*****

«عزيزي أحمد،

متعبة جدا أنا اليوم. الضغط الدراسي بدأ يعلو رويدا رويدا... وعليَّ البدء في التحضير للبحث النهائي. استعرت بعض المراجع من المكتبة العامة، وسأشرع في

العمل عليها قريبا. المكتبة أيضا مدهشة! فضاء واسع حيث رفوف الكتب التي تعلو إلى السقف تحيط بك من كل جانب. لم أستطع تضييع الفرصة والمغادرة دون المرور بقسم الكتب الدينية والعقائدية. تصور أنني وجدت تفسيرا للقرآن باللغة الفرنسية! كنت قد تركت كتاب التفسير الذي أهديتني إياه في لبنان، وكتاب التفسير هذا سيفيدني بالتأكيد. ما زلت أواظب على القراءة اليومية التي وعدتك بها... لكنني مللت القراءة دون فهم. ربما عليَّ أن أهتم بما يقول القرآن أكثر، فمهما قرأت من كتب التحليل والمقارنة، فإنها لن تكون أكثر دقة من القرآن نفسه. لغتي العربية جيدة نوعا ما، لكنها ليست كافية لفهم الآيات القرآنية.

أنابيلا اكتشفت القرآن لديَّ في زيارتها الأخيرة. كنت أخبرتها بأنني يهودية، لذلك فقد فوجئت برؤية الكتاب فوق مكتبي. لم أرد أن أقص عليها حكايتي، لذلك اكتفيت بالقول بأنني أهتم بدراسة الكتب السماوية. هي تدين بالمسيحية، لكنها بدت مهتمة أيضا بالتعرف إلى الديانات الأخرى. كانت قد طلبت مني بضع مرات بأن أحدثها عن التوراة، وعن تقاليدنا وعاداتنا الدينية... تذكرني ببابا جورج وتسامحه منقطع النظير.

البارحة تحدثنا كثيرا عن الإسلام. كانت لديها أسئلة كثيرة وقد حاولت مساعدتها بما أعلم. لكنني لم أكن أملك الإجابات الشافية في معظم الأحيان، رغم كل ما قرأته! ربما كان ذلك السبب الأساسي لاهتمامي بفهم القرآن. أنابيلا لا تفهم العربية، أما أنا فبلى، وهذا يعد نقطة إيجابية يجب عليَّ استغلالها.

من المعالم الحضارية المعروفة في باريس، جامع باريس الكبير. وهو يقع على بعد بضعة شوارع من مكان سكني. لم أكن قد مررت بجواره من قبل، لكن أنابيلا طلبت مني أن أصحبها لزيارته. قررنا الذهاب يوم غد الجمعة. سيكون اكتشافا لي أيضا! فرغم كثرة المساجد والجوامع في لبنان، فإنني لم أجرؤ على دخول أحدها. المرة الوحيدة التي رأيت فيها صلاة المسلمين الجماعية، كانت في منزل الضيعة... وكنت أنت من يصلي. هل تذكر؟ حدثتني فيما بعد عن صلاتكم وشعائرها. ثم رأيت ربما تصلي مرات عدّة في البيت. والآن سأذهب أخيرا لزيارة مكان العبادة. الأمر أسهل

بكثير هنا... فالجامع الكبير يعتبر مَعْلَما أثريا يدخله السياح باختلاف انتماءاتهم الدينية والعقائدية. سأحدثك عن هذه الزيارة بتفاصيلها في رسالة الغد...»

*****

خطت ندى في اتجاه مدخل الجامع وإحساس غريب بالألفة يراودها. كأن اقترابها من مكان العبادة يُقرّبها من العزيز الغائب... على الأقل من عالمه. شدّت أنابيلا على ذراعها، وهي تشير إلى الحديقة الخلابة التي تتوسّط فناء الجامع وتهتف:

- هل يمكننا أن نلتقط بعض الصور هنا؟

أشارت إليها ندى بخفض صوتها وهمست:

- دعينا أولا نقم بجولة في المكان... دون أن نجلب الأنظار إلينا...

عبرتا الحديقة الأمامية، وهما تجيلان النظر حولهما في فضول ممزوج بإعجاب. لم تكن الزخرفة العربية الإسلامية غريبة على ندى، فقد سبق لها أن رأت بعض المعالم في لبنان. لكن الفن المعماري لا يفتأ يثير إعجابها على الدوام. كان الجامع هادئا والحركة خفيفة في الممرات. خطرت ببال ندى فكرة حين رأت لافتة تشير إلى مكان الوضوء الخاص بالنساء. أشارت إلى أنابيلا وهي تتقدّمها:

- تعالي من هنا... سأعلّمك شيئا!

نزلتا سويا الدرج اللولبي الذي يقود إلى قاعة الوضوء في المستوى تحت الأرضي. بدأت ندى بنزع حذائها، وكشف ذراعيها، وأنابيلا تفعل مثلها في اهتمام. قالت ندى موضّحة:

- سأعلّمك الوضوء على طريقة المسلمين... وهي عملية التطهّر قبل أداء الصلاة...

كانت فخورة لأنها تعرف شيئًا جديدًا عن أنابيلا، وستعلّمها إياه كما علّمتها ريما. بدأت تغسل أطرافها على مهل، وتشرح القواعد، وأنابيلا تقلّدها في مرح طفولي. حين فرغتا، قالت ندى وهي تكرر جُملة سمعتها يومًا من أحمد:

- الوضوء واجب قبل دخول قاعة الصلاة في المسجد، وضروري قبل الصلاة...

كانتا قد اقتربتا من الفناء، حين تناهى إليهما صوت الإمام وهو يرفع صوته بالأذان... إنه النداء إلى الصلاة. تقدّمت أنابيلا نحو القاعة التي صدر عنها الصوت وهي تسأل ندى:

- هل هي الصلاة؟

لم يكن بوسع ندى أن تُفيدها بشأن ذلك. فقد كانت المرة الأولى التي تدخل فيها إلى الجامع هي الأخرى. لكنها شدّتها من ذراعها حتى لا تتوغّل إلى الداخل، فقد عهدتها متسرّعة ومتهوّرة، والصلاة ليست مسرحا للفُرجة، ولا يجب عليهما إزعاج المصلين. لكن أنابيلا شدّتها معها لتجد نفسها أمام الباب المفتوح على مصراعيه والمؤدي إلى قاعة كبيرة مفروشة بالزرابي، وتتدلى من سقفها الثُريّات الضخمة ذات الأشكال الجذّابة. كان هناك عدد قليل من الزوار بالداخل، وبدا أن الصلاة لم تبدأ بعد، فلم تترددا في الدخول، وهما تتأملان تنسيق المكان وديكوره المميّز.

كانت ندى تقدّم توضيحات لمرافقتها حول فن المعمار الإسلامي، حين رأت سيدة في متوسط العمر ترتدي الحجاب الإسلامي، وتشير إليهما بالخروج. ارتبكت الفتاتان وتوجّهتا على الفور إلى المخرج لتغادرا. تملّك ندى الخوف. هل يبدو عليهما أنهما ليستا مسلمتين؟ ما الخطأ؟ هل ظهرت نجمة داوود على صدرها؟ لكنها أخفتها بعناية... تحسّستها من تحت المعطف. لا، لا تظهر! حثّت الخطى وهي تقطع الفناء بسرعة، وقد تملكها خوف رهيب. يجب أن تغادر المكان على الفور، فهي تعرف أنه يغفر للمسيحية ولا يغفر لها. لكن صوتا أنثويا ينادي بالفرنسية جاءهما من الخلف:

- يا أهل الكتاب! يا أهل الكتاب! تعاليا!

توقّفت أنابيلا استجابة للنداء، لكن ندى ظلت على توجّسها. أهل الكتاب؟ كيف عرفت المرأة ذلك؟ مصيبة!!! تبادلت ندى وأنابيلا نظرات تشاور. لكن إلحاح المرأة جعلهما تستجيبان للنداء، وتمضيان باتجاهها على استحياء. أشارت إليهما المرأة بنزع أحذيتهما حين دخول القاعة وهي تبتسم. ثم دعتهما إلى الداخل... ارتبكت ندى وهي تُنفّذ الأمر في إذعان. كانت تعلم أن المسلمين ينزعون أحذيتهم للصلاة، لكنها لم تعلم أن عليها نزعها عند دخول القاعة، فهما كانتا في الفناء بأحذيتهما، ولم يطلب

منهما أحد نزعها... لذلك فإنها تصوّرت أن الأحذية تُنزع للصلاة لا غير.

تبعتاها إلى الداخل في صمت متوجّس. كان المصلون قد بدؤوا في التوافد، وأخذوا تلقائيا في الانتظام على شكل صفوف متوازية ملتفتين إلى اتجاه واحد. كان مكان صلاة النساء منفصلا عن مكان صلاة الرجال، عن طريق ستارة ممتدة إلى آخر القاعة. رفعت المرأة طرف الستارة، فتجلّت أمام الفتاتين صفوفٌ أخرى من المُصلّيات... نظرت ندى في استغراب. كيف تصلي النساء في قاعة منفصلة؟ فهي تذكر أن سماح والسيدة سعاد كانتا تصلّيان خلف أحمد وبقية الرجال مباشرة ذاك اليوم! ولم تمض سوى لحظات حتى ارتفع صوت المُؤذّن، معلنا بداية الصلاة. قادتهما المرأة إلى نهاية القاعة وطلبت منهما الجلوس في صمت وعدم لمس كتب القرآن أو المرور أمام المصلين، ثم سارعت بالانضمام إلى الصف الأخير وشرعت في الصلاة.

لبثت الفتاتان للحظات مشدودتين إلى المشهد، تطالعان صفوف المصلين المنتظمة المتزاحمة الخاشعة في صمت ثقيل. وما لبث صوت الإمام أن ارتفع في همهمة جديدة ميّزت فيها ندى التكبير، ثم انحنى المصلون جميعا في حركة واحدة راكعين. تمتمت أنابيلا متسائلة في خفوت:

- هل صلاتهم صامتة؟

ابتسمت ندى وهي تنحني نحوها، وتقول هامسة حتى لا يصل صوتها إلى المُصلّيات:

- صلاة المسلمين مختلفة عن صلاة النصارى التي تؤدى بصوت مرتفع وبطريقة غنائية، لكنها قريبة من صلاة اليهود. فعندنا أيضا يُردد المصلي مقاطع من الكتاب المقدس بصوت خافت، أو في داخله، دون أن يجهر بها...

عادت ندى وأنابيلا لمتابعة المشهد في فضول وانجذاب. وما إن أعلن الإمام نهاية الصلاة، حتى دبّت الحركة في المكان، وارتفعت الأصوات بالحديث. توجّهت المرأة التي سبق وتحدّثت إلى ندى ومرافقتها إليهما مبتسمة، وطلبت منهما انتظارها، وما لبثت أن عادت وهي تحمل إبريق شاي. جلست إلى جوارهما وملأت كأسين، قدمتهما إليهما وهي تقول:

- أهلا بكما... من عادتنا أن نقدّم الشاي لعابري السبيل وضيوف الجامع، وأنتما اليوم ضيفتان لدينا.

رشفت ندى رشفة من كأسها في امتنان، وهي تحمد الله لأنها لم تسألهما عن ديانتهما. كانت النسوة من حولهن قد تفرّقن في مجموعات صغيرة، بعضهن يقرأ في القرآن، والبعض الآخر يتبادلن الأحاديث... في حين قامت بعضهن بتوزيع التمر. اغتنمت أنابيلا الفرصة وأخذت تطرح الأسئلة التي خامرتها وهي تشاهد الصلاة:

- لماذا أنتم مزدحمون والفناء واسع؟

شرحت المرأة بسعة صدر:

- نحن نزدحم لنكون معًا... فالصلاة جماعية... والجماعة تعني أن نكون كالبنيان المرصوص، متلاحمين... لا نترك فُرجة يتسلل منها الشيطان ويُفسد وحدتنا. وتلك ميزة الصلاة في المسجد... وإلا فليبق كل منا في بيته ويؤدِ صلاته منفردا!

تزايدت دهشة أنابيلا وهي تسأل مجددا:

- ولماذا بقينا نحن في الخلف، في حين تقدّمتم جميعا إلى الأمام؟

- نحن نقف في الأمام حتى نكون أقرب من الإمام الذي يقود الصلاة، وحتى لا يمر أحد بين الصفوف أو أمام المصلين. لو كنا تركنا مساحة في الأمام، فإن من يصل متأخرًا سيمر أمام الباقين ويشوّش تركيزهم. أما حين نكون في الأمام، فإن القادم سيتخذ مكانه في الصف الأخير، دون أن يزعج غيره... ويترك المجال لمن سيأتي بعده... فالمسألة تنظيمية.

هزّت أنابيلا رأسها في إعجاب وقالت مبتسمة:

- حقيقة... الإسلام فيه كل شيء!! إذا كانت صلاتكم بمثل هذا النظام، فلا شك أنكم تلتزمون بالصف في أعمالكم... وتركبون الحافلات بشكل منظّم، كي تتركوا المجال لمن يركب بعدكم! إنه لشيء مدهش حقا!!

ابتسمت المرأة ولم تعلّق، أما ندى فقد انفجرت ضاحكة. هتفت أنابيلا في احتجاج:

- هل قلت شيئا خطأ؟

هزّت ندى رأسها نافية وهي تقول:

- لا أبدا...

شكرتا المرأة، واعتذرتا لتنهيا الزيارة. خرجت ندى وقد شغل كلام أنابيلا تفكيرها. تعلم جيدا أن الحال في البلاد العربية ليس كذلك أبدا. لكن المبدأ في حد ذاته بدا مهما. ما قالته أنابيلا صحيح... أو بالأحرى، كان يجب أن تترك قواعد الصلاة الجماعية أثرا في الحياة الاجتماعية للمسلمين. تذكرت حينها كلمات قالها أحمد «لا تجعلي المسلمين يُنفّرونك من الإسلام، فتطبيقهم لتعاليمه متفاوت... لكن انظري في خُلق رسول الإسلام، وحده ضمن كل البشر خُلقه القرآن».

*****

كانت أنابيلا تجرّها من مكان إلى آخر طوال العطلة الأسبوعية. في كل مرة تنتقي معلما باريسيا جديدا، وتأخذها في جولة استكشافية. تعترف أنها لم تكن لتقوم بكل تلك الزيارات لو كانت بمفردها. ومع أن الوجهات لم تكن بالضرورة تناسب ميولاتها في كل مرة، فإنها على الأقل تُخرجها من أجواء الدراسة الخانقة وجدران غرفتها الضيّقة.

تجاوزت البوابة الخارجية لمتحف «اللوفر» الشهير في فتور. لم تكن المتاحف تستهويها كثيرا، بل لعلها تصيبها بالملل أكثر من أي شيء آخر. لوحات، تماثيل، أوان خزفية، قطع نقدية قديمة... كل ذلك كان يحلو لأنابيلا، تلميذة جامعة الفنون التشكيلية، ويشدّ انتباهها. كانت تتوقف عند كل قطعة وتهتف بمرح طفولي كلما اكتشفت تفاصيل تبدو لها مثيرة. تبعتها ندى عبر الردهات من قاعة إلى أخرى وهي تجرّ قدميها وتُجيل نظراتها في غير تركيز. استيقظ اهتمامها حين عبرت المدخل المؤدي إلى قاعة مصر القديمة. استقبلها التمثال المصغر لأبي الهول بشموخه المتعالي، وارتسمت على شفتيها ابتسامة وهي ترى عددا من الزوار يقفون منتظرين دورهم لالتقاط صورة معه، مع أن إشارة منع التصوير كانت تتصدّر البوابة! وهالها

أن وجدت أنابيلا تلقي إليها بآلة التصوير الخاصة بها، وتسارع باتخاذ موقفها بين المنتظرين وهي تبتسم في رجاء. تنهّدت ندى وهي تنظر إلى آلة التصوير بين يديها. ثم تقدّمت خطوات في اتجاه البهو. لا يزال أمامها بعض الوقت قبل أن يحين دور صديقتها.

قادتها قدماها باتجاه الممر على يسار القاعة الذي يُفضي إلى درج عريض ، يؤدي بدوره إلى قاعة سفلية متّصلة بالقاعة الأولى. نزلت الدرجات على مهل وقد نسيت أنابيلا تقريبا. تبعت تيار الوافدين في استسلام، وهناك في الأسفل، استوقفتها مجموعة من التوابيت الخشبية المرصوفة خلف زجاج سميك، بزخرفتها الدقيقة الملونة. كانت تعدّ لحماية المومياوات الفرعونية. في أقصى القاعة كان هناك صندوق زجاجي آخر تبدّت خلفه مومياء مستلقية على ظهرها، وقد شبكت ذراعيها فوق صدرها. اتجهت نحوها في اهتمام، وهي تعتصر ذاكرتها محاولة استعادة صورة قديمة. كأنها قد سمعت شيئا بشأن هذه المومياء في الماضي، لكنها لا تذكر أين ومتى. وقفت أمام الجسد المحنّط المحاط بلفافات قماشية بيضاء، استحال لونها إلى الأصفر الباهت. قرأت اللافتة التي عُلّقت عند رأس المومياء... عن عملية التحنيط وحفظ الخلايا البشرية من التلف. أخذت تسترجع الكلمات التي قرأتها منذ أشهر... المومياء التي وجدت سليمة مكتملة دون كل المومياوات الفرعونية. هل كانت لرمسيس الثاني؟ ليست متأكدة. كانت السلطات الفرنسية قد استقدمتها من مصر لإجراء تحاليل مكثفة حول وسيلة حفظها وأسباب الوفاة وما إلى ذلك. هناك شيء ما غريب اكتشفه الطاقم الطبي الذي أشرف على التحاليل... ما هو؟ آه نعم... اكتشفوا أن الفرعون صاحب المومياء قد مات غريقا!

نعم، هو ذاك! في تلك اللحظة استعادت الصورة كاملة. كانت قد قرأت ذلك في كتاب الدكتور الجراح موريس بوكاي. كان هو ضمن الفريق الطبي الذي أشرف على تشريح المومياء. لكنها قرأت له كتابا واحدا... التوراة والقرآن والعلم! كان قد تحدّث عن ذلك في الفصل الخاص بالإعجاز العلمي في القرآن. تسمّرت في مكانها للحظات وهي تجمع كل تلك الأفكار وتعكسها على المومياء الماثلة أمامها. هل ذكر

ذلك في القرآن حقا؟ حين قرأت الكتاب، لم تحاول البحث عن الدلائل في القرآن، فهي حينها لم تكن قد شرعت في محاولة فهم النصوص القرآنية. لكن الآن، يمكنها التثبّت بنفسها.

انتبهت حين أحست بكف تربت كتفها. التفتت فزعة لتجد أنابيلا تطالعها في استياء... ابتسمت في اعتذار وهي تُعيد إليها آلة التصوير. لقد فوّتت عليها فرصة التقاط صورة مع أبي الهول.

- هل شدّتك هذه المومياء؟ ابتسمي... سآخذ لك صورة معها!

وقبل أن تعلّق ندى، أضاء كاشف آلة التصوير، والتقطت الصورة. ربما أخذت أنابيلا بذلك ثأرها.

ظلّت المومياء تشغل تفكيرها، حتى أنهت جولتها وعادت إلى غرفتها. اعتذرت من أنابيلا التي عرضت عليها تناول وجبة العشاء سويا، وأغلقت على نفسها الباب. أين اختفى ذلك الكتاب؟ تذكر أنها لمحته في مكان ما هنا... آه، ها هو! سارعت بالبحث في الفهرس وفتحت الصفحة الخاصة بقصة الفرعون. أين هي الآية التي تحدّث عنها؟ ها هي. فتحت القرآن بسرعة، دون أن تفكر في طقوس الطهارة المعتادة. لا تملك الوقت لذلك الآن. بحثت عن الآية على عجل. حين وصلت إلى الصفحة، توقفت مشدوهة:

{فَالْيَوْمَ نُنَجِّيكَ بِبَدَنِكَ لِتَكُونَ لِمَنْ خَلْفَكَ آيَةً}

كانت الآية في غاية الوضوح. عادت إلى الكتاب لتقرأ التفسير. العلماء والمؤرخون أقرّوا بأن الفرعون المقصود في قصة النبي موسى هو صاحب المومياء الموجودة في المتحف. الفرعون الذي طارد بني إسرائيل إلى اليمّ، فانشق الماء بمعجزة إلهية ليعبر موسى وبنو إسرائيل، ثم غمرت المياه الطريق لتبتلع فرعون وجنوده... الفرعون مرنبتاح، خليفة رمسيس الثاني.

{فَالْيَوْمَ نُنَجِّيكَ بِبَدَنِكَ لِتَكُونَ لِمَنْ خَلْفَكَ آيَةً}

المومياء ظلّت على حالها، محفوظة لدرجة مدهشة طيلة خمسة آلاف سنة، ولم تشرع في التآكل إلا حين تم الكشف عنها في بداية القرن العشرين، ورغم الحماية

المتوفّرة في المتحف إلا أن ذلك لم يمنع حالها من السير نحو الأسوأ. كان ذلك شيئا لا يصدق! عادت إلى الكتاب تستزيده التوضيحات. كان يذكر وجوها عديدة أخرى من الإعجاز العلمي في القرآن... عن الكواكب والنجوم، وعن مراحل تكوّن الجنين في بطن أمه، وعن أشياء كثيرة أخرى. راحت تقرأ فصول الكتاب باللغة الفرنسية ثم تعود إلى النص العربي الأصلي، ثم إلى التفسير الفرنسي للقرآن. كانت هناك اختلافات في التأويل في بعض المواضع، لكن الالتقاءات كانت كافية لتذهلها وتمتعها في آن!

{أَفَلا يَتَدَبَّرُونَ الْقُرْءَانَ وَلَوْ كَانَ مِنْ عِنْدِ غَيْرِ اللَّهِ لَوَجَدُوا فِيهِ اخْتِلافًا كَثِيرًا}

كانت تلك الآية ماثلة بين عينيها على الدوام. تزعجها وتحيّرها، تستفزّها وتؤرّقها في أحيان كثيرة. ولم يعد بإمكانها التراجع عن الطريق التي توغلت فيها أكثر من اللازم.

*****

قرأت القرآن مرات ومرات، وكانت في كل مرة تزداد فهما لكلماته البليغة. قرأته بتمعن منذ البداية، تحلل وتفسر. عادت وحيدة إلى مسجد باريس الكبير مرّات، تقابل الأئمة وتستفسر. كانت المعاني تتسلل إلى قلبها وعقلها رويدا رويدا، وروحها تتشرّبها جرعة جرعة. اقتنعت بالإعجاز العلمي دون شكوك، ثم تفكرت {أَفَتُؤْمِنُونَ بِبَعْضِ الْكِتَابِ وَتَكْفُرُونَ بِبَعْضٍ} فتعمّقت أكثر حتى لا تتوقف عند الجانب العلمي، وتكتشف بلاغة اللغة العربية وحلاوتها. وكلما أوغلت في قراءتها وفهمها، تصدّعت الدروع التي حصّنت بها عقيدتها طوال طفولتها وبداية شبابها وأخذت في التداعي.

كانت الآيات القرآنية تعيدها إلى ذكريات نقاشاتها المحتدمة مع أحمد وتؤيد إجاباته على أسئلتها المستفزة...

- لماذا يهاجمنا القرآن؟

- نحن لا نهاجم أحدًا، والقرآن لا يهاجمكم. هل سمعت بأحد يُهان من اليهود في القرون السابقة؟ تغذّت العنصرية ضد اليهود من أسباب مختلفة، ولم يكن

القرآن سببا فيها. هل كان هتلر يقرأ القرآن ليكره اليهود والسود والعرب وكل من ليسوا جنسا آريّا؟ هل نحن من فرضنا على اليهود الخروج من بيت المقدس منذ مئات السنين، وهل أخرجناكم عندما عشتم في أراضينا معنا؟ اسألي جدّك أو جدّتك... تغذّت النقمة على اليهود من حركات اجتماعية وواقع سياسي محدد...

ثم أضاف بعد هنيهة:

- ولكن عداءنا للصهاينة قائم لا جدال فيه، لأنهم يصرون على اتّباع منهج اليهود القدامى الذي يدينه القرآن بوضوح، أنا لا أخفي عليك الأمر. وإليك الأسباب...»

ثم طفق يُعدّد لها الأسباب... ولم تكن تعلم أيا منها! أحسّت بالجهل المدقع في قرارة نفسها. وها هي الآيات التي تقرؤها بين يديها تشهد على ذلك:

{أَفَتَطْمَعُونَ أَنْ يُؤْمِنُوا لَكُمْ وَقَدْ كَانَ فَرِيقٌ مِنْهُمْ يَسْمَعُونَ كَلامَ اللَّهِ ثُمَّ يُحَرِّفُونَهُ مِنْ بَعْدِ مَا عَقَلُوهُ وَهُمْ يَعْلَمُونَ * وَإِذَا لَقُوا الَّذِينَ آمَنُوا قَالُوا آمَنَّا وَإِذَا خَلا بَعْضُهُمْ إِلَى بَعْضٍ قَالُوا أَتُحَدِّثُونَهُمْ بِمَا فَتَحَ اللَّهُ عَلَيْكُمْ لِيُحَاجُّوكُمْ بِهِ عِنْدَ رَبِّكُمْ أَفَلا تَعْقِلُونَ}

{وَلَمَّا جَاءَهُمْ كِتَابٌ مِنْ عِنْدِ اللَّهِ مُصَدِّقٌ لِمَا مَعَهُمْ وَكَانُوا مِنْ قَبْلُ يَسْتَفْتِحُونَ عَلَى الَّذِينَ كَفَرُوا فَلَمَّا جَاءَهُمْ مَا عَرَفُوا كَفَرُوا بِهِ فَلَعْنَةُ اللَّهِ عَلَى الْكَافِرِينَ}

{قُلْ فَلِمَ تَقْتُلُونَ أَنْبِيَآءَ اللّهِ مِن قَبْلُ إِن كُنْتُم مُّؤْمِنِينَ}

{أَوَ كُلَّمَا عَاهَدُواْ عَهْداً نَّبَذَهُ فَرِيقٌ مِّنْهُم بَلْ أَكْثَرُهُمْ لاَ يُؤْمِنُونَ}

عاد صوت أحمد يرن في أذنيها وهي تعاين الآيات في شغف:

«- ... كما أن الكلام ليس واردًا على اليهود فقط، بل على كل من طغى وعاث فسادا في الأرض أيًا كان. ألم يذكر القرآن أنه عاقب فرعون وجعلكم من أعزاء القوم باتباعكم موسى عليه السلام؟ هل في هذا إهانة؟ بل هو العكس تماما! فقد حفظ لكم تاريخكم وأراكم أنكم كنتم من عباده الصالحين وممن أكرمهم بأنبيائه...»

{يَا بَنِي إِسْرَائِيلَ اذْكُرُواْ نِعْمَتِيَ الَّتِي أَنْعَمْتُ عَلَيْكُمْ وَأَنِّي فَضَّلْتُكُمْ عَلَى الْعَالَمِينَ}

{إِنَّ الَّذِينَ آمَنُواْ وَالَّذِينَ هَادُواْ وَالنَّصَارَى وَالصَّابِئِينَ مَنْ آمَنَ بِاللَّهِ وَالْيَوْمِ الآخِرِ وَعَمِلَ صَالِحاً فَلَهُمْ أَجْرُهُمْ عِندَ رَبِّهِمْ وَلاَ خَوْفٌ عَلَيْهِمْ وَلاَ هُمْ يَحْزَنُونَ}

وتتالت الشواهد أمام عينيها... عن الجهاد في الإسلام والغزوات، وقصة عيسى

بن مريم، والبعث والعقاب والجزاء... وكل الأسئلة التي طالما راودتها الشكوك حولها. لشد ما راوغت أحمد بشأنها، وتفنّنت في إيجاد الثغرات في تحليلاته وتأويلاته. لكنها وهي تمسك المصحف بين يديها، تحسّ بصدق ما تقرأ. تحس بعمق وقوة لم تعهدهما في التوراة أو في العهد القديم. ولم يخف عليها أنها آخذة في التغيّر... بل هي قد تغيّرت من الداخل دون أن تشعر. وحين قرأت في إحدى لياليها المسهدة آية سورة الحديد، بصوت خافت متهدج:

{أَلَمْ يَأْنِ لِلَّذِينَ آمَنُوا أَنْ تَخْشَعَ قُلُوبُهُمْ لِذِكْرِ اللَّهِ وَمَا نَزَلَ مِنَ الْحَقِّ وَلَا يَكُونُوا كَالَّذِينَ أُوتُوا الْكِتَابَ مِنْ قَبْلُ فَطَالَ عَلَيْهِمُ الْأَمَدُ فَقَسَتْ قُلُوبُهُمْ وَكَثِيرٌ مِنْهُمْ فَاسِقُونَ. اعْلَمُوا أَنَّ اللَّهَ يُحْيِي الْأَرْضَ بَعْدَ مَوْتِهَا قَدْ بَيَّنَّا لَكُمُ الْآيَاتِ لَعَلَّكُمْ تَعْقِلُونَ}

انتابتها نوبة بكاء عنيفة، جعلت جسدها النحيل يهتزّ بقوة. تركت المصحف لبضع دقائق، وأغمضت عينيها تحاول تمالك نفسها. لم تعد تسيطر على التحوّلات التي تحدث بداخلها. وضعت كفها على صدرها لتوقف دقات قلبها المتسارعة، وصوت في رأسها يردد في إصرار: ألم يأن؟ ألم يأن...؟ يحثّها على الإجابة...

عادت إلى قراءتها لتطرد الأفكار الغريبة التي تلح عليها... تقرأ دون تركيز، فقط لتخمد ثورة قلبها. لكنها حين وصلت إلى الآية:

{لَوْ أَنْزَلْنَا هَذَا الْقُرْآنَ عَلَى جَبَلٍ لَرَأَيْتَهُ خَاشِعًا مُتَصَدِّعًا مِنْ خَشْيَةِ اللَّهِ وَتِلْكَ الْأَمْثَالُ نَضْرِبُهَا لِلنَّاسِ لَعَلَّهُمْ يَتَفَكَّرُونَ}، أطلقت صرخة مكتومة، وانهارت ساجدة على الأرض. كان الجبل الذي بداخلها قد انهار خاشعا، متصدّعا... من خشية الله!

*****

{وَقَالُوا لَنْ يَدْخُلَ الْجَنَّةَ إِلَّا مَنْ كَانَ هُودًا أَوْ نَصَارَى تِلْكَ أَمَانِيُّهُمْ قُلْ هَاتُوا بُرْهَانَكُمْ إِنْ كُنْتُمْ صَادِقِينَ * بَلَى مَنْ أَسْلَمَ وَجْهَهُ لِلَّهِ وَهُوَ مُحْسِنٌ فَلَهُ أَجْرُهُ عِنْدَ رَبِّهِ وَلَا خَوْفٌ عَلَيْهِمْ وَلَا هُمْ يَحْزَنُونَ}

«أخي في الله أحمد،

أحببتُ أن أبدأ رسالتي إليك بهذه العبارات، لعلك تفهم منها ما جدَّ في حياتي، وما منعني من الكتابة إليك في الفترة الماضية. أيام عصيبة مرّت بي، فقد رقدت في الفراش لأسابيع طويلة، وأنا لا أكاد أشعر بما يحصل حولي. عدت إلى لبنان منذ أيام. اشتدّ بي المرض، فما كان من المسؤولة عن السكن الطلابي إلا أن اتصلت بعائلتي ليتم ترحيلي إلى هنا. أنابيلا اعتنت بي في الفترة الأولى من مرضي، وطلبت لي الأطباء. لكنهم عجزوا عن تشخيص حالتي... فما فيَّ نفسيٌّ روحيٌّ، وليس جسديا ملموسا.

هل تذكر حين مرضت منذ سنتين بعد رحيل ريما؟ كنت تقرأ لي بعض الآيات القرآنية وأنا غارقة في غيبوبتي. كانت سورة الدخان... كان لها وقعٌ غريب في نفسي في تلك المرة. ومع أنني قرأت القرآن مرات عديدة منذ تلك المرة، إلا أنني لم أستشعر نفس الأحاسيس مجددا. كنت أقرأ القرآن كما أطالع المقالات في الجرائد... دون أن يحرك فيَّ شيئا. لكنني في الفترة الأخيرة، أصبحت أكثر حساسية لمعانيه. تأثرت بكثير من الآيات التي تُذكّرني بنقشاتنا الماضية... ليس لأنها تعيد إليّ الذكريات، بل لاستيعابي المتأخر لكثير من الأمور التي سلف وشرحتها لي. أعتذر لكوني تلميذة ثقيلة الفهم... فقد تطلّب مني الأمر زمنا طويلا حتى أصل إلى ما قصدته بكلامك.

في المرة الأخيرة، حين شرعت في تلاوة سورة الدخان، أصابني صداع شديد ودوار غريب، كأنني أرى صورا من غيبوبتي السابقة. وما إن انتهيت منها حتى وجدتني طريحة الفراش كأنني مصابة من جديد. الأكيد أن قناعتي تضخّمت من سورة إلى أخرى، ولكن هذه السورة كانت هي الفصل. ما الذي جاء فيها؟ لا أدري كيف أشرحه، ولكنني أحسست أنها تخاطبني، وأن ما ترويه له صدى في نفسي. كيف سأُفسّر ذلك؟ تتحدّث عن الرحمة والمغفرة وعن العقاب والثواب وعن سيدنا موسى وعن سيدنا محمد عليه الصلاة والسلام وما قيل فيه. أحسست بالجهل. فيم أكابر؟ هل أعرف شيئا عن الإسلام ونبي الإسلام عدا ما أراه من حولي؟ هل استعملت عقلي كي أُميّز وأختار؟ أم أني نشأت على اليهودية فظللت كما أنا لا أكثر ولا أقل؟ ما الذي أفعله غير أني أقول إنه معلّم مجنون؟ وجدت بكل بساطة أنني طاغية وأنني مستكبرة وأنني من القاسيةِ قلوبُهم وأنني وأنني... في لحظة مرّ بخاطري

معنى الإسلام، المعنى اللغوي. والله كم كان ما اكتشفته رائعًا رغم بساطته، كمن ينفض غبار سنين طويلة من التعليم الديني القاسي. تحرّرت فعلا في لحظة لا أدري كيف أصفها... تحررت روحي لكن جسدي لم يتحمّل. مرضت لأسابيع طويلة، ولا أحد من حولي يدري بما يحصل معي. لم أتحدث إلى أحد بأفكاري الجديدة. لم أقو على ذلك... فقد تطلّب مني الأمر دهرًا حتى أستيقن مما أنا فيه الآن. وها أنا أكتب إليك قبل أي كان بعد أن تحسّنت صحتي، وصرت قادرة على إمساك القلم. كنت قد عاهدت نفسي بأن تكون أول من يصله الخبر، وأول من يشاركني نشوتي بحياتي الجديدة.

أشهد أن لا إله إلا الله، وأشهد أن محمدًا عبده ورسوله.

ها أنا ذا أنطق بالشهادتين للمرة الأولى، وأنت الشاهد الوحيد على إسلامي! نعم يا أحمد. لعلك فهمت ذلك منذ الكلمات الأولى من رسالتي، لكنني أعلم أن الخَبر صعب التصديق إلى درجة يجب معها التصريح والتوضيح لا مجرد التلميح!

أشهد أن لا إله إلا الله، وأشهد أن محمدًا عبده ورسوله.

الآن عرفت الحق وصدّقت به. وأنا مدينة لك بكل ذلك. الآن فقط فهمت لماذا طلبت مني أن أقرأ القرآن كل يوم. كنت تعلم أنه السلاح الأقوى في وجه مغرورة مثلي. كنت تعلم أنه لا سبيل إلى بشر أن يقاوم سحر القرآن وتأثيره... كنت تعلم أنني لن أحتاج إلى معلّم آخر مع القرآن. كنت تعلم كل ذلك... ولذلك راقبتني من بعيد وانتظرت معي اليوم السعيد...»

وضعت القلم جانبا في إعياء وسقطت ذراعها إلى جانبها على السرير. لم تبذل جهدا مثل هذا منذ أسابيع، وهي لم تسترجع لياقتها البدنية بعد. سمعت خطوات تقترب من غرفتها، فجاهدت لتخفي الورقة التي كتبت عليها الرسالة تحت وسادتها، ثم تستوي جالسة كعادتها. دخلت سونيا وهي تحاول الابتسام في شفقة. يؤلمها أن ترى صغيرتها تنهض من مرضها لتنهار مرة أخرى. قالت في تحبّب:

- أنت أفضل حالا اليوم، ممتاز.

هزّت رأسها موافقة دون أن تتكلم، فتابعت سونيا بنفس اللهجة الحانية:

- لديك زائرة اليوم... تفضّلي يا سماح...

حين سمعت ندى اسم سماح استبشرت أساريرها، وتعلّقت عيناها بالباب في لهفة. مرّ زمن على لقائهما الأخير. يا الله! كم اشتاقت إليها... كما اشتاقت إلى أخيها. اقتربت سماح لتعانقها في حب، ثم جلست على طرف سريرها وعيناها لا تفارقان وجهها. ما إن وصلها خبر عودتها حتى سارعت بزيارتها، لكنها لم تتصوّر أن تجدها على تلك الحال المتدهورة!

- كيف هي دراستك في فرنسا؟

هزّت ندى رأسها في صمت، ثم تطلعت إلى الباب الموصد بعد انصراف سونيا:

- لم تعد الدراسة تهمّني يا سماح...

نظرت إليها سماح في قلق، وهي تنتظر توضيحا، فانحنت ندى باتجاهها وقالت هامسة:

- هناك أشياء إن وجدتها تهون الدنيا وما فيها!

ثم واصلت وهي تضغط بكفها على ذراع سماح في حماس:

- باركي لي يا سماح... باركي لي! أشهد أن لا إله إلا الله وأن محمدًا رسول الله.

كانت تنطق بالشهادتين للمرة الأولى بصوت مرتفع، بعد أن خطّتها على الورق، وردّدها عقلها في صمت. نظرت إليها سماح في ارتباك وقد عقدت الدهشة لسانها:

- ماذا... كيف؟

لم تملك إلا أن تتمتم بتلك الكلمات المتعثرة. لكنها سرعان ما استوعبت الخبر، فاحتضنتها مجددا، وعيناها تفيضان بالدمع، وشفتاها تهمسان في تأثر:

- إنه ليوم مبارك! إنه ليوم مبارك!

ثم اختنق صوتها وهي تتمتم:

- آه لو أن أحمد هنا... كان سيكون أسعد الناس!

ابتسمت ندى في وهن، وهي تربت ظهرها ببطء. أحمد هنا يا سماح. أحمد معي في كل مكان، وقد أعلمته قبل الجميع. كان الشاهد الأول على إسلامي...

*****

وقفت ندى أمام المرآة تسوّي غطاء رأسها، وتنهي استعدادها للخروج. لم تغيّر شيئا كثيرا في هندامها، بل لعلها حرصت على ألا يبدو أدنى تغيير في تصرفاتها ونمط حياتها. كان عليها أن تخفي عقيدتها الجديدة ما أمكنها ذلك، وخاصة عن أقرب الناس إليها. لن يكون الأمر سهلا على سونيا التي حاولت بشتى السبل إبعادها عن أحمد. كيف ستكون ردة فعلها إن وجدت أن مخاوفها كانت في محلها؟

تنهدت وهي تتناول حقيبة يدها، وتخطو باتجاه باب الغرفة. كانت قد تماثلت للشفاء منذ أسبوع، وصار بإمكانها اليوم الخروج للتمشية. غيابها الطويل عن مقاعد الدراسة كلّفها فقدان منحتها بعد أن تعذّر عليها اجتياز اختبارات منتصف السنة. أنابيلا أرسلت إليها بقية حاجياتها التي بقيت في غرفتها الباريسية مع رسالة وداع مؤثرة. صحيح أنها عرفتها لشهور قليلة، لكن كلا منهما ملأت مساحة في حياة الأخرى، وخفّفت عنها وحدتها. لن تعود مرة أخرى إلى فرنسا ولا إلى جامعة السوربون. تلك الفترة تبدو الآن في ذاكرتها كحلم غريب. ذهبت إلى هناك فرارا من ذكرياتها مع أحمد، فعادت وقد تقاربت المسافة بينهما بشكل لا يُصدّق! ربما لم تقترب من أحمد نفسه الذي لا تدري ما كان مصيرُه... لكنها بالتأكيد اقتربت من عالمه، حتى كاد العالمان يتوحّدان...

اعترض طريقها طفلا ميشال، كريستينا وجابريال، يركضان في الممر في هرج كعادتهما. احتضنتهما ضاحكة، وقفزت تماري لعبهما البريء ثم تجاوزتهما إلى غرفة الجلوس. هل سيتكرّر هذا المشهد مجددا بعد اليوم؟ تساءلت في ألم. كانت والدتهما ماري جلست رفقة دانا، التي تكورت بطنها أمامها بشكل بارز، تتجاذبان أطراف الحديث. اتخذت مجلسا إلى جوارهما ومدت كفها لتداعب بطن دانا، التي لم تعد تفصلها عن ولادة طفلها الأول سوى بضعة أسابيع.

- متى يُشرّفنا جورج الصغير بقدومه!

تأوهت دانا بدلال وهي تشد قامتها متظاهرة بالألم:

- لا يمكنك تصور كم الحمل متعب يا عزيزتي! لن يأتي جورج الصغير إلا بعد أن

يقضي على والدته المسكينة!

قاطعتها ماري مهوّنة:

- لا تقولي هذا يا دانا... سيكون كل شيء على ما يرام.. بعض التعب شيء طبيعي...

همّت دانا بالرد عليها، لكنها عدلت وهي ترى ندى قد وقفت مستعدة للخروج.

بادرتها بسرعة:

- إلى أين؟

التفتت ندى في ارتباك:

- هه؟ سأكون في الجوار... جولة قصيرة في المدينة لا غير. سأعود قريبا، لا تقلقي...

تبادلت دانا وماري نظرات متسائلة. لكن إحداهن لم تجرؤ على التعليق. الطبيب النفسي قال إنها تعرّضت لصدمة حادة، ومن الضروري مراعاتها وعدم الضغط عليها. اكتفت دانا بهمهمة ممتعضة:

- حسن... لا تتأخري...

حثّت ندى الخطى إلى الخارج لا تلوي على شيء. تعلم تماما إلى أين وجهتها. أمامها مهمة عليها قضاؤها. فكرت في الأمر مليا في الأيام الماضية التي قضتها حبيسة الفراش. لا يمكنها أن تكتم إسلامها إلى الأبد. حين تمكنت من مغادرة فراشها شرعت في الصلاة سرا في غرفتها. تتحيّن الفرص التي تضمن انشغال سونيا فيها حتى لا تفاجئها في عبادتها. لا تعرف إلى أي قبلة تتجه في صلاتها ولا تعرف أي الأوقات أنسب لها، لكنها كانت في حاجة إلى تلك الصلة الروحية بخالقها. تتوضأ وتجلس على ركبتيها على الأرض، وتدعو بكل ما يخطر ببالها. تعلم أن المسلمين يتلون القرآن في صلاتهم، لذلك أخذت تقرأ ما يتيسر لها قراءته من المصحف وهي جالسة، ثم تسجد وتدعو... لكن عليها أن تتعلّم الصلاة بكل أركانها. تريد أن تطبق الإسلام بحذافيره، وتمارس دينها كما ينبغي... نعم دينها. لقد أصبح دينها الآن. إلى متى يمكنها إخفاء ذلك؟

فكرت في الطريقة الأنسب والأسلم... فلم تجد غير هذه!

كانت قد اقتربت من مقصدها. توقفت قبل المنعرج الأخير، وسحبت نفسا طويلا.

هل هي واثقة مما تفعله؟ لا خيار لديها. ها قد وصلت. عبرت الأمتار القليلة التي تفصلها عن مدخل الكنيسة في ثبات. جالت بنظراتها في المكان متفحصة. كان هناك عدد قليل من الزوار. ممتاز. سارت مباشرة إلى الغرفة الخشبية المنقوشة على يمين القاعة. لم يكن هناك أحد في الانتظار على المقاعد خارج الغرفة. سمعت همهمة من الداخل. هناك من يقوم بالاعترافات الآن. جلست على المقعد الأول مطرقة. نَفَس آخر لتسيطر على دقات قلبها المتسارعة. لبثت على تلك الحالة لبضع دقائق، وما لبث أن تناهى إلى سمعها صرير الباب الخشبي وهو يفتح. ها قد حان دورها...

دلفت إلى المقصورة الضيقة وأحكمت إغلاق الباب خلفها. للحظات لم تعد تسمع سوى تردد أنفاسها المضطربة في صدرها. وأخيرا جاءها صوت مألوف من وراء الحاجز الخشبي:

- تفضلي يا ابنتي...

لم تكن تدين يوما بالمسيحية، ولم تكن قد جرّبت الاعتراف الكنسي من قبل. لكنها لم تجد وسيلة خيرا منه. ليس هناك ما هو أضمن من سرية الاعترافات الكنسية! تنحنحت وهي تميل إلى الاتجاه الذي جاءها منه الصوت:

- ميشال... هذه أنا... ندى!

حاولت أن تتخيل الدهشة التي كست ملامحه وهي تواصل بصوت أكثر وثوقا:

- جئت لأعترف...

*****

ظنّت أنها ستشعر بالارتياح بعد اعترافها، لكنها رغم ثقتها بأن ميشال سيكتم السر، كانت تتحسّب تغييرا في تصرفاته تجاهها. كان دوما إلى جوارها كلما احتاجت إليه، بل كان أقرب إليها من شقيقتها ووالدتها، رغم أنه لم يربطهما رابط الدم. كان الوحيد الذي وثقت به، منذ سنوات، حين دخل أحمد منزلهم للمرة الأولى يجر ساقه المصابة، فطلبت مساعدته دون تردد... تعلم أنه يحفظ السر حتى إن لم

تلزمه وظيفته الكنسية.

منذ أسبوعين، لم تطأ قدماها منزله. حتى حين تجتمع العائلة يوم السبت كعادتها، لم تعد تجمعهما الأحاديث الجانبية الطويلة التي كانت تميز علاقتهما قديما. هل كانت تتحاشاه، أم هو الذي يتحاشاها؟ لا يمكنها الجزم. لكن من المؤكد أن شيئا ما قد انكسر بينهما. لم يكونا يوما على ديانة واحدة. كل منهما اتبع ديانة أهله، ولذلك لم تكن هناك محاولات تأثير من طرف أو من الآخر... لكن أن تنصرف إلى ديانة ثالثة، فذلك ما لا يمكن قبوله!

مهما كانت ردة فعل ميشال كبيرة، فلا يمكن أن تضاهي ردة فعل والدتها المرتقبة! عاجلا أم آجلا سيصلها الخبر بطريقة أو بأخرى. وربما من الأفضل أن تكون هي من يبلغها الأمر حتى لا تفاجأ بثورتها على حين غرة! نعم... من الأفضل أن تستعد لذلك وتهيئ الفرصة المناسبة. وهي على أية حال، لم يكن بإمكانها تأخير الأمر طويلا. فقريبا يحل شهر رمضان... شهر الصيام. وسيكشف أمرها حتما إن تأخرت عن مائدة الطعام كل يوم! قد يمكنها أن تختلق الأعذار مرة أو اثنتين، لكنها لن تستطيع التمويه لمدة شهر كامل.

كانت العائلة قد اجتمعت ظهر يوم السبت. دخلت دانا تدفع بطنها الثقيلة أمامها وتتحرك بصعوبة، وماري تجر جابريال وكريستينا وراءها. تأخر ميشال على غير العادة. ظلت ندى ترقب الباب تنتظر دخوله. لا يجب أن يتخلف أحد اليوم. يجب أن يكتمل الجمع حتى تُنهي ما عزمت عليه على أكمل وجه.

- هلمّوا إلى المائدة...

تقدّمت سونيا أفراد عائلتها إلى السفرة بخيلائها المعهودة. همست ندى لماري:

- أين ميشال؟

- لا أدري لمَ تأخر كل هذا الوقت. قال إنه سيكون هنا عند الغداء...

يعلم أن موعد الغداء يوم السبت مقدس، ولا يمكن تأخيره تحت أي ظرف كان. لذلك اختارت ندى هذا الموعد الذي يكون فيه جميع أفراد العائلة مجتمعين. حانت منها التفاتة إلى جورج، فبادلها ابتسامة حنون. على الأقل بابا جورج هنا. تحصي

٢٣٠

الحلفاء المحتملين. تصفّحت وجوه الآخرين. ماري ستكون محايدة حتما، لا سلطة لها عليها بأية حال، وإسلامها لن يضرها بشيء. دانا، كيف ستكون ردة فعلها؟ في تلك اللحظة، دخل ميشال معتذرا، وأخذ مكانه على مائدة الطعام... إلى جانبها.

تناولت وجبتها في صمت. أخذت تفتت قطعة الحلوى إلى أجزاء صغيرة، وتقضمها في بطء شديد، هي التي تعودت أن تلتهمها في قضمتين. اقتربت اللحظة الحاسمة.

- هل أنهيت كعكتك؟

كانت قد أنهتها بالفعل، ولبثت تحرك الفتات بالملعقة، تطيل فترة الهدنة قدر الإمكان. هزّت رأسها موافقة، وتركت والدتها تجمع الصحون وتأخذها إلى المطبخ. تنحنحت. لم ينتبه إليها أحد، فقد انشغلوا بالأحاديث وعلت الأصوات من كل جانب. تنحنحت بصوت أعلى. هذه المرة، خفتت الأصوات والتفت إليها الجميع. أجالت بصرها بينهم في حذر، ثم قالت بصوت قوي واثق:

- هناك أمر مهم أود إخباركم به...

أطرق ميشال ولم يعلّق، في حين تبادل الآخرون نظرات متسائلة. استجمعت كل شجاعتها لتقول بهدوء:

- هناك أمر مهم يخّصني، ويجب أن تعلموا به جميعا...

أخذت نفسا عميقا وأضافت بقوة:

- أود أن تعلموا أولا أنني اتخذت قراري عن اقتناع عميق، شخصي وكامل. ولن أقبل بتدخل أحد لتغيير هذا القرار... لأنه قرار شخصي كما قلت. إنما هو مجرد إعلام...

بدا القلق على الوجوه المتوترة. سألها جورج:

- ما هذا الأمر؟ أفصحي فقد أقلقتنا...

أمعنت النظر إليهم واحدا واحدا قبل أن تقول بلهجة قاطعة:

- أنا مسلمة!

انزلقت الصحون الفارغة من بين يدي سونيا التي وقفت مبهوتة، وقد اتسعت عيناها عن آخرهما، لتتحوّل إلى شظايا صغيرة على الأرضية المبلطة، محدثة

طرقعة عنيفة. ما عدا ذلك، فقد خيّم الصمت على الحاضرين لبضع ثوان، قبل أن تقول سونيا بلهجة يشوبها الشك:

- أعيدي ما قلت!

استدارت ندى لتواجهها بنظرات ثاقبة. استعدّت جيدا لهذا الموقف:

- لم أعد يهودية يا أمي... أصبحت مسلمة!

صفعتها سونيا على وجهها بشدة، ثم انهارت على الكرسي وقد شلّتها الصدمة:

- ماذا تقولين؟ هذا غير معقول... غير معقول! ابنتي أنا... مسلمة! غير معقول...

وضعت ندى كفها على وجهها في ألم، وحبست أنفاسها. عليها أن تتحمل كل النتائج في جلد. وقفت ماري بسرعة وأخرجت الطفلين دون أن تعلّق. أما ميشال الذي لم يكن الخبر جديدا عليه فقد لزم مكانه في صمت. بعد لحظات من التفكير، تكلم جورج برزانة وهو يزن كل كلمة من كلماته:

- مسلمة... وما الضرر في ذلك؟ أنت ستظلين ابنتي على أية حال. وأنا سأساندك طالما تدينين بديانة توحيدية... لو كنت تحولت إلى الإلحاد أو الوثنية أو تعدد الآلهة لما تركتك على ضلالك... فالله يغفر كل شيء ما عدا الشرك به يا ابنتي!

تجمّعت العبرات في عيني ندى، ونظرت إليه وعلى شفتيها ابتسامة ممتنة. كانت واثقة من أنها ستجد فيه حليفها. بابا جورج، أنت رائع بكل معنى الكلمة! التفتت الآن إلى دانا التي لم تخرج بعد عن صمتها. فتمتمت بلامبالاة وهي تشيح بوجهها:

- أنت حرّة!

ربما توقعت ذلك أو انتظرته. كانت دائما توجّه أصابع الاتهام إلى أحمد وتشكك فيما يعلّمها إياه. وكانت على حق. ارتفع صوت سونيا في ثورة شديدة:

- ليست حرّة! لست حرّة يا ندى، أتسمعين؟ كيف تفعلين بي هذا؟ ما الذي سأقوله لطائفتي؟ ما الذي سيقولونه عني؟ إنني لم أُجِد تربية بناتي وتعليمهن؟ كيف يحصل هذا معي أنا؟ أنا التي لم أدخر جهدا لتربيتك وحسن تعليمك...

ثم انهارت مجددا، وقد استغرقت في نوبة بكاء مر. أجابتها ندى بلهجة حانية:

- لا شيء من هذا له علاقة بقراري... لقد كبرت يا أمي. صرت قادرة على نقد ما

تعلمته في صغري. أستطيع اختيار مساري والتميز بين الخطأ والصواب!

صرخت سونيا من جديد بصوت منكسر من البكاء:

- إذن وجدت أنني على خطأ وذلك الـ ... (تعني أحمد. لم تجد بما تصفه) على صواب؟ لا شك أن صدمة اختفائه أفقدتك صوابك! هو ذلك بالتأكيد!

هزّت ندى رأسها معارضة:

- صحيح أن أحمد علّمني الكثير. وأنا مدينة له بإسلامي. وضعني على الطريق وأعطاني وسائل البحث اللازمة. لكن لا علاقة لاختفائه بالأمر... لقد درست الأمر طويلا، وتوصلت إلى قناعاتي الجديدة، بشكل عقلي بحت، لا دخل للعاطفة فيه!

عند تلك الكلمات، رمت سونيا نفسها على الأرض، وأخذت تلطم وجهها بطريقة هستيرية. وقف جورج وميشال على الفور وأخذاها إلى غرفتها. لم تستطع ندى المقاومة أكثر. أجهشت بالبكاء، وهي التي كانت تتظاهر بالقوة منذ لحظات. تلك أمها... أقرب الناس إليها. لن تعود علاقتهما مثل السابق أبدا. رباه... آتني قوة من عندك، فقد بدأت رحلة جديدة من المتاعب منذ اليوم. وهي كانت تدرك ذلك تماما...

*****

«أخي في الله أحمد ,

لم أكن أعتقد أن الفترة التي تلي إشهار إسلامي ستكون بمثل هذه القسوة. إحساس فظيع بالوحدة والاكتئاب. ضغط شديد كل يوم. أعصابي لم تعد تتحمل تضرّعات أمي، ومحاولاتها المستميتة لتجعلني أعدل عن رأيي وأراجع قراري. صرت ألازم غرفتي، لا أكاد أغادرها إلا لقضاء حاجة عاجلة، حتى أتجنب لقاءها. أملأ أوقاتي بالدعاء وقراءة القرآن. لا أنكر أنني أضعف في بعض الأحيان... لكن الإيمان يغلب في قلبي فأستعيد ثباتي...

صحيح أنني توقّعت ثورة من والدتي، لكنني لم أعتقد أن تكون بهذه الحدة.

اعتقدت أنها ستغضب ليومين أو ثلاثة، ربما تصرخ في وجهي وتعنفني... لكنها ستنتهي بالتسليم. فوالدي يبقى مُسلما شاءت ذلك أم أبت! كما أن عائلة أمي فيها عدد من المسلمين! لكن يبدو أنها تقبّلت إسلام أشقائها لأنه لا تأثير لها عليهم، كما تقبلت دانا إسلامي. أما ابنتها التي ربّتها على طاعتها، فهي تجد صعوبة في تقبل خروجها عن المسار الذي رسمته لها منذ طفولتها...

البارحة بدأتُ صيام أول أيام رمضان. أحاول أن أخفي صومي عن أمي حتى لا يجن جنونها. فما فعلته إلى حد الآن ليس بالهين. لكن لا أدري إلى متى سيتسمر ذلك. أخفيت محتويات صينية الفطور لأتناولها على الإفطار... ومحتويات صينية العشاء أخفيها للسحور... وهكذا...»

تعالت دقات خفيفة على باب غرفتها. أخفت دفترها وقلمها وأجابت:

- تفضّل...

فُتح الباب في هدوء، ودخل جورج بخطوات وئيدة. جلس على الكرسي المواجه للمكتب واستدار ناحيتها.

- إلى متى ستستمرين في مقاطعة مائدة الطعام؟ لم يعد هناك غيرنا في هذا البيت... فهلا سامرت والديك العجوزين من حين إلى آخر؟

سكت للحظات يرقب تأثير كلماته عليها. ثم أضاف مطمئنا:

- والدتك ستهدأ وتتعوّد مع الوقت... فلا تكبري الموضوع أكثر. بادري أنت بمصالحتها وتطييب خاطرها، وسترين أنها ستلين وتعود إلى سالف عهدها..

ترددت ندى للحظات، ثم قالت في حذر:

- هناك أمر آخر يا أبي... لست أتغيّب عن مائدة الطعام لأنني أخاصم أمي... بل لأنني أصوم!! تعلم أن رمضان شهر صيام المسلمين. ولذلك لا يمكنني أن أرتبط بمواعيد الغداء والعشاء الاعتيادية!

رمقها جورج مطولا في صمت، ثم تنهد وهو يتمتم:

- الأمور تزداد تعقيدا..

*****

«الأمور تزداد تعقيدا بالفعل. منذ علمت والدتي بأنني أصوم رمضان وهي منقطعة تماما عن الطعام! تقول إنها تفضّل أن تموت جوعا على أن تراني هكذا. لم تتناول شيئا طيلة نهار البارحة، وها هي تواصل صومها عقابا لي. لن تتراجع حتى أتراجع عما أنا عليه وآكل في النهار! بابا جورج يحاول إجبارها على الأكل لكن دون جدوى. لكن بما أنها تجهل كل شيء عن الإسلام، فهي على الأقل تشرب الماء معتقدة أنني أشرب كذلك. أشر علي يا أحمد... ما الذي علي فعله تجاهها؟»

*****

«لم أستطع الكتابة إليك منذ أيام، ولم أستطع إرسال ما دوّنته في المرة الماضية. الوضع في بيتنا يزداد سوءًا يوما بعد يوم. أمي لا تيأس! محاولاتها تتكرر كل يوم مرات ومرات... بالعنف حينا، وباللين حينا آخر. لكنها وضعت نصب عينيها هدفا واضحا: أن تجعلني أرتد عن الإسلام! أصرت على إضرابها الطعام لمدة أيام... على الأقل أمامي. علمت أنها تأكل شيئا يسيرا في الخفاء... حتى تستمد القوة والقدرة على الصراخ والبكاء والتهديد! البارحة دخلت غرفتي وهي في حالة هيجان شديد. مزقت الأوراق على مكتبي وأفرغت محتويات صواني على الأرض! هداها الله...

رغم كل ذلك، لم تطاوعني نفسي على الإفطار في رمضان وأنا أعلم بأنه من الأركان الخمسة الأساسية في الإسلام. لكن الأمور هدأت هذا الصباح بحمد الله. اليوم، جلستُ إلى مائدة الفطور، وتناولت معها القهوة والخبز المحمص المدهون بالزبدة! لا يا أحمد، لم أرتد ولم أتراجع. لكنني اغتنمت جهلها بالإسلام حتى أتحايل عليها. هي لا تعلم أن المرأة لا تصوم ولا تصلي لبضعة أيام حين تأتيها العادة الشهرية... ليتك رأيتها اليوم، كانت في غاية السعادة! أفطرنا سويا، ثم جلسنا لبعض الوقت في الحديقة، نستمتع بدفء الشمس التي تطل علينا في حياء من وراء السحب. ثم أعددنا فطورا فاخرا يليق بأكبر الولائم... احتفالا بتخليها عن الحمية القاسية التي فرضتها على نفسها! جلست تطعمني بيديها كأنني طفلة رضيعة. كأنها تطمئن إلى أن

اللقيمات تنزل في جوفي وتملأ بطني ولا تتبخر في الهواء!

لكنني أعلم أن هذا الهدوء لن يستمر طويلا... هدنة قصيرة لبضعة أيام، ثم تعود لتتعكر من جديد... حين أعود إلى الصوم. يا ربي رحمتك!»

*****

«إني أختنق.

أموت في اليوم مائة مرة.

أريد أن أتنفس... أريد أن أخرج من السجن الذي أنا فيه.

لم أعد أستطيع التحمل.

بقيت خطوة واحدة.

على أية حال، لن تكون الحال أسوأ مما هي عليه الآن!

توكلت على الله...»

*****

«أخي في الله أحمد،

الحمد لله، أنا اليوم بخير. أنت لا تعلم بما حصل معي في الأيام الماضية. قلت في رسالتي السابقة إن الأمور لا يمكن أن تسوء أكثر. لكنني أخطأت في تقديري! لعلي استهنت بما في جراب والدتي من حيل وأسلحة مدمرة فتاكة! اعتقدت أنها استفرغت سبل الضغط بإضرابها عن الأكل. لكن ما خفي كان أعظم!

تعال أحدثك بما حصل بالتفصيل. كانت هناك خطوة واحدة متبقية، حتى يكتمل إسلامي وأكون مسلمة حقا. أن ألبس الحجاب الإسلامي! كنت أضع صورة ريما أمام عيني... أريد أن أكون مثلها! أردت أن ألبس جلبابا واسعا مثلها... وأضع على رأسي وشاحها الذي أخفيته حتى لا يأخذه وصيّها. لكن كل ما كنت أتمناه...

كان هو بعينه كل ما يغيظ أمي ويثير حنقها علي. تعلم أنني لم أكن يوما سافرة، بل أضع غطاء ساترا أكثر من غطاء أية يهودية أخرى! لكن ارتداءه على الطريقة الإسلامية، مع تنورة طويلة تغطي الكعبين، كان ما أوقد النار في قلب أمي! ما زال البكاء ينتابني كلما مرّ أمام عيني ذلك المشهد... حين خرجتُ في زيي الجديد، رأيت نظرة غريبة لم أرها في عينيها من قبل. لعلها اختزال لحقد دفين على الإسلام وأهله، تحوّل إلى وحشية في تلك اللحظة. رأيتها تنقض علي وتنتزع الحجاب بقوة. ألقته على الأرض وأخذت تمزقه بقدميها، ثم... دفعتني لأسقط على الأرض، وانهالت عليّ ركلا ورفسا! ليس الألم هو كل ما أحسست به حينها. فكل آلام العالم شيء، وفظاعة ما عشته شيء آخر. مهلا، ليس ذلك كل شيء! حين رأتني جامدة على البلاط لا أرد على هجومها بكلمة أو حركة، جرّتني من شعري بكلتا يديها وألقت بي في الشارع!

نعم، أمي فعلت معي كل هذا. أمي التي اعتقدت أنها تحبني أكثر من أي أحد على هذه الأرض، طردتني من البيت. لم يكن هناك أحد ليدافع عني أو يرد أذاها عن جسدي. وجدت نفسي في الشارع بلا مأوى... ملابسي ممزقة متهلهلة، مثل الشحاذين! وجسدي قد امتلأ كدمات وجروحا. لم يكن هناك مكان آخر أذهب إليه عدا منزل ميشال. لم أكن أعلم إن كان سيستقبلني أم يطردني هو الآخر، لكن أملي كان كبيرا... والحمد لله، لم يخب ظني.

أنا أقيم في منزل ميشال منذ أسبوع. ماري قامت بتمريضي واهتمت بي خير اهتمام، رغم معارضتها لاختياري. ميشال وبابا جورج حاولا في هذه الأثناء الحديث إلى أمي، وإقناعها بأن طردي ليس الحل، وأنني سأبقى ابنتها رغم كل شيء... لكنها لم تتزحزح عن موقفها قيد أنملة. قالت إنها لن تسمح لي بالعودة حتى أعبّر عن ندمي الشديد، وأطلب عفوها على ركبتي... بعد أن أكون قد عدت إلى اليهودية بالطبع!

لم أرها منذ ذلك اليوم. وأظن أنني لن أراها لبعض الوقت. ويؤسفني أن أقول إنني لم أعد أريد رؤيتها... فذكراها مرتبطة لديّ بالمرارة والألم...»

تعالت طرقات على باب الغرفة. لم تحاول إخفاء دفترها وراء الوسادة كما تفعل حين تدخل عليها سونيا، فهي في منزل ميشال الآن، أكثر من يمكنها الوثوق به

والاعتماد عليه. كما أن ذراعها اليسرى لا تزال مربوطة إلى عنقها، بعد أن كسرت حال سقوطها ذلك اليوم...

- تفضل...

دخل ميشال مبتسما وجلس على طرف السرير:

- استيقظت باكرا اليوم! وتكتبين أيضا! هذا رائع... فلنقل إنك تعافيت إذن!

ابتسمت بدورها وهي تقول:

- الحمد لله... لست أدري كيف أشكرك أنت وماري على كل ما فعلتماه معي!

هز رأسه في صمت وابتسم مطمئنا. ثم لبث مطرقا لبضع ثوان. رنت إليه ندى في اهتمام وتساؤل. رفع ميشال عينيه إليها، ثم قال بلهجة جادة:

- ندى... يجب أن نتحدث.

اعتدلت في جلستها، وهزّت رأسها في انتباه. تعلم أن هذه اللحظة قادمة لا محالة. ميشال دافع عنها وآواها واهتم بها. لكنه لم يقتنع يوما بصحة اختيارها. بادرها على الفور، كأنه قد أعد خطابه جيدا:

- ما سأقوله الآن لن يؤثر على علاقتنا. أنت في حمايتي ومن أهلي، ولن أتخلى عنك. لكن...

تمهل للحظات قبل أن يستطرد بلهجة أكثر قوة:

- ما الذي وجدته عند المسلمين ولم تجديه عند أهلك اليهود؟ ألا ترين ما هم عليه من التخلف والتأخر عن بقية الأمم؟ لو كانوا على دين حق، لكان الله وفّقهم وسخّر لهم الإمكانيات المادية. لكن دينهم لم يساعدهم إلا على التقهقر والانغلاق! انظري إلى الشوارع المتّسخة، وإلى الإدارات العامة التي تسودها الفوضى والفساد. انظري إلى الأخلاق والمعاملات في الشوارع، في وسائل النقل، وفي الأماكن العامة... ومع ذلك فلبنان خير حالا من بلدان كثيرة. لماذا برأيك؟ لأن هنالك فئة من المسيحيين تمتلك القسم الأكبر من الثروات وتديرها لمصلحة البلاد، لأن السلطة بأيدينا!

تذكرت ندى على الفور زيارتها للمسجد في باريس. تذكرت تعليق أنابيلا على النظام في الصلاة. تذكرت كل ذلك، وتذكرت ما قالته في نفسها بعد ذلك... لو كانت

أنابيلا عرفت المسلمين قبل الإسلام، لكانت ردة فعلها مختلفة جدا! هتفت في وجه ميشال في حماس:

- ميشال، لا تحكم على الإسلام هكذا! لا تنظر إلى ما يفعله المسلمون، بل انظر إلى ما تنص عليه تعاليم الإسلام! أنت تعلم أكثر مني أن الإسلام يقوم على الأخلاق الحميدة... على النظام والأمانة وإتقان العمل والنظافة. الإسلام بريء من كل هؤلاء: من الكاذب والمرتشي والمحتال والظالم والمبذر! أنا اخترت الإسلام لأنني وجدت فيه ذاتي، ولم أتساءل: ماذا عن بقية المسلمين!

احتد ميشال الذي سيطر على غضبه حتى ذلك الحين:

- وماذا عن وضعية المرأة في الإسلام؟ هل بعد كل دراستك وأصلك السامي تريدين أن تصبحي شيئا لا قيمة له، يوضع وراء الأحجبة والأقمشة، يُوارَى عن العيون ولا يقول رأيه؟ وكيف يقول رأيه وصوته لا يجب أن يسمع... لأنه عورة؟! أبعد كل سنين تعليمك وسفرك إلى أوروبا... وكل ما قدمته إليك عائلتك لتنالي أعلى المراتب، تنزلين إلى هذا المستوى؟! ترثين نصف ما يرثه الرجل، وشهادتك نصف شهادة؟ هل أصبحت نصف بشر؟

نظرت إليه في دهشة وامتلأت عيناها بالدموع. لماذا كل هذا التحامل؟ يعلم أنها حديثة عهد بالإسلام، ولا تملك الإجابات على كل أسئلته. سكتت وابتلعت مرارتها في صمت. لا تزال في بداية المشوار... لديها الكثير لتتعلمه.

*****

«أخي في الله أحمد،

رغم كل ما تعلمته عن الإسلام وكل ما قرأته، فإنني أبقى بعيدة عن الإلمام بكل التفاصيل. أجدني في أحيان كثيرة عاجزة عن الرد على كل الأسئلة والاستفسارات التي تواجهني في محيطي. هناك أشياء أستشعرها بقلبي، لكن لا يمكنني أن أوصلها إلى من حولي!

ميشال صار يسألني كثيرا، ويحاورني أكثر عن الإسلام والقرآن. تعلم أن ميشال مطّلع جدا على الأديان بحكم عمله كراهب كنيسة. لكن ما لا تعلمه هو أن لديه رسالة دكتوراه عن المسيح عيسى بن مريم في القرآن. يعني أنه قرأ القرآن عشرات، بل ربما مئات المرات! كل ما أحدّثه عنه يعلمه، وله رؤيته الخاصة عن الإسلام وتأويله الشخصي للقرآن. أجدني أعجز كثيرا حين يواجهني بأشياء أجهلها أو لا أفهمها في القرآن. صحيح أنني أجيد العربية، لكن الكثير من التعابير يتعسّر عليّ استيعابها! ليتك كنت معي... كنت على الأقل أرشدتني وساعدتني في البحث عن الإجابات المقنعة!»

*****

جلست ندى قرب النافذة وهي تضع كتاب السيرة النبوية الذي أهداها إياه أحمد على ركبتيها. تعيد القراءة فيه دون كلل. كان نبي الرحمة ملهمها منذ البداية، وقد أيقنت أنها أصبحت تملك الجواب الآن عن السؤال الذي ألجمها منذ أكثر من سنة: من قدوتك؟

في تلك السهرة، كانت تحاول أن تركز في قراءتها. لكن نظراتها كانت تتجه كل هنيهة إلى ما وراء النافذة. كان النعاس قد بدأ يتسلل إلى جفونها، لكنها تحاول المقاومة مسلية نفسها بالمطالعة. دعكت عينيها، ومسحت وجهها بكفيها في ملل، ثم نظرت إلى الساعة للمرة المائة في تلك السهرة. تأخّروا...

كان ميشال وعائلته قد خرجوا لزيارة عائلة ماري ظهر ذلك اليوم، وها هي الساعة قد اقتربت من منتصف الليل ولم يعودوا بعد. ربما عليها محاولة الاتصال بميشال للاطمئنان عليهم. عائلة ماري تقيم في مدينة قريبة، تبعد مسافة ساعة واحدة بالسيارة عن قانا. ربما يقضون الليلة هناك؟ كان عليهم إعلامها على أية حال. أمسكت بهاتفها وضغطت على رقم ميشال. انتظرت لثوان طويلة وهي تسمع رنين الهاتف على الطرف الآخر من الخط... دون رد. زمّت شفتيها في قلق، وتطلعت مجددا

من النافذة. سمعت أزيز سيارة تقترب. انتبهت كل حواسها في ترقب. لكن الصوت ابتعد ببطء... لا أحد. تنهدت وهي تستلقي في مقعدها.

فجأة، فتحت عينيها في فزع. كان النعاس قد غلبها، وغفت لبعض الوقت. صوت ما أخرجها من غفوتها. أجالت بصرها في الغرفة... لم يكن هناك أحد غيرها، والسكون قد خيّم على المكان. مرت لحظات قبل أن يعود الصوت من جديد. رنين الهاتف! تناولته في لهفة: دانا تتصل! ألقت نظرة على الساعة في استغراب... الواحدة إلا ربع. ما بال دانا تتصل الآن؟ ضغطت على زر الإجابة في توجس، فجاءها صوت دانا وقد اختلط بالنحيب:

- ندى... بابا جورج، ميشال وماري والأطفال تعرضوا لحادث!

هتفت ندى في رعب:

- هل هم بخير؟

- لست أدري بعد... أنا في طريقي إلى المستشفى...

- سآتي معك!

لكن دانا كانت قد أغلقت الخط قبل أن تسمع صرختها. ارتمت ندى على المقعد وقد أخذت أطرافها في الارتجاف. وضعت كفها على صدرها كأنها تمنع قلبها من الانفجار. يا إلهي... أنقذهم يا رب! يا إلهي، ارحمهم وارأف بهم. لا تقبضهم وهم على غير الإسلام! أخذت تذرع الغرفة جيئة وذهابا كالمجنونة. ما الذي يمكنها فعله؟ لا يمكنها الخروج في مثل هذه الساعة. ستنتظر اتصال دانا...

مرّت الدقائق تلو الدقائق، ودموعها لا تتوقف عن الانهمار. تارة يغلبها الخوف وتارة يعلو الرجاء والأمل. حين تسللت خيوط النهار الأولى، جمعت شتاتها وخرجت لا تلوي على شيء. ركبت الحافلة العمومية، ثم ركضت إلى المستشفى. لم تتوقف عن الدعاء والابتهال طوال الطريق. حين وصلت إلى قسم الطوارئ، رأت دانا وسونيا قد انهارتا على المقاعد، وقد بدا عليهما الاستسلام.

- هل هم بخير؟

رفعتا إليها عيونا متعبة، تغشاها نظرات باهتة. أمسكت بكفي سونيا تسألها في

رجاء:

- سينجون، أليس كذلك؟

لكنها لم تجد ردا إلا الصمت والدموع. اندفعت نحو الباب المغلق، فأوقفتها الممرضة. هتفت في اختناق:

- يجب أن أراهم... يجب أن أراهم! بابا جورج... ميشال!

وقلبها يصرخ دون صوت... يجب أن ألقّنهم الشهادة. يجب أن أحدّثهم عن الإسلام. لن ترحلوا هكذا!!!! لكنها ما لبثت أن انهارت هي الأخرى على مقعد منعزل في يأس واستسلام... فقد فات الأوان.

*****

«أخي في الله أحمد،

رحل ميشال. رحل بابا جورج. رحلت ماري. ورحل الملاكان كريستينا وجابريال. رحلوا جميعا مرة واحدة في حادث سيارة أليم. رحلوا قبل أن أعلّمهم الإسلام. رحلوا وهم على ضلال. رحلوا مُخلّفين في صدري ألما وحسرة كبيرين.

هل تراني أفكر بأنانية حين أقول إنهم تخلّوا عني بعد أن كانوا هم كل سندي في الحياة؟ بعد رحيلهم دفعة واحدة أجدني وحيدة في هذا العالم. بابا جورج كان الوحيد الذي أيّدني وساندني حين أسلمت... وميشال كان الذي استمع إلي وآواني حين طردتني أمي وأقرب الناس إلي! مصاب مضاعف هو! لست أدري ما الذي سأفعله دونهم وكيف ستكون أيامي بعد فقدهم.

كنت قد ظننت أنني مررت بأقسى التجارب حين فقدت ريما... ثم فقدتك. لكن أحداث حياتي الأخيرة أثبتت لي أنه لا حدود لقسوة الحياة وتجاربها! أحمد الله على كل حال، ولا أعترض على قضائه. لكنني ضعيفة... ضائعة، دونهم... ودونك! يا رب، أعلم أن هذا امتحانك لصبري وثباتي، لكنني أسألك ألا تطفئ كل الشموع في وجهي! يا الله اترك لي بصيص أمل أعيش به باقي أيامي... فإنني قد وهنت...»

توقفت عن الكتابة وأجهشت بالبكاء من جديد. تحسّ بمرارة في حلقها وألم في ضلوعها. عيناها تورمتا من البكاء المتواصل، ووجهها لم يزدد إلا شحوبا وجسدها قد تمكن منه الضعف والنحول. هل كتب عليها أن تعيش حدادا متواصلا؟ كلما استفرغت حزنها على حبيب فقدت غيره. دفن الأحبة جميعا منذ يومين حسب الشعائر المسيحية... لكنها صلّت عليهم بمفردها حسب الشريعة الإسلامية، ودعت الله أن يتقبل صلاتها حتى إن ماتوا على غير الإسلام.

عادت لتقيم في غرفتها في منزل العائلة طيلة أيام الحداد. دانا لا تزال هنا أيضا. ثلاث نساء وحيدات... يتقاسمن جرعات الحزن في صمت طوال النهار. هل ترى قلب سونيا يلين وقد اجتمعن بالمصاب؟ هي لا تملك أي ملجأ آخر بعد وفاة ميشال وعائلته. إن طردتها سونيا مجددا، فهل تستقبلها دانا؟ لم تكونا يوما على وفاق، لكنها شقيقتها الوحيدة على أية حال!

قاطع أفكارها صوت عنيف أحدثته دفة الباب وهي ترتطم بالجدار. التفتت في فزع إلى مصدر الصوت. كانت سونيا تطالعها بنظرات باردة مخيفة. ارتجفت أناملها وهي تشد على رسالتها التي لم تملك الوقت الكافي لإخفائها. لكن يبدو أن سونيا لم تكن تملك الكثير من الوقت للحديث عن خواطرها ومدوناتها، بل صرخت في وجهها بصوت هادر:

- ما زلتِ هنا؟

ازدردت ندى ريقها بصعوبة، وهي تتطلع إليها في رعب. فصرخت من جديد:

- أيام الحداد انقضت، لذا لا أريد أن أراك مرة أخرى في بيتي!

*****

تفرّست الخالة سعاد للحظات في الفتاة التي جلست أمامها مطرقة الرأس في أسف وحسرة. ثم قربت إليها كأس الشاي وهمست في عطف:

- تفضلي يا ابنتي... اشربي قليلا لتدفئي نفسك.

٢٤٣

رفعت إليها ندى عينين نديّتين، وجاهدت لترسم على شفتيها ابتسامة منكسرة علامة شكرها. ثم مدت كفين مرتجفين لترفع كأس الشاي إلى فمها. وما إن بلل السائل الدافئ شفتيها حتى أبعدته لتعيده إلى المائدة. لكن مذاقه الحلو سرى في خلاياها، ليتسلل الارتياح إلى سحنتها المجهدة. همست في حياء:

- آسفة يا خالتي لأنني أزعجتك في مثل هذا الوقت...

أحسّت بالعبرات تخنقها من جديد، وهي تواصل بصوت متحشرج:

- لكنني لا أعرف أحدا غيركم يمكنني أن ألجأ إليه...

قاطعتها سعاد في عتاب:

- لا تقولي هذا! أنت ابنتي الثانية، وستبقين كذلك...

أرادت أن تكمل: رغم غياب أحمد عنّا... لكن الكلمات بقيت معلّقة في الهواء، ترن في أذني كلتيهما دون صوت. استطردت وهي تقوم من مكانها:

- اتصلت بسماح، ستصل بعد قليل... سأحضر لك بعض ملابسها لتغيّري ثيابك.

ثم أضافت حين وصلت إلى عتبة الباب دون أن تنظر إليها:

- يمكنك البقاء في غرفة أحمد...

شيّعتها ندى بنظرات ممتنة، ثم عادت لتدفئ كفيها بكأس الشاي. كم هي بحاجة إلى بعض الدفء... الدفء العائلي والوجداني. وهي التي طالما غبطت أحمد على دفء عائلته، ومتانة الروابط بين أفرادها. لم تكن قد تجرّعت سوى جرعة صغيرة من الشاي حين سمعت صوت الباب الخارجي يُفتح في ضجة، يتبعه وقع خطوات مرتبكة، وما لبث أن ظهر وجه سماح أمامها. تعانقت الفتاتان في حرارة وشوق، ثم جلستا جنبا إلى جنب، وكفاهما في عناق متواصل.

- ما الذي ستفعلينه الآن؟

هزّت ندى رأسها في استسلام ولم تجب. ربتت سماح ظهرها في ود وهي تقول في ثقة:

- لا تخافي... سنجد حلا!

شكرتها ندى بإيماءة من رأسها، وهي تقاوم البكاء الذي أوشك أن يكون نشاطها

الوحيد منذ يوم الفاجعة. تركتها سماح لدقائق قليلة، ثم عادت وهي تقول:

- أيهم وحسان في الخارج... يستأذنان في الدخول لتعزيتك.

هزت ندى رأسها موافقة، ومسحت وجهها بكفيها محاولة إخفاء علامات البكاء التي تركت آثارا عميقة في ملامحها. دخل أيهم وحسان مطرقين في حياء. كانت قد رأت كليهما في بضع مناسبات، بعد أن انضمت إلى المقاومة المسلحة. لم تجمعهم عمليات مشتركة، لكنهما كانا على اتصال دائم بأحمد، فتتقاطع طرقاتهم من حين لآخر. لم تكن قد حضرت زفاف سماح وأيهم، وهو على أية حال لم يكن سوى اجتماع عائلي بسيط خال من علامات الفرح، انتقلت بعده سماح لتعيش مع زوجها. فحزن العائلة على فقيدها لم يكن قد فتر... ولعله لن يفتر أبدا.

بادر حسان في حرج:

- لست أدري هل أبدأ بتهنئتك أم بتعزيتك...

ثم أضاف بعد صمت قصير:

- لكنني أود أن أقول... مهما كانت مصيبتك بفقد أهلك عظيمة، فغنيمتك بالإسلام أعظم. فليس هناك ما هو أعظم من مصيبة الدين. لذلك، فإنني أود أن أهنئك اليوم. إن كنت فقدت أحبة، فقد عوّضك الله بأحبة آخرين، ستجدينهم حولك في كل مكان، ولن يتخلوا عنك في وحدتك. كوني على ثقة بأننا أهلك منذ اليوم!

رفعت رأسها في دهشة وارتباك. هزّتها كلماته بشدة، فتركت العبرات تسيل على وجنتيها دون مقاومة. لأول مرة منذ أسابيع طويلة، بكت من الفرحة. كانت بحاجة إلى تلك الكلمات القليلة لتعيد إليها القوة والعزيمة. كان جهادها الفردي قد استهلك كل طاقتها، حتى نفدت بطارياتها تماما، وأوشكت على الاستسلام. لكنها اليوم وهي تسمع عبارات التشجيع والتثبيت، تحس برغبة في الاستمرار... ومن بين دموعها، رسمت على شفتيها ابتسامة ممتنة. ابتسامة حقيقية. تعد بغد أفضل.

*****

غاص سالم في مقعده، وهو يلف معطفه القديم على جسده النحيل، وتناول مبسم «الشيشة» ليستنشق سمومها في استمتاع ولذة. سرحت نظراته إلى الشارع الغارق في الظلمة، وبدا كأنه يراقب المارة من خلف واجهة المقهى الزجاجية. مد يده ليمسح البخار الذي نفثه للتو عن الزجاج، لتتضح الرؤية أكثر. كان يفضل الجلسة على قارعة الطريق، لكن برودة الطقس في الخارج جعلته يفضل الاحتماء داخل الفناء. فجأة هب من مكانه واقفا حين ميّز الوجه الذي كان في انتظاره. صرخ في النادل:

- لا تلمس نارجيلتي، سأعود إليها بعد قليل!

ثم هرول ليتعقب خطوات الرجل الذي تجاوز المقهى بخطوات سريعة.

- جاكوب... جاكوب!

توقف جاكوب حين سمع النداء باسمه، والتفت في استغراب. لحق به سالم بسرعة وهو يلهث. بادره جاكوب بصبر نافد وهو يتطلع إلى ساعته:

- ما الذي تريده في مثل هذا الوقت؟ يجب أن أعود إلى البيت سريعا!

ضحك سالم في حرج وهو يهتف:

- ألم تكن أنت من تأخر في المعمل؟ أنا في انتظارك منذ أكثر من ساعتين!

أشاح جاكوب بوجهه في تأفف وقال متعجّلا:

- ماذا هناك؟ أفصح، فالبرد شديد، ولم أعد أحتمل الوقوف هكذا...

تنحنح سالم في ارتباك وقال متلعثما:

- في الحقيقة... أنا في مأزق. وفكرت بأن جاكوب هو الوحيد الذي قد يملك حلا لمشكلتي!

زوى جاكوب ما بين حاجبيه، وهو يهز رأسه يحثه على المواصلة. أردف سالم موضحا:

- تعلم أن لدي بنتين تعيشان مع سونيا في لبنان... وهما قد عاشتا طوال الوقت هناك، ولم أرهما منذ زمن طويل. والآن، سونيا تريد إرسال الصغرى إلى تونس لبعض الوقت. لست أدري ما الذي طرأ حتى ترسلها إليّ هكذا، وأنا غير مستعد

لاستقبالها!

حدّجه جاكوب بنظرة ساخرة، كأنه يذكره بأحاديث الشوق التي طالما أعادها على مسامعه مستعطفا رؤية ابنتيه في صورة لا أكثر! فسارع سالم يقول مستدركا:

- لا أقول إنني لا أشتاق إليها، فأنت تعلم مكانة البنتين عندي! لكن... كما تعلم... زوجتي لا ترحب كثيرا بقدومها! فهي تعتبرها دخيلة علينا، بل هددت بطلب الطلاق إن أنا أتيت ببناتي من زوجتي السابقة للعيش معنا!

أحس جاكوب بألم في صدره. تانيا فعلت نفس الشيء في السابق بخصوص ريما. بنات سالم يهوديات كوالدتهن. لا شك أن زوجته تخشى على أبنائها من تأثيرها هي الأخرى، لذلك تفضّل إبعادها... كما أبعدت تانيا ريما. ريما التي نفاها إلى لبنان فماتت بعيدا عنه. انتبه على صوت سالم الذي تابع:

- لذلك، فإنني فكرت في استئجار غرفة لها... تقيم فيها بعض الوقت حتى تتضح الأمور. وأعلم أنك تمتلك بعض الشقق الصغيرة للإيجار. لذلك فإنني أطمع في معاملة خاصة منك... ونحن أهل!

هز جاكوب رأسه في تفكير. يعلم أن سالم يفكر في خداعه وعدم دفع الإيجار، فهو معروف بالمماطلة والتلاعب. لكن خاطرا غريبا راوده. ريما كانت قد أقامت عند زوجة سالم السابقة في أيامها الأخيرة. كان قد التقى إحدى ابنتيها حين سافر ليسترجع حاجياتها. يظنها الصغرى. لم تكن تكبر ريما سوى بسنوات قليلة. لا شك أنهما كانتا قريبتين من بعضهما البعض في تلك الفترة. قد تكون تقاسمت معها ذكريات كثيرة، فالفتيات في مثل تلك السن يكثرن من الثرثرة. وهي بدت متأثرة لرحيلها. فجأة، أحس بالرغبة في لقائها والحديث إليها. قد تكون لديها حكايات عن ريما! حين سافر إلى لبنان شغله الحزن عن السؤال عن حياتها هناك. كان الحزن قد أعماه عن كل شيء عداه حينها.

كان سالم يتفرّس في وجهه في انتظار إجابته، وعلى وجهه ابتسامة متملقة.

- حسن... فلتأت للإقامة في بيتي! غرفة ريما لا تزال خالية... ونحن أهل كما قلت!

ثم ابتسم وهو يبتعد ملوحا، مخلفا سالم وراءه وقد تملكته الدهشة. لا يدري

كيف واتته الشجاعة حتى يتخذ مثل هذا القرار دون استشارة تانيا. لكن رغبته في لقاء صديقة ربما كان كل مل يشغله في تلك اللحظة.

*****

إنها في غرفة أحمد الآن. تبتسم في ارتياح وهي تطالع الشارع من نافذته. تتأمل مشاهد الحياة اليومية، من نفس الزاوية التي كان يلمحها منها... منذ سنتين خلتا. إنها تبتسم. تصورت أن تجهش بالبكاء ما إن تطأ قدماها أرض الحجرة التي لم تدخلها أبدا من قبل. لكنها للمرة الأولى لم تستشعر مرارة أو حزنا أو ألما لذكراه. ارتياح عميق يملأ صدرها، يمسح الأدران التي علقت بثناياه بعد كل موجات الشقاء التي ضربت أركانه المتصدعة. لعله الامتنان الذي طغى. ممتنة له لأنه لم يرحل عنها إلا وقد سلمها كل المفاتيح. المفاتيح التي أخذت تفتح بها الأبواب الواحد تلو الآخر. بعد أن ذاقت حلاوة الإيمان، ولذة قراءة القرآن، فتحت باب الأخوة في الله الذي لم تحسب له حسابا في مصيبتها. هؤلاء الناس الذين تعدّهم غرباء عنها، أحاطوها بكل أشكال الرعاية والاهتمام. أحمد لم يتخل عنها إلا ليترك من يحرسها في غيابه. لذلك لم تبك وهي تدخل غرفته. لم تبك وهي تقلب أوراقه القديمة ودفاتره التي علاها الغبار. لم تبك وهي تمرر أصابعها على كل ما لمسته يداه في السابق. لم تبك حتى وهي تنام على سريره وتتأمل السقف الذي عانقته عيناه في ليالي السهاد الطويلة. لم تبك طيلة الأيام السابقة التي قضتها في فضائه الخاص. حاولت أن تستمد القوة من كل ذلك. لا يمكنها أن تستسلم وتترك كل جهوده من أجلها تضيع. ستجعله يفخر بها، حيثما كان... هكذا قررت.

- فيم سرحت؟

التفتت حين وصلها صوت سماح التي اقتربت وهي تحمل طبق الشاي.

- طرقت الباب، لكنك لم تجيبي... ما الذي أخذك عن هذا العالم؟

أخذت عنها ندى الطبق مبتسمة، وقالت مداعبة:

- رويدك يا حامل... هات الطبق عنك قبل أن يراني أيهم، فيتّهمني بتحميل زوجته الأشغال الشاقة!

ضحكتا في مرح، قبل أن تضيف سماح وهي تمسح على بطنها:

- ما زلت في الشهر الرابع، وما زلت في كامل لياقتي البدنية!

جلست ندى وسألتها في اهتمام:

- ولد أم بنت؟

هزت سماح كتفيها في لامبالاة، وهي تأخذ رشفة من كأسها:

- كل ما يرزقنا به الله طيب...

ثم استطردت في حماس:

- إن كانت بنتا فسأسميها ريما!

قاطعتها ندى في احتجاج:

- لن أسمح لك! ريما سيكون اسم ابنتي أنا!

مدت سماح لسانها ساخرة وقالت لتغيظها:

- يجب أن تتزوجي أولا قبل أن تفكري في الأطفال!

أتزوج؟ غاص قلب ندى في صدرها، وأحسّت بوخزات مؤلمة. لا تريد أن تفكر في الموضوع أصلا. سامحك الله يا سماح. ابتسمت في فتور وقالت مغيّرة الموضوع:

- وماذا لو كان ولدا؟

انتبهت إلى محاولتها الفاشلة لتغيير مجرى الحديث حين أجابت سماح بابتسامة عريضة:

- سيكون أحمد الصغير... نسخة من خاله إن شاء الله!

تماسكت ندى وهي تتناول كأسها في محاولة يائسة للفرار مجددا:

- هات الشاي قبل أن يبرد...

أخذت جرعة كبيرة من المشروب، كأنها تبتلع غصتها معه، ثم أضافت متضاحكة تداري المرارة التي عادت لتملأ حلقها:

- ما سر الشاي الذي تصنعه خالتي سعاد؟ إن له حلاوة غير عادية!

خيّم الصمت عليهما للحظات، قبل أن تقول سماح في هدوء وتأن:

- ندى، حبيبتي... أعلم أنك ترفضين موضوع الزواج، لكن عليك التفكير في وضعك الآن بروية وحكمة. لا يمكنك انتظار أحمد إلى الأبد...

قاطعتها ندى بلهجة حازمة:

- أحمد على قيد الحياة! سيعود يوما بالتأكيد!

أومأت سماح برأسها موافقة، وهي تجاريها:

- لا أحد يمكنه القطع بشأن وفاته. لكننا بحثنا عنه في كل مكان طوال السنتين الماضيتين. أبي وأبهم وحسان وكل رفاقه لم يدخروا جهدا في البحث عنه! في السجون والمستشفيات وسجلات الوفيات... في كل مكان تطاله أيديهم. لكن دون جدوى! لا أثر له في أي مكان، ولا أي دليل قد يساعد على إيجاده!

- لا يمكنك أن تقولي هذا يا سماح!

شدّت سماح على ذراعها في إلحاح:

- أحمد شقيقي الوحيد يا ندى، ولا تعلمين مقدار حبي له. لا يمكنني أن أنساه يوما أو أفقد الأمل بعودته...

قاطعتها ندى بصوت متهدج:

- إذن كيف تطلبين مني أنا ذلك؟!

تنهدت سماح، ثم قالت بعد صمت قصير:

- تعلمين كم يؤلمني أن أقول هذا. فقد تمنيت كثيرا أن أراك عروسا لأخي... لكن الأمر مختلف الآن يا ندى... أنت الآن بحاجة إلى عائلة تحميك. لا أقول إنك أثقلت علينا... حاشا وكلا! بل أنت عزيزة علينا وواحدة منا. لكن إن أرادت والدتك مطاردتك بألوان التنكيل والعذاب، فلا يمكننا منعها من الوصول إليك. فهي تبقى والدتك والقانون في صفها! لذلك فأنت بحاجة إلى رجل يرعاك. إلى وصي قانوني يمكنه حفظك والدفاع عنك. وزواجك من رجل مسلم يبقى خير الحلول!

أطرقت ندى وهي لا تجرؤ على مجرد التفكير في اقتراح سماح. لا يمكنها أن تفكر في رجل آخر غير أحمد! لطالما تخيلت نفسها تستقبله حين عودته وتبشّره بإسلامها.

تتخيّل فرحته التي ستكون أكبر من فرحة أي كان بالخبر. ماذا لو تزوجت غيره... كيف ستستقبله حين عودته؟ كيف ستبرر نفاد صبرها وتسرعها بالزواج؟ لا يمكنها ذلك! رفعت رأسها بعد لحظات، وابتسمت مهونة:

- دعينا من هذا الموضوع الآن... هل ترين الخاطبين أفواجا أمام الباب!

تمهلت سماح للحظات، قبل أن تهمس في أذنها:

- حسان خطبك منا!

حدقت فيها ندى وعلامات الصدمة جلية على وجهها. حسان!! كيف يجرؤ؟ كيف يخطب خطيبة أعز رفاقه وخير أصحابه؟ إنها خيانة! هزت رأسها تنفض عن أذنيها ما سمعته للتو. إنها تتوهم بالتأكيد. لكن سماح استطردت في هدوء:

- طوال الفترة الماضية عاملتك على أنك خطيبة أخي الغائب. ووجدت من الطبيعي أن تنتظريه كما ننتظره. لكنني كنت أفكر بأنانية. لم أفكر فيما تعيشينه من عذاب طوال هذا الانتظار. فنحن جميعا في هذا المنزل قد استأنفنا حياتنا! أنا تزوجت وقريبا أرزق بطفل إن شاء الله... أبي يواصل رحلاته التجارية من مكان إلى آخر، ويغتنم الفرصة ليبحث عن أحمد بالمناسبة. حتى أمي لم تغيّر نمط حياتها. تشغل نفسها بالتطريز والحياكة. لكنك الوحيدة التي توقّفت حياتها وفقدت نسقها برحيل أحمد عنا!

قاطعتها ندى معترضة:

- لكنني لا أتذمر من ذلك! هذا اختياري!

واصلت سماح بنفس اللهجة الهادئة:

- لو كان أحمد قد سجُن وحكم عليه بقضاء بضع سنين محبوسا، لكنت على الأقل اتخذت قرارك عن دراية، وكنت خططت لحياتك وأنت تعلمين كم يلزمك من الانتظار. لكن هذا الانتظار المفتوح ظالم لك يا ندى! كم يمكنك التحمل وأنت دون عائل أو كفيل؟ وماذا لو لم يعد أحمد أبدا؟

حاولت ندى أن تعترض من جديد، لكن سماح هتفت بقوة:

- هذا احتمال وارد، بل وارد جدا في ظل المعطيات الراهنة. قد يكون استشهد في

أرض المواجهة، أو فقدت جثته تحت أنقاض المباني المهدمة. عليك أن تفكري في ذلك بواقعية!

أخذت نفسا عميقا لتستعيد هدوءها ثم أضافت:

- كلنا كنا أنانيين معك... لكن حسان فكر فيما فيه مصلحتك. فكر فيما أنت في حاجة إليه الآن. لم يكن قد فكر في الزواج منذ عودته من الأسر، مع أن جلّ رفاقه قد تزوّجوا واستقروا. لكن حين رآك عندنا منذ أيام بدأ يفكر في الموضوع. والبارحة طلب أن يتحدث مع والدي في هذا الشأن. لم يرد أن يتجاوزنا ويخطبك مباشرة. بل حرص على توضيح ما يفكر فيه أمامنا. مثلك، دهشت في البداية واستنكرت. لكن تيقنت بعد إمعان من أن حسان ليس أقل حبا لأحمد منا، وليس أقل حرصا على مصلحتك منا... بل العكس هو الصحيح!

لبثت ندى تطالعها مبهوتة. حتى خالتي سعاد وافقت؟

احتضنتها سماح بحب وود وقالت وهي تربت ظهرها:

- حسان شاب ممتاز، من أعز إخوان أخي وزوجي... فكري جيدا في الأمر ولا تتسرعي بالرفض...

ثم قامت لتتركها في حيرة وارتباك لم تعرفهما من قبل.

*****

- كيف سارت الأمور؟

أجاب سالم في ثقة:

- لقد دبّرت لها مكانا لتسكنه، لا داعي للقلق.

- حسن، سأوافيك بالخبر حين تنتهي من تحضير أوراق السفر. إلى اللقاء.

استوقف سالم مخاطبه بسرعة:

- لحظة، لحظة!

- ماذا هناك؟

سأل في مزيج من الفضول والحيرة:

- ما الذي دفع سونيا إلى إرسال ندى إلى هنا؟ هل جد هناك شيء؟

أجاب محدثه بلهجة جافة:

- لا صلاحية لي بإعطاء مثل هذه التفاصيل. ما أنا إلا وسيط!

تنهد سالم في تسليم وهو يقول:

- حسن... فليكن كذلك إذن.

من الجهة الأخرى للخط، تنهد إيميل وهو يعيد الهاتف إلى دانا.

- هل انتهينا من هذه الحكاية؟

هزت دانا رأسها وهي تقول بامتنان:

- آسفة عزيزي لأنني أقحمتك في مشاكلنا العائلية. لكنني لم أكن أقوى على محادثته بنفسي! بعد كل هذه السنين، لا يمكنني أن أعوّد نفسي على تقبل كونه والدي. لكن في هذه الظروف العصيبة، ليس هناك مفر من الاتصال به. على الأقل حتى تتحسن حال أمي، أو تعود ندى إلى رشدها. لا أحد من العائلة هنا يمكنه أن يستقبل ندى أو يهتم لأمرها... لذلك فمن يُسمّي نفسه والدها هو الأولى بتحمل مسؤوليتها لبعض الوقت!

هز إيميل رأسه متفهما، وهو يداعب صغيره في المهد:

- هل الأوراق جاهزة؟

- أحضرت جوازها وجميع أوراقها الشخصية، مع بعض حاجياتها الخاصة من منزل العائلة دون أن تعلم أمي. لم يبق علينا إلا شراء تذكرة السفر... سأقتطع ثمنها لاحقا من نصيبها مما تركه بابا جورج وميشال! ظروفنا المادية لا تسمح بتوزيع الصدقات...

- متى تتصلين بها؟

- بعد الحجز للرحلة مباشرة. لا داعي لإخبارها الآن.

ثم أضافت وهي تسرح بنظراتها إلى الفراغ:

- على أية حال، لا يمكنها الاعتراض. سيكون ذلك أفضل من تسوّلها السكن

واللقمة من عائلة خطيبها السابق!

*****

غدا... رحلتها ستكون يوم غد! لم تصدق أذنيها حين اتصلت دانا منذ يومين تعلمها بموعد السفر. سرّها أن دانا فكرت فيها وفي حل لمشكلتها. لم تكن يوما على وفاق تام مع دانا، ولم تكونا صديقتين بما للكلمة من معنى... لكنها شقيقتها الوحيدة، وقد ربطتهما أشياء كثيرة في الماضي. دانا حزنت بصدق عند وفاة ميشال وجورج، مع غياب صلة الدم بينهما... لذلك من الطبيعي أن تفكر في شقيقتها، لحمها ودمها! هكذا فكرت ندى، قبل أن تفكر في خطة الرحيل إلى تونس نفسها. لكنها في نهاية المطاف لم تجد سببا يدعوها للرفض. والدها الذي اختفى عن ناظريها منذ طفولتها المبكرة يدعوها لقضاء بعض الوقت معه. لماذا يدعوها الآن بعد كل هذا الوقت؟ ربما لأنه علم بإسلامها! وهو مسلم وعائلته كذلك... لا بد أنهم سيرحبون بمسلمة أكثر من يهودية، لذلك جاءت الدعوة في هذا الوقت بالتحديد. أم هل تكون سونيا قد اتصلت به سعيا للخلاص منها إلى الأبد؟ لم يكن بإمكانها الجزم... لكنها لم ترفض.

كانت تقوم بتمشيط شعرها أمام المرآة، حين اقتربت سماح لتجلس قربها. لمحتها بطرف عينيها وهي تحرك أصابعها في توتر، كأنها تود محادثتها في أمر ما. قالت دون أن تلتفت إليها وهي تواصل تمرير المشط ببطء بين خصلاتها:

- ما الأمر يا سماح؟

هتفت سماح دفعة واحدة دون تردد:

- هل أنت واثقة من رغبتك في السفر إلى تونس؟ لست مضطرة إلى الرحيل، يمكنك البقاء بيننا دائما! ثم أنك لا تعرفين أحدا هناك. حتى والدك لم يسبق لك أن رأيته منذ انفصال والديك!

تنهدت ندى وقالت مبتسمة:

- يا عزيزتي... بما أن الفرصة قد سنحت أخيرا للقاء والدي، فلماذا أرفضها؟

- هل تعودين فيما بعد؟ لن تبقي هناك طويلا، أليس كذلك؟

التفتت إليها ندى وهي تضع المشط جانبا:

- لست أدري بعد... ربما يطيب لي البقاء هناك إن عاملتني زوجة أبي جيدا. كما أنهم مسلمون يا سماح! يعني لا خوف عليّ بينهم.

عبست سماح، ثم قالت بعد صمت قصير:

- وماذا عن طلب حسان؟ أنت لم تردي عليه بعد!

ترددت ندى لوهلة، لكنها سرعان ما أشاحت بوجهها وهي ترد في لا مبالاة:

- ألم يقل إنه يريد الزواج مني حتى يحميني من والدتي؟ ها أنا سأذهب إلى جوار والدي... وليس هناك من يمكنه حمايتي أكثر منه. أليس كذلك؟ لذلك لا داعي للقلق عليّ بعد الآن.

احتضنتها سماح، وضمتها إلى صدرها وهي تهمس في حزن:

- كنت أتمنى أن تتزوّجي حسان وتظلي بيننا دائما! كيف يمكنني أن أسافر إليك في تونس؟

احتضنتها ندى بدورها وهي تقول مداعبة:

- وفّري ثمن التذكرة واشتري دمى كثيرة لريما... لنقل إنها هدية من خالتها ندى.

سرحت عبرات سماح على خديها وهي تمتم في اختناق:

- وماذا لو كان ولدا؟

لم تجب ندى، فقد كانت هي الأخرى قد أغرقت في البكاء.

*****

حملت ندى حقيبتها الصغيرة التي تضم الحاجيات القليلة التي اقتنتها صحبة سماح في الأيام الماضية. ألقت نظرة وداع أخيرة على الغرفة الغالية التي ضمتها في وقت ضياعها وتشرّدها، ثم أغلقت الباب خلفها. هل تراها تعود مجددا إلى هذا المكان؟ لم تكن تدري كيف ستكون رحلتها، وأين سينتهي بها المطاف. كانت سماح

والخالة سعاد تنتظرانها في الممر وفي عيونهما آثار البكاء. بادرتها الخالة سعاد وهي تحتضنها:

- هل تغادريننا هكذا يا ابنتي؟ هل سيهتمون بك جيدا في تونس؟

- سأكون مع أبي يا خالتي... وأهله هناك مسلمون. لا خوف عليّ إن شاء الله...

- اهتمي بنفسك جيدا، بطعامك وشرابك... لا تخرجي وحدك، فأنت في أرض غريبة وقد تتوهين. غطّي نفسك جيدا في الليل ولا تهملي هندامك... ولا تنسي أن تتصلي بنا وتطمئنينا عنك...

ابتسمت ندى وهي تهز رأسها موافقة. كانت تتمنى أن تكون والدتها من يوصيها تلك الوصايا. لكن قدَّر الله وما شاء فعل. قاطعت سماح عناقهما وهي تستعجلها:

- هيا يا ندى، ستتأخرين عن الرحلة. يجب أن نغادر الآن!

انصاعت ندى في شيء من الحسرة. ستفتقد دفء الخالة سعاد وحلاوة شايها. ستفتقد دفء هذه العائلة وحرارة المشاعر النديّة عندها. لكن لا خيار لديها الآن غير المضي في طريقها. تبعت سماح إلى الباب الخارجي، حيث توقفت السيارة التي ستقلها إلى موقف الحافلات، ومن ثمّ تركب الحافلة إلى بيروت ومطارها الدولي. دانا قالت إنها ستنتظرها عند المحطة لتسلّمها جواز سفرها وتذكرة الطائرة. لم ترد أن تأتي إلى هنا، فهي لم تحب أحمد أو عائلته يوما.

ما إن تجاوزت الباب حتى لمحت أيهم وحسان يقفان في الانتظار. استدارت إلى سماح وهمست في انزعاج:

- ما الذي يفعله حسان هنا؟

أجابت سماح بصوت هامس هي الأخرى:

- سيارة أيهم معطلة، لذلك فإن حسان سيقلنا بسيارته.

- لماذا جاء بنفسه؟ كان عليه أن يكتفي بإعارة سيارته لأيهم!

هزت سماح كتفيها في لا مبالاة، لكن ندى توقفت في إصرار:

- سأستقل سيارة أجرة!

دفعتها سماح إلى الأمام وهي تهمس:

- كفى تذمرا! هيا، سنتأخر على الرحلة...

ثم أضافت بصوت عال وهي تخاطب الرجلين:

- نحن جاهزتان... نأسف على التأخير...

ركبت ندى في المقعد الخلفي حذو سماح في شيء من التوتر. لم تكن تريد أن ترى حسان. تحس بالحرج تجاهه بعد رفضها لطلبه. ظلت مطرقة طوال الرحلة بالسيارة. لم تستطع أن تشاركهم أحاديثهم المسلية التي كانت تهدف بالأساس إلى التسرية عنها، وتخفيف وطأة الفراق عليها. حاولت أن تبدد توترها بالفرجة على البنايات والشوارع، لكن تركيزها كان مشوشا وحالتها النفسية بعيدة عن الاسترخاء... لم تنتبه إلى أن سماح الجالسة إلى جوارها لم تكن في أفضل حالاتها الصحية. كانت قد انقطعت عن مشاركتهم الأحاديث وغاصت في مقعدها ممسكة بطنها. فجأة جاءها صوتها وهي تهتف بصوت واهن:

- توقف أرجوك... توقف...

التفت إليها أيهم في قلق:

- ماذا هناك؟

قالت وهي تضغط بكفها على جبينها:

- أحس بدوار شديد، ورغبة في التقيؤ!

ضغط حسان على المكابح ليوقف السيارة على جانب الطريق، في حين سارع أيهم بالنزول ليساعد زوجته على الخروج من السيارة. همت ندى بالنزول بدورها، لكن صوت حسان استوقفها فجأة:

- ندى، هلا بقيت في السيارة للحظة؟

التفتت إليه في استغراب وتوجس. لم يكن قد وجّه الخطاب إليها منذ فترة... منذ تقدم إليها بطلب الخطبة. حتى في هذا الصباح، رغم تظاهره بالمرح وتبادله الحديث مع أيهم وسماح طوال الطريق، إلا أنه لم يخاطبها هي بالذات. لا شك أنه يشعر بالحرج مثلها تماما. كان ينظر أمامه. لم يحاول حتى أن يتطلع إليها عبر المرآة العاكسة. تكلم بهدوء وحياء، تحس باضطرابه وتوتره:

- انتظرت هذه الفرصة لأتحدث إليك... ربما لو تركتك تسافرين دون أن أقول ما في نفسي، لكنت ندمت على ذلك كثيرا. أعلم أنك تمرين بظروف صعبة، وأن موضوع الزواج ليس من أولوياتك. سافري إلى والدك وغيّري الجو... تحرّري من كل القيود والضغوط... وحين تستقر حالتك النفسية، فكري في طلبي مجددا... أرجوك.

فوجئت بكلماته التي لم تتوقعها. رغم رفضها طلبه للارتباط، هاهو يجدّده مرة أخرى. أضاف بعد صمت قصير، كأنه يرد على تساؤلات في نفسها:

- ربما أخطأت بالتقدم في مثل هذه الظروف، ففهمتني بشكل خاطئ... لم أتقدم إليك شفقة أو عطفا. لكن الأحداث التي مررتِ بها في الفترة الماضية جعلتني أفكر بأنك في حاجة إليّ... مثلما أنا في حاجة إليك. لذلك، أرجوك فكري في الأمر جديا خلال رحلتك إلى تونس... فإنني سأنتظر ردك.

لم تستطع أن تفكر أو ترد، ولم يسعفها الوقت لتفكر في كلمات تقولها، فقد جاءها صوت سماح وهي تقترب من السيارة:

- آه... لم أكن أعتقد أن معدتي لا تتحمل الرحلات بالسيارة.

أجابها أيهم وهو يساعدها على الصعود:

- إنه الحمل يا عزيزتي... بنيتك تصبح أكثر هشاشة وتأثرا بالعوامل الخارجية.

تناولت ندى كفها، وأعانتها على الاسترخاء في مقعدها وهي تقول:

- لم يكن عليك أن تكلفي نفسك عناء الرحلة. كان بإمكاني أن أركب سيارة أجرة.

هزت سماح رأسها نافية:

- لا تقولي هذا... أنت مثل أختي وأكثر!

بعد ثوان، كانت السيارة تتحرك من جديد. لكن ندى لم تستطع أن تطرد عنها كلمات حسان التي ظلت تتردد في أذنيها في إصرار.

*****

وقف جاكوب في المطار، يطالع ساعته في توتر. مرت نصف ساعة مذ أعلنت

المضيفة وصول الرحلة القادمة من لبنان، وها هو ينتظر رفقة سالم ظهور ندى عبر بوابة الخروج. كان يمسك بيده صورة لها التقطتها أخته راشيل في حفل خطبة شقيقتها دانا. لم تكن الصورة شديدة الوضوح، لكنه ميّز ملامح الفتاة... كانت هي بعينها التي رآها حين سافر إلى قانا ليستعيد حاجيات ريما. يمكنه أن يتعرف إليها بسهولة. كان يشك في أن سالم سيتعرف عليها، وهو الذي لم يرها منذ سنوات طويلة.

كان كلاهما يتفرس في وجوه الوافدين من البوابة في ترقب. فجأة تسمر جاكوب في مكانه مصعوقا. أخذ يحدق في الفتاة التي ظهرت ضمن المسافرين ودقات قلبه تتسارع بشكل مجنون. ريما؟ كانت تلبس جلبابا أسود واسعا مثل الجلابيب التي تحب ريما أن تلبسها عند ذهابها لدرس الدين يوم الجمعة، وتضع على رأسها وشاحا مألوفا. إنه الوشاح نفسه الذي اشتراه لريما حين قررت أن تلبس الحجاب الإسلامي! لا يزال يذكر ذلك اليوم، ويذكر فرحة الصغيرة وهي تجرّبه.[٣] اضطربت أنفاسه وهو يتابع الفتاة التي أخذت تتلفت في حيرة، بحثا عمن يستقبلها. لكن لا... ريما كانت أكثر ضآلة منها. ثم... ريما غادرت هذا العالم منذ ما يزيد على السنوات الثلاث. أغمض عينيه لثوان ليستعيد هدوءه، ثم فتحهما من جديد. لم يكن سالم قد انتبه إلى الفتاة. أومأ إليه جاكوب وهو يشير إليها برأسه:

- أليست هذه ابنتك؟

التفت إليها سالم، ثم سرعان ما استدار إلى جاكوب ضاحكا:

- هل تمازحني؟ ألا ترى أنها تلبس الحجاب الإسلامي؟ ابنتي نشأت على اليهودية مثل أمها!

لكن جاكوب لم يقتنع. إن لم تكن ريما، فهو واثق من أنها تلبس وشاح ريما. نظر إلى الصورة مجددا، ثم إلى الفتاة. إنها هي لا ريب في ذلك. مد الصورة إلى سالم ودفعه في اتجاهها:

- اذهب واستقبل ابنتك... إنها هي دون شك!

ردد سالم بصره بين الصورة والفتاة في استغراب. لم يكن قد استوعب الأمر

حين لاحظ أن الفتاة قد توقفت ترقبه. هل كانت تشبهه؟ ليس متأكدا. لكنه أحس بانجذاب غريب نحوها. تقدم في اتجاهها في تردد:

- ندى؟

تجمعت العبرات في عيني الفتاة التي بدت ضائعة ومشتتة:

- بابا؟

لم يتمالك نفسه أن هبّ ليعانقها في حرارة. ابنته التي لم يرها منذ ما يزيد على السبعة عشر عاما! وقف جاكوب غير بعيد عنهما يرقب في تأثر بالغ لقاء الفتاة بوالدها. لم يكن يظن أن سالم قادر على إظهار هذا القدر من العاطفة. تخيل أنه يعانق ريما، ابنته البكر التي لم ينجبها. كان يريد أن يقحم نفسه بينهما ويمطر الفتاة بكل الأسئلة التي تراوده عن ريما. كيف كانت حياتها في لبنان، وكيف عاشت أيامها الأخيرة... هل كانت سعيدة؟ لكنه أجَّل دوره إلى حين ينتهي سالم من استقصائه عن أحوال ابنتيه وكل ما جد في حياتهما.

تنحّى جانبا، وأخرج سيجارة من جيب معطفه الداخلي. التدخين ممنوع في فضاء المطار. لاعب لفافة التبغ بين أصابعه دون أن يشعلها. منذ متى بدأ يدخن؟ ليس متأكدا. كان ذلك بعد رحيل ريما إلى لبنان. انتبه فجأة إلى غرابة ما رآه للتو. الفتاة التي ظنها يهودية كانت ترتدي الحجاب الإسلامي! كانت مفاجأة لم يتوقعها، وسالم لم يبد على علم بالأمر أيضا. هل سيغيّر ذلك من مخطط إقامتها عنده؟ ربما غير إسلامها موقف زوجة سالم؟ مرّت دقائق طويلة، قبل أن يعود أدراجه إلى حيث ترك سالم وابنته.

نظرت ندى إلى الرجل الغريب في تساؤل. كانت واثقة من أنها رأته في السابق. كان شكله مألوفا إلى درجة غريبة. لكنها لا تذكر ملابسات اللقاء. ازدرد سالم ريقه وقال:

- ندى صغيرتي... لا يمكنني أن أستقبلك الآن في منزلي. فزوجتي لم تتقبل بعد فكرة قدوم ابنتي من زوجتي الأولى للإقامة بيننا. لذلك فإنك ستذهبين مع عمك جاكوب الآن. إنه رجل طيب وسيعاملك جيدا... في هذه الأثناء سأعمل جاهدا على إقناع زوجتي باستضافتك. ما رأيك؟

تسمّرت مكانها في ذهول. الآن تذكر أين رأت العم جاكوب. إنه بذاته وصي ريما الذي جاء إلى منزلهم منذ ثلاث سنوات! يا لعجائب الأقدار! لم تتصور أن تلتقيه مجددا، فضلا على أن تكون ضيفته. لكن لماذا تذهب إلى منزله الآن؟ لماذا لا يمكنها أن تكون مع والدها الذي انتظرت طويلا فرصة اللقاء به؟ هل غادرت منزل أحبابها في لبنان لتقيم مع غرباء؟ ثم، أليس جاكوب وعائلته من اليهود؟ يا الله... عضت على شفتها السفلى في غيظ، وتمالكت نفسها بصعوبة. لا يمكنها الاعتراض وهي في بلد غريب، لا تعرف أحدا من أهله غير هذين الرجلين اللذين تعتبر أحدهما والدها. يقول إنه سيقنع زوجته باستقبالها. ربما لن يطول الأمر بالفعل... ربما رفضت في البداية لأنها ظنتها يهودية، وربما وافق جاكوب على استقبالها لنفس السبب أيضا.

بادرته بلهجة متوسلة:

- بابا، أنا مسلمة... ألا ترى؟

كان سالم قد لاحظ ذلك في شيء من الدهشة والفرح. لا شك أنه قد سر لإسلامها، لكن اعتراض زوجته كان قاطعا وغير مشروط. لا تريد أثرا لحياته السابقة في حياة عائلتها. ردد بصره بينها وبين جاكوب في حيرة، لكن جاكوب أجاب مطمئنا وهو يحطم السيجارة بين أصابعه:

- لن يغيّر ذلك من اتفاقنا شيئا...

ابتسم سالم وهو يربت كتف ندى:

- ألا ترين... كل شيء على ما يرام. اذهبي الآن مع عمك جاكوب، وسآتي لأخذك قريبا!

*****

«أخي في الله أحمد،

وصلت اليوم إلى تونس. تصوّر، أنا الآن في غرفة ريما! لم أتخيّل أبدا أن أحطّ في هذا المكان حال قدومي إلى مسقط رأسي، أن أقضي ليلتي الأولى في غرفة أختي

وحبيبتي التي قاسمتني سريري لمدة شهور. إحساس غريب بألفة غير متوقعة غمرني حالما وقعت عيناي على أشياء ريما القديمة التي لم تتحرك من مكانها. لعل الله سخر لي هذه الأسباب ليخفف عني غربتي.

ريما... أذكرها كما لو أنني لقيتها بالأمس. لطالما راقبتها سرا وهي تلعب في الحديقة -قبل اختفاء راشيل- ثم وهي تكد في عمل البيت كسندريلا صغيرة. كانا متقاربتين في السن، لكنّني ولدت ناضجة وبقيت كذلك... أما ريما فكان فيها طبع الأطفال وحلو دلالهم، رغم مكابرتها. كان يمكنها أن تضحك ملء شدقيها رغم قسوة الحياة عليها، وتلهو كلما سنحت الفرصة لتنسى هموما هاجمتها قبل أوانها. أما أنا، فإنني أحمل ذاكرتي على كفيّ. تلك اللعنة ظلت ترافقني... لعلني لم أرزق نعمة النسيان مثل كل البشر. رغم أنني لا أقرأ أبدا في المذكرات التي أكتبها منذ صغري، إلا أن الصور تعاودني كلما عنّ لها الأمر، بكل تفاصيلها.

لذلك تتراءى لي صورة ريما الآن بنفس الوضوح، رغم مرور كل ذلك الوقت. أتخيلها الآن في فضاء هذه الغرفة، أكاد أراها رأى العين تتحرك بنفس الحيوية والعفوية. لطالما راقبت الحياة من خلالها، لكن ذلك لم يحرمني الانغماس في حياة كثيفة المشاعر والأحداث. الآن، رحلت ريما... ولم تعد الحياة التي كنت أراقبها سوى ذكريات.»

تعالت طَرَقَات على باب الغرفة. تركت أوراقها ووقفت لتفتح. كان ولد صغير لم يتجاوز الثامنة يقف أمامها. نظرت إليه في تساؤل، فمد إليها كفه مصافحا وهو يقول في ثقة تتجاوز سنه بكثير:

- مرحبا، أنا باسكال... وأنت ما اسمك؟

صافحته في مرح، ثم أوسعت المدخل لتتركه يدلف إلى الغرفة.

- اسمي ندى. كم عمرك يا باسكال؟

- ثماني سنوات. وأنت؟

أجابته وقد اتسعت ابتسامتها:

- أنا أكبر منك بكثير. اثنان وعشرون سنة!

أشار باسكال إلى حجابها وهو يقول:

- أنت مسلمة، أليس كذلك؟

هزّت رأسها موافقة، فأضاف:

- ريما كانت مسلمة أيضا، وتلبس ثيابا مثل ثيابك. لذلك طردتها أمي من بيتنا!

حدقت فيه في دهشة، فاستطرد في لباقة لم تعهدها لدى الأطفال:

- لكن لا تخافي، لن تطردك أيضا. أبي يبدو أكثر ثقة في نفسه هذه المرة وقد صمم على بقائك معنا. لذلك جئتُ أرحّب بك. لم أكن لأفعل ذلك لو قالت أمي إنك ستغادرين. كنت سأضيع وقتي هباء!

لم تكن قد تجاوزت صدمتها حين أضاف ببراءة:

- لماذا أتيت للعيش معنا؟ ريما كانت دون عائلة، وكان أبي قد رباها منذ كانت صغيرة. لكنك كبيرة! هل تحتاجين أيضا إلى من يهتم بك؟

قبل أن ترد ندى، ظهرت من فتحة الباب ذراع شدت باسكال من أذنه، وجذبته إلى الخارج. تأوّه الولد في ألم، في حين ظهرت فتاة تكبره بسنوات قليلة عند الباب. نهرت باسكال بلهجة جادة:

- توقف عن الثرثرة عديمة الجدوى!

ثم التفتت إلى ندى وحيّتها بأدب ثم قالت:

- آسفة على الإزعاج. إنه لا يزال صغيرا... لا يدرك جيدا ما يقوله.

حيّتها مجددا، ثم أخذت أخاها وانصرفت. تابعتهما ندى في دهشة شديدة. كانا طفلين مدهشين حقا. لكن ما قاله باسكال عن ريما كان كل ما يشغل ذهنها في تلك الآونة. زوجة جاكوب طردتها لأنها مسلمة؟ لذلك سافرت إلى لبنان، لأنه لا عائلة لها في تونس! مسكينة ريما... تخلّى عنها الشخص الذي رباها منذ صغرها والذي اعتبرته كل عائلتها. لا شك أنها تألمت كثيرا، وكتمت في صدرها كل ذلك. لم تكن تذكر جاكوب إلا بكل خير. ظلت تحتفظ له بذكرى طيبة طوال الوقت..

جلست إلى المكتب مجددا، وأخذت القلم لتواصل رسالتها. لكنها غصت فجأة. سقط القلم من يدها. أخفت رأسها بين ذراعيها واستسلمت لنوبة بكاء حادة. أيقنت

٢٦٣

فجأة أن حالتها اليوم لا تختلف كثيرا عن الحالة التي عاشتها ريما منذ سنوات. كانت ترثي لحال ريما... واليوم من ذا الذي يرثي لحالها؟ غادرت لبنان كما غادرت ريما تونس، فرارا بدينها. فرت لأنه لا عائلة تؤويها هناك أو تقبلها كما هي. جاءت إلى هنا وهي تعتقد بأنها ستجد سندا جديدا في والدها. لكنها توقن الآن بأن والدها لم يطلب مجيئها كما توقعت. فكيف يمكنه أن يطلبها ثم يترك لصديقه اليهودي مهمة استقبالها؟ هل كانت والدتها من سعى إلى ترحيلها؟ أم تراها دانا هي التي فكّرت بحل بمفردها؟ أيا كانت الأسباب والملابسات، فهي بالتأكيد ضيف غير مرغوب فيه في منزل كل أفراده من الغرباء. أخذت تكتب والحزن يمزق نياط قلبها:

« أنت تعلم، اليهود مثل كل البشر -فهم ليسوا شياطين في نهاية الأمر- أشخاص عاديّون، لديهم قضاياهم التي تشغلهم. المشكلة ليست في وجودهم في حد ذاته، إنّما في القضايا التي يدافع عنها قسم كبير منهم، والطريقة المتبعة في ذلك. أومن بأنّه ليس هنالك عرق «شرير» بالفطرة أو في المطلق. حين أنظر في تاريخ الأشخاص المقربين مني، أرى نوعا من القسوة البالغة التي تبدو «شرّا» للوهلة الأولى. أمي تخلت عن والدي وعن وطنها كله من أجل قضية عادلة في نظرها. حرمتنا أنا ودانا من الأب والأرض والعائلة، وهي تظن نفسها تُحسن صنعا. ثم طردتني من البيت شر طردة، مرة ثم ثانية، لأنني بالنسبة إليها قد «خنت» العهد ومسحت الأرض بجهودها طوال سنوات في تربيتي. جاكوب، تخلى عن ريما رغم حبه الشديد لها، حين أصبحت تمثل تهديدا لأمان عائلته واستقرارها. تانيا، لم تحب ريما يوما... ولا أظنها ستحبني أو تحب أي إنسان مسلم على الإطلاق ! شقيقتي دانا، لم نجلس سويا كأختين منذ زمن، حتى أيام الحداد على بابا جورج وميشال رحمهم الله، كانت تبدو فيها متباعدة. لا تطيق أن تخرج معي إلى أي مكان لخجلها من حجابي.

لكنني أتساءل أيضا، ماذا لو تحوّلت سماح مثلا -حفظها الله من كل شر- إلى المسيحية أو أي دين آخر؟ كيف كانت لتعاملها خالتي سعاد؟ أشك في أن أيّ أم مسلمة قد ترضى بذلك لأولادها أو تقبلهم تحت سقفها بعد ارتدادهم. لا أقول هذا لأدافع عن أهلي الذين جحدوني، بل لأن هذا أمر واقع. لن أذهب بعيدا. هاهو

والدي المسلم يقيم على بعد بضعة شوارع من هنا. هل تراه يفكر فيّ أو يسأل عني؟ أوليس تخليه عني أيضا «شرّا»؟ وهل يختلف في ذلك عن أمي وشقيقتي؟ بل أدهى! لو كنت ظللت على اليهودية لكنت تفهمت دوافعه. لكن وقد أصبحت مسلمة، فأي مبرر يسكت به ضميره لامتناعه عن رؤيتي أو الاهتمام لأمري؟ هل يطمئن لوجودي بين اليهود؟ لا أجد له عذرا واحدا يا أحمد. هل تعلم، كنت أظن أن العتب يقع على أمي فقط لأنها أبعدتنا، لكنني أتساءل الآن إن كان الأمر سيختلف لو أننا بقينا هنا في تونس.»

*****

أحست بآلام في ظهرها وذراعيها. تململت وحركت أطرافها. لم تكن وضعيتها مريحة. فتحت عينيها ببطء ورفعت رأسها. أحست بالغطاء الذي كان ينسدل على كتفيها ينزاح ويسقط أرضا. تلفتت حولها في ذعر. أين أنا؟ كان النعاس قد غلبها وهي تجلس إلى المكتب. لا تدري كم مضى عليها من الوقت. كانت الغرفة قد غرقت في الظلام، إلا من ضوء ضئيل. انحنت لتلتقط الغطاء. من ذا الذي اهتم بتغطيتها؟ ما إن خطت باتجاه السرير، حتى لمحت صينية الطعام التي كانت على المنضدة. لقد أحضروا لها طعامها أيضا. كان الطبق قد برد. لا شك أنها نامت لوقت طويل. كانت تحس ببعض الصداع، آه، لم تصل العشاء بعد. فتحت باب الغرفة في حذر. من أين الحمّام؟ كان ضوء خافت ينبعث من إحدى الغرف. ستجد طريقها هكذا... تقدمت في الممر محاذرة إحداث أي صوت. لا شك أن أهل البيت نيام في مثل هذه الساعة.

توقفت أمام الغرفة التي انبعث منها الضوء. كان الباب نصف مفتوح، وعلى الأريكة القريبة كان هناك عدد من الصور المبعثرة والأوراق المتناثرة. هيئ لها أنها ترى شكل ريما على إحدى الصور. دفعها الفضول للاقتراب. كانت صور ريما بالفعل! تأملت بعضها ثم تناولت إحدى الأوراق. كانت رسائل تبدأ كلها بـ«بابا يعقوب»...

ريما كانت تنادي العم جاكوب هكذا. لا شك أنها رسائل كتبتها ريما لجاكوب خلال إقامتها في لبنان. كانت الرسائل كثيرة. لا شك أن علاقتهما كانت مميزة حتى تكتب إليه بهذه الكثرة.

- تريدين فنجانا من القهوة؟

التفتت في فزع حين جاءها الصوت من خلفها. كان جاكوب يقف مبتسما وهو يحمل في يده إبريق قهوة، يتصاعد البخار الحار منه. هممت في اعتذار:

- أنا آسفة، لم أرد التطفل...

صب القهوة وناولها الفنجان، ثم أشار إلى الصور وهو يقول في حنين باد:

- تعرفين ريما؟ كانت النور الذي يُعطي لحياتي معناها. كانت أغلى من أولادي... لكنني في لحظة ضعف واختلال، تخليت عنها بكل إرادتي...

كان يبتسم في مرارة، وهو يجمع الرسائل التي يحفظ نصوصها عن ظهر قلب. احترمت ندى صمته، وأطرقت دون أن تلمس الفنجان الساخن أمامها. استأنف بعد صمت قصير:

- كنت أريد أن أسألك عنها، وعما كانت عليه حياتها في لبنان... في رسائلها تقول إن كل شيء كان على ما يرام. وإنها حظيت بكل الرعاية والعناية. لا تتذمر أبدا. لم تتذمر يوما من معاملة زوجتي القاسية حين كانت بيننا... لذلك أشك بأنها قد تتذمر من صعوبة الحياة هناك...

لم تعلق ندى. لم ترد أن تؤكد مخاوفه بشأن ما عانته ريما في غربتها. لن يفيد ذلك بشيء... عدا أن يزيد من إحساسه بالذنب. لم يحاول جاكوب أن يلح في السؤال. بدا أنه يخاطب نفسه وهو يستطرد:

- كانت تقول دائما إنها تحبني... وتدعو لي بالهداية. كنت أريد أن أخبرها كم أحبها وآخذها بين ذراعي. لكن الحواجز التي وضعها دينها بيننا حالت دون ذلك. لم أرد على واحدة من رسائلها. لم أستجب لتوسلاتها وهي ترجوني أن أبقيها هنا... فقدتها هكذا، بكل بساطة... دون أن أحرّك ساكنا.

ازدادت ابتسامته شحوبا، وسحنته تجهما. حاولت ندى أن تتكلم، لكن الكلمات

لم تسعفها. لم تدر كيف يمكنها أن تخفف عنه. لكنها نطقت أخيرا في شيء من الارتباك:

- رغم كل شيء... ريما كانت تحتفظ بذكرى جميلة عنك. كانت تذكرك بكل خير...

استدار إليها كأنه انتبه للتو لوجودها في الغرفة. ثم ابتسم في امتنان.

حين عادت ندى إلى غرفة ريما، كانت قد اتخذت قرارا. قدرها ساقها إلى هنا... لذلك لا يمكنها أن ترحل دون أن تترك أثرا أو تحدث فرقا. ستكون هديتها الأخيرة لريما. لشد ما دعت بالهداية للأب الذي ربّاها. كم ستكون فرحتها كبيرة حين تلقاه في الجنة! ابتسمت وهي تتمدّد على السرير، وتضع خطوات مخططها. لقد تركت أحبتها يرحلون دون أن تقوم بمحاولات جدّية لدعوتهم إلى الإسلام. لن تترك أحبة ريما يرحلون على دينهم دون أن تبذل قصارى جهدها! ستكون تلك مهمتها من الآن فصاعدا.

*****

لم تعترض تانيا حين طلبت منها ندى أن تصحبها سارا إلى السوق. لم تكن العلاقة بينهما جيدة بمعنى الكلمة، لكنها لم تضايقها ولم تعاملها بجفاء. برود خفيف يطغى على تصرفاتها تجاهها. لا يمكنها أن تلومها، بل تشكرها لأنها لم تتصنع الود. على الأقل فإن ذلك يجنبها وصفها بالمداهنة أو القاسية. يمكنها اعتبار موقفها ضربا من اللامبالاة، وذلك يناسبها.

توقفت سارا أمام إحدى المكتبات، وتطلعت إلى ندى في تساؤل:

- أي أنواع الكتب تريدين؟

ترددت ندى قبل أن تجيبها. هذه الفتاة التي لم تتجاوز الأحد عشر ربيعا، هل يمكنها أن تفهم شيئا يتجاوز المواد التي تدرسها في المدرسة؟ لا داعي للحديث عن الفقه والسيرة وأصول الدين. قالت بإيجاز:

- كتب دينية...

هزت الفتاة رأسها متفهمة وأضافت:

- لدينا الكثير من الكتب عن الديانة اليهودية في المنزل. قرأتها جميعها. لكنني أشك في أنك بحاجة إليها. على أية حال، الكتب التي تتناول الإسلام متوفرة في المكتبات بكثرة. تعالي، من هذا الاتجاه.

تبعتها ندى في دهشة وهي تقودها عبر الرفوف، حتى وقفت أمام القسم الذي تبحث عنه. تطلعت سارا إلى الرفوف العالية التي تكدّست فوقها الكتب الجديدة والقديمة، وعقدت ذراعيها أمام صدرها وهي تقول:

- كتب الإسلام ممنوعة في بيتنا. كثيرا ما آتي إلى هنا لأبحث عن الكتب، لكن هذا القسم ممنوع عليّ. ماما تقول إن هذه الكتب خطيرة، لذلك لا يجب أن نقترب منها. إنها لا تدرك أنني كبرت وصار بإمكاني التمييز بين الخطأ والصواب! أريد أن أقرأها من باب الفضول والعلم بالشيء لا أكثر...

راقبتها ندى في ذهول. هذه الطفلة تدهشها أكثر وأكثر في كل يوم. تابعت سارا وهي تلتفت إليها:

- لكن هذا القانون لا يطالك، لأنك ضيفة! يمكنك شراء ما تريدين بشرط أن لا يُرى شيء منه في بقية أرجاء المنزل.

ثم أضافت وهي تغمزها:

- وأنا بدوري سأحفظ السر ولن أخبر أحدا عنها!

قبل أن تستوعب ندى، كانت سارا تهمس في إثارة وحماس:

- لكن بشرط، يجب أن تتركيني أقرؤها في غرفتك! يمكنك أن تحدثيني أيضا بكل ما تعرفين عن الإسلام!

ترددت ندى للحظات، ثم تمتمت:

- لكن...

بادرتها سارا على الفور:

- تعتقدين بأنني لن أفهمها؟ انتظري...

ثم اختفت للحظات قبل أن تعود وهي تحمل مجلدا علميا ضخما.

- هل يمكنك فهم هذا؟

قرأت ندى العنوان المكتوب باللغة الإنجليزية: «الفيزياء النسبية»، فأحست بصداع. لا تذكر متى قرأت درسا عن الفيزياء للمرة الأخيرة. ربما في بداية دراستها بالمعهد، قبل أن تتخصص في المجال الأدبي. قالت سارا بكل ثقة وفخر:

- كان هذا الكتاب موضوع البحث الذي قدّمته الشهر الماضي أمام مجموعة من العلماء الأجانب!

حدّقت فيها ندى في عدم تصديق. لم تكن قد أدركت بعد بأن الطفلة الماثلة أمامها نابغة بأتمِّ معنى الكلمة. سرحت نظراتها بين الكتب تقلبها بإمعان. ستختار بعض الكتب المبسطة التي تشرح مبادئ الإسلام لغير معتنقيه. وبعض الكتب الأخرى عن تاريخ الإسلام والسيرة النبوية. أدخلت يدها في محفظتها وعدت القطع النقدية القليلة التي بقيت لديها. لا يمكنها أن تبذر المبلغ الذي بحوزتها على الكتب. عليها منذ الآن أن تجد مورد رزق حتى توفر مصروفها اليومي، وما يلزمها لإنجاز مهمتها. لكن أيها تأخذ اليوم؟ لا يمكنها أن تشتريها كلها.

فوجئت حين سحبت منها سارا الكتب. نظرت إليها في تساؤل، فأجابت الفتاة:

- سأدفع ثمنها هذه المرة... بما أنني سأقرؤها أيضا!

استوقفتها ندى في دهشة:

- من أين لك بالنقود؟

قالت سارا وهي تسير نحو مكتب الاستقبال:

- أمي تُخصّص ميزانية شهرية للكتب، وبإمكاني أن أختار ما أريد قراءته.

ثم التفتت وهي تغمزها مجددا وتقول هامسة:

- لكن هذه الكتب بالطبع ستبقى سرا بيني وبينك!

*****

«أخي في الله أحمد،

لم أكن أعتقد بأنني سأبدأ حملة الدعوة في هذا البيت عن طريق الصغيرة سارا. إنها فتاة مذهلة حقا. قدراتها الذهنية تتجاوز بمراحل عديدة قدرات الأطفال في سنها. واهتمامها بالإسلام جعلني أستبشر خيرا كثيرا. إنها تقرأ بنهم الكتب التي أشتريها من المكتبة، ثم تناقشني فيها بعقلانية وبراعة شديدين. أحاول أن أجمع من المواد ما يكفي لإقناعها. أعتقد جازمة بأنني إن توصلت إلى إقناع سارا، فلن يكون إقناع بقية أفراد العائلة سوى ضربا من التسلية!»

*****

وضعت سارا ملعقتها وهتفت وهي تمسح يديها وفمها:

- انتهيت!

اعترضت تانيا وهي تشير إلى الشطيرة التي تركت نصفها:

- سارا، لم تكملي طبقك!

تجاهلتها سارا وهي تقف من مقعدها:

- حان موعد الدراسة الآن. ندى، سأحضر كتبي وأنتظرك في الغرفة!

تابعتها تانيا بنظرات غاضبة، ثم التفتت إلى جاكوب:

- إنها لا تأكل جيدا مؤخرا... ولم تعد تحب الدراسة في غرفة الجلوس! منذ صغرها تحب البقاء أمام التلفاز حين تقرأ كتبها، وها هي فجأة تطلب أن تدرس في غرفة هادئة!

ألقى باسكال ملعقته بدوره وهو يصرخ في احتجاج:

- أنا أيضا أريد أن أدرس في غرفة ندى!

ابتسم جاكوب وهو يربت كتف ولده:

- هل تريد أن تتشاجر مع سارا؟ تعال، سندرس معا في غرفتك. هل تريد؟

عقد الولد ذراعيه أمام صدره علامة الغضب، منذرا باقتراب عاصفة البكاء.

وقفت ندى معتذرة وتبعت سارا إلى الغرفة. وحدها كانت تدرك سر التغيير في تصرفات سارا في الفترة الأخيرة. إنها الكتب الممنوعة التي تقرؤها خلسة عن عيني والدتها.

ما إن توارت ندى خلف الباب حتى قالت تانيا بلهجة جادة:

- ألا ترى أن سارا أصبحت قريبة جدا من ندى؟ إني أخاف عليها من تأثيرها! ألا تذكر لماذا قمنا بإبعاد ريما منذ سنوات؟ حتى لا تسمم أذهان أولادنا بأفكارها المنحرفة!

احمر وجه جاكوب وهو يذكر حادثة رحيل ريما. لن يترك التجربة تتكرر للمرة الثانية. تابعت زوجته في إصرار:

- لقد وافقت على استقبال ندى في بيتنا لأنها دون عائلة، ولا يمكنها إعالة نفسها. لكنها الآن وقد وجدت عملا يمكنها أن تنفق على حاجياتها. كما يمكنها أن تسكن إحدى الغرف التي تؤجرها... ما رأيك؟

رمى جاكوب بالمنديل بعيدا ووقف ساخطا:

- ندى ضيفتنا ولن يتغيّر شيء من ذلك! لا تناقشي كثيرا!

خلف باب الغرفة الموصد، وقفت ندى وسارا تسترقان السمع في تحفز. تنهدت سارا وهي تسير نحو السرير وتتناول الكتاب من جديد:

- كما قلت لك، ماما لن تجرؤ على فعل شيء طالما كان بابا في صفك. إنها لا تجرؤ حتى على دخول هذه الغرفة! لذلك فنحن في أمان...

ابتسمت ندى في مرارة. تعلم أن تانيا تعترض على وجودها هنا بضراوة، خاصة وهي تلحظ العلاقة المميزة التي صارت تجمعها بطفلتها النابغة سارا. لكن عليها تحمّل كل ذلك حتى تصل إلى هدفها. لم تعد تعتمد على سارا لشراء الكتب، فهي قد صارت تقدم دروسا خصوصية منزلية في كل من الفرنسية والعبرية. إتقانها للغتين إضافة إلى العربية جعلها تجد طلبات كثيرة تفي بحاجتها وتزيد. لكنها تفكر في أبعد من ذلك.

كما توقّعت، لم يحاول والدها أن يأخذها للإقامة معه مثلما وعد. ها قد مر شهر

على إقامتها في تونس. لم تره خلاله مطلقا. حاولت مرة واحدة أن تذهب لرؤيته. أخذت العنوان من جاكوب وتوقّفت عند منزله في طريق عودتها من الدرس. تأملت طويلا الشقوق والتجاعيد التي علت بابا خشبيا ذا لون بني مزعج. ماذا كانت تنتظر؟ أن يفتح الباب دون أن تطرقه؟ لقد جاءت بنفسها وهي عازمة على مواجهته. لكن ما إن وجدت نفسها تقف تلك الوقفة حتى انتابها فتور وتوتر. كان قلبها منقبضا وأصابعها باردة إلى درجة التجمد، حتى إنها لم تعد تشعر بأطرافها. لدقائق طويلة، لم تكن تسمع إلا أنفاسها المضطربة وهي تفكر في قرار مصيري: هل عليها أن تطرق الباب؟ حين سمعت حركة بالداخل توحي بقرب خروج شخص ما، قفزت درجات السلم نزولا في وثبة واحدة، وهرولت باتجاه شارع جانبي وهي لا تدرك ما تفعل. حين ابتعدت بقدر كاف، وقفت تسترد أنفاسها.

ماذا دهاها حتى تذهب إليه ذليلة وهو الذي أهملها ونسيها؟ لم تكن في حاجة إلى أب، فقد رحل أبوها، بابا جورج، بعد أن ملأ فراغ الأبوّة في حياتها بشكل كامل. ذلك الشخص الذي كان مجرد اسم في حياتها بلا أي معنى، لماذا تريد أن تسبغ عليه معنى الآن؟ كانت تقول في نفسها في السابق إن أمها ظلمتها حين أبعدتها إلى لبنان. لو كانت بقيت مع أبيها لكانت مسلمة مثله. لكن أي نوع من الإسلام كانت ستترعرع عليه؟ هل هو إسلام بالوراثة فارغ من القيم والأخلاق؟ أيّ دين كان سيورّثه لها أب لا يبالي بالرّحم المعلقة بعرش الرحمن، تقول «من وصلني وصله الله، ومن قطعني قطعه الله»؟ ربما رحمها الله بقدرها ذاك، سبحان الله في حكمته. آمنت حينها بأنها في حال أفضل دون ذاك الأب. لن تسعى مجددا لرؤيته. فليكن لقاؤهما الوحيد في المطار الأول والأخير. اللقاء الفراق.

في تلك اللحظة، اتخذت قرارها بأن ترحل بعد الانتهاء من مهمتها مع عائلة جاكوب. ستخبئ قسما من دَخْلِها لتذكرة السفر. حين تجمع ثمنها سيكون بإمكانها الرحيل وقتما تشاء. ستنتظر الوقت المناسب لذلك.

أخرجتها سارا من أفكارها وهي تقول:

- حين تزوّج النبي محمد من عائشة، كانت لم تتجاوز السادسة من عمرها... ألا

ترين أن ذلك يعد اعتداء على طفولتها؟ كيف يمكن لشيخ قد تجاوز الخمسين أن يتزوج فتاة صغيرة هكذا!

ابتسمت ندى وهي تجيبها:

- إذا عدنا إلى تلك الحقبة الزمنية، لوجدنا أن تزويج الفتيات في سن السادسة كان أمرا عاديا. فالسيدة عائشة لم تكن حالة شاذة في ذلك، بدليل أن قريش التي كانت تعادي النبي محمدا (صلى الله عليه وسلم) وتقتنص الفرص لاتهامه والتنكيل به، لم تستنكر عليه صنيعه! هل تعتقدين أنهم كانوا ليفوتوا عليهم مثل هذه الفرصة؟ والرسول (صلى الله عليه وسلم) لم يكن أول الخاطبين للسيدة عائشة، بل كانت مخطوبة لرجل آخر قبله... كما أن زواج الشيوخ من الفتيات الصغيرات لم يكن أمرا غريبا كذلك. فعبد المطلب جدّ النبي (صلى الله عليه وسلم) تزوّج في نفس اليوم الذي تزوّج فيه ولده عبد الله من آمنة بنت وهب، ولم تكن زوجته سوى هالة بنت عم آمنة التي كانت في مثل سنها! ولم يستنكر عليه أحد ذلك...

سكتت سارا للحظات، ثم تساءلت مجددا:

- بمعنى أنهم كانوا جميعا يعتدون على الأطفال ويجدون ذلك أمرا عاديا؟ أليس هذا اختلالا اجتماعيا؟

ضحكت ندى ثم قالت:

- ليس اختلالا اجتماعيا أو شيئا من ذلك القبيل. بل إن الفتيات في تلك الحقبة الزمنية وفي تلك البقعة من الأرض كن ينضجن مبكرا. حتى في عصرنا الحالي، فمن المعروف طبيا أن الفتيات في الأماكن الحارة يبلغن مرحلة النضج قبل اللواتي يقمن في المناطق الباردة، وقد يصل سن النضج إلى ثمانية أو تسع سنين. وشبه الجزيرة العربية هي صحراء معروفة بحرارة طقسها. كما أن سيدنا محمدا (صلى الله عليه وسلم) تزوّج السيدة عائشة وهي بنت ست سنين، لكنه لم يدخل بها إلا وهي ذات تسع سنوات... بمعنى أنه انتظر أن يكتمل تكوينها، وتصبح صالحة لدخول الحياة الزوجية.

هزت سارا رأسها في تفهم، ثم عادت إلى قراءتها. ابتسمت ندى وهي تراقبها في

سرور. هذه الفتاة ليست هينة! أسئلتها دقيقة وشديدة الحساسية. من حسن حظها أنها تحضّرت لجل أسئلتها. لا وقت لديها تضيعه. عادت إلى كتابها هي الأخرى. تقرأ عن الشبهات التي يدعيها الغرب على الإسلام، تُبوّبها وتحضّر ملفات بالإجابات التي قدمها العلماء. تبني حصونا منيعة لتستبق أسئلة سارا وبقية عائلتها... ستكون جاهزة هذه المرة، حتى لا تتكرر تجربتها مع ميشال.

*****

عاد جاكوب من عمله متعبا. مشاكل لا تنتهي في معمل الخياطة. أحيانا يفكر في بيعه، وأخذ قسط من الراحة. تانيا ترى من مصلحة الطفلين أن تسافر العائلة إلى بلد أوروبي حتى يجدا الرعاية اللازمة لنابغتين مثلهما. ترى أن طفليها لا يحظيان بالفرص الكافية التي تثمّن مواهبهما كما يجب. ربما هي على حق. وربما عليه أن يفكر في الأمر بجدية. حين قدمت سارا بحثها العلمي أمام مجموعة من العلماء الأجانب، رأى علامات الانبهار في عيونهم وهم يستمعون إلى الطفلة المعجزة. حينها عرضوا عليه أن يأخذوها إلى أمريكا لتلقي دروس علمية خاصة تناسب مستوى تطورها الذهني. لكنه رفض... لم يقبل فكرة رحيل طفلته بمفردها إلى الطرف الآخر من العالم. رغم كل قدراتها الخارقة، فهي لا تزال طفلة...

طرق باب غرفتها وانتظر للحظات قبل أن يفتح. لم تكن هناك. آه، نعم. صارت تدرس كثيرا مع ندى في الفترة الأخيرة. غريب أمرها. ما الذي تفعله البنتان كل هذا الوقت؟ اقترب من غرفة ندى، ورفع يده ليطرق الباب. لكنه توقف فجأة حين جاءه صوت سارا:

- لماذا قررت ارتداء الحجاب الإسلامي؟ أنت كنت يهودية وتغطين رأسك أيضا، أليس كذلك؟ فما الفرق الذي يمثله الحجاب الإسلامي؟

سارا تسأل عن الإسلام والحجاب؟! أنصت في انفعال وتحفز لندى وهي تجيب:

- من الطبيعي أن تسألي هذا السؤال. فأنا حين كنت يهودية ملتزمة كنت متعلقة

بعفتي وأحب غطاء رأسي وأحافظ عليه. لكنني فيما بعد، حين تعرفت إلى الإسلام، وجدت في حجابه معاني أخرى لم أعرفها في ديني حينذاك. كما تعلمين، غطاء الرأس ليس خاصا بالإسلام، بل هو موجود في كل الديانات الأخرى. لكنه في الديانة المسيحية مثلا خاص براهبات الكنيسة... فهو يخص فئة معينة دون الفئات الأخرى. أما في اليهودية، فهو يكرس فكرة نقص تكوين المرأة وكونها جنسا بشريا أدنى من الرجل... كونها آلة لإشباع شهواته، والكثير من الأفكار اليهودية الأخرى التي تحط من قدر المرأة التي كانت تزعجني ولا أدري كيف أفسرها. أما في الإسلام فالأمر مختلف تماما. المرأة المسلمة لا تغطي رأسها وجسدها لأنها عورة ولأنها تخجل من جسدها... بل لأنها تريد الحفاظ على نفسها. تريد أن تحمي جمالها وزينتها فلا يراها منها إلا زوجها ومحارمها. بل إن من واجبها أن تتجمل وتتزين في بيتها حتى تعف زوجها.

- أوليست في ذلك آلة لإشباع غرائز الرجل أيضا؟

- ليس الأمر كذلك، فالأمر لا يقتصر على المرأة... الرجل أيضا مطالب بالتزين لزوجته حتى تراه بأجمل شكل وأبهى حلة. سأوضح لك.

ترددت ندى للحظات. الفتاة لا تزال صغيرة حتى تحدثها عن العلاقات الزوجية. قالت محاولة التبسيط:

- الرجل يرى خارج بيته الكثير من الفتن... نساء جميلات متبرجات... وفي أحيان يكن شبه عاريات... وكل ذلك يجذبه إليهن... فالنفس البشرية تحب كل ما هو جميل... إضافة إلى الغرائز التي فينا... تفهمين؟

أومأت سارا برأسها موافقة، فتابعت ندى:

- لذلك فإن الإسلام يأمره بغضّ بصره عن الفتن... وفي المقابل، فهو يجد البديل في بيته... في زوجته. يعني صفقة رابحة بين الاثنين. المرأة تمتنع عن إثارة الفتنة بزينتها خارج البيت، والرجل يغض بصره... ثم يجد كل منهما ضالته في ظل الحياة الزوجية...

- وماذا لو لم تكن زوجته جميلة؟

ابتسمت ندى وهي تقول:

- ذلك هو بيت القصيد! غض البصر واحتشام النساء يمنع الرجل من رؤية ما لنساء الآخرين من جمال وزينة، فيكتفي بما في زوجته من جمال ويرضى بها حتى لو لم تكن باهرة الحسن. كما أن الله يحسنها في عينه فيراها أجمل مما يراها غيره... لأنها زوجته وحلاله!

- إذن فالحجاب في الإسلام هو وسيلة اجتماعية للحفاظ على العلاقات الأسرية!

ضحكت ندى وهي تقول مؤيدة:

- هو ذلك يا عزيزتي!

تردد جاكوب للحظات. هل يطرق الباب؟ لم يكن قد جرؤ من قبل على نقاش ريما حول حجابها. والصغيرة لم تكن لتدرك الكثير من الأفكار التي كانت وراءه، بل ارتدته لأنه فرض عليها في دينها. لم يحاول أبدا أن يناقشها في عقيدتها أو يطرح عليها الأسئلة التي تراوده عن الإسلام. فهو يشك في وجود الإجابة لديها... كما أنه وعد والدتها بأن يحافظ على دينها، ولا يدخل الشك والالتباس على قلبها. من أجل كل ذلك لم تكن بينه وبين ريما نقاشات من هذا النوع. لكن وهو يستمع إلى ندى الآن، وجد نفسه يهتم بالنقاش. ربما يمكنها أن تجيب عن بعض أسئلته... وربما يمكنه أن يقنعها بالعودة إلى اليهودية. فكر من جديد. لم يكن حتى قد سألها عما دفعها إلى اعتناق الإسلام وهي التي تربت على اليهودية!

تناهى إلى مسمعه صوت سارا وهي تقول:

- سأحضر كتب الفرنسية حتى ندرس قليلا... ستنتبه ماما إلى ما نفعله إن لاحظت أنني لم أنته من الكتاب!

بسرعة، ابتعد جاكوب عن الباب، وفتح بابا غرفة باسكال ليختفي خلفه. أوف... كان ذلك في الوقت المناسب. لم تره سارا حين خرجت. ليس الوقت مناسبا لمواجهتها بما اكتشفه. سينتظر أن تسنح الفرصة. لكن هل يمكنه الاطمئنان إلى نقاشاتها مع ندى؟ ماذا لو دخل الشك في نفس طفلته؟ لكن سارا ليست بريئة ولا سهلة التأثر مثلما كانت ريما. بل لعلها أشد صلابة من والدها.

- ما الذي تفعله هنا بابا؟ هل تلعب الغميضة؟

استدار جاكوب فزعا. كان باسكال الذي جلس وراء مكتبه يطالعه في استغراب. ابتسم في حرج وهو يهرش مؤخرة رأسه في ارتباك:

- ليس الأمر كذلك...

ثم قال مغيرا الموضوع:

- كيف كانت المدرسة اليوم؟ حدثني بما حصل...

*****

يوم الحادي عشر من إبريل لسنة 2002، حصل تفجير إرهابي استهدف كنيس الغريبة اليهودي القائم في جزيرة جربة التونسية. في صباح ذلك اليوم، انطلقت شاحنة نقل للغاز الطبيعي محملة بالمتفجرات. تمكن سائقها الشاب من تجاوز الحواجز الأمنية لكنيس الغريبة الأثري، لتنفجر الشاحنة أمام الكنيس، حيث تجمع عدد من السياح والزوار من مختلف الجنسيات. تسبّب الحادث في مقتل أربعة عشر شخصا، منهم ستة سياح ألمان، وستة تونسيين، وفرنسي واحد، إضافة إلى سائق الشاحنة المنفذ للعملية الانتحارية. وصل عدد الجرحى إلى الثلاثين بين إصابات خفيفة وأخرى بليغة.

رغم أنه قيل في البداية إن الأمر لا يعدو أن يكون مجرد حادث، إلا أن التحقيقات في تونس وألمانيا وفرنسا أثبتت أن الهجوم كان إرهابيا متعمدا. حيث قام شاب بتنفيذ العملية الإرهابية بمساعدة بعض أقاربه. وقد عثر على تسجيل صوتي له فيما بعد يحمل توقيع جماعة القاعدة.

استمع جاكوب إلى آخر المستجدات بخصوص حادثة الكنيس عبر موجات الإذاعة المحلية قبل أن يغادر مكتبه. ضرب كفا بكف في حسرة وغيظ. هل انقضى زمن التعايش السلمي بين المسلمين واليهود في جزيرة الأحلام؟ لقد عاش مع عائلته هنا جيلا بعد جيل، ولم يحدث يوما أن تعرضوا للمضايقة أو الاعتداء. لكن ما يحصل في العالم في هذه السنوات الأخيرة على يد الجماعات الإسلامية الإرهابية

أصبح يهدد أمن الجميع. فضحايا الاعتداء لم يكونوا كلهم من اليهود!

حين مر بالمقهى في طريق عودته، كانت أحداث الشغب الأخيرة تشغل الجميع. رأى بعض الأيادي تشتبك في عراك متشنج. جاران قديمان، مسلم ويهودي، تبادلا الاتهامات، وانتهى الأمر بينهما إلى السباب والشتائم وتقاذف الكراسي.

كان مزاجه متعكرا وهو يدخل البيت. في غرفة الجلوس، كانت القناة التلفزية تنقل صور الفاجعة للمرة الألف. كانت ندى تتابع الأخبار في ألم وحسرة. تمنت أن يكون الانفجار مجرد حادثة. كانت تتخوّف من نسب العملية لجماعات إسلامية. فقد كثرت في الفترة الأخيرة الهجمات الإرهابية التي تشوّه صورة الإسلام وتتحدث باسمه. لكن بعد بث شريط الاعترافات لم يعد هناك مجال للشك.

التفت إليها باسكال الصغير الذي جلس إلى جوارها على الأريكة وقال:

- ما الذي يريده المسلمون منا؟ لماذا يعتدون على مقدسات اليهود هكذا؟

توجهت كل العيون إليها في انتباه تنتظر ردها. أخذت ندى نفسا عميقا قبل أن تقول:

- منذ زمن قصير، كنت يهودية مثلكم وكنت أتساءل إن كان المسلمون يكرهون اليهود... لكنني حينها كنت أجهل كل شيء عن الإسلام، عدا ما تنقله شاشات التلفزة من معلومات مشوّهة، هدفها تذكية العداء القائم بين أبناء الديانتين. اكتشفت فيما بعد أن الإسلام ليس ممثلا في آراء وتصرفات من يقولون إنهم يتحدثون باسمه، وكثيرا ما تحصل تجاوزات وانتهاكات ليس لها أساس في الإسلام. والأمر ينطبق على هذه الهجمات الإرهابية. هؤلاء الانتحاريون الذين يعتدون على الشعوب الآمنة ويروعون السياح يجرمّهم الإسلام، كما تجرمّهم المرجعيات الإنسانية كلها...

للمرة الأولى، انفجر جاكوب محتجا:

- هل تريدين إقناعنا بأن الإسلام دين سلام ومحبة؟ ألم تقم الفتوحات الإسلامية منذ القدم على سفك الدماء؟ الإسلام كان دينا دمويا منذ بداياته ولا يزال!

تنهدت ندى وهي تستجمع أفكارها:

- بالنسبة للفتوحات الإسلامية، فسأوضح لك الأمر... كان المسلمون يبدؤون

بإرسال الرسل إلى ملوك البلدان يعرضون عليهم الإسلام، فإن أسلموا فلهم أن يبقوا في بلادهم يحكمونها بشرع الله، دون أن ينقص من أملاكهم شيء. لم يكن الهدف الاحتلال والاستحواذ على الثروات. أما إن رفضوا الإسلام، فيبقون على دينهم على أن يدفعوا الجزية والخراج للحامية الإسلامية، بمعنى أنهم يدفعون لقاء بقائهم في أرض الإسلام تحت حماية الحاكم المسلم... فإن رفضوا كل ذلك وأعلنوا الحرب، فحينها فقط تكون المواجهة العسكرية. وحتى في هذه الحالة، فإن الإسلام يأمر بعدم الاعتداء على النساء والشيوخ والأطفال ومحاربة من يحمل سلاحا فقط. وكل من يعلن إسلامه -حتى على أرض المعركة- فهو آمن على حياته. ولا يجوز الاعتداء على دور العبادة أيا كانت... وشتان ما بين هذه المبادئ الحربية النبيلة وما عرفته الإنسانية من حروب شعواء لا تضع اعتبارا لصغير أو كبير. فإن كان الإسلام في صدر الفتوحات الإسلامية قد منع الاعتداء على المواطنين الآمنين وحماية دور العبادة وعدم تحويلها لمساجد، فكيف يمكن أن نصدق أن القائمين بالاعتداءات الإرهابية في عصرنا الحالي يتكلمون باسم الإسلام؟ أليس في ذلك كل التناقض؟

نظرت إلى عيونهم تقرأ ردود أفعالهم، ثم واصلت:

- هذه الهجمات الإرهابية الهامشية يستنكرها الإسلام ويتبرأ منها المسلمون قبل أي كان... فهي تشوّه صورته وتُحرج أهله أمام العالم أجمع... وإذا استعرضت تاريخ المسيحية مقارنا بتاريخ الإسلام، ستجد الهوة كبيرة بينهما، سترى تاريخ المسيحية ملطخا بالدماء في جميع حقبه الزمانية. ففي الحروب الصليبية -التي استمرت أكثر من ثلاثة قرون ضد الإسلام والمسلمين- أبيد الملايين، ودُمّرت القرى والمدن، وهدمت المساجد والمعابد، وكانت تبقر بطون الحوامل لإخراج الأجنة ثم حرقها بعد ذلك في ضوء الشموع والمشاعل... أما الغزوات الإسلامية فلم تكن ضحاياها تتجاوز بضع عشرات. بل إن المسلمين كانوا يقتلون وهم كارهون، حتى إن الله تعالى قال في القرآن الكريم (كتب عليكم القتال وهو كرهٌ لكم). والدليل الأبلغ على عدم انتشار الإسلام بحد السيف، هو وصوله في زمن قياسي إلى مناطق لم تطأها الجيوش المسلمة، بل وصل إليها التجار وتحدثوا عن هذا الدين الجديد ذي المبادئ والأخلاق

الحسنة. كما كان المسلمون يتزوجون من أهل البلاد المفتوحة حتى ينتشر الإسلام بطريقة اجتماعية حضارية. أما شبه الجزيرة العربية، فهي لم تتحول إلى أرض مليئة بالقصور والمباني الفارهة! بل ظلت على ما هي عليه من فقر حتى اكتشاف الثروات الباطنية فيها -في الوقت الذي تجلب فيه الدول المستعمرة ثروات البلاد المحتلة إلى مراكزها- لكنها توحّدت على يد النبي محمد (صلى الله عليه وسلم) وعمّ فيها الأمان والاستقرار بعد أن عرفت عصورا من التناحر بين القبائل المتفرقة...

استمع إليها جاكوب وسارا وباسكال في اهتمام وحيرة. ثم تكلم باسكال متسائلا في براءة:

- إذن من يكون هؤلاء الذين يقولون إنهم مسلمون ويعتدون على الآخرين؟

- مثلما هو الأمر بالنسبة لكل الديانات، فإن هناك من يستغل المعتقدات من أجل أهداف شخصية، ويُسخّر طاقات بشرية تنفذ رغباته باسم المعتقد، عن جهل وسوء فهم. ومثل كل الديانات أيضا، كثيرا ما تتفرق بعض المجموعات قليلة العدد عن الأصل، وتحيد عن الطريق وهي تظن نفسها على صواب... فتنحرف بالدين عن مساره وهي ترى نفسها تسير على دربه وخطاه. لكن لحسن الحظ، فإنها تبقى أقليات مهمشة. وحتى إن كانت ذات خطورة على المجتمع، فلا يمكن أن تتحول إلى تيار رئيسي تلتف حوله أعداد كبيرة من المسلمين... لأن الفطرة السليمة تبقى غالبة، والمرجعية الدينية حاضرة لتصحيح ما غاب عن الأذهان...

فكر جاكوب للحظات. لم تكن الأمثلة التي تحيط به من المسلمين لتجذبه إلى الإسلام. تعرض للأذى من قبل. وأسئلة كثيرة تلح عليه. لم يتردد هذه المرة. أخذ يسرد على ندى الحادثة التي حصلت في معمله منذ سنتين. العاملة المسلمة أخذت المنتجات التي لم يقع بيعها، ووهبتها للجامع. لم يكن ضد التبرع بها إلى أطفال المسلمين، لكنه كان يفضل أي جمعية خيرية لا تحمل طابعا دينيا. وكان يعلم أن العاملة قصدت إهانته وإغاظته بتصرفها ذلك... ثم تعمّدت نشر الخبر في الحي، حتى يسخر الجميع من اليهودي الذي يتعامل مع الجامع.

أصغت إليه ندى في انتباه، ثم قالت في حزم:

- العاملة أخطأت معك ثلاث مرات... حين لم تطلب إذنك في كيفية التصرف في الحاجيات، ثم حين نشرت الخبر وهي تعلم ما يثيره ذلك من حساسيات... ثم حين رفضت الاعتراف بخطئها والاعتذار. ولتعلم أن هذا ليس من الخلق الإسلامية. فرسولنا الكريم عليه الصلاة والسلام، كان يحترم جيرانه اليهود ويبرهم ويقسط إليهم طالما لم تبدر عنهم إساءة للإسلام والمسلمين. بل كانت بينه وبينهم معاملات مبنية على أسس أخلاقية... ليس هناك ما يمنع المسلم من الاعتذار لغير المسلم، فالناس كلهم سواسية من المنظور الأخلاقي... وليس هناك ما يمنعك من الحقد عليها والرغبة في الانتقام منها بعد ما فعلته معك...

استفزت جاكوب إجابتها الأخيرة، فطفق يسأل ويسأل. أخرج كل ما في جرابه من استفسارات معلقة عن مواقف تعرض لها، وأخرى سمع عنها. يريد أن يعرف رأي الإسلام في كل ذلك... كان وجه ندى يحمر حينًا، وتنفرج أساريرها حينا آخر، وهي تبحث عن الإجابات وتنتقي كلماتها لتوصل المعلومة على أكمل وجه. واستمر النقاش لساعات...

*****

دخلت سارا غرفتها ذلك المساء مبكرة. كانت في حاجة إلى الاختلاء بنفسها لبعض الوقت. منذ فترة وهي تواظب على الجلسات التعليمية مع ندى، ثم تواصل القراءة والبحث بنفسها. كانت والدتها قد علمتها اليهودية منذ صغرها، وأغمضت عينيها عن بقية الديانات. لم تحاول الاعتراض، لكن حين شرعت في التفكير في المسائل الروحية بدأت تراودها أسئلة كثيرة. وكانت بتفكيرها الذي يفوق سنها تتوقف عند تناقضات كثيرة في دينها. وكانت تانيا تقول إن الدين لا يخضع للعقل، وإن عليها أن تترك التفكير العلمي جانبا حين يتعلق الأمر بالمعتقد. سلّمت بذلك في البداية... لكنها لم تكن لتمنع نفسها من الضحك والسخرية أمام بعض النصوص التي بدت لها في منتهى التناقض. اقتنعت لفترة بأن الديانات كلها على نفس المستوى من السخافة.

وقررت -على صغر سنها- بأنها ستؤمن بدين العقل لا غير. ثم صادف أن سمعت عن الإسلام وما ورد فيه من إشارات علمية، فدفعها الفضول للبحث في الأمر. لكنها فوجئت بتانيا تقف في وجهها وتمنعها من الإمعان في التقصي. لم تدر ما السر وراء معارضة والدتها لبحثها، وهي مشجعتها الأولى على الأبحاث العلمية. أحست بأن في الأمر لغزا ما... ولم يكن ذلك إلا ليزيد من فضولها.

حين جاءت ندى للإقامة في البيت، وجدت الفرصة سانحة لتواصل بحوثها السرية. قرأت الكثير والكثير. حاولت أن تجد تناقضات أو نقائص في النصوص القرآنية... لكنها كلما توقفت عند شبهة من الشبهات، وجدت في التفاسير ما يوضح الصورة، على عكس ما رأته حال تحليلها للتوراة والأناجيل... فتفاسيرها لم تكن سوى محاولات يائسة للتلفيق والإيهام، ونتيجتها من المضحك المبكي. استمرت في دراستها لأشهر، وهي تزداد اهتماما يوما بعد يوم. قرأت عن سيرة النبي محمد، ثم عن زوجاته وأصحابه. صارت تلم بالكثير. ما الخطوة التالية؟ ما الذي تريد معرفته بعد عن هذا الدين؟

خرجت من غرفتها، واقتربت من غرفة ندى في هدوء. طرقت الباب ثم دخلت كعادتها. نظرت ندى إليها في استغراب. كان وجهها متغيرا. جلست على طرف السرير في صمت، ثم سألتها:

- أريد أن أعرف... لماذا نزل الدين الإسلامي في شبه الجزيرة العربية ولم ينزل على بني إسرائيل مثل كل الأنبياء السابقين؟

قالت ندى في ثقة:

- حين ظهر الإسلام، كانت شبه الجزيرة العربية من أكثر بقاع الأرض تخلفا. لم يكن أهلها يمتلكون الثروات، ولم تكن تجمعهم مملكة قوية مثل إمبراطورية الفرس أو الرومان، بل كانوا مجرد قبائل متفرقة تجمعها العصبية القبلية، تتناحر فيما بينها وتعيش من التجارة ورعي الأغنام. لذلك فإن خروج نبي من هذه الأرض، كان معجزة في حد ذاته! وتحول القبائل المتناحرة إلى أمة موحدة تتبع رجلا واحدا، ثم تطورها من الضعف إلى القوة وانتشار دعوتها إلى شتى أصقاع الأرض، كان إنجازا

عظيما... أما بنو إسرائيل، فقد عاقبهم الله على قتلهم السابق لأنبيائهم بأن جعل خاتم الأنبياء من أمة أخرى...

هزت سارا رأسها في تفهم. لم يكن الجواب يخفى عليها، وربما كان بإمكانها تقديم بعض الإضافات. صارت تعلم ما يكفي عن الإسلام. لكنها باتت تماطل وتؤجل الخطوة التالية. ساد الصمت للحظات قبل أن تحسم أمرها:

- حسن... ما الذي عليَّ فعله الآن لأصبح مسلمة؟

حدّقت فيها ندى في عدم تصديق، ثم تمتمت في ارتباك وتلعثم:

- هل... هل أنت متأكدة؟

نظرت إليها سارا في إصرار:

- قولي قبل أن أغيّر رأيي!

*****

«أخي في الله أحمد،

لا يمكنني تصديق ما حصل اليوم. سارا الصغيرة جاءت إلى غرفتي وأعلنت إسلامها! لم تكن مترددة أو خائفة، بل واثقة من قرارها. لكنها تتوجس خيفة من ردة فعل والدتها. ذكّرتني بنفسي منذ زمن غير بعيد. ستضطر إلى إخفاء إسلامها لبعض الوقت، حتى تجد الفرصة المناسبة. لكنها صغيرة السن، لم تبلغ الحادية عشرة من عمرها بعد. أعلم أنها ذات ذكاء فائق وعقل واسع المدارك... لكنني أخشى عليها مما ستلقاه من محيطها. كنتُ قد بنيت خطتي على إسلامها كخطوة أولى. لكنني لا أدري إن كانت ستتحمل ما قد تلقاه من أذى... كان الله في عونها.

لا يمكنك أن تتصور كم أنا سعيدة اليوم. ظننت أن سعادتي بإسلامي لا يمكن أن تضاهيها سعادة أخرى. لكنني اكتشفت اليوم معنى السعادة بنجاة شخص آخر من النار. تذكرت الحادثة التي قرأت عنها في كتاب السيرة، حين علم سيدنا محمد صلى الله عليه وسلم بأن صبيا يهوديا يحتضر، فذهب إليه ودعاه إلى الإسلام وهو على

فراش الموت. فأسلم الولد قبل أن يلفظ أنفاسه الأخيرة... فخرج نبي الرحمة فرحا مستبشرا وقال: الحمد لله الذي أنقذه على يدي من النار. يا الله! النبي الكريم (صلى الله عليه وسلم) فرح بإسلام صبي يهودي! وهو الذي غفر الله له وبشّره بمقام رفيع في الجنة. فكيف لا أفرح أنا الأمة الفقيرة المثقلة بماض مليء بالكفر والعصيان؟ الحمد لله... الحمد لله الذي هدانا لهذا وما كنا لنهتدي لولا أن هدانا الله. الحمد لله على نعمة الإسلام. الحمد لله على إسلام سارا. ولتعلم أن ثواب إسلامها يصلك كاملا وريما! فلولاكما لما كنت هنا، ولما كان ما كان... فهنيئا لنا جميعا.»

*****

تحاملت سونيا على نفسها، وجرّت قدميها عبر الممر حتى وصلت إلى غرفة ندى. توقفت أمام الباب الموصد. أدارت المقبض ودفعت الدفة ببطء. كانت الغرفة غارقة في الظلام. أغلقت نافذتها بنفسها وأسدلت الستائر منذ طردت ندى من المنزل. خطت إلى الداخل في تعثر. الأشهر القليلة الماضية تركت في وجهها وجسدها آثارا أبلغ من آثار السنين. كأنها شابت فجأة وازدادت عشر سنين إضافية. جلست على طرف السرير في وهن. إحساس عام بالإعياء يجتاح جسدها. أصبحت مفاصلها تؤلمها مع كل حركة...

لم يعد هناك غيرها في هذا البيت. تقضي يومها متنقلة بين السرير والمقعد، وبين المقعد والسرير. فقدت حياتها كل بهجتها، فما عادت تنظم اللقاءات الاجتماعية ولا الأمسيات الثقافية. تفرقت رفيقاتها ولم تجد أحدا إلى جوارها في حزنها. بعد رحيل جورج وطردها لندى، صارت الساكنة الوحيدة لمنزل العائلة الكبير. دانا مشغولة بعملها وطفلها. تزورها مرة في الأسبوع لتهتم بقضاء حاجاتها وشراء ما يلزمها من مؤونة. لكنها لم تكن في حاجة إلى الطعام. شهيتها قليلة. لا تأكل إلا شيئا يسيرا يسد رمقها، ويكفيها لتواصل حياتها الجافة. دانا لم تكن يوما حانية أو عطوفا. طبعها جاف... كوالدتها. آه... ندى كانت القلب النابض بالحياة في هذا البيت. كانت هي من

٢٨٤

يملؤه بهجة. كانت لديها طريقتها الخاصة ورؤيتها الخاصة التي تعطي للأشياء معاني جديدة. كانت... نعم، كانت...

اعتادت عيناها على الظلام، حتى ما عادت تحتاج إلى نور المصباح لتجد طريقها بين قطع الأثاث. تحاملت على نفسها من جديد وسارت باتجاه المكتب. كثيرا ما كانت تجلس هنا، بعد رحيل ندى. تعلم أن ابنتها مولعة بكتابة أفكارها وخواطرها... لكنها كانت تخفيها عنها جميعها. ندى كانت تخافها. وهي كانت تتغافل وتتظاهر بجهل كل شيء عن مذكراتها. وجدت الكثير منها هنا... كل منها تحكي مشاعرها وأحاسيسها. تحكي مشاهد من حياة المراهقة البريئة والنبيهة في آن التي كانت. كأنها ترى بعينيها الآن صورا من الماضي. ربما وأحمد كانا بطلي روايتها. كان عليها أن تدرك ما لهذين الشخصين من تأثير عليها منذ البداية. لكنها انتظرت إلى أن فات الأوان... جمعت الصور المبعثرة وأعادتها إلى الدرج.

أين تراها تكون الآن يا ترى؟ انقطعت عنها أخبارها منذ أشهر... كم مر عليها من الوقت وهي في وحدتها تلك؟ لا يمكنها أن تجزم. فكل الأيام أصبحت متشابهة وخالية من المعنى... خالية من الحياة. لكنه وقت طويل بالتأكيد. انتبهت إلى اختفاء أوراق ندى الشخصية وبعض حاجياتها. لا شك أن دانا ساعدت أختها على إيجاد مكان يؤويها. إنها مرتاحة من هذا الجانب. تعلم أن ندى في مكان آمن وتحظى بالرعاية اللازمة. هل تهتم لأمرها؟ حتى وإن كانت قد غضبت عليها ومقتتها لبعض الوقت، فهي تبقى ابنتها وفلذة كبدها. حتى إن صارت عدوة لدينها، فهي لا تستطيع منع نفسها من التفكير فيها والخوف عليها والاشتياق إليها... لكن، لا يمكنها أبدا أبدا أن تسامحها أو تستقبلها مجددا في بيتها... فما فعلته جريمة لا تغتفر، ورغم مرور كل هذا الوقت، فهي ليست مستعدة لتقبل تغيرها...

أحست بألم مفاجئ في الجزء الأيمن العلوي من البطن. ضغطت بكفها على مكان الألم. منذ فترة وهي تحس بتدهور صحتها. لم تأكل شيئا منذ الصباح، لكنها تشعر بالغثيان. تزايدت الآلام وأصبحت تملأ كل بطنها. تأوهت بصوت خافت. لن يسمع أحد آهاتها وشكواها. وضعت رأسها على المكتب لتكتم صرخة متعبة. الآلام

تجتاح جسدها وتملأ جوارحها. حاولت أن تقف. عليها أن تصل إلى الهاتف. دانا... إني أموت... دانا...

لكن ساقيها لم تقدرا على حملها. تهاوى جسدها على بعد خطوات من المكتب... بلا حراك.

*****

سارت ندى في شوارع الحارة الكبيرة بعقل سارح. تعودت على هذه المدينة وأحبتها. هذه هي المدينة التي ولدت فيها. هنا التقى والدها بوالدتها، وهنا عاشت سنواتها الأولى، قبل أن ترحل إلى لبنان. ربما كان لديها أقارب خلف أبواب البيوت المغلقة، أعمام وعمات وأبناء عم... وخالات وأخوال أيضا لا تدري أين مساكنهم. ربما كانت لها عائلة كبيرة العدد. لكنها لم تحاول أن تعرف. كانت قد انتهت من درسها الخصوصي للغة الفرنسية. طالبتها طفلة في الخامسة عشرة من عمرها من عائلة مسلمة. أصبحت تجمعهما صداقة جميلة. رغم صغر سنها، كانت تبادلها الأحاديث المسلية وتجعلها تستمتع بالدرس بدعاباتها الطريفة. على الأقل، لديها صديقة هنا... للحظة مرت بذهنها صور ريما، سماح، أنابيلا... وصديقات أخريات من أيام الكلية. ابتسمت في حزن ثم تنهدت. صور من الماضي.

حين وصلت إلى المنزل، لم تكن تانيا قد عادت من عملها. أصبحت نظراتها إليها مؤخرا أقرب إلى الوعيد منها إلى التودد. أغلقت باب غرفتها واستلقت على السرير. يشغلها أمر سارا مؤخرا. الطفلة تعلّمت الوضوء والصلاة وصارت تواظب عليها. تأتي إلى غرفتها لتصليا خلسة. تقرأ القرآن باستمرار... ولا تجد صعوبة تذكر في حفظه. تفوقت بسرعة على معلمتها. نابغة... إنها نابغة حقا. جاكوب لم يعلم بعد بإسلام ابنته، لكنه لم يعد يُخفي اهتمامه بالإسلام. وهي لا يمكنها أن تخفي فرحها بهذا التطور. الخطة تسير على أحسن ما يرام... بشرط ألا تعلم تانيا بشيء من ذلك، فهي وحدها قادرة على تدمير كل ما أنجزته في الفترة الماضية مع جاكوب.

حسن، إلى العمل الآن. كانت قد أحضرت بعض الكتب من المكتبة لتبحث في أسئلة جديدة طرحها جاكوب. ماذا عن عذاب القبر؟ فتحت الدرج لتخرج أوراقها. انتبهت إلى هاتفها المحمول الذي يرقد في الدرج. كان مغلقا على الدوام. تفتحه من حين إلى آخر لعلها تجد رسالة أو اتصالا من سماح. لا أحد يتصل بها غيرها. تنهدت وهي تضغط على زر التشغيل. انتظرت حتى تضيء الشاشة وتظهر الأيقونات الالكترونية. رسالة صوتية! كوّنت رقم جهاز الرد الآلي الخاص بها وانتظرت أن يصلها صوت المتصل. فوجئت حين جاءها صوت دانا. كانت لهجتها باكية، كأنها على وشك الانهيار. صوتها أشبه بالصراخ والعويل. تسارعت دقات قلبها في ارتياع. لم يكن الصوت واضحا. ضغطت بعصبية على أزرار الهاتف لتستمع إلى الرسالة مرة أخرى... بعد لحظات، أحست بخدر في كفها وسقط الجهاز إلى جانبها. غير معقول... غير معقول... ما الذي عليها فعله؟ والدتها في المستشفى، في حالة خطرة. دانا كانت في حالة سيئة من الجزع. الأمر خطير دون شك! سارعت بتكوين رقم دانا... لكن رصيدها لم يكن كافيا لإجراء مكالمة دولية. أخذت تذرع الغرفة جيئة وذهابا في ارتباك ولوعة. ما الذي حصل لوالدتها؟ هل هي بخير؟ ما الذي تفعله هنا؟ يجب أن تكون هناك، في المستشفى إلى جانبها.

عادت إلى الهاتف. تثبتت من تاريخ الاتصال... كان ذلك منذ ثلاثة أيام! يا إلهي... كيف غفلت عن الهاتف كل هذا الوقت؟ ما الذي يمكن أن يكون قد حصل؟ خرجت من غرفتها لا تلوي على شيء. يجب أن تجري اتصالا. عليها أن تتصل بدانا. لم تستعمل هاتف المنزل من قبل، لكن الأمر عاجل وتانيا لن تلومها على ذلك. كونت رقم دانا وانتظرت لثوان ثقيلة طويلة وهي تستمع إلى الرنين من الطرف الآخر. أخيرا جاءها صوت دانا، خاملا ناعسا كأنها خلال النوم:

- من معي؟

نسيت أن هناك فارق ثلاث ساعات في التوقيت بين تونس ولبنان. ودانا تعودت على النوم باكرا.

- هذه أنا يا دانا... ندى. آسفة على إيقاظك من النوم، لكنني لم أر رسالتك إلا الآن.

أخبريني، هل أمي بخير؟

- آه... ندى. أمي أجرت عملية جراحية لاستئصال المرارة. وهي لا تزال في المستشفى لالتهاب في كبدها. لكن مرحلة الخطر قد مرت... حالتها آخذة في الاستقرار.

تنهدت حين وصلتها الأخبار المطمئنة. مرت اللحظات الحرجة، وهي ستتعافى بالتأكيد. وضعت سماعة الهاتف، ثم سارت إلى غرفتها تفكر. والدتها نجت من الموت. لكنها لا تدري إن كانت صحتها ستتحسن وتعود إلى سالف عهدها. لا تدري إن كانت ستعيش طويلا. لا أحد يدري متى تحين ساعته. لا أحد... ربما، جورج، ميشال، ماري، كريستينا وجابريال، كلهم رحلوا فجأة ودون سابق إنذار. لم تضع أحمد في القائمة. لا تريد أن تصدق أنه قد رحل مثل الآخرين. لا... لا تريد أن يتكرر ذلك مجددا. لا تريد أن ترحل أمها أو شقيقتها وهي لم تحاول معهما بعد. مكانها ليس هنا. مكانها هناك، إلى جانب عائلتها الحقيقية. لقد فعلت ما بوسعها هنا. يمكنها الآن أن تترك جاكوب يواصل الطريق بمفرده. تحس بأن المسافة التي تفصله عن الإسلام لم تعد كبيرة... وسارا ستكون عونا له بالتأكيد. نعم، هذا ما عليها فعله. كانت قد جمعت ثمن التذكرة إلى لبنان من عملها. اجتهدت كثيرا في الفترة الماضية ولم تدخر جهدا، كأنها قد علمت باقتراب هذه اللحظة... لحظة العودة.

*****

«أخي في الله أحمد،

وصلت اليوم إلى لبنان. ياه، مرّ وقت طويل... لا تدري كم اشتقت لهذه الأرض. أكتب إليك الآن من المستشفى. والدتي نائمة تحت المخدر، تستيقظ لأوقات بسيطة في اليوم لأن آلامها شديدة. منذ ساعتين وأنا أنتظر أن تفتح عينيها. دعوت لها كثيرا في أثناء سفري. أعلم أن دعاء المسافر مستجاب. دعوت أيضا بأن أراك قريبا. فقد اشتقت إليك... كثيرا.»

توقفت قليلا عن الكتابة. كانت دموعها تنذر بانحدار قريب. هاجت عواطفها

حين دخلت غرفة المستشفى، وليس لها غير أحمد تشكو إليه وتبثه لواعج قلبها. سونيا القوية ممدة على السرير بلا حراك... لا حول لها ولا قوة. كيف استفحل الداء في جسدها في هذه الفترة القصيرة؟ لم تكن تشكو من شيء قبل رحيل الأحباب. هل تراه الحزن ما فعل بها هذا؟ لم يهتز لها رمش حين طردتها، هي، لحمها ودمها... فهل كان جورج وميشال أقرب إلى وجدانها؟ زادت تلك الأفكار من شجنها. فتركت لمشاعرها العنان. تركت العبرات تسيل على وجنتيها في صمت.

«الطبيب يقول إن حالتها آخذة في الاستقرار، لكنها تحتاج إلى متابعة مستمرة. كان قد طلب بقاءها في المستشفى لأنها تقيم بمفردها ولا تجد من يهتم بها ويرعاها. الحمد لله أنني عدت في الوقت المناسب لأكون إلى جانبها. قال أيضا إن علامات المرض لا تظهر إلا عند خمسين بالمائة من المصابين، لذلك لم تتفطن والدتي إليه في وقت مبكر. لكن أمل شفائها لا يزال قائما. بنيتها جيدة وجسدها قادر على المقاومة. لكنني أخشى الأسوأ... فهناك احتمال أن يتحول المرض إلى إصابة سرطانية. أدعو الله ألا يحصل ذلك، وأن تستعيد عافيتها في أقرب وقت...»

رفعت عينيها فجأة. أحست بحركة قربها. لمحت كف سونيا تتحرك ببطء فوق اللحاف. فتحت عينيها؟ سارعت إليها في لهفة واحتضنت يدها بين كفيها في حرارة. نسيت كل ما بينهما من عداوة ومشكلات. المرأة التي أمامها هي والدتها. المرأة التي وضعتها وأرضعتها وربتها واعتنت بها. كل الاعتبارات الأخرى كانت بلا قيمة في تلك اللحظة. التقت عيناهما. عيون متعبة، تحكي ما مر بكليهما في الشهور التي افترقتا خلالها. انفرجت شفتا سونيا أخيرا لتهمس في وهن:

- حبيبتي ندى... أنت هنا...

لم تنتظر ندى أكثر. انحنت على جسدها النحيل تحتضنه. قبلت جبينها ووجهها وكفيها. لا تريد منها اعتذارات. يكفي أنها استقبلتها وقبلت وجودها إلى جانبها. «حبيبتي»! كلمة افتقدتها طويلا. كانت البلسم لجراحها العميقة. همست وهي تضغط على ذراعها في حنان:

- كيف تشعرين الآن؟

ردت سونيا في تأثر، وعيناها لا تفارقان وجهها:

- اشتقت إليك... سامحيني يا ابنتي...

كانت فترة رقادها على فراش المرض كافية لتعيد حساباتها وتفكر في كل ما فعلته بابنتها. والآن، الآن فقط وهي تراها أمام عينيها، أدركت أنها تحبها أكثر من الماضي، وتحتاجها إلى جانبها. أدركت كم ظلمتها وكم ظلمت نفسها حين عاملتها بتلك القسوة وطردتها.

هزت ندى رأسها نافية وقالت من بين شهقاتها:

- لا عليك...

- أين كنت كل هذا الوقت؟ كيف كانت حياتك؟

ترددت للحظات. إذن والدتها لم تكن تعلم شيئا عن سفرها إلى تونس؟ لا داعي لاسترجاع الآلام الآن. ها هي قد عادت مجددا، وها هي قرب والدتها كأن شيئا لم يكن. أجابت في هدوء وهي تلف الغطاء حولها:

- كنت في مكان آمن... ليس هناك ما يدعوك للقلق. المهم أنني الآن هنا... إلى جانبك.

ابتسمت سونيا ابتسامة واهنة، ثم استرخت مجددا. استندت ندى على طرف السرير دون أن تترك كفها. راقبتها في صمت وهي تستغرق في النوم من جديد. عمها إحساس بالارتياح... والطمأنينة. رغم الملابسات الحزينة التي تلف لقاءهما، إلا أنها كانت سعيدة.

*****

هالها الوضع الذي وجدت عليه منزل العائلة حين دخلته بعد شهور من الغياب. بدا لها أن علامات الحزن واليأس ظهرت حتى على قطع الأثاث، وتركت بصماتها على الجدران والنوافذ. تكاد تجزم بأن للحزن رائحة. هي تلك الرائحة الندية للغرف المغلقة التي لم تصلها أشعة الشمس منذ أمد. وللحزن لون... هو لون طبقة الغبار

الرمادية التي غطت كل ركن وكل مساحة من فضاء البيت.

عادت إلى بيتها. إلى غرفتها. إلى عالمها. فتحت خزانتها، حيث تركت كل حاجياتها القديمة وقسما كبيرا من ذكرياتها. كل شيء كان في مكانه، كما تركته. مكتبها، أوراقها، سريرها... كل شيء كان في انتظار عودتها. مسحت الغبار المتراكم وأعادت الحياة إلى كل قطعة من ماضيها. بسرعة، استلمت مهامها الجديدة. سارعت تفتح النوافذ لتهوية الغرف. شنت حملة تطهير وتنظيف على كل ركن وكل زاوية. كانت قد عزمت على البدء من جديد. سيكون غدها خيرا من أمسها... هكذا قررت.

أصبحت تقضي وقتها بين البيت والمستشفى. تعد الطعام لوالدتها في الصباح، ثم تجلس إلى جوارها تسامرها أو تقرأ لها كتابا. تحاول تسليتها دون أن تترك المسائل التي تفرقهما تطفو على السطح، وتعكر مزاجهما. وفي المساء، تنضمّ إليهما دانا بعد خروجها من عملها، فتجلسن مثل الزمن الخالي... كأن شيئا لم يكن.

كان قد مضى أسبوعان على عودة ندى من تونس، وأيامها تمر رتيبة على نفس النسق. لكنها في ذلك الصباح، أحست بتغيير في تعابير والدتها. كانت تطالعها من طرف خفي وهي تقرأ في كتابها. بدت مشغولة الفكر سارحة بعض الشيء. توقفت ندى عن القراءة وانتظرت للحظات. لم يبد على سونيا أنها انتبهت إلى توقفها. لم تكن مركزة في الاستماع إليها. وضعت ندى الكتاب جانبا واقتربت من السرير. مسحت على شعرها في حنان وهمست:

- أنت لا تستمعين إلي... ما الذي يشغلك اليوم؟

رفعت إليها سونيا عينين مغرورقتين بالدموع ولم تتكلم. فزعت ندى وهتفت في خوف:

- ماذا هناك؟ هل تتألمين؟

هزت سونيا رأسها نافية، ثم قالت في ضعف:

- أفكر في حياتي الماضية... وفي المستقبل. أشياء كثيرة أريد أن فعلها... لكن الموت قد يأتي في أية لحظة.

حاولت ندى أن تقاطعها، لكن سونيا واصلت بلهجة حازمة:

- يؤلمني ما وصلت إليه عائلتنا. ما وصلنا إليه أنا وأنت... أريد أن يجتمع شمل عائلتنا من جديد، ونعود إلى سالف الوفاق بيننا. أريد أن أرحل مرتاحة البال والضمير... أن يكون كل شيء واضحا في ذهني، أن أعرف إن كنت أخطأت... وأن أجد الإجابة لتساؤلات كثيرة معلقة. لكن ذلك لن يكون ممكنا ونحن نتجنب الموضوع الذي يشغل كلينا.

أطرقت ندى في صمت. لا تدري إلى أين سيقودها هذا النقاش. لم تكن تجربتها الأخيرة بالهينة. لكن سونيا فاجأتها وهي تواصل:

- لذلك فقد قررت أن أستمع إليك وأعطيك فرصة لتشرحي لي...

نظرت إليها ندى في دهشة وعدم تصديق. فأضافت في لهجة جادة:

- حدثيني عن الإسلام...

*****

وقف حسان أمام غرفة المستشفى، وهو يحمل باقة ورود حمراء. تطلب منه الأمر جهدا كبيرا حتى يستجمع شجاعته ويأتي إلى هنا بنفسه. صدته مرة ثم ثانية، لكنه لم ييأس. لن يدع اعتبارات مثل الكرامة تجعله يستسلم. ما زال أمله قائما بأنها قد تنتهي بالاستجابة لنداء قلبه. ظل يتابع أخبارها عن بعد طوال الفترة الماضية. كان يستقي معلوماته من سماح. فرح حين بلغه خبر عودتها. انتظر لأسابيع آملا أن تسمح له الفرصة برؤيتها، لكنها بدت مشغولة بالكامل. لم تكن تزور سماح أو تخرج إلى أي مكان. تقضي معظم وقتها في المستشفى. إن لم تأت إليه، فعليه أن يذهب إليها.

تردد للحظات. أخذ نفسا عميقا، ثم رفع يده ليطرق الباب برفق. لم يطل انتظاره سوى لثانيتين، جاءه إثرهما الإذن بالدخول. دفع الباب ببطء. ألقى التحية وأطرق في حرج حين واجهته نظرات المرأتين المستغربة.

كانت ندى قد جلست قرب السرير تقرأ كعادتها. فوجئت وهي ترى حسان أمامها.

وقفت ندى في ارتباك حين رأته يقف على بعد خطوات، كأنه يخشى التوغل في الغرفة. توجهت إليه وأخذت منه باقة الورود، وهي تقول في همس:

- شكرا لقدومك... ما كان ينبغي أن تتعب نفسك...

ثم التفتت إلى سونيا وهي تقول بصوت أوضح:

- أمي، هذا حسان... صديق أحمد... تذكرينه؟

مر زمن طويل مذ نطقت باسم أحمد بصوت عال للمرة الأخيرة. ألا زال هذا الاسم يثير فيها مشاعر كامنة؟ هزّت سونيا رأسها متفهمة، وشكرته بصوت خافت. كانت ندى متوترة. لم تحاول التفكير في طلبه مجددا بعد كل المستجدات الأخيرة في حياتها. مع أنها كانت مستعدة في وقت ما مضى للارتباط به، إلا أنها نسيت الأمر برمته في خضم اهتماماتها الجديدة. ولم يكن حسان أقل منها اضطرابا.

كانت الزيارة قصيرة. سأل حسان عن أحوال ندى واطمأن على صحة والدتها، ثم اعتذر للمغادرة. رافقته ندى إلى خارج الغرفة وهي تفكر فيما ستقوله. عليها أن تقول شيئا ما ردا على طلبه الأخير قبل سفرها. لا يمكنها أن تتجاهل أكثر من ذلك وقد جاءها بنفسه.

سبقها حسان بخطوات، ثم توقف. التفت إليها بسرعة وقد حسم أمره:

- ندى...

لكنها قاطعته بصوت حازم، كانت قد انتهت إلى قرار هي الأخرى:

- لقد فكرت كثيرا في طلبك...

بترت العبارات على شفتيه. سكت منتظرا أن تستطرد. قالت ندى وهي تزن كلماتها:

- لا يمكنني أن أفكر في الارتباط الآن. عليّ أن أستعيد حياتي أولا وأعيد ترتيب أولوياتي. رعاية والدتي ثم تدارك ما فاتني من دروس في الجامعة... وخاصة ترميم ما تحطم بداخلي...

بادرها على الفور:

- فليكن... سأكون إلى جانبك خطوة بخطوة!

هزت رأسها رافضة:

- هذه رحلتي الخاصة، وعليّ أن أخوضها بمفردي وأنجح في تخطي عقباتها. حين أستعيد توازني وتستقر نفسيتي وأقف على قدمي مجددا... حينها قد أفكر في الارتباط. لذلك، من غير المجدي أن تفكر فيّ أكثر مما فعلت...

قاطعها بقوة:

- ولكنني أريدك أنت! لذلك سأنتظرك ما استلزم ذلك.

قالت محذرة:

- لكن ذلك قد يطول... ستة أشهر، سنة، سنتين وربما أكثر...

طالعها في إصرار وهو يشد على قبضته:

- خذي ما يلزمك من الوقت... سأكون بانتظارك!

أرادت أن تبتسم، أن تشكره... لكن العبرات كانت ردها الوحيد...

*****

أتمت سارا وردها القرآني اليومي باكرا. تقرأ ما تيسر قبل المغادرة إلى دروسها الخاصة. تحب أن تبدأ يومها بتلاوة الكلمات المباركة التي تستبشر بها وتشعرها بالانشراح طوال اليوم. لم يخف التغيير المفاجئ في طبعها على كل من حولها. صارت أكثر انطلاقا ومرحا، هي التي لم تعرف للطفولة طعما قبل ذلك الوقت. الارتياح النفسي اللامسبوق الذي ملأ وجدانها صار يفعم حياتها بهجة.

أحست بنوع من الوحدة منذ رحيل ندى، لكنها سرعان ما تماسكت واستعادت نسقها. لكنه نسق مختلف طُبِعَ بالتغييرات التي طرأت في حياتها. لم يكن لديها أصدقاء من قبل، ولم يكن لديها أحد تحدثه بأفكارها وأسرارها... ربما لأن طبعها كان شفافا، لم تكن لديها أسرار، ولا أحاديث خاصة مثل كل البنات. لكن بعد كل التحولات التي عرفتها، صارت حياتها مزدوجة. حياة ظاهرة يراها المحيطون بها... وحياة خفية تنفرد بها في غرفتها. كانت تحتاج إلى من يشاركها حياتها الخاصة تلك

بشكل أو بآخر. ولم يكن لديها سوى ندى. رغم المسافة التي فرقت بينهما، إلا أنها حاولت الحفاظ على خيوط التواصل بينهما. كانت تتصل بها هاتفيا كلما سنحت الفرصة وتكتفي بمكالمات قصيرة حتى لا تثير شكوك والديها. تستمد منها الشجاعة وتحدثها باكتشافاتها الجديدة. وكان الاكتشاف الأكثر تأثيرا في حياتها، هو أنها لا تزال طفلة في نظر الإسلام. لشد ما فرحت حين علمت أنها لن تحاسب على معتقداتها السابقة، لأنها لم تبلغ سن التكليف بعد. احتفلت بذلك في غرفتها وأوقدت الشموع على قطعة كعك بسيطة. ستبدأ حياة نقية يرضى عنها الله.

في ذلك اليوم، وقفت أمام المرآة تتأمل وجهها للحظات. على حين غرة، طرأ ببالها طارئ غريب. ودون تردد، جذبت اللحاف الذي يغطي سريرها ووضعته على رأسها. وقفت تطالع شكلها الجديد في فضول لذيذ. لم تكن والدتها ترتدي الحجاب اليهودي، بل تكتفي بقبعة أنيقة لا تغطي كل شعرها. ولم تكن هي قد جربت أي غطاء رأس من قبل... لذلك فإن تجربة الحجاب كانت جديدة بالنسبة إليها. لفت اللحاف على جسدها وجعلته يظهر كالعباءة. يذكرها بالسفساري، ذلك اللحاف التقليدي الحريري الذي كانت تلبسه النساء في تونس في العقود الماضية، ويوشك أن يصبح حكرا على العجائز. يلففن به أجسادهن ورؤوسهن فلا يظهر إلا جزء من وجوههن أو عيونهن فقط. إنها في الحادية عشرة من عمرها، وقد تمر لمرحلة التكليف في أي وقت. سيكون عليها أن تلبس الحجاب حينئذ. ماذا لو لبسته؟ دارت أمام المرآة مجددا تعاين زيها المرتجل...

في تلك اللحظة، تعالت طرقات على باب غرفتها، وقبل أن تتحرك من مكانها، كان الباب يفتح ويظهر وجه والدها مناديا:

- سارا عزيزتي... هل ارتديت ثياب المدرسة؟

تسمر في مكانه للحظات وهو يراها على ذلك الشكل الغريب. تأملها في دهشة، وفي ثوان قليلة عاد شريط ذاكرته إلى الوراء. تذكر حديثها مع ندى عن الحجاب، فتسارعت دقات قلبه في عصبية وتوتر. سألها في قلق:

- سارا، ما الذي تفعلينه باللحاف على رأسك؟ هل كل شيء على ما يرام؟

امتقع وجه الصغيرة، وتجمدت ملامح وجهها. هل كشف أمرها؟ ازدردت ريقها في ارتباك وحاولت أن تبتسم. لا يمكنه أن يكتشف إسلامها لمجرد أنها وضعت لحافا على رأسها. أجابت مدارية ارتباكها:

- لا شيء بابا... كنت فقط أقلد النساء اللواتي يلبسن السفساري في الشوارع... سأغير ثيابي حالا...

ابتسم جاكوب في ارتباك هو الآخر، وقال وقد ذهب قلقه:

- دعي عنك هذا الآن... تناولي إفطارك قبل الخروج...

ابتعد عن غرفتها وأفكار غريبة تلح عليه. صارت تصرفات سارا تفاجئه كثيرا في الفترة الأخيرة. تانيا هي الأخرى لاحظت التغيير الذي طرأ عليها. لكنه كان تغييرا إيجابيا في معظمه. كان قلقا في السابق للجفاف الذي يغلب على طبعها... لذلك لا يمكنه أن يتذمر وهو يراها أكثر مرحا وطفولة. كبرت قبل أوانها، وها هي الآن تتدارك ما فاتها. لكن تغيّرها تزامن مع زيارة ندى، وتواصل بعد رحيلها. وهو لا يزال قلقا بذلك الشأن.

لمح الفتاة تخرج من غرفتها وتتجه إلى المطبخ لتناول وجبة الفطور. تبعها بنظرات مرتابة. هل كانت مرتبكة أم هُيئ له ذلك؟ هل يعطي للأمر أهمية أكثر مما يستحق؟ يتمنى ذلك. سار في اتجاه الغرفة التي غادرتها سارا للتو. هل يحاول التجسس عليها؟ إنها ابنته ومن حقه أن يراقب تصرفاتها، ويحميها من المخاطر التي تجهل ما لها من أبعاد. أجال بصره في المكان. كانت الغرفة مرتبة كعادتها... كل شيء في مكانه. سارا طفلة مثالية من حيث النظام والترتيب. لا يمكنها أن تخفي شيئا مريبا هنا. تانيا تشرف على التنظيف بصفة يومية ويمكنها اكتشاف أي شيء قد تفكر سارا في إخفائه. ما الذي يبحث عنه بالضبط؟ ليست لديه أدنى فكرة. قلب الأوراق التي فوق المكتب. ربما كانت تكتب مذكرات أو ما شابهها. استسلم بعد دقائق قليلة. سارا ليست من النوع الذي يترك أدلة خلفه، كما أنها لم تكن يوما مولعة بالكتابة. الكتب التي فوق مكتبها كلها كتب علمية ودراسية لا غبار عليها. ماذا لو أخفت شيئا في حقيبتها المدرسية؟ هذه الحقيبة لا تفارقها طوال النهار، وتانيا لا تفتش محفظتها

بل تترك لها ترتيب أدواتها وتجهيز موادها الدراسية. مد يده في اتجاه الحقيبة... كان قد فتح القفل الخارجي حين جاءه صوت سارا من خلفه:

- بابا... سنغادر الآن حالا...

رفع رأسه في ارتباك. تقدمت سارا في ثبات وتناولت حقيبتها وقالت:

- سنسبقك إلى السيارة...

هز رأسه موافقا دون أن يتكلم. ما الذي فكرت فيه سارا حين رأته في غرفتها؟ ماذا تراها تقول وهو الذي رباهم على الثقة المتبادلة؟ لا شك أنها ستستاء إن علمت بتفتيشه لأغراضها...

ابتعدت سارا وهي تحتضن حقيبتها. أوف... كان ذلك وشيكا. دخلت في الوقت المناسب لتنقذ ما أمكنها إنقاذه. عليها أن تكون أكثر حذرا في المستقبل... فهناك، في قاع حقيبتها، كان يرقد كنزها الثمين. كتاب القرآن الذي أهدتها إياه ندى قبل رحيلها. عليها أن تجد مكانا جديدا لإخفائه، فوالدها قد بدأ يشك في أمرها.

*****

في قرية صغيرة قرب بلدة الخيام الجنوبية، وقف شاب في مقتبل العمر وسط أرض ممتدة الأطراف، يسترد أنفاسه. مد جذعه في ألم ومسح بظهر كفه حبيبات العرق التي كست جبينه. كانت ذقنه الكثة الطويلة تغطي نصف وجهه، في حين كادت الخرقة التي ربطها على رأسه تغطي نصفه الآخر. لم تدم استراحته سوى دقيقتين اثنتين، ثم أخذ معوله مجددا، وراح يهوي بها على قطع الحجارة ليحولها إلى حصى صغيرة.

كان مزارعو المنطقة قد حشدوا كل جهودهم واستجمعوا قواهم لإعادة إحياء الأراضي المسترجعة من الاحتلال الإسرائيلي بعد رحيله عن الخيام. انهمك عدد منهم في تسوية الأرض وتنظيفها، استعدادا لزراعتها بعد سنوات من الإهمال. كانت المعاول ترتفع في الهواء فترتفع معها أصوات المزارعين في غناء شعبي محبب، ثم

تهوي مجددا لترتطم بالأرض بقوة، في نسق متكرر. حين سُمع نداء يعلن استراحة الغداء، توقفت أصوات الغناء والمعاول دفعة واحدة وانسحب الجميع إلى المساحة المعشوشبة... انسحبوا جميعا، لكن الشاب ذا اللحية الكثة توقف في مكانه. جلس على الأرض حيث كان يعمل. ثم تمدد على ظهره ووضع كفيه خلف رأسه. رفع بصره إلى السماء، تجولت عيناه بين السحب، ثم أغمض عينيه في إرهاق.

- جون! ألا تتناول الغداء؟

كان رجل مسن قد اقترب منه وجلس على الأرض إلى جانبه. سمع الشاب النداء، لكنه لم يرد على الفور. جون؟ نعم، هو ذاك الاسم الذي يعرف به هنا. اسم غريب بالنسبة إليه. لم يتعوّد عليه بعد، رغم مرور أكثر من سنتين على حمله له. لم يكن يحتك كثيرا بالناس هنا، لذلك لم تكن هناك مناسبات كثيرة ليسمع النداء باسمه الجديد. فتح عينيه ببطء، امتدت ذراعه إلى جانبه وأخذت أصابعه تعبث بالتراب. الأرض... الأرض هي ملاذه الوحيد الذي يجد فيه نفسه، ويحقق من خلاله كيانه. مذ جاء إلى هنا وهو يعمل في فلاحتها، مثل معظم سكان القرية. الرجل المسن أهداه سقفا يؤويه فلم يمانع... لم تكن أمامه خيارات كثيرة.

أجاب أخيرا وهو يستقيم جالسا:

- شكرا لك يا أبت...

تناول فطيرة الخبز التي وزعت على العمال، قضم منها بشراهة ثم ابتلع جرعة كبيرة من قنينة الماء. وجبة جافة، تعود عليها. لم يكن يحتاج إلى أكثر منها ليواصل حياته الرتيبة. قاطع الشيخ وجبته وهو يقول في هدوء:

- إلى متى ستستمر في العمل هنا؟

ابتسم جون وهو يطالعه بنظرة جانبية:

- هل مللت صحبتي يا شيخنا؟

رفع الرجل حاجبيه في استهجان وهز رأسه نافيا:

- ليس الأمر كذلك يا ولدي، فمن غيرك يؤنس وحدتي بعد أن تقدم بي العمر...

تمهل وهو يتناول قطعة من الفطيرة ويمضغها ببطء، ثم استطرد:

- لكن حياتك ليست هنا... ربما كان هناك من ينتظرك في مكان آخر من أرض الله الواسعة.

اختفت الابتسامة من على شفتي جون، وسرحت نظراته مجددا. هل هناك من ينتظره في مكان ما؟ لكن أين؟ لا يريد أن يفكر في ذلك الآن... لشد ما يشعره التفكير بالعجز. نفض كفيه وهب واقفا. هتف وهو ينحني ليمسك بمقبض معوله، دون أن ينظر إلى مخاطبه:

- نتحدث لاحقا... الأرض تنادي...

ثم ابتعد بخطوات واسعة... كأنه يفر من أفكاره.

*****

فتح جاكوب عينيه فزعا. تلفت حوله وهو يلهث. كان الظلام دامسا من حوله. سمع تنفس تانيا العميق والمنتظم إلى جواره. آه... كان مجرد حلم. نفس الحلم المتكرر الذي أصبح يراه في الفترة الأخيرة. ربما زارته في المنام. كانت تمد إليه يديها في تضرع وتناديه بابا. لكنه كان عاجزا عن فهم ما تطلبه. لا يدري ما الذي تريده منه. تماما كما كان عاجزا حين رحلت عنه دون رجعة... أخفى وجهه بين كفيه للحظات، ثم غادر الفراش. سار في هدوء باتجاه المطبخ متلمسا طريقه عبر الظلام. لم يكن يريد فتح الأنوار حتى لا يزعج النيام. فتح الثلاجة وأخرج زجاجة ماء باردة ليفرغ نصفها في جوفه في جرعة واحدة. تنهد وهو يحس بالحرارة التي التهبت بداخله تتلاشى بفعل الماء البارد.

فجأة، سمع خطوات في الممر. هل تكون تانيا قد انتبهت إلى غيابه واستيقظت؟ أغلق الثلاجة ثم سار بخطوات هادئة. لمح سارا قبل أن تتوارى خلف باب غرفتها بثوان قليلة. كانت قادمة من الحمام. انتظر للحظات، لكن الضوء الخافت القادم من الشق تحت بابها لم يختف. ما الذي تفعله هذه الفتاة في مثل هذا الوقت؟ سارا فتاة منظمة جدا من حيث مواعيد نومها ودراستها. أخذت الأفكار السوداء تتسرب

إلى عقله رويدا رويدا، وعاودته الشكوك التي راودته منذ أيام. هل تخفي سارا عن والديها شيئا ما؟ انتظر لبضع دقائق أخرى وهو يفكر فيما يجب عليه فعله. أخذ يذرع المطبخ جيئة وذهابا في حيرة وقلق. ثم قرر أن يتصرف.

تقدم على أطراف أصابعه. عاوده تأنيب الضمير وهو يفاجئ نفسه على وشك التجسس على ابنته للمرة الثانية. لكنه لم يتراجع. أقنع نفسه بأنه لا يملك خيارا آخر. وقف أمام الباب وأصغى باهتمام. سمع تمتمة خافتة لا تكاد تميز. ما الذي تقرأه في مثل هذا الوقت؟ مد يده في اتجاه قبضة الباب. لا، لا يمكنه إلقاء نظرة عن قرب. لا شك أن صوت صرير الباب سيثير انتباهها. انحنى في حذر وحاول أن يطل من ثقب المفتاح. أجال نظره ليبحث عن موضع سارا من الغرفة. وما إن وقع بصره عليها حتى اتسعت عيناه دهشة وذعرا. تراجع إلى خلف وتماسك في اللحظة الأخيرة قبل أن يصطدم بالجدار خلفه. لا شك أن صوت الارتطام كان ليشعرها بوجوده. وضع كفه على صدره ليسيطر على تنفسه وعلى انفعالاته المضطربة. كان يحس برأسه تلتهب ويكاد الدخان يتصاعد منها. لا يدري كيف منع نفسه من اقتحام غرفتها وتعنيفها. تطلّب منه الأمر طاقة خرافية ليمسك عن اندفاعه المجنون.

مرت برأسه صور من الماضي. صور ربما وهي تجلس في غرفتها في جوف الليل، في نفس الوضعية التي رأى فيها سارا الآن. نعم... سارا كانت تجلس على الأرض وهي تغطي رأسها باللحاف... اللحاف الذي أنكرت علاقتها به منذ أيام، وتقرأ في كتاب... لا مجال للشك. كان واثقا من أنه كان كتاب قرآن. سارا تقرأ في كتب القرآن. لم يستطع أن يستوعب الأمر وهو يسير باتجاه غرفته. دس جسده تحت الغطاء في هدوء وهو يحاذر إيقاظ تانيا. لكنه لم يستطع أن يغمض عينيه وقد طار النعاس عن جفونه بالكامل...

*****

استيقظ جون باكرا في ذلك الصباح. كان عمله في الحقل يتطلب منه الاستيقاظ باكرا كل يوم، لكنه هذه المرة كان مبكرا أكثر من العادة. أوى إلى فراشه باكرا في الليلة الماضية أيضا. ولّى العجوز ظهره وتظاهر بالنعاس. لكن عقله ظل يعمل باستمرار والأفكار تعج في رأسه عجا. منذ سنتين وهو يحس بالضياع والوحدة والألم. ألم داخلي مضن يدمي قلبه في كل لحظة، مع كل نبضة. استسلم للنسق الرتيب لحياته المملة الخاوية. لم يستطع أن يصنع لنفسه هوية جديدة تعوض القديمة التي يجهل عنها كل شيء. اكتفى بانتمائه للأرض. شغل نفسه بها عن كل شيء، وتجاهل الأصوات التي تضج بداخله. اختار حل الهروب لفترة طويلة. لكن تفكيره في تلك الليلة اتخذ مسارا جديدا...

غادر سريره الأرضي في هدوء، وسار باتجاه الخزانة الوحيدة في المسكن الصغير المتواضع. كانت هناك صُرّة قديمة في أعماق الخزانة. تحوي كل ما يربطه بحياته القديمة. الحاجيات التي كان يلبسها حين وجده العجوز فاقدا للوعي في الأحراش. يذكر جيدا ذلك اليوم، حين استيقظ والفراغ يملأ رأسه. لم يجد صعوبة في التواصل مع الرجل، يبدو أنه احتفظ بكل ملكاته العقلية. لكن حين سأله من يكون وما الذي يفعله في الغابات، لم يجد ردا. حدثه الشيخ عن الأحداث التي تشغل البلاد... تحرير الجنوب وتدمير معتقل الخيام. فكر للحظات بأنه قد يكون من المعتقلين القدامى، فقد ذاكرته وهو يفر من السجن... لكن جسده لم يكن يحمل أيا من علامات التعذيب المفترضة. حين أعياه التفكير والتخمين، ترك الأمر برمته خلفه. كان عليه أن يجد وسيلة للعيش. صار البحث عن هويته مسألة ثانوية أمام أولويات الحياة البدائية.

تفقد الورقات النقدية التي دأب على جمعها وتخبئتها بين ثيابه. الآن صار يملك ما يكفي من المال ليبدأ رحلة البحث عن ماضيه. الآن أصبح بإمكانه أن يغادر هذه البلدة النائية ويختلط بالناس. عليه أن يذهب إلى حيث يمكن أن يتعرف عليه أحد. إلى حيث تكمن ذاكرته. جمع حاجياته القليلة في صمت وهدوء شديدين. يحاول ألا يوقظ الشيخ الذي يرقد في نفس الغرفة. توقف على عتبة الباب في تردد. لا يمكنه

أن يغادر هكذا، دون أن يودع الرجل الذي آواه واهتم به طوال الفترة الماضية، ويشكره كما يجب. لكنه لا يريد أن يضعف الآن، وقد اتخذ قراره أخيرا. سيعود... سيعود بالتأكيد بعد أن يسترد ذاكرته وماضيه. سيعود ليوفيه أجره.

كان يهم بفتح الباب حين جاءه صوت هادئ من خلفه:

- هل تظن أنك ستغادر هكذا؟

التفت جون مرتبكا. كانت العبرات تملأ عينيه. وقف العجوز وتقدم نحوه:

- كنت أعلم أن هذه اللحظة ستأتي لا محالة. لذلك لن أمنعك من الرحيل...

عانقه جون في حرارة، ولم ينطق بكلمة واحدة. لم يكن قادرا على التصرف في موقف كهذا، ولم يكن عقله يستحضر الكلمات المناسبة. تمتم بكلمات شكر متداخلة وهو يصافحه بقوة.

- انتظر...

هتف الرجل وهو يتركه للحظات. عاد وهو يشد قبضته على حلية ما. كان صليبا فضيا قديما، هو كل الثروة التي يملكها العجوز. حاول جون أن يرفض ويمتنع، لكن الرجل شده بإصرار من ذراعه، ثم جعله ينحني ليمرر السلسلة المعدنية حول عنقه. قال وعيناه مغرورقتان بالدموع:

- فليحفظك الرب... رافقتك السلامة يا بني.

حين تسللت خيوط الفجر الأولى من خلف تلال الخيام الممتدة، كان جون قد ابتعد عن القرية مسافة كافية لينسى كل ما عاشه فيها، ويركز على ما ينتظره في أماكن أخرى، لم يكتشفها بعد.

*****

لم يتوقف جاكوب عن التفكير منذ أيام. لم يعد قادرا على التركيز في العمل أو في أي شيء آخر. يحس بالتوتر كلما دخل المنزل. يفكر في لقائه بسارا، وفي كيفية التعامل معها. لم يستطع أن يتحدث إلى تانيا بالأمر. ربما لأنه أحس أن تدخلها

سيزيد الطين بلّة. ليس لانعدام ثقته فيها، ولكن لخوفه من ردة فعلها. هو كان قادرا على استيعاب الأمر وكبح غضبه، لكنه يشك في أن تانيا ستكون قادرة على ذلك. وهو لا يريد أن يتسرع. الوضعية حساسة للغاية. سارا ليست طفلة عادية، بل هي طفلة ذكية جدا وواعية. لا يمكن أن يكون إسلامها مبنيا على نزوة عابرة. لا شك أنها فكرت مليا ووزنت القرار جيدا قبل أن تقدم عليه. لذلك فإن الردع والغضب والتهديد لا يمكن أن يجديا معها. لن تكون النتيجة إلا اتساع الهوة بينها وبين والديها وقطع كل سبل التواصل الممكنة.

منذ أيام وهو يبحث عن الطريقة المناسبة لمواجهتها. طريقة لا تجرح كبرياءه كأب، ولا تهين ابنته التي طالما وضع لأفكارها وآرائها اعتبارا. لكنه كان في حاجة إلى تفسير لما حصل أكثر من أي شيء آخر. كيف تسلم سارا التي لم تقتنع يوما إلا بالمسائل التي تجد لها تفسيرا علميا؟ كلما طلب منها شيئا أو ناقشها في أمر إلا وكانت الحجة سلاحها. فكيف تنتهي إلى الإسلام؟

خرج من مكتبه عند منتصف النهار. سار بلا اتجاه، يتسكع في الشوارع العتيقة. انتبه حين انتهت به قدماه أمام الجامع الكبير. توقف في تردد وتوتر. ما الذي جاء به إلى هنا؟ هل جاء يبحث عن ردود شافية؟ فكر أنه لن يفهم تفكير سارا إلا بعد أن يفهم الإسلام. وحين يفهم تفكيرها، يمكنه أن يساعدها على إيجاد طريقها.

كان يوم جمعة. انتظر لدقائق طويلة قبل أن يرى المصلين يغادرون المسجد أفواجا. انتهت صلاة الجمعة. أخذ نفسا عميقا، ثم شق طريقه في اتجاه قاعة الصلاة. سيقابل الإمام اليوم. سيطرح عليه كل ما برأسه من أسئلة ولير كيف ستكون النتيجة. حين تجاوز عتبة الصحن، انتابه شعور غريب، كأنه يحقق رغبة دفينة لازمته منذ زمن طويل. كأنه يتذرع بمشكلة سارا ليشفي الفضول الذي نشأ داخله حين كان يناقش ندى ويجادلها... بل ربما كان يسكن في ركن قصي من قلبه منذ كان يرافق ريما إلى درسها الأسبوعي.

*****

لم يستطع جاكوب أن يعود إلى المنزل ذلك المساء. غادر المصنع في اتجاه منزل والديه القديم. كان المنزل خاليا ومهملا منذ سنوات. لكنه أصبح يقصده كلما أراد الاختلاء بنفسه بعيدا عن كل المؤثرات الخارجية. كثرت زياراته في الفترة الأخيرة، مع الأفكار الجديدة التي تشغل تفكيره باستمرار. أصبح يفضل الابتعاد عن تانيا التي قد تكتشف أمره من نظرة واحدة. يأتي هنا لقضاء ساعة أو ساعتين، ثم يعود إلى البيت وقد رسم على وجهه قناع اللامبالاة والانشراح.

تكررت زياراته لإمام الجامع في الأسابيع الماضية. اقتنى نسخة من كتاب القرآن، احتفظ بها في منزل والديه. يقرأ فيها بضع صفحات في كل مرة، ثم يبحث عن التفسير ويفكر في التأويل. وكلما أمعن في التفكير، أحس بتغيير غريب يغزو كيانه. كانت نظرته إلى الأمور تتغير، وفكرته عن الإسلام تتحول. حتى أصبح الموضوع يسيطر على عقله ويشغل قسما كبيرا من اهتمامه. لم ينتبه في البداية إلى عمق تأثره بما قرأه من القرآن وما تعلمه من الإمام... حتى فاجأ نفسه ذلك المساء وهو يفكر في الجنة والنار والحساب والعقاب. كان يفكر في الأمر بصفة جدية للمرة الأولى، فتلك المعتقدات غير موجودة في الديانة اليهودية، بل يعتبرونها «أفكارا إنجيلية» دخيلة لا أساس لها من الصحة. لكنه بات يعتقد أنه من غير المعقول أن يخلق الإنسان عبثا ويموت عبثا، دون أن يحاسب على ما اقترفته يداه أو يثاب على عباداته. لا يمكن أن يكون مصيره العدم! توقف في منتصف الطريق وهو يكاد لا يصدق نفسه. كان مضطربا، متوترا. لا يمكنه أن يواجه عائلته وهو على مثل هذه الحالة. يحتاج إلى بعض الهدوء والتركيز... وهكذا وجد نفسه يغير مساره في اتجاه المنزل القديم.

جلس على الأرض، في الظلام الحالك. يحس بتعب وإرهاق شديدين من التفكير. كيف وصل إلى هذه المرحلة دون أن يشعر؟ يحتاج إلى وقفة جادة مع نفسه حتى يستوعب التطورات الجديدة. حسن، فليضع نقاط تقييم لوضعه الحالي. هل وجد الإجابات الكافية لتساؤلاته القديمة؟ الصورة أوضح بكثير الآن. لم يجد تفسيرا عقليا مقنعا لكل شيء، لكنه اقتنع بمعظم الإجابات وتقبلها. أما القسم

المتبقي فهو يدخل في مجال الغيبيات التي تعد من الأعمدة القارة في كل ديانة. هل وجد تناقضات وخرافات سخيفة في الإسلام؟ ربما كانت تلك هي المفاجأة الكبرى التي اكتشفها خلال دراسته للإسلام. تناسق تام وتوافق مع المعطيات التاريخية والاجتماعية، بل إشارات علمية غير مسبوقة تتماشى مع المعلومات الحديثة. في المقابل، كيف أصبح موقفه من التوراة؟ خجل من نفسه، وهو يتذكر المرة الأخيرة التي أمسك فيها الكتاب المقدس بين يديه. مضى زمن طويل على ذلك. بقدر الفضول الذي أصبح يجده في قراءة القرآن، بقدر الملل والانزعاج الذي يشعر به حين يراجع نصوصه الدينية القديمة.

أين هو الآن؟ هل بات مقتنعا بالإسلام؟ هل وجد في الإسلام المعتقد المقنع والكامل في آن؟ لا يمكنه أن ينكر. لا يمكنه أن يهرب. لا مفر من الإقرار بما وصل إليه. لكن لا يمكنه أن يسلم بهذه السهولة. لا يزال الخيار غير وارد بالمرة بالنسبة إليه. لا يمكنه أن يتخيل النتائج المحتملة لقرار مثل هذا. كيف ستكون حياته العائلية؟ كيف سيتصرف مع تانيا؟ حياته كلها ستنقلب رأسا على عقب. لا يمكن... لا يمكن !! كيف تجرأ على مجرد التفكير في هذا؟ نفض عن رأسه الأفكار المخيفة.

لكنه لا يزال في حيرة من أمره. كيف يمكنه أن يتجاهل ما عرفه واقتنع به؟ هل يمكنه أن يستعيد حياة عادية متوازنة وينسى فترة البحث والشكوك هذه؟ وما الذي سيفعله مع سارا؟ هل يتركها تواصل الطريق الذي جبن عن سلكه؟ وضع رأسه بين كفيه في حيرة وضياع. لماذا لا يستطيع أن يقرر؟ آه... كم كانت حياته مستقرة وهادئة قبل أن يُدخل نفسه في هذه المعامع. هل يضع اللوم على فضوله الآن؟ هل يندم لأنه بحث عن الحقيقة؟ كان يجب أن يجد الراحة والاطمئنان في نهاية المطاف. كان يجب أن يكون أفضل حالا ! لماذا لا يجد الطمأنينة النفسية التي لاحظها على ابنته سارا؟ ربما لأن سارا لا تضع اعتبارا لنظرة المجتمع ولا تخاف من حكم الآخرين عليها. لكنه هو... يشعر بالقيود الطائفية والعائلية تكبله. لا حياة ليهودي دون اعتبار لطائفته ومجموعته. وماذا لو لم يعد يهوديا؟ لن يقبله أحد. سيصبح وحيدا في عائلته. تانيا قد تطلب الطلاق. سيفقد كل شيء... كل شيء.

أشعل شمعة على المنضدة. كانت الكهرباء مقطوعة في المنزل المهجور. ظل يراقب نورها في سهوم وشحوب. الهدوء يخيم على المكان. لا شيء سوى حفيف الأوراق التي يحركها نسيم المساء البارد في صحن الدار. كان قد أطفأ هاتفه الجوال حتى لا تتصل به تانيا. ليس مستعدا لمواجهتها في الوقت الحالي. تطلع عبر زجاج النافذة المغلق إلى السماء. تحركت شفتاه بشكل لا إرادي. يا الله، يا رب السماوات. أيا كنت، وكيفما كنت... دلني على الخيار الصواب. أرني الطريق الصحيح. أرشدني إلى حيث أجدك. أريد آية واضحة. أريد إشارة صريحة تخرجني من حيرتي وضياعي.

انتظر لدقائق طويلة أن يحصل شيء ما. أي شيء يمكنه أن يقربه من الخيار الأفضل. لكن عبثا. لم يتغير شيء من سكون المكان. ابتسم في سخرية. هل كان ينتظر معجزة؟ ومن يكون هو حتى يبعث الله إليه بإشارة خاصة؟ عض على شفتيه في يأس، وقاوم الدموع التي تكاد تطل من عتبات عينيه. تناول كتاب القرآن الذي وضعه إلى جانبه. تنهد وهو يهم بإخفائه في المكان المعتاد. لكن قبل أن ينصرف، أحس برغبة مفاجأة بالقراءة فيه للمرة الأخيرة. نعم، ربما كان هذا آخر عهده بالبحث عن حقيقة الإسلام. من الآن فصاعدا سيعود إلى حياته، وعائلته، وطائفته. سينسى الشكوك والأوهام ويتشبث بالواقع. نعم سينسى... كل شيء.

فتح الكتاب بصفة عشوائية، وقرأ الآيات الأولى في الصفحة:

{أَوْ تَقُولَ لَوْ أَنَّ اللَّهَ هَدَانِي لَكُنْتُ مِنَ الْمُتَّقِينَ * أَوْ تَقُولَ حِينَ تَرَى الْعَذَابَ لَوْ أَنَّ لِي كَرَّةً فَأَكُونَ مِنَ الْمُحْسِنِينَ * بَلَى قَدْ جَاءَتْكَ آيَاتِي فَكَذَّبْتَ بِهَا وَاسْتَكْبَرْتَ وَكُنْتَ مِنَ الْكَافِرِينَ}

صعق وهو يعيد قراءة الآيات مرة أخرى، ثم لمرات أخرى. ومرة إثر مرة تزايد إحساسه بأنها تخاطبه هو دون غيره. هو الذي كان ينتظر آية من الله ليهديه، وحين لم تحصل المعجزة تراجع واستسلم. هو الذي عاين الدلائل والحجج لفترة طويلة، ثم رفضها وتجاهلها مستكبرا... وكان من الكافرين. تخيل الكلمات على لسانه يوم يرى العذاب (لو أن لي كرة فأكون من المحسنين). انهار على الأرض وقد ذهبت قواه. لا يا الله، لا أريد أن أكون ممن يندمون بعد فوات الأوان. لا أريد أن أتحسر على

تضييعي لهذه الفرصة للنجاة. اللهم إني أشهد أن لا إله غيرك، وأن محمدا عبدك ورسولك... وترك العنان لدموعه، تغسل ما مضى من ذنوبه.

*****

وقفت ندى على سطح البطاح العائم في البحر الأبيض المتوسط. شدت قامتها وهي تستقبل النسيم الذي هب باردا من الشمال، وابتسمت وهي تسرح بنظراتها إلى الأفق البعيد. هذه زيارتها الثانية لتونس، وإلى جزيرة جربة بالذات. بعد رحلتها الغريبة منذ سنتين، ها هي تعود في ظروف مغايرة تماما. كل شيء من حولها تغير... كل شيء، حتى نفسيتها ومشاعرها ونمط حياتها. ولا يمكنها أن تخفي فرحتها بهذا التغيير الجميل. تبادلت مع سونيا نظرات منشرحة. هتفت والدتها وهي تشير إلى سطح الماء:

- انظري... نوارس بيضاء!

تابعت ندى في مرح حركة الطيور، ورمت باتجاهها بذور اليقطين الجاف والمملح التي كانت تتناولها، ثم شاركت سونيا إشاراتها العفوية الساذجة وهي تنادي النوارس لتقترب. سونيا. كم بدت متألقة في تلك الرحلة. كأنها لم تصارع المرض لأكثر من سنة، حتى صرعته. مرّتا معا بوقت عصيب. تحملت ندى معها آلامها وهي تتابع في صبر وثبات حصص العلاج الكيميائي الذي كان يمتص رونقها ونضارتها. وخرجت علاقتهما منتصرة من تلك المحنة. كانت فسحة حوار وتواصل اضطرارية... وغير مأمولة. استمرت في هدوء معظم الأحيان، وفي تشنج وهستيريا في أحيان قليلة. لم يكن قبول التغيير سهلا. أدركت ندى مبكرا أن والدتها باتت مقتنعة بالإسلام، أدركت ذلك بقلبها ومن خلال نظرات سونيا الشفافة التي تفضح أمرها. لكنها لم تكن ترضى بالتنازل بسهولة. هكذا هي سونيا، طبعها لم يتغير. تكابر إلى آخر لحظة. تطلّب الأمر منها وقتا طويلا حتى تعلن إسلامها. كان يلزمها الكثير من الجهد لتتخطى الحواجز النفسية التي شيّدتها تربيتها اليهودية المتشددة.

تعالى صوت رنين هاتفها المحمول. تطلعت إلى الرقم المحلي الذي ظهر على الشاشة، ثم أجابت:

- السلام عليكم...

اتسعت الابتسامة لتملأ وجهها حين وصلها صوت تانيا. بدت هادئة وأكثر اطمئنانا. من المؤكد أن ذلك يرجع بالأساس إلى عودتها الحديثة إلى عش الزوجية. عاشت العائلة فترات رهيبة بعد أن أعلن جاكوب إسلامه. انهارت العلاقة بينهما بشكل كامل، وتركت تانيا المنزل لمدة طويلة. كان سارا وباسكال أكثر الأطراف تضررا من النزاع بين والديهما. لكن خيار الطلاق لم يكن واردا. فالطلاق عند اليهود بيد الرجل وحده، ومتى وقع فلا يمكن التراجع عنه، أو الزواج مجددا من الطليقة. لذلك قرر جاكوب أن يتركها تفكر لفترة. كان مستعدا للانتظار مهما طال الأمد. لم يكن يريد أن يتسرع ويخسرها إلى الأبد.

بعد أشهر من العذاب والتمزق، عادت المفاوضات بينهما من جديد، ورضيت تانيا بفتح باب النقاش... عادت إذن إلى بيتها ووافقت على بعض التنازلات لحماية مستقبل العائلة وتجنب التشتت النهائي. كان وضعا غريبا وغير مريح. صارا مثل صديقين يعيشان تحت سقف واحد، ويحاول كل منهما فهم الآخر وإقناعه بوجهة نظره. لم يدر أحد كم يمكن أن تدوم تلك الهدنة وعلام ستسفر. ولعل أكثر من طرف كان يرقب تلك التجربة عن كثب، لأنها تعد سابقة من نوعها في البلدة الصغيرة. لذلك، فقد كان وقع الخبر عنيفا حين أعلنت تانيا إسلامها أخيرا. نعم إنهم يسلمون! المعجزة تحصل، اليهود يدخلون الإسلام! يهود آخرون أسلموا في وقت سابق، لكنهم ينتمون إلى فئة غير متدينة أو ملتزمة. رجال أسلموا شكليا ليتزوجوا من حبيباتهم، ونساء أسلمن لرفضهن المغادرة إلى إسرائيل... لكن إسلام عن اقتناع؟ وبالجملة أيضا؟ فهذا أمر منقطع النظير في مجتمع اليهود الضيق والمغلق.

كان خبر عودة السلام الذي تلقته ندى من سارا السبب الأساسي لزيارتها إلى تونس. سونيا كانت لا تزال متذبذبة وقلقة. لعل مواجهة أهلها وطائفتها بالتغيير الذي حل بها هي أكبر همومها، فأرادت ندى أن تختصر عليها الأمر. أقنعتها بأن رحلتها

إلى تونس ستعجل بشفائها الجسدي، لكنها كانت ترمي إلى شفاء روحها بعد أن تقف وجها إلى وجه مع مخاوفها. بالإضافة إلى ذلك، فإن وضعية تانيا الجديدة كانت شديدة الشبه بوضعيتها. وما تحتاجه المرأتان في ذلك التوقيت، هو لقاء تطرحان فيه شكوكهما وتتبادلان الأفكار، فربما يصنع ذلك فارقا بالنسبة إلى كليهما.

- نحن الآن على البطاح... نعبر المضيق. نصف ساعة ونصل!

ردت تانيا في ارتياح:

- ممتاز... سنكون في انتظاركم إن شاء الله.

هتفت قبل أن تنهي المكالمة:

- هل اتصلت سارا بكم؟

- اتصلت البارحة. وقد تحسرت كثيرا لأنها لن تكون معنا في استقبالك.

- كان الله في عونها في غربتها...

كانت سارا قد سافرت منذ أسبوعين إلى الولايات المتحدة في إطار البعثة العلمية للطلبة المتفوقين. ظل جاكوب يؤجل الرحلة سنة بعد سنة خوفا عليها، رغم إصرار اللجنة العلمية الأمريكية. ولم تزده المشاكل العائلية إلا تمسكا ببقائها حتى لا تزداد نفسيتها تدهورا وهي بعيدة عن عائلتها. لكن الآن، وبعد أن استقرت الأوضاع نسبيا، سمح لها بالسفر.

تنهدت ندى في ارتياح وهي تعيد هاتفها إلى حقيبتها الصغيرة. يا الله ما أرحمك. لم تسافر سارا وهي يهودية، بل وهي مسلمة لترفع راية الإسلام وتشرف المسلمين. أسعدها ذلك الخاطر وجعلها تستبشر بخير كثير مقبل.

*****

تدافع الخلق في سوق صيدا المركزية في لغط، وارتفع صراخ الباعة عبر الأزقة الضيقة ليختلط بأزيز العربات المتدافعة فوق الطريق المبلط، وصوت الإذاعة المحلية الصادر عن بعض المحلات. اختلطت روائح التوابل المكومة في أكياسها

القماشية الخشنة برائحة الأرض التي التصقت بقايا ترابها بخضروات اقتلعت من منابتها منذ سويعات قليلة. في وسط الزحام وقف بائع شاب ينادي بصوت جهوري على بضاعته المكونة من حبات بطاطس وجزر ولفت، جمعها بنفسه صباح ذلك اليوم من قطعة الأرض التي يعمل فيها. تطلع إلى ساعته في قلق. لم يبق سوى نصف ساعة على موعد القداس. يجب أن ينتهي من هذه البضاعة ويقصد الكنيسة القريبة للصلاة. عاد يصرخ من جديد وقد خفض السعر إلى درجة مغرية. يريد الانتهاء في أسرع وقت.

حين استيقظ من غيبوبته، وجد نفسه في قرية جل سكانها من المسيحيين. علموه دينهم واعتبروه واحدا منهم، فاعتبر نفسه نصرانيا مثلهم. أحيانا كان يتساءل... هل كان يدين بالمسيحية في حياته السابقة؟ لكنه لم يعط الأمر قسطا كبيرا من التفكير. كان لديه ما يكفيه من الهموم، وكانت الصلاة في كنيسة القرية الصغيرة الهادئة تريحه. لم يكن شكل الصلاة ذاتها ما يعنيه، لكنه كان يلوذ بالمناجاة كلما ضاق صدره وكبر كدره.

في دقائق قليلة، كان ما معه من الخضار قد نفد. جمع حوائجه على عجل ودفع العربة ليركنها في مكان ظليل حتى يفرغ من صلاته. فجأة استوقفه نداء من ورائه، وكف تستقر على كتفه:

- أحمد؟

ترك ما في يده واستدار ببطء ليواجه صاحب النداء. أحمد؟ كان للاسم وقع غريب على أذنيه. تفرّس أحدهما في الآخر للحظات قبل أن يهتف الرجل مجددا في عدم تصديق:

- أنت أحمد؟

ثم أضاف وهو يصعد النظر في وجهه وهامته:

- ما الذي فعل بك هذا؟ أين كنت طول هذا الوقت يا رجل؟

تسارعت نبضاته وهو يبادل مخاطبه نظرات حائرة، ثم قال في شيء من التردد:

- هل... تعـ... رفني؟

ظهرت علامات الشك في وجه الرجل الذي أنزل ذراعه في حرج، ثم قال:

- ألست أحمد الـ (...) طالب كلية الزراعة؟ كنا نقيم في نفس السكن الجامعي...

ثم أشار بإصبعه في اتجاه ما خلفه. تبع جون إشارته في تطلع وتساؤل، فأضاف الرجل موضحا:

- السكن الجامعي للذكور... على بعد شارعين من هنا...

حين لم يجد استجابة من جون، هزّ كتفيه وهو يهم بالابتعاد. في تلك اللحظة، استفاق جون من دهشته، وتشبث بذراع الرجل في إلحاح وهو يهتف:

- أنت تعرفني إذن؟ هل تعرف عائلتي؟ أخبرني من أكون؟

تراجع الرجل في ذعر، وأخذ يحدق في وجه جون الذي كسته اللحية، وتركت السنوات عليه علاماتها القاسية. هل يكون قد جن؟ حين لم يجد منه جون ردا، قال في رجاء:

- خذني إلى السكن الجامعي...

تقدّمه الرجل وهو يتلفت خلفه في شك وحذر، متوجسا من ردود فعل أحمد الغريبة.

ترك جون حاجياته وراءه دون تردد، وتبع الرجل وقد حداه أمل كبير. هل يجد أخيرا من يوصله إلى عائلته؟ هل يجد هناك ما يدله على ماضيه؟

*****

دخلت تانيا تحمل طبق الحلويات والمشروبات الباردة، وقالت وابتسامة حفيَّة على شفتيها:

- كيف كانت الرحلة؟ أرجو أن تكونا قد استمتعتما!

استرسلت سونيا تتحدث عن الطائرة والقطار والحافلة والبطاح، كأنها تسافر للمرة الأولى... في حين اكتفت ندى بابتسامة حالمة. لم تكن تانيا تحبها في السابق، كان بينهما نوع من العداء الصامت. كانت تدرك أنها السبب في اندلاع الشرارة الأولى

التي حوّلت صفو العائلة الهادئة إلى فوضى، لوقت طويل. كانت تتفهم استياء تانيا وامتعاضها. فما مرت به جراء تدخلها لم يكن هينا. لكنها حتما ممتنة لها الآن أكثر من أي شخص آخر.

ارتفع رنين هاتفها، فاعتذرت من السيدتين وخرجت للردهة لترد على الاتصال. كان عليها أن تطمئن الجماعة في لبنان على وصولهما سالمتين، لكنها غفلت. حين ضغطت على زر الردّ جاءها صوت حسان وهو يهتف في انفعال:

- ندى... لن تصدقي الخبر!

- خيرا إن شاء الله!

- أحمد يا ندى... أحمد عاد!

للحظات، نسيت سونيا وتانيا في الغرفة المجاورة وكل ما يشغل بالها حتى تلك اللحظة، لأن الأرض توقّفت عن الدوران... أو هكذا هُيئ لندى. توقف إحساسها بكل شيء من حولها، وأحاط بها الفراغ من كل جانب ممتصا كل الطاقة في داخلها وفي الأشياء. توقف دماغها عن التفكير. وظلت جملة واحدة تتكرر في رأسها دون توقف، كالأسطوانة المشروخة، وحواجز كثيرة في نظامها الداخلي المعقد تحول دون استشفاف معناها. أحمد عاد. أحمد عاد. أحمد عاد... بعد لحظات من السكون التام، همست في تبلد:

- ماذا؟

هتف حسان مجددا ليوقظها:

- ما بك يا ندى؟ أقول لك إن أحمد قد عاد أخيرا!

كانت علامات السعادة واضحة في صوته. أليس رفيق الشباب وزميل الكفاح؟ تمالكت نفسها بصعوبة. لا تدري من أين استمدت القوة لتهمس بصوت مخنوق:

- هل هو... بخير؟

- نعم، إنه بصحة جيدة... لكنه فاقد للذاكرة!

رددت في عدم استيعاب:

- فاقد للذاكرة؟

- لم أره بعد، لكن أيهم قال إنه لا يذكر شيئا عن ماضيه... ذكرياته لا تزال مشوشة!

أغلقت الخط واتكأت على الجدار خلفها. انزلق جسدها ببطء مع الضعف الذي انتاب ركبتيها فجلست على الأرض، وقد سيطر عليها الذهول. هل كان ذلك حلما؟ أخرجها من ذهولها صوت الباب الخارجي يفتح وباسكال يقفز في اتجاهها بعد أن أفلت كف والده:

- إنها ندى!

- هل كل شيء على ما يرام؟

بادرها جاكوب في قلق وهو يهرع إليها. التفتت إليه وهي لا تزال تحت وقع الصدمة:

- هه؟

استندت على الجدار حتى استقامت واقفة، ثم أضافت وقد استعادت شيئا من تركيزها:

- آسفة... كل شيء على ما يرام... لا تقلق! هلا أخبرت والدتي بأنني سأغادر قبلها؟

وقبل أن يستوضحها جاكوب، كانت قد جرت إلى باب الخروج بكل الطاقة التي تبقت في ساقيها، لا تلوي على شيء.

*****

عدل الطبيب نظراته فوق أنفه، وهو ينهمك في كتابة الوصفة الطبية. هتف الحاج أبو أحمد في لهفة وهو يتابع حركاته:

- بشِّر يا دكتور... هل هناك أمل في استرجاعه لذاكرته؟

رفع الطبيب رأسه وهو يعقد حاجبيه في تفكير، ثم كأنه قد تذكر أنه يخاطب عائلة المريض، رسم ابتسامة على شفتيه وهو يقول مطمئنا:

- يبدو أنه تعرض لإصابة في الرأس تسببت في فقدانه للذاكرة... وابتعاده طوال السنوات الماضية عن عائلته ومحيطه لم يكن عاملا مساعدا أبدا. لكن بما أنه

الآن قد وجد مكانه أخيرا، فأتوقع أن يحصل تحسن في الفترة المقبلة إن شاء الله...

شد أبو أحمد على ذراعه في امتنان، ثم التفت في حب إلى ابنه الذي كان لا يزال مستلقيا على سرير المعاينة. تأمل وجهه وعينيه المغمضتين في شوق جارف. يا الله، كم دعا الله في جوف الليل والناس نيام لكي يرد له ولده سليما معافى... وها هو الآن أمام عينيه. سليم الجسد... عليل النفس.

- أحمد... هيا بنا...

تردد الاسم في رأسه للحظات. كلما سمعه، بدا له مألوفا أكثر. هل هذا هو اسمه؟ رغم أنه لم يكن متأكدا في قرارة نفسه، لكن إحساسا غريبا بالارتياح غزاه وهو يسمع هذا الرجل المسن يناديه. أحمد... اسم مختلف عن جون. اسم يلامس قلبه ويحرك ذرات دماغه النائمة. مرت ثوان طويلة قبل أن يقرر فتح عينيه. نهض من متكئه في بطء. تطلع إلى الرجل في نظرة خاطفة، ثم أطرق وهو يتمتم:

- هل انتهت الجلسة؟

كان بوده أن يطيل النظر والتحديق، أن يملأ عينيه من وجهه الهادئ والمريح. لكنه كان ينقبض كلما تذكر أنه لم يذكر شيئا بعد، حتى بعد أن التقى بالأشخاص الذين يحسبهم أفراد عائلته، وعاد إلى الغرفة التي يقولون إنها كانت غرفته.

وضع أبو أحمد ذراعه حول كتفي ابنه، وقاده إلى خارج العيادة. كان يريد تحسس وجوده بيديه، ليستيقن من أنه لا يشهد حلما سرعان ما يتبخر مثل كل أحلام المنام واليقظة التي رآها طوال رحلة البحث المضنية. استسلم أحمد وترك لوالده قيادته عبر طرقات المدينة العتيقة. كان الرجل يحدثه عن المدينة كمن يقود سائحا. يشير إلى المباني التي يميل طلاؤها إلى الاصفرار ويشرح... هذه هي السوق المغطاة، وتلك هي البلدية، وهذا مركز البريد. ثم يروي بعض الطرائف. كان يتكلم دون توقف كأنه يريد إنهاء مخزون الكلام الذي حبسه في صدره لفترة طويلة، في حين يكتفي أحمد بهز رأسه في صمت. كان ينظر إلى الطريق أمامه في شرود. ويفكر. متى سيتذكر كل شيء؟

انتبه فجأة حين وقف والده وتوقف عن الكلام. حين التفت إليه، اصطدم

بعينيه الدامعتين ونظراته الحانية. تسمر في مكانه وهو يرى الرجل يجهش بالبكاء دون سابق إنذار. كلهم بكوا حين رأوه للمرة الأولى... والداه وشقيقته وزوجها. حتى الصغيرة ربما جلست في حضنه بوداعة. لكنه لم يستطع أن يبادلهم المشاعر بمثلها. بكى فيما بعد، حين أصبح وحيدا بين جدران الغرفة التي خصصت له. بكى لأنه لا يزال وحيدا حتى بعد أن وجد عائلته. بكى لأنه لم يذكر شيئا.

لكن وهو يقف الآن أمام الكهل الدامع في الطريق الصاخبة، لم يتمالك نفسه. ارتمى بين ذراعيه واحتضنه بحرارة. ترك دموعه تسيل على وجهه أمام دهشة الرجل الذي لم يتوقع اندفاعه بذلك الشكل. كان بحاجة إلى هذا الحضن الدافئ حتى يخرج من وحدته الباردة التي جمدت مشاعره وصنعت حواجز بينه وبين ماضيه. ابتعد عنه والده بعد بضع ثوان وعلامات التأثر واضحة في وجهه. تأمله مجددا في حنان، ثم همس بعد تردد قصير:

- بني... هل تأتي معي إلى الصلاة؟

نظر إليه في عدم استيعاب:

- الصلاة؟

هز أبو أحمد رأسه مؤكدا وهو يشير إلى المبنى الذي وقفا أمامه. لم يكن أحمد قد انتبه إلى أنهما وصلا إلى مسجد المدينة العتيقة الصغير. كانت الصومعة المنقوشة ترتفع إلى عنان السماء وتتجاوز كل المباني المجاورة. ردد بصره في حيرة بين المبنى ووجه والده المليء بالرجاء. الآن فقط فهم سبب دموع الرجل في هذه اللحظة بالذات. تسللت كفه إلى الموضع الذي استقرت عليه عينا الرجل. أمسك الصليب الفضي بين أنامله في ارتباك. ثم سأله وهو يحس بالضياع:

- هل كنت أصلي من قبل؟

هزّ أبو أحمد رأسه في حماس وهو يقول مشجعا:

- طبعا! بل كنت مواظبا على الصلاة في المسجد... وكنت أفخر بالتزامك الديني كثيرا...

كان أبو أحمد يتمنى منذ اللحظة الأولى التي رأى فيها الصليب حول عنق ولده أن

ينقض عليه ويقتلعه ثم يحطمه إلى أشلاء. لكنه تماسك بصعوبة خوف أن يصدمه ويبعده عنهم نهائيا، وهم لم يسترجعوه بعد. حزّ في نفسه أن ابنه لم يُصلّ فرضا واحدا منذ دخل البيت من يومين... بل لعله لم يُصلّ نهائيا طوال السنوات الأربع المنصرمة.

لبث أحمد مسمّرا في مكانه. لم يستطع أن يتخذ خطوة واحدة. كان جون القديم يصارع أحمد الغريب في داخله. سؤال يعذبه بقوة: من أنا؟ هل يمكنه أن يعود إلى مسار أحمد الذي لم يعرفه، أم يتابع طريق جون الذي تعود عليه؟ فجأة، تعالى صوت المؤذن يعلن دخول وقت الصلاة. رفع رأسه وهو يصغي إلى النداء. لم يكن يسمعه للمرة الأولى، فقد مر بمساجد كثيرة طوال السنتين الماضيتين اللتين قضاهما سائحا بين المدن والقرى بحثا عن هويته. كان يعلم أنه النداء لصلاة المسلمين، لكنه في هذه المرة بالذات، أحس بالنداء يخاطبه... هو، هذا الشخص المجرد من الهوية. لم يكن جون، ولم يكن أحمد الذي تحرك باتجاه بوابة المسجد. كان شخصا جديدا لم تكتمل هويته بعد...

*****

جلس حسان وعدد من رفاقه في غرفة الجلوس في منزل عائلة أحمد. اجتمعوا اليوم بعد أن سرى الخبر بعودة أحمد بسرعة خيالية. بعضهم جاء خصيصا من صيدا، والبعض الآخر كان من سكان قانا والقرى المجاورة لها. علت أصواتهم في مزيج من الحماس واللهفة. أحمد الذي يئس الجميع من نجاته عاد أخيرا. معجزة عودته بعد غياب طويل ملأتهم بشرا وفرحا. حين فتح الباب انقطعت الأحاديث وخيم عليهم صمت مفاجئ، كأن على رؤوسهم الطير. هبوا جميعا واقفين وعيونهم تتطلع إلى القادم في شوق.

دلف أيهم ودعا مرافقه إلى الدخول. تقدم أحمد في وجل، ثم رفع عينيه ببطء. وقف عند الباب يتفرس في وجوههم في فضول وأمل، كأنه يبحث عن إجابات

معلقة. مرت ثوان من الصمت والترقب، لكن علامات الخيبة عادت لترتسم على وجوه الجميع، حين أشاح أحمد بوجهه وهو يدعوهم إلى الجلوس... لم يتعرف على أحد منهم. رغم المرارة التي ملأت حلقه، تقدم ليصافحهم واحدا واحدا في امتنان لمجيئهم. لكن حين وصل إلى حسان، لم يتمالك هذا الأخير نفسه وعانقه في حرارة وحب. فوجئ أحمد بحركته، لكنه استسلم لعناقه وهو يتساءل عن ذلك الشعور الغريب بالألفة الذي داهمه.

جلس قبالتهم، وأخذ يستمع إلى كل منهم في انتباه. كلهم يحتفظون بذكريات كثيرة عنه. كلهم رووا طرائف ومواقف جمعتهم في الماضي... في الجامعة، في الحي، في التدريب وحتى في ساحة المواجهة. استمع في صبر وأمل. يتعرف في صمت على الشخص الذي كانه. الشخص الذي لم يعد يشبهه أو يذكره. كان ينصت في شغف في البداية وكله رجاء بأن تعيد إليه أحاديثهم بعض الصور... لكن حين توالت الدقائق طويلة ثقيلة، تضاءل أمله وبدأ يشعر بالملل. لم يكن مللا من أحاديثهم... لكنه ملل من ذاكرته التي أبت أن تتفاعل مع حكايات الماضي. وجد نفسه يقف فجأة معتذرا ويغادر الغرفة مسرعا. لا فائدة.

*****

- أحمد لم يعد هو نفسه يا ندى!

- لم يعد... هو؟

أجابت سماح وصوتها يختنق من العبرة:

- عاد مسيحيا. يحمل صليبا حول عنقه! كان يذهب إلى الكنائس في السنوات الماضية ويصلي صلاتهم! لم يدخل مسجدا منذ زمن طويل... لا يعرف القرآن. أصبح شخصا آخر لا أعرفه!

امتقع وجه ندى وهي تستمع إليها في صدمة. أحمد؟ أحمد الذي كان سببا في إسلامها، لم يعد مسلما؟ عقلها لا يستطيع استيعاب أمر كهذا... إنه أمر يفوق طاقة

٣١٧

تحملها. جاءها صوت سماح مجددا:

- لا يكفي أنه نسينا ونسي ماضيه... فها هو قد نسي دينه وعقيدته. قلبي يتقطع في كل لحظة. كلما التقت عيناي بعينيه أحسست بالقهر. أريد أن آخذه بين ذراعي... لكن لا يمكنني أن أقاوم إحساسي بأنه ليس شقيقي الذي أعرفه.

- هل... هل يذكرني؟

خرج صوتها مبحوحا متقطعا. وفي اللحظة الموالية، أحست بسخافة سؤالها أمام تصريحات سماح السابقة. قالت إنه لا يذكر عائلته، لا يذكر شيئا من ماضيه، لا يذكر حتى دينه والتزاماته... فكيف سيذكرها من دون البقية؟ كان سؤالا سخيفا، لكنها أرادت أن تتأكد، أن تكون على بينة.

قالت سماح في حسرة:

- لم يذكر والدتي التي سهرت طوال الليل حذو سريره... ترقبه في نومه والدموع تسيل على وجنتيها. لم يذكر والدي الذي فقد القدرة على النطق لبعض دقائق من الصدمة حين وصله خبر عودته... لم يذكر أحدا يا ندى... لم يذكر أحدا البتة!

ثم أضافت في مرارة:

- رأيت من واجبي أن أخبرك بنفسي. فأنت كنت من أقرب الناس إليه أيضا...

رنت في أذنيها كلمة «كنت»... نعم كنت، ولم أعد كذلك. هو لا يذكر وجودي على أية حال! لم تملك إلا أن تتمتم في استسلام:

- شكرا لاتصالك...

مدّت كفا مرتجفة لحقيبة يدها التي تأخذها معها أينما كانت. دست أناملها داخلها تتحسس ظلامها، وما لبثت أن سحبتها وقد قبضت على قطعة ورق... صورة من الماضي. رفعتها أمامها ليسطع فيها ضوء الغرفة. للحظات، ظلت تتأمل ابتسامته العذبة، وملامحه الملائكية الصافية في حنين. ظنت أن عينيها لن تقعا عليه مجددا. ظنت أن طيفه الذي حرس لياليها لسنوات سيختفي إلى الأبد. ظنت أنها ستتخلص من الصورة قريبا لتتخلص معها من بقايا الماضي، المؤلم منها والمفرح. لكن أحمد عاد. هل عدت حقا يا أحمد؟ لا... أحمد الذي عرفها وعرفته لم يعد. عاد أحمد وقد

نسيها ونسي نفسه. عاد أحمد وقد ترك ماضيهما المشترك وراء ظهره. أحمد الذي عاد لا يعرفها ولا تعرفه... إذن، أحمد لم يعد!

*****

- كيف أنت الآن يا أحمد؟

حاول أن يبتسم مجاملة للطبيب الذي يتابع حالته في صبر:

- الحمد لله...

- هل تذكرت شيئا؟ أي شيء... حتى لو كان بسيطا وغير ذي قيمة؟

سكت للحظات وهو يحاول إعمال عقله:

- لست أدري... لكن هناك أشياء تبدو لي مألوفة نوعا ما... صحيح أنني لا أذكر أحدا من أفراد عائلتي، إلا أنني أحس بالارتياح بينهم. هناك أشخاص التقيتهم، يبدو أنهم كانوا رفاقي في الماضي... ووجدتني أنسجم معهم بسهولة. أحس في أعماقي بأنني أعرفهم منذ زمن...

قاطعه الطبيب ملاحظا:

- لكن هذا قد يحدث مع شخص تلتقيه للمرة الأولى. إحساس الارتياح والانسجام بين شخصين ليس متصلا بالضرورة بمعرفة سابقة...

هز أحمد رأسه موافقا، وقد عادت إليه الحيرة والضياع. استطرد الطبيب بسرعة:

- هل حاولت مثلا أن تتعرف إلى النشاطات التي كنت تمارسها في الماضي؟

تذكر صلاته في المسجد منذ يومين. والده قال إنه كان مواظبا على الصلاة في السابق. قال في حرج:

- صليت في المسجد...

نظر الطبيب في دهشة إلى الصليب الذي لا يزال يتدلى من عنقه وقال في فضول:

- وهل أحسست شيئا جديدا؟ كيف كانت التجربة؟

تردد أحمد ثم قال في شيء من الارتباك:

- لست أدري. منذ سنوات وأنا أذهب إلى الكنيسة للدعاء والصلاة. لكن حين دخلت المسجد، أحسست برهبة. أحسست بعظمة المكان وقدسيته... جلست أتأمل الناس في صلاتهم. ثم وقفت وجربت أن أركع وأسجد معهم. كنت أسمع تمتمة وهمهمة، لكنني لا أدري ما الذي يقولونه...

شجعه الطبيب على المواصلة وهو يسأله:

- وهل حاولت أن تعرف ما الذي يقولونه في الصلاة؟

هز رأسه نافيا:

- تحرجت من ذلك... ثم هي صلاة على أية حال، لا شك أنهم يدعون الله... أليس كذلك؟

ابتسم الطبيب وهو يسجل بعض الملاحظات في دفتره:

- نوعا ما...

ثم أضاف مغيرا الموضوع:

- عرفت أنك زرت الجامعة والمبيت الجامعي. هل تذكرت شيئا هناك؟

هز رأسه نافيا. ابتسم الطبيب مطمئنا ثم وقف وهو يدعوه إلى أن يتبعه:

- تمدد على الأريكة وتنفس بعمق كما علمتك في الجلسة السابقة... حاول ألا تفكر في شيء، دع الفراغ يملأ عقلك. سأتحدث إلى والدك ثم أعود.

أطاعه أحمد في خضوع. أرخى رأسه فوق الوسادة المريحة وجعل عضلات جسده تسترخي. سحب نفسا عميقا وهو يعد إلى أربعة، حبس الهواء في رئتيه لأربع ثوان، ثم تركه يتسلل ببطء عبر فمه في زفير طويل... عد إلى ثمانية قبل أن يسحب نفسا جديدا. لا يجب أن تفكر في شيء. استرخ فقط. لا تفكر في شيء. كان التمرين مضنيا. هو الذي امتنع عن التفكير في هويته وماضيه لسنوات أربع، يجد صعوبة الآن في السيطرة على الأفكار الكثيرة المشوشة التي تملأ عقله. لا تفكر... أريد فراغا الآن. لا تفكر.

عاد الطبيب إلى قاعة الانتظار ودعا أبا أحمد للدخول. طالعه هذا الأخير في لهفة،

فقال:

- كما قلت لك في المرة الماضية، أحمد لا يذكر شيئا الآن عن ماضيه، لأنه مر وقت طويل على فقدانه الذاكرة دون أن يتعرض لمؤثرات قد تثير ذاكرته. لذلك فإن استجابته ستكون بطيئة نوعا ما. قد يتطلب العلاج وقتا أكثر من العادة، لكن يجب ألا نيأس أبدا.

أضاف وهو يرسم دائرة على الورقة أمامه:

- خلافا لما يعتقده عامة الناس، فإن الذكريات الحديثة يكون استرجاعها أصعب من الذكريات القديمة. فالأحداث التي يمر عليها زمن أطول تكون أكثر حفظا في الدماغ.

قال ذلك وهو يشير بقلمه إلى القسم الخلفي من الدماغ على رسم بياني علق على الجدار، ثم تابع:

- قد يساعدني أن أعرف مثلا، هل انتقلتم إلى منزل جديد حديثا... هل تقيمون في المكان الذي ارتبطت به طفولة أحمد؟

- بعد زواجي أقمت لفترة في بيت والدي رحمه الله، وهو منزل ريفي صغير تحيط به أراض فلاحية. أحمد ولد هناك وعاش طفولته هناك أيضا. كان متعلقا كثيرا بجده وبالفلاحة... حتى إنه اختار أن يكون مهندسا زراعيا...

تهللت أسارير الطبيب وهو يهتف:

- ممتاز! ما عليك فعله الآن، هو أخذه في زيارة إلى هذا المنزل الريفي...

فكر للحظات ثم هتف من جديد:

- بل سيكون من الأفضل أن تتركه يقوم بالزيارة بمفرده. وجود أشخاص حوله يسألونه باستمرار إن كان قد تذكر شيئا لن يساعده على التركيز، وسيشعره بالإحباط إن لم تكن النتيجة فورية...

هز أبو أحمد رأسه موافقا. صافح الطبيب في امتنان وهو يهم بالمغادرة. استوقفه الطبيب حين وصل إلى الباب وهو يقول بابتسامة واسعة:

- آه، شيء آخر... اتركوا كتاب قرآن في غرفته، في موضع تقع عليه عيناه بسهولة...

لكن دون تعليق من أحد أو دعوة للقراءة فيه، دعوه يتصرف بحرية... أنتظر زيارته بعد ثلاثة أيام!

*****

منذ عودته وهو يحس بالاختناق. لا يشعر بأنه في مكانه الصحيح. كأنه قطعة شطرنج فقدت مكانها على الرقعة وتلعب دورا غير دورها. يحس بالألم وهو يرى علامات الخيبة على وجوه هؤلاء الناس المتيقظين لكل حركاته وسكناته، ينتظرون منه إشارة إيجابية، لكنه لا يستطيع أن يُلبّي حاجتهم... يحس بالخوف من الأيام المقبلة بعد السنوات الأخيرة التي قضاها في فلاحة الأرض. إنه يحب الأرض ويهوى ترابها وهواءها وثمارها، لا يحس بالراحة بعيدا عنها. فهل سيتأقلم بسهولة مع العيش في مثل هذه المدينة المكتظة؟

حين اقترح عليه والده أن يقضي بعض الوقت في منزل ريفي تمتلكه العائلة، رحب بالفكرة. لم يكن قد تعود بعد على هواء المدينة الفاسد ومبانيها الشاهقة الخانقة. مر بمدن كثيرة خلال رحلة بحثه عن هويته، لكنه كان يختار الإقامة خارجها. تعود الهدوء والوحدة، ووجد توازنه في أحضان الطبيعة قاحلة كانت أم غناء. ليس من السهل عليه أن يعود إلى حياة اجتماعية طبيعية كما يريدون منه.

توقفت السيارة أسفل التلة. نظر إليه والده مبتسما وهو يشير إلى منزل يتربع في أعلاها:

- هذا منزل جدك رحمه الله...

رفع أحمد بصره إلى حيث أشار. للحظات أحس بالدوار. نزل متمهلا من السيارة وهو يغمض عينيه. أشاح بوجهه حتى لا يلاحظ والده التغيير الذي طرأ على ملامحه. رفع رأسه بعد لحظات وأجال بصره في المكان متفحصا. ومضت صورة في رأسه فجأة. تسارعت دقات قلبه وهو يواصل تسلق الربوة. إنه يعرف هذا المكان. تضاعف عدد المباني في الجوار... اختفى جانب من الغابة بأشجارها البرية، وظهرت

صفوف من الأشجار المثمرة من الجهة الأخرى. لكن الصورة التي ملأت رأسه كانت قريبة جدا.

تبعه والده بخطوات سريعة، وهو يتابع حركاته في اهتمام وترقب. لكنه تذكر فجأة توصيات الطبيب... لا يجب أن يقاطعه. حين وصلا إلى سور المنزل المنخفض، دس في كفه مفتاحا معدنيا قديما. ابتسم وهو يربت كتفه:

- سأتركك هنا. لدي بعض الأعمال خارج المدينة وقد أبيت هناك. اتصل بأيهم حين تريد العودة.

قاطعه أحمد وفي عينيه نظرات شاردة:

- لا داعي... سأستقل سيارة أجرة.

نظر إليه والده في دهشة وتوجس:

- هل أنت متأكد؟

ابتسم أحمد ابتسامة خفيفة وهو يقول:

- صحيح أنني فقدت ذاكرتي، لكنني أحتفظ بمداركي العقلية. لست طفلا يمكن أن يتوه بسهولة. كم أبلغ من العمر؟ آه... أوراق هويتي تقول إنني قد اقتربت من نهاية العقد الثالث...

ابتسم أبو أحمد وهو يشد على كفه في حرارة، ثم قال قبل أن يبتعد في اتجاه سيارته:

- الشارع الرئيسي من هذا الاتجاه، على بعد مائتي متر... ستجد سيارة تقلك من هناك.

تابعه أحمد بنظرات واجمة حتى تحركت السيارة، ثم دفع الباب الخشبي المنخفض. تجاوز السور إلى الباحة المفروشة بالتراب. انحنى ليمسك قبضة من التراب الندي يعصره بين أصابعه، كأنه يسأله عن حاضره المفقود... وماضيه الضائع. أغمض عينيه لثوان. تراءت في مخيلته صورة طفل صغير يركض عبر الفناء. سمع ضحكاته البريئة المشاغبة تملأ عقله. فتح عينيه وقد اضطربت أنفاسه. هل هو بصدد التذكر؟ هل كانت صورا من طفولته؟ نفض عن كفيه

التراب ثم سار باتجاه الباب الداخلي. تناول المفتاح القديم، بقدم الباب الحديدي الصامد، وأداره في القفل. يبدو أنه لم يفتح منذ وقت طويل. وضع كفه على صفحة الباب يتلمس وجهه الصدئ. أخذ نفسا عميقا ثم دفعه برفق ليخطو إلى الداخل.

كان يتوقع الكثير وهو يجتاز عتبة الباب. استعد لكم الذكريات التي انتظر أن تهاجم عقله مع توغله في المكان. كان جسده المنتفض يشهد بشوقه لما سيراه ويحسه ويعيشه. لكن ما حصل مع دخوله فاق كل توقعاته. ما إن وضع قدمه على الأرض، حتى تركز انتباهه عليها دون غيرها. سمع لخطوته وقعا غريبا، كأنه يدوس على جسم طري يحول بين قدمه والفناء المبلط. تراجع خطوة وهم بالانحناء لاكتشاف الجسم الغريب، لكن حركته بترت فجأة وظلت ذراعه معلقة في الهواء وظهره يرسم نصف انحناءة. تسمر في مكانه وهو يطالع المشهد الذي شد نظراته وأوقف كل حواسه دفعة واحدة. هناك في فناء الدار المسقوف، كانت هناك عشرات، لا بل مئات، من الظروف المتناثرة التي غطت بعضها الأتربة، وتلاعبت الرياح المتسللة من شقوق الباب وفتحاته ببعضها الآخر، لتنشرها في ثنايا الدار. تحت قدميه، كانت كومة منها تسد المدخل. هل كانت الدهشة ما سيطر عليه في تلك الآونة، أم اللهفة؟

رسائل غريبة... كثيرة جدا، تنتظره في ملتقى الماضي والحاضر. كيف عليه أن يستقبلها؟ قبض على مجموعة منها وأخذ يقلبها بين يديه. كانت كلها باسمه! باسم أحمد دون غيره. قبض قبضة أخرى، وأخرى، وأخرى... كلها باسمه! وكلها من مرسل مجهول! وجد نفسه يحبو على ركبتيه، يجمعها بشراهة وشوق. جمعها كلها حوله وجلس على الأرض ودقات قلبه تتسارع بشكل مجنون. من أين يبدأ؟

*****

لم يغمض لها جفن تلك الليلة. ما إن وضعت رأسها على الوسادة حتى تدفقت الذكريات، كأنها تُصب على رأسها صبا. رأت شريط حياتها يمر أمام عينيها. حياتها

قبل أحمد. حياتها مع أحمد. حياتها بعد فقدان أحمد. قطعا، حياتها انقلبت رأسا على عقب منذ أن عرفته. انقلبت ثانية حين فقدته. وها هي توشك على فقدان توازنها نهائيا مع عودته! أخرجها من عالمها الضيق وسار بها إلى نور أضاء كل ثنايا وجودها المهمّش. أهداها أغلى هدية قد يهديها بشر لبشر... نور الإيمان. لا يمكنها إلا أن تكون شاكرة ممتنة له. ممتنة له من كل قلبها، ومع ذلك فألمها لا يقدّر!

كانت قد عوّدت نفسها على غيابه. تحررت من طيفه الذي لازمها كظلها لزمن طويل، وقررت أن تعيش في عالم لا وجود لأحمد فيه. كانت في حاجة إلى تجاوز الماضي حتى تقدر على تأسيس عائلة وبناء كيانها الجديد بشكل سويّ. وفجأة يأتيها خبر مؤكد بأنه على قيد الحياة. في مكان ما على سطح الأرض، غير بعيد عن موطنها، يوجد أحمد جديد. لا يعرفها ولا تعرفه. لكنه يبقى أحمد رغم كل شيء! كيف يمكنها تجاهل وجوده بكل بساطة؟ كيف ستسير أيامها بشكل طبيعي وهي تعلم أنه قريب؟ هل ستقضي حياتها تتجاهله وتهرب من خياله؟ ماذا ستفعل إن اعترض طريقها يوما؟ بل هل يمكن أن تتغير المعطيات ويتعرف عليها؟ ماذا لو ذكرها؟

ربّاه ! لا تنكر أنها تتشوق لرؤيته مجددا بعد كل هذا الغياب ! ذلك الرجل الذي ملك قلبها وعقلها حتى وقت قريب. كيف يبدو؟ هل تغير شكله؟ هل نحف أم ازداد وزنه؟ هل هو... هو؟ سماح تقول إنه لم يعد هو. لم يعد مسلما. أحست بألم في صدرها. أين ذهب النور الذي كان يملأ حياته؟ هل انطفأ فجأة؟ يا لهذا القدر... هداها إلى السبيل ثم حاد عنه؟ رغم كل محاولاتها للخلود للنوم، لم تستطع أن توقف سيل الأفكار التي أقضت مضجعها... أحمد، الرجل الذي أحبته. أحمد، الرجل الذي احترمته وتعلمت منه. أحمد، الرجل الذي شاركها أحلامه وأرادها شريكة لحياته... كلهم ذهبوا بلا رجعة.

فاجأت نفسها وهي تتنهد في حسرة. توقفت فجأة وزجرت نفسها. أليست أفكارها هذه خيانة؟ إنها تتهيأ الآن لبدء حياة جديدة مع حسان. لا يمكنها أن تفكر في غيره. لا يمكنها أن تدع مجالا في تفكيرها لرجل آخر... حتى لو كان أحمد؟ كيف لها أن تبني بيتا مستقرا وهي لم تحسم أمر أحمد هذا بعد؟ أحمد الذي لا يعرفها، أحمد

الذي نسيها -ذكّرت نفسها مجددا- من المهم أن تبقي هذه النقطة دائما أمام عينيها. أحمد لا يعرفها الآن. أحمد تخلى عنها. رددت في إصرار.

سحبت اللحاف لتغطي رأسها. عصرت عينيها بشدة لتمنع دموعها من التسلل. تحاول الفرار من هواجسها وأحاديث نفسها. لا تدري لو كان يذكرها في أي مأزق ستكون...

*****

أدار أبو أحمد المفتاح في قفل الباب ودخل. تنحنح ليثير انتباه أهل الدار ثم رفع صوته بالسلام. كان قد عاد للتو من سفره بعد أن قضى الليلة خارج البيت. أطلت الخالة سعاد من المطبخ، وقد ربطت منديلا على رأسها ورفعت أكمام ثوبها. استيقظت باكرا وأعدت الفطائر التي تتقنها حتى تدخل السرور على قلبي زوجها وابنها الغائبين. وما إن تبين لها القادم حتى هرولت إليه في شوق وهي تمسح يديها الغارقتين في زيت الزيتون بمنديل المطبخ. لكنها توقفت في دهشة وهي تراه يتقدم بمفرده. تطلعت إلى الباب المغلق وهي تهتف في حيرة:

- أين أحمد؟ ألم يأت معك؟

نظر إليها في دهشة بدوره وهو يهتف:

- ألم يعد إلى البيت؟ كيف ذلك؟ تركته البارحة في منزل الضيعة...

صاحت سعاد وهي تضرب صدرها بكفها:

- كيف تتركه وحده؟ هل يكون قد ضاع مجددا؟

همس أبو أحمد محاولا تهدئتها وهو يتجه إلى غرفة الجلوس حيث الهاتف:

- رويدك، رويدك... لا تهولي الأمر. قد يكون ذهب إلى منزل سماح.

هتفت وقد شحب وجهها وصوتها ينذر ببكاء قريب:

- كيف يمكنه أن يذهب هناك؟ إنه لا يعرف المدينة...

قال وهو يكون رقم هاتفه الشخصي:

- أعطيته هاتفي الجوال، وطلبت منه الاتصال بأيهم حين يريد الرجوع...

حين ألفى الهاتف مغلقا، كون رقم منزل ابنته. أشار إليها بالصمت حين جاءه صوت سماح على الطرف الآخر من الخط.

- سماح... هل قضى أحمد الليلة عندك؟

استمع إلى هتافها المفجوع في قلق وتوجس. وضع السماعة في خيبة. كانت حالة أحمد غريبة البارحة. لم يكن على طبيعته. كان يجب أن ينتبه إلى ذلك. هل تراه يفكر في الفرار منهم لأنه لا يذكرهم؟ هل تراه لم يطمئن إلى العيش معهم وهو يعدهم غرباء؟ كانت الأفكار السوداء تداهم عقله.

- يا رب سترك...

تمتم في توتر وهو يتناول مفكرته.

- سأحاول الاتصال بكل أصدقائه القدامى... ربما يكون قد لقي أحدهم.

قاطعته سعاد في تساؤل:

- هل يكون قد قضى الليلة في الضيعة؟

رفع رأسه في شك. هل يفعلها؟

- لكن البيت قديم ومهجور منذ سنوات... لا يوجد نور كهربائي والماء مقطوع. ما الذي سيفعله هناك؟

تبادلا نظرات متسائلة مليئة بالشك. أين يكون؟

*****

جافاه النوم طوال الليل. عالج القنديل القديم بإصرار حتى تمكن من إيقاده، وجلس لساعات طويلة يقرأ الرسالة تلو الرسالة. لم يدر كم من الوقت انقضى وهو على تلك الحال. حين رفع عينيه الدامعتين عن قطعة الورق الأخيرة، كانت الشمس قد ارتفعت في كبد السماء منذ ساعات. قرأها دون ترتيب. لم يكن لديه الصبر الكافي ليعيد تنظيمها حسب تاريخ إرسالها، لكن الأحداث التي تحملها ارتصفت

تلقائيا في ذهنه حسب تسلسلها الزمني. كل قطعة أخذت مكانها لترسم في رأسه، ببطء، مشهدا متكاملا.

بكى طويلا مع كل خواطرها... وهي تحكي له تجربتها في الغربة، وهي تبشره بإسلامها ثم بحجابها، وهي تبث إليه حزنها بوفاة أخيها المسيحي وعائلته، وهي تنعي إليه زوج أمها الذي رباها وأشفق عليها كابنة من صلبه، وهي تشكو إليه ضياعها وتشردها وقسوة والدتها عليها... بكى بحرقة، كأنه يحس بكل كلمة من كلماتها... كأنه يعيش معها السنوات الأربع الماضية يوما بيوم... تلك المجهولة!

من تكون؟ من تكون حتى تكتب إليه كل يوم طوال فترة غيابه؟ من تكون لتشاركه حياتها بكل تفاصيلها على الورق، في حلّها وترحالها، في مصيبتها وفي عيدها؟ لم يمنعها عن الكتابة سوى المرض الشديد الذي أقعدها عن الحراك! من تكون؟ لا شك أنها كانت قريبة منه بشكل أو بآخر... تثق به كثيرا، و... لا يريد أن يتخيل أكثر. يريد أن يعرف الآن، ماذا كانت بالنسبة إليه - هي، اليهودية... وهو، المسلم. تقول إنها مدينة له بإسلامها! كان هو من قادها إلى هذه الديانة التي يجهل عنها كل شيء اليوم! حركت كلماتها دواخله... هل كان داعية؟ والده يقول إنه كان ملتزما بالإسلام، مواظبا على عباداته. فكّر في حيرة... ما الذي ستظنه به إن لقيته اليوم؟ لم يعد الشخص الذي عرفته. لم يعد يحمل نفس العقيدة والمبادئ. لم يعد الشخص الذي غير حياتها، كما تصفه في رسائلها. فاجأ نفسه وهو يفكر فيها بجدية واهتمام. ما الذي فعلته به رسائلها حتى تشغل باله إلى هذه الدرجة؟

لكن السؤال الذي كان يلح عليه أكثر... أين هي الآن؟ عاد يقلب الرسائل التي بين يديه في اضطراب وقلق. بالكاد يسيطر على انفعالاته. كانت الرسالة الأخيرة قد وصلت منذ قرابة السنة. انقبض قلبه فجأة. ربما فقدت الأمل بعودته وقطعت رسائلها، أو حصلت معها ظروف منعتها عن الكتابة. هل يعقل أن يفقدها وهو بالكاد وجدها؟ هز رأسه بقوة، كأنه ينفض عنه الوساوس القاتمة. ربما كانت هي وسيلته لاستعادة ماضيه وحاضره ومستقبله أيضا... بعد الليلة التي قضاها مع خواطرها، يحس أنه يعرفها جيدا. ربما تعرّف عليها مباشرة لو صادفها تمشي في

الشارع! إن كانت قريبة منه بهذا الشكل، فلماذا لم يرها مع جملة الأشخاص الذين زاروه ورحبوا به؟ لماذا لم يحدثه عنها أحد؟ هل تكون على سفر؟ رسائلها كانت تأتيه تارة من فرنسا وتارة من تونس... لاحظ الطوابع البريدية وأختام البريد المميزة لكل بلاد، رغم غياب عنوان المرسل في كل مرة.

دس حفنة من الرسائل في جيب سرواله وخرج لا يلوي على شيء. لا يدري كيف عبر المسافة الفاصلة بين الضيعة وقانا. سيارة الأجرة والركض عبر الشوارع والأزقة... لا يذكر شيئا منها. تفاصيل أخرى تضاف إلى قائمة المنسيات، لكنها على الأقل لن تغير في مستقبله شيئا. اللحظات القادمة هي الأهم!

وقف أمام باب المنزل يسترجع أنفاسه. عليه أن يتمالك نفسه حتى لا يفزعهم. طرق الباب برفق. مرت ثوان قليلة بدت له شديدة الطول دون أن يلقى جوابا. نفد صبره بسرعة، فرفع قبضته ليضرب الباب الحديدي بعنف. سمع خطوات مسرعة تتردد في الممر يصحبها لغط وصخب. حين فتح الباب، رأى أجسادا ثلاثة تندفع نحوه بقوة. تراجع خطوة في ذعر، لكن ردة فعله لم تسمح له بالنجاة من أحضانهم. صاحت والدته بصوت مختنق بالبكاء:

- أين كنت يا ولدي؟ أفزعتنا! ظننت للحظات أنك رحلت عنا مجددا...

استكان بين ذراعيها ولم يحاول التخلص من عناقها. ابتسم مطمئنا وهو يربت ظهرها:

- لم يكن هناك داع للقلق... لم أكن لأهرب منكم، لأنني... لأنني لا أعرف لي أهلا غيركم على أية حال.

قاطعته في عتاب:

- أين كنت كل هذا الوقت؟ كيف اختفيت دون إعلام أحد؟

- آسف لأنني قضيت الليلة الماضية في المنزل الريفي... لم أكن أريد إثارة مخاوفكم... لكنني... كنت مشغولا بعض الشيء...

تقدم نحوه والده الذي لزم الصمت حتى ذلك الحين، وهتف في لهفة:

- بشرني يا بني... هل تذكرت شيئا؟

ترددت عينا أحمد بين وجوههم المترقبة. بما عساه يجيبهم؟ ليس متأكدا مما رأى. تمتم في ارتباك:

- لست واثقا... ربما تخيلت أشياء حين كنت هناك...

ثم اعتذر وهو يشق طريقه في اتجاه غرفته. تبادل والداه وشقيقته نظرات قلقة. كانت تصرفاته تنطق بالغرابة. قضى الليلة في المنزل الريفي... قال إنه كان مشغولا. والآن يقول إنه ليس واثقا! دخلت سماح مستعجلة وهي تهتف:

- سأتصل بأيهم... لا شك أنه قد وصل إلى الضيعة.

تنهد أبو أحمد وهو يساند زوجته التي لم تجف عبراتها بعد.

حين انفرد أحمد في غرفته، تذكر الرسائل التي كانت في جيبه. يجب أن يسأل عنها. لكن والديه يبدوان شديدي الحساسية... يعلقان آمالا كبيرة على كل كلمة ينطق بها. ثم أنهما أخفيا عنه وجود هذه الإنسانة لسبب ما. لذلك لا يمكنه أن يسألهما. اقترب من الباب وأصغى لوقع الخطوات. كانت الحركة قد خفتت في الممر، لا شك أن والدته قد عادت إلى مطبخها، ووالده قد استلقى طلبا للقيلولة. فتح الباب بهدوء وتسلل على أطراف أصابعه. ألقى نظرة سريعة على غرفة الجلوس. لم تكن سماح هناك. سار في اتجاه غرفتها. طرق الباب بخفة، ولم ينتظر ليفتح الباب. فوجئت سماح بدخوله، وقبل أن تنفرج شفتاها لتسأله عما يريده، مد إليها بعض الرسائل التي أخفاها في ثيابه. انتظر للحظات ريثما ألقت عليها نظرة. ومع كل كلمة تقرؤها كان اتساع عينيها يزداد من الدهشة. رفعت رأسها إليه في تساؤل، فهتف في حزم:

- من هي؟

*****

جلست ندى في غرفة الانتظار في قلق. تلفتت حولها في توتر، تطالع وجوه المرضى الذين يترقبون دورهم. ما الذي جاء بها إلى هنا؟ لم يكن لديها جواب تسكت به

٣٣٠

صوت ضميرها المحتج، لكنها كانت في حاجة إلى هذه الزيارة. في حاجة إلى إجابات ملحة لم تستطع مقاومة صدى ترددها في رأسها. لكن ما الذي ستفعله بعد أن تحصل على الإجابات؟ هل ستغير شيئا في مخططاتها؟ لا يمكنها أن تفعل ذلك. هذه الزيارة عديمة الفائدة ولا يجب أن يكون لها أثر على حياتها. لا يجب أن تترك المجال لهذه الأفكار حتى تسيطر عليها. فلتغادر الآن، لم يفت الوقت بعد. تلفتت حولها مجددا، ثم همت بالوقوف. تجمدت في مكانها وهي ترى الممرضة تتقدم في اتجاهها. قالت وابتسامة واسعة تزين وجهها:

- آنستي... دورك الآن.

ترددت للحظات، ثم تبعتها بخطوات مرتجفة إلى الداخل. وقف الطبيب لاستقبالها وأشار إليها بالجلوس. لم يعد هناك مجال للتردد. اتخذت مجلسها حيث أشار وهي تأخذ نفسا عميقا. ثم سألته في شيء من الجزع:

- دكتور... هل فقدان الذاكرة نهائي؟

ظهرت علامات الدهشة على وجهه لثانية، لكنه تمالك نفسه بحرفية وهو يقول:

- طبعا لا... خلافا لما تسوّقه الأفلام والمسلسلات من أفكار، ففقدان الذاكرة نادرا ما يكون نهائيا ودائما. مهما طالت المدة، فلا بد للذاكرة المترسبة من أن تطفو على السطح! حدثيني الآن كيف حصل ذلك؟

فكرت للحظات. لم تكن تملك الكثير من التفاصيل عن الحادثة. لا أحد حدثها عنها وهي لم تهتم بالسؤال. هزت رأسها في قلة حيلة:

- لا أدري...

لم يلح الطبيب بالسؤال. بدا متفهما وهو يردف:

- ربما لا تتذكرين ما حصل معك... لذلك يجب أن أتحدث إلى بعض أفراد عائلتك. ألم يرافقك أحد؟

ابتسمت هذه المرة في حرج لأنها لم توضح الأمر منذ البداية. قالت وهي تلوح بكفها نافية:

- لست أنا من فقد ذاكرته...

- لماذا لم يأت المريض بنفسه؟ العلاج يجب أن يكون شخصيا.

- المريض مسافر... في بلاد أخرى. لكنني أردت فقط... أن أستعلم...

ابتسم الطبيب مخففا حرجها وهو يقول:

- مدة فقدان الذاكرة تختلف من مريض إلى آخر، قد تكون لبضع دقائق عند البعض وقد تطول لشهور أو سنوات في حالات أخرى... وبالطبع يختلف الأمر حسب السن ونوع الصدمة ونوعية الذاكرة المفقودة، سواء كانت سابقة للحادثة أو لاحقة لها.

سارعت ندى بالتحديد:

- المريض شاب في نهاية العقد الثالث. فقد ذاكرته منذ أربع سنوات، ولم يعد إلى عائلته إلا منذ فترة وجيزة. يبدو أنه قد تعرض إلى حادثة. لست متأكدة من التفاصيل... وهو لا يذكر شيئا عن ماضيه أو عائلته أو هويته.

- هل فقد شيئا آخر إضافة إلى الذاكرة؟ يعني... القدرة على نطق بعض الحروف، أو بعض المهارات الذهنية أو الجسدية؟

- لا أعتقد...

لو كان الأمر كذلك لكانت سماح أشارت إلى ذلك. الذاكرة هي الشيء الوحيد الذي فقده. لكنه فقد معها ذاته. فكرت في مرارة وألم.

- طيب. هذا يعني أنه لم تحصل إصابات جسيمة في الدماغ. فإصابة المنطقة الخاصة بالذاكرة تؤدي في نفس الوقت إلى تعطل بعض الوظائف الأخرى المرتبطة بها. أما والمريض قد احتفظ بكل مؤهلاته الذهنية، فهذا يعني أن الذاكرة وحدها تأثرت... لسبب ما.

ثم أضاف وهو يعقد ذراعيه أمام صدره:

- ولهذا أعتقد أن فقدان الذاكرة في هذه الحالة مؤقت... ويمكن أن تعود إليه في أية لحظة.

ازدردت ندى ريقها بصعوبة. ضمّت حقيبتها إلى صدرها وهي تسير في الشوارع شبه المقفرة ذاك المساء. هل كانت تلك هي الإجابة التي تبحث عنها؟ الذاكرة قد ترجع

في أية لحظة... ليس فقدانا نهائيا. احتمال عودة أحمد الذي عرفته لا يزال قائما. تشنجت كفها التي تقبض على الحقيبة. هل كانت تحاول أن تمزق الصورة التي لا تزال ترقد في الداخل؟ ليست واثقة. لم تعد واثقة من شيء.

*****

هتف في غضب لم يفهم هو نفسه مأتاه:

- لماذا لم يحدّثني أحد عنها قبل الآن؟ هل كان يجب أن أكتشف وجودها بنفسي؟

سحبته سماح من كفه، وجعلته يجلس على المقعد القريب. تفكر في إجابة مقنعة ومناسبة. قالت في تودد:

- لم نر فائدة من إخبارك الآن، لأنها... لأنها، مسافرة حاليا... في تونس...

لم تستطع أن تخبره أنها نسيته، وستتزوج قريبا من غيره. ليس الوقت مناسبا. ربما يتذكر شيئا الآن عن طريقها. لا يجب أن توصد الباب قبل أن تتوصل إلى شيء. قالت في هدوء محاولة إخفاء لهفتها:

- هل تذكرت شيئا عنها؟

لم يجبها مباشرة. بدا سارحا في أفكاره:

- إذن فقد كانت خطيبتي... كانت يهودية وأنا مسلم. وهي اليوم مسلمة... وأنا مسيحي.

كانت مفارقة عجيبة صعبة التصديق. والأدهى أنه كان ولا يزال طرفا فيها. لم تنتظر سماح طويلا رده. وقفت بسرعة وغادرت الغرفة. يجب أن تدق الحديد وهو حام. عادت بعد لحظات وهي تحمل ألبوم صور. نظر إليها أحمد في دهشة. لم تكن هذه الصور ضمن تلك التي عرضوها عليه في السابق. كانت صورها محفوظة على حدة. كأنهم قصدوا إقصاءها! يشك في أن السبب الوحيد هو سفرها.

- هذه صور حفل خطوبتكما... انظر هذه هي... ندى.

رفع الصورة أمام وجهه، وملأ منها عينيه. إنها هي. اسمها ندى. شيء ما تحرك في

٣٣٣

داخله. شيء ما يؤكد له أنه يعرفها. لكنه لبث حائرا للحظات. هل تذكرها فعلا، أم أن عقله بصدد إعادة تكوين ذكريات جديدة عنها من خلال رسائلها وصورها؟ لا يشعر بأنه عاش هذه الأحداث بقدر ما يشعر بأنها مألوفة. والمألوف غير المعيش... عقد حاجبيه في انزعاج. فليكتف بهذا القدر الآن. فليكتف بهذا القدر. التفت إلى سماح في اهتمام:

- متى تعود؟ متى يمكنني أن أراها؟

*****

- اتصال لك!

ازدردت ريقها الجاف، وضمت ذراعها إلى صدرها وهي تسير نحو سماعة الهاتف كمن ينتظر حكما بالإعدام. كانت الاتصالات التي وصلتها في اليومين الأخيرين قد شوشت هدوءها بما فيه الكفاية. لا تدري ما الذي يمكن أن يحدث بعد ذلك! تنحنحت ليجلو صوتها قبل أن ترد على الاتصال.

- ندى... هل يمكنك المجيء؟

اتسعت عيناها وهي تجيب بصوت مخنوق:

- سماح، هذه أنت؟ ماذا هناك؟

- ندى... أحمد يحتاج إليك!

كاد قلبها يقفز بين ضلوعها وهي تهتف:

- هل استعاد ذاكرته؟

تنهدت سماح قبل أن ترد:

- ليس بعد... لكنه طلب أن يراك...

ثم أضافت في ارتباك تشرح لها الموقف:

- وجد رسائل منك في منزل الضيعة... منذ ذلك الحين وهو شديد الاضطراب... يريد أن يراك... (ثم مصححة) يريد أن يرى صاحبة الرسائل، فهو لا يذكر بعد! لكن

وجودك قد يساعده كثيرا...

تنهدت بدورها والحيرة تمزقها:

- لست أدري...

- أرجوك!

حين توقفت عن الكتابة إليه، كانت تريد أن تكون صادقة مع نفسها ومع من اختارها لتكون شريكة حياته. حين رضيت بالارتباط بحسان، وضعت أمامها كل الاحتمالات، وفكرت مليا... ظنت أنها قادرة على بدء حياة جديدة ليس فيها أحمد أو ظل أحمد. تريد استقرارا. تريد بيتا. تريد حياة واقعية لا تحكمها الذكريات وتسيطر عليها الأوهام. أخيرا قررت أن تعيش!

لكن الآن... في هذه اللحظة بالذات، لم تعد تدري أين تقف. أحمد الذي توقفت عن انتظاره يظهر فجأة. يظهر وقد نسيها. ثم يطلب أن يراها حتى يستعيد ذاكرته! ضربت الجدار بقبضتها بعنف، ثم رمت بنفسها على السرير وأشبعته ضربا. لماذا؟ لماذا؟ كتمت صرختها على وسادتها. وتركت العنان لدموعها التي تحبسها منذ يومين. تركتها تسيل في صمت غاضب. نعم، هي غاضبة، غاضبة جدا منه. يتركها، وينساها... ثم يطلب مساعدتها! نار تشتعل في صدرها. لماذا تساعده؟ لماذا تذكره -وتذكر نفسها- بماضيهما معا... بماض لم تمح من ذاكرتها لحظة منه، رغم جميع محاولاتها؟ هل لتخبره فيما بعد بأنها أصبحت خطيبة غيره، وبأنه عاد متأخرا؟ عصرت عينيها بشدة وهي تكتم شهقاتها. تعلم أنه لا ذنب له في كل ما حصل. وهي أيضا لا ذنب لها... وحسان أيضا لا ذنب له!

تعالى فجأة رنين هاتفها الجوال الملقى على المنضدة إلى جانبها. رفعت رأسها بصعوبة وهي تحاول السيطرة على انفعالاتها. حسان يتصل. مسحت دموعها بظهر كفها ثم وضعتها على صدرها لتخفف نسق أنفاسها المتسارعة.

- كيف حالك؟

لم يكن سؤاله بريئا تماما، كأنه يخمّن شيئا عن حقيقة حالها. ردت بصوت واهن:

- بخير...

صوتها وشى بكونها لم تكن كذلك. قالت بسرعة كي تهرب من تساؤل على طرف لسانه:

- سماح اتصلت منذ قليل...

هل كان يتوقع ذلك؟ لكنه على الأقل لم يفاجأ. حثها على المواصلة في صمت، فقالت في توجس:

- تريد مني العودة... أحمد يحتاجني ليستعيد ذاكرته...

قال بصوت قرأت فيه قلة الحيلة:

- إن كنت تريدين ذلك، فافعلي...

ثم أضاف كأنه يخفف وطأة جوابه المستسلم:

- لبنان اشتاقت إليك أيضا...

أغلقت الخط وقد ازدادت اضطرابا. كانت تريده أن يمنعها. أن يحميها... من نفسها ومن عواطفها المتقلبة. لكنه لم يعارض ولو لوهلة واحدة. ربما كان يفكر في الأمر طوال اليومين الماضيين. ربما لم ينم الليلة الماضية هو الآخر. ربما رأى أن المواجهة خير، سواء خرج من اللعبة غالبا أم مغلوبا.

*****

صارت تلك الرسائل شغله الشاغل. عاد إلى الضيعة صحبة أيهم وسماح ليقوم بجمعها كلها، كأنّه يجمع شظايا ذكريات لا تخصّه، ولكنها تعطي لماضيه بعدا رومانسيا ملهما. غطت الكومة المكتب حتى فاضت على جوانبه وانزلقت على الأرض. لكنه كان عازما على دراستها واحدة واحدة. بدأ العمل بجد واهتمام. رتبها حسب تسلسلها الزمني وحاول ربطها بخط حياته الكئيبة الرتيبة في فترة الضياع. حين بشرته بإسلامها، كان لا يزال يعمل أجيرا يستصلح الأرض البور في قرية الخيام. وحين طردت وسافرت لتعيش في تونس مع عائلة ريما، كان يتنقل بين المدن والقرى

بحثا عن هويته. يبيع الخضروات ويبيت في العراء. كم كانت حياتها مليئة بالأحداث الصاخبة والتحولات العميقة، وكم كانت حياته قاحلة خالية من كل معنى. لكن القدر خصّهما معا بالقسوة والعذاب.

جمع الرسائل التي كانت بين يديه، وأعاد ترصيفها بعناية مع البقية. أعاد بعض النظام إلى المكتب، ثم استرخى على المقعد. عقد كفيه وراء رأسه وأسبل جفنيه طالبا بعض الراحة. لا يدري لماذا يفكر فيها بكل هذه الكثافة، ويولّي أمرها أهمية فوق اهتمامه بكل شيء حوله. لأنها كانت خطيبته؟ شيء ما بداخله يقول إن الأمر أكبر من ذلك. كيف؟ لا يدري. كل الرسائل التي أمامه توحي بخصوصية العلاقة التي جمعتهما. يحس بأنها تعرف عنه أكثر مما يعرفه الآخرون، وغيابها الغامض يضاعف شكوكه.

حاول أن يرسم لها صورة معاصرة في مخيلته. صورة فتاة مسلمة تكبر تلك اليهودية التي رآها في الصورة بخمس أو ست سنوات. للحظات، هاله الفارق الزمني بين الماضي والحاضر. مر وقت طويل. طويل بالفعل. فتح عينيه وقد داخله الشك من جديد. كم نسبة احتمال أن تكون في انتظاره اليوم؟ ليس بوسعه الآن سوى الانتظار. سينتظر وصولها من تونس... بالتأكيد ستكون لديها بعض الإجابات.

توقفت نظراته فجأة على كتاب فوق المنضدة القريبة من سريره. لم يكن قد لاحظ وجوده من قبل. كان كتابا مزخرفا بخطوط ذهبية. وقف من مكانه كأنّ مغناطيسا شدّه باتجاهه. لم يقاوم الفضول الذي جعله يمد يده إليه ليقلبه عن قرب. فتح الكتاب على الصفحة الأولى وقرأ:

«بسم الله الرحمن الرحيم، الحمد لله رب العالمين...».

بدت الكلمات غريبة للوهلة الأولى. واصل في حيرة...

«... الرحمن الرحيم، مالك يوم الدين، إياك نعبد وإياك نستعين، اهدنا الصراط المستقيم، صراط الذين أنعمت عليهم، غير المغضوب عليهم ولا الضالين».

كان يقرأ في اندفاع ولهفة. كلما تقدّم في قراءته، تدفقت الكلمات في رأسه في سلاسة. يكاد ينطق بالحروف قبل أن تقع علىها عيناه. تشنجت أصابعه وهو يقبض

على الكتاب بكلتا يديه. أحس بدوار عنيف يداهم عقله وتسارعت أنفاسه المتلاحقة بجنون. عاوده الإحساس الغريب الذي أحسه للمرة الأولى في المنزل الريفي. صور كثيرة أخذت تتدفق في رأسه. تيار قوي من الرموز المتداخلة لم تستطع أعصابه أن تتحمله. تأرجح جسده في ضعف وتشتت. حاول أن يمسك بظهر المقعد، لكن عضلاته كانت قد ارتخت وتبددت طاقتها. لم يستطع أن يحافظ على توازنه، وخر جسده هامدا على الأرض بلا حراك.

*****

رحلة العودة إلى لبنان تقرّرت في وقت وجيز. بعد حديثها مع حسان. لم يتطلب الأمر منها وقتا طويلا حتى تتخذ قرارا. ربما كان أحمد في حاجة إليها فعلا لاسترجاع ذاكرته. ربما كانت قادرة على إثارة مناطق من ذاكرته لم ينجح الآخرون في الوصول إليها، نظرا لخصوصية العلاقة بينهما. لكن سواء استعاد أحمد ذاكرته أم لا، كان عليها أن توضح بضعة أموز بداخلها. كان عليها أن تسافر إليه حتى تحسم أمرها بصفة نهائية... وهذا هو الهدف من رحلتها.

تناولت مفكرتها وهي تجلس في الطائرة. تصفحت الأوراق الأخيرة التي كساها الحبر. ظنت أن كل ما دونته فيها لن يكون سوى ماض بعيد. لكن الأحداث الأخيرة تعيد إليه الحياة من جديد. أخذت قلمها وحاولت أن تكتب. حاولت أن تفرغ كل ما في صدرها على الورق، كما كانت تفعل في الأيام الخوالي. تريد أن تكتب بداية الفصل الأخير من القصة. ربما كانت نهايتها قريبة. بحثت عن الكلمات في رأسها. ياه، كم كان من السهل عليها أن تكتب في الماضي، كأنها تسكب خواطرها سكبا في سلاسة وعفوية. لكنها اليوم تجد صعوبة شديدة في التعبير عما يعتمل في نفسها. لم تعد الشخص ذاته. لم تعد ندى المراهقة الحالمة. لم تعد على نفس القدر من الحساسية والشاعرية. أصبحت شخصيتها أكثر قوة وصلابة. لم تعد تثق في الورق ولم تعد تبثه شكواها.

تركت القلم على المنضدة وسرحت عبر زجاج النافذة. لقد تغيرت كثيرا في السنوات القليلة الماضية. كل المحيطين بها لاحظوا ذلك في مزيج من الإعجاب والدهشة. ملامح ذاتها تغيرت. تجاربها القاسية جعلتها تنضج وتصقل. انتقالها من المراهقة إلى النضج تزامن مع تلك الفترة الصعبة من حياتها. تركت العاطفة جانبا وأفسحت المجال للعقل. تعلقها بأحمد كان بفعل العاطفة... وارتباطها بحسان كان من فعل العقل. حسان لم يخيب أملها لحظة واحدة. وعدها بأن ينتظرها ويساندها حتى تعيد النظام والاستقرار إلى حياتها، وكان عند وعده. غمرها بحنانه وحبه الذي كانت كل تصرفاته تنطق به. لم تحس معه بالوحدة، أو الضياع، أو الهوان... تلك الأحاسيس البغيضة التي لازمتها منذ رحيل أحمد. باختصار، جعلها تعيش من جديد... وهي مدينة له بذلك.

كلما قارنت بين الرجلين، وجدت كفة حسان ترجح. بين حبها الأول وزوج المستقبل، كانت أكثر ثقة في الثاني. صحيح أنها مدينة لأحمد بالكثير... الكثير. مدينة له بأغلى ما تملك، بدينها وإيمانها. لا يمكنها أن تنسى جميله ذاك ما بقي رمق في جسدها. لكن بين حب المراهقة الذي دفنته وقناعة العقل التي تعيش بها كل يوم، فالفرق شاسع. لا يمكنها أن تجزم بأن المشاعر قد اختفت إلى الأبد وتبخرت من قلبها. لكنها لا تملك أن تثق فيها من جديد. ليس بعد الخيبة والعذاب اللذين قاستهما في غيابه. لا يمكنها أن تخاطر لتعيش المغامرة مرة أخرى. كانت مغامرة، نعم. كانت مغامرة حين ارتبط بها وهي يهودية، وهو على الإسلام. واليوم، هي مغامرة جديدة... أن تحاول معه من جديد، وهو مسيحي، وهي على الإسلام. يا للمفارقة بين مغامرتي الأمس واليوم. لقد تحمّلها في السابق... فهل يمكنها أن تتحمله اليوم؟

نفضت عن رأسها تلك الأفكار بقوة. لا يمكنها أن تتحمله. لا يمكنها أن تعطيه بقدر ما أعطاها. لا يمكنها أن تعيش المغامرة من جديد. لسبب واحد... لأنها اليوم خطيبة رجل آخر.

*****

فتح عينيه ببطء. مرت ثوان قليلة قبل أن يستعيد إحساسه ويتعرف على المكان الذي يرقد فيه. كان ممددا على سريره. نظر إلى الوجوه القريبة التي كانت تحدق فيه، ثم ارتسمت على شفتيه ابتسامة شاحبة. مد كفه ليربت ذراع الخالة سعاد التي انحنت في اتجاهه بعينين دامعتين. قال مطمئنا:

- أمي... ما الذي يبكيك؟

شهقت والدته وهي تخفي فمها بكفها. كان يناديها بأمي للمرة الأولى منذ عودته. لكن لم يبد على أحمد أنه قد انتبه لحركتها. وضع يده على رأسه وهو يتمتم في ألم:

- رأسي تؤلمني... ما الذي حصل؟

تبادل والداه نظرات حائرة، في حين هتفت سماح في لهفة وهي تشده من طرف قميصه:

- أحمد... هل تذكرنا؟ هل تذكر من أكون؟

كانت هي من وجده منذ ساعتين فاقدا للوعي على أرضية الغرفة. حمله والده ليضعه على السرير، وعملوا طويلا على إنعاشه حتى استعاد إدراكه. أبعد ذراعها في ضجر وهو يستقيم في جلسته:

- ما هذه الأسئلة السخيفة؟ سماح، ابتعدي عني... لا مزاج عندي لدعاباتك السمجة!

ارتفع صياح الجميع في صوت واحد. كان أحمد من يتكلم! لم يكن جون ولم يكن الشخص المجهول الذي عاش معهم الأيام الأخيرة. كان صوت أحمد، أسلوب أحمد، كلمات أحمد. في لحظات، امتزجت الدموع بهتافات الفرح وعمت الفوضى الغرفة. لكن أحمد لم يكن يفهم شيئا. ظل يحدق فيهم في حيرة، في حين كان ألم غريب في رأسه يلح عليه. حاول أن يسكت ضجيجهم ويتخلص من أحضانهم، لكن محاولاته باءت بالفشل. كأن حالة هيجان مرضيّة حلت بهم. صرخ في ضيق:

- اخرجوا أرجوكم... اتركوني وحدي...

لكن صراخه لم يمنع والدته من مواصلة البكاء ولا والده من النشيج، ولا شقيقته

سماح من الضحك الهستيري. كان متعبا، كأنه قد عاد للتو من رحلة طويلة. أخفى وجهه بين كفيه وأغمض عينيه بشدة. فجأة، ومضت صور في رأسه. ترنح وهو يحس بالدوار يعاوده. ترك جسده يسترخي على السرير ببطء. لم يعد يسمع أصواتهم ولغطهم. للحظات، كانت أصوات داخلية مختلطة تملأ رأسه. قانا، الضيعة، قرية الخيام، ومشاهد أخرى كثيرة. ما الذي حدث؟ كأنه يرى شريط حياته يمر في ذهنه بسرعة البرق... لكن في الوسط، كانت هناك قطعة ناقصة. لم يكن المشهد مكتملا. مهلا... هل كنت فاقدا للذاكرة؟

*****

- حين استيقظت، أحسست بأنني في مكاني الطبيعي... بين أفراد عائلتي. كتاب القرآن، سورة الفاتحة... كان ذلك ما أعادني إلى نفسي! للحظات غاب عني أنني فقدت الذاكرة، كأن تلك الفترة كانت حلما... أو كابوسا واستيقظت منه...

عقد الطبيب ذراعيه أمام صدره وهو يستمع إلى أحمد في اهتمام. هز رأسه مشجعا، فتابع أحمد:

- لكن ذلك لم يدم طويلا... بسرعة عادت تلك الأحداث لتظهر أمامي بصفة مشوشة. كأن عالمين يلتقيان... في نقطة ما. لكن تلك النقطة غير واضحة في ذهني...

- تقصد حادثة فقدانك للذاكرة؟

عقد أحمد حاجبيه في تركيز وهو يقول:

- ليس ذلك فقط... أذكر الآن تقريبا كل شيء عن نفسي، عن عائلتي، قريتي، دراستي... لكن هناك أشياء أخرى لا أذكرها أبدا.

- مثل ماذا؟

أخرج أحمد من حافظته مجموعة من الرسائل، وضعها على المكتب. نظر إليها الطبيب في تساؤل فتابع أحمد:

- هناك فتاة، كانت خطيبتي في السابق... وطوال فترة غيابي كانت تراسلني

باستمرار، رغم أنني لم أرد عليها مرة واحدة. لأنني... لم أكن موجودا. رأيت صورها... صور حفل خطوبتنا. لكنني لا أذكر شيئا عنها بعد! أليس غريبا أن أستعيد ذاكرتي ولا أتذكر موقفا واحدا يجمعني بها؟

قلب الطبيب الرسائل بين أصابعه في اهتمام ثم رفع نظراته إلى أحمد:

- وماذا أيضا؟

- ماذا؟

أصر الطبيب وهو يدقق النظر في وجهه:

- هل هناك أشياء أخرى، أو أشخاص آخرون لا تذكرهم؟ أم أنها الشخص الوحيد الذي مسحت الذكريات التي تخصه؟

فوجئ أحمد بالسؤال. لم يكن قد فكر في الأمر بجدية. حين تيقن من استرجاعه لماضيه، بحث في ذاكرته عن تفاصيل تخصها. كانت رسائلها قد شغلته كثيرا وما زلت تشغله. لذلك لم يفكر في بقية عناصر المشهد. حين عاد إلى بيته، التقى أشخاصا كثرا من ماضيه، لكنه وهو يمعن التفكير الآن، لا يجد لبعضهم صورا في مخيلته. ظهر أمام عينيه وجه محدد، لماذا لا يذكر عنه شيئا؟

نظر إلى الطبيب في حيرة:

- فعلا... هناك أشخاص آخرون لا يمكنني أن أتذكرهم...

تناول الطبيب دفتره، وشرع في الكتابة، وهو يحث أحمد على المواصلة بهزة من رأسه.

- حين التقيت مجموعة من الأصدقاء... كان من بينهم وجوه غريبة. مع أنهم بدوا أقربهم إليّ، إلا أنني لا أذكرهم حتى الآن.

- هل هناك قاسم مشترك بين كل هؤلاء الأشخاص؟

هزّ أحمد كتفيه علامة الجهل التام. أنهى الطبيب تدوينه، ثم طلب منه الاسترخاء في الغرفة الملحقة كالعادة، وطلب من والديه الدخول. بادرته سعاد في لهفة ونفاد صبر:

- بشّرنا يا دكتور... لقد تعافى، أليس كذلك؟

تريث الطبيب لثوان، ثم قال في هدوء:

- من الجيد أنه قد استعاد قسما كبيرا من ذاكرته. تعرف على هويته وعائلته وتفاصيل كثيرة من ماضيه. لكن... أصبحت لديه الآن... ذاكرة انتقائية.

هتف أبو أحمد في دهشة وعدم استيعاب:

- انتقائية؟

- نعم... لا تزال هناك منطقة مظلمة في ماضيه لا يذكر عنها شيئا. أحداث وأشخاص سقطوا من ذاكرته، بما في ذلك الحادثة التي جعلته يفقد الذاكرة.

أطرق للحظات، ثم أضاف وهو يحرك قلمه في الهواء في تفكير:

- قلت في السابق إنه فقد ذاكرته نتيجة اصطدام رأسه بجسم صلب. هذا واضح من آثار الجروح في جمجمته والتي تعود لإصابة قديمة أظنها تتزامن مع فترة اختفائه. لكن إصابة الرأس ليست السبب الوحيد الذي أدى إلى فقدان الذاكرة... وخاصة تكوين الذاكرة الانتقائية.

مال إلى الأمام وهو ينظر في عيون مخاطبيه:

- يبدو أن تلك الإصابة اقترنت بظروف معينة سببت صدمة نفسية أيضا! وهذه الصدمة، تخصّ أيضا أشخاصا في محيطه. هم الأشخاص الذين لم يتمكن من تذكرهم رغم استعادته للذاكرة. عقله يتعمد إخفاء هذه الذكريات ليجنبه الألم... وجاءت إصابة الرأس كحادث فاصل محا تلك الذكريات المؤلمة.

*****

تقدّمت في الشارع بخطوات مرتبكة. كثيرا ما سلكت هذه الطريق في ظروف مختلفة... وقصدت هذا البيت لأسباب مختلفة. في السابق، كانت تأتي يحملها الشوق واللهفة لأصحابه. ثم عرفت المرارة والألم وهي تشاركهم حزنهم على الغائب. كانوا سندها حين تخلى عنها أهلها وأقرب الناس إليها... لكنها اليوم تسير إليهم في اضطراب وتردد. لا تدري كيف ستلقاهم، وقد عاد غائبهم. لا تدري كيف ستلقى هذا العائد... في الزمن بدل الضائع.

كانت على بعد أمتار قليلة من البيت، حين انتبهت إلى السيارة التي تقف على الجانب الآخر من الشارع. ترجل راكبها الوحيد حين لمحها تخطو في اتجاه الباب وانتظر وصولها. كان يعلم بمجيئها اليوم، ولم يستطع أن يحتمل البقاء بعيدا. حاولت أن تبتسم وهي تحييه:

- هل ترافقني إلى الداخل؟

هز حسان رأسه نافيا، وهو يرسم ابتسامة شاحبة يخفي بها قلقه:

- من الأفضل أن تذهبي بمفردك...

ربما كان على حق. همّت بسؤاله عن سبب مجيئه، لكنها ابتلعت كلماتها حتى لا تجرحه. وقوفه هنا دون حول ولا قوة دليل على قلة حيلته. يريد أن يترك لها حرية الاختيار، لكنه لا يستطيع أن يمنع نفسه من القلق والترقب. تبادلا كلمات مبتورة، لا معنى لها قبل خوض اختبار «كشف المشاعر» المقبل. ثم ركب سيارته مجددا وأدار المحرك. تابعت السيارة وهي تبتعد وتنحرف عند الشارع الموالي، ثم أخذت نفسا عميقا قبل أن تقرع جرس الباب.

بعد ثوان قليلة، ظهرت سماح وهي تحمل ريما الصغيرة بين ذراعيها. عانقتها في امتنان، ثم سبقتها إلى الداخل. كان توتر ندى قد بلغ ذروته. لم تعد تستطيع السيطرة على حركة أصابعها المضطربة، أو على ضربات قلبها المرتبكة. هنا، الآن، على بعد أمتار قليلة، سترى أحمد! كم تخيلت هذا الموقف، وكم وقفت أمام مرآتها تردد الكلمات التي ستقولها. أحيانا تصرخ وتعنف، وأحيانا أخرى تضحك وتهنئ بالعودة. لم تدر كيف عليها أن تخاطبه. أربع سنوات ليست بالزمن الهين. أربع سنوات كانت الأكثر ثراء في حياتها من حيث نسق الأحداث والتحولات. أربع سنوات كان خلالها لكل منهما حياته الخاصة وتجربته المختلفة. إن كان طيفه قد لازمها طوال تلك المدة، يلهمها ويشد من عزمها... فطيفها فارقه منذ لحظة اختفائها من أمام عينيه! كيف يمكنها أن تغفر له ذلك؟

كانت قد وصلت أمام غرفة أحمد. توقفت سماح على بعد خطوات. أنزلت ابنتها على الأرض وهمست لها بأن تذهب حذو جدتها، ثم التفتت إلى ندى وأومأت إليها

بالدخول. هزت ندى رأسها وهي تزمّ شفتيها بقوة... وبعد تردد قصير رفعت يدها لتطرق الباب بلطف. جاءها صوته من الداخل يأذن بالدخول. سرت قشعريرة باردة في جسدها وهي تسمع ذلك الصوت. إنه هو! لم يتغير صوته على الأقل... أدارت المقبض ودفعت دفة الباب ببطء، فانفرجت الفتحة ليظهر أمامها الديكور الداخلي للغرفة. كان جالسا إلى مكتبه، وقد ولاها ظهره. وقفت للحظات تتأمل كتفيه العريضتين وشعره الأسود الذي ظهرت شعيرات بيضاء على جانبيه. لم يتغير كثيرا. ربما نحل جذعه بعض الشيء. تابعت أصابعه النحيلة وهي تتحرك ببطء. أحست بالعبرات تتجمع في مقلتيها لتصبح رؤيتها ضبابية. مرت ثوان من الصمت، لم تجرؤ ندى على قطعها.

كان أحمد منغمسا في مطالعة كتاب فقهي وقد ملأت الأوراق والمراجع المساحة أمامه. يسجل ملاحظاته ويدوّن العناصر التي يريد حفظها. مذ عادت إليه ذاكرته الجزئية وهو يحاول استعادة ما فقده من التكوين الديني. نسي الكثير، وغاب عنه الكثير. لكنه كان جادا في رغبته في التدارك. بدا أنه لم ينتبه إلى وجودها وقد أخذه تركيزه إلى عوالم أخرى. أخيرا لاحظ أن الصمت قد طال، فقال دون أن يلتفت إليها:

- سماح... ماذا هناك؟

ماذا هناك؟ ألا يعلم بمجيئها اليوم؟ التفتت إلى الخلف. كانت سماح تقف وراءها. طالعتها بنظرات مستفسرة، لكن سماح دفعتها برفق وتعابير وجهها تحثها على التقدم. هل أرادت أن تحدث لديه صدمة رجعية؟ فليكن. جمعت كل ما لديها من شجاعة، وبحثت في ذاكرتها عن كل الخطب العصماء التي حفظتها دون فائدة. أخيرا تكلمت بصوت أرادت أن يكون ثابتا، لكن ما كان عليه كان شيئا آخر، لتنطق بكلمة واحدة:

- أحمد...

توقفت أصابعه عن تقليب الصفحات. أصغى إلى ذلك الصوت بكل جوارحه وكأنّ شيئا ما في أعمق أعماقه استجاب لتلك النوتة الخاصة التي نطق بها اسمه. ببطء، استدار ليواجهها. للحظات، ظلت عيناه معلقتين بوجهها، يبحث في ذاكرته عن

صورة مطابقة. لكن الصورة الوحيدة التي ظهرت كانت تلك التي رآها في الألبوم... صور حفل الخطبة. وقف في ارتباك، فتناثرت بعض الأوراق على الأرض. لم يدر من أين يبدأ. تسارعت الضربات على جدار صدره. لا شك أنها هي. تقف أمامه الآن.

- هذه أنت؟

دون استئذان، راحت الدموع تسيل على وجنتيها بغزارة، لتغرق عينيها ووجهها وراء الشلالات، وتخفي ملامحه التي لم تملأ عينيها منها بعد. هزت رأسها ببطء علامة الإيجاب. هذه أنا. خيم السكون لثوان إضافية. كان التوتر باديا على كليهما. انحنى ليلتقط الوريقات التي أفلتت منه... ودون أن ينظر إليها، همس:

- مبارك!

تزايد نسق نبضاتها. بم يبارك لها؟ هل علم بخطبتها إلى حسان؟

أضاف موضحا، وهو يرفع وجهه ليطالعها مبتسما:

- مبارك إسلامك... مع أنها تهنئة متأخرة جدا...

عندما سمعت تلك الكلمات، لم تعد تستطيع المقاومة. أخفت وجهها بين كفيها وأجهشت بالبكاء. كم تمنت أن تسمع منه هذه التهنئة يومها. كم تمنت أن يكون أول من تبشره بإسلامها. لكنها سنوات ثلاث أو تزيد مرت قبل أن يصله الخبر. واصل، كأنه يقرأ أفكارها:

- تمنيت أن أكون أول من يسمع الخبر ويشاركك الفرحة به... لكن ما باليد حيلة!

ابتسمت من وراء دموعها. يكفيها أنه يقف أمامها اليوم، سليما معافى، يحدثها مثل الأيام الخوالي. أحمد... هل هذا أنت؟ هل هذا أحمد الذي أعرفه ويعرفني؟ كان السؤال الفاصل يلح عليها. وأخيرا انفرجت شفتاها لتهمس بصوت مختنق بالعبرة:

- هل... تذكرني؟

سكت. بماذا يجيبها؟ رغم أن ذاكرته لم تستجب ولم ترسل إليه صورا جمعتهما في الماضي، إلا أن قلبه تعرف عليها مباشرة. أمضى أياما يعيد قراءة رسائلها، يكاد يستظهرها تلاوة وهو مغمض العينين. أوقات حزنها وفرحها، علامات غضبها وانفعالها، الكلمات التي تستعملها عند خوفها وقلقها، عند تعبها ويأسها... وتلك التي

تعيد بها إلى نفسها الأمل والعزيمة، صار يعرفها كلها! منحته أسرار مزاجها المتقلب. يحسب أنه يعرف كيف يسترضيها حين تعبس، ويرسم الابتسامة على شفتيها. حدثته بتفاصيل يجهلها كل من على هذه الأرض، كان معها في أدق لحظات حياتها... فضفضت إليه كأنها تحادث مرآتها حتى بات يعلم كل خبايا نفسها، حتى المناطق الأظلم منها. أحاط بنقاط قوتها وضعفها، حفظ ردود أفعالها عن ظهر قلب... لعله يستطيع قراءة أفكارها حتى. هل يمكن بعد كل ذلك أن يقول إنه لا يعرفها؟ لكن تلك الذاكرة اللعينة تأبى أن تعيد إليه ألبوماته الضائعة. أطرق للحظات ثم تنهد في أسف:

- ذكرياتي لا تزال مفقودة...

انهارت الآمال التي بنتها في نفسها دفعة واحدة. لم يذكرها. لم يحدث حضورها الصدمة المرجوة ليستعيد ماضيه. تزايدت المرارة في حلقها. لعل وجودها لم يكن بالقيمة التي تخيلتها بالنسبة إليه! تجلد نفسها بأفكارها القاتمة دون رحمة.

لا يمكنه تفسير ما يشعر به في تلك اللحظة. وجودها أمام عينيه له تأثير خاص يختلف عن تأثير كل المحيطين به. أغمض عينيه في إرهاق. ما كان ذلك؟ إحساس غريب تزايد في نفسه وهو يقرأ رسائلها، وتأكد لديه وهو يراها أمام عينيه الآن. لا شك أنه تعلق بها منذ النظرة الأولى... في حياته السابقة. لا شك في ذلك!

لم تخف عليه علامات الخيبة التي ارتسمت على ملامحها. تردد لوهلة قبل أن يسألها:

- هلا حدثتني... كيف التقينا، للمرة الأولى؟

أحست بوخزة في صدرها، وصور ذلك اللقاء تمر برأسها. رغم شديد خيبتها، ابتسمت ومسحت دموعها. مرت بخيالها ابتسامته وهو يسأل عن اسمها للمرة الأولى. وأحست بنفس الشعور اللذيذ الذي غزا صدرها للمرة الأولى، منذ ست سنوات خلت... ترید أن تعرف كيف التقينا؟ إذن تعال... سآخذك في رحلة إلى الماضي...

*****

ابتسمت في إشفاق وهي تطالع السيارة التي توقفت في نفس المكان الذي رأتها فيه منذ ساعتين:

- ظننتك قد رحلت...

أجاب وهو يترجل ويقترب منها بخطوات بطيئة:

- لم أستطع الابتعاد كثيرا. قمت بجولة قصيرة في الجوار ثم عدت لأنتظرك...

لا شك أنه انتظر كثيرا. جاهدت حتى تحافظ على ابتسامتها وهي تقول في اعتذار صادق:

- آسفة لأنني جعلتك تنتظر.

ساد الصمت بينهما لدقائق طويلة. لم يحاول حسان أن يسألها عما نتج عن مقابلتها، رغم القلق الذي يحرق أحشاءه. احترم صمتها بكثير من العناء. كان قد عاهد نفسه على ألا يُسبب لها أدنى ضغط، لكن ذلك لا يبدو سهلا... ليس سهلا أبدا.

لم تكن ندى أقل منه اضطرابا وارتباكا. كانت قد عاشت للتو لحظات عجيبة. لحظات التقت خلالها بماضيها الذي دفنته في أعماقها منذ زمن، واستعادت معها مشاعر وأحاسيس أرهقتها وعذبتها طويلا. لكنها كانت تمثل الهدوء والاتزان. كان عليها أن تبدو كذلك أمامه. رسمت الابتسامة ذاتها على شفتيها والتفتت إليه في ثقة:

- حسان... ما رأيك لو حددنا موعد الزفاف؟

حدق فيها للحظات غير مصدق. همس في اضطراب:

- أعيدي عليّ ما قلت؟

- كنت أقول... ما رأيك في أن نتزوج الشهر المقبل؟ أظنك قد انتهيت من تجهيز الشقة، وكل شيء على ما يرام. أليس كذلك؟

أخذ حسان نفسها عميقا وهو يسألها مجددا:

- هل أنت واثقة من قرارك؟ أقصد... الظروف الحالية مختلفة. كل ما حصل في الفترة الماضية و...

قاطعته وقد التمعت عيناها ببريق الإصرار:

- كل ذلك لا يغيّر شيئا بشأن زواجنا. وأنا مستعدة للزواج في أقرب وقت ممكن.

تنهد حسان وهو يستند على جانب السيارة، ويرفع رأسه إلى السماء في ارتياح. لم يحاول مقاومة عبرات الفرح التي تلألأت في عينيه وهو يهتف في امتنان:

- ندى... لا تعلمين مدى سعادتي بقرارك هذا... أنا أسعد رجل في الدنيا!

ابتسمت كالعادة، تحاول أن تشاركه سعادته، التي تحسب فيها سعادتها أيضا... لكن نبضات قلبها المضطربة كانت تشي بأشياء أخرى. هل اتخذت القرار الصواب؟

*****

دخل إلى البيت مصفرا في نشوة وانشراح. ألقى السلام على والديه وبادر بتقبيل أيديهما ورأسيهما في حب. ثم اتخذ مجلسا إلى جوارهما وابتسامة عريضة تشق وجهه. نظرت إليه والدته في فرح وهتفت:

- أدام الله هذه الابتسامة على وجهك يا ولدي. أراك منذ أيام مهموما مشغول البال... عسى أن يكون ضيقك قد انزاح بلا رجعة.

ضحك حسان وهو يربت كفها في حنان:

- الحمد لله... الحمد لله. أبشري يا أم حسان... قريبا ستفرحين بزواج ابنك الذي طال انتظاره...

رفعت والدته حاجبا في عجب، واتخذت لهجة حادة وهي تحدجه بنظرة جانبية:

- هل وافقت الأميرة أخيرا على تحديد موعد الزفاف؟

ابتسم مخففا وهو يقول:

- لا تظلميها يا أماه... كانت لديها ظروفها، والآن أصبح بإمكاننا تحديد الموعد دون تأخير. بل سيكون ذلك أقرب مما تتصورين...

تدخل والده الذي التزم الصمت إلى تلك اللحظة قائلا في حذر:

- وماذا عن صديقك أحمد؟

امتقع وجه حسان وهو يرد في ارتباك مشوب بعصبية زائدة:

- لا علاقة لأحمد بزواجنا... كل شيء تغير في غيابه، وزواجي بندى أصبح أمرا واقعا، ولا يمكن لأحد غيرنا تقرير مصير علاقتنا.

تنهد والده وهو يقول في تسليم:

- حسن إذن... على بركة الله...

قبّل حسان والديه مجددا، مستدرا مباركتهما، لكن لم يخف عليه قلقهما من هذه الزيجة. حين قرر الارتباط بندى، كانت والدته سعيدة لأنه بدأ يفكر في الاستقرار وبناء عائلة. لكن انتظارها طال مع تردد ندى وتأجيلها المستمر للارتباط الرسمي حتى تستقر ظروفها... ورويدا رويدا، أصاب والديه الملل والفتور، وأخذا يبحثان له عن زوجة أخرى... لم يكونا يدركان أنه يريد ندى لذاتها، ولا يريد زوجة غيرها. انتظرها بكل صبر وسعة صدر، وساندها في كل مراحل جهادها لتستعيد حياتها وتقر عينها بإسلام أفراد عائلتها. والآن، ألا يستحق أن يحقق حلمه ببناء بيت سعيد هو الآخر؟

دخل غرفته وتمدد على السرير. فليحاول أن يستمتع باللحظة الراهنة ولا يترك أية وساوس تفسد عليه فرحة اليوم. سيقوم بتحديد موعد الزفاف، ويُعدّ للعرس الذي تخيله وخطط له مرارا وتكرارا على مدى السنوات الماضية. ستكون ندى أجمل عروس... كما تخيلها منذ زمن بعيد. بعيد جدا...

أغمض عينيه ورحلت أفكاره إلى تلك الأيام القصيّة... كم تمنّى أن يكون إسلامها على يديه وبفضله، لما كان عرف الخوف والقلق وهو يرى الامتنان يملأ خلجاتها كلما تحدثت عن أحمد. كم تمنى أن يكون من يتخذ الخطوة الأولى في اتجاهها... لكن أحمد سبقه وفعل ما لم يقدر هو على فعله. لشد ما يحسده على شجاعته وصلابة موقفه. كيف واجه نظرات عائلته وأصدقائه وكل معارفه المستنكرة وهو يقدم على خطبة فتاة يهودية. أما هو فقد كان ممن حاولوا إثناءه عن عزمه، رغم إعجابه بها... ورغم رغبته في أن يكون مكانه. كان هو أول من تحدث إليها، شدته جرأتها وقوة شخصيتها. لكنه توقف عند ذلك الحد. لم يكن يملك إيمان أحمد وعزيمته. فتركه يشق طريقه إليها، يأخذ بيدها، ويقودها إلى الضفة الأخرى. لكن أحمد لم يكن

هناك، ليقطف ثمار ما زرعه في قلبها... ولم يكن بإمكانه هو أن يفرط في الفرصة مرة أخرى، وقد أصبحت الثمرة ناضجة جذابة أمام عينيه. لا يمكنه أن يتركها الآن...

نهض من مرقده وفتح درج مكتبه السفلي. كانت هناك محفظة قديمة يحتفظ بها منذ سنوات. كانت لا تزال تحوي بطاقاته القديمة، منذ أيام الجامعة، وبعض قصاصات الجرائد التي كان يجمعها. تنقلت أصابعه بينها، ثم أخرج من بين طياتها صورة قديمة متهرئة، لكنها كانت أغلى ما يملك في ذلك الوقت. صورة طريفة لبعض إخوانه المقربين. كان يقف مبتسما رفقة أيهم وأحمد وهم يتعانقون في حماس وود. هي الأخرى تحمل آثار التعذيب الذي ترك بصماته في أنحاء جسده. تمزق جزء منها في أثناء عملية التفتيش القاسية... الجزء الذي يحمل وجه ندى.

*****

كان أحمد يذرع الغرفة جيئة وذهابا في نفاد صبر. كان لقاؤه يوم أمس بندى عجيبا. انفرد بنفسه بعد مغادرتها، وأخذ يسترجع كل كلمة من كلماتها، ويربطها بصور رسمتها في ذهنه رسائلها. كان سعيدا لأنه وجدها... رغم أنه لا يذكرها بعد، إلا أن وجودها في حياته أسبغ عليها ألوانا إضافية. هي تلك الألوان التي يراها بين عينيه الآن وهو يفكر فيها. إنها خطيبته! أليس من حقه أن يفكر فيها؟ لكن تأقلمه كان سريعا بصفة مدهشة. لم تكن موجودة بالأمس... كانت مجرد فكرة، صوّرتها في عقله تلك الرسائل. لكنها سرعان ما اتخذت شكلا حقيقيا ملموسا، وأصبحت واقعا بالنسبة إليه. رغم حداثة هذا الواقع، إلا أنه يجده مألوفا... ومريحا!

تأفف في ملل وهو يلقي بجسده على السرير. لماذا لم تصل بعد؟ قالت إنها ستعود بعد جلسة البارحة. قالت إنها ستحدّثه عن كل شيء بالتفصيل الممل. قضى معها ساعتين كاملتين، حاولت خلالهما أن تسرد على مسامعه مختلف المواقف التي جمعتهما في الماضي. أنصت إليها بانتباه واهتمام. لكن اهتمامه كان منصبا على شخصها أكثر من أية تفاصيل أخرى ترده. يريد وبشدة أن يسترجع ماضيهما

المشترك... لم يكن ينقصه غير ذلك حتى يستعيد نفسه بالكامل. لا شك أنها تحمل كل مفاتيح ذاكرته المفقودة.

كان يطالع الساعة بين الفينة والأخرى، ثم يحاول أن يلهي نفسه بأي شيء. فتح كتبا عديدة، ثم أغلق كلا منها دون أن يفقه حرفا واحدا مما قرأ. ليس في مزاج يسمح له بالتركيز. تأخرها يجعله يفقد السيطرة على أعصابه دون وعي منه. ألن تأتي؟ ماذا لو غيرت رأيها؟ لا يدري لماذا تلح عليه هذه الهواجس. لقد جاءت خصيصا من تونس للقائه. قطعت المسافة كلها حتى قانا لتراه... فما الذي يجعلها تختفي فجأة؟ هدأته هذه الأفكار. لا شك أنها ستصل قريبا... لا داعي لكل هذا القلق. لماذا يدق قلبه بسرعة جنونية؟ لماذا يخشى فقدانها لهذه الدرجة؟ ما الذي يدور في رأسك بالضبط يا أحمد؟

تعالت طرقات خفيفة على باب غرفته، فهب مسرعا وعلى وجهه علامات التحفز. كانت سماح تحمل إليه كأسا من الشاي. فوجئت وهي تراه بتلك العصبية. تراجع خطوتين إلى الوراء ليفسح لها المجال، فتقدمت لتضع الطبق على المكتب، ثم بادرته في تساؤل:

- ما بك يا أحمد؟ لا تبدو طبيعيا...

تنهد وهو يجلس على طرف السرير محاولا الاسترخاء:

- لا شيء... لا شيء... فقط بعض الضغط النفسي...

ثم واصل مبتسما:

- جاء الشاي في الوقت المناسب.

عقدت سماح ذراعيها أمام صدرها وهي تقول في عتاب:

- رأيت أنك لا ترغب في مشاركتنا السمر في غرفة الجلوس، فأحضرت كأسك إلى غرفتك.

ابتسم مترفقا وهو يقول:

- ليس الأمر كذلك... لكنني أردت أن أنفرد بنفسي لبعض الوقت. أحتاج للتفكير في بعض الأمور، قبل أن أستعيد نشاطي بالكامل...

تناهى إلى مسامعهما صوت إغلاق الباب الخارجي، فتنبهت حواس أحمد ولبث للحظات مترقبا. لكن طال انتظاره دون أن يسمع أصوات بعض الزوار في الممر. علقت سماح موضحة:

- هذا أبي قد انصرف إلى جلسته الأسبوعية في مقهى الحي... ألا تذكر؟

هز رأسه في خيبة:

- آه، نعم... صحيح...

تأملته سماح في قلق. بوسعها أن تخمن سبب خيبته وترقبه. طالعت الساعة بدورها. هل تراها تعود اليوم؟ تنهدت بصوت مسموع، ثم اتجهت إلى باب الغرفة:

- صوت الأمومة يناديني، عليّ أن أهتم بصغيرتي بعض الشيء. فلست وحدك من يحتاج الرعاية...

قالت ذلك متصنعة المرح، ثم ابتسمت متابعة:

- سأكون في الجوار إن احتجتني...

تابعها بابتسامة ممتنة. ثم استلقى مجددا على السرير... يقتله الملل...

*****

هل كان عليها أن تذهب إليه اليوم؟ جلست على عتبة الباب الداخلي تطالع الممر المفروش بالحصى الذي يفصلها عن بوابة الحديقة. منذ ست سنوات، رأته هناك عند بابها، للمرة الأولى... ثم ودعته وهي لا ترجو لقاءً جديدا. كانت تعيش تلك اللحظات من جديد وهي تحدثه بكل تفاصيلها طوال جلسة الأمس. كانت تعيشها حقا... خفقات قلبها، العبرات في عينيها، الحمرة في وجنتيها، ارتجاف أناملها، كلها كانت تنطق بحياة تلك الذكريات فيها. حلقت معه عبر أحداث الماضي لمدة ساعتين. لمدة ساعتين نسيت نفسها، نسيت حاضرها، نسيت كل شيء يرتبط بواقعها... لكن ريحا قوية صفعتها وهزتها من الأعماق، حين رأت حسان يقف في الخارج... ينتظرها. انتظرها طويلا، وما زال. ألم يئن لانتظاره أن ينتهي؟

كانت قد وعدت أحمد بالعودة اليوم، لتواصل معه الرحلة عبر محطات ماضيهما المشترك. لكنها مذ غادرت منزله البارحة وهي في صراع نفسي مستمر. ما كانت تلك الأحاسيس التي غمرتها وهي تحدث أحمد؟ ألم تكن خيانة؟ آلمتها الكلمة مجددا. أحمد وكل الذكريات التي جمعتها به يجب أن تبقى جزءا من الماضي. سيكون كل شيء على ما يرام طالما تحبسها في ركن بعيد، بعيدا عن الشرايين التي تضخ الدماء لقلبها... لكن أن تعيش نفس الأحاسيس من جديد، فذلك الخطأ عينه. حاولت بعض الأفكار أن تسيطر على عقلها الواعي: إنها تقوم بعمل نبيل، تحاول مساعدته على استرجاع ذاكرته! حين قررت السفر إليه، كانت تظنه فاقدا للذاكرة تماما. لكنها اكتشفت حال وصولها أن وضعه تطور واسترجع قسما كبيرا من ذكرياته. كل ما يفقده الآن هو الذكريات التي تخصها هي... لسبب تجهله. لكن أليس من الأفضل أن ينساها تماما وإلى الأبد؟ ماذا يفيده تذكرها؟ أليس من الأولى أن تساعده على بناء حياة جديدة لا وجود لندى فيها... لأنها ببساطة لم تعد فيها.

تنهدت في حرقة. يكفي إلى هذا الحد. عليها أن تتراجع قبل أن تسقط في هوة لا قرار لها، وتفقد أغلى ما تملك... احترامها لنفسها. كانت الشمس قد مالت للمغيب منذ دقائق، واكتست السماء حمرة خفيفة تمهّد للسواد القادم. ياه، أخذتها أفكارها وسهت عن صلاة المغرب. وقفت من مجلسها وسارت بخطوات وئيدة باتجاه غرفتها المظلمة. بدا المنزل كئيبا في غياب ساكنيه. من الغد ستتصل بوالدتها لتعلمها بقرارها بتعجيل الزواج. ثم ستهتم بكل الترتيبات اللازمة... ستشغل نفسها بالتخطيط لحياتها المستقبلية، ولن تفكر مجددا في أحمد.

قاطع أفكارها رنين الهاتف في الصالة. من يكون المتصل في مثل هذا الوقت؟ ربما كانت سونيا تريد الاطمئنان لحالها في وحدتها. فوجئت حين وصلها صوت سماح المتردد:

- كيف حالك؟

كان عليها أن تتوقع اتصالها. غيابها دون تبرير سيجعلهم يقلقون بالتأكيد.

- كان عليّ أن أتصل وأعتذر...

- لا بأس، المهم أنك بخير...

حاولت أن تكون أكثر وضوحا:

- اعتذاري لا يخص زيارة اليوم فقط... لم يعد بإمكاني أن ألتقي أخاك مجددا.

لم تستطع أن تنطق اسمه. بادرت سماح بسرعة:

- هل انزعج حسان من زيارتك البارحة؟ لمحت سيارته في شارعنا...

قاطعتها ندى مؤكدة:

- لا علاقة لحسان بالأمر... القرار نابع مني أنا. لقد فكرت كثيرا، ووجدت أنه لا
فائدة من المحاولة...

قالت سماح بسرعة:

- بالعكس! أحمد استجاب بصفة كبيرة لجلسة البارحة، ولبث ينتظرك طوال
النهار...

عصرت عينيها بقوة لتمنع العبرات من التسلل. هذا ما كانت تخشاه.

- سماح، ما قصدته هو أنه لا فائدة من استرجاعه للذكريات التي تخصني! لا
حاجة له لوجودي بعد الآن. من الأفضل لكلينا أن ننسى الماضي الذي جمعنا، لأن
علينا تخطيه بعد شهر واحد من الآن!

ساد الصمت لبضع ثوان، ريثما استوعبت سماح كلماتها. تمتمت في عدم
تصديق:

- ستتزوجين؟

لم يكن الخبر جديدا عليها. خطبتها طالت، والزواج كان واردا بين لحظة وأخرى.
لكنها كانت تأمل في انقلاب الموازين. لطالما رأتها كخطيبة أخيها، حتى بعد اختفائه.
كانت من شجّعها على قبول الارتباط بحسان، وساندتها حتى تتجاوز ألم فقدان
أحمد وتبدأ مشوارا جديدا... وليست نادمة على ذلك. لكن وهي ترى اليوم اللهفة
والترقب على وجه أخيها، وهي تلمس التأثر في صوت ندى، راودها أمل بأن تعود
الأمور مثل السابق... بأن تعود ندى إلى أحمد وأحمد إلى ندى.

- نعم، قررنا إتمام الزواج الشهر المقبل...

همست في محاولة يائسة:

- ماذا أقول لأحمد؟ إنه لا يزال ينتظرك...

أجابت في صرامة مصطنعة:

- قولي إنني سافرت... على أية حال، سأعود بعد يومين إلى تونس...

قررت السفر فجأة. خافت إن هي بقيت هناك، قريبة منه، أن تضعف وتهدم كل ما بنته من حدود بينهما. وضعت السماعة وتنهدت بقوة. الصلاة، الصلاة قبل أن تفوت. حثت الخطى إلى غرفتها وكل خلاياها تهتف بصوت واحد، ضعيف، مختنق... يا رب.

*****

- ماذا بعد لقائك بها؟ هل تذكرت شيئا؟

- لست أدري يا دكتور... بعد أن رأيت صورها، ثم بعد أن التقيتها، أصبحت أرى صورا لها في ذهني... لست أدري إن كانت ذكريات أو مزيجا من خيالات ناتجة عما قرأته من رسائلها، وما روته لي من أحداث جمعتنا...

- هل من شيء يميز هذه الصور؟ هل تجد لها صدى معينا في نفسك؟

ركز أحمد للحظات محاولا التذكر. وبعد صمت قصير تكلم ببطء، كأنه يصف مشهدا يراه أمام عينيه:

- في الصور التي أراها، شكلها يختلف عن صور حفل الخطبة -وهي الصور الوحيدة التي رأيتها لها- ترتدي ملابس عادية، تختلف عن الملابس التي ترتديها اليوم. أقصد أنها ملابس تخص اليهود أكثر من المسلمين، مع أنها تغطي رأسها أيضا... تردد لثوان قبل أن يستطرد:

- هناك صورة محددة، أجدها تعاودني بكثرة... أراها مبتسمة... وأرى خلفية مخضرة، كأنها تقف في الضيعة... قرب المنزل الريفي...

- ربما ترى تلك الخلفية لأن ظهورها في حياتك ارتبط بالضيعة... رسائلها كانت

٣٥٦

هناك...

لكن أحمد تابع في إصرار:

- الغريب في الأمر هو أن الصورة تظهر في ذهني ثابتة. ليست ذكريات بالمعنى الصحيح، ولا تهيؤات... فكلها في الغالب ترتبط بأحداث، حركات، أصوات... لكن هذه الصورة، لا حياة فيها... كأنها صورة شمسية!

رفع الطبيب رأسه إليه في اهتمام، بعد أن دوّن كل كلمة قالها:

- ماذا أيضا؟ هل ترى أي شيء آخر؟

- بقية الصور متداخلة وغير واضحة الملامح... من العجيب أنني لا أجد صعوبة في وصف هذه الصورة بمنتهى الدقة! ما رأيك يا دكتور؟

ابتسم الطبيب مطمئنا:

- لا يمكننا الجزم بعد... لكن التطور يبشر بكل خير. والآن، هلا استرحت قليلا ريثما أتحدث إلى والديك؟

نهض أحمد متثاقلا، وتمدد على السرير كالعادة. لم يكن مزاجه جيدا اليوم. مستاء وعصبي. لولا حاجته لاسترجاع ذكرياته المفقودة لما كلف نفسه عناء المجيء إلى جلسة العلاج هذه... ربما يمكن للطبيب أن يساعده في ظل غياب ندى المفاجئ. لماذا لم تأت؟ لماذا لم تأت؟ سؤال يلح عليه منذ البارحة. لماذا أخلفت بوعدها وتركته ينتظر؟ هل غيرت رأيها لأنه لم يتمكن من تذكرها؟ هل تراجعت بمثل هذه السهولة؟ ربما لم تجده كما توقعت... ربما تغير في نظرها بعد طول الغياب. ربما لم تجد في نفسها المشاعر القديمة فآثرت الانسحاب. ربما، ربما، ربما... لا يملك إلا تعديد الاحتمالات وتخيل الخيارات. لم ينجح في إيقاف أفكاره تلك وصنع الفراغ التام في رأسه كما طلب منه الطبيب. حاول تنفيذ خطة التنفس المحكم، لكنه كان يخطئ في العد بسهولة، ويشرد نحو آفاق أخرى...

في الغرفة المجاورة، طلب الطبيب دخول والديه ليحادثهما على انفراد. بادره أبو أحمد بسرعة:

- طمئننا... كيف حاله يا دكتور؟

ابتسم الطبيب وهو يقول في ارتياح:

- صحته العقلية والنفسية على أحسن ما يرام، فقد تأكد لدي أنه استرجع هويته وكل مداركه ولا خوف عليه بعد الآن... حتى القسم المفقود من ذكرياته، فيمكنه أن يعيش حياة طبيعية دون أن يشكل ذلك خللا في نشاطاته وعلاقاته بصفة عامة... عدا الأشخاص القليلين الذين سقطوا من ذاكرته.

سألته الخالة سعاد:

- وماذا عن الصدمة النفسية التي تعرّض لها؟

تنهد الطبيب وهو يضيف شارحا:

- سأكون صريحا معكم... اكتشاف أسباب الصدمة وملابساتها قد يكون مصدر ألم كبير بالنسبة إليه. لكنه في نفس الوقت سيمكنه من تجاوزها تدريجيا بوعي كامل، ومن التعامل بصفة مناسبة مع كل العوامل المرتبطة بها... لذلك فمن المهم أن ينكشف الحجاب عن هذه الحادثة، وأرى أنه متشبث بتذكر كل شيء، ومجيئه اليوم هو دليل قاطع على رغبته هذه...

تدخل أبو أحمد في قلق:

- وماذا لو صدم مرة أخرى حين يتذكر ما حصل معه مهما كان؟ هل سيفقد الذاكرة مجددا؟

قال الطبيب مطمئنا:

- سبق لأحمد أن فقد الذاكرة جراء حادثة معينة... بمعنى أن عقله اللاواعي سبق له وأن تعامل معها، فجعلها تختفي من وعيه وامتص معها كل الذاكرة. لذلك فإن الكشف عن هذه الحادثة لن يؤثر في لاوعيه هذه المرة، بل سيتم إيصالها مباشرة إلى العقل الواعي... ونتائجها، مهما بلغت من الألم، لن تصل إلى فقدان الذاكرة مرة أخرى.

أردف بعد صمت قصير:

- والآن، أخبراني... هل سبق لخطيبته أن ذهبت إلى الضيعة؟

أجابت الخالة سعاد:

- نعم، عدة مرات... كنا نجتمع هناك بضع مرات في السنة، مع عدد من أفراد العائلة والأصدقاء... وكانت ندى وعائلتها من المدعوين في كل مرة...

- طيب، وهل كنتم تلتقطون صورا في هذه اللقاءات؟ هل تحتفظون ببعض التذكارات عنها؟

فكرت للحظات في شك:

- لا أعتقد. ليس على حد علمي...

قاطعها أبو أحمد مذكرا:

- نعم، في إحدى المرات، أحضر صديق أحمد، حسان، آلة تصوير قديمة... والتقط بعض الصور مع الأولاد...

شجعه الطبيب في اهتمام:

- هل كانت ندى تظهر في إحدى هذه الصور؟ هل تحتفظون ببعضها؟

- لا أعتقد. لم أر أيا منها على أية حال. بعد ذلك بفترة وجيزة وقع حسان في الأسر. ولم أسمع أحدا يذكر تلك الصور منذ ذلك الحين...

- حسن، إن توصلتم إلى شيء بشأنها فلا تترددوا في إعلامي...

*****

كانت تجمع حاجياتها في ملل وتثاقل. لم تدم إقامتها في قانا سوى يومين اثنين، وها هي ستسافر مرة أخرى. اتصل بها حسان منذ قليل وأعلمته بما عزمت عليه. بدا متفاجئا من رغبتها في السفر. كان يريد الحديث في تفاصيل الاستعدادات للحفل، لكنها طلبت منه أن يؤجل كل التحضيرات ريثما تعود من تونس رفقة والدتها.

لم يكن لديها الكثير من الأغراض لتجمعها، فشغلت نفسها بمسح الغبار عن أثاث البيت وترتيب المفارش... تفعل أي شيء حتى لا تنفرد بها أفكارها المتمردة. لم تجد حجزا لليوم، لذلك عليها انتظار رحلة الغد. ولشد ما يرهقها الانتظار. ارتفع رنين الهاتف مرة أخرى. سارت إليه بلا رغبة وتناولت السماعة. لكن ما إن جاءها

٣٥٩

الصوت المليء بالحيوية من الطرف الآخر، حتى هتفت في سعادة:

- سارا! غير معقــول!!

كم كانت سعيدة بسماع صوت تلك الفتاة التي غدت من أحب الأشخاص إلى قلبها.

- كيف حياتك في أمريكا؟ حدثيني بكل التفاصيل...

استمعت إليها وهي تقص عليها طرائف متنوعة عن حياتها الجديدة. كانت في حاجة لاستعارة بعض حماسها لتعوض الفتور الذي غلب عليها في الأيام الماضية. بادرتها سارا في فضول:

- وأنت؟ ما جديدك؟

ابتسمت وحاولت أن تبث الخبر بشيء من الفرح:

- سأتزوج الشهر المقبل!

تعالى صراخ سارا من الجانب الآخر وهي تقول في سعادة:

- مبـارك عزيزتي... تهاني القلبية!

- شكرا لك...

تمنت لو تسري إليها عدوى السعادة، لكن البرود الذي أحسته جعلها تختنق، فخرجت عبارات شكرها فاترة بلا روح. ساد صمت قصير قبل أن تسألها سارا في قلق:

- ما الأمر يا ندى؟ لا تبدين سعيدة بزواجك؟ هل اختلفت مع عائلة حسان بشأن تفاصيل الحفل؟

لم يعد بإمكانها أن تتوارى خلف ابتسامة مصطنعة وسعادة مختلقة. ترددت قليلا. هل تحدثها بكل شيء؟ ربما كانت بحاجة إلى مشورة شخص ما. إلى نصيحة قد تساعدها على اتخاذ قرارها. لكن سارا فتاة صغيرة. صغيرة السن ربما، لكنها ناضجة بما فيه الكفاية لتستمع إليها. قد لا تفيدها كثيرا، لكنها بفضفضتها ستخفف من الحمل الذي يرزح تحته صدرها.

قالت بصوت مرتجف:

- تذكرين الشخص الذي حدثتك عنه؟ الشاب الذي اختفى خلال أحداث التحرير سنة ألفين...

- خطيبك السابق؟

- نعم...

ثم أضافت في توتر:

- لقد عاد...

شهقت سارا من الدهشة، لكنها لم تعلق. تركتها تواصل حتى يكتمل فهمها لما يحصل.

- لكنه عاد فاقدا للذاكرة... أقصد كان فاقدا للذاكرة كليا، لكنه الآن استرجع جل ذكرياته... ما عدا تلك التي تخصني...

أصغت إليها سارا في اهتمام ودهشة متزايدين، ثم همست في تفهم:

- لا شك أن ذلك آلمك...

اعترفت ندى دون مواربة:

- كثيرا... ورغم ذلك فإنني أفكر فيه كثيرا مؤخرا... لا أستطيع تناسي وجوده، حتى إن كان لا يذكرني...

تركت تنهيدة طويلة تخرج من صدرها وتحمل معها أكواما من الآهات.

قالت سارا في حزم:

- ندى عزيزتي... إن كنت قد قررت الزواج، فيجب أن تكوني سعيدة بقرارك. هذا مستقبلك، وهذا مشروع حياتك. لا تتهاوني بشأنه. إن كنت ترين من الأفضل نسيان خطيبك السابق والمواصلة مع حسان، فكوني سعيدة بذلك. إن لم تجدي السعادة في هذا القرار، فذلك يعني أنه القرار الخطأ! ربما ليس قرارا خاطئا بالكلية، لكنه ليس مناسبا لك في الوقت الحالي. أعطي نفسك المزيد من الوقت، حتى تتأكدي من الطريق التي فيها سعادتك. لا تتسرعي في القرار لمجرد الهرب...

قاطعتها في اضطراب:

- لكن حسان ينتظرني منذ زمن طويل... ليس من العدل أن أتركه ينتظر أكثر،

بدعوى أنني لم أعد متأكدة من قرار الارتباط! لو رأيت مدى سعادته حين وافقت على طلبه...

- صدقيني، سيشكرك أكثر إن رحمته من هذا الزواج المبني على مشاعر المسؤولية والواجب أكثر منها على الاقتناع والحب. هل سيكون سعيدا بعد شهر أو شهرين من الزواج، حين يجد أنك لا تزالين تنظرين إلى الخلف وتتحسرين على قرار تسرعت في اتخاذه؟ لن يكون أحدكما سعيدا بذلك!

صمتت ندى متفكرة. سارا، أنت على حق. لكنني لا أستطيع اتخاذ مثل هذا القرار. لا يمكنني أن أخذل الشخص الذي وقف معي كل هذا الوقت. كيف سأواجهه وأواجه نفسي؟

واصلت سارا محاولة إقناعها:

- لا تفكري في النتائج الفورية... انظري إلى المدى البعيد. إنه مستقبل حياة، ولا مكان فيه لقرار وليد اللحظة. اهتمي أكثر بالتخطيط لسعادتك.

تمتمت في تلعثم:

- لكن... لكن أحمد لا يذكرني حتى!

- أنا لم أقل تزوجي أحمد. قلت تريثي! انتظري استقرار حالتك وحالته. ربما تذكرك بعد أيام قليلة... وربما وجدت نفسك مع مرور الأيام أكثر اقتناعا بحسان. فأحمد قد يكون تغير أيضا في السنوات الماضية ولم يعد الشخص الذي يناسبك... ألست أنت من علّمني الاستخارة؟ استخيري الله في أمرك، وسييسر لك الخير إن شاء الله...

أحست بارتياح غريب وهي تنهي المكالمة. تلك الفتاة الصغيرة تدهشها بحكمتها في كل مرة. كيف سهت عن صلاة الاستخارة؟ صلت ركعتين، ودعت بقلب خاشع. سألت الله أن يبين لها الطريق الصواب. ثم غفت على سجادتها، وفي نفسها أمل وليد.

*****

جلس أحمد إلى مكتبه، وقد وضع أمامه كل ألبومات الصور التي وجدها في البيت. حديثه مع الطبيب جعله يميل إلى فرضية الصورة الشمسية. أخذ يبحث بتأن في كل صور العائلة عن وجهها. لكنه كان واثقا من غيابها فيها حين ألقى نظرة في المرة الأولى. الصور الوحيدة لها كانت صور حفل الخطبة... فأين رأى تلك الصورة التي تظهر في رأسه، أين؟ توقف عند صورة جمعته بعدد من أصدقاء الجامعة. أصبح بإمكانه الآن أن يذكر أسماءهم واحدا واحدا بسهولة ويسر. حاول أن يرسم حدثا أو مشهدا على كل وجه، ليتأكد من أنه يذكره جيدا... كان تمرينا جيدا لذاكرته، استغرق فيه لبعض الوقت.

تمهل وهو يمر بوجه مألوف. حاول أن يتذكر موقفا جمعه به، لكن الموقف الأقدم الذي يتبادر إلى ذهنه هو المجلس الذي جمعه بعدد من رفاقه بعد عودته من الخيام. عقد حاجبيه في تفكير. حسان... كان يتردد عليه كثيرا في الأيام الماضية. تصرفاته توحي بأن العلاقة التي جمعتهما في الماضي كانت متينة... فلماذا لا يذكر شيئا عنه؟ عقد حاجبيه في تفكير... لماذا لا يذكر شيئا عن هذين الشخصين الذين كانا حاضرين جدا في ماضيه؟ ندى... وحسان. راوده إحساس غريب، فوقف من فوره وتوجه إلى غرفة سماح.

كان بابها مفتوحا. رآها منكبة على جمع حقائبها. رمقها باستنكار وتساءل:

- ماذا تفعلين؟

ابتسمت وهي تقطع حركتها لتواجهه:

- أعود إلى بيت زوجي. أم تراك نسيت أنني تزوجت؟ يكفي ما أهملت المسكين لأهتم برعايتك. والآن، بما أنك تعافيت كما يقول الطبيب، فعلي أن أنظر في بقية مسؤولياتي...

ابتسم متفهما. رأى صور زفافها ضمن صور العائلة. لم يحضر هذا الحدث السعيد. لكنه لا يلومها لأنها لم تنتظر عودته... لم تكن أكيدة على أية حال. قال وقد تذكر ما جاء من أجله:

- كنت أريد أن أسألك...

قاطعته في ألم:

- عن ندى... أليس كذلك؟

بدا أن لديها ما تحدثه به، لذلك تركها تواصل في اهتمام. كانت قد أجلت حديثها على قدر المستطاع، ريثما تجد الكلمات المناسبة لتفسر بها وضعية ندى الجديدة التي يجهلها.

- عزيزي... في غيابك حصلت أشياء كثيرة. وتلك هي سنة الحياة. وندى أيضا تغيرت أشياء كثيرة في حياتها. لا شك أنك قد قرأت في رسائلها عما عانته من عائلتها بعد إسلامها. عن طردها وتشردها، ثم رحيلها إلى تونس عند بعض أقاربها... كانت فترة صعبة. كلنا وقفنا إلى جانبها وساندناها، لكننا لم نكن عائلتها... وهي كانت في حاجة إلى عائلة تحميها...

أنصت إليها في انتباه وترقب، ودقات قلبه تتسارع مع كلماتها. واصلت:

- في ذلك الوقت، تقدم إليها شاب مسلم على خلق... كان يريد أن يحميها ويحتويها حتى لا تضطر إلى الارتداد عن دينها...

قاطعها بصوت مفجوع:

- تزوجت؟

- ليس بعد... لكنها ارتبطت بهذا الشاب منذ زمن، وقد تقرر تاريخ زواجهما. لذلك فإنها ترجو منك أن تنسى ما عرفته عنها، ولا تحاول أن تتذكر علاقتكما الماضية... فذلك سيكون أفضل لكليكما...

همس بصوت متقطع، ارتجفت منه أوصال سماح:

- من يكون زوجها؟

تمتمت في وجل:

- حسان...

هل كان يتوقع ذلك الاسم؟ شيء ما بداخله كان يعرف الحقيقة. ومضت تلك الصورة في رأسه من جديد. صورة شمسية تحمل وجهها. ورن اسمه في مخيلته في

نفس الوقت... حسان... حسان... اختلط الصراخ بضحكات غريبة. مكان مقفر، أشخاص يركضون في جميع الاتجاهات. غبار متعال، وشخص يقف أمامه وبيده الصورة. مزيج غريب من المشاهد المتداخلة. ندى... وحسان. حسان. وندى. أحس بصداع شديد يداهمه. أغمض عينيه وهو يحس بدوار مصحوب بغثيان. ركض إلى دورة المياه ليتقيأ. كان صوت سماح يتبعه عن قرب. يسمع هتافها:

- أحمد... أنت بخير؟ أحمد أجبني!

تنفّس بعمق بعد أن استفرغ. يحس بإجهاد بدني شديد. متعب. متعب من رحلته الطويلة تلك.

*****

الناس يركضون في جميع الاتجاهات بلا تمييز. يتدافعون ويتعثر بعضهم ببعض، ومن حين لآخر يأخذهم الحماس فتعلو الهتافات: الله أكبر... الله أكبر...

شق أحمد طريقه عبر الأمواج البشرية المتلاطمة وهو يصرخ ملء صوته:

- حسان... حسان، أين أنت؟

كان صوته يضيع وسط الضوضاء العامة، ليصبح واحدا من مئات النداءات التي يبتلعها الزحام. لكنه كان مصمما على إيجاد صديقه ورفيق عمره. لا شك أنه هنا في هذه الساحة، بين المعتقلين الذين تم الإفراج عنهم بعد تحطيم أبواب المعتقل. بحث عن وجوه يعرفها... قد يكون أحد الرفاق قد وصل إليه قبله. افترق عنهم حال وصوله إلى التجمع الكبير أسفل التلة. أعداد كبيرة من البشر كانت تعسكر هناك، ولم يكن من السهل الحفاظ على الصفوف منظمة.

كان يسير على غير وجهة، يحاول إيجاد طريق إلى بوابة السجن الرئيسية. وبعد طول مشقة، تمكن من العبور ليصل إلى باحة المعتقل. كانت الأبواب جميعها محطمة وقد اشتعلت النيران في بعض الزنازين الخالية. لم يبق الكثيرون بالداخل، فالأحداث المهمة كانت في الخارج، حيث أحيط كل محرر بأحبابه بعد طول غياب.

كان هناك بعض الفضوليين الذين لم يكن لديهم اهتمام شخصي بلقاء السجناء السابقين، بقدر ما شغفوا باكتشاف داخل غرف السجن التي فتحت للمرة الأولى للعموم. انهمك بعضهم في البحث عن أشياء ذات قيمة، قد يكون خلفها حراس السجن أو المعتقلون خلفهم.

رأى مجموعة من الشباب يقفون على مقربة من القسم الإداري، فاقترب منهم عله يجد عندهم بعض الإجابات. كانت أصواتهم تزداد وضوحا مع كل خطوة يتقدمها.

- أليست جميلة؟

- بلى... مليحة...

- أين وجدتها؟

- كانت مع أحد المساجين، لا يتركها أبدا، يطالعها آناء الليل وأطراف النهار... لا شك أنه فقدها أثناء فراره.

ضحك آخر وهو يتقدم ليلقي نظرة على الصورة التي اجتمعوا حولها.

- لا حاجة له في الصورة، ما دام سيعود ليجد الأصل ينتظره!

علق آخر مشككا:

- لكنها يهودية، ألا ترى غطاء رأسها؟

قال الأول في استهانة:

- قد تكون حبيبته أو خليلته... وفي ذلك لا تختلف اليهودية عن غيرها من النساء... لو رأيته كيف يطالعها! أقسم أنه واقع في غرامها حتى النخاع!

سأله أحدهم مستنكرا:

- بالله عليكم، كيف يلتقي حب النساء بالجهاد في سبيل الله؟ هل أنت متأكد من أنه من مساجين المقاومة؟

أطلق آخر صفيرا طويلا ثم تكلم بثقة:

- اسمع... هناك من يقاوم لإيمان في قلبه، وهناك من يندفع سأما من حياته. سلني أنا، أعرف الكثيرين من الصنف الثاني. ثم يا أخي، المقاومة شيء والعاطفة

شيء آخر! ليسوا ملائكة! الرجل منا يقاتل في ساحة المعركة بقلب من حديد. لكن حين يعود إلى دياره، يعيش حياته! ثم، ألا تدري ما الذي تفعله الوحدة في السجن بالشباب؟ إنها خير مذك للغرائز الحيوانية، وفي ذلك لا يختلف الزاهد والفاسق!

كان أحمد قد اقترب منهم بقدر كاف. كان يستمع إلى كل كلمة يقولونها في انتباه وقد أثار فضوله حديثهم عن الفتاة اليهودية. كان يحسب نفسه المسلم الوحيد الذي تعلق بفتاة يهودية، لذلك شدّته القصة. أراد أن يلقي نظرة على الصورة... لا يدري لماذا ساورته رغبة في رؤية وجهها. ربما ليتأكد من خطأ الإحساس الغريب بالخطر الذي راوده في تلك اللحظة. يتثبت من كونها فتاة أخرى، مختلفة.

لكن نظرة واحدة، كانت كافية لتفقده صوابه. ما إن وقع بصره على الصورة، حتى أظلمت الدنيا أمام عينيه. لم تكن الفتاة التي على صورة غريبة عنه. نعم، كان يعرفها جيدا... أكثر مما كان يتوقع. كانت صورة ندى نفسها... صورة خطيبته ندى. كيف وصلت إلى أيديهم؟ ما الذي جاء بصورتها إلى هذا المكان؟ ومن ذا السجين الذي يتحدثون عنه؟ ما علاقته بندى؟ كانت في رأسه إجابة واحدة، لم يكن هناك احتمال آخر... انقض على الصورة ليخلصها من بين أيديهم ثم هجم على الرجل الذي رآه يقود الحديث وقد سيطر عليه الغضب وغيّب عقله. شده من ياقة قميصه بقسوة وهو يصرخ بصوت هادر، وعيناه تطلقان شرار مخيفا:

- من أين جئت بها؟ تكلم الآن؟ كيف وصلت إليك الصورة؟

تدخل الآخرون الذين فوجئوا بظهوره ليخلصوا رفيقهم من براثنه بسرعة. تراجع أحمد إلى الخلف وهو يلهث بشدة وكل خلاياه تفور من الغضب. تكلم الرجل بعد تردد:

- اسمع يا هذا... لا علاقة لي بالصورة... ووجدتها على الأرض بعد رحيل الجميع...

صرخ فيه في نفاد صبر:

- ما اسمه؟ ما اسم ذاك السجين؟ تكلم!

تلفت الرجل حوله في توتر وهو يحس بالتهديد في صوت أحمد، ثم قال في تلعثم:

- لست أدري... لا أذكر...

٣٦٧

لكن أحمد كان منهارا، كان اسم واحد يتردد في ذهنه طوال الوقت، وكانت تلك الأفكار ترهقه، تدمره... حاول أن يتهجم على الرجل من جديد وهو يصرخ في اختناق:

- تكلم... تكلم...

لكن الشباب الحاضرين كبلوه وأبعدوه عن رفيقهم. وجد نفسه على الأرض، خائر القوى. تحامل على نفسه بصعوبة. رآهم يبتعدون، يفرون، حتى تلاشوا في الزحام. كان قد استفرغ كل طاقته، فلم يعد قادرا على الوقوف من وقع الصدمة. استند إلى الجدار القريب، وخطا بجهد وهو يلهث. زاغت عيناه وهو يمد بصره باتجاه الجموع التي تموج في الخارج. لا شك أنه هناك، بينهم. منذ قليل، كان يبحث عن رفيق عمره الذي اشتاق إلى رؤياه... لكنه الآن يبحث عن غريمه ليقتص منه. خرج صوته مبحوحا وهو ينادي من جديد:

- حسان... أين أنت؟ اظهر أيها الجبان!

سار في جميع الاتجاهات، يجرّ قدميه جرا. أصبحت الوجوه تظهر أمامه ضبابية غير واضحة المعالم. تراقصت الصور أمام عينيه واختلطت الأصوات الخارجية بالأصوات التي تصرخ بداخله وتملأ رأسه. لم يدر كم تواصل تنقله العشوائي بلا هدف، لكن قدمه زلت فجأة أم تراها الأمواج البشرية دفعت به؟ لا يدري. لكنه شعر بالعالم يتداعى من حوله مع توقف إحساسه بالأرض الصلبة تحت قدميه، وتهاوى جسده عبر المنحدر الزلق إلى الهاوية. ارتطم جسده بالحجارة وتعفرت ثيابه بالأتربة مع تدحرجه إلى السفح البعيد. لا يدري كم دام ذلك الإحساس المقيت الدامي بالعجز، وقد فقد كل سيطرة على جوارحه التي غمرتها الرضوض والكدمات. حين سكن جسده أخيرا بلا حراك، كانت ضوضاء البشر قد أصبحت على بعد أميال كثيرة منه.

*****

فتح عينيه وهو يلهث. حبات العرق تغطي وجهه وتغرق جسده الذي عاد إحساسه به للتو. تلفت حوله في اضطراب. كان يتمدد على سريره، في غرفته. لا يزال يتنفس بصعوبة. سالت الدموع على وجنتيه في مرارة وألم. تذكر كل شيء. أصبحت الصورة واضحة في ذهنه الآن. أبعد اللحاف عنه، وقام من مرقده على الفور. لا مجال للراحة قبل أن ينفذ ما برأسه.

قبل أن يقف على قدميه، دخلت والدته تحمل طبق الفطور. هتفت وهي تراه يحاول النهوض:

- استرح يا بني... حرارتك لا تزال مرتفعة... أحضرت لك بعض الحساء الساخن...

أزاحها عن طريقه برفق وهو يقول في هدوء:

- هناك مشوار مهم، كان يجب أن أقوم به منذ سنوات... دعيني أذهب أرجوك...

وضعت الطبق على المنضدة قرب سريره وتبعته في دهشة:

- إلى أين يا بني؟

تمهل للحظات عند سؤالها. إلى أين؟ منذ أربع سنوات، كان حسان يقيم في صيدا. يعرف منزل والديه، قرب السوق. لكن هل سيجده هناك بعد أن يكلف نفسه عناء الرحلة؟ رآه مرارا خلال الفترة الماضية، مما يعني أنه قد يتواجد في مكان أقرب... لكن أين؟ هل يعمل في قانا أو في إحدى المدن والقرى المجاورة؟ التفت إلى والدته متسائلا:

- حسان... أين يمكنني أن أجده؟

تطلعت الخالة سعاد إلى الساعة ثم قالت:

- ربما يكون في مكتبه... أو ربما يكون في طريقه إلى شقته في مثل هذا الوقت...

هتف في نفاد صبر:

- وأين تكون شقته؟

هزت كتفيها علامة الجهل التام وهي تجيب:

- لا أدري... انتظر، سأنادي سماح...

كانت سماح قد وصلت لتطمئن على حال أخيها بعد أن تركته في الصباح في حال يرثى لها. كانت تحاول مساعدة ريما على النوم حين سمعت صراخ أحمد قادما من غرفته، فركضت إليه. قابلتها والدتها عند باب الغرفة، وقبل أن تتمكن من استفسارها عما يحصل، بادرتها الخالة سعاد:

- سماح، هل يزال أيهم هنا؟

- نعم، إنه يجلس مع والدي في الحديقة...

أشارت والدتها إلى أحمد الذي يقف متوثبا ينتظر الإجابة من إحداهما:

- هل يعرف عنوان حسان الجديد؟

هزت رأسها علامة الإيجاب وهي ترقب أحمد في توجس:

- نعم بالتأكيد، فقد ساعده في نقل أثاثه إليها و...

قاطعها أحمد متعجّلا:

- أعطني العنوان بسرعة!

كانت لهجته مخيفة، وشكله مريبا. لا شك أن لذلك علاقة بزواج ندى المرتقب. كم لامت نفسها على إخباره بذلك. لم تكن تتوقع منه ردة فعل بمثل هذا العنف وهو لم يذكرها حتى. سترك يا رب.

- انتظر، سيوصلك أيهم بالسيارة...

خرجت مسرعة لتحدث زوجها. لا يمكنها أن تترك أحمد يغادر البيت بمفرده وهو على تلك الحال من الاضطراب. طلبت من أيهم أن يكون معه في كل خطوة ولا يتركه قيد أنملة. لم يسبق لها أن رأته بمثل هذا الانفعال.

انصاع أحمد لاقتراح شقيقته، وركب السيارة إلى جوار أيهم. لا يمكنه أن يرفض طالما توفرت لديه وسيلة نقل تضمن له الوصول بأسرع وقت ممكن. ساد الصمت في السيارة طوال الطريق. لم يحاول أيهم أن يتدخل وهو يرى تدهور حالة أحمد إلى تلك الدرجة. كان يرمقه خفية من حين إلى آخر، ويلحظ توتر فكه السفلي وتشنج عضلات وجهه. لم يكن على ما يرام.

أوقف السيارة أمام بيت حسان الجديد، ثم التفت إلى أحمد قبل نزوله:

- انتظرني هنا... سأنظر إن كان قد وصل من عمله.

لكن قبل أن ينهي عبارته، كان أحمد قد فتح البوابة ونزل، متجاهلا كلامه بالكامل. تنهد أيهم وهو ينزل بدوره، ويضغط جرس الباب. مرت لحظات عصيبة من الانتظار، قبل أن ينفرج الباب قليلا وتظهر والدة حسان. ابتسم أيهم وهو يحييها ثم سألها:

- خالتي، هل عاد حسان إلى البيت؟

هزت رأسها علامة الإيجاب وهي تقول:

- لقد عاد مبكرا... ثم غادر ثانية...

ألقت نظرة جانبية على أحمد الذي تعرفت عليه رغم طول مدة غيابه، وقالت في حذر وهي تدرك ما للأمر من حساسية:

- ذهب ليودع خطيبته التي تسافر اليوم...

لم يستطع أحمد أن يتمالك نفسه أكثر وهتف بقوة:

- تسافر اليوم؟ إلى أين؟

ازدردت المرأة ريقها في توتر وهي ترقب انفعالاته في جزع:

- ستستقل حافلة الساعة السابعة المتجهة إلى بيروت... ومنها تركب الطائرة إلى تونس...

نظر أحمد إلى ساعته التي أشارت عقاربها إلى الساعة السابعة إلا عشر دقائق، ثم شد أيهم من قميصه بقوة وهو يصرخ:

- بسرعة... إلى محطة الحافلات!

تمتم أيهم بكلمات اعتذار، وهو يحيي والدة حسان مودعا، ثم ركب السيارة التي كان أحمد قد أدار محركها استعدادا لانطلاقة سريعة. شيعتهما السيدة بعينيها حتى توارت السيارة عن أنظارها. سبق وحذرت حسان من مغبة هذا الارتباط. وما رأته منذ حين لا يبشر بخير أبدا... دعت باللطف وهي تضرب كفا بكف. هل سيمر هذا اليوم بسلام؟

عبرت السيارة الشوارع بسرعة جنونية، وأحمد لا يكف عن تحريض أيهم على

زيادة السرعة. لم تكن المسافة التي تفصلهما عن المحطة قصيرة، لكنه كان مصمما على الوصول قبل الساعة السابعة.

حين قفز أحمد من السيارة، كانت الساعة تشير إلى السابعة تماما. دعا الله أن تكون الحافلة متأخرة، كما تعوّد من وسائل النقل العمومية في السنوات الخوالي، وهو يركض عبر الأروقة بحثا عن الحافلة التي تقصد بيروت. وما إن لمح اللافتة التي يريد، حتى اندفع ناحيتها بكل قوته. تمهل في سيره حين وصل إلى الموقف الفارغ، وقد خلا الرصيف من الركاب. هل وصل متأخرا؟ سار بخطوات عصبية وهو يلهث. دار حول المكان مرارا... لم يكن هناك أثر لندى ولا للحافلة. عض على شفته في مرارة وهو يشد قبضته بقوة. انتهى الأمر... لقد رحلت.

لفت انتباهه رجل يجلس القرفصاء في الطرف الآخر من الرصيف. حدق فيه للحظات، ثم اتسعت عيناه في دهشة وقد تعرف عليه. اندفع نحوه بكل قوته. التهم بخطوات واسعة الأمتار القليلة التي تفصله عنه، وخلال ثوان معدودة كان يقف قبالته. هتف في انفعال:

- حسان... أيها الحقير!

قبل أن يستوعب حسان الموقف، وجد نفسه على الأرض وألم شديد يفتت عظام فكه الأيمن. كانت قبضة أحمد اليسرى مشرعة في وجهه بعد أن تركت اللكمة التي وجهها إليه علامات واضحة. وقبل أن يسدد إليه لكمة ثانية بقبضته اليمنى، كان أيهم قد وصل إلى موقع الحادثة، وأمسك أحمد من وسطه بكلتا ذراعيه ليمنعه من الإقدام على عمل متسرع جديد. لكن النار التي تشتعل في صدر أحمد لم تكن قد خمدت بعد، فأخذ جسده يتخبط بعنف في محاولة للإفلات من قيوده، ولسانه لا يكف عن إطلاق الشتائم ووصف حسان بأقبح النعوت....

لم يكن حسان قد استيقظ من ذهوله، لكنه تمالك نفسه وهو يستند على ذراعه اليسرى ليستقيم واقفا، في حين كانت كفه اليمنى تمسح الدماء التي سالت من شفته وأنفه. صرخ بدوره في عدم استيعاب:

- توقف أرجوك! توقف، وأفهمني ما الذي فعلته لأستحق منك كل هذا المديح

المخجل؟

أطلق أحمد ضحكة مفتعلة، فيها الكثير من المرارة، وصرخ في سخرية جارحة:

- لا تدري ما الذي فعلته؟ أم أنك ستنكر فعلتك أيضا؟ هل يمكنك أن تنكر خيانتك البينة؟

احتقن وجه حسان، وانتفخت أوداجه وهو يتلقى تلك التهمة الشنيعة.

- يعلم الله أنني لم أخن صداقتنا يوما...

قاطعه أحمد في عصبية:

- اخرس!! عن أية صداقة تتحدث؟ لا أصدق أنني خدعت فيك لسنوات طويلة. لكن أمرك انكشف أخيرا وليس بإمكانك الإنكار...

- إن كنت تقصد ندى، فالأمر ليس كما تظن!

ضحك أحمد من جديد في لوعة:

- نعم أقصد ندى ولا أحد غيرها... ها قد جئنا إلى الاعترافات...

صرخ حسان في توتر بالغ:

- توقف عن السخرية أرجوك... وسأشرح لك كل شيء.

سكت أحمد، لكن أنفاسه المضطربة كانت تشي بغضبه المكبوت. تكلم حسان ببطء:

- لا أنكر أنني كنت أرى في ندى منذ البداية إنسانة تستحق كل الإعجاب والتقدير، رغم اعتناقها لليهودية... لا أنكر أنها لفتت انتباهي حين رأيتها للمرة الأولى. لكن ذلك كان كل شيء... لم أحاول التقرب إليها ولا استمالتها. حتى إنني لم أوفقك الرأي حين فكرت في خطبتها... لأنني كنت أرى بيننا وبينها الكثير من الحواجز التي تمنع بناء علاقة سليمة الأسس. لكنك لم تصغ إلى أحد، وواصلت طريقك وارتبطت بها...

توقف للحظات، وأخذ نفسا جديدا:

- بعد اختفائك، تغيّرت أشياء كثيرة. ندى أسلمت وعائلتها تنكرت لها... لم يكن بإمكانها انتظارك، وحيدة، بلا سند. كانت في حاجة إلى من يقف إلى جانبها ويثبتها على الإسلام. لذلك... تقدّمت إليها، حتى تكون لها عائلة جديدة تحميها... ولأنني أيضا

٣٧٣

وجدت فيها بعد إسلامها شريكا مناسبا للمستقبل... هذا كل ما حصل...

استمع إليه أحمد في نفاد صبر، لكن ما إن أنهى روايته حتى هتف في اتهام واضح:

- ولكنك أغفلت حلقة مهمة في الموضوع... مشاعرك الخفية نحوها! حتى وهي خطيبتي... لم تراع حرمة العلاقة التي كانت بيننا وسمحت لنفسك بالتمادي... لم تمنعك أخلاقك ولا عقيدتك!

حملق فيه حسان في ذهول، ثم هتف في اعتراض:

- مستحيل... هذا كذب!

- لا تنكر ولا تراوغ! كيف يمكنك أن تفسر وجود صورتها معك في المعتقل إذن؟

ردد حسان في عدم استيعاب:

- صورتها؟

- نعم صورتها... كنت تحتفظ بها أليس كذلك؟

سيطر عليه الارتباك لثوان قليلة، لكن سرعان ما اتضحت الصورة في ذهنه وقد استعادت ذاكرته التفاصيل كلها. فانطلقت ضحكته مدوية في المكان. ضحكة تمتزج فيها المرارة والسخرية بالعتاب وخيبة الأمل. ابتسم وقد استعاد هدوءه وهو يخاطب أحمد الذي أخذ ينتفض أمامه من الغضب:

- هل وقعت في يدك تلك الصورة؟ يـاه... كنت ظننتها ضاعت إلى الأبد....

أفلت أحمد من ذراعي أيهم، واندفع نحو حسان ليشده من ياقة قميصه وعيناه تنفثان لهبا كبركان يوشك على الانفجار:

- أنت تعترف إذن؟ أيها الوغد....

أوقف حسان ذراعه هذه المرة في صلابة، قبل أن تغوص قبضته في بطنه، وبهدوء تام، أبعده عنه:

- هل تريد أن تعرف قصة تلك الصورة؟ سأحدثك عنها... لكن حاول أن تهدأ أولا...

أخذ نفسا عميقا، قبل أن يواصل وهو يسترجع أحداثا دفنها في ركن بعيد من الذاكرة:

- هل تذكر... منذ أكثر من ست سنوات، دعتني عائلتك لقضاء أمسية في المنزل الريفي الذي تمتلكه. كان أيهم أيضا حاضرا حينذاك... ولم يكن قد انقضى وقت طويل على احتفالك بخطبتك لندى. فكرت حينها في تخليد ذكرى صداقتنا التي ظننتها فوق العادية...

قال ذلك بتهكم واضح، وهو يلتمس مكان الجرح على جانب فمه:

- لذلك أحضرت آلة تصوير قديمة، كان يحتفظ بها والدي... وقفنا نحن الثلاثة للصورة، في حين كان والدك من تكفل بتصويرنا. ثم سافرت إلى صيدا ولم تسمح لي الفرصة بأن أطلعكم عليها... لكنني ولحسن الحظ -أو سوئه- تمكنت من تحميضها في مختبر والدي الخاص، قبل أن أقع في الأسر. أقول لحسن الحظ، لأن تلك الصورة كانت كل ما أحتفظ به من ذكرى عن أحبابي الذين خلفتهم ورائي. لم تكن معي صورة غيرها تُبدّد عني وحشة السجن، وأناجي أصحابها في ساعات اليأس والاستسلام... ولسوئه، لأن الصورة لم تكن عليها وجوهنا نحن الثلاثة فقط...

تنهد قبل أن يتابع:

- كانت الفتيات قد اقتربن فضولا ونحن نلتقط الصورة. لكن ندى كانت أقربهن، فظهر وجهها على الصورة عرضا... لم أنو الاحتفاظ بصورتها، لكنني لم أرد أن أشوه صورتنا الجماعية باقتطاع جزء منها... لكن يا لسخرية القدر، فقد جاء من قام بذلك عوضا عني... حين تم إلقاء القبض عليّ، قام جنود الصهاينة بتجريدي من حاجياتي وتفتيشها بدقة. رأيت أحدهم يطالع الصورة، ثم يمزقها في شماتة. لم أظن أنني قد أسترجعها يوما، ظننتها تحولت لأشلاء، كما تحولت الكثير من متعلقات المعتقلين. لكن في ذلك المساء... وجدت أحد المساجين الذين يشاركونني الزنزانة يقترب مني ومعه الصورة. قال إنه عثر عليها أثناء الفسحة، قرب مكب للنفايات. لك أن تتخيل فرحتي بعودتها إليّ، رغم التشويه الذي وقع بها... لم أفكر حينها بالجزء الناقص منها، حسبته ذهب إلى القمامة...

كان أحمد ينصت إلى روايته في شيء من الشك والاضطراب. كان يريد أن يصدقه... يريد أن يبرئ صديق عمره الذي وثق فيه أكثر من أي شخص آخر. لكن

ذلك يعني أنه أضاع أربع سنوات من عمره من أجل ظن كاذب... تألم، فقد ذاكرته، عاش مسيحيًا في ركن منفي، رفض العودة إلى أهله... كل ذلك بسبب غضب أعمى بصيرته، وأدى به إلى ذلك السقوط من شاهق، حتى ارتطمت رأسه بصخرة أنسته من يكون. لا يمكنه أن يمسح كل ذلك بسهولة.

تمتم وأوصاله ترتجف وهو يتخيل ما وقع ذلك اليوم:

- تلك الصورة، لم تذهب إلى النفايات... أقصد النفايات المادية، بل استقرت في يد من يمكن أن نصفهم بنفايات البشرية... كانت مع أحد المساجين. صورة ندى، دنسها أحدهم... وجعل الكثيرين يقذفونها ويعرضون بشرفها... لم أتحمل ذلك. لم أتحمل أن أراهم يتحدثون عنها بتلك الوقاحة أمام عيني... وصلت إلى معتقل الخيام صبيحة يوم التحرير. كنت أبحث عنك في كل مكان... أسأل عنك كل الوجوه. توقفت أمام تلك المجموعة في باحة السجن.... كنت سأسأل عنك أيضا، لكن ما رأيته بين أيديهم وما سمعته من أفواههم جمدني... أفقدني عقلي. كيف يمكنني أن أتصور كل ما رويته لي الآن؟ كيف يمكنني أن أتخيل أن الأمور سارت بهذا الشكل؟ لم يكن هناك شخص واحد في المعتقل يعرف ندى غيرك! لم يكن هناك أحد يمكن أن يحصل على صورة لها غيرك! لذا لم يكن هناك أحد تنحصر فيه شكوكي غيرك! وهذا قادني إلى الجنون... إلى فقدان الوعي والسيطرة على أعصابي... ثم إلى فقدان التوازن. سقط جسدي في الهاوية، لأنني لم أكن أعي أين أضع قدميّ. لم أكن أرى أمامي من شدة الغضب...

انهار على الأرض، يبكي مثل طفل فقد أمه. يبكي سنواته الضائعة. يبكي سوء ظنه وظلمه لأخيه وصديقه. يبكي آلامه القديمة والحاضرة. جلس حسان إلى جانبه في صمت. هل يمكنه أن يلومه اليوم على ظنه به؟ ألا يكفي أنه دفع سنوات طويلة من عمره جرّاء تلك الظنون؟ لقد دفعت الثمن غاليا يا أحمد... غاليا جدا...

فجأة، التفت أحمد إلى حسان وكأنه تذكر شيئا ما:

- ندى... رحلت؟

هزّ حسان رأسه وهو يبتسم في مرارة:

- ندى لم تأت... انتظرتها حتى رحلت الحافلة، لكنها لم تركبها...

*****

تعالت الطرقات على باب المنزل، طرقات خفيفة خجول. كأن صاحبتها لا تزال مترددة... هل أحسنت فعلا بالقدوم؟ وقع خطوات بالداخل. أحدهم جاء ليفتح الباب. تلفتت حولها في اضطراب. هل تفكر في الهرب والانسحاب قبل أن يلمحها أهل البيت؟ ابتلعت لعابها ووضعت كفها على صدرها، وهي تسمع هتافا لصوت تعرفه جيدا:

- لحظة واحدة...

و لم تمر ثوان قليلة، حتى ظهر وجه سماح عبر الباب نصف الموارب.

- ندى؟

ابتسمت وهي تلمس علامات المفاجأة على وجهها. لم تكن زيارتها متوقعة بعد مكالمتهما الأخيرة.

- كيف حالك؟

ابتعدت سماح لتفسح لها المجال وهي تدعوها إلى الدخول.

- ظننتك سافرت...

لم تجب ندى على الفور. كانت نظراتها تسرح عبر الممر، وعيونها تبحث عن علامات لوجود شخص تخشى لقاءه وتنتظره. قالت سماح وقد انتبهت إلى شرودها:

- أحمد ليس هنا... تعالي لنجلس في غرفتي...

هل كان الارتياح هو ما شعرت به في تلك اللحظة أم أن الخيبة غلبت؟ تبعتها في استسلام وهي تتنهد في سرها. لم يحن أوان المواجهة بعد. جلست على الأريكة التي تعرفها جيدا، كما تعرف جل أثاث هذا البيت الذي استقبلها فيما مضى. حاولت الحفاظ على ابتسامتها، وصور كثيرة تعبر ذاكرتها في ثوان قليلة. قالت لتشغل نفسها:

- خالتي سعاد ليست هنا؟

أجابت سماح وهي تجلس إلى جوارها وتتفرس في وجهها. في عينيها تساؤلات كثيرة:

- لقد دخلت إلى غرفتها... تستريح قليلا...

لم تشأ أن تحدثها عن البلبلة التي شهدها البيت منذ سويعات قليلة، بعد ردود الفعل العنيفة التي أبداها أحمد. هي نفسها كانت في غاية التوتر منذ دقائق قليلة... قبل أن يتصل أيهم ويعلمها بأن أحمد قد هدأ أخيرا، بعد أن توضح سوء الفهم الذي كان بينه وبين حسان. لم تفهم الشيء الكثير من كلماته المقتضبة، لكنها على الأقل اطمأنت إلى أن الوضع لم يصل إلى التصعيد الذي توقعته. طالما كان الأمر مجرد سوء فهم، فكل شيء على ما يرام إذن.

ساد الصمت لثوان أخرى، لم تجرؤ إحداهما على قطعه. كأن كلا منهما تنتظر إجابة سؤال لم يطرح... لكن القلوب وعته. تنحنحت ندى وقد رأت من واجبها أن ترد أولا:

- أخبرتك أنني قد نويت السفر... لكنني لم أفعل. شيء ما كان يشدني إلى هنا. إحساس بأن مهمتي لم تنته بعد. بأنه لا يمكنني الفرار هكذا وإدارة ظهري للماضي بسهولة...

أنصتت إليها سماح باهتمام دون أن تقاطعها. أشفقت عليها من حيرتها وارتباكها. تساءلت مرارا منذ حديثهما الأخير عما كانت ستفعله لو كانت محلها. لكنها لم تصل إلى جواب شاف. لم يكن القرار سهلا، ولم تكن الضغوط قليلة. لا تشكلي ضغطا جديدا عليها يا سماح. هكذا أقنعت نفسها بعدم التدخل بعد ذلك.

- من المفترض أن أكون في الحافلة الآن، متجهة إلى بيروت... لكن كلما اقترب موعد السفر، تزايد ارتباكي وتوتري. وجدتني أجلس أمام الساعة، أراقب عقاربها البطيئة وهي تسحب الدقائق واحدة تلو الأخرى... دون أن أغادر مكاني. حين أدركت أنه لم يعد بإمكاني أن ألحق الحافلة، وأن الطائرة ستفوتني لا محالة، أحسست بنوع من الارتياح... كأن ثقلا انزاح عن صدري! حينها فقط أدركت أنني لم أكن أريد الهرب... وقادتني قدماي إلى هنا، بلا مقاومة مني...

مسحت بأنامل مرتجفة دمعة متمرّدة، حاولت التدحرج على وجنتها، ورسمت

على شفتيها ابتسامة وجلة. لم يكن ما روته لسماح إلا نزرا يسيرا مما عانته في الساعات الماضية. لم تخبرها أنها لم تغمض جفنا طوال الليل. استمرت في البكاء والدعاء. قطعت خط الهاتف الأرضي وألقت ببطارية جوالها بعيدا. لم تكن لتتحمل المزيد من الاتصالات المربكة. لم ترد أن يكتشف أحد ما تعيشه من حيرة وضياع. لذلك عزلت نفسها عن العالم الخارجي...

أمسكت سماح بكفها وربتتها في ود:

- أنا سعيدة بهذا... سعيدة لأنك جئت إلى هنا، ولأنك ألغيت سفرك...

ترددت لثوان قبل أن تسألها:

- ماذا عن حسان؟

هزت ندى رأسها في قلة حيلة.

- لم أتحدث إليه بعد... لكن فكرة تعجيل الزواج كانت خاطئة بالتأكيد. كان قرارا ظالما لكلينا، ويجب علينا مراجعته...

قبل أن تعلّق سماح، سمعت صوت محرك سيارة تتوقف أمام البوابة. صوت ألفته وحفظته عن ظهر قلب. هتفت وهي تقف على عجل لاستقبال القادمين:

- هذا أيهم قد وصل... لحظات وأعود إليك...

أومأت ندى برأسها، وهي تتابعها بنظراتها. لم تخف عليها لهفة سماح وارتباكها. وسرعان ما أكد اللغط الذي سمعته في الممر شكوكها. لم يكن أيهم القادم الوحيد. كانت هناك أصوات كثيرة تختلط بضحكات رجالية، ولم يلبث صوت زغرودة مدوية أن صدح في المكان. هبت ندى واقفة وقد تسارعت دقات قلبها. اقتربت من باب الغرفة في فضول مختلط بخوف غامض. قلبها أنبأها بأن أمرا ما يخصها يحصل في الخارج. هل توقعت ذلك الخبر بالتحديد؟ ليست متأكدة... كانت الشكوك تحوم حوله، لذلك تمالكت نفسها وفتحت الباب لتلقي نظرة... وللحظات، توقف الزمن عند الصورة التي رأتها.

*****

ركب الشبان الثلاثة السيارة، وفكر كل منهم قد سار في واد مختلف. أصر أيهم على أن يرافقهم حسان إلى منزل العائلة، حتى يحتفل الجميع باسترجاع أحمد لذكرياته كاملة، وبصلحه معه بعد سوء فهم خفي رافق أحمد في لاوعيه طوال السنوات الأربع المنصرمة. لم يملك حسان سوى الانصياع، رغم رغبته في الانفراد بنفسه للتفكير برويّة في مستجدات الأحداث... كان مشغول البال على ندى التي لم تركب الحافلة كما أخبرته. رجع تفكيره إليها بعد المقاطعة التي صحبت هجوم أحمد عليه منذ دقائق. لم يتمكن من الاتصال بها منذ البارحة. أعلمته بموعد سفرها، ثم أغلقت هاتفها. كرر الاتصال مرات عدة، مقنعا نفسه بأن هناك مشكلة في الشبكة والإرسال. وحين أيقن من إزماعها على العزلة، فكر في رؤيتها في موقف الحافلات. مجيئها العاجل، ثم رحيلها المفاجئ، كل ذلك أثار الكثير من التساؤلات في ذهنه. ولم يكن بإمكانه أن يتركها ترحل دون أن يسألها مجددا... هل أحسنا فعلا بتعجيل موعد الزفاف؟ هل هي مقتنعة بهذا القرار فعلا... أم تراها محاولة منها لطمأنته وتبديد شكوكه؟

لا ينكر سروره البالغ لقرارها ذاك... لكنه يخشى أن يكون تسرعا بسبب فقدان أحمد للذاكرة. كان السؤال الذي صاحبه طويلا منذ عودته إلى أهله: ماذا لو عادت إليه الذاكرة فجأة؟ ولم يتأخر الخبر... ها هو قد استرجعها حقا. واسترجع معها آلاما كان هو سببا غير مباشر لها! انقلبت الموازين فجأة. عاد أحمد... وانكشف سر ضياعه للسنوات الماضية. أحمد الذي فقد ذاكرته بسبب غيرته على ندى، وهو يرى صورتها بين يدي أجانب يدنّسون عرضها... ما إن استرجع ذاكرته حتى هب لينتقم لحبه القديم... بنفس الغيرة، وبنفس قوة العاطفة. هل يمكنه أن يتجاهل كل ذلك ويمضي في ارتباطه بها؟ هل يمكنه أن يسعد في حياته معها، وهو يعلم أنه فرّقها عن خطيبها دون أن يقصد؟ وهي، ندى... ماذا سيكون موقفها حين تعلم بتفاصيل الحادثة؟ هل سيظل موقفها على حاله؟ ليس واثقا... ليس واثقا أبدا...

لم يكن أحمد الذي انفرد بالجلوس في المقعد الخلفي بأقل حيرة واضطرابا منه.

إن الرجل الذي يجلس أمامه هو صديق شبابه، أقرب رفاقه إليه. وهو اليوم خطيب حبيبته! أساء الظن به في الماضي، ولم يشفع له لديه تاريخ الصداقة المتينة. فهل يكون هذا ثمن سوء ظنه؟ لقد دفع الكثير من عمره جزاء ظنه ذاك، فهل عليه أن يدفع المزيد... وإلى الأبد؟ عاجز عن التفكير هو. كلاهما لا ذنب له. ندى التي تركها لسنوات تنتظره دون أدنى أمل... وحسان الذي غيّبت الغيرة عنه خصال الأمانة وحفظ العهد التي عرفها فيه قديما وحديثا. لا ذنب لهما حتى يدفعا معه ثمن تسرعه وعمى بصيرته في لحظة غضب قاتلة. وحده المسؤول عما وصل إليه... ليس وحده، بل ذاك الشخص الدنيء مجهول الهوية هو المسؤول الحقيقي! لكن أنّى له أن يصل إليه بعد كل هذا الوقت؟ ستبقى حسرة في نفسه وألما في قلبه إلى النهاية. لكن لا يحق له أن يتقاسم العقاب مع أحد... سيبتلع الغصة، ويتحمل. وكفى...

تدحرجت دمعة يتيمة مكابرة على خده. مسحها بظهر كفه على الفور قبل أن يلمحها أحد مرافقيه. بكى مطولا قبل قليل من القهر والغل والمرارة. بكى سنواته الضائعة وألمه الدفين الذي عاد ليطفو على سطح الذاكرة. كان بكاؤه ذاك مشروعا وطبيعيا. لكن لا يحق له الآن أن يبكي حبه القديم. حبه الأول والوحيد... لاعتقاده السخيف بأن الرجال لا يبكون من أجل الحب.

انتبه حين توقفت السيارة أمام منزل عائلته. تذكر والدته التي أرعبها منظره ذاك الصباح، وشقيقته التي اتصلت بزوجها مرارا لتطمئن عليه. أقلقهم بما فيه الكفاية... وقد آن الأوان ليهديهم صفحة جديدة صافية، ملؤها الاستقرار والأمان. الآن وقد اكتملت هويته، واتخذ كل جزء من ذكرياته مكانه الصحيح، سيجعلهم ينسون كل المر الذي مضى. ليبدأ بالابتسامة. رسمها جيدا على شفتيه. ابتسامة سعادة. فليجعل الجانب المشرق من أحداث اليوم يتغلّب على المعتم منها. حسان بريء مما ظنه به، وهو أمر مفرح بالتأكيد. ذكرياته عادة بكليتها... لم يعد بحاجة إلى طبيب نفسي، بقدر حاجته لطبيب القلوب. لينس ذلك الآن. فليذكر الجانب المشرق... المشرق فقط. ساعدته تلك الأفكار على رسم ابتسامة فرح حقيقية وهو يرى سماح تقف في استقباله. عانقها في حرارة، كالعائد من سفر طويل. سبقه أيهم

وبشّرها بالذكريات العائدة، دون ذكر التفاصيل. كأنه استجاب لاستجداء عينيه الخفي... لا تطل في الشرح أرجوك. فقط الأخبار السعيدة. أريد أن أفرح اليوم، ولو لبعض الوقت...

تعالى الصراخ والضحكات، مما أيقظ الخالة سعاد من رقادها. علامات الفرح التي وصلت مسامعها كانت كفيلة وحدها لتنفض عنها كل آثار النعاس. وما إن رأت الوجوه المستبشرة، حتى أطلقت زغرودتها دون انتظار. لم تكن تحتاج لأكثر من ابتسامة ولدها الوحيد حتى تطلق العنان لدموع الفرح. أما تفاصيل الخبر... فتبقى هامشية بالنسبة لها.

استرسل الجميع في هرجهم الحلو، ولم ينتبه أحدهم إلى الباب الجانبي الذي فتح ببطء، كأن القادم يتسلل على أطراف الأصابع حتى لا يفسد فرحة أهل البيت. أطلت ندى على استحياء، تريد أن تشاركهم الفرحة دون أن تعكر صفوها. تريد أن تكون طرفا فيها لا مُنغّصا لها. لكن ما إن وقع بصرها على الوقوف في الممر حتى تسمرت مكانها. كانت ترى الرجلين للمرة الأولى جنبا إلى جنب منذ زمن طويل. صديقان يتعانقان في حبور. قفزت إلى مخيلتها صورة أخرى مشابهة. أحمد المصاب يقف عند بابها، يسانده حسان بقوة وشجاعة. أحدهما خطيبها السابق، وثانيهما خطيبها الحالي. لم تستطع أن تقاوم دموعها. أن تراهما أمامها بهذا الشكل كان مؤثرا للغاية.

فجأة التفتت إليها سماح، وكأنها قد تذكرت وجودها في الغرفة. وما إن رأتها تقف عند الباب حتى هتفت وهي تمضي في اتجاهها:

- ندى تعالي...

لكن ذكر اسمها جعل قلوبا كثيرة تنتفض، وتنكأ جراحا من أنواع مختلفة. استدارت الوجوه إليها في ارتباك. حيية هي تلك النظرات التي طالعتها على عجل، لتطمئن إلى وجودها في المكان لا غير. ثم استرد كل منهما نظراته وألمه. تكلمت هي لتداري توترها:

- أراكم تحتفلون...

حاولت إخفاء دموعها دون جدوى، فقد كانت غددها الدمعية في سباق مع الزمن، ما إن تسيل عبرة حتى تلفظ غيرها بلا استئذان. سيطر الذهول على الجميع للحظات. لم يكن أحدهم يملك الكلمات المناسبة لذلك الموقف. كل الصيغ كانت جارحة لأحدهم. كان لا بد أن تسقط ضحية ذلك المساء... وحده حسان تشجع ليكسر الصمت. هل تراه أراد أن يكون القاتل والمقتول في آن؟ إذا كان لا بد من موته، فليكن ذلك بكرامة وشرف.

- ندى... أحمد استرجع ذاكرته بالكامل. تذكر الحادثة التي تسببت في فقدانه لها... والأهم هو أنه يذكر الآن كل الماضي الذي جمعنا...

اتسعت عينا ندى، وهي تردد بصرها بين الرجلين. لكن حسان لم يكن قد أطلق كل سهامه. تابع في هدوء عجيب حسده أحمد عليه:

- ولذلك، لا يمكنني الاستمرار في الخطبة والارتباط بك...

قاطعته ندى في إشفاق ورجاء:

- حسان أرجوك، دعنا نتحدث على انفراد أولا...

لكنه كان مُصرًا على المواصلة:

- لم يعد هناك من حديث بيننا... أريد فسخ الخطبة، لا غير... أنت اليوم في حل من كل ارتباط. وهي على أية حال كانت خطبة فاسدة... لا يحق لي أن أخطب على خطبة أحمد... وهو على حد علمي لم يفسخ خطبته لك يوما... أليس كذلك؟

قال ذلك وهو يربت كتف أحمد في مودة، وابتسامة شاحبة تزين وجهه. لكن أحمد لم يملك أن يرد. كانت الدهشة قد عقدت لسانه. لم يتوقع ذلك التصرف النبيل من حسان أبدا. لم يكن من حقه أن يفسد ما بينهما وهو الذي فسخ خطبته بغيابه المطول! لم تكن خطبة فاسدة كما يدّعي حسان! ولا يمكن لأحد أن يلومه على زواجه بها... لكن حسان كان عجيبا في شهامته وكرم أخلاقه. عجيبا بدرجة مخجلة، تعاظم معها إحساس أحمد بالذنب تجاهه. كان يريد أن يجيب، ويعطيه حقه من الثناء والاعتذار... لكن عظم وفائه ألجمه. لم يكن هناك كلمات في قاموسه توفيه حقه.

تكلّم حسان مُجدّدًا حين طال الصمت، كان سيد الموقف بالكامل ولذّ له أن ينهي المسألة على طريقته، ولو كان الثمن جرحا في قلبه:

- هذا كل شيء... أستأذنكم الآن...

ثم استدار ببطء، وخطا في اتجاه الباب الخارجي دون أن ينتظر ردا. في تلك اللحظة، اندفع أحمد نحوه بقوة. احتضنه في عنفوان، وشده بقوة إلى صدره. لم يخجل من دموعه هذه المرة، بل خجل من قبضته التي سددت إليه لكمة ذاك المساء، فأخذ يربت ظهره بكفه في اعتذار صامت.

سالت دموع الجميع أنهارا بلا مواربة. لم تكن دموع حزن ولا دموع فرح. كانت دموع ضعف إنساني. وحده حسان استمر في عناده وإخفاء ضعفه. أفلت من ذراعي أحمد، وابتعد على عجل دون أن يلتفت إلى الوراء. هل كان يريد أن ينفرد بضعفه بعيدا عن العيون؟ أم كان يريد الحفاظ على صورته الناصعة التي تركها في قلوبهم بموقفه الرجولي؟ أيا كانت رغبته الخفية، فهي كانت خوفا من تشويه المشهد الأخير الذي رسمه للمسرحية... فعجّل بإسدال الستار...

*****

«حبيبي أحمد...»

التهبت وجنتاها وهي تخط تلك الكلمات على الورقة وابتسمت في خفر. إنها تبوح له بمشاعرها للمرة الأولى. أليس هذا الوقت المناسب؟ نعم، لماذا تخجل إذن؟ تعلم الآن أن الزوجة في الإسلام لها حقوقها ومكانتها، ومن حقها أن تعبّر عن مشاعرها. عادت تلك المراهقة البريئة التي كانتها منذ سبع سنوات خلت. كأنها تختبر مشاعر الحب للمرة الأولى... وتستيقظ داخلها تلك الأحاسيس الوليدة، كما عرفتها آنذاك.

«نعم، لم أعد أخاف هذه الكلمة، ولم أعد أخاف مشاعري تجاهك. تلك المشاعر التي عذبتني وأرقتني في غيابك. الآن وأنا ألبس هذا الفستان الأبيض وأزين رأسي بإكليل الورود البيضاء، لم يعد لدي أدنى شك. بعد دقائق قليلة، سنكون معا في

عشنا... سنكون أسعد زوجين على وجه الأرض. يحق لنا أن نعرف طعم السعادة أخيرا بعد كل سنين الحرمان، أليس كذلك؟»

مسحت دمعتها قبل أن تسقط على الورقة، ويسيل حبرها. كانت دموع الفرح هذه المرة. انتظرت طويلا هذا اليوم. بعد أن استعاد أحمد ذاكرته وتقدّم لخطبتها من جديد، أعطت لنفسها فرصة حتى تتعرف إليه مرة أخرى، لتتأكد من مشاعرها ومن قرارها. والأيام التي تلت أثبتت لها حسن اختيارها. والآن، بعد أن بدأت ثمار مشروعه الزراعي تنضج، أصبح بإمكانهما قطفها سوية...

«لماذا أكتب إليك؟ من حقك أن تتساءل. لم تعد المسافات تفرقنا ولم تعد هناك حواجز تمنع لقاءنا. لكنني أحببت أن أضيف إلى سجل الرسائل القديمة رسالة جديدة. تكون شاهدا على المرحلة الجديدة التي نعيشها معا. ربما نقرؤها سويا يوما ما، بعد سنوات طويلة، حين نصبح جدا وجدة. فنسترجع هذه اللحظات الثمينة.

دعني أعترف لك بأشياء لم أبح بها إليك من قبل. حين رأيتك للمرة الأولى، كنت أبعد ما يكون عن تصور الرحلة التي تنتظرني. كان لقاء فوق العادة، وما لحقه من أحداث كانت تفوق خيال الطفلة البريئة التي كنت. حبي لك كان الدافع الرئيسي لأخوض التجربة معك. كانت حكمة الله تعالى أن أتعلق بك ونحن نختلف في كل شيء. وكانت حكمته أيضا أن أفقدك وأنا في أشد الحاجة إليك. حرمني منك ليأخذني إليه. أبعدك عني لأعرفه جل شأنه دون أن تختلط الأمور عليّ وتشوب إيماني شائبة. الآن، حين أفكر في تلك الفترة، أحمد الله على حسن تقديره وتدبيره. لا تغضب مني، فأنا لا أذهب إلى تمنّي بعدك. لكنني أدرك الآن أنك لو ظللت إلى جانبي طوال الطريق، لكنت شككت في نفسي، كما شك فيّ كل من حولي. لكنت عللت ميلي للإسلام بحبي لك ولكل ما تحبه. ربما كانت أمعنت في المكابرة، ولربما بقيت على ضلالي لفترة أطول...

حين توصّلت إلى اليقين وأعلنت اقتناعي بالإسلام، ظننت أنني وصلت إلى خط النهاية. أنني عبرت الاختبار بنجاح. كنت أجهل أنني لم أقطع سوى أميال قليلة... من رحلة الألف ميل. كان عليّ أن أعبر بعدها أميالا لأثبت على ديني ولا أرتد أمام

كل المعوقات التي تسعى لإرباكي وتحطيم مقاومتي. كان عليّ أن أعمل على تحصين قلبي، بالمعرفة الحقة. ثم أن أنشرها من حولي على كل من ظلّ على الجهل الذي كنت فيه...

هل تعلم، ظننت أن كل تلك المراحل كانت الأصعب. لكن يبدو أنني أخطأت في تقديري. فما زال هناك الكثير والكثير. الأميال الألف لم تنته بعد. أنا اليوم مسلمة، ومسؤولة عن صورة الإسلام في عيون غير معتنقيه. أنا اليوم مسؤولة مثل غيري من المسلمين، عن الاتهامات بالإرهاب والتخلف والفوضى والفساد... أنا مسؤولة عن حسن تطبيقي لتعاليم الإسلام في حياتي اليومية. عن إنشاء بيت مسلم، وتربية أطفال مسلمين، يفهمون دينهم، ويتّخذونه منهاجا ومسارا لحياتهم. أتدري كم هي عظيمة هذه المسؤولية؟

أعلم أني لن أكون قوية على امتداد الرحلة. قد أتعب وقد أحيد قليلا عن الطريق. لذلك أريدك أن تأخذ بيدي وتردّني إلى الصواب. أرجوك، كن معي لنمضي معا إلى آخر المشوار.

زوجتك المحبة، ندى.»

تنهدت وهي تقرأ رسالتها مرة أخرى. ثم ضمتها إلى صدرها، ودعت الله في صمت، كي يبارك لها في زواجها، ويجعله وسيلة لرضاه. في تلك اللحظة تعالت الدقات على بابها، ثم ظهرت سونيا تستعجلها:

- عائلة العريس وصلت... هل أنت مستعدّة؟

هزّت رأسها علامة الإيجاب، ثم وقفت لتلقي نظرة أخيرة على زينتها.

- أحلى عروس... وربي!

ابتسمت وهي تُطرق في خجل أمام ثناء النسوة اللواتي تدافعن لتهنئتها. ثم سارت بخطوات محتشمة نحو القاعة المزينة، حيث ينتظرها عريسها.

تمّت بحمد الله

إصدارت أخري للكاتبة

د.خولة حمدي

- صدر للكاتبة رواية غربة الياسمين في يناير 2015 ..

بتكتب رواية أو قصص أو مقال ..

بالفصحى، بالعامية أو حتى بالأنجليزى ..

بتحب تكتب ، أو تعرف حد بيحب يكتب ،كلمنا ..

هنعمل كل اللى نقدر عليه عشان نساعدك تحقق حلمك

وتكون كاتب معروف ..

لأن فى كيان ، للإبداع مكان ..

اتصل بينا على :

محمول: 01005248794 – 01001872290 – 01000405450

أرضي: 0235688678

www.kayanpublishing.com

وابعتلنا على :

info@kayanpublishing.com

kayanpub@gmail.com

وتابعنا :

kayanpublishing   kayan.publish

kayanpublishing   kayan_publishing

د. خولة حمدي
رواية
الطبعة 15
غربة الياسمين

د. خولة حمدي
الطبعة 30
في قلبي أنثى عبرية
رواية

محمد إبراهيم
في بلاط الخليفة
رواية
كيان للنشر والتوزيع

شريف ثابت
أنين
رواية
الطبعة 11

أحمد صلاح سابق

رواية
النمرود
كيان للنشر والتوزيع

د. شريف شعبان

بنت صهيون
رواية

شريف ثابت

عالم أفضل
رواية
الميلاد

السعيد الخير

نوستالجيا
الحب والدمار
رواية

قلب النصيري

كيان للنشر والتوزيع

سامية مُصطفى عيّاش

تكاد تضيء

رواية

كيان للنشر والتوزيع

وادي الرماد

أحمد صلاح سابق

د. محمد حمدان

عن ظهر قلب

كيان للنشر والتوزيع

أحدث الإصدارات

روايات

وائل عبد الرحمن

راس شيطان

رواية

كيان للنشر والتوزيع

تامر وحيد

ذواكر النعمان

حين تخصّب الشعام سيرة الأجيال

كيان للنشر والتوزيع

أشيا

ياسمين ثابت

أحمد فريد

اللوم الأخير

كيان للنشر والتوزيع

أحمد رمضان الديباوي

الكاهن

شريحة من حكاية سرية

كيان للنشر والتوزيع

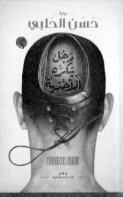

حَسَن الحلبي

رجل يكره الأقنعة

Ahmed El Fiky

OPERATION 9/11

الزحف

نحو السماء

رواية

محمد الحموي

رسول القمر

MOON PROPHET

ضحى صلاح

BECAUSE WISHES NOT ONLY COME TRUE IN FAIRY TALES
AND BEDTIME STORIES

قصص قصيرة
أنا وأنتِ
طبعة 2

أحمد الخميسي

لقاءُ بِكَ
ازرارُ السماء
فاطمة الزهراء الرياض

دُون حَدَث

يحيى

تسنيم فهيد
لوح رخام
أبيض

أم الولي

تسنيم فهيد

مجموعة قصصية
صندوق
لايتسع
للأحلام

شيرين يونس

سارة الغارق

V

مشَاهدُ خَاصَّة
دينا ممدوح

للغالبة آه
إيناس التركي